三國演義

(9)

# 三國演義 (9)

초판 1쇄 발행 ▪ 2014년 11월 20일
초판 2쇄 발행 ▪ 2016년  1월 27일

저  자 ▪ 나관중 원저, 모종강 평론 개정
역  자 ▪ 박기봉
펴낸곳 ▪ 비봉출판사
주  소 ▪ 서울 금천구 가산디지털2로 98. 2동 808호(롯데IT캐슬)
전  화 ▪ (02)2082-7444
팩  스 ▪ (02)2082-7449
E-mail ▪ bbongbooks@hanmail.net
등록번호 ▪ 2007-43 (1980년 5월 23일)
ISBN ▪ 978-89-376-0417-1  04820
        978-89-376-0408-9  04820 (전12권)

값 15,000원

모종강본 원문대역

# 三國演義

## (9)

나관중 원저
모종강 평론·개정
박기봉 역주

비봉출판사

# 三國志演義序

### 人瑞 金聖嘆氏題

〖1〗余嘗集才子書者六，其目曰〈莊〉也·〈騷〉也·馬之〈史記〉也·杜之律詩也·〈水滸〉也·〈西廂〉也，已謬加評訂，海內君子皆許余以爲知言．近又取〈三國志〉讀之，見其據實指陳，非屬臆造，堪與經史相表裏．由是觀之，奇又莫奇於〈三國〉矣．

或曰：凡自周·秦而上，漢·唐而下，依史以演義者，無不與〈三國〉相仿，何獨奇乎〈三國〉？曰：三國者，乃古今爭天下之一大奇局，而演〈三國〉者，又古今爲小說之一大奇手也．異代之爭天下，其事較平，取其事以爲傳，其手又較庸，故迥不得與〈三國〉并也．

〖2〗吾嘗覽三國爭天下之局，而嘆天運之變化眞有所莫測也．當漢獻失柄，董卓擅權，群雄竝起，四海鼎沸，使劉皇叔早諧魚水之歡，先得荊襄之地，長驅河北，傳檄江南，江東·秦·雍，以次略定，則仍一光武中興之局，而不見天運之善變也．

惟卓不遂其篡以誅死，曹操又得挾天子以令諸侯，名位雖虛，正朔未改．皇叔宛轉避難，不得早建大義於天下，而大江南北已爲吳

·魏之所攘，獨留西南一隅，爲劉氏托足之地.

然不得孔明出而東助赤壁一戰，西爲漢中一摧，則漢益亦幾折而入於曹，而吳亦不能獨立，則又成一王莽篡漢之局，而天運猶不見其善變也. 逮於華容遁去，鷄肋歸來，鼎足而居，權侔力敵，而三分之勢遂成.

〖3〗尋彼曹操一生，罪惡貫盈，神人共怒，檄之罵之·刺之藥之·燒之劫之·割鬚切齒·墮馬落塹，瀕死者數，而卒免於死；爲敵者衆而爲輔亦衆：此又天之若有意以成三分，而故留此奸雄以爲漢之蟊賊. 此天生瑜以爲亮對，又生懿以繼曹後，似皆恐鼎足之中折，而疊出其人才以相持也.

〖4〗自古割據者有矣，分王者有矣，爲十二國，爲七國，爲十六國，爲南北朝，爲東西魏，爲前後漢，其間乍得乍失，或亡或存，遠或不能一紀，近或不逾歲月，從未有六十年中，興則俱興，滅則俱滅，如三國爭天下之局之奇者也. 今覽此書之奇，足以使學士讀之而快，委巷不學之人讀之而亦快，英雄豪傑讀之而快，凡夫俗子讀之而亦快也.

昔者蒯通之說韓信，已有鼎足三分之說，其時信已臣漢，義不可背. 項羽粗暴無謀，有一范增而不能用，勢不得不一統於群策群力之漢. 三分之幾，虛兆於漢室方興之時，而卒成於漢室衰微之際. 且高祖以王漢興，而先主以王漢亡，一能還定三秦，一不能取中原尺寸. 若彼蒼之造漢以如是起，以如是止，早有其成局於冥冥之中，遂使當世之人之事，才謀各別，境界獨殊，以迥異於千古，此非天事之最奇者歟！

〖5〗作演義者，以文章之奇而傳其事之奇，而且無所事於穿鑿，第貫穿其事實，錯綜其始末，而已無之不奇，此又人事之未經見者也．獨是事奇矣，（書奇矣，）而無有人焉起而評之，則或有人，而使心非錦心，口非繡口，不能一一代古人傳其胸臆，則是書亦終與周·秦而上，漢·唐而下諸演義等，人亦烏乎知其奇而信其奇哉！

〖6〗余嘗欲探索其奇，以正諸世，會病未果．忽於友人案頭見毛子所評〈三國志〉之稿，觀其筆墨之快，心思之靈，先得我心之同然，因稱快者再，而今而後，知第一才子書之目又果在〈三國〉也．故余序此數言付毛子，授剞之日弁於簡端，使後之閱者，知余與毛子有同心云．
　　時順治歲次甲申嘉平朔日　金人瑞聖嘆氏題．

（\*通行的毛宗崗評〈三國志演義〉卷首均有此序．因芥子園刊本缺卷首，郁郁堂·郁文堂刊本卷首無此序，今據通行本錄出．）

# 三國志演義序

毛宗崗

〖1〗夫史，非獨紀歷代之事，盖欲昭往昔之盛衰，鑒君臣之善惡，載政事之得失，觀人才之吉凶，知邦家之休戚，以至寒暑災祥，褒貶與奪，無一而不筆之者，有義存焉．

吾夫子因獲麟而作〈春秋〉．(〈春秋〉) 魯史也，孔子修之，至一字與者褒之，否者貶之．然一字之中，以見當時君臣父子之道，垂鑒後世，俾識某之善，某之惡，欲其勸懲警懼，不致有前車之覆．此孔子立萬萬歲至公至正之大法，合天理，正彝倫，而亂臣賊子懼．故曰："知我者其惟〈春秋〉乎! 罪我者其惟〈春秋〉乎!" 不得已也．孟子見梁惠王，言仁義而不言利；告時君必稱堯‧舜‧湯‧文‧武；答時君必及伊‧傅‧周‧召．至朱子〈綱目〉，亦由是也，豈徒紀歷代之事而已乎?

〖2〗然史之文，理微義奧，不如此，烏可以昭後世? 語云："質勝文則野，文勝質則史." 此則史家秉筆之法．其於眾人觀之，亦嘗病焉，故往往舍之而不顧者．由其不通乎眾人，而歷代之事愈久

愈失其傳. 前代嘗以野史作爲評話, 令瞽者演說. 其間言語鄙俚,
又失之於野. 士君子多厭之.

〖3〗若東原羅貫中, 以平陽陳壽傳, 考諸國史, 自漢靈帝中平元
年, 終於晉太康元年之事, 留心損益, 目之日〈三國志通俗演義〉,
文不甚深, 言不甚俗, 事紀其實, 亦庶幾乎史. 盖欲讀誦者, 人人
得而知之, 若詩所謂里巷歌謠之義也. 書成, 士君子之好事者, 爭
相謄錄, 以便觀覽, 則三國之盛衰治亂, 人物之出處臧否, 一開
卷, 千百載之事豁然於心胸矣. 其間亦未免一二過與不及, 俯而就
之, 欲觀者有所進益焉.

〖4〗子謂誦其詩, 讀其書, 不識其人, 可乎? 讀書例日: 若讀到
古人忠處, 便思自己忠與不忠. 讀到孝處, 便思自己孝與不孝. 至
於善惡可否, 皆當如此, 方是有益. 若只讀過而不身體力行, 又未
爲讀書也.

〖5〗余嘗讀〈三國志〉, 求其所以, 殆由陳蕃·竇武立朝未久, 而
不得行其志, 卒爲奸宄謀之, 竊權之柄, 日漸熾盛; 君子去之, 小
人附之, 奸人乘之. 當時國家紀綱法度, 壞亂極矣. 噫, 可不痛惜
乎! 矧何進識見不遠, 致董卓乘釁而入, 權移人主, 流毒中外, 自
取滅亡, 理所當然. 曹瞞雖有遠圖, 而志不在社稷, 假忠欺世, 卒
爲身謀, 雖得之, 必失之矣. 萬古奸賊, 僅能逃其不殺而已, 固不
足論. 孫權父子, 虎視江東, 固有取天下之志, 而所用得人, 立心
操行, 又非老瞞(=조조)可議. 惟昭烈, 漢室之胄, 結義桃園, 三顧草
廬, 君臣契合, 輔成大業, 亦理所當然. 其最尚者, 孔明之忠, 昭
如日星, 古今仰之. 而關·張之義, 尤宜尚也.

其他得失，彰彰可考，遺芳遺臭，在人賢與不賢‧君子小人‧義與
利之間而已．觀演義之君子，宜致思焉．

# 차 례

三國演義

三國演義

三國演義

# 讀〈三國志〉法

毛宗崗

〔1〕讀〈三國志〉者，當知有正統，閏運，僭國之別．正統者何？蜀漢是也．僭國者何？吳魏是也．閏運者何？晉是也．

魏之不得爲正統者，何也？論地則以中原爲主，論理則以劉氏爲主，論地不若論理．故以正統予魏者，司馬光〈通鑑〉之誤也．以正統予蜀者，紫陽〈綱目〉之所以爲正也．

〈綱目〉于獻帝建安之末，大書後漢昭烈皇帝章武元年，而以吳·魏分注其後，蓋以蜀爲帝室之胄，在所當子；魏爲篡國之賊，在所當奪．是以前則書劉備起兵徐州討曹操，後則書漢丞相諸葛亮出師伐魏，而大義昭然揭于千古矣．

夫劉氏未亡，魏未混一，魏固不得爲正統．迨乎劉氏已亡，晉已混一，而晉亦不得爲正統者，何也？曰：晉以臣弒君，與魏無異，而一傳之後，厥祚不長，但可謂之閏運，而不可謂之正統也．

〔2〕至于東晉偏安，以牛易馬，愈不得以正統歸之．故三國之并吞于晉；猶六國之混一于秦，五代之混一于隋耳．秦不過爲漢驅

除, 隋不過爲唐驅除, 前之正統以漢爲主, 而秦與魏·晉不得與焉,
亦猶後之正統以唐·宋爲主, 而宋·齊·梁·陳·隋·梁·唐·晉·漢
·周, 俱不得與焉耳.

且不特魏·晉不如漢之爲正, 則唐·宋亦不如漢之爲正. 煬帝無道
而唐代之, 是已, 惜其不能顯然如周之代商, 而稱唐公, 加九錫,
以蹈魏·晉之陋轍, 則得天下之正, 不如漢也.


〖3〗若夫宋以忠厚立國, 又多名臣大儒出乎其間, 故尙論者以
正統予宋. 然終宋之世, 燕·雲十六州未入版圖, 其規模已遜于唐;
而陳橋兵變, 黃袍加身, 取天下於孤兒寡婦之手, 則得天下之正,
亦不如漢也.

唐·宋且不如漢, 而何論魏·晉哉? 高帝以除暴秦, 擊楚之殺義
帝者而興; 光武以誅王莽而克復舊物; 昭烈以討曹操而存漢祀於
西川. 祖宗之創之者正, 而子孫之繼之者亦正, 不得但以光武之混
一爲正統, 而謂昭烈之偏安非正統也.

昭烈爲正統, 而劉裕·劉智遠亦皆劉氏子孫, 其不得爲正統者,
何也? 曰: 裕與智遠之爲漢苗裔遠而無徵, 不若中山靖王之後近
而可考, 又二劉皆以篡弒得國, 故不得與昭烈並也.

後唐李存勖之不得爲正統者, 何也? 曰: 存勖本非李, 而賜姓
李, 其與呂秦·牛晉不甚相遠, 故亦不得與昭烈並也.

南唐李昇之亦不得繼唐而爲正統者, 何也? 曰: 世遠代遐, 亦裕
與智遠者比, 故亦不得與昭烈並也. 南唐李昇不得繼唐而爲正統,
南宋高宗獨得繼宋而爲正統者, 何也? 高宗立太祖之後爲後, 以
延宋祚于不絕, 故正統歸焉. 夫以高宗之殺岳飛, 用秦檜, 全不以
二聖爲念, 作史者尙以其延宋祚而歸之以正統, 況昭烈之君臣同
心誓討漢賊者乎! 則昭烈之爲正統愈無疑也.

陳壽之志，未及辨此，余故折衷于紫陽〈綱目〉，而特于演義中附正之．

〖4〗古史甚多，而人獨貪看〈三國志〉者，以古今人才之衆未有盛于三國者也．觀才與不才敵，不奇；觀才與才敵，則奇．觀才與才敵，而一才又遇衆才之匹，不奇；觀才與才敵，而衆才尤讓一才之勝，則更奇．吾以爲三國有三奇，可稱三絕：諸葛孔明一絕也，關雲長一絕也，曹操亦一絕也．

〖5〗歷稽載籍，賢相林立，而名高萬古者莫如孔明．其處而彈琴抱膝，居然隱士風流；出而羽扇綸巾，不改雅人深致．在草廬之中，而識三分天下，則達乎天時；承顧命之重，而至六出祁山，則盡乎人事．七擒八陣，木牛流馬，旣已疑鬼疑神之不測；鞠躬盡瘁，志決身殲，仍是爲臣爲子之用心．比管·樂則過之，比伊·呂則兼之，是古今來賢相中第一奇人．

歷稽載籍，名將如雲，而絕倫超群者莫如雲長．靑史對靑燈，則極其儒雅；赤心如赤面，則極其英靈．秉燭達旦，人傳其大節；單刀赴會，世服其神威．獨行千里，報主之志堅；義釋華容，酬恩之誼重．作事如靑天白日，待人如霽月光風．心則趙抃焚香告帝之心，而磊落過之；意則阮籍白眼傲物之意，而嚴正過之：是古今來名將中第一奇人．

歷稽載籍，奸雄接踵，而智足以攬人才而欺天下者，莫如曹操．聽荀彧勤王之說而自比周文，則有似乎忠；黜袁術僭號之非而願爲曹侯，則有似乎順；不殺陳琳而愛其才，則有似乎寬；不追關公以全其志，則有似乎義．王敦不能用郭璞，而操之得士過之；桓溫不能識王猛，而操之知人過之．李林甫雖能制祿山，不如操之擊烏桓于塞外；韓佗冑雖能貶秦檜，不若操之討董卓于生前．竊國家之柄而姑存其號，異于王莽之顯然弒君；留改革之事以俟其兒，勝于劉裕之急欲篡晉；是古今來奸雄中第一奇人．

有此三奇，乃前後史之所絕無者，故讀遍諸史而愈不得不喜讀〈三國志〉也．

〖6〗三國之有三絕固已，然吾自三絕而外，更遍觀乎三國之前・三國之後，問有運籌帷幄如徐庶・龐統者乎？問有行軍用兵如周瑜・陸遜・司馬懿者乎？問有料人料事如郭嘉・程昱・荀彧・賈詡・步騭・虞翻・顧雍・張昭者乎？問有武功將略，邁等越倫如張飛・趙雲・黃忠・嚴顏・張遼・徐晃・徐盛・朱桓者乎？問有冲鋒陷陣，驍銳莫當如馬超・馬岱・關興・張苞・許褚・典韋・張郃・夏侯惇・黃蓋・周泰・甘寧・太史慈・丁奉者乎？問有兩才相當，兩賢相遇，如姜維・鄧艾之智勇悉敵，羊祜・陸抗之從容互鎮者乎？至于道學則馬融・鄭玄，文藻則蔡邕・王粲，穎捷則曹植・楊修，早慧則諸葛恪・鍾會，應對則秦宓・張松，舌辯則李恢・闞澤，不辱君命則趙諮・鄧芝，飛書馳檄則陳琳・阮瑀，治煩理劇則蔣琬・董允，揚譽蜚聲則馬良・荀爽，好古則杜預，博物則張華，求之別籍，俱未易一一見也．

〖7〗乃若知賢則有司馬徽之哲，勵操則有管寧之高，隱居則有崔州平・石廣元・孟公威之逸，忤奸則有孔融之正，觸邪則有趙彥之直，斥惡則有禰衡之豪，罵賊則有吉平之壯，殉國則有董承・伏完之賢，捐生則有耿紀・韋晃之節．子死于父，則有劉諶・關平之孝；臣死于君，則有諸葛瞻・諸葛尚之忠；部曲死于主帥，則有趙累・周倉之義．其他早計如田豐，苦口如王累，矢貞如沮授，不屈如張任，輕財篤友如魯肅，事主不二心如諸葛瑾，不畏強御如陳泰, 視死如歸如王經, 獨存介性如司馬孚.

炳炳麟麟, 照耀史册. 殆舉前之豊沛三杰·商山四皓·雲台諸將·富春客星, 後之瀛洲學士·麟閣功臣·杯酒節度·砑市宰相, 分見于各朝之千百年者, 奔合輻輳于三國之一時, 豈非人才一大都會哉! 入鄧林而選名材, 游玄圃而見積玉, 收不勝收, 接不暇接, 吾于三國有〈觀止之嘆〉矣.

*注: 觀止之嘆(관지지탄): 감탄해 마지않다. 아주 훌륭하다.


〖8〗〈三國〉一書, 乃文章之最妙者. 敍三國不自三國始也, 三國必有所自始, 則始之以漢帝. 敍三國不自三國終也, 三國必有所自終, 則終之以晉國.

而不但此也, 劉備以帝胄而續統, 則有宗室如劉表·劉璋·劉繇·劉辟等以陪之. 曹操以強臣而專制, 則有廢立如董卓, 亂國如李傕·郭汜以陪之. 孫權以方侯而分鼎, 則有僭號如袁術, 稱雄如袁紹, 割據如呂布·公孫瓚·張揚·張邈·張魯·張繡等以陪之. 劉備·曹操于第一回出名, 而孫權則于第七回方出名. 曹氏之定許都在第十一回, 孫氏之定江東在第十二回, 而劉氏之取西川則在第六十回後. 假令今人作稗官, 欲平空擬一三國之事, 勢必劈頭便敍三人, 三人便各據一國, 有能如是之繞乎其前, 出乎其後, 多方以盤旋乎其左右者哉?

古事所傳, 天然有此等波瀾, 天然有此等層折, 以成絶世妙文, 然則讀〈三國〉一書, 誠勝讀稗官萬萬耳.


〖9〗若論三國開基之主, 人盡知爲劉備·孫權·曹操也, 而不知其間各有不同. 備與操皆各自我身而創業, 而孫權則藉父兄之力, 其不同者一. 備與權皆及身而爲帝, 而操則不自爲而待之于其子孫，其不同者二．三國之稱帝也，惟魏獨早，而蜀則稱帝于曹操已死，曹丕已立之餘，吳則稱帝于劉備已死，劉禪已立之後，其不同者三．

三國之相持也，吳爲蜀之鄰，魏爲蜀之仇，蜀與吳有和有戰，而蜀與魏則有戰無和，吳與蜀則和多于戰，吳與魏則戰多于和，其不同者四．

三國之傳也，蜀止二世，魏則自丕及奐凡五主，吳則自權及皓凡四主，其不同者五．

三國之亡也，吳居其後，而蜀先之，魏次之．魏則見奪于其臣，吳蜀則見并于其敵，其不同者六．

不寧惟是，策之與權，則兄終而弟及；丕之與植，則舍弟而立兄；備之與禪，則父爲帝而子爲虜；操之與丕，則父爲臣而子爲君，可謂參差錯落，變化無方者矣．

今之不善畫者，雖使繪兩人，亦必彼此同貌．今之不善歌者，則使唱兩調，亦必前後同聲．文之合掌，往往類是．古人本無雷同之事，而今人好爲雷同之文，則何不取余所批〈三國志〉而讀之？


〔10〕〈三國〉一書，總起總結之中，又有六起六結．其敍獻帝，則以董卓廢立爲一起，以曹丕篡奪爲一結．其敍西蜀，則以成都稱帝爲一起，而以綿竹出降爲一結．其敍劉·關·張三人，則以桃園結義爲一起，而以白帝托孤爲一結．其敍諸葛亮，則以三顧草廬爲一起，而以六出祁山爲一結．其敍魏國，則以黃初改元爲一起，而以司馬受禪爲一結．其敍東吳，則以孫堅匿璽爲一起，而以孫皓銜璧爲一結．凡此數段文字，聯絡交互于其間，或此方起而彼已結，或此未結而彼又起，讀之不見其斷續之迹，而按之，則自有章法之可知也．

〖11〗〈三國〉一書，有追本窮源之妙．三國之分，由于諸鎮之角立；諸鎮角立，由于董卓之亂國；董卓亂國，由于何進之召外兵；何進召外兵，由于十常侍之專政．故敍三國必以十常侍爲之端也．然而劉備之初起，不則在諸鎮之內，而尚在草澤之間．夫草澤之所以有英雄聚義，而諸鎮之所以繕修兵革者，由于黃巾之作亂．故敍三國又必以黃巾爲之端也．乃黃巾未作，則有上天垂災異以警戒之，更有忠謀智計之士，直言極諫以預料之．使當時爲之君者體天心之仁愛，納良臣之讜論，斷然舉十常侍而迸斥焉，則黃巾可以不作，草澤英雄可以不起，諸鎮之兵革可以不修，而三國可以不分矣．故敍三國而追本于桓靈，猶河源之有星宿海雲．

〖12〗〈三國〉一書，有巧收幻結之妙．設令魏而爲蜀所并，此人心之所甚愿也．設令蜀亡而魏得一統，此人心之所大不平也．乃彼蒼之意不從人心所甚愿，而亦不出于人心之所大不平，特假手于晉以一之，此造物者之幻也．然天旣不祚漢，又不予魏，則何不假手于吳而必假手于晉乎？

曰：魏固漢賊也，吳嘗害關公・奪荊州・助魏以攻蜀，則亦漢賊也．若晉之奪魏，有似乎爲漢報讐也者，則與其一之以吳，無寧一之以晉也．且吳爲魏敵，而晉爲魏臣；魏以臣弒君，而晉卽如其事以報之，可以爲戒于天下後世，則使魏而見并于其敵，不若使之見并于其臣之爲快也，是造物者之巧也．幻旣出人意外，巧復在人意中，造物者可謂善于作文矣．今人下筆不能如此之幻，如此之巧，然則讀造物自然之文，而又何必讀今人臆造之文乎哉！

〖13〗〈三國〉一書，有以賓襯主之妙．如將敍桃園兄弟三人，先敍黃巾兄弟三人：桃園其主也，黃巾其賓也．將敍中山靖王之後，先敍魯恭王之後：中山靖王其主也，魯恭王其賓也．將敍何進，先敍陳蕃竇武：何進其主也，陳蕃竇武其賓也．敍劉・關・張及曹操・孫權之出色，并敍各鎮諸侯之無用：劉備・曹操・孫堅其主也，各鎮諸侯其賓也．劉備將遇諸葛亮，而先遇司馬徽・崔州平・石廣元・孟公威等諸人：諸葛亮其主也，司馬徽諸人其賓也．諸葛亮歷事兩朝，乃又有先來卽去之徐庶・晚來先死之龐統：諸葛亮其主也，而徐庶・龐統又其賓也．趙雲先事公孫瓚，黃忠先事韓玄，馬超先事張魯，法正・嚴顏先事劉璋，而後皆歸劉備：備其主也，公孫瓚・韓玄・張魯・劉璋其賓也．太史慈先事劉繇，後歸孫策，甘寧先事黃祖，後歸孫權：張遼先事呂布，徐晃先事楊奉，張郃先事袁紹，賈詡先事李傕・張繡，而後皆歸曹操：孫・曹其主也，劉繇・黃祖・呂布・楊奉等諸人其賓也．

　代漢當塗之讖，本應在魏，而袁公路謬以自許：魏其主也，袁公路其賓也．三馬同槽之夢，本應在司馬氏，而曹操誤以爲馬騰父子：司馬氏其主也，馬騰父子其賓也．受禪臺之說，李肅以賺董卓，而曹丕卽眞焉，司馬炎又卽眞焉：曹丕・司馬炎其主也，董卓其賓也．


〖14〗且不獨人有賓主也，地亦有之．獻帝自洛陽遷長安，又自長安遷洛陽，而終乃遷于許昌：許昌其主也，長安・洛陽皆賓也．劉備失徐州而得荊州；荊州其主也，徐州其賓也．乃得西川而復失荊州：西川其主也，而荊州又其賓也．孔明將北伐中原而先南征蠻方，意不在蠻方而在中原；中原其主也，蠻方其賓也．

　抑不獨地有賓主也，物亦有之．李儒持鴆酒・短刀・白練以貽帝辯；鴆酒其主也，短刀白練其賓也．許田打圍，將敍曹操射鹿，先敍玄德射兎：鹿其主也，兎其賓．赤壁鏖兵，將敍孔明借風，先敍孔明借箭: 風其主也, 箭其賓也. 董承受玉帶, 陪之以錦袍: 帶其主也, 袍其賓也. 關公拜受赤兔馬而陪之以金印·紅袍諸賜: 馬其主也, 金印等其賓也. 曹操掘地得銅雀而陪之以玉龍·金鳳: 雀其主也, 龍·鳳其賓也. 諸如此類, 不可悉數. 善讀是書者, 可于此悟文章賓主之法.

〖15〗〈三國〉一書, 有同樹異枝·同枝異葉·同葉異花·同花異果之妙. 作文者以善避爲能, 又以善犯爲能. 不犯之而求避之, 無所見其避也; 惟犯之而後避之, 乃見其能避也.

如紀<u>宮掖</u>, 則寫一何太后, 又寫一董太后; 寫一伏皇后, 又寫一曹皇后; 寫一唐貴妃, 又寫一董貴人; 寫甘·糜二夫人, 又寫一孫夫人, 又寫一北地王妃; 寫魏之甄后·毛后, 又寫一張后, 而其間無一字相同.

紀<u>戚畹</u>, 則何進之後寫一董承, 董承之後又寫一伏完; 寫一魏之張緝, 又寫一吳之錢尙, 而其間亦無一字相同.

寫權臣, 則董卓之後又寫李傕·郭汜, 傕·汜之後又寫曹操, 曹操之後又寫一曹丕, 曹丕之後又寫一司馬懿, 司馬懿之後又並寫一師昭兄弟, 師昭之後又繼寫一司馬炎, 又旁寫一吳之孫綝, 而其間亦無一字相同.

**※注:** 宮掖(궁액): 궁중에서 비빈들이 거처하는 곳. 비빈. 戚畹(척원): 猶戚里. 戚里: 帝王外戚聚居地方. 借指外戚. 泛指親戚隣里. 〈畹〉:고대의 농지의 면적 단위. 스무 이랑.

〖16〗其他敍兄弟之事, 則袁譚與袁尙不睦, 劉琦與劉琮不睦, 曹丕與曹植亦不睦, 而譚與尙皆死, 琦與琮一死一不死, 丕與植皆不死, 不大異乎!

敍婚姻之事，則如董卓求婚于孫堅，袁術約婚于呂布，曹操約婚于袁譚，孫權結婚于劉備，又求婚于雲長，而或絕而不許，或許而復絕，或僞約而反成，或眞約而不就，不大異乎！

至于王允用美人計，周瑜亦用美人計，而一效一不效則互異．卓·布相惡，催·氾亦相惡，而一靖(=治)一不靖則互異．

獻帝有兩番密詔，則前隱而後彰；馬騰亦有兩番討賊，則前彰而後隱，此其不同者矣．呂布有兩番弒父，而前動于財，後動于色；前則以私滅公，後則假公濟私；此又其不同者矣．趙雲有兩番救主，而前救于陸，後救于水；前則受之主母之手，後則奪之主母之懷，此其不同者矣．

若夫寫水，不止一番，寫火亦不止一番．曹操有下邳之水，又有冀州之水；關公有白河之水，又有罾口川之水．呂布有濮陽之火，曹操有烏巢之火，周郎有赤壁之火，陸遜有猇亭之火，徐盛有南徐之火，武侯有博望·新野之火，又有盤蛇谷·上方谷之火，前後曾有絲毫相犯否？甚者孟獲之擒有七，祁山之出有六，中原之伐有九，求其一字之相犯而不可得．

妙哉文乎！譬猶樹同是樹，枝同是枝，葉同是葉，花同是花，而其植根安蒂，吐芳結子，五色紛披，各成異采．讀者于此，可悟文章有避之一法，又有犯之一法也．


〖17〗〈三國〉一書有星移斗轉·雨覆風翻之妙．杜少陵詩曰："天上浮雲如白衣，斯須改變成蒼狗." 此言世事之不可測也，〈三國〉之文亦猶是爾．

本是何進謀誅宦官，却弄出宦官殺何進，則一變．本是呂布助丁原，却弄出呂布殺丁原，則一變．本是董卓結呂布，却弄出呂布殺董卓，則一變．

本是陳宮釋曹操，却弄出陳宮欲殺曹操，則一變．陳宮未殺曹操，反弄出曹操殺陳宮，則一變．本是王允不赦催‧汜，却弄出催‧汜殺王允，則一變．本是孫堅與袁術不睦，却弄出袁術致書于孫堅，則一變．本是劉表求救于袁紹，却弄出劉表殺孫堅，則一變．

本是昭烈從袁紹以討董卓，却弄出助公孫瓚以攻袁紹，則一變．本是昭烈救徐州，却弄出昭烈取徐州，則一變．本是呂布投徐州，却弄出呂布奪徐州，則一變．本是呂布攻昭烈，却弄出呂布迎昭烈，則一變．本是呂布絕袁術，又弄出呂布求袁術，則一變．

本是昭烈助呂布以討袁術，又弄出助曹操以殺呂布，則一變．本是昭烈助曹操，又弄出昭烈討曹操，則一變．本是昭烈攻袁紹，又弄出昭烈投袁紹，則一變．本是昭烈助袁紹以攻曹操，又弄出關公助曹操以攻袁紹，則一變．

本是關公尋昭烈，又弄出張飛欲殺關公，則一變．本是關公許田欲殺曹操，又弄出華容道放曹操，則一變．本是曹操羍昭烈，又弄出昭烈投東吳以破曹操，則一變．本是孫權仇劉表，又弄出魯肅弔劉表‧又弔劉琦，則一變．

本是孔明助周郎，却弄出周郎欲殺孔明，則一變．本是周郎欲害昭烈，却弄出孫權結婚昭烈，則一變．本是用孫夫人牽制昭烈，却弄出孫夫人助昭烈，則一變．本是孔明氣死周郎，又弄出孔明哭周郎，則一變．本是昭烈不受劉表荊州，却弄出昭烈借荊州，則一變．

本是劉璋欲結曹操，却弄出迎昭烈，則一變．本是劉璋迎昭烈，却弄出昭烈奪劉璋，則一變．本是昭烈分荊州，又弄出呂蒙襲荊州，則一變．本是昭烈破東吳，又弄出陸遜敗昭烈，則一變．

本是孫權求救於曹丕，却弄出曹丕欲襲孫權，則一變．本是昭烈仇東吳，又弄出孔明結好東吳，則一變．本是劉封請孟達，却弄出劉封攻孟達, 則一變. 本是孟達背昭烈, 又弄出孟達欲歸孔明, 則一變.

本是馬騰與昭烈同事, 又弄出馬超攻昭烈, 則一變. 本是馬超救劉璋, 却弄出馬超早昭烈, 則一變.

本是姜維敵孔明, 却弄出姜維조孔明, 則一變. 本是夏侯覇助司馬懿, 却弄出夏侯覇助姜維, 則一變. 本是鍾會忌鄧艾, 却弄出衛瓘殺鄧艾, 則一變. 本是姜維賺鍾會, 却弄出諸將殺鍾會, 則一變.

本是羊祜和陸抗, 却弄出羊祜請伐孫皓, 則一變. 本是羊祜請伐吳, 却弄出一杜預, 又弄出一王濬, 則一變.

論其呼應有法, 則讀前卷定知其有後卷; 論其變化無方, 則讀前文更不料其有後文. 於其可知, 見〈三國〉之文之精; 於其不可料, 更見〈三國〉之文之幻矣.

> *注: 星移斗轉(성이두전): (시간, 세월, 계절이) 흐르다. 雨覆風翻(우복풍번): 覆雨翻雲. 이랬다 저랬다 대중없이 변하다. 온작 술책을 다 부리다.

〖18〗〈三國〉一書, 有橫雲斷嶺·橫橋鎖溪之妙. 文有宜於連者, 有宜於斷者. 如五關斬將, 三顧草廬, 七擒孟獲, 此文之妙於連者也. 如三氣周瑜, 六出祁山, 九伐中原, 此文之妙於斷者也. 盖文之斷者, 不連敍則不貫串; 文之長者, 連敍則懼其累墜. 故必敍別事以間之, 而後文勢乃錯綜盡變. 後世稗官家鮮能及此.

> *注: 累墜(루추): 累贅. 累綴. 累氣. 문장이 중복되고 난삽해져서 지루함을 느끼다.

〖19〗〈三國〉一書, 有將雪見霰·將雨聞雷之妙. 將有一段正文在後, 必先有一段閑文以爲之引; 將有一段大文在後, 必先有一段小文以爲之端. 如將敍曹操濮陽之火, 先寫糜竺家中之火一段閑

文以啓之; 將敍孔融求救於昭烈, 先寫孔融通刺於李弘一段閑文
以啓之; 將敍赤壁縱火一段大文, 先寫博望新野兩短小文以啓之;
將敍六出祁山一段大文, 先寫七擒孟獲一段小文以啓之是也. "魯
人將有事於上帝, 必先有事於泮宮." 文章之妙, 正復類是.

〖20〗〈三國〉一書, 有浪後波紋雨後霢霂之妙. 凡文之奇者, 文
前必有先聲, 文後亦必有餘勢. 如董卓之後, 又有從賊以繼之; 黃
巾之後, 又有餘黨以衍之; 昭烈三顧草廬之後, 又有劉琦三請諸葛
一段文字以映帶之; 武侯出師一段大文之後, 又有姜維伐魏一段
文字以蕩漾之是也. 諸如此類, 皆他書中所未有.
　　※注: 霢(맥): 가랑비. 霂(목): 가랑비.

〖21〗〈三國〉一書, 有寒氷破熱, 凉風掃塵之妙. 如關公五關斬
將之時, 忽有鎭國寺內遇普靜長老一段文字; 昭烈躍馬檀溪之時,
忽有水鏡莊上遇司馬先生一段文字; 孫策虎踞江東之時, 忽有遇
于吉一段文字; 曹操進爵爲王之時, 忽有遇左慈一段文字; 昭烈三
顧草廬之時, 忽有遇崔州平席地閑談一段文字; 關公水淹七軍之
後, 忽有玉泉山月下點化一段文字. 至於武侯征蠻而忽逢孟節, 陸
遜追蜀而忽遇黃承彦, 張任臨敵而忽問紫虛丈人, 武侯伐吳而忽
問靑城老叟. 或僧或道, 或隱士或高人, 俱於極喧𠴱中求之, 眞足
令人躁思頓淸, 煩襟盡滌.
　　※注: 襟(금): 옷깃. 가슴속. 마음. 생각.

〖22〗〈三國〉一書, 有笙簫夾鼓·琴瑟間鐘之妙. 如正敍黃巾擾
亂, 忽有何后董后兩宮爭論一段文字; 正敍董卓縱橫, 忽有貂蟬鳳
儀亭一段文字; 正敍郭汜猖狂, 忽有楊彪夫人與郭汜之妻來往一

段文字；正敘下邳交戰，忽有呂布送女・嚴氏戀夫一段文字；正敘
冀州廝殺，忽有袁譚失妻曹丕納婦一段文字；正敘荊州事變，忽有
蔡夫人商議一段文字； 正敘赤壁鏖兵， 忽有曹操欲取二喬一段文
字；正敘宛城交攻，忽有張濟妻與曹操相遇一段文字；正敘趙雲取
桂陽，忽有趙范寡嫂敬酒一段文字；正敘昭烈爭荊州，忽有孫權親
妹洞房華燭一段文字； 正敘孫權戰黃祖， 忽有孫翊妻爲夫報仇一
段文字；正敘司馬懿殺曹爽，忽有辛憲英爲弟劃策一段文字．至於
袁紹討曹操之時，忽帶敘鄭康成之婢；曹操救漢中之日，忽帶敘蔡
中郎之女．諸如此類，不一而足．人但知〈三國〉之文是敘龍爭虎鬥
之事，而不知爲鳳・爲鸞・爲鶯・爲燕，篇中有應接不暇者，令人於
干戈隊裏時見紅裙， 旌旗影中常睹粉黛， 殆以豪士傳與美人傳合
爲一書矣．

〖23〗〈三國〉一書，有隔年下種・先時伏着之妙．善圃者投種於
地，待時而發．善奕者下一閑着於數十着之前，而其應在數十着之
後．文章敘事之法亦猶是已．如西蜀劉璋乃劉焉之子，而首卷將敘
劉備，先敘劉焉，早爲取西川伏下一筆．又於玄德破黃巾時，并敘
曹操，帶敘董卓，早爲董卓亂國・曹操專權伏下一筆．趙雲歸昭烈
在古城聚義之時，而昭烈之遇趙雲，早於磐河戰公孫時伏下一筆．
馬超歸昭烈在葭萌戰張飛之後，而昭烈之與馬騰同事， 早於受衣
帶詔時伏下一筆． 龐統歸昭烈在周郎既死之後，而童子述龐統姓
名，早於水鏡莊前伏下一筆．武侯嘆"謀事在人，成事在天"，在
上方谷火滅之後， 而司馬徽"未遇其時"之語， 崔州平"天不可
強"之言，早於三顧草廬前伏下一筆．劉禪帝蜀四十餘年而終，在
一百十回之後，而鶴鳴之兆，早於新野初生時伏下一筆．姜維九伐
中原在一百五回之後， 而武侯之收姜維， 早於初出祁山時伏下一

筆. 姜維與鄧艾相遇在三伐中原之後, 姜維與鍾會相遇在九伐中原之後, 而夏侯霸述兩人姓名, 早於未伐中原時伏下一筆. 曹丕簒漢在八十回中, 而靑雲紫雲之祥, 早於三十三回之前伏下一筆. 孫權僭號在八十五回後, 而吳夫人夢日之兆, 早於三十八回中伏下一筆. 司馬簒魏在一百十九回, 而曹操夢馬之兆, 早於五十七回中伏下一筆. 自此而外, 凡伏筆之處, 指不勝屈. 每見近世稗官家一到<u>扭捏不來</u>之時, 便平空生出一人, 無端造出一事, 覺後文與前文隔斷, 更不相涉. 試令讀〈三國〉之文, 能不汗顏!

> \*注: 扭捏不來(뉴날불래): 인위적으로(억지로) 만들어내지 못하다. 〈扭捏〉: 生硬編造. 牽强附會. 人工按排. 〈不來〉: …해내지 못하다.)

〖24〗〈三國〉一書, 有添絲補錦·移針均繡之妙. 凡敍事之法, 此篇所關者補之於彼篇, 上卷所多者均之於下卷, 不但使前文不<u>拖杳</u>, 而亦使後文不寂寞; 不但使前事無遺漏, 而又使後事增<u>渲染</u>, 此史家妙品也. 如呂布取曹豹之女, 本在未奪徐州之前, 却於困下邳時敍之. 曹操望梅止渴, 本在擊張繡之日, 却於靑梅煮酒時敍之. 管寧割席分坐, 本在華歆未仕之前, 却於破壁取后時敍之. 吳夫人夢月, 本在將生孫策之前, 却於臨終遺命時敍之. 武侯求黃氏爲配, 本在未出草廬之前, 却於諸葛瞻死難時敍之. 諸如此類, 亦指不勝屈. 前能留步以應後, 後能回照以應前, 令人讀之, 眞一篇如一句.

> \*注: 拖杳(타답): 말이 번잡하다. 꾸물거리다. 渲染(선염): 말이나 글을 과장하다.

〖25〗〈三國〉一書, 有近山濃抹·遠樹輕描之妙. 畫家之法, 於山與樹之近者, 則濃之重之; 於山與樹之遠者, 則輕之淡之. 不然, 林麓迢遙, 峰嵐層疊, 豈能於尺幅之中一一而詳繪之乎? 作文亦猶是已. 如皇甫嵩破黃巾, 只在朱雋一邊打聽得來; 袁紹殺公孫瓚, 只在曹操一邊打聽得來; 趙雲襲南郡, 關·張襲兩郡, 只在周郎眼中·耳中得來; 昭烈殺楊奉·韓暹, 只在昭烈口中敍來; 張飛奪古城在關公耳中聽來; 簡雍投袁紹在昭烈口中說來. 至若曹丕三路伐吳而皆敗, 一路用實寫, 兩路用虛寫; 武侯退曹丕五路之兵, 惟遣使入吳用實寫, 其四路皆虛寫. 諸如此類, 又指不勝屈. 只一句兩句, 正不知包却幾許事情, 省却幾許筆墨.

〖26〗〈三國〉一書, 有奇峰對插·錦屏對峙之妙. 其對峙法, 有正對者, 有反對者, 有一卷之中自爲對者, 有隔數十卷而遙爲對者. 如昭烈則自幼便大, 曹操則自幼便奸. 張飛則一味性急, 何進則一味性慢. 議溫明是董卓無君, 殺丁原是呂布無父. 袁紹磐河之戰勝敗無常, 孫堅峴山之役生死不測. 馬騰勤王室而無功, 不失爲忠; 曹操報父讐而不果, 不得爲孝. 袁紹起馬步三軍而復回, 是力可戰而不斷; 昭烈擒王·劉二將而復縱, 是勢不敵而從權. 孔融薦禰衡是緇衣之好, 禰衡罵曹操是巷伯之心. 昭烈遇德操是無意相遭, 單福過新野是有心來謁. 曹丕苦逼生曹植是同氣戈矛, 昭烈痛哭死關公是異姓骨肉. 火熄上方谷是司馬之數當生, 燈滅五丈原是諸葛之命當死. 諸如此類, 或正對, 或反對, 皆一回之中而自爲對者也.

*注: 緇衣(치의): 古代用黑色帛做的朝服. 又僧服. 詩. 鄭風篇名.〈禮記. 緇衣〉: "子曰: 好賢如〈緇衣〉, 惡惡如〈巷伯〉" 鄭玄注:〈緇衣〉,〈巷伯〉, 皆詩篇名也…此衣緇衣者賢者也.

〖27〗如以國戚害國戚, 則有何進; 以國戚薦國戚, 則有伏完.

李肅說呂布，則以智濟其惡；王允說呂布，則以巧行其忠．張飛失徐州，則以飲酒誤事；呂布陷下邳，則以禁酒受殃．關公飲魯肅之酒是一片神威，羊祜飲陸抗之酒是一團和氣．孔明不殺孟獲是仁者之寬，司馬懿必殺公孫淵是奸雄之刻．關公義釋曹操是報其德於前，翼德義釋嚴顏是收其用於後．武侯不用子午谷之計是慎謀以圖全，鄧艾不懼陰平嶺之危是行險以僥幸．曹操有病，陳琳一罵便好；王郎無病，孔明一罵便亡．孫夫人好甲兵是女中丈夫，司馬懿受巾幗是男中女子．

八日而取上庸，則以速而神；百日而取襄平，則以遲而勝．孔明屯田渭濱是進取之謀，姜維屯田沓中是退避之計．曹操受漢之九錫，是操之不臣；孫權受魏之九錫，是權之不君．曹操射鹿，義乖於君臣；曹丕射鹿，情動於母子．楊儀・魏延相爭於班師之日，鄧艾・鍾會相忌在用兵之時．姜維欲繼孔明之志，人事逆乎天心，杜預能承羊祜之謀，天時應乎人力．諸如此類，或正對・或反對，皆不在一回之中而遙相為對者也．誠於此較量而比觀焉，豈不足快讀古之胸，而長尚論之識？


〔28〕〈三國〉一書，有首尾大照應・中間大關鎖處．如首卷以十常侍為起，而末卷有劉禪之寵中貴以結之，又有孫皓之寵中貴，以雙結之，此一大照應也．又如首卷以黃巾妖術為起，而末卷有劉禪之信師婆以結之，又有孫皓之信術士以雙結之，此又一大照應也．照應既在首尾，而中間百餘回之內若無有與前後相關合者，則不成章法矣．

於是有伏完之托黃門寄書，孫亮之察黃門盜蜜以關合前後；又有李傕之喜女巫，張魯之用左道以關合前後．凡若此者，皆天造地設，以成全篇之結構者也．然猶不止此也，作者之意，自宦官妖術而外，尤重在嚴誅亂臣賊子以自附於〈春秋〉之義．故書中多錄討賊之忠，紀弒君之惡．而首篇之末則終之以張飛之勃然欲殺董卓，末篇之末則終之以孫皓之隱然欲殺賈充．由此觀之，雖曰演義，直可繼麟經而無愧耳．

*注: 天造地設(천조지설): 하늘이 만들고 땅이 설치하다. 자연적으로 이루어져 더 다듬을 필요가 없다.　麟經(인경); 〈春秋〉의 다른 이름.


〖29〗〈三國〉敍事之佳，直與〈史記〉彷彿，而其敍事之難則有倍難於〈史記〉者．〈史記〉各國分書，各人分載，於是有本紀·世家·列傳之別．今〈三國〉則不然，殆合本紀·世家·列傳而總成一篇．分則文短而易工，合則文長而難好也．


〖30〗讀〈三國〉勝讀〈列國志〉．夫〈左傳〉，〈國語〉，成文章之最佳者，然左氏依經而立傳，經既逐段各自成文，傳亦逐段各自成文，不相聯屬也．〈國語〉則離經而自爲一書，可以聯屬矣；究竟周語·魯語·晉語·鄭語·齊語·楚語·吳語·越語八國分作八篇，亦不相聯屬也．後人合〈左傳〉，〈國語〉而爲〈列國志〉，因國事多煩，其段落處，到底不能貫串．今〈三國演義〉，自首至尾讀之，無一處可斷，其書又在〈列國志〉之上．


〖31〗讀〈三國〉勝讀〈西遊記〉．〈西遊〉捏造妖魔之事，誕而不經，不若〈三國〉實敍帝王之事，眞而可考也．且〈西遊〉好處，〈三國〉已皆有之．如啞泉·黑泉之類，何異子母河·落胎泉之奇．朵思大王·木鹿大王之類，何異牛魔·鹿力·金角·銀角之號．伏波顯聖·山神指迷之類，何異南海觀音之救．只一卷"漢相南征記"便抵得一部〈西遊記〉矣．至於前而鎭國寺，後而玉泉山，或目視戒刀脫

離火厄, 或望空一語有同棒喝. 豈必誦<u>靈臺方寸</u>·<u>斜月三星</u>之文,
乃悟禪心乎哉!

*注: 靈臺方寸·斜月三星: 〈서유기〉를 일컫는다. 서유기에서는 자주 사람의
〈마음〉을 靈臺方寸(영대방촌)과 斜月三星(사월삼성)이라 불렀다.


〖 32 〗 讀〈三國〉勝讀〈水滸傳〉. 〈水滸〉文字之眞, 雖較勝〈西
遊〉之幻, 然無中生有, 任意起滅, 其<u>匠心</u>不難, 終不若〈三國〉敍
一定之事, 無容改易, 而卒能匠心之爲難也. 且三國人才之盛, 寫
來各各出色, 又有高出於吳用·公孫勝等萬萬者. 吾謂<u>才子書</u>之
目, 宜以〈三國演義〉爲第一.

*注: 匠心(장심): 장의. 궁리. 고안. (기술이나 예술 방면에) 독창성이 있다.
才子書(재자서): 淸의 金聖歎이 재자의 작품으로 뽑은 6권의 책. 즉 離騷.
南華眞經: 즉 莊子. 史記. 杜詩. 西廂記. 水滸傳.

# 三 國 演 義

詞曰:
滾滾長江東逝水
浪花淘盡英雄.
是非成敗轉頭空
靑山依舊在
幾度夕陽紅.
白髮漁樵江渚上
慣看秋月春風.
一壺濁酒喜相逢
古今多少事
都付笑談中.

————————

*滾滾(곤곤): 물이 솟아나 흐르는 모양. 콸콸(水涌流貌: 不盡長江滾滾流). 도
  도하게 끊어지지 않고 계속 이어지는 모양(滔滔不絕貌: 談論滾滾). 솟아오
  르며 뒤집히는 모양. 펄펄. (液體受熱沸騰翻動: 譬之煎藥).
*浪花(낭화): 물결끼리 또는 물결이 다른 물건에 부딪쳐서 일어나는 물과 포
  말.(波浪互相衝激或拍擊別的東西上激起的水點和布襪)

# 第一回

## 宴桃園豪杰三結義
## 斬黃巾英雄首立功

〔1〕話說天下大勢, 分久必合, 合久必分. 周末七國分爭, 并入於秦; 及秦滅之後, 楚漢分爭, 又并入於漢; 漢朝自高祖斬白蛇而起義, 一統天下; 後來光武中興, 傳至獻帝, 遂分爲三國. 推其治亂之由, 殆始於桓·靈二帝.(*〈出師表〉曰: "歎息痛恨於桓·靈." 故從桓·靈說起. 桓·靈不用十常侍, 則東漢可以不爲三國; 劉禪不用黃皓, 則蜀漢可以不爲晉國. 此一部大書前後照應處.) 桓帝禁錮善類, 崇信宦官. 及桓帝崩, 靈帝卽位, 大將軍竇武·太傅陳蕃共相輔佐. 時有宦官曹節等弄權, 竇武·陳蕃謀誅之, 機事不密, 反爲所害. 中涓自此愈橫.

*注: 話說(화설): 〈이야기를 말하다〉. 옛 소설에서 이야기를 시작할 때에 쓰는 정형화된 형식의 發語詞. 七國(칠국): 韓·趙·魏·燕·齊·楚·秦. 高祖斬白蛇(고조참백사): 秦 말기 황릉 작업을 할 인부들을 인솔해

가던 劉邦이 인부들이 흩어지자 같이 도망가다가 밤에 못가에 이르렀을 때 큰 백사가 길을 막고 있는 것을 보고 칼로 그 뱀을 베어 죽였다. 그 뱀은 하늘의 白帝의 아들로서 秦을 나타내고, 이를 베어 죽인 유방은 赤帝의 아들이라 하여 秦을 멸망시키고 漢을 건국한 것은 天命에 의한 것이라고 象徵造作한 것이다. 〈高祖〉: 漢을 건국한 劉邦. 재위: B.C.206~195년.  光武(광무): 光武帝 劉秀. 재위: 서기 25~56년. 〈光武中興〉: 王莽에 의해 망한 前漢을 光武帝 劉秀가 다시 일으켜 세워 東漢을 건립한 것을 말한다.  獻帝(헌제): 靈帝의 뒤를 이어 소제가 즉위한 이후 다섯 달 만에 폐위된 후 즉위한 東漢 마지막 왕. 재위: 190~219년. 재위 기간에 年號는 初平(190~193), 興平(194~195), 建安(196~219)으로 세 번 바뀌었다.  殆(태): 대개. 대략.  桓帝(환제): 재위 147~167년. 그는 20년간의 재위 기간에 연호는 建和(147~149), 和平(150~150), 元嘉(151~152), 永興(153~154), 永壽(155~157), 延熹(158~166), 永康(167~167)으로 모두 7차례 바뀌었다.  靈帝(영제): 환제의 뒤를 이은 영제는 그 연호를 建寧(168~171), 熹平(172~177), 光和(178~183), 中平(184~189)으로 4차례 바꿨다.  禁錮善類(금고선류): 동한 桓帝 劉志 때 환관들이 권력을 독차지하여 멋대로 행세하자 학자와 관료집단의 반대를 야기하여 서로 격렬하게 투쟁했다. 결국 환관 집단이 승리하여 관료 집단 중 수많은 반대파를 체포하고 처벌했다. 그들은 후에 비록 석방되기는 했으나 평생 관리가 되지 못했다. 〈禁錮〉: 관리가 되지 못하게 금하거나 감옥에 가두다. 〈善類〉: 좋은 사람들이란 뜻이지만, 여기서는 환관들에 반대했던 士大夫들을 가리킨다.  大將軍(대장군): 병마 대권을 장악한 관료의 최고위직. 三公(太尉, 司徒, 司空)과 동급이다.  太傅(태부): 三公의 位에 있으므로 上公이라고도 불렀다. 常設職이 아니고 천자가 어릴 때 그를 보좌하는 임무를 맡았다. 주로 나이가 많고 덕이 있는 사람으로 임명했다. 太傅, 太尉, 司徒, 司空, 大將軍을 '五府'라 불렀다.  機事不密(기사불밀): 기밀에 속하는 중대한 일(機事)이 보안유지가 허술하여(不密) 누설되다.

中涓(중연): 황제 주위에서 시중드는 환관. 太監이라고도 한다.

〖2〗 建寧二年四月望日, 帝御溫德殿. 方陞座, 殿角狂風驟起, 只見一條大靑蛇從梁上飛將下來, 蟠於椅上.(*白蛇斬而漢興, 靑蛇見而漢危, 靑蛇·白蛇遙遙相對.) 帝驚倒, 左右急救入宮, 百官俱奔避. 須臾, 蛇不見了. 忽然大雷大雨, 加以氷雹, 落到半夜方止. 壞却房屋無數. 建寧四年二月, 洛陽地震; 又海水泛溢, 沿海居民盡被大浪捲入海中.

光和元年, 雌雞化雄.(*此兆尤切中宦官. 以男子而淨身, 則雄化爲雌矣; 以閹人而干政, 則雌又化爲雄矣.) 六月朔, 黑氣十餘丈飛入溫德殿中. 秋七月, 有虹見於玉堂; 五原山岸盡皆崩裂. 種種不詳, 非止一端.(*先說災異, 引起盜賊.) 帝下詔, 問群臣以災異之由. 議郎蔡邕上疏, 以爲蜺墮鷄化乃婦寺干政之所致, 言頗切直.(*首卷書以蔡邕起, 以董卓結. 盖邕固一代文人也, 使不失身董卓, 則〈三國志〉當成於蔡邕之手, 豈成於陳壽之手哉! 作者殆爲中郞惜之.) 帝覽奏嘆息, 因起更衣. 曹節在後竊視, 悉宣告左右, 遂以他事陷邕於罪, 放歸田里. 後張讓·趙忠·封諝·段珪·曹節·侯覽·蹇碩·程曠·夏惲·郭勝十人, 朋比爲奸, 號爲十常侍. 帝尊信張讓, 呼爲阿父.(*有此張父, 自然生出張角等兄弟三人出來.) 朝政日非, 以致天下人心思亂, 盜賊蜂起.

*注: 建寧(건녕): 東漢 靈帝의 연호. 168~172년. 건녕 2년은 서기 169년으로, 신라 阿達羅尼師今 16년, 고구려 新大王伯固 5년에 해당한다. 御(어): 고대 황제나 왕과 관련된 행동이나 사물에는 전부 '御'를 사용했다. 여기서는 황제가 전각에 오른 행동을 나타낸다. (*御製訓民正音(어제훈민정음): 임금이 지은 훈민정음.) 只見(지견): 다만…만 보다. 문득 보다. 얼핏 보다. 飛將下來(비장하래): 날아서 내려오다. 〈將〉: 動詞와 方向補語 사이에 사용되어 동작의 持續이나 開始를 나타낸다. 須臾(수유): 잠깐. 잠시 후. 海水

泛溢(해수범일): 바닷물이 넘치다. 현대 용어로 〈쓰나미〉를 가리킨다. 光和(광화): 동한 靈帝의 연호. 元年은 서기 178년으로 신라 阿達羅尼師今 25년. 고구려 新大王伯固 14년에 해당. 玉堂(옥당): 漢나라 때 洛陽宮의 궁전 이름. 五原(오원): 즉 畢原, 白鹿原, 少陵原, 高陽原, 細柳原. 고대의 郡名으로 원래는 陝西省 경내에 있었으나 民國時에 고쳐서 縣으로 하였다. 治所(군 행정기구 소재지)는 五原으로 지금의 내몽고 자치구 包頭市 西北에 있다. 東漢 末과 삼국시대의 郡은 縣 이상 州 이하 크기의 행정구역. 議郎(의랑): 光祿勳(천자의 侍衛를 관장하는 省)의 屬官. 천자의 고문관으로 조정 政事의 得失을 의론하는 책임을 맡았다. 蜺(예): 무지개. 〈霓(예)〉와 同字. 虹霓. 婦寺(부사): 궁중의 여인들과 근시들. 〈婦〉: 궁중의 부녀와 근시. 즉 태후, 황후, 황제의 유모 등. 〈寺(사)〉: 寺人. 즉 시중드는 사람(侍人). 또는 太監, 환관 등. 更衣(경의): 옷을 갈아입다. 옷을 갈아입고 쉬는 곳. 옛날 大小便의 婉辭. 〈更衣室〉: 화장실(厠所). 常侍(상시): 즉, 中常侍. 少府(천자가 사용하는 物品의 出納 및 관리를 관장하는 省)의 속관. 주로 환관들로 임명되었는데, 환관 중에서는 최고 높은 직위였다. 中常侍는 궁정을 출입하며 황제를 곁에서 모시고 詔令을 전달하고 각종 문서를 관장했다. 阿父(아부): 父親이란 뜻과 伯父, 叔父 등의 뜻, 그리고 나이 많은 어른을 높여서 부르는 존칭으로 쓰인다.


〖3〗 時鉅鹿郡有兄弟三人:(*以此兄弟三人, 引出桃園兄弟三人.) 一名張角, 一名張寶, 一名張梁. 那張角本是個不第秀才, 因入山探藥, 遇一老人, 碧眼童顔, 手執藜杖, 喚角至一洞中, 以天書三卷授之, 曰: "此名太平要術. 汝得之, 當代天宣化, 普救世人. 若萌異心, 必獲惡報." 角拜問姓名, 老人曰: "吾乃南華老仙也." 言訖, 化陣清風而去.(*此事誰見來? 此張角自言之, 而人遂信之, 正與 "篝火狐鳴" 一般伎倆.) 角得此書, 曉夜攻習, 能呼風喚雨, 號爲太平道人.

*注: 鉅鹿郡(거록군): 巨鹿郡으로도 쓴다. 治所는 鋸鹿(지금의 하북성 平鄕縣 西南). 不第秀才(부제수재): 과거시험에 합격하지 못한 秀才. 藜杖(려장): 명아주(藜) 줄기로 만든 지팡이. 宣化(선화): 德化를 널리 펼치다. 南華老仙(남화노선): 南華眞人. 道敎에서는 莊子를 神化하여, 그가 후에 〈北育火丹〉을 먹고 승천하여 신선이 되었다고 한다. 唐 玄宗 天寶 元年(742)에 장자를 〈南華眞人〉으로 봉하였다. 言訖(언흘): 말을 마치다(끝내다). 〈訖〉은 어떤 동작이 끝났음을 나타낸다. 陣(진): 번. 바탕. 차례. 한동안. 한때. 한 줄기. 한 가닥. (잠시 동안 지속되는 일이나 동작을 세는 단위의 量詞). 曉夜(효야): 밤을 밝히다. 밤을 새우다.

〖4〗中平元年正月內, 疫氣流行. 張角散施符水, 爲人治病, 自稱大賢良師. 角有徒弟五百餘人, 雲遊四方, 皆能書符念咒. 次後徒衆日多, 角乃立三十六方, 大方萬餘人, 小方六七千, 各立渠帥, 稱爲將軍. 訛言: "蒼天已死, 黃天當立." 又云: "歲在甲子, 天下大吉." 令人各以白土, 書甲子二字於家中大門上. 靑·幽·徐·冀·荊·揚·兗·豫八州之人, 家家侍奉大賢良師張角名字.(*天子既呼張讓爲父, 天下安得不奉張角爲師?)

*注: 中平(중평): 漢 靈帝 때 개정된 年號. 영제는 그 연호를 建寧(168~171년), 熹平(172~177년), 光和(178~183년), 中平(184~189년)으로 4차례 바꿨다. 中平 元年은 서기 184년으로 신라 伐休尼師今 元年. 고구려 故國川王 南武 6년에 해당. 符水(부수): 옛날 무당이나 도사들이 물속에 부적을 태우거나 직접 수면을 향하여 주술을 외운 후 그 물을 마시게 해서 병을 치료한다는 미신. 書符念咒(서부념주): 부적을 쓰고 주문을 외우다. 渠帥(거수): 두목. 우두머리. 수령. 蒼天已死(창천이사): 東漢 末 黃巾賊이 난을 일으키면서 내걸었던 口號로, 東漢 정권을 〈蒼天〉으로, 黃巾軍을 〈黃天〉으

로 비유한 것이다.　歲在(세재): 歲次.〈歲〉: 원래는 歲星. 즉 木星을 가리키는데, 木星은 1년(12개월)에 二十八宿을 一周하므로 이를 歲星이라 불렀다. 이로부터 1年을 一歲라 한다.　甲子(갑자): 甲子年. 東漢 靈帝 中平 元年. 서기 184년.　青幽徐冀荆揚兗豫(청유서기형양연예):〈青〉: 青州. 治所는 臨淄(지금의 산동성 淄博市 臨淄 北).　〈幽〉: 幽州. 治所는 薊縣(계현: 지금의 北京市 西南).　〈徐〉: 徐州. 治所는 郯(지금의 산동성 郯縣). 후에 治所를 下邳(지금의 강소성 邳縣 南)으로 옮겼다.〈冀〉: 冀州. 東漢 말의 治所는 鄴縣(지금의 하북성 臨漳縣 西南).〈荆〉: 荆州. 治所는 襄陽(지금의 호북성 襄樊市).〈揚〉: 揚州. 治所는 壽春(지금의 안휘성 壽縣), 후에 治所를 合肥(지금의 안휘성 合肥市 西北)로 옮겼다.〈兗(연)〉: 兗州. 治所는 昌邑(지금의 산동성 金鄉縣 西北).〈豫〉: 豫州. 治所는 譙(초). 지금의 안휘성 亳縣. 관할지는 지금의 淮河 以北의 伏牛山 以東의 하남 동부, 안휘 북부.　州(주): 東漢 말년 郡 이상의 一級 행정구역으로 당시에는 전국이 모두 12개 州로, 이상 8州 外에 益州, 凉州, 并州, 交州 4州가 있었다.

〖5〗角遣其黨馬元義, 暗齎金帛, 結交中涓封諝, 以爲內應.　(*外寇必結連內寇.) 角與二弟商議曰: "至難得者民心也. 今民心已順, 若不乘勢取天下, 誠爲可惜." 遂一面私造黃旗, 約期擧事, 一面使弟子唐州馳書報封諝. 唐州乃徑赴省中告變.(*中涓反作奸細, 奸細反作首人, 可見內寇更惡於外寇.)

　　*注: 齎(재): 가져가다. 휴대하다. 遺送. 賫(재)와 혼용한다.　徑赴(경부): 곧장 달려가다.　省中(성중): 황제가 거처하는 곳을 禁中, 조정의 관리들이 공무를 처리하는 곳을 省中이라 하며, 둘을 합쳐서 禁省이라고 한다. 省中 또한 궁궐 안 전체를 가리키기도 한다.

〖6〗帝召大將軍何進, 調兵擒馬元義, 斬之. 次收封諝等一干人下獄.(*何不便殺!) 張角聞知事露，星夜擧兵，自稱"天公將軍"，張寶稱"地公將軍"，張梁稱"人公將軍"；(*隱然鼎足，爲三國引子.) 申言於衆曰："今漢運將終，大聖人出. 汝等皆宜順天從正，以樂太平." 四方百姓， 裹黃巾從張角反者四五十萬.(*奉黃天而裹黃巾，殺是好笑.) 賊勢浩大，官軍望風而靡. 何進奏帝火速降詔，令各處備禦，討賊立功，一面遣中郎將盧植·皇甫嵩·朱雋各引精兵分三路討之.

> *注: 調兵(조병): 군사를(병력을) 동원하다. 인원을 이동 배치하다.　一干人(일간인): 관련자(연루자) 전원. 〈干〉: 관련(연루)되다.　　星夜(성야): 밤. 별밤. 밤을 새워.　望風而靡(망풍이미): =望風披靡(망풍피미). 초목이 바람 따라 쓰러지듯이 적의 강대한 기세에 압도당하는 것을 비유함. 군사들이 투지를 상실하고 흩어지는 것을 형용하는 말. 〈靡〉: 쓰러지다. 흩어지다.　中郎將(중랑장): 官名. 군대를 통솔하는 將領.　三路(삼로): 세 길. 세 방면.

〖7〗 且說張角一軍前犯幽州界分. 幽州太守劉焉，乃江夏竟陵人氏，漢魯恭王之後也. 當時聞得賊兵將至，召校尉鄒靖計議. 靖曰："賊兵衆，我兵寡，明公宜作速招軍應敵." 劉焉然其說，隨卽出榜招募義兵.

> *注: 且說(차설): 한편. 〈却說〉과 同義. 잠시(우선. 다시) 말하자면.　江夏竟陵(강하경릉): 지금의 호북성 潛江縣. 〈江夏〉: 郡名, 東漢 때 治所는 安陸(지금은 호북성에 속함).　校尉(교위): 武官名. 장군 바로 아래의 직급으로 그 직무에 따라 그 앞에 각종 호칭을 붙이는데, 다음의 典軍校尉는 중앙의 禁軍을 통솔하는 무관이다.　作速(작속): 속히. 빨리. 얼른.　招軍(초군): 군사를 모집하다.　隨卽(수즉): 즉시. 곧.　招募(초모): 인원(군사)을 모집하다.

〖8〗 榜文行到涿縣，引出涿縣中一個英雄.(*方入此卷正文，先是一个英雄.) 邢人不甚好讀書, 性寬和, 寡言語, 喜怒不形於色. 素有大志, 專好結交天下豪傑. 生得身長八尺, 兩耳垂肩, 雙手過膝, 目能自顧其耳, 面如冠玉, 唇若塗脂, 中山靖王劉勝之後·漢景帝閣下玄孫, 姓劉, 名備, 字玄德. 昔劉勝之子劉貞, 漢武時封涿鹿亭侯, 後坐酎金失侯.(*漢武帝時宗廟祭祀, 命宗藩俱獻金助祭, 金色有不佳者, 輒削其封.) 因此遺這一枝在涿縣. 玄德祖劉雄, 父劉弘. 弘曾擧孝廉, 亦嘗作吏, 早喪. 玄德幼孤, 事母至孝. 家貧, 販屨織蓆爲業.(*漢武用主父偃計, 削弱宗藩, 以致光武起於田間, 昭烈起於織蓆, 可勝嘆哉!) 家住本縣樓桑村, 其家之東南有一大桑樹, 高五丈餘, 遙望之童童如車蓋. 相者云:"此家必出貴人." 玄德幼時, 與鄉中小兒戲於樹下, 曰:"我爲天子, 當乘此車蓋." 叔父劉元起奇其言, 曰:"此兒非常人也!" 因見玄德家貧, 常資給之.(*好叔父.) 年十五歲, 母使游學. 嘗師事鄭玄·盧植, 與公孫瓚等爲友.(*以上是玄德一篇小傳.) 及劉焉發榜招軍時, 玄德年已二十八歲矣.

*注: 涿縣(탁현): 지금의 하북성 涿州. 生得(생득): 태어나다. 생기다. 외모. 〈得〉: 동사나 형용사 뒤에 쓰여 결과나 정도를 표시하는 보어를 연결시키는 역할을 하는 조사. '的'을 쓰기도 한다. 冠玉(관옥): 冠帽에 다는 玉. 美男. 中山靖王劉勝(중산정왕유승): 劉勝은 漢 景帝의 第七子로 中山王에 봉해졌고 시호는 〈靖〉이다. 景帝(경제): 西漢 황제 劉啓. 漢文帝의 아들로 B.C.157~141년 재위. 漢武(한무): 漢 武帝(B.C. 140~87). 亭侯(정후): 漢代 侯爵의 명칭. 한대의 侯는 그가 거두어들이는 賦稅와 戶數의 많고 적음에 따라 그 食邑을 縣, 鄕, 亭으로 나누어서 縣侯, 鄕侯, 亭侯라 불렀다. 〈涿鹿陸城亭侯〉란 〈涿鹿郡의 陸城을 食邑으로 하는 亭侯〉란 뜻이다. 坐酎金失侯(좌주금실후): 규정에 따른 酎金을 납부하지 않은 죄로 侯爵의 관직을 박탈당하다. 〈坐〉: 법을 어겨서 죄를 받다. 남의 죄에 연루되다. 〈酎金〉: 漢朝에서는 매년 제후들이 규정된 대로 황제에게 祭祀用 貢金을

바치도록 했는데, 이를 酎金이라 불렀다.　**舉孝廉**(거효렴): 한나라 때 관리를 선발하는 과목의 하나. 지방관이 조정에 부모에게 효도하고(孝) 청렴한(廉) 사람을 천거하는 것을 〈舉孝廉〉이라 했다. 孝廉은 明, 清代의 〈舉人〉과 비슷하나 전자는 추천으로, 후자는 省級에서 실시하는 시험을 쳐서 선발했다. 〈舉〉: 추천하다.　**屨**(구): 신발. 마혜(麻鞋).　**童童**(동동): 나뭇가지와 잎이 우거진 모습이 수레의 덮개 같음을 형용하는 말. 고대에는 집에 이런 나무가 있으면 貴人이 나올 징조라고 생각했다.　**相者**(상자): 觀相 보는 사람.　**鄭玄**(정현): 漢代의 최고 유명한 經學者로 論語, 孟子, 禮記에 註釋을 달아 후세의 經典 연구에 큰 도움을 주었다. 그러나 후에 董卓에 의해 등용되고, 董卓의 시신에 곡을 했다는 이유로 曹操에 의해 죽임을 당했다.


〖9〗當日見了榜文, 慨然長嘆.(＊此一嘆, 嘆出無數大事來.) 隨後一人<u>厲聲</u>言曰: "大丈夫不與國家出力, 何故長嘆?" 玄德回視其人, 身長八尺, 豹頭環眼, 燕頷虎鬚, 聲若巨雷, 勢如奔馬. 玄德見他形貌異常, 問其姓名. 其人曰: "某姓張名飛, 字翼德, 世居涿郡, 頗有莊田, **賣酒屠猪**(狗), 專好結交天下豪傑.(＊與玄德有同好.) <u>適纔</u>見公看榜而嘆, 故此相問." 玄德曰: "我本漢室宗親, 姓劉名備. 今聞黃巾倡亂, 有志欲破賊安民, 恨力不能, 故長嘆耳." 飛曰: "吾頗有資財, 當招募鄉勇, 與公同舉大事, 如何?"(＊畢竟有資財者易於舉大事.) 玄德甚喜, 遂與同入村店中飲酒.

　　＊**注**: **厲聲**(려성): 언성을 높이다. 성난 목소리로 말하다.　**某**(모): 〈저〉. 自稱之詞로 〈我〉 또는 本名 대신에 씀.　**屠猪**(도저): 돼지(개)를 잡다. 〈屠〉: 잡다. 죽이다. 백장. 백정.(＊上海鴻文書局石印本에는 〈猪〉가 아니라 〈狗〉로 되어 있다).　**適纔**(적재): 마침. 방금. 剛才. 〈恰纔〉로도 쓴다.　**遂**(수): (부사) 곧. 즉시; 마침내. 결국.

〖10〗正飲間，見一大漢推着一輛車子，到店門首歇了，入店坐下，便喚酒保："快斟酒來吃，我待赶入城去投軍." 玄德看其人，身長九尺，髥長二尺，面如重棗，唇若塗脂，丹鳳眼，臥蠶眉，相貌堂堂，威風凜凜.（*又引出一个英雄.）玄德就邀他同坐，叩其姓名. 其人曰："吾姓關名羽，字壽長，後改雲長，河東解良人也. 因本處勢豪倚勢凌人，被吾殺了，逃難江湖五六年矣. 今聞此處招軍破賊，特來應募." 玄德遂以己志告之，雲長大喜. 同到張飛莊上，共議大事. 飛曰："吾莊後有一桃園，花開正盛. 明日當於園中祭告天地，我三人結爲兄弟，協力同心，然後可圖大事." 玄德·雲長齊聲應曰："如此甚好."

\*注: 推着(추착): 밀고. 밀면서. 〈着〉: …하고 있다. 하고 있는 중이다. 동사의 뒤에 붙어 그 동작이 진행 중임을 나타낸다. 영어의 〈~ing〉에 해당함. 酒保(주보): 술집 심부름꾼. 斟酒來吃(짐주래흘): 술을 따라 와서 (나로 하여금) 먹게 하라. 〈斟〉은 타동사. 〈吃〉은 사역동사이다. 待(대): (동사) 기다리다. (조동사) 막 …하려고 하다. 重棗(중조): 검붉은 색(深暗紅色)의 대추. 흔히 사람의 얼굴색을 형용할 때 쓰는 표현. 臥蠶眉(와잠미): 누운 누에 모양의 짙고 굵은 눈썹. 叩姓名(고성명): 성명을 묻다. 〈叩〉: 두드리다. 조아리다. 묻다. 河東(하동): 郡名. 治所는 安邑(지금의 산서성 夏縣 西北). 解良(해량): 지금의 山西省 運城縣(解縣). 齊聲(제성): 異口同聲.

〖11〗次日，於桃園中備下烏牛白馬祭禮等項，三人焚香再拜，而說誓曰："念劉備·關羽·張飛雖然異姓，旣結爲兄弟，則同心協力，救困扶危，上報國家，下安黎庶. 不求同年同月同日生，只願同年同月同日死.（*千古盟書第一奇語.）皇天后土，實鑒此心. 背義忘恩，天人共戮." 誓畢，拜玄德爲兄，關羽次之，張飛爲弟. 祭罷天地，復宰牛設酒，聚鄉中勇士，得三百餘人，就桃園中痛飲一醉.

來日收拾軍器, 但恨無馬匹可乘. 正思慮間, 人報有兩個客人, 引一夥伴儅·赶一群馬投莊上來. 玄德曰:"此天祐我也." 三人出莊迎接. 原來二客乃中山大商, 一名張世平, 一名蘇雙, 每年往北販馬, 近因寇發而回. 玄德請二人到莊, 置酒款待, 訴說欲討賊安民之意. 二客大喜, 願將良馬五十匹相送, 又贈金銀五百兩·鑌鐵一千斤以資器用. 玄德謝別二客, 便命良匠打造雙股劍; 雲長造青龍偃月刀, 又名冷艷鋸, 重八十二斤; 張飛造丈八點鋼矛. 各置全身鎧甲. 共聚鄉勇五百餘人, 來見鄒靖. 鄒靖引見太守劉焉. 三人參見畢, 各通姓名. 玄德說起宗派, 劉焉大喜, 遂認玄德爲姪.(*方作關張之兄, 又作劉焉之侄.)

　　**\*注:** 備下(비하): 준비하다. 차려놓다.　黎庶(려서): 일반백성.　但(단): 그러나. 그렇지만.　一夥伴儅(일과반당): 한 무리. 한 패. 〈夥〉는 무리나 패 등을 헤아리는 수량사. 〈伴儅〉: 〈반당〉으로도 씀. 종. 하인. 동료.　中山(중산): 國名. 治所는 盧奴(지금의 하북성 定縣).　款待(관대): 환대하다. 후하게 대접하다.　鑌鐵(빈철): 강철. 강하고 좋은 쇠.　青龍偃月刀(청룡언월도): 반달(偃月)처럼 생긴 칼날 위에 청룡의 문양을 새겨 넣은 큰 칼.　丈八點鋼矛(장팔점강모): 끝에 강철을 붙인 긴 창(矛).　引見(인견): 소개하다.　參見(참현): 뵙다. 알현하다.(=謁見. 參謁).

〖12〗不數日, 人報黃巾賊將程遠志統兵五萬, 來犯涿郡. 劉焉令鄒靖引玄德等三人, 統兵五百,(*看他以五百敵其五萬.) 前去破敵. 玄德等欣然領軍前進, 直至大興山下, 與賊相見. 賊衆皆披髮, 以黃巾抹額. 當下兩軍相對, 玄德出馬, 左有雲長, 右有翼德, 揚鞭大罵:"反國逆賊, 何不早降!" 程遠志大怒, 遣副將鄧茂出戰. 張飛挺丈八蛇矛直出, 手起處, 刺中鄧茂心窩, 翻身落馬. 程遠志見折了鄧茂, 拍馬舞刀, 直取張飛. 雲長舞動大刀, 縱馬飛迎. 程

遠志見了, 早吃一驚, 措手不及, 被雲長刀起處, 揮爲兩段. 後人有詩讚二人曰:

英雄露穎在今朝, 一試矛兮一試刀.

初出便將威力展, 三分好把姓名標.

衆賊見程遠志被斬, 皆倒戈而走. 玄德揮軍追赶, 投降者不計其數. 大勝而回, 劉焉親自迎接, 賞勞軍士.

*注: 大興山(대흥산): 지금의 北京市 南에 있다.　抹額(말액): (이마를 머리띠 등으로) 두르다(動詞). 머리띠(名詞).　當下(당하): 당장(立卽. 立刻). 그때(那个時候).　心窩(심와): 심중. 명문. 명치(胸腹之中央).　直取(직취): 곧바로(직접) 공격하다. 〈取〉: 공격하다.　縱馬(종마): 出馬. 發馬. 말을 달려 나가다.　揮(휘): 휘두르다.　露穎(노영): 〈穎〉: 벼 이삭. 뾰족한 물건의 끝. 벼 이삭이 솟아나듯이, 뾰족한 송곳이 자루를 뚫고 뛰어나오듯이, 뛰어난 재능이나 재주가 밖으로 드러나다. 탈영(脫穎).　倒戈(도과): 무기를 버리다(放下武器). 무기의 공격 방향을 반대로 하여 자기편을 공격하다(掉轉武器向己方攻擊). 무기를 아래로 늘어뜨려 끌고 가다(倒拖武器). 무기를 모아놓다(把戈倒着安放, 表示不再用兵). 무기를 거꾸로 잡다(倒持武器).

〖13〗次日, 接得靑州太守龔景牒文, 言黃巾賊圍城將陷, 乞賜救援. 劉焉與玄德商議. 玄德曰: "備願往救之." 劉焉令鄒靖將兵五千, 同玄德·關·張投靑州來. 賊衆見救軍至, 分兵混戰. 玄德兵寡不勝, 退三十里下寨. (*前以五百而大勝, 此以五千而小却, 寫得變換. 若每戰必寫獲捷, 便不成文字矣.) 玄德謂關·張曰: "賊衆我寡, 必出奇兵, 方可取勝." 乃分關公引一千軍, 伏山左, 張飛引一千軍, 伏山右, 鳴金爲號, 齊出接應.

*注: 牒文(첩문): 공문.　劉焉(유언): 유언의 祖上과 來歷에 관해서는 제59

회 (16)에 자세히 소개된다.)　將兵(장병): 군사(兵)를 데리고(將).　投靑州來(투청주래): 靑州를 향해(投) 가다(來). 〈投〉: 여기서는 방위나 방향을 나타내는 개사(介詞)로 사용되었다.(본서에서는 이 용법으로 사용되는 예가 매우 많다). 〈來〉: 〈오다. 미래〉의 뜻뿐만 아니라 〈가다(往), 과거〉의 뜻으로도 사용된다. 이는 〈亂〉이 〈治〉의 뜻으로 사용되는 것과 같은 예이다. 〈삼국연의〉에는 〈來〉가 많은 경우 〈가다〉란 뜻으로 사용되고 있다.　下寨(하채): 陣營을 만들어 주둔하다. 〈寨〉: 방책, 군영, 병영. 영채.　奇兵(기병): 적을 기습하는 군대. 기습군.　關公(관공): 關羽는 후에 민간에서 神으로 섬기면서 제사를 지냈는데, 본서에서도 本名의 사용을 피하고 있다.　鳴金(명금): 징이나 꽹과리 등 금속 악기를 쳐서 울리다. 본래는 군대의 철수를 알리는 신호로 징 등을, 進攻의 신호로 북을 썼는데, 여기서는 반대로 사용하고 있다.　齊出(제출): 일제히 나가다.

〖14〗 次日, 玄德與鄒靖引軍鼓譟而進. 賊衆迎戰, 玄德引軍便退. 賊衆乘勢追赶, 方過山嶺, 玄德軍中一齊鳴金, 左右兩軍齊出, 玄德麾軍, 回身復殺. 三路夾攻, 賊衆大潰. 直赶至靑州城下, 太守龔景亦率民兵出城助戰. 賊勢大敗, 剿戮極多, 遂解靑州之圍. 後人有詩讚玄德曰:

　　運籌決算有神功,
　　二虎還須遜一龍.
　　初出便能垂偉績,
　　自應分鼎在孤窮.

　龔景犒軍畢, 鄒靖欲回.

　玄德曰: “近聞中郞將盧植與賊首張角戰於廣宗, 備昔曾師事盧植, 欲往助之.” 於是鄒靖引軍自回, 玄德與關·張引本部五百人投廣宗來. 至盧植軍中, 入帳施禮, 具道來意, 盧植大喜, 留在帳前聽調.

　　*注: **鼓譟**(고조): 북을 치고 함성을 지르다. 〈鼓〉: 북을 치다. 〈譟〉: 떠들다.
북을 치다.　**麾軍復殺**(휘군부살): 〈麾〉: 지휘하다. 〈殺(살. 쇄)〉: 〈죽이다〉,
〈살해하다〉란 뜻(이때는 〈살〉이라 읽는다) 외에 〈싸우다〉. 〈전투하다〉: 〈돌
진하다〉. 〈돌격하다〉. 〈쇄도하다〉. 〈몰아치다〉. 〈쳐들어가다〉 등의 뜻도 있
다(이때는 〈쇄〉로 읽는다).　**靑州**(청주): 옛날 九州의 하나. 지금의 산동성
에 속하고 治所는 臨淄(지금의 산동성 淄博市 臨淄 北).　**剿戮**(초륙): 戮滅.
殺滅. 〈剿〉: 토벌하다. 멸절시키다. 〈戮〉: 죽이다.　**運籌**(운주): 계략을 꾸
미다. 방책을 짜다.　**還須遜**(환수손): 아무래도 …보다 못하다. 〈還〉: =還
是. 여전히 아직도. 〈須〉: =수시. 본래(本是). 아무래도(總是). 결국(終是).
〈遜〉: (딴 것보다) 못하다. 떨어지다.　**分鼎**(분정): 솥의 세 개 발처럼 세
곳으로 나누는 것을 나타낸다.　**犒軍**(호군): 군인들에게 음식과 고기와 술
등을 주어 위로하다.　**廣宗**(광종): 地名. 지금의 하북성 威縣 東, 南宮縣
南.　**師事**(사사): 스승으로(師) 섬기다(事).　**帳**(장): 軍幕. 막사.　**聽調**(청
조): 調動(이동 배치. 파견. 인사이동의 지시)을 기다리다. 〈聽〉: 기다리다.
〈調〉: 이동하다. 파견하다. 인원을 이동배치하다. 병력을 이동시키다.


〖15〗 時張角賊衆十五萬, 植兵五萬, 相拒於廣宗, 未見勝負.
植謂玄德曰: "我今圍賊在此, 賊弟張梁·張寶, 在潁川與皇甫嵩·
朱雋對壘. 汝可引本部人馬, 我更助汝一千官軍, 前去潁川打探消
息, 約期剿捕." 玄德領命, 引軍星夜投潁川來.(*本要助盧植, 却使
轉助皇甫嵩·朱雋, 敍法變換.) 時皇甫嵩·朱雋領軍拒賊, 賊戰不利, 退
入長社, 依草結營. 嵩與雋計曰: "賊依草結營, 當用火攻之." 遂
令軍士, 每人束草一把, 暗地埋伏. 其夜大風忽起, 二更以後, 一
齊縱火, 嵩與雋各引兵攻擊賊寨, 火焰張天. 賊衆驚慌, 馬不及
鞍, 人不及甲, 四散奔走.

*注: 潁川(영천): 郡名. 秦 때 설치되었으며 하남성 中部와 南部 지역에 있
었다. 治所는 陽翟(지금의 하남성 禹縣).　　打探(타탐): 探聽. 탐문하다.
星夜(성야): 별밤. 별이 빛나는 밤. 밤에. 야간에. 밤을 새워.　　長社(장사):
지금의 하남성 長葛縣 境內. 본래 이름은 潁陰이었는데 동한 때 長社로 바꾸
었다.　　束草一把(속초일파): 풀을 한 단 묶다. 〈把〉: 풀이나 볏짚 등을 묶는
단위. 한 번 (손으로 잡다. 쥐다). '一'과 함께 손으로 잡는 동작의 회수를
나타낸다.　　暗地(암지): 남몰래. 암암리에.　　二更(이경): 하룻밤을 다섯으로
나눈 시각의 하나. 지금의 밤 9시~11시 사이. 初更은 밤 7시~9시 사이,
三更은 밤 11시~ 새벽 1시 사이. 四更은 새벽 3시~ 5시 사이.　　馬不及鞍
(마불급안): 말에 안장을 얹을 겨를도 없이.

〖16〗殺到天明, 張梁·張寶引敗殘軍士, 奪路而走. 忽見一彪
軍馬, 盡打紅旗, 當頭來到, 截住去路. 爲首閃出一將, 身長七尺,
細眼長髥, 官拜騎都尉; 沛國譙郡人也, 姓曹, 名操, 字孟德. 操
父曹嵩, 本姓夏侯氏; 因爲中常侍曹騰之養子, 故冒姓曹. 曹嵩生
操, 小字阿瞞, 一名吉利.(*曹操世系如此, 豈得與靖王後裔·景帝玄孫同
日論哉?) 操幼時好游獵, 喜歌舞, 有權謀, 多機變. 操有叔父, 見
操游蕩無度, 嘗怒之,(*玄德之叔父奇其姪, 曹操之叔父怒其姪, 都是好叔
父.) 言於曹嵩. 嵩責操. 操忽心生一計, 見叔父來, 詐倒於地, 作
中風之狀. 叔父驚告嵩, 嵩急視之, 操故無恙. 嵩曰: "叔言汝中
風, 今已愈乎?" 操曰: "兒自來無此病, 因失愛於叔父, 故見罔
矣."(*欺其父, 欺其叔, 他日安得不欺其君乎? 玄德孝其母, 曹瞞欺其父·叔, 邪
正便判.)_嵩信其言. 後叔父但言操過, 嵩並不聽. 因此操得恣意放
蕩.

쓰고, 군마가 한 곳에 머물고 있는 경우를 나타낼 때는 〈一簇軍馬(일족군마)〉라고 한다.　**打紅旗**(타홍기): 붉은 기를 쳐들다. 〈打〉: 쳐들다. 내걸다. 펴들다.　**當頭**(당두): 눈앞에 닥치다.　**閃出**(섬출): 갑자기 나타나다.　**騎都尉**(기도위): 光祿勳의 속관으로 황제 禁衛軍中의 羽林騎士를 통솔했다. 近衛 騎兵大將.　**沛國譙郡**(패국초군): 〈沛國〉과 〈譙郡〉은 동일 지구의 명칭이지만 동한 때는 沛國(즉, 沛郡)이라 불렀고 後漢 때에는 譙郡이라 불렀다. 治所는 譙縣(지금의 안휘성 亳縣).　**冒姓曹**(모성조): 曹라는 姓을 머리에 모자 쓰다(冒). 본래의 姓이 아닌 다른 姓으로 바뀔 때의 표현이다.　**小字**(소자): 兒名. 어릴 때 부르던 이름.　**機變**(기변): 臨機應變을 잘하다.　**故無恙**(고무양): 본래 아무 탈이 없다.　**自來**(자래): 본래. 원래(原來. 從來).　**見罔**(견망): 무고를 당하다. 억울한 일을 당하다. 여기서 〈見〉은 被動을 나타낸다.


〖17〗時人有橋玄者, 謂操曰: "天下將亂, 非<u>命世之才</u>不能濟. 能安之者, 其在君乎?" <u>南陽</u>何顒見操, 言: "漢室將亡, 安天下者, 必此人也."(＊二人皆不識曹操, 曹操聞之亦不喜.) <u>汝南</u>許邵, 有知人之名. 操往見之, 問曰: "我何如人?" 邵不答. 又問, 邵曰: "子治世之能臣, 亂世之奸雄也." 操聞言大喜.(＊稱之爲奸雄而大喜, 大喜便是眞正奸雄.)

年二十, 擧孝廉爲郎, <u>除洛陽北部尉</u>. 初到任, 卽設五色棒十餘條於縣之四門, 有犯禁者, 不避豪貴, 皆責之. 中常侍蹇碩之叔提刀夜行, 操巡夜拿住, 就棒責之. 由是內外莫敢犯者, 威名頗震. 後爲頓丘令.(＊百忙中夾敍曹操一篇小傳, 奇.) 因黃巾起, 拜爲騎都尉, 引馬步軍五千, 前來潁川助戰. 正値張梁·張寶敗走, 曹操攔住, <u>大殺一陣</u>, 斬首萬餘級, 奪得旗旛·金鼓·馬匹極多, 張梁·張寶<u>死戰得脫</u>. 操見過皇甫嵩·朱雋, <u>隨卽</u>引兵追襲張梁·張寶去了.

〖18〗却說玄德引關·張來潁川, 聽得喊殺之聲, 又望見火光燭天, 急引兵來時, 賊已敗散. 玄德見皇甫嵩·朱雋, 具道盧植之意. 嵩曰: "張梁·張寶勢窮力乏, 必投廣宗去依張角. 玄德可卽星夜往助." 玄德領命, 遂引兵復回.(\*盧植遣助皇甫嵩·朱雋, 皇甫嵩·朱雋又遣助盧植, 敍法變幻.) 到得半路, 只見一簇軍馬護送一輛檻車, 車中之囚乃盧植也. 玄德大驚, 滾鞍下馬, 問其緣故. 植曰: "我圍張角, 將次可破. 因角用妖術, 未能卽勝. 朝廷差黃門左豊前來打探, 問我索取賄賂. 我答曰:'軍糧尙缺, 安有餘錢奉承天使?'左豊挾恨, 回奏朝廷, 說我高壘不戰, 惰慢軍心. 因此朝廷震怒, 遣中郎將董卓來代將我兵, 取我回京問罪." 張飛聽罷大怒, 要斬護送軍人, 以救盧植. 玄德急止之曰: "朝廷自有公論, 汝豈可造次?" 軍士簇擁盧植去了. 關公曰: "盧中郎已被逮, 別人領兵, 我等去無所依, 不如且回涿郡." 玄德從其言, 遂引軍北行.

의 전후에 사용되어 정도가 매우 심함을 나타낸다. 很(흔: 매우), 甚(심: 심하
다)의 뜻이다.(＊우리나라에서는 이때의 〈殺〉을 〈쇄〉라고 읽지만 중국에서는
이를 〈살(shā)〉로 읽고 있다.)　具道(구도): 전부 다 말하다.　到得(도득):
도달(착)하다.　只見(지견): 다만 …만 보다. 문득 보다. 얼핏 보다.　一簇
(일족): 한 무리. 한 떼.　檻車(함거): 우리처럼 만들어 맹수나 죄인을 가두
어 운반하는 수레.　乃(내): (동사) …이다. 바로 …이다; 너. 너의; 그.
그의; 이에; 비로소; 단지; 겨우; 오히려.　滾鞍下馬(곤안하마): 말안장에서
몸을 뒤집으며 굴러서 말에서 내려오다. 〈滾〉: 翻轉.　黃門(황문): 황궁
내의 少府의 속관. 侍從 등을 관리하는 일을 담당. 東漢 時 주로 환관을 黃門
侍郎, 小黃門, 黃門令 등으로 임명했다. 宦官의 別稱. 左豊은 당시 소황문이
었음.　問我索取(문아색취): 나에게 …을 바라다. 〈索〉: 바라다.　天使(천
사): 황제가 파견한 使臣.　將我兵(장아병): 나의 군사를 거느리다(將). 통
솔하다.　造次(조차): 급히 서두르다. 경솔하다. 덜렁대다.　自有(자유):
본래(응당)…이 있다. 별도로. 따로.〈自〉: 자연히. 당연히; 별도로. 따로.
且回(차회): 일단 돌아가다. 〈且〉: 우선. 잠시. 일단.


〖19〗行無二日, 忽聞山後喊聲大震. 玄德引關・張縱馬上高岡
望之, 見漢軍大敗, 後面漫山塞野, 黃巾蓋地而來, 旗上大書天公
將軍. 玄德曰: "此張角也, 可速戰!"(＊玄德兩番往來, 本要助戰, 却都
未戰; 今引兵欲回, 本不想戰, 却反得一戰, 敍法俱變.)　三人飛馬引軍而
出. 張角正殺敗董卓, 乘勢赶來, 忽遇三人衝殺, 角軍大亂, 敗走
五十餘里. 三人救了董卓回寨.(＊本要助盧植, 却反救了董卓, 變幻.)　卓
問三人現居何職, 玄德曰: "白身". 卓甚輕之, 不爲禮. 玄德出,
張飛大怒曰: "我等親赴血戰, 救了這厮, 他却如此無禮. 若不殺
之, 難消我氣!"　便要提刀入帳來殺董卓.(＊見盧植受屈便要救, 見董卓

無禮便要殺，略無一毫算計，寫翼德眞是當時第一快人.） 正是：

人情勢利古猶今，誰識英雄是白身.

安得快人如翼德，盡誅世上負心人.

畢竟董卓性命如何，且聽下文分解.

※注: **縱馬**(종마): 말을 달리다(發馬. 出馬).　**殺敗**(살패): 공격해서 패퇴시키다.〈殺〉: 공격하다.　**衝殺**(충살): 돌격하다. 돌진하다. 돌진하여 사람을 죽이다.〈殺〉: 돌진하다. 돌격하다.　**白身**(백신): 平民. 官職이나 功名이 없는 사람.　**這廝**(저시): 저 새끼.〈廝〉: 천하다; 종; 남자에 대한 賤稱. 가화(傢伙). 小子. 놈.　**負心**(부심): 배신하다. 양심을 저버리다. 은혜를 배반하다.

## 第一回 毛宗崗 序始評

(1). 人謂魏得天時，吳得地利，蜀得人和，乃三大國將興，先有天公·地公·人公 三小寇以引之. 亦如劉季將爲天子，有吳廣·陳涉以先之；劉秀將爲天子，有赤眉·銅馬以先之也. 以三寇引出三國，是全部中賓主；以張角兄弟三人引出桃園兄弟三人，此又一回中賓主.

(2). 今人結盟，必拜關帝，不知桃園當日又拜何神? 可見盟者盟諸心，非盟諸神也. 今人好通譜，往往非族認族. 試觀桃園三義，各自一姓，可見兄弟之約，取同心同德，不取同姓同宗也. 若不信心而信神，不論德而論姓，則神道設敎，莫如張角三人；同氣連枝，亦莫如張角三人矣. 而彼三人者，其視桃園爲何如耶?

(3). 齊東絕倒之語偏足煽惑愚人，如 "蒼天已死，黃天當立"

是已. 且安知南華老仙天書三卷, 非張角謬言之而衆人妄信之乎? 愚以爲襄黃巾稱黃天, 由前而觀, 則黃門用事之應: 由後而觀, 則黃初改元之兆也.

(4). 許邵曰:"治世能臣, 亂世奸雄." 此時豈治世耶? 邵意在後一語, 操喜亦喜在後一語. 喜得惡, 喜得險, 喜得直, 喜得無禮, 喜得不平常, 喜得不懷好意. 只此一喜, 便是奸雄本色.

# 第二回

## 張翼德怒鞭督郵
## 何國舅謀誅宦豎

〖1〗且說董卓字仲潁, <u>隴西臨洮</u>人也. 官拜河東太守, <u>自來</u>驕傲.(*一味驕傲便算不得奸雄, 便不及曹操.) 當日輕慢了玄德, 張飛性發, 便欲殺之. 玄德與關公急止之, 曰: "他是朝廷命官, 豈可擅殺?" 飛曰: "若不殺這厮, 反要在他部下聽令, 其實不甘. 二兄便要住在此, 我自投別處去也!"(*確是怒後憤急語, 不然, 三人義同生死, 何出此言?) 玄德曰: "我三人義同生死, 豈可相離? 不若都投別處去便了." 飛曰: "若如此, 稍解吾恨." 於是, 三人連夜引軍來投朱雋. 雋待之甚厚, 合兵一處, 進討張寶.

*注: 宦豎(환수): 환관. 내시. 隴西臨洮(농서임조): 지금의 감숙성 隴西郡 臨洮縣, 岷縣. 〈隴西〉: 지금의 감숙성의 별칭. 옛날의 隴西郡은 지금의 감숙성 東南에 있다. 自來(자래): 본래. 원래(原來. 從來). 擅殺(천살): 함부

로 죽이다. 〈擅〉: 멋대로. 함부로. **便了**(편료): …면 된다. …뿐이다.

〖2〗 是時曹操自跟皇甫嵩討張梁, 大戰於(下)曲陽. 這裏朱雋進攻張寶. 張寶引賊衆八九萬, 屯於山後. 雋令玄德爲其先鋒, 與賊對敵. 張寶遣副將高昇出馬<u>搦戰</u>, 玄德使張飛擊之. 飛縱馬<u>挺矛</u>, 與昇交戰, 不數合, 刺昇落馬. 玄德麾軍<u>直衝過去</u>. 張寶就馬上披髮<u>仗劍</u>, 作起妖法. 只見風雷大作, <u>一股</u>黑氣從天而降, 黑氣中似有無限人馬<u>殺來</u>.(*前張角妖術, 只在盧植口中虛點一句; 今張寶妖術, 却用實敍.) 玄德連忙回軍. 軍中大亂, <u>敗陣</u>而歸. 與朱雋計議. 雋曰: "彼用妖術, 我來日可宰猪羊狗血, 令軍士伏於山頭, 候賊赶來, 從高坡上潑之, 其法可解." 玄德聽令, <u>撥</u>關公·張飛各引軍一千, 伏於山後高岡之上, 盛猪羊狗血幷穢物准備.

*注: **曲陽**(곡양): 이곳은 역사적 사실과는 차이가 있다. 下曲陽(지금의 하북성 晉縣 西北)이어야 할 것이다. **搦戰**(닉전): 도전. 싸움을 걸다. **挺矛**(정모): 창을 앞으로 내밀다. **直衝過去**(직충과거): 곧바로 쳐들어가다. **仗劍**(장검): 칼을 잡다(쥐다). **一股**(일고): 〈股〉: 넓적다리; 가닥. 올; 한 줄기를 이룬 물건을 세는 단위(한 가닥); 맛. 기체. 냄새. 힘 따위를 세는 단위(한 줄기). **殺來**(쇄래): 쏟아져 나오다. **敗陣**(패진): 敗戰. 싸움에서 패하다. 〈陣〉: 전투. 戰役. **潑**(발): (물 등을)뿌리다. **撥**(발): 다스리다. 벌리다. 파견하다. 調撥하다. 分配하다.

〖3〗 次日, 張寶搖旗擂鼓, 引軍搦戰. 玄德出迎. 交鋒之際, 張寶作法, 風雷大作, 飛砂走石, 黑氣漫天, <u>滾滾</u>人馬自天而下. 玄德撥馬便走, 張寶驅兵赶來, 將過山頭, 關·張伏軍放起號砲, 穢物齊潑. 但見空中紙人草馬紛紛墜地, 風雷頓息, 砂石不飛. 張寶見解了法, 急欲退軍. 左關公·右張飛, 兩軍都出, 背後玄德·朱雋

一齊赶上，賊兵大敗．玄德望見"地公將軍"旗號，飛馬赶來．張
寶落荒而走．玄德發箭，中其左臂．張寶帶箭逃脫，走入陽城，堅
守不出．朱雋引兵圍住陽城攻打，一面差人打探皇甫嵩消息．探子
回報，且說："皇甫嵩大獲勝捷，朝廷以董卓屢敗，命嵩代之．嵩
到時，張角已死，(*了却張角.) 張梁統其衆，與我軍相拒，被皇甫嵩
連勝七陣，斬張梁於(下)曲陽.(*了却張梁.) 發張角之棺，戮尸梟首，
送往京師，餘衆俱降．朝廷加皇甫嵩爲車騎將軍，領冀州牧．皇甫
嵩又表奏盧植有功無罪，朝廷復盧植原官．曹操亦以有功，除濟南
相．卽日將班師赴任."朱雋聽說，催促軍馬，悉力攻打陽城．賊
勢危急，賊將嚴政刺殺張寶，獻首投降.(*了却張寶．以三寇爲三國作
引，而天公先亡，人公次之，地公後亡，正應着魏先亡，蜀次之，吳又次之，天然
一个小樣子.) 朱雋遂平數郡，上表獻捷．

*注: 滾滾(곤곤): 물이 세차게 흐르는 모양. 콸콸. 飛馬(비마): 策馬飛奔.
말에 채찍질을 하여 날듯이 달려가다. 落荒而走(낙황이주): 대로를 벗어나
들판으로 (풀숲으로) 달아나다. 陽城(양성): 지금의 하남성 商水縣 西南.
梟首(효수): 고대 형벌의 명칭. 사람을 죽인 후 그 머리를 잘라 장대 위에
걸어 대중에게 전시하는 것. 京師(경사): 東周의 王都. 즉 지금의 洛陽市.
車騎將軍(거기장군): 대장군 밑에 驃騎(표기)·車騎·衛(위)·前·後·左
·右의 7장군이 있다. 〈車騎將軍〉은 황제 좌우에서 호위하는 近臣에 속한다.
領(령): 비교적 높은 관직에 있는 사람이 그보다 낮은 관직을 겸하는 것을
〈領〉이라 한다. 冀州牧(기주목): 冀州의 최고 행정장관. 〈牧〉: 동한 말기
한 州의 사무를 주관하는 관원. 表奏(표주): 문서로 위에 보고하다(上奏).
〈表〉: 임금에게 올리는 書狀의 一種. 주로 請求, 謝意, 祝賀에 사용된 書狀.
除(제): 除授. 관직에 임명하는 것. 濟南相(제남상): 제남국의 相. 〈相〉:
제후 왕국에 중앙에서 파견된 실제의 執政者. 지위는 郡의 太守에 상당했다.
班師(반사): 군대를 귀환시키다. 철수시키다. 개선하다. 悉力(실력): 全

力. 있는 힘을 다해.　　**獻捷**(헌첩): 위에 승전을 보고하다.


〖4〗時又黃巾餘黨三人,(*三人方死, 又有三人作餘波.) 一 趙弘·韓忠·孫仲聚衆數萬, 望風燒劫, 稱與張角報仇. 朝廷命朱雋卽以得勝之師討之. 雋奉詔, 率軍前進. 時賊據宛城, 雋引兵攻之. 趙弘遣韓忠出戰. 雋遣玄德·關·張攻城西南角, 韓忠盡率精銳之衆, 來西南角抵敵. 朱雋自縱鐵騎二千, 徑取東北角. 賊恐失城, 急棄西南而回. 玄德從背後掩殺. 賊衆大敗, 奔入宛城. 朱雋分兵四面圍定. 城中斷糧, 韓忠使人出城投降, 雋不許. 玄德曰: "昔高祖之得天下, 蓋爲能招降納順; 公何拒韓忠耶?" 雋曰: "彼一時, 此一時也. 昔秦·項之際, 天下大亂, 民無定主, 故招降賞附, 以勸來耳. 今海內一統, 惟黃巾造反; 若容其降, 無以勸善, 使賊得利恣意劫掠, 失利便投降, 此長寇之志, 非良策也."(*此是正論) 玄德曰: "不容寇降是矣. 一 今四面圍如鐵桶, 賊乞降不得, 必然死戰. 萬人一心, 尙不可當, 況城中有數萬死命之人乎? 不若撤去東南, 獨攻西北. 賊必棄城而走, 無心戀戰, 可卽擒也."(*兩策都是) 雋然之, 遂撤東南二面軍馬, 一齊攻打西北. 韓忠果引軍棄城而奔. 雋與玄德·關·張率三軍掩殺, 射死韓忠, 餘皆四散奔走. 正追趕間, 趙弘·孫仲引賊衆到, 與雋交戰. 雋見弘勢大, 引軍暫退, 弘乘勢復奪宛城. 雋離十里下寨.

　　*注: **望風**(망풍): 소문을 듣다. 동정을 살피다.　**宛城**(완성): 지금의 하남성 南陽市. 漢代에 남양군의 治所였다.　**徑取**(경취): 곧바로(신속히) 가서 취하다. 〈徑〉: 여러 판본에는 〈逕〉으로 되어 있으나, 본서에서는 〈徑〉으로 통일한다. 지름길. 지름. 곧다. 바르다는 뜻이다.　**掩殺**(엄살): 불시에 습격하다. 기습하다.　**招降納順**(초항납순): 항복을 권유하고 투항해 온 사람을 받아들이다.　**秦項之際**(진항지제): 秦末 項羽가

최고 실력자일 때. **賞附**(상부): 귀순해온 사람(附)에게 상을 주다(賞).

**死命之人**(사명지인): 목숨을 내놓고(죽음을 각오하고) 싸우는 사람.

〖5〗 方欲攻打, 忽見正東一彪人馬到來. 爲首一將, 生得廣額闊面, 虎體熊腰, <u>吳郡富春</u>人也. 姓孫, 名堅, 字文臺, 乃<u>孫武子</u>之後. 年十七歲時, 與父至<u>錢塘</u>, 見海賊十餘人, 劫取商人財物, 於岸上分贓. 堅謂父曰: "此賊可擒也." 遂奮力提刀上岸, 揚聲大叫, 東西指揮, 如喚人狀. 賊以爲官兵至, 盡棄財物奔走. 堅赶上, 殺一賊. 由是郡縣知名, 薦爲校尉. 後<u>會稽</u>妖賊許昌造反, 自稱 "陽明皇帝", 聚衆數萬. 堅與<u>郡司馬</u>招募勇士千餘人, 會合州郡破之, 斬許昌并其子許韶. 刺史臧旻上表奏其功, 除堅爲<u>鹽瀆丞</u>, 又除<u>盱眙丞</u>·<u>下邳丞</u>.(*有此大功, 只除一丞, 可笑.)

> *注: **吳郡富春**(오군부춘): 지금의 절강성 富陽縣. 〈吳郡〉: 지금의 강소성 경내. 長江 남북 등지. 治所는 吳縣(지금의 절강성 蘇州市). **孫武子**(손무자): 春秋時 齊나라 사람으로 걸출한 병법가였던 孫武를 높여 부르는 이름. 孫子. 〈孫子兵法〉으로 유명하다. **錢塘**(전당): 지금의 절강성 杭州市. **會稽**(회계): 郡名. 치소는 山陰(지금의 절강성 紹興市). **郡司馬**(군사마): 郡의 太守를 보좌하여 郡의 軍事業務를 관장하는 관리. **鹽瀆丞**(염독승): 鹽瀆縣의 縣丞. 〈鹽瀆〉: 지금의 강소성 鹽城縣. 〈縣丞〉: 현령의 보좌관. 副縣令. **盱眙丞**(우이승): 우이현의 副縣令. 〈盱眙〉: 縣名. 지금의 강소성에 속함. **下邳**(하비): 縣名. 지금의 강소성 邳縣東.

〖6〗 今見黃巾寇起, 聚集鄉中少年及諸商旅, 并<u>淮</u>·<u>泗</u>精兵一千五百餘人, 前來接應.(*孫堅爲吳國孫權之父, 故百忙中特爲立一小傳) 朱雋大喜, 便令堅攻打南門, 玄德打北門, 朱雋打西門, 留東門與賊走. 孫堅首先登城, 斬賊二十餘人. 賊衆奔潰. 趙弘飛馬突槊, 直取孫堅. 堅從城上飛身奪弘槊, 刺弘下馬, 却騎弘馬, 飛身往來殺賊. 孫仲引賊突出北門, 正迎玄德, 無心戀戰, 只待奔逃. 玄德張弓一箭, 正中孫仲, 飜身落馬. 朱儁大軍隨後掩殺, 斬首數萬級, 降者不可勝計. 南陽一路十數郡皆平. 儁班師回京, 詔封爲車騎將軍·河南尹. 儁表奏孫堅·劉備等功, 堅有人情, 除別郡司馬, 上任去了.(*饒他十分本事, 終須靠着人情, 爲之一嘆.) 惟玄德聽候日久, 不得除授.

*注: 淮·泗(회사): 淮河와 泗水 유역 일대. 〈淮河〉: 하남성 桐柏山에서 발원, 안휘성을 거쳐 강소성에 이르러 洪澤湖로 들어간다. 그 후 주류는 호수를 나와 江都縣을 거쳐 長江으로 들어간다. 〈泗水〉: 산동 泗水縣에서 발원하므로 이런 명칭을 얻었다. 사수는 강소성 沛縣(패현)을 거쳐 淮河로 들어가는데, 이 사수가 회하 하류의 최대 지류이다. 그래서 淮·泗를 연결해 부른다. 이는 옛날 下邳國에 속한 지구로 盱眙(우이), 下邳(하비) 등지를 말한다. 接應(접응): (전투·운동경기에서 자기편과) 호응하여 행동하다. 지원하다. 突槊(돌삭): 자루가 긴 창을 앞으로 찌르다. 不可勝計(불가승계): (그 수를) 다 셀 수 없다. 班師(반사): 출정한 군대를 철수하다. 河南尹(하남윤): 官名. 東漢 때에는 洛陽을 중심으로 한 京都 地區를 〈河南尹〉이라 부르고, 그 최고 행정장관 역시 〈河南尹〉이라 불렀다. 여기서는 領河南尹의 뜻이다. 人情(인정): 고위 관직에 뒤를 밀어줄 친분 있는(아는) 사람이 있다는 뜻이다. 別郡司馬(별군사마): 〈司馬〉: 군대를 통솔하는 武官職으로 여기에는 軍司馬, 假司馬 등이 있고, 단독으로 부대를 거느리는 자를 〈別郡司馬〉 또는 〈別部司馬〉라고 하였다. 聽候(청후): 기다리다. 대기하다. 除授(제수): 〈除〉와 〈授〉는 같은 뜻이다. 관직(벼슬)을 주다.


〖7〗 三人鬱鬱不樂, 上街閒行. 正値郎中張鈞車到. 玄德見之,自陳功績. 鈞大驚, 隨入朝見帝, 曰: "昔黃巾造反, 其原皆由十常侍賣官鬻爵, 非親不用, 非讐不誅, 以致天下大亂. 今宜斬十常侍, 懸首南郊, 遣使者布告天下, 有功者重加賞賜, 則四海自淸平也."(*不提起劉玄德, 卻只罵十常侍, 拔本塞源之論.) 十常侍奏帝曰: "張鈞欺主." 帝令武士逐出張鈞. 十常侍共議: "此必破黃巾有功者, 不得除授, 故生怨言. 權且敎省家銓注微名, 待後却再理會未晚." 因此玄德除授定州中山府安喜縣尉, 克日赴任. 玄德將兵散回鄕里, 止帶親隨二十餘人, 與關・張來安喜縣中到任. 署縣事一月, 與民秋毫無犯, 民皆感化. 到任之後, 與關・張食則同卓, 寢則同牀. 如玄德在稠人廣坐, 關・張侍立, 終日不倦.

*注: **賣官鬻爵**(매관육작): 賣官賣職. **權且**(권차): 잠시. 일단. **敎**(교): 가르치다. 시키다. 하게 하다. 여기서는 〈使〉의 뜻. **省家**(성가): 官署에서 일정한 업무의 책임을 지고 있는 사람. 〈官家〉란 말과 같은 뜻. **銓注**(전주): 〈銓〉: 그 능력을 평가하여 관직을 주는 일(量才授官). 〈注〉: 登記하다. 따라서 〈權且敎省家銓注〉란 잠시 관리들의 考課를 평가하여 관직을 부여하도록 한다는 뜻이다. **微名**(미명): 미천한 이름. **中山府安喜縣**(중산부안희현): 지금의 하북성 定縣 東南. 中山府 지역을 漢代에는 〈中山國〉이라 불렀고 〈中山府〉란 명칭은 삼국시대에는 없었다. 北魏 때 이 땅을 定州에 소속시켰고, 宋代에 定州를 中山府로 고치고, 明初에 다시 定州로 고쳤다. 治所는 盧奴(지금의 하북성 定縣 동남). **縣尉**(현위): 秦漢 시기 縣令이나 縣長 아래에 〈尉〉를 두어 한 縣의 治安을 담당하도록 했다. **克日**(극일): 날짜(기일)를 정하다. 다그치다. 서두르다. **署**(서): 맡아서 하다. (임시로) 맡아 처리하다. **稠人廣坐**(조인광좌): 빽빽하게 모인 많은 사람들 가운데 앉다.


〖8〗 到縣未及四月, 朝廷降詔, 凡有軍功爲長吏者, 當沙汰. 玄德疑在遣中. 適督郵行部至縣, 玄德出郭迎接, 見督郵施禮. 督郵坐於馬上, 惟微以鞭指回答. 關·張二公俱怒. 及到館驛, 督郵南面高坐, 玄德侍立階下. 良久, 督郵問曰: "劉縣尉是何出身?"(*所問與董卓如出一口, 勢利小人大都如此.) 玄德曰: "備乃中山靖王之後, 自涿郡剿戮黃巾, 大小三十餘戰, 頗有微功, 因得除今職." 督郵大喝曰: "汝詐稱皇親, 虛報功績. 目今朝廷降詔, 正要沙汰這等濫官汚吏!" 玄德喏喏連聲而退. 歸到縣中, 與縣吏商議. 吏曰: "督郵作威, 無非要賄賂耳."(*此等機關, 還是縣吏精通.) 玄德曰: "我與民秋毫無犯, 那得財物與他?" 次日, 督郵先提縣吏去, 勒令指稱縣尉害民. 玄德幾番自往求免, 俱被門役阻住, 不肯放參.

*注: 長吏(장리): 縣長, 縣令의 별칭.　沙汰(사태): 여기서는 淘汰(도태)의 뜻이다. 쌀을 일어 모래를 가려내듯이 사람이나 물건을 가려내는 일.　疑在遣中(의재견중): (현덕도 혹시) 軍功 심사관을 파견하여 심사하려는 (대상자 명단) 안에 들어 있지 않은지 의심했다. 즉, 현덕도 군공 재심사 대상이 되어 있을지 모른다는 뜻이다.　適(적): 마침.　督郵(독우): 督郵書掾(독우서연)의 略稱. 郡太守의 보좌관으로 그 직책은 군 태수를 대신하여 관할 縣과 鄕을 감독하고 敎令을 전달하며 訟事나 도망자의 追捕 등의 일을 담당한다.　行部(행부): 관할 하의 각 縣을 순행하여 그곳 지방관의 치적을 평가하는 것(巡行所屬各縣, 考察成績).　惟微(유미:wéiwēi): 단지(惟) 경미하게(微).　館驛(관역): 관에서 驛路에 설치한 客舍.　乃(내): (동사) …이다. 바로 …이다; 너, 너의; 그, 그의; 이에; 비로소; 단지; 겨우; 오히려.　濫官汚吏(람관오리): 濫汚(=爛汚)官吏. 엉터리 관리.　喏喏(야야): 예, 예(대답의 말).　無非(무비): 반드시 …이다. 단지 …에 지나지 않는다. …가 아닌 것이 없다.　提去(제거): 불러서 가다. 꺼내서 가다.　勒令(늑령): 남에게 어떤 일을 하도록 강제로 명령하다.　門役(문역): 문지기(守門之人).　阻住(조주): 저지하다. 가로막다.　放參(방참): 들어가서 (심문에) 참여하게 하다.

〖9〗 却說張飛飲了數杯悶酒，乘馬從館驛前過．(*來了，督郵作威時，定然不知有老張．) 見五六十老人皆在門前痛哭．飛問其故，衆老人答曰：“督郵逼勒縣吏，欲害劉公．我等皆來苦告，不得放入，反遭把門人趕打．” 張飛大怒，睜圓環眼，咬碎鋼牙，滾鞍下馬，徑入館驛，把門人那裏阻擋得住？直奔後堂，見督郵正坐廳上，將縣吏綁倒在地．飛大喝：“害民賊！認得我麼？”督郵未及開言，早被張飛揪住頭髮，扯出館驛，直到縣前馬椿上縛住．(*前日坐馬上，今日縛馬椿上，好笑．) 攀下柳條，去督郵兩腿上着力鞭打，一連打折柳條十數枝．玄德正納悶間，聽得縣前喧鬧，問左右，答曰：“張將軍綁一人在縣前痛打．”玄德忙去觀之，見綁縛者乃督郵也．玄德驚問其故，飛曰：“此等害民賊，不打死等甚！”督郵告曰：“玄德公救我性命！”(*不敢不敢．我本詐稱皇帝，虛報功績者，安能救公耶？) 玄德終是仁慈的人，急喝張飛住手．傍邊轉過關公來，曰：“兄長建許多大功，僅得縣尉，今反被督郵侮辱．吾思枳棘叢中，非棲鸞鳳之所．不如殺督郵，棄官歸鄕，別圖遠大之計．”玄德乃取印綬，挂於督郵之頸，責之曰：“據汝害民，本當殺却；今姑饒汝命．吾繳還印綬，從此去矣！”(*如此繳印辭官法，絕奇，絕趣．) 督郵歸告定州太守．太守申文省府，差人捕捉．玄德·關·張三人往代州，投劉恢．恢見玄德乃漢室宗親，留匿在家不題．

*注: 苦告(고고): 꼭 말하다. 극력 고하다. **那裏**(나리): 어찌. **阻擋得住**(조당득주): 막아서 들어가지 못하게 하다. 〈擋〉: 막다. 말리다. 막아서 들어가지 못하게 하다. 〈得〉: 助詞로서, 動詞 뒤에 사용되어 〈可能〉을 나타내거나, 動詞나 形容詞 뒤에 사용되어 〈程度〉나 〈結果〉를 나타내는 補語가 되거나, 動詞 뒤에 사용되어 〈動作이 이미 끝났음〉을 나타낸다. **揪住**(추주): 〈揪〉: 잡다. 움켜쥐다(抓). **扯出**(차출): 〈扯〉: 끌다. 끌어내다. 찢다. **馬椿**(마장): 말을 묶어두는 말뚝. **攀**(반): 잡아당기다. **納悶**(납민): (마음

에 의혹을 느껴서) 답답하다. 갑갑해 하다.   **喧鬧**(훤뇨): 시끄럽게 떠드는
소리.   **見綁縛者**(견방박자): 묶여 있는 사람. 〈見〉: 動詞 앞에 놓여서 被動
을 나타낸다. 〈被〉, 〈受到〉의 뜻.   **等甚**(등심): 무엇을 기다리는가. (…을
하지 않고) 어찌하랴. 하지 않을 수 없다. 〈甚〉: 〈什麼〉의 뜻이다.   **終**(종):
결국. 끝내. 처음부터 끝까지.   **枳棘叢**(지극총): 가시나무 숲.   **殺却**(살각):
죽여 버리고 말다. 〈却〉: …해버리다. …하고 말다.   **繳還**(교환): 돌려보내
다.   **申文**(신문): 옛날 장관에게 올리는 문서(를 작성하다).   **代州**(대주):
즉 雁門郡. 治所는 陰館(지금의 산서성 代縣 西北).   **不題**(부제): 말을 꺼내지
않다. 말하지 않다. 언급하지 않다.


〖10〗 却說十常侍既握重權, 互相商議, 但有不從己者誅之. 趙
忠 · 張讓差人間破黃巾將士索金帛, 不從者奏罷職. 皇甫嵩 · 朱雋
皆不肯與, 趙忠等俱奏罷其官. 帝又封趙忠等爲車騎將軍, 張讓等
十三人皆封列侯. 朝政愈壞, 人民嗟怨. 於是<u>長沙賊區星作亂</u>.(*又
是黃巾餘波.) <u>漁陽張擧 · 張純反</u>, 擧稱天子, 純稱大將軍.(*又是兩个
姓張的.) <u>表章雪片告急</u>, 十常侍皆藏匿不奏.

　　**＊注**: **長沙**(장사): 郡名. 治所는 臨湘(지금의 호남성 長沙市).   **漁陽**(어양):
郡名. 治所는 漁陽(지금의 북경시 密雲縣 西南).   **表章**(표장): 왕에게 아뢰는
글(奏章). 上奏文. 上奏書.   **雪片**(설편): 눈송이. (비유적인 의미로 사용되
어) 눈송이처럼 많이 쏟아짐을 나타냄. 급박한 상황을 알리는 표장(表章. 上
奏文)이 눈송이처럼 날아들다.


〖11〗 一日, 帝在後園與十常侍飮宴, 諫議大夫劉陶, 徑到帝前
<u>大慟</u>. 帝問其故, 陶曰：“天下危在旦夕, 陛下尚自與<u>閹宦</u>共飮
耶!” 帝曰：“國家承平, 有何危急?” 陶曰：“四方盜賊并起, 侵
掠州郡, 其禍皆由十常侍賣官害民, 欺君罔上. 朝廷正人皆去, 禍

在目前矣!"十常侍皆免冠跪伏於帝前曰:"大臣不相容, 臣等不能活矣! 願乞性命歸田里, 盡將家產以助軍資." 言罷痛哭. 帝怒謂陶曰:"汝家亦有近侍之人, 何獨不容朕耶?"呼武士推出斬之. 劉陶大呼:"臣死不惜, 可憐漢室天下, 四百餘年, 到此一旦休矣!"武士擁陶出, 方欲行刑, 一大臣喝住曰:"勿得下手, 待我諫去." 衆視之, 乃司徒陳耽. 徑入宮中, 來諫帝曰:"劉諫議得何罪而受誅?"帝曰:"毀謗近臣,冒瀆朕躬."耽曰:"天下人民欲食十常侍之肉, 陛下敬之如父母, 身無寸功, 皆封列侯, 況封諝等結連黃巾, 欲為內亂: 陛下今不自省, 社稷立見崩摧矣." 帝曰:"封諝作亂, 其事不明. 十常侍中, 豈無一二忠臣?"(*諡之曰"靈", 名稱其實.) 陳耽以頭撞階而諫. 帝怒, 命牽出, 與劉陶皆下獄. 是夜, 十常侍即於獄中謀殺之; 假帝詔以孫堅為長沙太守, 討區星.

不五十日, 報捷, 江夏平. 詔封堅為烏程侯, 封劉虞為幽州牧, 領兵往漁陽征張舉·張純. 代州劉恢以書薦玄德見虞. 虞大喜, 令玄德為都尉, 引兵直抵賊巢, 與賊大戰數日, 挫動銳氣. 張純專一凶暴, 士卒心變, 帳下頭目刺殺張純, 將頭納獻, 率衆來降. 張舉見勢敗, 亦自縊死. 漁陽盡平. 劉虞表奏劉備大功, 朝廷赦免鞭督郵之罪, 除下密丞, 遷高唐尉. 孔孫瓚又表陳玄德前功, 薦為別部司馬, 守平原縣令. 玄德在平原, 頗有錢糧軍馬, 重整舊日氣象. 劉虞平寇有功, 封太尉.(*前文至此一束)

*注: **大慟**(대통): 大哭. 慟哭하다.　**閹宦**(엄환): 환관(宦官).　**司徒**(사도): 官名. 教化를 담당한다. 三公(太尉,司徒,司空)의 하나.　**社稷**(사직): 고대에 帝王이나 제후들이 土神과 穀神에게 제사지내는 곳. 후에 와서는 社稷을 國家의 代稱으로 썼다.　**江夏**(강하): 郡名. 東漢末의 治所는 沙羡(지금의 호북성 武昌 西南). 三國時에는 魏와 吳가 각기 江夏郡을 두었는데, 魏의 강하군 治所는 上昶(지금의 호북성 雲夢 西南)이었고 吳의 강하군 治所는 武昌(지금

의 호북성 鄂城)이었다.  牧(목): 前漢 때는 州의 長官이었으나 後漢 때 황건
적의 난이 일어나 中平 5年(188年)에 刺史로 대체되었다. 刺史는 본래 軍權
은 없이 비상시에 勅命에 의해 軍을 지휘했으나 牧은 軍權을 가지고 있어서
그 권한이 컸다.  都尉(도위): 武官名. 郡太守를 도와서 軍事 업무를 장악하
였다.  挫動(좌동): (의욕이나 기를) 꺾어 동요시키다.  帳下(장하): 막사
안(營帳中). 장수의 部下. 麾下.  下密丞(하밀승): 〈下密〉: 지금의 산동성
昌邑縣 東南. 〈丞〉: 秦 때 처음 설치하기 시작하여 한 이후 중앙과 지방관의
副職으로, 大理丞, 府丞, 縣丞 등을 두었다. 현재의 제도로 말하면 각 부의
차관, 副지사, 副군수 등 副字가 붙은 관직을 말한다. 下密縣 副縣令.  高唐
(고당): 지금의 산동성 禹城縣 西南.(*毛本에는 高堂으로 되어 있으나 〈三國
志. 蜀書. 先主傳〉에 따라 高唐으로 고쳤다.)  別部司馬(별부사마): 別郡司
馬와 같다. 앞의 (6)의 注 참조.  守平原縣令(수평원현령): 平原 縣令의
직무를 임시로 맡아보게 하다. 〈守〉: 補佐官. 어떤 직무를 대리로 맡아서
보게 하는 것을 〈守〉라고 한다. 대체로 낮은 계급의 사람이 비교적 높은 관
직의 업무를 일시 맡는 경우에 쓴다(*〈領〉 참고). 〈平原〉: 지금의 산동성
平原 西南. 〈縣令〉: 戶數 1만 이상의 큰 縣의 장관을 縣令, 그 이하의 작은
縣의 장관을 縣長이라고 한다.  太尉(태위): 官名. 처음 설치한 秦代에는 황
제를 보좌하는 최고 軍事長官이었으나 東漢 때에는 司徒, 司空과 함께 〈三
公〉으로 불렸다.


〖12〗 中平六年夏四月, 靈帝病篤, 召大將軍何進入宮, 商議後
事. 那何進起身屠家, 因妹入宮爲貴人, 生皇子辯, 遂立爲皇后,
進由是得權重任. 帝又寵幸王美人, 生皇子協. 何后嫉妬, 鴆殺王
美人. 皇子協養於董太后宮中. 董太后乃靈帝之母, 解瀆亭侯劉萇
之妻也. 初因桓帝無子, 迎立解瀆亭侯之子, 是爲靈帝. 靈帝入繼
大統, 遂迎養母氏於宮中, 尊爲太后.(*揷敍董太后爲後文伏線. 迎養則

可, 尊爲太后, 非禮也. 若尊董氏爲太后, 亦將尊解瀆亭侯爲太上皇乎? 當時無有諫者, 盖由奸邪擅權, 言路閉塞耳.)

*注: 中平(중평): 한 靈帝 때의 年號. 中平六年은 A.D.189年으로 신라 伐休尼師今 6年. 고구려 故國川王 南武 11年에 해당한다.　起身(기신): 일어나다. 출발하다.　貴人·美人(귀인·미인): 왕비의 官名.　鴆殺(짐살): 짐새란 毒鳥의 깃을 술에 담가서 그 술을 마시게 하여 사람을 죽이는 것. 毒酒를 마시게 해서 죽이다.


〖13〗董太后嘗勸帝立皇子協爲太子, 帝亦偏愛協, 欲立之. 當時病篤, 中常侍蹇碩奏曰: "若欲立協, 必先誅何進, 以絶後患." 帝然其說, 因宣進入宮.

進至宮門, 司馬潘隱謂進曰: "不可入宮, 蹇碩欲謀殺公." 進大驚, 急歸私宅, 召諸大臣, 欲盡誅宦官. 座上一人挺身出曰: "宦官之勢, 起自沖·質之時, 朝廷滋蔓極廣, 安能盡誅? 倘機不密, 必有滅族之禍, 請細詳之." 進視之, 乃典軍校尉曹操也. 進叱曰: "汝小輩安知朝廷大事!" (*不知後來朝廷大事, 都出此小輩之手.) 正躊躇間, 潘隱至, 言: "帝已崩. 今蹇碩與十常侍商議, 秘不發喪, 矯詔宣何國舅入宮, 欲絶後患, 册立皇子協爲帝." 說未了, 使命至, 宣進速入, 以定後事. 操曰: "今日之計, 先宜正君位, 然後圖賊." (*扼要語.) 進曰: "誰敢與吾正君討賊?" 一人挺身出曰: "願借精兵五千, 斬關入內, 册立新君, 盡誅閹豎, 掃淸朝廷, 以安天下." 進視之, 乃司徒袁逢之子·袁隗之姪, 名紹, 字本初, 見爲司隸校尉. 何進大喜, 遂點御林軍五千. 紹全身被挂. 何進引何顒·荀攸·鄭泰等大臣三十餘員, 相繼而入, 就靈帝柩前, 扶立太子辯卽皇帝位.

百官呼拜已畢, 袁紹入宮收蹇碩. 碩慌走入御園, 花陰下爲中常侍郭勝所殺.(*以宦官殺宦官.) 碩所領禁軍, 盡皆投順.

〖14〗 紹謂何進曰: "中宦結黨, 今日可乘勢盡誅之." 張讓等知事急, 慌入告何后曰: "始初設謀陷害大將軍者, 止蹇碩一人, 並不干臣等事. 今大將軍聽袁紹之言, 欲盡誅臣等, 乞娘娘憐憫!" 何太后曰: "汝等勿憂, 我當保汝." 傳旨宣何進入.　　太后密謂曰: "我與汝出身寒微, 非張讓等焉能享此富貴? 今蹇碩不仁, 旣已伏誅, 汝何聽信人言, 欲盡誅宦官耶?"(*婦人誤事.) 何進聽罷, 出謂衆官曰: "蹇碩設謀害我,　可族滅其家,　其餘不必妄加殘害."(*何進如此無用, 死不足惜.) 袁紹曰: "若不斬草除根, 必爲喪身之本." 進曰: "吾意已決, 汝勿多言!" 衆官皆退.

　*注: 中官(중관): 태감(太監). 환관(宦官). 並(병, bìng): 결코. 전혀. **娘娘**
(낭낭): 天子가 母后를 일컫는 말. 皇后. 왕비.


〖15〗次日, 太后命何進<u>參錄尙書事</u>, 其餘皆封官職. 董太后宣
張讓等入宮商議曰: "何進之妹, 始初我<u>抬擧</u>他, 今日他孩兒卽皇
帝位, 內外臣僚, 皆其心腹: 威權太重, 我將如何?" 讓對曰: "娘
娘可臨朝, 垂簾聽政, 封皇子協爲王; 可國舅董重大官, 掌握軍
權; 重用臣等:(*張讓意中只重此句.) 大事可圖矣." 董太后大喜. 次
日設朝, 董太后降旨, 封皇子協爲陳留王, 董重爲驃騎將軍, 張讓
等共<u>預</u>朝政. 何太后見董太后專權, 於宮中設一宴, 請董太后赴
席. 酒至半<u>酣</u>, 何太后起身捧杯再拜曰: "我等皆婦人也, 參預朝
政, 非其所宜. 昔<u>呂后</u>因握重權, 宗族千口皆被戮. 今我等宜深居
<u>九重</u>, 朝廷大事, 任大臣元老自行商議, 今國家之幸也. 願垂聽
焉."(*說得是, 惜言是而行非.) 董后大怒曰: "汝<u>酖</u>死王美人, <u>設心嫉</u>
<u>妒</u>. 今倚汝子爲君, 與汝兄何進之勢, 輒敢亂言. 吾勅驃騎斷汝兄
首, 如反掌耳!" 何后亦怒曰: "吾以好言相勸, 何反怒耶!" 董后
曰: "汝家<u>屠沽小輩</u>, 有何見識!" 兩宮互相爭競,(*體統壞盡.) 張讓
等各勸歸宮.

　*注: **參錄尙書事**(참록상서사): 조정의 일을 總攬하다. 〈參〉: 參與하다.
〈錄〉: 總領하다. 〈尙書〉: 東漢 때 황제를 도와 政務를 처리하고 조정을 관장
한 관리. **抬擧**(태거): 발탁하다. 밀어주다. **預**(예): 參預. 참여하다.
**酣**(감): 술이 거나하게 취하다: 실컷. 푹. 한창. 절정. (사물의 발전이 격렬
한 정도에 이르렀음을 형용하는 말). **呂后**(여후): 한 고조 劉邦의 皇后.
名은 雉. 한 高祖 사후에 16년간 조정의 대권을 장악하여 權力을 呂氏 집안
으로 집중했다. **九重**(구중): 九重門. 궁궐 깊숙한 곳을 비유. 후에는 제왕이

거주하는 곳이란 뜻으로 사용됨.   設心(설심): 마음먹다. 存心.   屠沽(도
고): 〈屠〉: 屠戶(백정). 〈沽〉: 술집(賣酒的). 천한 직업.


〖16〗 何后連夜召何進入宮，告以前事. 何進出，召三公共議.
來早設朝， 使廷臣奏董太后原係藩妃，不宜久居宮中，合仍遷於
河間安置. 限日下，卽出國門. 一面遣人起送董后，一面點禁軍，
圍驃騎將軍董重府宅，追索印綬. 董重知事急，自刎於後堂. 家人
擧哀，軍士方散.(＊以外戚殺外戚.) 張讓·段珪見董后一枝已廢，遂皆
以金珠玩好結構何進弟何苗，并其母舞陽君，令早晚入何太后處，
善言遮蔽. 因此，十常侍又得近幸.

　　＊注: 連夜(연야): 밤새도록. 밤 내내. 그날 밤.　係(계): …이다(是).　藩妃
　　(번비): 〈藩〉: 울타리. 고대 봉건왕조의 제후국 혹은 속국이나 속지를 〈藩〉
　　이라 했는데, 여기서는 〈제후왕의 妻〉란 뜻이다. 董太后는 원래 解瀆亭侯
　　劉萇의 처였으므로 이렇게 불렀다.　河間(하간): 國名. 治所는 樂城(지금
　　의 하북성 獻縣 東南).　限日下(한일하): 당일 중으로.　國門(국문): 경성의
　　城門.　自刎(자문): 스스로 목을 베다.　擧哀(거애): 큰 소리로 哭을 하면서
　　죽음을 애도하다(高聲號哭而哀悼).　結構(결구): 결탁하다. 공모하다.　遮
　　蔽(차폐): 가려 막다. 덮다. 막아 보호하다. 비호하다.


〖17〗 六月，何進暗使人酖殺董后於河間驛庭，(＊稱太后則不可，然
迎養宮中，靈帝所以盡子情也. 出之外藩而又酖殺之，何進之罪大矣. 今日姓何
的弑董后，他日姓董的弑何后，天之報施亦巧.) 擧柩回京，葬於文陵. 進
托病不出. 司隸校尉袁紹入，見進曰:“張讓 · 段珪等流言於外，
言公酖殺董后，欲謀大事. 乘此時不誅閹宦，後必爲大禍. 昔竇武
欲誅內竪，機謀不密，反受其殃; 今公兄弟部曲將吏皆英俊之士，
若使盡力， 事在掌握， 此天贊之時不可失也.” 進曰:“且容商

議." 左右密報張讓,(*家人骨肉个个向外, 進之爲人可知矣.) 讓等轉告
何苗, 又多途賄賂. 苗入奏何后云: "大將軍輔佐新君, 不行仁慈,
專務殺伐, 今無端又欲殺十常侍, 此取亂之道也." 后納其言. <u>少
頃</u>, 何進入<u>白后</u>, 欲誅<u>中涓</u>.(*何進眞在夢中.) 何后曰: "中官統領<u>禁
省</u>, 漢家故事. 先帝新棄天下, 爾欲誅殺舊臣, 非重宗廟也." 進
本是沒決斷之人, (*沒決斷之人幹得甚事?) 聽太后言, <u>唯唯而出</u>. 袁紹
迎問曰: "大事若何?" 進曰: "太后不允,如之奈何?" 紹曰: "可
召四方英雄之士, <u>勒兵</u>來京, 盡誅<u>閹竪</u>. 此時事急, 不容太后不
從." 進曰: "此計大妙."(*偏是此計不妙, 他偏說大妙, 想何進胸中如漆.)
便發檄至各鎮, 召赴京師. <u>主簿</u>陳琳曰: "不可. 俗云〈掩目而捕燕
雀〉, 是自欺也. 微物尚不可欺以得志, 況國家大事乎! 今將軍仗
皇威, 掌兵要, <u>龍驤虎步</u>, <u>高下在心</u>. 若欲誅宦官, 如<u>鼓洪爐燎毛
髮</u>耳. 但當速發, 行權立斷, 則天人順之; 却反外檄大臣, 臨犯京
闕, 英雄聚會, 各懷一心, 所謂<u>倒持干戈</u>, 授人以柄, 功必不成,
反生亂矣." 何進笑曰: "此懦夫之見也." 傍邊一人鼓掌大笑
曰: "此事易如反掌, 何必多議!" 視之, 乃曹操也. 正是:

欲除君側<u>宵人</u>亂, 須聽朝中智士謀.

不知曹操說出<u>甚</u>話來, 且聽下文分解.

*注: 文陵(문릉): 지금의 하남성 洛陽市 西北에 있다. 部曲(부곡): 古代의
군대 편제 단위. 大將軍營에는 5部가 있고 각 部에는 曲이 있었다. 이로써
軍隊 또는 고대의 豪門大族의 私人軍隊를 지칭한다. 부하 군대. 산하에 있
는 군대. 여기서는 〈何進 형제가 직접 통솔하는 부대〉란 뜻이다. 且容商議
(차용상의): 일단 잠시 후에 상의하자. 〈且〉: 우선. 일단. 잠시. 〈容〉: 뒤에.
훗날. 조만간. 少頃(소경): 잠시 후. 白后(백후): 왕후에게 보고하다.
〈白〉은 높은 사람에게 보고하다란 뜻이다. 中涓(중연): 내시. 환관. 禁省
(금성): 皇帝가 있는 곳이 〈禁中〉, 그 안에서 공무를 보는 곳이 〈省〉이다.

합하여 〈禁省〉이라고 한다.　　**唯唯而出**(유유이출): 예, 예, 하면서 나가다.
　　**勒兵**(늑병): 군사의 대오를 정돈하여 통솔하다; 군대의 행진을 방해하다.
진군을 막다.　　**主簿**(주부): 문서나 장부를 담당하는 관직명. 漢나라 때 중앙
과 군현의 관서에 모두 이를 두었다.　　**龍驤虎步**(용양호보): 용이 뛰고 호랑이
가 걸어가다. 위풍당당하다. 〈驤〉: 고개를 들다. 뛰다. 龍驤虎視, 虎視龍驤
도 같은 뜻이다.　　**高下在心**(고하재심): 임기응변으로 처리하다. 상벌을 마
음대로 처리하다.　　**鼓洪爐燎毛髮**(고홍로료모발): 큰 화로를 두드리며 모발
을 태우다. 〈극히 쉬운 일이다〉란 뜻. 〈鼓〉: 두드리다.　　**倒持干戈**(도지간
과): 창이나 칼을 거꾸로 잡다. 상대에게 칼자루를 잡게 하고 자신은 칼날을
잡다. 〈형세가 극히 불리하다〉는 뜻.　　**宵人**(소인): 小人. 〈宵〉는 본래 밤
(夜), 어둡다(暗), 작다(小)란 뜻이다.　　**甚話**(심화): 什麽話. 무슨 말.

## 第二回 毛宗崗 序始評

(1). 翼德要救盧植, 不曾救得; 要殺董卓, 不曾殺得. 今遇督
郵, 更不能耐矣. 督郵蠹國害民, 是又一黃巾也. 柳條一頓, 可謂
再破黃巾第二功.

(2). 寫翼德十分性急, 接手便寫何進十分性慢. 性急不曾誤
事, 性慢誤事不小. 人謂項羽不能忍是性急, 高祖能忍是性慢,
此其說非也. 項羽刻印將封, 印敝而不忍與; 鴻門會上, 范增三
擧玦而不忍發, 正病在遲疑不斷, 何嘗性急? 高祖四萬斤金可捐
則捐之, 三齊九江大梁之地可割則割之, 六國印可銷則銷之, 鴻
溝之約可背則背之, 正妙在果斷有餘, 何嘗性慢?

(3). 西漢則外戚盛於宦官, 東漢則宦官盛於外戚. 惟其外戚盛

也，故初則産・祿幾危漢祚，後則王莽遂移漢鼎，而宦官如弘恭・石顯輩，雖嘗擅權，未至如東漢之橫，是西漢之亡，亡於外戚也．若東漢則不然．外戚與宦官迭爲消長，而以宦官圖外戚則常勝，如鄭衆之殺竇憲，單超之殺梁冀是也．以外戚圖宦官則常不勝，如竇武見殺於前，而何進復見殺於後是也．是東漢之亡，亡於宦竪也．然竇武不勝，止於身死；何進不勝，遂以亡國，何也？曰：召外兵之故也．外戚圖之而不勝；至召外兵以勝之，而前門拒虎，後門進狼，國於是乎非君之國矣．亂漢者，宦竪也；亡漢者，外鎮也．而召外鎮者，外戚也．然則謂東漢之亡，亦亡於外戚可也．

(4)． 前於玄德傳中忽然夾敍曹操，此又於玄德傳中忽然帶表孫堅．一爲魏太祖，一爲吳太祖．三分鼎足之所從來也．分鼎雖屬孫權，而伏線則已在此，此全部大關目處．

# 第三回

## 議溫明董卓叱丁原
## 餽金珠李肅說呂布

〖1〗 且說曹操當日對何進曰: "宦官之禍, 古今皆有. <u>但</u>世主不當假之權寵, 使至於此. 若欲治罪, 當除<u>元惡</u>, 但付一獄吏足矣, 何必紛紛召外兵乎? 欲盡誅之, 事必<u>宣露</u>, 吾料其必敗也." (*所見大勝本初. 兩人優劣俱見於此.) 何進怒曰: "孟德亦懷私意耶?" 曹退曰: "亂天下者, 必進也!" 進<u>乃</u>暗差使命, <u>齎</u>密詔星夜往各鎮去.

*注: 但(단): 그러나. 그렇지만. 元惡(원악): 首惡. 大惡. 여기서는 張讓을 가리킴. 宣露(선로): 〈宣〉: (비밀을) 누설하다. 〈露〉: 드러나다(내다). 표현하다. 乃(내): 이에; (동사) …이다. 바로 …이다; 너. 너의; 그. 그의; 비로소; 단지; 겨우; 오히려. 齎(재): 가져가다. 가져오다. 주다. 보내다. 〈賫(재)〉와 同義로 通用.

〔2〕 却說前將軍‧鰲鄉侯‧西涼刺史董卓, 先爲破黃巾無功, 朝廷將治其罪, 因賄賂十常侍幸免;(*賄賂十常侍之人, 安能殺十常侍?)後又結托朝貴, 遂任顯官, 統西州大軍二十萬, 常有不臣之心. 是時得詔大喜, 點起軍馬, 陸續便行; 使其婿中郎將牛輔守住陝西, 自己却帶李傕‧郭汜‧張濟‧樊稠等, 提兵望洛陽進發. 卓婿謀士李儒曰: "今雖奉詔, 中間多有暗昧, 何不差人上表, 名正言順, 大事可圖."(*何進暗發密書, 李儒乃欲顯上表章, 明明要激內亂.) 卓大喜, 遂上表, 其略曰:

> 竊聞天下所以亂逆不止者,皆由黃門常侍張讓等侮慢天常之故. 臣聞 '揚湯止沸, 不如去薪; 潰癰雖痛, 勝於養毒'. 臣敢鳴鍾鼓入洛陽, 請除讓等. 社稷幸甚, 天下幸甚!

何進得表, 出示大臣. 侍御史鄭泰諫曰: "董卓乃豺狼也. 引入京城, 必食人矣."(*欲去狐鼠, 乃召豺狼. 確論.) 進曰: "汝多疑, 不足謀大事." 盧植亦諫曰: "植素知董卓爲人, 面善心狼, 一入禁庭, 必生禍患. 不如止之勿來, 免致生亂." 進不聽. 鄭泰‧盧植皆棄官而去. 朝廷大臣去者大半. 進使人迎董卓於澠池. 卓按兵不動. (*先上表以示威, 復按兵以觀變, 皆李儒之謀也.)

*注: 鰲鄉侯(태향후):〈毛本〉과〈明嘉靖本〉에는 鰲鄉侯(오향후)로 되어 있으나〈三國志‧魏書‧董卓傳〉에는〈鰲(태)鄉侯〉로 되어 있다. 西涼(서량): 즉, 涼州(량주). 治所는 지금의 감숙성 武威縣.〈三國志‧魏書‧董卓傳〉에 의하면 동탁은 靈帝 때에는 并州(治所는 지금의 산서성 太原市) 刺史였고 西涼刺史가 아니었다. 이곳의 記述은 역사적 사실과 부합하지 않는다. 朝貴(조귀): 조정의 貴人. 高官. 西州(서주): 즉 涼州. 不臣(불신): 臣下가 신하로서의 본분을 지키지 않고 임금에게 충성하지 않는다는 뜻. 暗昧(암매): 模糊하고 不明한 것. 表(표): 임금에게 올리는 書狀의 一種. 주로 請求, 謝意, 祝賀에 사용된 書狀. 名正言順(명정언순): 명분이 정당해야 그

말이 순조롭다(이치에 맞다).(*〈論語〉子路篇(13.3)에 나오는 말로, 原文은 "名不正, 則言不順; 言不順, 則事不成."이라 하였다.)  **天常**(천상): 자연의 질서(天之常道). 君臣上下尊卑之道.  **揚湯止沸, 不如去薪**(양탕지비, 불여거신): 탕기를 들어 올려 끓는 것을 멈추려는 것은 장작을 치우는 것만 못하다. 〈危急함을 일시 해결하는 것은 문제를 근본적으로 해결하는 것만 못하다〉는 뜻.  **潰癰**(궤옹): 종기를 터트리다.  **侍御史**(시어사): 御史大夫 아래에서 감찰 등의 직무를 수행하거나 御史의 지시를 받아 외부에서 지정된 임무를 수행하는 관직.  **澠池**(민지): 현명(縣名). 지금의 하남성에 속함.


〖3〗 張讓等知外兵到,  共議曰: "此何進之謀也.  我等不先下手, 皆滅族矣." 乃先伏刀斧手五十人於長樂宮嘉德門內, 入告何太后曰: "今大將軍矯詔召外兵至京師, 欲滅臣等, 望娘娘垂憐賜救!" 太后曰: "汝等可詣大將軍府謝罪." 讓曰: "若到相府,  畫肉齏粉矣. 望娘娘宣大將軍入宮諭止之. 如其不從, 臣等只就娘娘前請死." 太后乃降詔宣進.(*婦人誤事如此.)進得詔便行.主簿陳琳諫曰: "太后此詔, 必是十常侍之謀. 切不可去, 去必有禍."(*智哉陳琳.) 進曰: "太后詔我, 有何禍事?" 袁紹曰: "今謀已泄, 事已露, 將軍尙欲入宮耶?" 曹操曰: "先召十常侍出, 然後可入."(*眞應變之策.) 進笑曰: "此小兒之見也. 吾掌天下之權, 十常侍敢待如何?" 紹曰: "公必欲去, 我等引甲士護從, 以防不測." 於是袁紹·曹操各選精兵五百, 命袁紹之弟袁術領之. 袁術全身被挂, 引兵布列靑瑣門外.  紹與操帶劍護送何進至長樂宮前,  黃門傳懿旨云: "太后特宣大將軍, 餘人不許輒入." 將袁紹·曹操等都阻住宮門外. 何進昻然直入. 至嘉德殿門, 張讓·段珪迎出, 左右圍住, 進大驚. 讓厲聲責進曰: "董后何罪, 妄以鴆死? 國母喪葬, 托疾不出! 汝本屠沽小輩, 我等薦之天子, 以致榮貴; 不思報效, 欲相謀害! 汝言我等甚濁, 其淸者誰?"(*〈左傳〉日: 惟無瑕者可以戮人. 何進謀殺董后, 其罪亦與十常侍等.) 進慌急, 欲尋出路,(*至此而尋出路, 眞小兒之見矣.) 宮門盡閉, 伏甲齊出, 將何進砍爲兩段. 後人有詩嘆之曰:

漢室傾危天數終, 無謀何進作三公.

幾番不聽忠臣諫, 難免宮中受劍鋒.

*注: 矯詔(교조): 위조된 詔書. 황제의 명의를 盜用하여 발포하는 命令. 骨肉虀粉(골육제분): 뼈와 살(骨肉)을 분쇄하여 가루로 만들다. 殺戮하다. 〈虀〉: 채소를 잘게 썰어 소금물에 담근 채소. 김치. 파, 마늘 등 조미료를 잘게 다진 것. 〈粉〉: 가루. 〈虀粉〉:분말(粉末). 잘게 썬 조각. 靑瑣門(청쇄문): 南宮의 門 이름. 문 위에 連環花 무늬를 그려 靑色을 칠해 놓았으므로 붙여진 이름. 懿旨(의지): 황후 또는 황태후의 명령. 阻住(조주): 막아서 들어가지 못하게 하다. 伏甲(복갑): 몰래 숨겨둔, 병기를 소지한 군사들. 〈甲〉: 甲士. 披甲持械的士兵.


〖4〗 讓等旣殺何進, 袁紹久不見進出, 乃於宮門外大呼日: "請將軍上車!" 讓等將河進首級從墻上擲出,(*身不能上車而行, 頭乃得踰墻而出, 還算逃得一半.) 宣諭日: "何進謀反, 已伏誅矣. 其餘脅從, 盡皆赦宥." 袁紹厲聲大叫: "閹宦謀殺大臣! 誅惡黨者, 前來助戰!" 何進部將吳匡, 便於靑瑣門外放起火來. 袁術引兵突入宮庭, 但見閹宦, 不論大小, 盡皆殺之. (*勢必至此, 然則又何必召外兵耶?) 袁紹·曹操斬關入內, 趙忠·程曠·夏惲·郭勝四個被赶至翠花樓前, 剁爲肉泥. 宮中火焰沖天. 張讓·段珪·曹節·侯覽將太后及太子幷陳留王劫去內省, 從後道走北宮. 時盧植棄官未去, 見宮中事變, 擐甲持戈, 立於閣下, 遙見段珪擁逼何后過來, 植大呼日: "段珪逆賊, 安敢劫太后!" 段珪回身便走. 太后從窓中跳出, 植急救得免. 吳匡殺入內庭, 見何苗亦提劍出. 匡大呼日: "何苗同謀害兄, 當共殺之!" 衆人俱曰: "願斬謀兄之賊!" 苗欲走, 四面圍定, 砍爲虀粉. 紹復令軍士分頭來殺十常侍家屬, 不分大小, 盡皆誅絕, 多有無鬚者誤被殺死.(*此時鬍子大得便宜.) 曹操一面救滅宮中之火, 請何太后權攝大事, 遣兵追襲張讓等, 尋覓少帝.

*注: 剁爲肉泥(타위육니):〈剁〉: 꺾다. 자르다. 잘라서 저민 고기로 만들다. 擐甲(환갑):갑옷을 입다.〈擐〉: 꿰다. 꿰어 입다. **權攝**(권섭): 잠시 (국가 대사를) 대리하게 하다.〈權〉: 잠시(權且. 暫).〈攝〉: 대리하다. **尋覓**(심 멱): 찾다.


〖5〗 且說張讓·段珪劫擁少帝及陳留王, 冒烟突火, 連夜奔走至 北邙山. 約三更時分, 後面喊聲大舉, 人馬趕至; 當前河南中部掾 史閔貢, 大呼: "逆賊休走!" 張讓見事急, 遂投河而死. 帝與陳留 王未知虛實, 不敢高聲, 伏於河邊亂草之內. 軍馬四散去趕, 不知 帝之所在. 帝與王伏至四更, 露水又下, 腹中饑餒, 相抱而哭; 又 怕人知覺, 吞聲草莽之中. 陳留王曰: "此間不可久戀, 須別尋活 路." 於是二人以衣相結, 爬上岸邊. 滿地荊棘, 黑暗之中, 不見 行路. 正無奈何, 忽有流螢千百成群, 光芒照耀, 只在帝前飛轉. 陳留王曰: "此天助我兄弟也!" 遂隨螢火而行, 漸漸見路. 行至五 更, 足痛不能行, 山崗邊見一草堆, 帝與王臥於草堆之中. 草堆前 面是一所莊院. 莊主是夜夢兩紅日墜於莊後,(*兩紅日正應陳留亦爲帝 之兆.) 驚覺, 披衣出戶, 四下觀望, 見莊後草堆上紅光冲天, 慌忙 往視, 却是二人臥於草畔.莊主問曰: "二少年誰家之子?" 帝不敢 應. 陳留王指帝曰: "此是當今皇帝, 遭十常侍之亂, 逃難至此. 吾乃皇弟陳留王也." 莊主大驚, 再拜曰: "臣先朝司徒崔烈之弟 崔毅也, 因見十常侍賣官嫉賢, 故隱於此." 遂扶帝入莊, 跪進酒 食.

*注: 北邙山(북망산): 즉 邙山. 지금의 하남성 洛陽市 북쪽에 있는데 漢 이
래로 묘지로 유명하므로, 轉하여 무덤, 묘지의 뜻으로 쓰이게 되었다.
　河南中部掾史(하남중부연사): 河南尹 手下의 屬官. 〈河南〉: 郡名. 治所는
雒陽(지금의 洛陽市 동부). 〈掾史〉: 〈掾〉과 〈史〉의 合稱. 漢代에 州, 郡,
縣 官府의 屬官으로서 각 曹의 일을 맡아 처리했다. 일반적으로 〈掾〉이 正,
〈史〉가 副가 되었다. 〈毛本〉에는 〈掾吏〉로 되어 있으나 〈三國志〉와 〈資治
通鑑〉에 의거 〈掾史〉로 고쳤다. 　虛實(미지허실): 내막(내부 사정). 　乃
(내): (동사) …이다. 바로 …이다; 너. 너의; 그. 그의; 이에; 비로소; 단지;
겨우; 오히려. 　司徒(사도): 삼공(三公)의 하나.


〔6〕却說閔貢赶上段珪, 拏住問: "天子何在?" 珪言: "已在
半路相失, 不知何往." 貢遂殺段珪, 懸頭於馬項下, 分兵四散尋
覓; 自己却獨乘一馬, 隨路追尋. 偶至崔毅莊, 毅見首級, 問之,
貢說詳細. 崔毅引貢見帝, 君臣痛哭. 貢曰: "國不可一日無君,
請陛下還都." 崔毅莊上止有瘦馬一匹, 備與帝乘. 貢與陳留王共乘
一馬,(*帝曰萬乘, 王曰千乘, 大夫亦曰百乘, 今一帝一王一臣止共騎得二馬,
可嘆.) 離莊而行. 不到三里, 司徒王允·太尉楊彪·左軍校尉淳于
瓊·右軍校尉趙萌·後軍校尉鮑信·中軍校尉袁紹, 一行人衆, 數百
人馬, 接着車駕, 君臣皆哭. 先使人將段珪首級往京師號令, 另換
好馬與帝及陳留王騎坐, 簇帝還京. 先是洛陽小兒謠曰: "帝非帝,
王非王, 千乘萬騎走北邙." 至此果應其讖.(*後來帝廢爲王, 王反爲
帝, 所謂帝非帝王非王耶? 此時只應得末一句, 那知後來却應在首二句耶!)
　*注: 接着(접착): 영접하다; 잇따라. 이어서. 　號令(호령): 〈=號〉. 사람을
처형하여 장대에 매달아 사람들에게 보이다(將人處刑後示衆). 　另(령): 따
로. 달리. 가르다. 나누다. 　簇帝(족제): 〈簇〉: 무리. 떼. 모이다. 황제와
그의 동생 진류왕을 가리킴.(*참고로 이 사건이 발생한 것은 189년 8월 27일

인데, 이해 4월에 靈帝의 뒤를 이어 황위에 오른 劉辨(유변)은 14살이었고, 그의 이복동생 渤海王(발해왕: 후에 陳留王으로 改封됨) 劉協은 9살이었다.)

  讖(참): 讖言. (길흉화복에 대한) 예언. 조짐.


〖7〗 車駕行不到數里, 忽見旌旗蔽日, 塵土遮天, 一枝人馬到 來. 百官失色, 帝亦大驚. 袁紹驟馬出問: "何人?" 繡旗影裏, 一 將飛出, 厲聲問: "天子何在?"(*不答袁紹, 竟問天子, 氣勢便來得不 好.) 帝戰慄不能言. 陳留王<u>勒馬</u>向前, 叱曰: "來者何人?" 卓 曰: "西凉刺史董卓也."(*董卓至此時始來, 皆李儒之計也.) 陳留王 曰: "汝來保駕耶? 汝來劫駕耶?" 卓應曰: "特來保駕." 陳留王 曰: "旣來保駕, 天子在此, 何不下馬?" 卓大驚, 慌忙下馬, 拜於 道左. 陳留王以言撫慰董卓, 自初至終, <u>並</u>無失語. 卓暗奇之, 已 懷<u>廢立</u>之意. 是日還宮, 見何太后, 俱各痛哭. 檢點宮中, 不見了 <u>傳國玉璽</u>.(*爲後文孫堅得璽伏線.)

  *注: 勒馬(륵마): 고삐를 조이다. 고삐를 당겨 말을 멈추게 하다. 並(병): 결코. 전혀. 廢立(폐립): 현재의 君을 폐하고 새로 君을 세우는 것(廢除舊 君, 另立新君). 傳國玉璽(전국옥새): 여러 王朝를 거쳐 전해 내려오는 國 璽.


〖8〗 董卓屯兵城外, 每日帶鐵甲馬軍入城, 橫行街市, 百姓惶惶 不安. 卓出入宮庭, 略無忌憚. 後軍校尉鮑信, 來見袁紹, 言董卓 必有異心, 可速除之.(*若欲除之, 不如勿召. 旣已召之, 欲除則難矣.) 紹 曰: "朝廷新定, 未可輕動." 鮑信見王允, 亦言其事. 允曰: "且 容商議." 信自引本部軍兵, 投泰山去了.

  董卓招誘何進兄弟部下之兵, 盡歸掌握. 私謂李儒曰: "吾欲廢 帝立陳留王, 何如?"(*不過欲借廢立以張威, 非眞有愛於陳留也.) 李儒日：“今朝廷無主，不就此時行事，遲則有變矣．來日於溫明園中，召集百官，諭以廢立；有不從者斬之，則威權之行，正在今日．”卓喜．

　　*注: 泰山(태산): 郡名. 경내에 泰山이 있다. 治所는 博縣(지금의 산동성 泰安縣 東南).

【9】次日，大排筵會，遍請公卿．公卿皆懼董卓，誰敢不到？卓待百官到了，然後徐徐到園門下馬，帶劍入席．酒行數巡，卓教停酒止樂，乃厲聲曰：“吾有一言，衆官靜聽．”衆官側耳．卓曰：“天子爲萬民之主，無威儀不可以奉宗廟社稷．今上懦弱，不若陳留王聰明好學，可承大位．吾欲廢帝，立陳留王，諸大臣以爲何如？”(*鳴鐘鼓入洛陽，不是來殺十常侍，特來廢皇帝耳.) 諸官聽罷，不敢出聲．座上一人推案直出，立於筵前，大呼：“不可！不可！汝是何人，敢發大語？天子乃先帝嫡子，初無過失，何得妄議廢立！汝欲爲篡逆耶？”(*此時此人不可少.) 卓視之，乃荊州刺史丁原也．卓怒叱曰：“順我者生，逆我者死！”遂掣佩劍欲斬丁原．

　　*注: 掣佩劍(철패검): 차고 있는 검을 끌어당기다. 〈掣〉: 당기다.

【10】時李儒見丁原背後一人，生得器宇軒昂，威風凜凜，手執方天畫戟，怒目而視．李儒急進曰：“今日飲宴之處，不可談國政，來日向都堂公論未遲．”衆人皆勸丁原上馬而去．

　　卓問百官曰：“吾所言合公道否？”盧植曰：“明公差矣．昔太甲不明，伊尹放之于桐宮．昌邑王登位，方二十七日，造惡三千餘條，故霍光告太廟而廢之．今上雖幼，聰明仁智，並無分毫過失．公乃外郡刺史，素未參與國政，又無伊·霍之大才，何可强主廢立之事？聖人云：‘有伊尹之志則可，無伊尹之志則篡也．’”(*正論侃

侃, 不愧爲玄德之師.） 卓大怒, 拔劍向前欲殺植. 議郞彭伯諫曰：“盧
尙書海內人望, 今先害之, 恐天下震怖.” 卓乃止. 司徒王允曰：
“廢立之事, 不可酒後相商, 另日再議.” 於是百官皆散.

*注: **生得器宇軒昻**(생득기우헌앙): 용모가 위풍당당하게 생기다. 〈器宇〉：
기관. 외모. 용모. 풍채. 〈軒昻〉：위풍이 당당하다. 기개가(기상이) 드높다.
(*참고: 〈氣宇〉는 氣槪와 度量이란 뜻). **方天畫戟**(방천화극): 자루 끝에
그림을 그린 극. 위쪽 끝이 정자 모양이다. 〈戟〉：戈와 矛를 겸비한 고대의
兵器. **都堂**(도당): 정사를 의논하고 공무를 처리하는 장소. **明公**(명공):
이름과 지위가 있는 사람에 대한 존칭. **太甲**(태갑): 商朝의 國王. 시조
湯의 嫡長孫으로 太丁의 아들. 전설에 의하면, 그가 卽位 후 湯이 제정해
놓은 法을 무시하고 政事를 돌보지 않자 賢臣 伊尹이 그를 桐宮으로 내쫓았
다가, 三年 후 그가 자신의 잘못을 회개하고 새로운 사람이 되자 그를 다시
받아들여 王位에 복위시켰다고 한다. **伊尹**(이윤): 商朝 湯王의 大臣. 일찍
이 湯을 보좌해서 夏桀를 공격하여 멸망시키고 商朝를 건립하는 데 큰 功을
세웠으며, 후에 阿衡(후의 宰相에 상당함)의 지위에 올랐다. **桐宮**(동궁):
商代에 桐(지금의 산서성 萬榮縣 西) 지방에 있었던 궁실.(*이에 관한 故事는
〈史記〉 殷本紀와 〈尙書〉의 商書. 太甲篇에 자세히 나온다.) **昌邑王**(창읍왕):
즉 昌邑哀王 髆(박)의 아들 劉賀(유하). 漢武帝의 손자로 昭帝의 조카. 昭帝
死後 그가 아들이 없었으므로 대장군 霍光이 劉賀를 맞아들여 帝位에 앉혔
으나, 곧바로 荒淫無道하였으므로 霍光은 太廟에 告한 다음 재위 27일 만에
그를 폐위시키고, 宣帝를 즉위시킨 다음, 그를 海昏侯에 봉했다. **霍光**(곽
광): 西漢의 名臣. 字는 子孟. 漢武帝 死後 桑弘羊 등과 같이 어린 昭帝를
잘 보필하라는 遺詔를 받고 大司馬 大將軍을 역임. 昭帝 사후 昌邑王 劉賀를
영립하였으나 그가 황음무도하였으므로 곧바로 폐위시키고 宣帝 劉詢을 즉
위시켰다. 전후로 20년간 執政했다. **聖人云**(성인운): 〈孟子·盡心上〉에 나
오는 孟子의 말.

〖11〗卓按劍立於園門, 忽見一人躍馬持戟, 於園門外往來馳驟. 卓問李儒: "此何人也?" 儒曰: "此丁原義兒: 姓呂, 名布, 字奉先者也. 主公且須避之." 卓乃入園潛避. 次日, 人報丁原引軍城外搦戰. 卓怒, 引軍同李儒出迎. 兩陣對圓, 只見呂布頂束髮金冠, 披百花戰袍, 擐唐猊鎧甲, 繫獅蠻寶帶, 縱馬挺戟, 隨丁建陽出到陣前. 建陽指卓罵曰: "國家不幸, 閹宦弄權, 以致萬民塗炭. 爾無尺寸之功, 焉敢妄言廢立, 欲亂朝廷!" 董卓未及回言, 呂布飛馬直殺過來. 董卓慌走, 建陽率軍掩殺. 卓兵大敗, 退三十餘里下寨, 聚衆商議. 卓曰: "吾觀呂布非常人也, 吾若得此人, 何慮天下哉?" 帳前一人出曰: "主公勿憂. 某與呂布同鄕, 知其勇而無謀, 見利忘義.(*二語說盡呂布.) 某憑三寸不爛之舌, 說呂布拱手來降, 可乎?" 卓大喜, 觀其人, 乃虎賁中郎將李肅也. 卓曰: "汝將何以說之?" 肅曰: "某聞主公有名馬一匹, 號曰 '赤兔', 日行千里. 須得此馬, 再用金珠, 以利結其心, 某更進說詞, 呂布必反丁原, 來投主公矣." 卓問李儒曰: "此言可乎?" 儒曰: "主公欲取天下, 何惜一馬." 卓欣然與之, 更與黃金一千兩 · 明珠數十顆 · 玉帶一條.

*注: 搦戰(닉전): 도전하다. 싸움을 걸다. 對圓(대원): 양쪽 군대가 싸우기 전에 각자 半圓形의 陣을 이루는데, 상대의 半圓과 합하면 하나의 圓처럼 된다. 그래서 싸우기 위해 陣을 벌려 선 모습을 이렇게 부르게 되었다. 呂布(여포): 자는 奉先으로 并州 五原郡 九原縣 사람이다. 唐猊(당예): 즉 唐夷. 고대 전설 속에 나오는 맹수로서 그 가죽은 매우 단단하고 두꺼워서 갑옷을 만드는 데 썼다고 함. 후에 와서는 〈훌륭한 갑옷〉을 일컫는 말로 쓰이게 되었다. 獅蠻寶帶(사만보대): 사자 및 만왕의 도상을 장식한 보대. 帳前(장전): 막사 안. 軍中. 휘하. 虎賁中郎將(호분중랑장): 皇帝를 侍衛하는 중앙 禁衛軍(이를 虎賁이라 함)의 대장.

〖12〗李肅齎了禮物, 投呂布寨來了. 伏路軍人圍住, 肅曰: "可速報呂將軍, 有故人來見." 軍人報之, 布命入見. 肅見布曰: "賢弟別來無恙?" 布揖曰: "久不相見, 今居何處?" 肅曰: "見任虎賁中郎將之職. 聞賢弟匡扶社稷, 不勝之喜. 有良馬一匹, 日行千里, 渡水登山, 如履平地, 名曰'赤兎'. 特獻與賢弟, 以助虎威."(*且不說是董卓之馬, 妙甚.) 布便令牽過來看; 果然那馬渾身上下, 火炭般赤, 無半根雜毛; 從頭至尾, 長一丈, 從蹄至項, 高八尺; 嘶喊咆哮, 有騰空入海之狀. 後人有詩單道赤兎馬曰:

奔騰千里蕩塵埃, 渡水登山紫霧開.

掣斷絲韁搖玉轡, 火龍飛下九天來.

*注: 齎了(재료): 가지고 가다. 別來無恙(별래무양): 인사말로, 헤어진 이래 평안하고 별 탈 없었습니까? 〈恙〉: 우환. 災禍. 見任(현임): 現任. 여기서의 〈見〉은 〈現〉과 同字. 火炭般(화탄반): 불타는 연탄과 같은. 〈般〉: …와 같은. …와 같은 모양의. 嘶喊(시함): 말이 울다. 單道(단도): 한 마디로(간단하게. 단순하게) 말하자면. 韁(강): 말고삐.


〖13〗布見了此馬, 大喜, 謝肅曰: "兄賜此良駒, 將何以爲報?" 肅曰: "某爲義氣而來, 豈望報乎!" 布置酒相待. 酒酣, 肅曰: "肅與賢弟少得相見; 令尊却常會來."(*在同鄉人口中稱令尊, 必謂是姓呂之父矣.) 布曰: "兄醉矣. 先父棄世多年, 安得與兄相會?" 肅大笑曰: "非也. 某說今日丁刺史耳." 布惶恐曰: "某在丁建陽處, 亦出於無奈." 肅曰: "賢弟有擎天駕海之才, 四海孰不欽敬? 功名富貴, 如探囊取物, 何言無奈而在人之下乎?" 布曰: "恨不逢其主耳." 肅笑曰: "'良禽擇木而棲, 賢臣擇主而事.' 見機不早, 悔之晚矣." 布曰: "兄在朝廷, 觀何人爲世之英雄?" 肅曰: "某遍觀群臣, 皆不如董卓. 董卓爲人, 敬賢禮士, 賞罰分明,

終成大業." 布曰: "某欲從之, 恨無門路." 肅取金珠 · 玉帶列於
布前.(*馬與金珠玉帶分兩番取出,　先後次序得妙.)　布驚曰: "何爲有
此?" 肅令叱退左右,　告布曰: "此是董公久慕大名, 特令某將此
奉獻. 赤兎馬亦董公所贈也." 布曰: "董公如此見愛,某將何以報
之?" 肅曰: "如某之不才, 尙爲虎賁中郎將; 公若到彼, 貴不可
言." 布曰: "恨無涓埃之功, 以爲進見之禮."(*等他自說,　妙!)　肅
曰: "功在飜手之間,　公不肯爲耳." 布沈吟良久曰: "吾欲殺丁
原, 引軍歸董卓, 何如?"(*此句亦等他自說, 惡極, 妙極.) 肅曰: "賢弟
若能如此, 眞莫大之功也. 但事不宜遲, 在於速決." 布與肅約於
明日來降, 肅別去.

　　*注: 何以爲報(하이위보): 무엇으로 보답을 할까? (=以何爲報).　令尊(영
　　존): 상대방 父親에 대한 敬詞.　擎天駕海(경천가해): 〈擎天〉: 하늘을 높이
　　들어 올리다. 〈駕海〉: 바다를 부리다.　良禽擇木而棲, 賢臣擇主而事(양금
　　택목이서, 현신택주이사): 좋은 새는 나무를 가려서 둥지를 틀고, 현명한 신
　　하는 주인을 가려서 섬긴다.　見機(견기): 사물의 미세한 징조나 기미를
　　보다. 즉, 事勢의 발전을 예견하다.　將此(장차): 이것을. 〈將〉: (介詞)…을
　　(를). 〈把(파)〉처럼 목적어를 동사 앞에 전치시킬 때 전치된 목적어임을 나타
　　내기 위해 쓰는 介詞.　見愛(견애): 사랑을 받다.　尙(상): 尙且. 尙自.
　　…조차. …까지도.　涓埃(연애): 물방울과 먼지. 轉하여 僅少한 것. 눈곱만
　　한 것. 〈涓〉: 물방울(水滴). 졸졸 흐르는 물(細流). 〈埃〉: 티끌. 먼지.


〖14〗 是夜二更時分, 布提刀徑入丁原帳中. 原正秉燭觀書, 見
布至,曰: "吾兒來有何事故?"布曰: "吾堂堂丈夫, 安肯爲汝子
乎!"(*堂堂丈夫不爲丁原子, 然一堂堂丈夫又何獨爲董卓子乎? 總是金珠赤兎
馬在那里說話耳.) 原曰: "奉先何故心變?"(*便不敢叫 "吾兒" 了.) 布向
前, 一刀砍下丁原首級, 大呼左右: "丁原不仁, 吾已殺之. 肯從

吾者在此，不從者自去！"軍士散去大半．次日，布持丁原首級，
往見李肅．肅遂引布見卓．卓大喜，置酒相待．卓先下拜曰："卓
今得將軍，如旱苗之得甘雨也."布納卓坐而拜之曰："公若不棄，
布請拜爲義父."(＊方殺一義父，又拜一義父，殺得容易，亦拜得容易.) 卓以
金甲錦袍賜布，暢飮而散．卓自是威勢越大，自領前將軍事，封弟
董旻爲左將軍・鄠侯，封呂布爲騎都尉・中郎將・都亭侯．

＊注：二更(이경)：밤 9시부터 11시 사이. 〈更〉：日沒부터 日出 사이를 2시간
씩 5등분하여 일컫는 시간의 명칭.　自去(자거)：따로 가다. 홀로 가다.
〈自〉：달리. 별도로.　納卓坐(납탁좌)：동탁을 자리에 올려놓다. 〈納〉：놓
다. 두다. 올라서다.　鄠侯(호후)：〈鄠(호)〉：漢代에 右扶風에 속한 한 縣.
지금은 섬서성에 속한 縣.　騎都尉(기도위)：황제의 近侍官.


〖15〗李儒勸董卓早定廢立之計．卓乃於省中設宴，會集公卿，
令呂布將甲士千餘，侍衛左右．是日，太傅袁隗與百官皆到．酒行
數巡，卓按劍曰："今上闇弱，不可以奉宗廟；吾將依伊尹・霍光故
事,(＊特引二故事，却是從盧植口中學來，足見其胸中無物.) 廢帝爲弘農王，
立陳留王爲帝．有不從者斬！"群臣惶怖莫敢對．中軍校尉袁紹挺
身出，曰："今上卽位未幾，並無失德．汝欲廢嫡立庶，非反而
何?"(＊勸召外兵者，公也，今日罵董卓晩矣.) 卓怒曰："天下事在我！我
今爲之，誰敢不從．汝視我之劍不利否?"袁紹亦拔劍曰："汝劍
利，吾劍未嘗不利！"兩個在筵上對敵．正是：

丁原仗義身先喪，袁紹爭鋒勢又危．

畢竟袁紹性命如何，且聽下文分解．

＊注：廢嫡立庶(폐적립서)：옛날에는 正妻 소생을 嫡子, 非正妻 소생을 庶子
라 불렀다. 劉辯은 何皇后의 소생이고 劉協은 王美人의 소생이므로 어린 황
제 劉辯을 廢하고 陳留王 劉協을 황제로 세우는 것을 말한다.

(1). 天子者，日也．日而借光於螢火，不成其爲日矣．後人以
孔明在蜀，耿耿如長庚之照一方．夫長庚，則固勝於螢光百倍也．

(2). 凡勸人背叛，勸人弒逆，是最難啓齒之事．今李肅偏不說
出，偏要敎他自說，妙不可言．

(3). 奸在君側者，除之貴密貴速．董卓上表以暴其威，是不密
也；頓兵以觀其變，是不速也．何進不知當密，卓則知之而故爲
不密；何進不知當速，卓則知之而故爲不速．其意以爲如是，而
何進必死，內亂必作．夫然後乘釁入朝，可以惟我所欲爲耳．此
皆出李儒之謀，儒亦智矣．乃勸卓收呂布爲腹心，又何愚而失於
計也？殺一義父拜一義父，爲其父者不亦危乎？卓不疑布，布亦
不慮卓之疑己，無謀之人固不足怪；儒自以爲智，而慮不及此，
哀哉！

(4). 玄德結兩異姓之弟而得其死力，丁原結一異姓之子而受
其摧殘，其故何也？一則擇弟而弟，弟其所當弟；一則不擇子而
子，子其所不當子故也．觀呂布，益服關張之篤義，觀丁原，益嘆
玄德之知人．

# 第四回

## 廢漢帝陳留爲皇
## 謀董賊孟德獻刀

〖1〗且說董卓欲殺袁紹, 李儒止之曰: "事未可定, 不可妄殺." 袁紹手提寶刀, 辭別百官而出, <u>懸節東門</u>, 奔冀州去了. 卓謂太傅袁隗曰: "汝姪無禮, 吾看汝面, 姑恕之. 廢立之事若何?" 隗曰: "<u>太尉所見是也.</u>" 卓曰: "敢有阻大議者, <u>以軍法從事!</u>" 群臣震恐, 皆云: "<u>一聽尊命.</u>" 宴罷, 卓問侍中周毖 · 校尉伍瓊曰: "袁紹此去若何?" 周毖曰: "袁紹忿忿而去, 若<u>購之急</u>, 勢必爲變. 且袁氏樹恩四世, 門生故吏遍於天下; 倘收豪傑以聚徒衆, 英雄因之而起, 山東非公有也. 不如赦之, 拜爲一郡守, 則紹喜於免罪, 必無患矣." 伍瓊曰: "袁紹好謀無斷,(*四字定評.) 不足爲慮. 誠不若加之一郡守, 以收民心." 卓從之, 卽日差人拜紹爲<u>渤海</u>太守.

　　*注: **懸節東門**(현절동문): 부절(符節)을 동문 위에 걸어놓다. 관직을 버리

고 떠나감을 말한다. 〈節〉: 符節. 고대 고급 관원이 직권을 행사할 수 있는
증빙. 당시 원소가 버린 것은 司隸校尉 符節이었다.　太尉(태위): 전국 군사
장관. 司徒, 司空과 함께 三公이라 칭했다.　以軍法從事(이군법종사): 군법
에 따라서 일을 처리하다. 일반적으로 〈참수〉하다란 뜻.　一聽(일청): 하나
같이 (전부) 듣다.　購之急(구지급): 急購之. 〈購〉: 본래의 뜻은 〈현상을
걸다〉이지만 여기서는 〈급히 추포(追捕)하다〉의 뜻이다.　渤海(발해): 지금
의 하북성 南皮 東北.


〖2〗九月朔, 請帝陞嘉德殿, 大會文武. 卓拔劍在手, 對衆
曰: "天子闇弱, 不足以君天下. 今有策文一道, 宜爲宣讀." 乃命
李儒讀策曰:

　　"孝靈皇帝, 早棄臣民; 皇帝承嗣, 海內仰望, 而帝天資輕佻,
　　威儀不恪, 居喪慢惰; 否德旣彰, 有忝大位. 皇太后敎無母儀,
　　統政荒亂. 永樂太后暴崩, 衆論惑焉. 三綱之道, 天地之紀,
　　毋乃有闕? 陳留王協, 聖德偉懋, 規矩肅然; 居喪哀戚, 言不
　　以邪; 休聲美譽, 天下所聞: 宜承皇業, 爲萬世統. 玆廢皇帝
　　爲弘農王, 皇太后還政. 請奉陳留王爲皇帝, 應天順人, 以慰
　　生靈之望."

*注: 君天下(군천하): 천하의 임금이 되다. 〈君〉: 여기서는 동사로서 〈임금
이 되다〉, 〈임금노릇하다〉란 뜻.　策文一道(책문일도): 策文 하나. 〈策文〉:
본래는 文體의 이름이지만 여기서는 皇帝의 廢立을 宣布하는 글을 의미함.
〈道〉: 命令, 題目 따위를 세는 量詞.　宣讀(선독): (법령. 포고문. 성명서
따위를) 대중 앞에서 낭독하다.　輕佻(경조): 경박하다. 〈佻〉: 경박하다.
不恪(불각): 근신하지 않다. 존엄하지 않다.　否德(부덕): 비열한 품덕.
忝大位(첨대위): 제왕의 자리를 욕보이다. 〈忝〉: 욕보이다. 누를 끼치다.
〈大位〉: 제왕의 지위(자리).　暴崩(폭붕): 갑자기 돌아가다.　偉懋(위무):

성대(盛大)하다.　　**休聲**(휴성): 아름다운 명성.　　**生靈**(생령): 生民. 백성.

〖３〗 李儒讀策畢, 卓叱左右扶帝下殿, 解其璽綬, 北面長跪, 稱臣聽命. 又呼太后去服候帝勅. 帝·后皆號哭, 群臣無不悲慘. 階下一大臣憤怒, 高叫曰: "賊臣董卓, 敢爲欺天之謀, 吾當以頸血濺之!" 揮手中象簡, 直擊董卓. 卓大怒, 喝武士拏下, 乃尙書丁管也. 卓命牽出斬之. 管罵不絕口, 至死神色不變.(*此時何可無此一人?) 後人有詩嘆曰:

董賊潛懷廢立圖,
漢家宗社委邱墟.
滿朝臣宰皆囊括,
惟有丁公是丈夫.

*注: **璽綬**(새수): 〈璽〉: 옥새(玉璽). 〈綬〉: 옥새에 달린 끈. 옥새에는 반드시 끈이 달려있으므로 〈玉璽〉를 〈璽綬〉라고도 부른다.　　**以頸血濺之**(이경혈천지): 내 목의 피(頸血)로써(以) 너에게(之) 뿌리다(濺). 〈之〉: 汝. 二人稱 代詞.　　**象簡**(상간): 신하들이 朝會에 참석할 때 소지하는, 상아로 만든 작은 수판(手版). 중요한 일은 그 위에 기록하여 잊지 않도록 했다. 일종의 메모용 노트와 같은 역할을 했다.　　**後人**(후인): 明人 周靜軒.　　**臣宰**(신재): 본래는 奴隷를 가리켰으나, 후에는 帝王을 보좌하는 臣下를 부르는 말로 사용되었다.　　**囊括**(낭괄): 〈자루를 묶어놓은 듯〉 모두들 입을 꼭 다물다.

〖４〗 卓請陳留王登殿. 群臣朝賀畢. 卓命扶何太后并弘農王及帝妃唐氏於永安宮閒住, 封鎖宮門, 禁群臣無得擅入.(*昔桓·靈禁錮黨人, 今董卓禁錮天子.) 可憐少帝四月登基, 至九月卽被廢. 卓所立陳留王協, 表字伯和, 靈帝中子, 卽獻帝也, 時年九歲. 改元初平. 董卓爲相國, 贊拜不名, 入朝不趨, 劍履上殿, 威福莫比. 李儒勸卓擢用名流, 以收人望.(*從來權臣大都如此.) 因薦蔡邕之才. 卓命徵之, 邕不赴. 卓怒, 使人謂邕曰: "如不來, 當滅汝族."(*求賢之法太峻.) 邕懼, 只得應命而至. 卓見邕大喜, 一月三遷其官, 拜爲侍中, 甚見親厚.

*注: 登基(등기): 천자의 자리에 오르다. 제위에 오르다. 등극하다. 表字(표자): 별명. 中子(중자): 次子. 둘째 아들. 初平(초평): A.D.190년. 漢獻帝 연호. 신라 伐休尼師今 7년. 고구려 故國川王 南武 12년. 相國(상국): 官名. 조정의 최고 행정장관으로 황제를 보좌하여 전국을 다스림. 후에 〈丞相〉으로 改稱. 贊拜不名(찬배불명): 신하가 入朝하여 황제에게 인사를 할 때, 禮法에 따르면 贊禮(唱禮)하는 자가 그의 이름과 관직을 부르도록 되어 있으나, 그 이름은 부르지 않고 그 관직만 부르는 것. 入朝不趨(입조불추): 禮法에는, 입조(入朝)할 때에는 총총걸음으로 걷게 되어 있으나, 총총걸음으로 걷지(趨) 않아도 된다. 劍履上殿(검리상전): 신하가 황제의 용상 앞으로 나아갈 때에도, 禮法과는 달리, 검을 차거나(佩劍) 신발을 신고(穿履) 오를 수(上殿) 있다. 이 세 가지를 할 수 있다는 것은 곧 臣下의 권력이 帝王의 권력과 동등하거나 능가함을 의미한다. 威福(위복): 권세와 위풍. 위력과 은혜. 因(인): 그리하여. 그런 맥락에서. 蔡邕(채옹): 東漢時 가장 이름난 學者였다. 只得(지득): 부득이. 할 수 없이. 侍中(시중): 황제의 가까이에서 모시면서 諮問에 응하는 일을 담당.

〖 5 〗 却說少帝與何太后·唐妃困於永安宮中, 衣服飮食, 漸漸少缺. 少帝淚不曾乾. 一日, 偶見雙飛燕於庭中, 遂吟詩一首. 詩曰:

嫩草綠凝烟, 裊裊雙飛燕.

洛水一條靑, 陌上人稱羨.

遠望碧雲深, 是吾舊宮殿.

何人仗忠義, 洩我心中怨.

〖6〗董卓時常使人探聽, 是日獲得此詩, 來呈董卓. 卓曰: "怨望作詩, 殺之有名矣." 遂命李儒帶武士十人, 入宮弑帝. 帝與后·妃正在樓上, 宮女報李儒至, 帝大驚. 儒以鴆酒奉帝, 帝問何故. 儒曰: "春日融和,(＊是雙燕飛庭時節.)　董相國特上壽酒." 太后曰: "旣云壽酒, 汝可先飮."(＊此酒豈可相勸?) 儒怒曰: "汝不飮耶?" 呼左右持短刀白練於前,曰: "壽酒不飮,可領此二物." 唐妃跪告曰: "妾身代帝飮酒, 願公存母子性命."(＊滿朝文武, 不如此一女子.) 儒叱曰: "汝何人,可代王死?" 乃擧酒與何太后曰: "汝可先飮." 后大罵: "何進無謀, 引賊入京, 致有今日之禍."(＊此時方悟何進誤事, 不識亦念及董太后·王美人否?) 儒催逼帝, 帝曰: "容我與太后作別." 乃大慟而作歌. 其歌曰:

　　天地易兮日月飜,
　　棄萬乘兮退守藩.
　　爲臣逼兮命不久,
　　大勢去兮空淚潸.

唐妃亦作歌曰:

　　皇天將崩兮后土頹,
　　身爲帝姬兮恨不隨.
　　生死異路兮從此別,
　　奈何煢速兮心中悲.

*注: 時常(시상): 늘. 항상. 자주. 壽酒(수주): 축수(祝壽)의 술. 생일축하술. 守藩(수번): 변방을 지키다. 여기서는 황제에서 폐위되어 왕으로 강등된 것을 가리킨다. 淚潸(누산): 눈물을 줄줄 흘리다. 〈潸〉: 눈물을 줄줄 흘리는 모양. 煢(경): 외롭다. 외로운 사람. 아내가 없는 사람. 근심하다.

〔7〕歌罷, 相抱而哭. 李儒叱曰:"相國立等回報, 汝等俄延, 望誰救耶?"太后大罵:"董賊逼我母子, 皇天不佑! 汝等助惡, 必當滅族!"儒大怒, 雙手扯住太后, 直攛下樓; 叱武士絞死唐妃, 以鴆酒灌殺少帝.(*慘極. 李儒之罪甚於董卓.) 還報董卓, 卓命葬於城外. 自此每夜入宮, 奸淫宮女, 夜宿龍床.(*便是强盜所爲, 不成氣候.) 嘗引軍出城, 行到陽城地方, 時當二月, 村民社賽, 男女皆集. 卓命軍士圍住, 盡皆殺之, 掠婦女財物, 裝載車上, 懸頭千餘顆於車下, 連軫還都, 揚言殺賊大勝而回;(*末世官軍捕盜往往如此, 堂堂宰相亦爲是耶?) 於城門下焚燒人頭, 以婦女財物分散衆軍.

*注: 扯住(차주): 잡아당기다. 붙잡다. 攛(찬): 던지다. 투척하다.(*〈資治通鑑〉에 의하면, 이날 董卓은 조정의 모든 관리들에게 河太后의 죽음을 애도하여 喪服을 입는 것을 금지하였고, 한편으로 公卿 이하 관원들의 자제들을 郎官으로 등용하여 그때까지 환관들이 맡았던 모든 업무들을 이들이 맡도록 하는 懷柔策을 동시에 시행했다.) 社賽(사새): 社日(입춘 후 다섯 번째 戊日)에 土神을 맞이하는 굿판. 당굿. 〈賽〉:굿. 굿하다. 連軫(연진): 〈軫〉: 차의 뒤꼬리. 車의 代稱. 차 머리와 꼬리가 서로 이어지다. 차가 길게 이어져 가는 것을 나타낸다.


〔8〕越騎校尉伍孚, 字德瑜, 見卓殘暴, 憤恨不平, 嘗於朝服內披小鎧, 藏短刀, 欲伺便殺卓. 一日, 卓入朝, 孚迎至閣下, 拔刀直刺卓.(*將敍曹操行刺, 却先有伍孚行刺作引.) 卓氣力大, 兩手摳住; 呂布便入, 揪倒伍孚. 卓問曰:"誰敎汝反?"孚瞪目大喝曰:"汝非吾君, 吾非汝臣, 何反之有! 汝罪惡盈天, 人人願得而誅之! 吾恨不車裂汝以謝天下!"卓大怒, 命牽出剖剮之. 孚至死, 罵不絕口. 後人有詩讚之曰:

漢末忠臣說伍孚,

沖天豪氣世間無.

朝堂殺賊名猶在,

萬古堪稱大丈夫.

董卓自此出入常帶甲士護衛.

〖9〗時袁紹在渤海, 聞知董卓弄權, 乃差人齎密書來見王允. 書
略曰:

"卓賊欺天廢主, 人不忍言; 而公恣其跋扈, 如不聽聞, 豈報
國效忠之臣哉? 紹今集兵練卒, 欲掃淸王室, 未敢輕動. 公若
有心, 當乘間圖之. 如有驅使, 卽當奉命."

王允得書, 尋思無計. 一日, 於侍班閣子內見舊臣俱在, 允曰;
"今日老夫賤降,晚間敢屈衆位到舍小酌." 衆官皆曰: "必來祝
壽." 當晚, 王允設宴後堂, 公卿皆至. 酒行數巡, 王允忽然掩面大
哭. 衆官驚問曰: "司徒貴誕, 何故發悲?" 允曰: "今日並非賤
降, 因欲與衆位一敍, 恐董卓見疑, 故托言耳. 董卓欺主弄權, 社
稷旦夕難保. 想高皇誅秦滅楚, 奄有天下, 誰想傳至今日, 乃喪於
董卓之手: 此吾所以哭也." 於是衆官皆哭. 坐中一人獨撫掌大笑,
曰: "滿朝公卿, 夜哭到明, 明哭到夜, 還能哭死董卓否?" 允視
之, 乃驍騎校尉曹操也. 允怒曰: "汝祖宗亦食祿漢朝, 今不思報
國而反笑耶?" 操曰: "吾非笑別事, 笑衆位無一計殺董卓耳. 操
雖不才, 願卽斷董卓頭, 懸之都門, 以謝天下." 允避席問曰: "孟

德有何高見?" 操曰: "近日操屈身以事卓者, 實欲乘間圖之耳. 今卓頗信操, 操因得時近卓. 聞司徒有七寶刀一口, 願借與操入相府刺殺之, 雖死不恨!" 允曰: "孟德果有是心, 天下幸甚!" 遂親自酌酒奉操. 操瀝酒設誓. 允隨取寶刀與之. 操藏刀, 飮酒畢, 卽起身辭別衆官而去. 衆官又坐了一回, 亦俱散訖.

\*注: 恣(자): 제멋대로 굴다. 방종하다; 하고 싶은 대로 하도록 내맡기다. 乘間(승간): 틈(기회)을 노리다(趁機會). 侍班(시반): 入直하다. 宿直하다. 閣子(각자): (수위. 순경. 보초 등이 근무하는) 막. 박스. 賤降(천강): 자기 生日을 낮추어 부르는 말. 敢屈(감굴): 감히 청하다. 〈屈〉: 敬詞로 〈請〉의 뜻. 감청(敢請). 貴誕(귀탄): 상대방의 生日을 높여서 부르는 말. 並(병): 결코. 전혀. 一敍(일서): 함께(같이) 이야기하다. 奄有(엄유): 덮어 가지다. 전부 점유하다. 〈奄〉: 가리다(掩과 同字). 문득. 哭死董卓(곡사동탁): 哭을 해서 동탁을 죽이다. 驍騎校尉(효기교위): 東漢時 京城에는 특수 종류의 兵營이 다섯 있었는데 이들을 통틀어 北軍이라고 했다. 각 兵營마다 校尉 1인을 두어 지휘하게 했는데, 驍騎校尉는 그 중의 하나이다. 謝天下(사천하): 천하에 告知하다. 〈謝〉: 告하여 알리다(告知). 말하다(語). 避席(피석): 고대에는 중국인들도 앉을 때 바닥에 자리를 깔고 앉았다. 〈자리에서 일어나는 것〉은 곧 경의를 표하기 위해서였는데, 이를 〈避席〉이라고 한다. 이에는 尊敬과 鄭重함의 표현이 들어 있다. 현재 우리나라의 慣習과 비슷하다. 一口(일구): 한 자루. 〈口〉: 자루. (날이 있는 것을 셀 때 쓰는 量詞). 瀝酒設誓(력주설서): 술을 바닥에 한 방울 반 방울씩 떨어뜨리면서 맹세하는 일. 술이 땅에 떨어지면 다시 주워 담을 수 없듯이 회수나 취소할 수 없음을 나타낸다. 〈瀝〉: 물방울. 물방울이 떨어지다. 一回(일회): 일회. 한 번; 잠시 동안.

〖10〗次日, 曹操佩着寶刀來至相府, 問: "丞相何在?" 從人云：“在小閣中.” 操徑入. 見董卓坐於牀上, 呂布侍立於側. 卓曰：“孟德來何遲？” 操曰：“<u>馬羸</u>行遲耳.” 卓顧謂布曰：“吾有西凉進來好馬, 奉先可親去揀一騎, 賜與孟德.” 布領命而去.(*好機會.) 操暗忖曰：“<u>此賊合死</u>！” 卽欲拔劍刺之, 懼卓力大, 未敢輕動. 卓胖大不耐久坐, 遂倒身而臥, 轉面向內. 操又思曰：“此賊當休矣.” 急掣寶刀在手, 恰待要刺, 不想董卓仰面看<u>衣鏡</u>中, 照見曹操在背後拔刀, 急回身問曰：“孟德何爲？” 時呂布已牽馬至閣外. 操<u>惶遽</u>, 乃持刀跪下曰：“操有寶刀一口, 獻上恩相.”(*好權變, 的是奸雄. 賜馬獻刀, 大好酬酌. 刺卓何必寶刀. 其所以請寶刀者, 預爲地也. 獻刀之擧, 未必不在曹操意中.) 卓接視之, 見其刀長尺餘, 七寶嵌飾, 極其鋒利, 果寶刀也. 遂<u>遞與</u>呂布收了. 操<u>解鞘</u>付布.(*先拔刀, 後解鞘, 明明行刺. 董卓愚莽, 故不省得.) 卓引操出閣看馬, 操謝曰：“願借試一騎.” 卓就教與鞍轡. 操牽馬出相府, 加鞭望東南而去. 布對卓曰：“<u>適來</u>曹操似有行刺之狀, 及被喝破, <u>故推獻刀</u>.”(*畢竟呂布乖覺些.) 卓曰：“吾亦疑之.”(*這是順口話. 適才并不曾疑.) 正說話間, <u>適李儒至</u>.(*此君若早來, 孟德休矣.) 卓以其事告之. 儒曰：“操無妻小在京, 只獨居寓所. 今差人往召, 如彼無疑而便來, 則是獻刀; 如推托不來, 則必是行刺, 便可擒而問也.” 卓然其說, 卽差獄卒四人往喚操. 去了良久, 回報曰：“操不曾回寓, 乘馬飛出東門. 門吏問之, 操曰：‘丞相差我有緊急公事.’ 縱馬而去矣.” 儒曰：“操賊<u>心虛</u>逃竄, 行刺無疑矣！” 卓大怒曰：“我如此重用, 反欲害我？” 儒曰：“此必有同謀者. 待拏住曹操便可知矣.” 卓遂令遍行文書, 畫影圖形, 捉拏曹操：擒獻者, 賞千金, 封萬戶侯; <u>窩藏</u>者同罪.

*注: 馬羸(마리): 말이 야위다. 〈羸〉: 야위다. 合死(합사): 合休, 當休와 같은 뜻. 마땅히 죽어야 한다. 〈合〉: (부사) 응당 … 해야 한다. 마땅히 …

해야 한다.　**衣鏡**(의경): 體鏡. 몸 전신을 비추어 보는 거울(주로 옷을 입을 때 사용한다).　**惶遽**(황거): 놀라서 허둥지둥하다. 두려워 당황하다.　**遞與** (체여): 넘겨주다. 건네다. 내주다.　**解鞘**(해초): 칼집을 풀다.　**適來**(적래): 방금(=適才. 適間).　**推獻刀**(추헌도): 〈칼을 바친다는(獻刀)〉 핑계를 대다 (推)〉〈推〉: 밀다. 핑계를 대다. 추탁(推托).　**適**(적): 마침 그때.　**心虛**(심 허): (잘못을 저질러) 켕기다. 제 발 저리다.　**窩藏者**(와장자): 도둑을 숨겨 주거나 장물을 숨겨주는 자. 〈窩〉: 굴. 움. 집.

〖11〗　且說曹操逃出城外, 飛奔<u>譙郡</u>. 路經<u>中牟縣</u>, 爲守關軍士 所獲, 擒見縣令. 操言: "我是客商, 覆姓皇甫." 縣令熟視曹操, 沈吟<u>半晌</u>, 乃曰: "吾前在洛陽求官時, 曾認得汝是曹操, 如何<u>隱 諱</u>! 且把來監下, 明日<u>解去</u>京師請賞." 把關軍士賜以酒食而去. 至夜分, 縣令喚親隨人, 暗地取出曹操, 直至後院中<u>審究</u>. 問曰: "我聞丞相待汝不薄, 何故自取其禍?" 操曰: "燕雀安知鴻鵠志 哉! 汝旣擎住我, 便當解去請賞. 何必多問!" 縣令<u>屛退左右</u>, 謂 操曰: "汝休小覷我. 我非俗吏, 奈未遇其主耳." 操曰: "吾祖宗 世食漢祿, 若不思報國, 與禽獸何異? 吾屈身事卓者, 欲乘間圖 之, 爲國除害耳. 今事不成, 乃天意也!" 縣令曰: "孟德此行, 將 欲何往?" 操曰: "吾將歸鄉里, 發<u>矯詔</u>, 召天下諸侯, 興兵共誅董 卓: 吾之願也." 縣令聞言, 乃親釋其縛, 扶之上坐, 再拜曰: "公 眞天下忠義之士也!" 曹操亦拜, 問縣令姓名. 縣令曰: "吾姓陳, 名宮, 字公臺. 老母妻子皆在<u>東郡</u>.(*此處先說老母妻子, 遙對後(*第十九 回)白門樓中語.) 今感公忠義, 願棄一官, 從公而逃."(*不特相救, 且復 相從, 宮之於操, 其恩不可謂不厚矣.) 操心喜. 是夜陳宮收拾<u>盤費</u>, 與曹 操更衣易服, 各背劍一口, 乘馬投故鄉來.

　　*注: 譙郡(초군): 治所는 지금의 안휘성 亳縣(박현). 曹操의 故鄉.　中牟縣

(중모현): 지금의 하남성 中牟縣 東. 半晌(반상): 잠깐 동안. 한나절. 〈晌〉: 대낮. 때. 시각. 隱諱(은휘): 이름을 감추다. 이름을 숨기다. 解去 (해거): 압송해 보내다. 〈解〉: 압송(押送)하다. 審究(심구): 심사 구명하다. 燕雀安知鴻鵠志(연작안지홍곡지): 되새 따위가 어찌 고니의 뜻을 알겠는가? 〈史記. 陳涉世家〉에 나오는 말이다. 〈燕雀〉: 되새. 제비와 참새. 屛退左右(병퇴좌우): 주위 사람들을 물리치다. 矯詔(교조): 왕의 조서를 거짓 위조하여 행사하다. 詐稱하다. 東郡(동군): 군명. 치소는 濮陽(지금의 하남성 濮陽縣 西南) 盤費(반비): 旅費. (盤纏(반전). 盤資. 川費. 川資. 資斧와 같은 뜻이다.)

(*조조가 중모 현에서 붙잡혔을 때의 일에 대한 〈三國志·魏書〉의 설명은 다음과 같다:

"出關, 過中牟, 爲亭長所疑, 執詣縣, 邑中或竊識之, 爲請得解." 〈世語〉曰: "中牟疑是亡人, 見拘於縣. 時掾亦已被卓書; 唯功曹心知是太祖, 以世方亂, 不宜拘天下雄俊, 因白令釋之.")


〖12〗行了三日, 至成皋地方, 天色向晚. 操以鞭指林深處, 謂宮曰: "此間有一人, 姓呂, 名伯奢, 是吾父結義弟兄. 就往問家中消息, 覓一宿, 如何?" 宮曰: "最好." 二人至莊前下馬, 入見伯奢. 奢曰: "我聞朝廷遍行文書, 捉汝甚急, 汝父已避陳留去了.(*應上家中消息句.) 汝如何得至此?" 操告以前事, 曰: "若非陳縣令, 已粉骨碎身矣." 伯奢拜陳宮曰: "小姪若非使君, 曹氏滅門矣.(*曹氏幸不滅門, 君家却卽刻有滅門之禍.) 使君寬懷安坐, 今晚便可下榻草舍." 說罷, 卽起身入內, 良久乃出,(*寫得擧動可疑.) 謂陳宮曰: "老夫家無好酒, 容往西村沽一樽來相待." 言訖, 匆匆上驢而去.(*更是可疑.)

操與宮坐久, 忽聞莊後有磨刀之聲. 操曰: "呂伯奢非吾至親,(*

應上結義兄弟句.) 此去可疑, 當竊聽之." 二人潛步入草堂後, 但聞
人語曰: "縛而殺之, 何如?" 操曰: "是矣! 今若不先下手, 必遭
擒獲." 遂與宮拔劍直入, 不問男女, 皆殺之, 一連殺死八口. 搜
至廚下, 却見縛一猪欲殺. 宮曰: "孟德心多, 誤殺好人矣!" 急出
莊上馬而行. 行不到二里, 只見伯奢驢鞍前鞽懸酒二瓶, 手携果菜
而來.(*又是一幅畫圖.) 叫曰: "賢姪與使君, 何故便去?" 操曰:
"被罪之人, 不敢久住." 伯奢曰: "吾已分付家人宰一猪相款.(*
適來入內良久, 正爲吩咐此事耳.) 賢姪·使君何憎一宿, 速請轉騎." 操
不顧, 策馬便行. 行不數步, 忽拔劍復回, 叫伯奢曰: "此來者何
人?" 伯奢回頭看時, 操揮劍砍伯奢於驢下. 宮大驚, 曰: "適纔
誤耳, 今何爲也?" 操曰: "伯奢到家, 見殺死多人, 安肯甘休, 若
率衆來追, 必遭其禍矣.(*此等見識, 在曹操原自不差.) 宮曰: "知而故
殺, 大不義也!" 操曰: "寧敎我負天下人, 休敎天下人負我."(*曹
操從前竟似一個好人, 到此忽然說出奸雄心事, 此二語是開宗明義第一章.) 陳
宮默然.

當夜, 行數里, 月明中敲開客店門投宿. 喂飽了馬, 曹操先睡.
陳宮尋思: '我將謂曹操是好人, 棄官跟他; 原來是个狼心之人.
今日留之, 必爲後患.' 便欲拔劍來殺曹操. 正是:

　　設心狠毒非良士, 操卓原來一路人.
畢竟曹操性命如何, 且聽下文分解.

　　*注: 成皐(성고): 지금의 하남성 滎陽縣(형양현) 汜水鎭.　陳留(진유): 지금
　　의 하남성 開封市 東南 陳留城.　使君(사군): 지방장관(郡 太守, 縣令 등)에
　　대한 존칭.　下榻(하탑): 숙박하다. 투숙하다. 묵다. 숙소. 숙박소. 〈榻〉:
　　긴 의자.　至親(지친): 부자간이나 형제간.　心多(심다): 의심이 많다. 꿍꿍
　　이속이 많다.　鞽(교): 말안장 앞의 턱(馬鞍拱起的地方).　看時(간시): 보니.
　　여기서 〈時〉는 〈시간. 때〉의 뜻이 아니라 語氣詞로서 말을 일단 멈춤을 나타

낼 때 쓴다. 例:〈如此說時〉: 이렇게 말하니.  **適纔**(적재): 조금 전. 방금(=
剛才).〈適才〉,〈適間〉과 同義.  **干休**(간휴): 그만두다. 중지하다. 손을 떼
다.  **喂飽**(외포): =餧飽. (말 등을) 배불리 먹이다.  **將謂**(장위): …라고
생각하다(=以爲).〈將〉: 以. 抑.  **狠毒**(흔독): 아주 잔인하다.〈狠〉: (흔):어
기다. 패려궂다.(한): 개 싸우는 소리.


(\*이 부분에 관한〈三國志. 魏書〉(裴松之 注)의 敍述을 소개한다.〈魏書〉에서
는 曹操의 행위를 애써 변호하고 있다는 느낌을 받게 된다.

　〈魏書〉曰: 太祖以卓終必覆敗, 遂不就拜, 逃歸鄕里. 從數騎過故人成皐呂伯
　奢; 伯奢不在, 其子與賓客共劫太祖, 取馬及物, 太祖手刃擊殺數人.〈世語〉曰:
　太祖過伯奢. 伯奢出行, 五子皆在, 備賓主禮. 太祖自以背卓命, 疑其圖己, 手
　劍夜殺八人而去.〈孫盛雜記〉曰: 太祖聞其食器聲, 以爲圖己, 遂夜殺之. 旣而
　悽愴曰:「寧我負人, 毋人負我!」遂行.〉)


## 第四回 毛宗崗 序始評

(1). 呂后慘殺戚姬而惠帝無子, 何后鴆死王美人而少帝不終,
豈非天哉! 且也前有何進之弑董后, 後有董卓之弑何后, 天道好
還, 於玆益信.


(2). 丁管・伍孚奮不顧身, 若使兩人當曹操之地, 必不肯爲獻
刀之擧矣. 曹操欲謀人, 必先全我身. 丁管・伍孚所不及曹操者,
智也; 曹操所不及丁管・伍孚者, 忠也. 假令當日縣令不肯釋放,
伯奢果去報官, 而曹操竟爲董卓所殺, 則天下後世豈不以爲漢末
忠臣固無有過於曹操者哉!　王莽謙恭下士,　而後人有詩嘆之
曰:"假使當年身便死, 一生眞僞有誰知!"人固不易知, 知人亦

不易也.

(3). 孟德殺伯奢一家, 誤也, 可原也. 至殺伯奢, 則惡極矣! 更
說出 "寧使我負人, 休敎人負我" 之語, 讀書者至此, 無不詬之
罵之, 爭欲殺之矣! 不知此猶孟德之過人處也. 試問天下人, 誰
不有此心者? 誰復能開此口乎? 至于講道學諸公, 且反其語
曰: "寧使人負我, 休敎我負人." 非不說得好聽, 然察其行事,
却是步步私學孟德二語者, 則孟德猶不失爲心口如一之小人, 而
此曹之口是心非, 反不如孟德之直捷痛快也. 吾故曰: "此猶孟
德之過人處也."

# 第五回

## 發矯詔諸鎮應曹公
## 破關兵三英戰呂布

〖1〗却說陳宮正欲下手殺曹操，忽轉念曰："我爲國家跟他到此，殺之不義，不若棄而他往."插劍上馬，不等天明，自投東郡去了.(*陳宮不隨曹操，可謂知人，然後來却隨呂布，則猶未爲知人也.)操覺，不見陳宮，尋思：'此人見我說了這兩句，疑我不仁,(*操自以爲不仁，可謂自知之明.)棄我而去.吾當急行，不可久留.'遂連夜到陳留，尋見父親，備說前事，欲散家資，招募義兵.父言："資小，恐不成事.此間有孝廉衛弘，疎財仗義，其家巨富；若得相助，事可圖矣."操置酒張筵，拜請衛弘到家，告曰："今漢室無主，董卓專權，欺君害民，天下切齒.操欲力扶社稷，恨力不足.公乃忠義之士，敢求相助."衛弘曰："吾有是心久矣，恨未遇英雄耳.既孟德有大志，願將家資相助."操大喜.於是先發矯詔，馳報各道，然

後招集義兵, 竪起招兵白旗一面, 上書 “忠義”二字.(*古來眞正奸雄
未有不借此二字而起.) 不數日間, 應募之士, 如雨騈集.

　　*注: 他往(타왕): 다른 곳으로 가다.　疎財仗義(소재장의): 재물을 가볍게
　　여기고 의기를 중시하다. 의를 내세워 재물을 남에게 나누어 주다.　旣(기):
　　(접속사)…한 이상, …한 바에는.　各道(각도): 各地. 각 방향.〈道〉: 고대
　　행정구역 명칭.　如雨騈集(여우병집): 비가 쏟아지듯이 모여들다.〈騈〉:
　　늘어서다. 나란히 하다. 모여들다(聚會). 줄(列).


〖2〗一日, 有一個陽平衛國人, 姓樂, 名進, 字文謙, 來投曹操.
又有一個山陽鉅野人, 姓李, 名典, 字曼成, 也來投曹操. 操皆留
爲帳前吏. 又有沛國譙人夏侯惇, 字元讓, 乃夏侯嬰之後. 自小習
槍棒, 年十四, 從師學武. 有人辱罵其師, 惇殺之, 逃於外方. 聞
知曹操起兵, 與其族弟夏侯淵兩個, 各引壯士千人來會. 此二人本
操之弟兄: 操父曹嵩, 原是夏侯氏之子, 過房與曹家, 因此是同
族. 不數日, 曹氏兄弟曹仁・曹洪各引兵千餘來助. 曹仁字子孝,
曹洪字子廉, 二人兵馬熟嫻, 武藝精通. 操大喜, 於村中調練軍
馬. 衛弘盡出家財, 置辦衣甲旗幡. 四方送糧食者, 不計其數.

　　*注: 陽平衛國(양평위국): 지금의 하남성 淸豐縣.　山陽鉅野(산양거야): 지
　　금의 산동성 巨野縣.〈山陽〉: 郡名. 兗州 山陽郡. 治所는 昌邑(지금의
　　산동성 金鄕縣 西北).〈모종강 본〉에는 “山陽鉅鹿”으로 되어 있으나, 山陽
　　郡과 鉅鹿縣은 서로 속해 있지 않으므로 본서에서는〈三國志・魏書・李典
　　傳〉에 따라 山陽鉅野로 고쳤다.　帳前吏(장전리): 帳下吏라고도 한다. 군중
　　의 보좌관. 행군 중에는 대부분 막사 안에 있으므로 이렇게 불렀다.　沛國譙
　　人(패국초인):〈沛國〉과〈譙郡〉은 동일 地區의 명칭으로 東漢 때는 沛國(즉,
　　沛郡)이라 불렀고 後漢 때에는 譙郡이라 불렀다. 治所는 譙縣(지금의 안휘
　　성 亳縣).　槍棒(창봉): 많은 판본에는〈槍〉이〈鎗〉으로 되어 있으나, 지금

은 대부분 〈槍〉으로 쓰고 있다. 뜻에는 차이가 없다.  **過房**(과방): 자식이 없어 형제 또는 同宗의 아들을 後嗣로 삼는 것. 후에는 남의 자녀를 養子 삼거나 혹은 다른 사람을 義父로 삼는 것까지 〈過房〉이라고 했다. 〈過房子〉: 養子. 조조의 부친 曹嵩(조숭)은 본래 夏侯氏였으나 당시 中常侍 費亭侯로 있던 환관 曹騰의 양자로 들어감으로써 曹氏 姓을 갖게 되었다. 曹操의 부친 曹嵩은 夏侯惇과 夏侯淵의 숙부로서 이 둘은 曹操, 曹仁, 曹洪과 사촌간이다. 陳壽의 〈三國志. 魏書, 武帝本記〉(裴松之 注)에서 〈嵩, 夏侯氏之子, 夏侯惇之叔父. 太祖於惇爲從父兄弟.〉라고 하였다.  **熟嫻**(숙한): 〈熟〉, 〈嫻〉 모두 〈익히다. 익숙하다〉란 뜻.  **旗幡**(기번): 여러 판본에는 〈旗旛〉으로 되어 있으나, 〈幡〉과 〈旛〉은 異體字이므로 본서에서는 〈幡〉으로 통일했다.

〖3〗 時袁紹得操矯詔, 乃聚麾下文武, 引兵三萬, 離渤海來與曹操會盟.(*袁紹先到, 正與前番致書王允相應.) 操作檄文, 以達諸郡. 檄文曰:

> "操等謹以大義布告天下: 董卓欺天罔地, 滅國弑君, 穢亂宮禁, 殘害生靈, <u>狼戾</u>不仁, 罪惡充積. 今奉天子密詔, 大集義兵, 誓欲掃淸<u>華夏</u>, 剿戮群凶. 望興義師, 共洩公憤, 扶持王室, 拯救黎民. 檄文到日, 可速奉行!"

操發檄文去後, 各鎭諸侯皆起兵相應. 第一鎭: 後將軍南陽太守袁術;  第二鎭: 冀州刺史韓馥;  第三鎭: 豫州刺史孔伷  第四鎭: 兗州刺史劉岱;  第五鎭: <u>河內郡</u>太守王匡;  第六鎭: <u>陳留</u>太守張邈;  第七鎭: 東郡太守喬瑁;  第八鎭: 山陽太守袁遺;  第九鎭: <u>濟北</u>相鮑信;  第十鎭: <u>北海</u>太守孔融;  第十一鎭: <u>廣陵</u>太守張超;  第十二鎭: 徐州刺史陶謙;  第十三鎭: 西凉太守馬騰;  第十四鎭:

北平太守公孫瓚;　第十五鎭: 上黨太守張楊;　第十六鎭: 烏程侯長沙太守孫堅;　第十七鎭: 祁鄉侯渤海太守袁紹. 諸路軍馬多少不等, 有三萬者, 有一二萬者, 各領文官武將, 投洛陽來.

*注: 狼戾(낭려): 이리처럼 욕심이 많고 사나운 것(像狼一樣地貪狠).　華夏(화하): 고대 漢族의 自稱. 여기서는 中原을 가리킴.　相應(상응): 서로 호응하다.　孔伷(공주):〈伷〉: 맏아들.　河內郡(하내군); 治所는 懷縣(지금의 하남성 武涉縣 西南).　陳留(진유): 郡名. 治所는 陳留縣(지금의 하남성 開封市 東南 陳留城).　濟北(제북): 國名. 治所는 盧縣(지금의 산동성 平陰縣 東北).　北海(북해): 國名. 治所는 劇縣(지금의 산동성 昌樂縣 西).　廣陵(광릉): 郡名. 즉 江都. 治所는 廣陵(지금의 강소성 揚州市).　北平(북평): 이것은 右北平郡을 말한다. 당시에는 幽州에 속했다(지금의 하북성 豊潤 南).　上黨(상당): 郡名. 東漢 말의 治所는 壺關(지금의 산서성 長治市 北).

〖 4 〗且說北平太守公孫瓚, 統領精兵一萬五千, 路經德州平原縣. 正行之間, 遙見桑樹叢中一面黃旗, 數騎來迎. 瓚視之, 乃劉玄德也.(*劉玄德不列諸侯之內, 却從公孫瓚路上相遇.) 瓚問曰: "賢弟何故在此?" 玄德曰: "舊日蒙兄保備爲平原縣令,今聞大軍過此, 特來奉候, 就請兄長入城歇馬." 瓚指關·張而問曰: "此何人也?" 玄德曰: "此關羽·張飛, 備結義兄弟也." 瓚曰: "乃同破黃巾者乎?" 玄德曰: "皆此二人之力." 瓚曰: "今居何職?" 玄德答曰: "關羽爲馬弓手, 張飛爲步弓手." 瓚嘆曰: "如此可謂埋沒英雄!(*千古英雄往往如此.) 今董卓作亂, 天下諸侯共往誅之, 賢弟可棄此卑官, 一同討賊, 力扶漢室, 若何?" 玄德曰: "願往." 張飛曰: "當時若容我殺了此賊,　免有今日之事." 雲長曰: "事已至此, 卽當收拾前去." 玄德·關·張引數騎跟孔孫瓚來. 曹操接着. 衆諸侯亦陸續皆至, 各自安營下寨, 連接三百餘里.

〖5〗操乃宰牛殺馬, 大會諸侯, 商議進兵之策. 太守王匡曰:
"今奉大義, 必立盟主, 衆聽約束, 然後進兵." 操曰: "袁本初四
世三公, 門多故吏, 漢朝名相之裔, 可爲盟主." 紹再三推辭. 衆
皆曰: "非本初不可." 紹方應允.

次日, 築臺三層, 遍列五方旗幟, 上建白旄黃鉞, 兵符將印, 請
紹登壇. 紹整衣佩劍, 慨然而上, 焚香再拜. 其盟曰:

"漢室不幸, 皇綱失統. 賊臣董卓, 乘釁縱害, 禍加至尊,  虐
流百姓. 紹等懼社稷淪喪, 糾合義兵, 並赴國難. 凡我同盟,
齊心戮力, 以致臣節, 必無二志. 有渝此盟, 俾墜其命, 無克
遺育. 皇天后土, 祖宗明靈, 實皆鑒之!"

*注: 推辭(추사): 사양하다. 거절하다. 사퇴하다.    方(방): 비로소.    五方
(오방): 동서남북과 중앙.    白旄黃鉞(백모황월): 〈白旄〉: 깃대 끝에 물소
꼬리를 매단 기치(竿頭有犛牛尾的旗幟)로 전군을 지휘하는 데 썼다. 이로써
정벌 나가는 군사를 비유했다. 〈黃鉞〉: 황색으로 도금한 도끼(塗金的斧子).
慨然(개연): 시원시원하다. 흔쾌하다. 감개하다.    皇綱(황강): 조정의 법도
와 기강(法紀).    乘釁(승흔): 〈틈을 타서〉: 〈釁〉: 기회. 핑계. 틈.    縱害(종
해): 멋대로 해악질을 하다. 〈縱〉: 멋대로 하다. 방임하다.    淪喪(윤상):
淪亡. (나라가) 멸망하다.    戮力(육력): 힘을 합하다. 협력하다.    有渝此盟
(유투차맹): 〈이 맹약을 깨트리는 자가 있으면〉. 〈渝〉: 변하다. 변경하다.
위배하다. 〈渝盟〉: 맹약을 깨트리다. 약속을 어기다.    俾墜其命(비추기
명): 그 목숨을 떨어지게 하다. 죽여주다. 〈俾〉: …로 하여금. …하게 함(=
使).    無克遺育(무극유육): 〈克〉: 能. 〈育〉: 生育. 後孫. 〈遺育〉: 후손을

남기다. 〈그 후손을 남길 수 없다(不能遺下後代)〉. 皇天后土(황천후토): 하늘과 땅. 天地. 實(실): 부디. 語義를 강조하는 語助詞.


〖6〗 讀畢, <u>揷血</u>. 衆因其辭氣慷慨, 皆<u>涕泗</u>橫流. 揷血已罷, 下壇, 衆扶紹升帳而坐, 兩行依爵位年齒, 分列坐定. 操<u>行酒</u>數巡, 言曰: "今日旣立盟主, 各聽<u>調遣</u>, 同扶國家, 勿以强弱計較." 袁紹曰: "紹雖不才, 旣承公等推爲盟主, 有功必賞, 有罪必罰. 國有常刑, 軍有紀律, 各宜遵守, 勿得違犯." 衆皆曰: "<u>唯命是聽</u>." 紹曰: "吾弟袁術, 總督糧草, <u>應付</u>諸營, 無使有缺. 更須一人爲先鋒, <u>直抵</u>汜水關挑戰. 餘各據險要, 以爲接應." 長沙太守孫堅出曰: "堅願爲前部." 紹曰: "文臺勇烈, 可當此任." 堅遂引本部人馬, <u>殺奔</u>汜水關來. 守關將士差<u>流星馬</u>, 往洛陽丞相府告急.

*注: 揷血(삽혈): 옛날에는 맹세를 할 때 피를 마시거나 손가락으로 찍어 입에 바름으로써 맹약을 어기지 않겠다는 뜻을 표현했다. 涕泗(체사): 눈물과 콧물. 行酒(행주): 연석에서 술잔을 돌리다. 調遣(조견): 사람이나 군대를 보내거나 이동시켜 파견하는 것. 唯命是聽(유명시청): 唯聽命. 〈명령대로 듣고 따르다〉. 〈是〉: 賓語의 前置를 표시하는 介詞. 應付(응부): 支付하다. 供給하다. 直抵(직저): 直到. 곧바로 가다. 직행하다. 〈抵〉: 도착하다. 이르다. 다다르다. 汜水關(사수관): 지금의 하남성 滎陽縣 汜水鎭. 본래의 이름은 虎牢關이다. 唐 이후 지금의 이름으로 改名. 사수관 옆에 호뢰관이 있다. 勇烈(용렬): 용맹함. 殺奔(쇄분): 매우 빨리 달려감. 流星馬(유성마): 流星報馬. 소식을 전하거나 敵의 動靜을 탐색하는 兵士(가 타는 말). 고대의 通信兵. 〈流星〉: 별똥별(流星)이 떨어지듯이 말이 빨리 달리는 것을 형용한 말이다. 告急(고급): 급변 사태를 보고하다.

〖7〗董卓自專大權之後，每日飮宴．李儒接得告急文書，徑來稟卓．卓大驚，急聚衆將商議．溫侯呂布挺身出曰：“父親勿慮．關外諸侯，布視之如<u>草芥</u>，願<u>提</u>虎狼之師，盡斬其首，懸於都門．”卓大喜曰：“吾有奉先，高枕無憂矣．”言未絕，呂布背後一人，高聲出曰：“割鷄焉用牛刀！不勞溫侯親往，吾斬衆諸侯首級，如探囊取物耳！”卓視之，其人身長九尺，虎體狼腰，豹頭猿臂，<u>關西</u>人也，姓華名雄．卓聞言大喜，加爲驍騎校尉，撥馬步軍五萬，同李肅・胡軫・趙岑，<u>星夜</u>赴關迎敵．

　衆諸侯內有濟北相鮑信，尋思孫堅旣爲前部，怕他奪了<u>頭功</u>，暗撥其弟鮑忠，先將馬步軍三千，<u>徑抄小路</u>，直到關下搦戰．華雄引鐵騎五百，飛下關來，大喝：“賊將休走！”鮑忠急待退，被華雄手起刀落，斬於馬下．(*先寫鮑忠之死，以衬孫堅之勇.) 生擒將校極多．華雄遣人<u>賫</u>鮑忠首級，來相府報捷，卓加雄爲<u>都督</u>．

*注：草芥(초개): 지푸라기. 하찮은 것을 비유한 말. 提虎狼之師(제호랑지사): 호랑이처럼 용맹한 군사를 거느리고 가다. 〈提〉: 끌다. 거느리다. 關西(관서): 函谷關 혹은 潼關 以西 地區. 星夜(성야): 별밤. 별이 빛나는 밤. 밤에. 야간에. 밤을 새워. 頭功(두공): 제일 큰 공로. 첫 번째로 이룬 공로. 徑抄小路(경초소로): 곧바로 작은 길로 질러가다. 〈徑〉: 곧장. 〈抄〉: 질러가다. 지름길로 가다. 賫(재): 가져가다. 都督(도독): 군을 통솔하는 장수. 〈大都督〉: 군대의 최고 통수.


〖8〗却說孫堅引四將直至關前．那四將？ 一 第一個，<u>右北平土</u>坦人，姓程，名普，字德謀，使一條鐵脊蛇矛；第二個，姓黃，名蓋，字公覆，<u>零陵</u>人也，使鐵鞭；第三個，姓韓，名當，字義公，<u>遼西令支</u>人也，使一口大刀；第四個，姓祖，名茂，字大榮，<u>吳郡富春</u>人也，使雙刀．孫堅披爛銀鎧，裹<u>赤幘</u>，橫<u>古錠刀</u>，騎<u>花鬃馬</u>，指關上而罵曰: "助惡匹夫, 何不早降!" 華雄副將胡軫引兵五千, 出關迎戰. 程普飛馬挺矛, 直取胡軫. 鬪不數合, 程普刺中胡軫咽喉, <u>死於馬下</u>. 堅揮軍直殺至關前, 關上矢石如雨. 孫堅引兵回至梁東屯住, 使人於袁紹處報捷, 就於袁術處催粮.

或說術曰: "孫堅乃<u>江東</u>猛虎; 若打破洛陽, 殺了董卓, 正是除狼而得虎也. 今不與糧, 彼軍必敗." 術聽之, 不發糧草. 孫堅軍缺食, 軍中自亂. <u>細作</u>報上關來, 李肅爲華雄謀曰: "今夜我引一軍, 從小路下關, 襲孫堅寨後, 將軍擊其前寨, 堅可擒矣." 雄從之, 傳令軍士飽餐,(*正與堅軍缺糧映照.) 乘夜下關.

*注: **右北平土垠**(우북평토은): 〈右北平〉: 郡名. 治所는 土垠(지금의 하북성 豊潤縣 東南). **零陵**(영릉): 郡名. 治所는 泉陵(지금의 하남성 零陵縣). **遼西令支**(요서령지): 지금의 하북성 遷安縣 西. 〈遼西〉: 郡名. 治所는 陽樂(지금의 遼寧省 義縣 西). **吳郡富春**(오군부춘): 지금의 절강성 桐廬縣. 〈吳郡〉: 지금의 강소성 境內, 長江 南北 等地. 治所는 吳縣(지금의 절강성 蘇州市). **爛銀鎧**(란은개): 고대의 전의(戰衣). 은으로 된 철편을 엮어서 만든 찬란하게 빛나는 갑옷. 〈爛〉: 찬란하다. **赤幘**(적책): 붉은 두건. **古錠刀**(고정도): 하북 古錠鎭에서 생산되는 名刀. 날카롭기로 유명하다. **花鬃馬**(화종마): 〈鬃〉: 갈기. 아름다운 갈기를 가진 말. **數合**(수합): 여러 합. 〈合〉: 합. (옛날 소설에서) 교전한 회수를 표시하는 量詞. **死於馬下**(사어마하): 말에서 떨어뜨려 죽이다. **江東**(강동): 蕪湖 이하의 長江 南岸 地區. **細作**(세작): 偵探, 간첩.


〖9〗 是夜月白風淸. 到堅寨時, 已是半夜, 鼓譟直進. 堅慌忙披挂上馬, 正遇華雄. 兩馬相交, 鬪不數合, 後面李肅軍到, 竟令軍放起火來,(*風月之下放火, 風助火勢, 月助火光, 分外猛烈.) 堅軍亂竄. 衆將各自混戰, 止有祖茂<u>跟定</u>孫堅, 突圍而走. 背後華雄追來. 堅取箭, 連放兩箭, 皆被華雄躲過. 再放第三箭時, 因用力太猛, 拽折了鵲畫弓, 只得棄弓縱馬而奔. 祖茂曰: "主公頭上赤幘射目, 爲賊所識認, 可脫幘與某戴之." 堅就脫幘換茂盔, 分兩路而走. 雄軍只望赤幘者追趕, 堅乃從小路得脫. 祖茂被華雄追急, 將赤幘挂於人家燒不盡的庭柱上, 却入樹林潛躲. 華雄軍於月下遙見赤幘, 四面圍定, 不敢近前, 用箭射之, 方知是計, 遂向前取了赤幘. 祖茂於林後殺出, 揮雙刀欲劈華雄; 雄大喝一聲, 將祖茂一刀砍於馬下. 殺至天明, 雄方引兵上關.

*注: 跟定(근정): 바짝 뒤를 따르다.　躲過(타과): 피하다.　拽折(예절): 당겨서 부러지다.　鵲畫弓(작화궁): 까치를 그려 넣은 활.　只得(지득): 부득이. 부득불. 어쩔 수 없이.　縱馬(종마): 말을 달리다.　射目(사목): 과녁. 활쏘기의 목표물.　庭柱(정주): 대청 기둥. 안채 기둥.　殺至天明(살지천명): 싸우느라 날이 밝기에 이르다. 날이 밝을 때까지 싸우다.


〖10〗程普·黃蓋·韓當都來尋見孫堅, 再收拾軍馬屯扎. 堅爲折了祖茂, 傷感不已, 星夜遣人報知袁紹. 紹大驚曰: "不想孫文臺敗于華雄之手." 便聚衆諸侯商議. 衆人都到, 只有公孫瓚後至. 紹請入帳列坐. 紹曰: "前日鮑將軍之弟不遵調遣, 擅自進兵, 殺身喪命, 折了許多軍士; 今者孫文臺又敗於華雄, 挫動銳氣, 爲之奈何?"(*獨不說袁術之不發糧, 豈非徇私?) 諸侯並皆不語. 紹舉目遍視, 見公孫瓚背後立着三人, 容貌異常, 都在那裏冷笑. 紹問曰: "公孫太守背後何人?" 瓚呼玄德出曰: "此吾自幼同舍兄弟, 平原令劉備是也." 曹操曰: "莫非破黃巾劉玄德乎?" 瓚曰: "然." 卽令劉玄德拜見. 瓚將玄德功勞並其出身, 細說一遍. 紹曰: "旣是漢室宗派, 取坐來." 命坐.(*袁本初只重家勢, 不重功勳, 可笑.) 備遜謝. 紹曰: "吾非敬汝名爵, 吾敬汝是帝室之胄耳." 玄德乃坐於末位, 關·張叉手侍立於後.

*注: 挫動(좌동): (의욕이나 기를) 꺾어 동요시키다.    同舍(동사): 숙사(宿舍)를 같이 하다. 또는 그 사람. 동학(同學). 이때의 〈舍〉는 〈學舍〉의 뜻. 旣(기): (접속사)…한 이상. …한 바에는.    取坐來(취좌래): 좌석(坐)을 잡고 앉도록 하다(坐來). 〈坐〉: (동사) 앉다. (명사) 좌석. 자리.    胄(주): 제왕이나 귀족의 후예.    叉手(차수): 두 손을 엇갈리게 잡다. 공손하게 서 있을 때의 자세이다.

〔11〕忽探子來報, 華雄引鐵騎下關, 用長竿挑着孫太守赤幘, 來寨前大罵搦戰. 紹曰: "誰敢去戰?" 袁術背後轉出驍將兪涉, 曰: "小將願往." 紹喜, 便着兪涉出馬. 卽時來報: "兪涉與華雄戰不三合, 被華雄斬了." 衆大驚. 太守韓馥曰: "吾有上將潘鳳, 可斬華雄." 紹急令出戰. 潘鳳手提大斧上馬. 去不多時, 飛馬來報: "潘鳳又被華雄斬了." 衆皆失色. 紹曰: "可惜吾上將顏良·文醜未至! 得一人在此, 何懼華雄!"(*衬入此數語, 一發激惱雲長.) 言未畢, 階下一人大呼出曰: "小將願往斬華雄頭, 獻於帳下!"(*更耐不得矣!) 衆視之, 見其人身長九尺, 髥長二尺, 丹鳳顏, 臥蠶眉, 面如重棗, 聲如巨鐘, 立於帳前. 紹問何人.(*卽異日殺顏良·文醜之人也.)    公孫瓚曰: "此劉玄德之弟關羽也." 紹問現居何職,    瓚曰: "跟隨劉玄德充馬弓手." 帳中袁術大喝曰: "汝欺吾衆諸侯無大將耶? 量一弓手, 安敢亂言, 與我打出!" 曹操急止之曰: "公路息怒. 此人旣出大言, 必有勇略. 試敎出馬, 如其不勝, 責之未遲." 袁紹曰: "使一弓手出戰, 必被華雄所笑."(*袁術·袁紹眞乃難兄難弟.) 操曰: "此人儀表不俗, 華雄安知他是弓手?" 關公曰: "如不勝, 請斬某頭." 操敎釃熱酒一盃, 與關公飮了上馬. 關公曰: "酒且斟下, 某去便來." 出帳提刀, 飛身上馬. 衆諸侯聽得關外鼓聲大

震, 喊聲大擧, 如天摧地塌, 岳撼山崩. 衆皆失驚. 正欲探聽, 鑾
鈴響處, 馬到中軍, 雲長提華雄之頭, 擲於地上. 一 其酒尙溫. 後
人有詩讚之曰:

　　威鎭乾坤第一功,
　　轅門畵鼓響蓼蓼.
　　雲長停盞施英勇,
　　酒尙溫時斬華雄.

*注: 探子(탐자): 탐정. 정탐꾼. 便着(편착): 〈便〉: 곧. 바로. 즉시. 〈着〉:
=使. 하도록 하다. 帳下(장하): 막사 안(營帳中). 장수의 部下. 麾下. 汝欺
吾衆諸侯(여기오중제후): 너는 우리 여러 제후들에게 (대장이 없다고) 깔보
는 거냐. 〈欺〉: 업신여기다. 깔보다. 量一弓手(량일궁수): 한갓 弓手 주제
에. 궁수 따위가. 〈量〉: 경시나 멸시의 뜻을 나타낸다. …주제에. … 까짓게.
與我打出(여아타출): 나를 위해(與) (저놈을) 쫓아내라. 試敎出馬(시교출
마): 시험 삼아 말을 타고 나가도록 하다. 〈敎〉: 〈使〉의 뜻. 釃熱酒一盃(시
열주일배): 더운 술 한 잔 따르다. 〈釃(시)〉: 술을 거르다(濾酒). 술을 따르
다(斟酒). 天摧地塌(천최지탑): 하늘이 부셔지고 땅이 떨어지다. 〈摧〉:
쳐부수다. 때려 부수다. 파괴하다. 꺾다. 부러뜨리다. 岳撼山崩(악감산붕):
큰 산들이 흔들리고 무너지다. 〈撼〉: 흔들다. 흔들리다. 鑾鈴(난령): 천자
의 수레에 단 방울.


〔12〕 曹操大喜. 只見玄德背後轉出張飛, 高聲大叫: "俺哥哥
斬了華雄, 不就這裏殺入關去, 活拿董卓, 更待何時!" 袁術大怒,
喝曰: "俺大臣尙自謙讓, 量一縣令手下小卒, 安敢在此耀武揚威!
都與赶出帳去!"(*袁術俗物, 翼德何不以老拳斷送之? 世間此等俗物極多,
一一該以老拳斷送之也.) 曹操曰: "得功者賞, 何計貴賤乎?" 袁術
曰: "旣然公等只重一縣令, 我當告退." 操曰: "豈可因一言而誤

大事耶?”命公孫瓚且帶玄德·關·張回寨. 衆官皆散. 曹操暗使人賷牛酒撫慰三人.(*曹瞞畢竟是可見.)

　　*注: 只見(지견): 다만 …만을 보다. 문득 보다. 얼핏 보다.　俺(암. 엄):
나. 우리.　赶出帳去(간출장거): 장막 밖으로 쫓아내라.　且帶(차대): 잠시
(且) 데리고(帶) (돌아가다).　使人賷牛酒(사인재우주): 사람을 시켜서 고기
와 술을 가져가도록 하다. 〈賷〉: 가지고 가다.


〖13〗却說華雄手下敗軍, 報上關來. 李肅慌忙寫告急文書, 申
聞董卓. 卓急聚李儒·呂布等商議. 儒曰: “今失了上將華雄, 賊勢
浩大. 袁紹爲盟主, 紹叔袁隗, 現爲太傅, 倘或裏應外合, 深爲不
便, 可先除之. 請丞相親領大軍, 分撥剿捕.” 卓然其說, 喚李催·
郭汜領兵五百, 圍住太傅袁隗家, 不分老幼, 盡皆誅絕, 先將袁隗
首給去關前號令.(*袁紹外不能治其弟, 內不能蔽其叔, 爲盟主何益?) 卓遂
起兵二十萬, 分爲兩路而來: 一路先令李催·郭汜引兵五萬, 把住
汜水關, 不要厮殺. 卓自將十五萬, 同李儒·呂布·樊稠·張濟等守
虎牢關. 這關離洛陽五十里. 軍馬到關, 卓令呂布領三萬大軍, 去
關前扎住大寨; 卓自在關上屯住.

　　*注: 號令(호령): (=號). 처형 후에 머리를 베어 높은 곳에 매달아 여러 사람
들에게 보이는 것.　厮殺(시살): 싸우다.　扎住(찰주): 멈추다. 주둔하다.
야영하다. 〈扎(=紮)〉: 묶다. 머무르다.


〖14〗流星馬探聽得, 報入袁紹大寨裏來.　紹聚衆商議.　操
曰: “董卓屯兵虎牢, 截俺諸侯中路, 今可勒兵一半迎敵.” 紹乃
分王匡·喬瑁·鮑信·袁遺·孔融·張楊·陶謙·公孫瓚八路諸侯, 往
虎牢關迎敵, 操引軍往來救應. 八路諸侯, 各自起兵. 河內太守王
匡, 引兵先到. 呂布帶鐵騎三千, 飛奔來迎. 王匡將軍馬列成陣

勢, 勒馬門旗下看時, 見呂布出陣, 頭帶三叉束髮紫金冠, 體挂西川紅錦百花袍, 身披獸面吞頭連環鎧, 腰繫勒甲玲瓏獅蠻帶, 弓箭隨身, 手持畫戟, 坐下嘶風赤兎馬, 果然是"人中呂布, 馬中赤兎"! (*寫呂布聲勢, 愈衬劉·關·張聲勢.) 王匡回頭問曰: "誰敢出戰?" 後面一將, 縱馬挺槍而出. 匡視之, 乃河內名將方悅. 兩馬相交, 無五合, 被呂布一戟刺於馬下, 挺戟直衝過來. 匡軍大敗, 四散奔走, 布東西衝殺, 如入無人之境. 幸得喬瑁·袁遺兩軍皆至, 來救王匡, 呂布方退. 三路諸侯各折了些人馬, 退三十里下寨. 隨後五路軍馬都至, 一處商議, 言呂布英雄, 無人可敵. (*此時袁術何不以"四世三公"四字退却呂布也?)

正慮間, 小校報來: "呂布搦戰." 八路諸侯, 一齊上馬. 軍分八隊, 布在高崗. 遙望呂布一簇軍馬, 繡旗招颭, 先來衝陣. 上黨太守張楊部將穆順, 出馬挺槍迎戰, 被呂布手起一戟, 刺於馬下. 衆大驚. 北海太守孔融部將武安國, 使鐵鎚飛馬而出, 呂布揮戟拍馬來迎. 戰到十餘合, 一戟砍斷安國手腕, 棄鎚於地而走. 八路軍兵齊出, 救了武安國. 呂布退回去了. 衆諸侯回寨商議. 曹操曰: "呂布英勇無敵, 可會十八路諸侯, 共議良策. 若擒了呂布, 董卓易誅!"

*注: 流星馬(유성마): 준마. 빨리 달리는 말; 고대의 통신병. 勒兵(륵병): 군사의 대오를 정돈하고 점검하다(治軍, 操練或指揮軍隊). 〈勒〉: 마소의 목에서 고삐에 걸쳐 얽어매는 줄. 마소를 억누르고 다스려 마음대로 부리기 위한 수단이다. 勒馬(륵마): 고삐를 조이다. 고삐를 당겨 말을 멈추게 하다. 門旗(문기): 營寨의 문 양 옆에 꽂아 놓는 깃발. 그러나 행군을 하거나 진을 칠 때에는 사람이 들고 움직이므로 '陣門 앞의 깃발'이란 뜻이 된다. 王匡將軍馬(왕광장군마): 왕광은 군마를…. 〈將〉: 동사의 賓語 前置를 나타내는 助詞. 〈把〉와 같은 뜻으로, 우리말 토씨 〈…를(을)〉에 해당. 三叉束髮(삼차

속발): 세 갈래진 비녀(叉)로 머리를 묶다.　**勒甲獅蠻帶**(륵갑사만대): 〈勒〉:
새기다(彫刻). 쇠나 가죽(甲)에 사자 모양(獅蠻)을 새겨 넣은(勒) 띠(帶).
**隨身**(수신): 몸에 지니다. 〈隨〉: 附帶하다. …에 딸려 있다.　**嘶風**(시풍):
말이 바람을 맞아 큰 소리로 울다(迎風嘶叫). 말의 자세가 雄猛함을 형용한
말. 〈嘶〉: (말이) 울다. 목이 쉬다.　**幸得**(행득): 다행히.　**些人馬**(사인마):
一些人馬. 약간의 인마.　**一簇軍馬**(일족군마): 한 무리의 軍馬. 정지해 있는
軍馬는 〈一簇〉, 달리고 있는 軍馬는 〈一彪(일표)〉라고 한다.　**招颭**(초점):
초전(招展). 바람에 펄럭이다(飄揚). 흔들다(搖曳).


〖15〗 正議間, 呂布復引兵搦戰. 八路諸侯齊出, 公孫瓚揮槊親
戰呂布. 戰不數合, 瓚敗走, 呂布縱赤兔馬赶來. 那馬日行千里,
飛走如風, <u>看看赶上</u>. 布擧畫戟望瓚後心便刺. 傍邊一將, <u>圓睜環</u>
<u>眼</u>, 倒竪虎鬚, 挺<u>丈八</u>蛇矛, 飛馬大叫: "<u>三姓家奴</u>休走! 燕人張
飛在此!" 呂布見了, 棄了公孫瓚, 便戰張飛. 飛<u>抖擻精神</u>, <u>酣戰</u>
呂布, 連鬪五十餘合, 不分勝負. 雲長見了, 把馬一拍, 舞八十二
斤靑龍偃月刀, 來夾攻呂布. 三匹馬<u>丁字兒</u>厮殺. 戰到三十合, 戰
<u>不倒呂布</u>. 劉玄德<u>掣</u>雙股劍, <u>驟黃鬃馬</u>, <u>刺斜裏</u>也來助戰. 這三個
圍住呂布, <u>轉燈兒般</u>厮殺. 八路人馬, 都<u>看得呆了</u>. 呂布架隔遮攔
<u>不定</u>, 看着玄德面上, 虛刺一戟, 玄德急閃. 呂布<u>蕩開陣角</u>, <u>倒拖</u>
<u>畫戟</u>, 飛馬便回. 三個那裏肯捨, 拍馬赶來. 八路軍兵, 喊聲大震,
一齊掩殺. 呂布軍馬望關上奔走, 玄德·關·張隨後赶來. 古人曾有
篇言語, <u>單道着玄德·關·張三戰呂布</u>:
　　*注: **看看赶上**(간간간상): 금방 따라잡다. 〈看看〉: 막. 이제 곧. 금방.
　　**後心**(후심): (사람의) 등 복판. (물건 따위의) 뒷등 가운데 부분.　**圓睜環眼**
(원정환안): 동그란 눈알(睜=睛: 안구)과 고리 모양의 눈. 〈圓睜〉에는 〈눈을
부릅뜨다〉란 뜻도 있다.　**丈八**(장팔): 一丈八尺. 즉 十八尺.　**三姓家奴**(삼

성가노): 여포의 본래 성은 呂氏지만, 丁原을 義父로 삼은 적이 있었고, 그리고 또 이때는 董卓을 義父로 삼고 있었기에 〈세 개 姓을 가진 새끼〉라고 욕을 한 것이다.　抖擻精神(두수정신): 정신을 바짝 차리고. 〈抖擻〉: 손으로 물건을 들어서 털다. 떨어버리다. 분발하다. 〈抖〉: 떨다. 〈擻〉: 털어 없애다.　酣戰(감전): 한창 싸우다. 〈酣〉: 술이 거나하게 취하다./실컷. 푹. 한창. 절정. (사물의 발전이 격렬한 정도에 이르렀음을 형용하는 말).　丁字兒厮殺(정자아시살): =丁字兒般厮殺. 〈丁〉字 모양으로 나뉘어 싸우다. (丁字의 위 가로선의 양쪽에 있는 두 사람이 세로선의 아래쪽 끝에 위치한 한 사람을 상대로 싸우는 모양). 〈厮殺〉: 싸우다.　戰不倒(전부도): 싸워서 넘어뜨리지 못하다.　驟黃鬃馬(취황종마): 누런 갈기의 말을 달리다. 〈驟〉: 말을 달리다. 〈鬃〉: 말의 갈기.　刺斜裏(척사리): 갑자기 옆에서 끼어들다. 비스듬히. 隔斜裏(격사리), 斜刺裏(사척리), 刺邪裏(척사리) 모두 같은 뜻이다.　轉燈兒般(전등아반): 燈을 빙빙 돌리듯이.　看得呆了(간득태료): 보고 넋을 잃다. 〈呆〉: 어리둥절하다. 멍하다.　架隔遮攔(가격차란): 〈架〉, 〈隔〉, 〈遮〉, 〈攔〉 모두 같은 뜻으로 〈견디다, 버티다, 막아내다〉란 뜻이다. 뒤에서는 〈遮攔架隔〉이라고 했다.　不定(부정): 〈(動詞) +不定〉의 형식으로 動詞의 補語로서 쓰여 그 동사가 나타내는 효과가 불확실함을 나타낸다. 〈막아낼 수 없을 것 같아〉.　蕩開(탕개): 사이를 널찍하게 벌리다. 〈蕩〉: 廣大하다. 널찍하다.　陣角(진각): 戰陣 대형의 兩翼.　倒拖(도타): 아래로 늘어뜨려서 끌다.　掩殺(엄살): 엄습하여 죽이다. 〈掩〉: 가리다. 숨기다. 엄습하다.　單道着(단도착): 한 마디로(간단하게. 단순하게) 말하고 있다.

〖16〗

漢朝天數當桓靈, 炎炎紅日將西傾.

奸臣董卓廢少帝, 劉協懦弱魂夢驚.

曹操傳檄告天下, 諸侯奮怒皆興兵.

議立袁紹作盟主, 誓扶王室定太平.

溫侯呂布世無比, 雄才四海誇英偉.

護軀銀鎧砌龍鱗, 束髮金冠簪雉尾.

參差寶帶獸平吞, 錯落錦袍飛鳳起.

龍駒跳踏起天風, 畫戟熒煌射秋水.

出關搦戰誰敢當, 諸侯膽裂心惶惶.

踴出燕人張翼德, 手提蛇矛丈八槍.

虎鬚倒豎翻金線, 環眼圓睜起電光.

酣戰未能分勝敗, 陣前惱起關雲長.

青龍寶刀燦霜雪, 鸚鵡戰袍飛蛺蝶.

馬蹄到處鬼神嚎, 目前一怒應流血.

英雄玄德掣雙鋒, 抖擻天威施勇烈.

三人圍繞戰多時, 遮攔架隔無休歇.

喊聲震動天地翻, 殺氣迷漫牛斗寒.

呂布力窮尋走路, 遙望家山拍馬還.

倒拖畫杆方天戟, 亂散銷金五彩旛.

頓斷絨縧走赤兎, 翻身飛上虎牢關.

*注: 砌龍鱗(체용린): 용의 비늘을 엮다. 〈砌(체)〉: 문지방(門限). 섬돌(台階). 쌓이다(堆積). 엮다(連綴). 雉尾(치미): 꿩의 깃. 꼬리. 參差(참차): 가지런하지 않다. 들쑥날쑥하다. 錯落(착락): 〈參差〉와 同義. 龍駒(용구): 여기서는 〈赤兎馬〉를 말함. 熒煌(형황): 輝煌. 번쩍번쩍 빛나는 모습. 鬼神嚎(귀신호): 귀신이 큰 소리로 울부짖다. 蛺蝶(협접): 호랑나비. 봉접(鳳蝶). 抖擻(두수): 기운을 내다. 정신을 차리다(가다듬다). 분발하다. (*抖擻精神: 정신을 차리다.) 牛斗(우두): 견우성(牽牛星)과 남두성(南斗星). 家山(가산): 故鄉. 여기서는 董卓이 주둔하고 있는 關上, 즉 虎牢關을 말한다. 銷金(소금): 금박을 입히다. 도금하다. 頓(돈): 돌연히. 홀연히. 즉시.

絨繩(융조): 실로 짠 띠 또는 끈. 여기서는 말고삐를 가리킨다.

〖17〗三人直赶呂布到關下, 看見關上西風飄動靑羅傘蓋. 張飛
大叫: "此必董卓! 追呂布<u>有甚强處</u>, 不如先拿董賊, <u>便是</u>斬草除
根!" 拍馬上關, 來擒董卓.(*每回之末定作異樣驚人語, 妙絶.) 正是:
    擒賊<u>定須</u>擒賊首, 奇功<u>端的待奇人</u>.
未知勝負如何, 且看下文分解.

*注: 有甚强處(유심강처): 무슨(甚) 이점(利點: 强處)이 있겠는가(有)?  便是
(편시): 바로 …이다; 설령 …이더라도.  定須(정수): 반드시(必定. 一定).
端的待奇人(단적대기인): 결국 기인을 기다려야 한다. 〈端的〉: 참으로(眞
的). 과연. 확실히. 결국(到底. 究竟).

---

### 第五回 毛宗崗 序始評

(1). 董卓不亂, 諸鎭不起; 諸鎭不起, 三國不分. 此一卷正三
國之所自來也. 故先敍曹操發檄擧事, 次敍孫堅當先敢戰, 末敍
劉備三人英雄無敵. 其餘諸人, 紛紛滾滾, 不過如白茅之籍琬琰
而已.

(2). 袁術不識玄德兄弟, 無足責也; 本初亦是人豪, 乃亦拘牽
俗見, 不能格外用人, 此孟德之所以爲大可兒也. 今人都罵孟德
奸雄, 吾恐奸雄非常人所可罵, 還應孟德罵人不奸雄耳.

(3). 甚矣, 目前地位之不足量英雄也! 十八鎭諸侯以盟主推袁
紹, 而後來分鼎竟屬孫·曹. 此孫·曹雖爲吳·魏之祖, 而僭號稱尊
尙在後嗣; 其異日堂堂天子正位繼統者, 乃立公孫瓚背後之一縣

令．嗚呼！英雄豈易量哉！公孫瓚背後之一人為驚天動地之人，
而此一人又有背後之兩人，又是驚天動地之人．英雄不得志時往
往居人背後，俗眼不能識，直待其驚天動地，而後嘆前者立人背
後之日交臂失之．孰知其背後冷笑之意，固已視十八路諸侯如草
芥矣．

# 第六回

## 焚禁闕董卓行兇
## 匿玉璽孫堅背約

〖1〗却說張飛拍馬趕到關下, 關上矢石如雨, 不得進而回. 八
路諸侯, 同請玄德·關·張賀功, 使人去袁紹寨中報捷. 紹遂移檄孫
堅, 令其進兵.(*不獎劉·關·張戰捷, 只檄孫堅進兵; 但教孫堅進兵, 不責袁
術給糧, 殊爲可笑.) 堅引黃蓋·程普至袁術寨中相見. 堅以杖畫地
曰:“董卓與我, 本無讐隙, 今我奮不顧身, 親冒矢石來決死戰者,
上爲國家討賊,(*此句責他無君.) 下爲將軍家門之私.(*指袁隗受害. ○
此句責他無親.) 而將軍却聽讒言, 不發糧草, 致堅敗績, 將軍何
安?”術惶恐無言, 命斬進讒之人, 以謝孫堅.

忽人報堅曰:“關上有一將乘馬來寨中, 要見將軍.”堅辭袁
術, 歸到本寨, 喚來問時, 乃董卓愛將李傕. 堅曰:“汝來何爲?”
傕曰:“丞相所敬者, 惟將軍耳. 今特使傕來結親. 丞相有女, 欲

配將軍之子." 堅大怒, 叱曰:"董卓逆天無道, 蕩覆王室, 吾欲夷其九族, 以謝天下, 安肯與逆賊結親耶! 吾不斬汝, 汝當速去, 早早獻關, 饒你性命. 倘若遲誤, 粉骨碎身!"(*孫堅是漢子, 與呂布大異.)

*注: 讐隙(수극): 원한으로 인하여 벌어진 틈. 서로 원수같이 어긋난 사이. 원한. 敗績(패적): 싸워서 무참하게 패하다. 大敗하다. 喚來問時(환래문시): 불러와서 물으니. 여기서〈時〉는 어기사(語氣詞)로서 말을 일단 멈춤을 나타낼 때 쓴다. 例:〈如此說時〉: 이렇게 말하니. 蕩覆(탕복): 顚覆하다. 파괴하다(毁壞). 夷其九族(이기구족): 그 九族을 滅하다.〈夷〉: 멸하다. 夷滅. 安肯(안긍): 어찌 감히 하려고 하겠느냐.〈安〉: 어찌.〈肯〉: 즐거이 하다. 감히 하다.


〖2〗李傕抱頭鼠竄, 回見董卓, 說孫堅如此無禮. 卓怒, 問李儒. 儒曰:"溫侯新敗, 兵無戰心. 不若引兵回洛陽, 遷帝於長安, 以應童謠. 近日街中童謠曰: '西頭一個漢, 東頭一個漢. 鹿走入長安, 方可無斯難.' 臣思此言: '西頭一個漢', 乃應高祖旺於西都長安, 傳一十二帝; '東頭一個漢', 乃應光武旺於東都洛陽, 今亦傳一十二帝.(*李儒所解不合童謠. 蓋: "東頭一個漢", 乃指許都; "西頭一個漢", 乃指蜀都也.) 天運回合. 丞相遷回長安, 方可無虞." 卓大喜曰:"非汝言, 吾實不悟." 遂引呂布星夜回洛陽, 商議遷都. 聚文武於朝堂, 卓曰:"漢東都洛陽, 二百餘年, 氣數已衰. 吾觀旺氣實在長安, 吾欲奉駕西幸, 汝等各宜促裝." 司徒楊彪曰:"關中殘破零落, 今無故捐宗廟, 棄皇陵, 恐百姓驚動. 天下動之至易, 安之至難, 望丞相鑒察."(*此從百姓起見, 言民居不可動搖.)

*注: 鼠竄(서찬): (쥐처럼) 도망치다. 허둥지둥 달아나다. 크게 낭패스런 모양. 傳一十二帝(전일십이제): 西漢의 高祖, 惠, 文, 景, 武, 昭, 宣, 元,

成, 哀, 平帝, 孺子劉嬰. **亦傳一十二帝**(역전일십이제): 東漢의 光武, 明,
章, 和, 殤, 安, 順, 冲, 質, 桓, 靈, 獻帝. **天運回合**(천운회합): 天運은
돌고 돌아(繚繞. 環繞) 원래 상태로 돌아간다. **氣數**(기수): 운명. 운수.
**西幸**(서행): 서쪽으로 가다. 〈幸〉: 動詞로서 황제나 임금이 어느 곳으로 가
는 것을 〈幸〉이라고 한다. **促裝**(촉장): 行裝을 빨리 차리다. **關中**(관중):
지금의 섬서성의 渭水 盆地 일대의 호칭. 동서남북으로 각기 函谷關, 散關,
武關, 肅關 등 네 關에 둘러싸인 데서 생긴 이름. 秦의 수도 咸陽, 西漢의
수도 長安은 이곳에 위치했다. **捐宗廟**(연종묘): 종묘를 버리다. 〈捐〉: 버리
다.

〖3〗 卓怒曰: "汝阻國家大計耶?" 太尉黃琬曰: "楊司徒之言
是也. 往者<u>王莽簒逆</u>, <u>更始</u>·<u>赤眉</u>之時, 焚燒長安, 盡爲瓦礫之地;
更兼人民流移, 百無一二. 今棄宮室而就荒地, 非所宜也."(*此從
朝廷起見, 言荒地不可建都.) 卓曰: "<u>關東賊起</u>, 天下<u>播亂</u>. 長安有<u>崤</u>
<u>函</u>之險, 更近<u>隴右</u>, 木石磚瓦, 克日可辦, 宮室營造, 不須月餘.
汝等再休亂言." 司徒荀爽諫曰: "丞相若欲遷都, 百姓騷動不寧
矣." 卓大怒曰: "吾爲天下計, 豈惜小民哉!"(*捨却百姓, 安有天下?
確是不通文理之言.) 卽日罷楊彪·黃琬·荀爽爲庶民. 卓出上車, 只見
二人望車而揖, 視之, 乃尙書周毖·城門校尉伍瓊也. 卓問有何事,
毖曰: "今聞丞相欲遷都長安, 故來諫耳." 卓大怒曰: "我始初聽
你兩個, <u>保用</u>袁紹; 今紹已反, 是汝等一黨!" 叱武士推出都門斬
首. 遂下令遷都, 限來日便行.
 *注: **王莽簒逆**(왕망찬역): 서기 8년에 王莽이 前漢의 平帝를 죽이고 〈新〉이
란 왕조를 세운 일을 말함. **更始·赤眉**(경시적미): 〈更始〉: 王莽이 세운
정권 말년의 연호(B.C.23~25년). 〈赤眉〉: 왕망 정권의 말년인 更始年에 산
동성의 樊崇(번숭)이 일으킨 농민 봉기군(서기 18년). 그들은 눈썹을 붉게

칠하여 표지로 삼았기 때문에 붙여진 이름이다. 후에 劉秀(東漢 光武帝)에 의해 진압되었다. 당시 장안이 너무나 심하게 파괴되어 천하를 평정한 광무 제는 장안성 동쪽에 있는 낙양에 수도를 정했는데, 이를 東漢 혹은 後漢이라 고 한다. **關東**(관동): 원래는 중국 山海關의 동북지방을 말함. 그러나 여기 서는 函谷關 以東 地區를 가리킴. **播亂**(파란): 난이 전파되다. **崤函**(효 함): 函谷關. 관문의 동쪽 끝에 崤山(효산)이 있으므로 〈崤函〉이라고 불렀 다. 지금의 하남성 靈寶縣 東南에 위치. 關門이 산속에 있어서 마치 函 속에 들어 있는 것 같다. 〈崤函之險〉: 큰 산 중간의 깊은 절벽 사이로 다만 한 갈래의 구유 모양의 통로가 있어서 형세가 심히 험하다. **隴右**(롱우): 고대 地區名. 隴山(六盤山 남단의 별칭) 以西 地區. 고대에는 以西를 〈右〉라고 했다. 대략 지금의 감숙성 六盤山 以西, 황하 以東 地區에 해당. **保用**(보 용): 쓰도록 천거(추천)하다.

〖4〗李儒曰:"今錢糧缺少, 洛陽富戶極多, 可籍沒入官. 但是 袁紹等門下, 殺其宗黨而抄其家貲, 必得巨萬." 卓卽差鐵騎五 千, 遍行捉拏洛陽富戶, 共數千家, 挿旗頭上, 大書 "反臣逆黨", 盡斬于城外, 取其金貲. (＊何不竟題之日 "富戶"而必借 "逆黨"爲名乎? 匹夫無罪, 懷璧其罪. 人生亂世, 不幸而富, 便當族耳. 陶朱公三致千金而三散 之, 誠恐此也.) 李傕・郭汜盡驅洛陽之民數百萬口, 前赴長安.(＊富民 死, 貧民徒, 所得何罪?) 每百姓一隊, 間軍一隊, 互相拖押; 死于溝壑 者, 不可勝數. 又縱軍士淫人妻女, 奪人糧食; 啼哭之聲, 震天動 地. (＊不是丞相要遷都, 却是强盜搬場矣.) 如有行得遲者, 背後三千軍 催督, 軍手執白刃, 於路殺人. 卓臨行, 敎諸門放火, 焚燒居民房 屋, 并放火燒宗廟・宮府. 南北兩宮, 火焰相接; 洛陽宮庭, 盡爲焦 土. 又差呂布發掘先皇及后妃陵寢, 取其金寶. 軍士乘勢掘官民墳 塚殆盡. (＊黃巾賊反不如此之甚.) 董卓裝載金珠緞疋好物數千餘車,劫了天子并后妃等，竟望長安去了。

　*注: 籍沒(적몰): 중죄인의 재산을 몰수하는 것.　拖押(타압): 잡아끌고 가
다(호송하다).　溝壑(구학): 도랑과 골짜기.　墳塚(분총): 〈墳〉: 일반적인
무덤. 〈塚〉: 〈冢〉과 同字. 위로 봉긋하게 흙을 쌓아올린 무덤.

〖５〗却說卓將趙岑，見卓已棄洛陽而去，便獻了汜水關. 孫堅
驅兵先入. 玄德·關·張殺入虎牢關，諸侯各引軍入.

　且說孫堅飛奔洛陽，遙望火焰沖天，黑煙鋪地，二三百里，並無
鷄犬人烟. 堅先發兵救滅了火，令衆諸侯各於荒地上屯住車馬. 曹
操來見袁紹曰: "今董賊西去，正可勝勢追襲; 本初按兵不動，何
也?"(*衆諸侯中畢竟孫·曹二人出色.) 紹曰: "諸侯疲困，進恐無益."
操曰: "董賊焚燒宮室，劫遷天子，海內震動，不知所歸: 此天亡之
時也，一戰而天下定矣. 諸公何疑而不進?"(*袁·曹優劣又見於此.) 衆
諸侯皆言不可輕動.(*俱是庸夫.) 操大怒曰: "竪子不足與謀!" 遂自
引兵萬餘，領夏侯惇·夏侯淵·曹仁·曹洪·李典·樂進，星夜來赶董
卓.(*是壯擧，不是輕動.)

〖６〗且說董卓行至滎陽地方，太守徐榮出接. 李儒曰: "丞相新
棄洛陽，防有追兵. 可敎徐榮伏軍滎陽城外山塢之旁: 若有兵追
來，可竟放過; 待我這里殺敗，然後截住掩殺，令後來者不敢復
追."(*若十八路齊去，一徐榮何足當之? 可恨衆人愚懦，致令孟德兵敗.) 卓
從其計，又令呂布引精兵斷後. 布正行間，曹操一軍赶上. 呂布大
笑曰: "不出李儒所料也!" 將軍馬擺開. 曹操出馬，大叫: "逆賊!
劫遷天子，流徙百姓，將欲何往?" 呂布罵曰: "背主懦夫，何得妄
言!" 夏侯惇挺槍躍馬，直取呂布. 戰不數合，李傕引一軍，從左
邊殺來，操急令夏侯淵迎敵. 右邊喊聲又起，郭汜引軍殺到，操急

令曹仁迎敵. 三路軍馬, 勢不可當. 夏侯惇抵敵呂布不住, 飛馬回陣. 布引鐵騎掩殺. 操軍大敗, 回望滎陽而走.(*此敗非曹操之罪, 乃衆諸侯之罪也.)

*注: 滎陽(형양): 郡 이름. 지금의 하남성 滎陽縣 東北.　　山塢(산오): 사면이 높고 중앙이 폭 꺼진 산지.　　殺敗(살패): 이기다. 무찌르다.　　截住掩殺(절주엄살): 차단하여 엄습하다.　　流徙(유사): (안정된 거처 없이) 이곳 저곳 떠돌아다니다. 유랑하다.　　直取(직취): 곧바로 공격하다. 직접 공격하여 빼앗다(直接攻取).　　抵敵…不住(저적부주): …을 對敵해 내지 못하다. …을 당해내지 못하다.

〖7〗走至一荒山脚下, 時約二更, 月明如畫. 方纔聚集殘兵, 正欲埋鍋造飯, 只聽得四圍喊聲, 徐榮伏兵盡出. 曹操慌忙策馬, 奪路奔逃, 正遇徐榮, 轉身便走. 榮搭上箭, 射中操肩膊. 操帶箭逃命, 踅過山坡, 兩個軍士伏於草中, 見操馬來, 二槍齊發, 操馬中槍而倒, 操翻身落馬, 被二卒擒住. 只見一將飛馬而來, 揮刀砍死兩個步軍, 下馬救起曹操. 操視之, 乃曹洪也. 操曰: "吾死于此矣. 賢弟可速去!" 洪曰: "公急上馬! 洪願步行." 操曰: "賊兵趕上, 汝將奈何?" 洪曰: "天下可無洪, 不可無公."(*曹洪眞好兄弟, 乃不從一家起見, 而以天下起見, 所以更奇.) 操曰: "吾若再生, 汝之力也." 操上馬, 洪脫去衣甲, 拖刀跟馬而走.(*天下可無洪, 曹操却不可無洪.) 約走至四更餘, 只見前面一條大河, 阻住去路, 後面喊聲漸近. 操曰: "命已至此, 不得復活矣." 洪急扶操下馬, 脫去袍鎧, 負操渡水.(*此時又不可無洪.) 纔過彼岸, 追兵已到, 隔水放箭. 操帶水而走. 比及天明, 又走三十餘里, 土崗下少歇. 忽然喊聲起處, 一彪人馬趕來: 却是徐榮從上流渡河來追. 操正慌急間, 只見夏侯惇·夏侯淵引十數騎飛至, 大喝: "徐榮勿傷吾主!" 徐榮便奔夏侯惇, 惇挺槍來迎. 交馬數合, 惇刺徐榮于馬下, 殺散餘兵. 隨後曹仁·李典·樂進各引兵尋到, 見了曹操, 憂喜交集. 聚集殘兵五百餘人, 同回河內.(*曹操此一戰, 雖敗猶榮.)

*注: 方纔(방재): =方才. 방금. 이제 막. 겨우. …해서야 비로소. 〈纔〉: 지금은 주로 〈才〉로 쓴다. 막. 겨우.　肩膊(견박): 어깻죽지. 〈膊〉: 어깨(肩). 팔. 어깨에서 팔꿈치까지를 上膊, 팔꿈치에서 손목까지를 下膊이라 하는데, 여기서는 어깨(肩) 주위의 상박(上膊) 부분.　趄過(설과): 돌아가다. 횡단하다. 〈~過〉: 건너가다.　只見(지견): 문득 보다. 얼핏 보다. 다만 …만 보다. 帶水(대수): 물을 몸에 차고(含有. 帶有). 즉 〈물에 흠뻑 젖은 옷을 입은 채〉 또는 〈물(강)을 따라서〉란 뜻이다.　刺…于馬下(척…우마하): …을(를) 찔러 말에서 떨어뜨리다.


〖8〗 却說衆諸侯分屯洛陽. 孫堅救滅宮中餘火, 屯兵城內, 設帳于建章殿基上. 堅令軍士掃除宮殿瓦礫. 凡董卓所掘陵寢, 盡皆掩閉. 于太廟基上, 草創殿屋三間, 請衆諸侯立列聖神位, 宰太牢祀之.(*孫堅此中擧動大是可觀.) 祭畢, 皆散. 堅歸寨中. 是夜星月交輝, 乃按劍露坐, 仰觀天文, 見紫微垣中白氣漫漫. 堅嘆曰: "帝星不明, 賊臣亂國, 萬民塗炭, 京城一空!" 言訖, 不覺淚下.(*在瓦礫場上看月, 又在舊殿基上看月, 月色愈好, 人情愈悲. 孫堅洒淚數語, 可當唐人懷古詩數首.)

旁有軍士指曰: "殿南有五色毫光起於井中." 堅喚軍士, 點起火把, 下井打撈. 撈起一婦人屍首, 雖然日久, 其屍不爛:(*此婦人之死不在董卓放火之時, 却在張讓作亂之時.) 宮樣裝束, 項下帶一錦囊. 取開看時, 內有朱紅小匣, 用金鎖鎖着. 啓視之, 乃一玉璽: 方圓四寸, 上鐫五龍交紐; 旁缺一角, 以黃金鑲之; 上有篆文八字, 云: "受命于天, 旣壽永昌".(*前云不見了傳國玉璽, 今于此處還他下落,妙補前文.)

*注: 宰太牢(재태뇌): 〈宰〉: 다스리다(治理). 주관하다(主宰). 잡다(屠宰.
殺牲). 〈太牢〉: 본래는 고대의 최고 등급의 祭品 명칭으로, 제사 때 소(牛),
양(羊), 돼지(猪) 3종류의 제품을 전부 갖춘 제사를 뜻했다. 여기서는 소,
양, 돼지를 말한다.    交輝(교휘): 동시에(함께. 일제히) 빛나다. 〈交〉: (부
사) 일제히. 동시에. 함께.    紫微垣(자미원): 고대에 하늘의 별자리를 구분
하는 것으로 〈二十八宿〉 外에 또한 〈三垣〉이란 것이 있는데, 紫微垣은 〈三
垣〉의 하나이다. 여기서는 黃河 유역에서 보이는 북쪽 하늘의 上空을 가리킨
다.    塗炭(도탄): 진흙 속에 빠지고 불속에 떨어진 것과 같은 고난.    一空(일
공): 텅 비다. 아무것도 없다. 〈一〉: 강조 또는 심한 정도를 나타내는 語氣
詞.    毫光(호광): 사방으로 비쳐 퍼지는 털 같은 가느다란 빛. 〈毫〉: 잔털.
붓.    點起火把(점기화파): 횃불에 불을 붙이다. 〈火把〉: 횃불.    打撈(타로):
물속에서 물건을 잡다.    屍首(시수): 屍身.    取開看時(취개간시): 취하여
열어 보니. 〈時〉: 語氣詞로 말을 일단 멈출 때(停頓) 쓴다. 본서에서는 〈時〉
가 자주 이런 용법으로 쓰이고 있다.    方圓(방원): 네모와 원. 〈둘레, 周圍〉
란 뜻으로도 쓴다.    鐫(전): 파서 새기다(鑿). 조각(彫刻)하다. 陰刻.    交紐
(교뉴): 엇갈리며 연결되다. 〈紐〉: 본래는 기물 위에 그것을 들거나 매달도
록 해놓은 〈끈〉이나 〈매듭〉을 말하지만, 이로부터 〈연결하다〉란 뜻도 파생
되었다.    鑲(양): 채워 넣다.    篆文(전문): 篆書體 文字. 小篆. 진시황 때
문자를 통일하면서 李斯가 쓴 文字. 옛날부터 도장에는 주로 이 전서체를
썼으므로 도장을 〈篆〉이라 하기도 한다.


〖9〗堅得璽, 乃問程普. 普曰: "此傳國璽也. 此玉是昔日卞和
于荊山之下, 見鳳凰棲于石上, 載而進之楚文王. 解之, 果得玉.
秦二十六年, 令玉工琢爲璽, 李斯篆此八字於其上. 二十八年, 始
皇巡狩至洞庭湖, 風浪大作, 舟將覆, 急投玉璽於湖而止.(*未曾入

井, 先曾入湖.) 至三十六年, <u>始皇</u>巡狩至<u>華陰</u>, 有人持璽遮道, 與從者曰: '將此還<u>祖龍</u>.' 言訖不見. 此璽復歸於秦.(*始皇得璽於活人, 孫堅得璽於死婦.) 明年, 始皇崩.(*得璽即死, 又何取乎璽也!) 後來<u>子嬰</u>將玉璽獻與漢高祖. 後至<u>王莽</u>篡逆, 孝元皇太后<u>將印打</u>王尋 · 蘇獻, 崩其一角, 以金鑲之.(*應上旁缺一角句.) <u>光武得此寶於宜陽</u>, 傳位至今. 近聞十常侍作亂, 劫少帝出北邙, 回宮失此寶.(*又與前失璽照應.) 今天授主公, 必有<u>登九五</u>之分.(*孫堅改節, 實因程普此二語.) 此處不可久留, 宜速回江東, 別圖大事." 堅曰: "汝言正合吾意. 明日<u>便當托疾辭歸</u>."(*孫堅一得玉璽, 便爾心變, 惜哉.) 商議已定, 密諭軍士勿得洩漏.

*注: 卞和(변화): 춘추시대의 楚國 사람. 전하는 바에 의하면, 그가 한 덩이의 璞玉을 발견하여 그것을 처음에는 楚 厲王에게, 다음에는 楚 武王에게 바쳤으나 모두 그가 거짓말을 하고 있다고 생각하고는 그의 두 다리를 잘라 버렸다. 楚 文王이 즉위한 후 그가 그 璞玉을 안고 荊山 아래에 가서 哭을 하자 楚 文王이 그 사연을 듣고는 사람을 보내서 그 璞玉을 가공하도록 했는데, 과연 엄청난 寶玉을 얻게 되었다. 荊山(형산): 지금의 호북성 南漳縣 西에 있는데, 춘추시대에 이 일대에서 楚國이 건국되었다. 楚文王(초문왕): 춘추시대 때 楚의 國君. 武王의 아들. B.C. 689~677년 재위. 李斯(이사): 秦의 유명한 정치가. 秦始皇을 도와 천하를 통일한 후 丞相이 되었다. 그때까지 내려오던 戰國時代 때의 文字를 통일하였는데, 이것이 오늘날 말하는 篆書體이다. 秦二世 때 趙高의 질시를 받아 피살되었다. 始皇(시황): 秦始皇 嬴政(영정). 전국시대 秦의 國君으로 天下를 통일하였다. 巡狩(순수): 고대 제왕이 제후들이 다스리고 있는 각지를 순행하면서 시찰하는 것. 洞庭湖(동정호): 지금의 호남성 岳陽市 西. 岳陽樓로 유명하다. 華陰(화음): 縣名. 지금은 섬서성에 속하는데 華山의 북쪽에 있으므로 부쳐진 이름이다. 祖龍(조룡): 진시황의 代稱. 子嬰(자영): 진시황의 孫子. 秦二世의

아들. 후에 劉邦에게 항복했으나 그 후 다시 項羽에게 살해당했다.    王莽(왕망): 원래는 漢 元帝 皇后의 조카였으나 후에 스스로 皇帝가 되어 國號를 〈新〉으로 고쳤다. 서기 8~23년 재위.    將印打(장인타): =以印打. 印章(=玉璽)으로 치다. 〈將〉: …을 가지고(=以).    光武(광무): 光武帝 劉秀. 재위: 서기 25~56년. 王莽에 의해 멸망한 前漢을 다시 일으켜 세워 東漢을 건립하였다.    宜陽(의양): 지금의 하남성 宜陽縣 西.    登九五(등구오): 황제의 자리에 오르다. 〈九五〉는 본래 〈易經〉 중의 卦爻의 자리를 나타내는 명칭으로 〈九〉는 陽爻를, 〈五〉는 아래로부터 다섯 번째 爻라는 뜻이다. 易에서는 乾卦의 第五爻(즉, 九五)로써 帝王, 君位를 상징한다.


〚10〛 誰想數中一軍, 是袁紹鄕人, 欲假此爲進身之計, 連夜偸出營寨, 來報袁紹. 紹與之賞賜, 暗留軍中. 次日, 孫堅來辭袁紹曰: "堅抱小疾, 欲歸長沙, 特來別公." 紹笑曰: "吾知公疾, 乃害傳國璽耳." 堅失色曰: "此言何來?" 紹曰: "今興兵討賊,  爲國除害. 玉璽乃朝廷之寶, 公旣獲得, 當對衆留於盟主處, 候誅了董卓, 復歸朝廷. 今匿之而去, 意欲何爲?" 堅曰: "玉璽何由在吾處?" 紹曰: "建章殿井中之物何在?" 堅曰: "吾本無之,何强相逼?" 紹曰: "作速取出,  免自生禍." 堅指天爲誓曰: "吾若果得此寶, 私自藏匿, 異日不得善終, 死於刀箭之下."(*今之盜物者極會賭呪, 孫堅英雄, 何必爾爾?) 衆諸侯曰: "文臺如此說誓, 想必無之." 紹喚軍士出曰: "打撈之時, 有此人否?" 堅大怒, 拔所佩之劍, 要斬那軍士. 紹亦拔劍曰: "汝斬軍人, 乃欺我也." 紹背後顔良·文醜皆拔劍出鞘, 堅背後程普·黃蓋·韓當亦掣刀在手, 衆諸侯一齊勸住. 堅隨卽上馬, 拔寨離洛陽而去. 紹大怒, 遂寫書一封, 差心腹人連夜往荊州, 送與刺史劉表, 敎就路上截住奪之.

*注: 數中(수중): 그 중. 그 속.    連夜(연야): 밤새도록. 밤새껏; 그날 밤(즉

시 행동하는 경우에 쓰임); 며칠 밤 계속.    長沙(장사): 郡名. 治所는 臨湘(지금의 호남성 長沙市).    害傳國璽(해전국새): 傳國璽로 인해 害를 입다(당하다).(=害於傳國璽. 被傳國璽害.)    作速(작속): 속히. 빨리. 얼른.    善終(선종): 천수를 다하다. 유종의 미를 거두다.    鞘(초): 칼집.    勸住(권주): 타일러 그만두게 하다. 권고하여 제지시키다.    隨卽(수즉): 즉시. 곧.    荊州(형주): 형주는 역사상 여러 차례 그 위치가 변천되었는바, 유표가 형주목으로 있을 때의 治所는 지금의 호북성 襄陽이었다.


〖11〗次日, 人報曹操追董卓, 戰于滎陽, 大敗而回. 紹令人接至寨中, 會衆置酒, 與操解悶.(*孫堅無心對月, 曹操亦無心對酒?) 飮宴間, 操嘆曰: "吾始興大義, 爲國除賊. 諸公旣仗義而來, 操之初意, 欲煩本初引河內之衆, 臨孟津; 酸棗諸將固守成皐, 據敖倉, 塞轘轅·太谷, 制其險要; 公路率南陽之軍, 駐丹·析, 入武關, 以震三輔: 皆深溝高壘, 勿與戰, 益爲疑兵, 示天下形勢, 以順誅逆, 可立定也.(*所言確是良策.)  今遲疑不進, 大失天下之望. 操竊恥之!" 紹等無言可對.

既而席散, 操見紹等各懷異心, 料不能成事, 自引軍投揚州去了. 公孫瓚謂玄德·關·張曰: "袁紹無能爲也, 久必有變. 吾等且歸." 遂拔寨北行. 至平原, 令玄德爲平原相, 自去守地養軍. 兗州太守劉岱, 問東郡太守喬瑁借糧, 瑁推辭不與. 岱引軍突入瑁營, 殺死喬瑁, 盡降其衆. 袁紹見衆人各自分散, 就領兵拔寨, 離洛陽, 投關東去了.(*盟主走了, 好箇盟主!)
*注: 孟津(맹진): 고대 황하의 나루 이름. 盟津이라고도 함. 周 武王이 商의 紂王(주왕)을 치러 갈 때 제후들이 이곳에 모여 맹세를 했다. 지금의 하남성 孟津縣 東北, 孟縣 西南. 역대 전쟁 때마다 서로 쟁탈하려고 애쓴 요충지.    酸棗(산조): 지금의 하남성 延津縣 西南.    成皐(성고): 지금의 하남성 滎陽

縣 汜水鎭.　　厫倉(오창): 秦 나라와 漢 나라 때 厫山 위에 설치한 穀倉. 〈厫山〉: 지금의 하남성 낙양시 西北의 北邙山.　　轘轅·太谷(환원, 태곡): 두 지역 모두 洛陽 東南에 위치한 군사적 요충지.　　丹·析(단, 석): 丹水縣과 析縣.〈丹水縣〉: 故址는 지금의 하남성 淅川縣(석천현) 西.〈析縣〉: 故址는 지금의 하남성 內鄕縣 西北.　　武關(무관): 지금의 섬서성 商縣 東. 北으로는 높은 산이, 南으로는 절벽 아래로 개울이 흐르고 있어서 예부터 요충지였다.　　三輔(삼보): 漢代의 京兆尹, 左馮翊, 右扶風의 三郡. 西京 長安 및 그 부근 일대를 〈三輔〉라 불렀다. 지금의 섬서성 渭水 流域 一帶.　　立定(립정): 즉시 평정하다. 〈立〉: 곧. 즉각. 즉시.　　竊恥之(절치지): 속으로 그것을 부끄러워하다. 〈竊〉: 훔치다. 도둑질; 속으로 몰래.(공공연히 표시하지 않고 마음속으로만 하는 행동을 나타낸다).　　揚州(양주): 治所는 壽春(지금의 안휘성 壽縣). 후에 치소를 合肥(지금의 안휘성 合肥市 西北)로 옮겼다. 平原相(평원상): 이때까지 유현덕의 공식 직위는 〈守平原縣令〉(평원현령 보좌관. 副현령)이었다. 이때에 와서 정식으로 현령이 된 것이다. 〈相〉은 본래 中央에서 파견된 諸侯王國의 실제 執政者로 그 지위는 郡의 太守에 상당하는데, 당시 〈平原(治所는 지금의 산동성 平原縣 西南〉은 德州 平原縣이었다. 따라서 여기서의 〈相〉은 실제로는 〈縣令〉을 높여서 부른 것이다.　　養軍(양군): 軍士들을 休養시키다. 〈養〉: 휴양하다. 요양하다. 보양하다.


〖12〗却說荊州刺史劉表, 字景升, 山陽高平人也, 乃漢室宗親. 幼好結納, 與名士七人爲友, 時號 '江夏八俊'.(*劉表徒負虛名.) 那七人: 汝南陳翔, 字仲麟; 同郡范滂, 字孟博; 魯國孔昱, 字世元; 渤海范康, 字仲眞; 山陽檀敷, 字文友; 同郡張儉, 字元節; 南陽岑晊, 字公孝. 劉表與此七人爲友;(*今之依托名流自謂名士者, 皆劉表類也.) 有延平人蒯良·蒯越, 襄陽人蔡瑁爲輔. 當時看了袁紹書, 隨令蒯越·蔡瑁引兵一萬來截孫堅.(*既能引兵截孫堅, 何不興兵勤王室?) 堅軍方到, 蒯越將陣擺開, 當先出馬. 孫堅問曰: "蒯異度何故引兵截吾去路?" 越曰: "汝旣爲漢臣, 如何私匿傳國之寶? 可速留下, 放汝歸去!" 堅大怒, 命黃蓋出戰. 蔡瑁舞刀來迎. 鬪到數合, 蓋揮鞭打瑁, 正中護心鏡. 瑁撥回馬走, 孫堅乘勢殺過界口. 山背後金鼓齊鳴, 乃劉表親自引軍來到. 孫堅就馬上施禮曰: "景升何故信袁紹之書, 相逼隣郡?" 表曰: "汝匿傳國璽, 將欲反耶?" 堅曰: "吾若有此物, 死于刀箭之下!" 表曰: "汝若要我聽信, 將隨軍行李, 任我搜看." 堅怒曰: "汝有何力, 敢小覰我?" 方欲交兵, 劉表便退. 堅縱馬趕去, 兩山後伏兵齊出. 背後蔡瑁·蒯越趕來, 將孫堅困在垓心. 正是:

　　玉璽得來無用處, 反因此寶動刀兵.
畢竟孫堅怎地脫身, 且聽下文分解.

*注: 山陽高平(산양고평): 지금의 산동성 魚臺縣 北. **結納**(결납): 결탁하다. 친교를 맺다. 친교를 맺다. **江夏**(강하): 郡名. 東漢末의 治所는 沙羨(지금의 호북성 武昌 西南). 三國時에는 魏와 吳가 각기 江夏郡을 두었는데, 魏의 강하군 治所는 上昶(지금의 호북성 雲夢 西南)이었고 吳의 강하군 治所는 武昌(지금의 호북성 鄂城)이었다. **汝南**(여남): 豫州에 속한 郡名. 治所는 平輿. 지금의 하남성 平輿縣 北. **魯國**(노국): 지금의 산동성 곡부(曲阜). **爲輔**(위보): 〈輔〉: 돕다. 돕는 사람. 보좌하고 있었다. **護心鏡**(호심경): 옛날 화살을 막기 위해 전투복 안쪽의 가슴과 등 부위에 넣은 구리거울(銅鏡). 護鏡이라고도 함. **殺過界口**(살과계구): 쏜살같이 郡間의 경계선을 지나가다. **行李**(행리): 행장. 여행 짐. **小覰**(소처): 깔보다. 무시하다. **垓心**(해심): 여러 겹 포위된 한 가운데. 〈垓〉: 땅 가장자리. 地境. 여기서는 〈포위망〉의 뜻. **怎地**(즘지): =怎的(zěn di). 어떻게. 왜. 어째서.

(1). 觀董卓行事，是愚蠢強盜，不是權詐奸雄．奸雄必要結民心，奸雄必假行仁義．今焚宮室，發陵寢，殺百姓，擄貨財，不過如張角等所爲．後人並稱卓‧操，孰知卓之不及操也遠甚！

(2). 人各一心，不能成事，蘇秦洹水之約所以不久而散也．前者孫堅欲戰，而袁術沮之；今者曹操欲戰，而袁紹復沮之．使有志之人動而掣肘，可勝嘆哉！至於劉表徒負虛名，不聞其得曹操之檄而討董卓，但見其奉袁紹之書而截孫堅，其無用可知矣．

(3). 千軍易得，一將難求；衆將易得，主將難求：爲從者萬輩，不若爲首者一人之重也．"天下可無洪，不可無公．"此語可垂千古．

(4). 曹操幾死者三：獻刀而逃，爲中牟軍士所獲，一死也；陳宮於客店欲殺之，二死也；滎陽之戰，中箭墮馬，三死也．脫此三死，人爲曹幸，我獨爲曹恨，恨其不得以一死成忠義之名．天下固有生不如死者，此類是也．

# 第七回

## 袁紹磐河戰公孫
## 孫堅跨江擊劉表

〖1〗 却說孫堅被劉表圍住，<u>虧得</u>程普·黃蓋·韓當三將死救得脫，<u>折兵大半</u>，奪路引兵回江東．自此孫堅與劉表結怨．

　　且說袁紹屯兵河內，缺少糧草．冀州牧韓馥，遣人送糧以資軍用．(*袁術不發糧而致孫堅之敗，　韓馥以送糧而啓袁紹之謀，　庸人舉動皆錯.) 謀士逢紀說紹曰："大丈夫縱橫天下，何待人送糧爲食！冀州乃錢糧廣盛之地，　將軍何不取之？"紹曰："未有良策．"紀曰："可暗使人馳書與公孫瓚，令進兵取冀州，約以夾攻．瓚必興兵．韓馥無謀之輩，必請將軍領州事；就中取事，<u>唾手可得</u>．"紹大喜，即發書到瓚處．瓚得書，見說共攻冀州，平分其地，大喜，即日興兵．紹却使人密報韓馥．馥慌聚荀諶·辛評二謀士商議．(*如此二人，亦稱謀士，可笑.) 諶曰："公孫瓚將燕·代之衆，<u>長驅而來</u>，其鋒不可當．兼有劉備·關·張助之，難以抵敵．今袁本初智勇過人，手下名將極廣，將軍可請彼同治州事．彼必厚待將軍，<u>無患公孫瓚矣</u>."(*正中逢紀之計.) 韓馥卽差<u>別駕</u>關純，去請袁紹．<u>長史耿武</u>諫曰："袁紹孤客窮軍，<u>仰我鼻息</u>，譬如嬰兒在<u>股掌</u>之上，絕其乳哺，立可餓死．奈何欲以州事委之？ 此引虎入羊群也！"(*冀州未嘗無人.) 馥曰："吾乃袁氏之故吏，才能又不如本初．古者擇賢者而讓之，諸君何嫉妬耶？" 耿武嘆曰："冀州休矣！" 于是棄職而去者三十餘人．獨耿武與關純伏於城外，以待袁紹．數日後，紹引兵至．耿武·關純拔刀而出，欲刺殺紹．紹將顏良立斬耿武，文醜砍死關純．紹入冀州，以馥爲奮威將軍，以田豊·沮授·許攸·逢紀分掌州事，盡奪韓馥之權．(*擇賢而讓，賢者固如是乎?) 馥懊悔無及，遂棄下家小，匹馬往投陳留太守張邈去了．(*虎入羊群，羊能存乎? 其得去，猶幸矣.)

*注: **虧得**(휴득): 덕분에. 다행히. **折兵**(절병): 군사를 잃다. **唾手可得**(타수가득): 손바닥에 침을 뱉고 얻을 수 있다. 극히 쉬운 일을 말함. **燕·代**(연대): 지금의 하북성 北部와 요령성 西部 일대. 〈燕〉: 戰國時 燕國은 지금의 하북성 북부와 요령 등지에 있었으므로 후에 이 일대를 燕이라 부르게 되었다. 〈代〉: 春秋時 代國은 지금의 하북성 蔚縣(울현) 一帶에 있었으므로 후에 지금의 하북성 西北部 인근 山西 지방을 〈代〉라 부르게 되었다. **長驅**(장구): 장거리를 신속하게 진군하다. **無患**(무환): 염려할 필요 없다. 〈患〉: 우려(憂慮). 염려. 걱정. **別駕**(별가): 官名. 정식 명칭은 〈別駕從事史〉이다. 刺史의 佐吏. 자사나 목사가 관할 지구를 순찰할 때 別駕는 따로 驛車를 타고 수행하므로 이렇게 부르게 되었다. **長史**(장사): 官名. 三公이나 將軍, 州郡 長官의 屬官. 여기서는 州, 郡 長官의 屬官. **仰我鼻息**(앙아비식): 우리의 눈치를 살피다. 우리의 비위를 맞추다. 〈鼻息〉: 콧김. 호흡; 의향. 기분. **股掌**(고장): 허벅지와 손바닥. 손에 다는 옥돌. 마음대로 가지고 노는 것. **懊悔**(오회): 후회하다. 뉘우치다.

〔2〕却說公孫瓚知袁紹已據冀州，遣弟公孫越來見紹，欲分其地．紹曰：“可請汝兄自來，吾有商議．”越辭歸．行不到五十里，道旁閃出一彪軍馬，口稱：“我乃董丞相家將也！”亂箭射死公孫越．(＊袁紹不能討董卓，反假作董家兵以殺人，如此舉動，有愧盟主多矣．) 從人逃回見公孫瓚，報越已死．瓚大怒，曰：“袁紹誘我起兵攻韓馥，他却就裏取事；今又詐董卓兵射死吾弟，此冤如何不報！”盡起本部兵，殺奔冀州來．

紹知瓚兵至，亦領軍出．二軍會于磐河之上：紹軍于磐河橋東，瓚軍于橋西．瓚立馬橋上，大呼曰：“背義之徒，何敢賣我！”紹亦策馬至橋邊，指瓚曰：“韓馥無才，願讓冀州于吾，與爾何干！”瓚曰：“昔日以汝爲忠義，推爲盟主；今之所爲，眞狼心狗行之徒，有何面目立於世間？”(＊回思向日歃血定盟，可發一笑．今之稱盟兄盟弟者，須要仔細．) 袁紹大怒曰：“誰可擒之？”言未畢，文醜策馬挺槍，直殺上橋．公孫瓚就橋邊與文醜交鋒．戰不到十餘合，瓚抵擋不住，敗陣而走．文醜乘勢追趕．瓚走入陣中，文醜飛馬徑入中軍，往來衝突．瓚手下健將四員，一齊迎戰；被文醜一槍，刺一將下馬，三將俱走．文醜直趕公孫瓚出陣後，瓚望山谷而逃．文醜驟馬厲聲大叫：“快下馬受降！”瓚弓箭盡落，頭盔墜地，披髮縱馬，奔轉山坡；其馬前失，瓚翻身落于坡下．文醜急捻槍來刺．忽見草坡左側轉出一個少年將軍，飛馬挺槍，直取文醜．公孫瓚扒上坡去，看那少年：生得身長八尺，濃眉大眼，闊面重頤，威風凜凜，與文醜大戰五六十合，勝負未分．瓚部下救軍到，文醜撥回馬去了．那少年也不追趕．瓚忙下山坡，問那少年姓名．那少年欠身答曰：“某乃常山眞定人也，姓趙，名雲，字子龍．(＊此人突如其來．人謂當日公孫瓚得一救星，却是異日劉玄德得一幫手．) 本袁紹轄下之人．因見紹無忠君救民之心，故特棄彼而投麾下．(＊子龍立志高人一等．) 不期於此處相見." 瓚大喜, 遂同歸寨, 整頓甲兵.

　　*注: 自來(자래): 스스로(직접) 오다. 　磐河(반하): 지금의 산동성 陵縣 부근
에 있는 鉤槃河. 　賣我(매아): 나를 배반하다. 나를 팔아먹다. 　抵擋(저당):
막다. 저항하다. 저지하다. 　敗陣(패진): 敗戰하다. 　山坡(산파): 산비탈.
前失(전실): 말의 앞다리가 꺾이거나 빠져 고꾸라지다. 　草坡(초파): 풀이
무성한 산비탈. 　直取(직취): 곧바로(직접) 공격하다. 〈取〉: 공격하다. 迎接
하다. 　扒上(배상): 기어오르다. 扒=爬(파). 　闊面重頤(활면중이): 넓은
얼굴과 큰 턱. 〈重〉: 大. 크다. 　欠身(흠신): (敬意를 표하기 위해) 몸을 앞으
로 약간 구부리다(구부리며 일어나려는 자세를 취하다). 　常山眞定(상산진
정): 지금의 하북성 正定縣 南. 常山은 國名으로 그 治所는 元氏(지금의 하북
성 元氏縣 西北). 　轄下(할하): (사람이나 지역이) 관할하는 범위 이내에 있다.

〖3〗 次日, 瓚將軍馬分作左右兩隊, 勢如羽翼. 馬五千餘匹, 大
半皆是白馬. 因公孫瓚曾與羌人戰, 盡選白馬爲先鋒, 號爲白馬將
軍, <u>羌人</u>但見白馬便走, 因此白馬極多. 袁紹令顏良·文醜爲先鋒,
各引弓弩手一千, 亦分作左右兩隊. 令在左者射公孫瓚右軍, 在右
者射公孫瓚左軍, 再令麴義引八百弓手, 步兵一萬五千, 列于陣
中. 袁紹自引馬步軍數萬, 于後接應.

　　公孫瓚初得趙雲, 不知心腹, 令其<u>另</u>領一軍在後.(*便非能知人能
用人之人.) 遣大將嚴綱爲先鋒. 瓚自領中軍, 立馬橋上, 旁竪大紅
圈金線〈帥〉字旗於馬前. 從辰時擂鼓, 直到巳時, 紹軍不進. 麴義
令弓手皆伏於遮箭牌下, 只聽砲響發箭. 嚴綱鼓噪<u>吶</u>喊, 直取麴
義. 義軍見嚴綱兵來, 都伏而不動, 直到來得至近, 一聲砲響, 八
百弓手一齊俱發. 綱急<u>待回</u>, 被麴義拍馬舞刀, 斬于馬下. 瓚軍大
敗. 左右兩軍欲來救應, 都被顏良·文醜引弓弩手射住.(*馬多不如箭
多.) 紹軍<u>並</u>進, 直殺到界橋邊. 麴義馬到, 先斬執旗將, 把繡旗砍

倒.(*若使子龍在前, 必不至此.)

公孫瓚見砍倒繡旗, 回馬下橋而走.(*瓚軍一敗.) 麴義引軍直衝到
後軍, 正撞着趙雲, 挺槍躍馬, 直取麴義. 戰不數合, 一槍刺麴義
于馬下. 趙雲一騎馬飛入紹軍, 左衝右突, 如入無人之境. 公孫瓚
引軍殺回, 紹軍大敗.(*瓚軍一勝.)

*注: 羌人(강인): 중국 주변 소수민족 중의 하나. 중국 북서부 靑海省을 중
심으로 한 티베트계의 유목민족.　帥字旗(수자기): 帥 자를 쓴 기. 元帥旗.
辰時(진시): 오전 7시에서 9시 사이.　吶喊(납함): 적진을 향해 돌진할 때
군사가 일제히 고함을 지르는 것. 〈吶〉: 말을 더듬는다는 뜻으로 쓰일 때엔
〈눌〉로 읽는다.　待回(대회): 돌아가려고 하다. 〈待〉: (막)…하려고 하다(부
사).　一騎馬(일기마): 홀로 말을 타고. 〈一〉: 獨.


〖4〗却說袁紹先使探馬看時, 回報麴義斬將搴旗, 追赶敗兵;
因此不作准備, 與田豐引着帳下持戟軍士數百人, 弓箭手數十騎,
乘馬出觀, 呵呵大笑: "公孫瓚無能之輩!" 正說之間, 忽見趙雲衝
到面前. 弓箭手急待射時, 雲連刺數人, 衆軍皆走. 後面瓚軍團團
圍裹上來. 田豐慌對紹曰: "主公且于空牆中躲避." 紹以兜鍪撲
地, 大呼曰: "大丈夫願臨陣鬪死, 豈可入牆而望活乎!"(*此時氣槪惜
不用於討董卓之時.) 衆軍士齊心死戰, 趙雲衝突不入. 紹兵大隊掩
至, 顔良亦引軍來到, 兩路并殺. 趙雲保公孫瓚殺透重圍, 回到界
橋. 紹驅兵大進, 復赶過橋, 落水死者不計其數. 袁紹當先赶來,
不到五里, 只聽得山背後喊聲大起, 閃出一彪人馬, 爲首三員大
將, 乃是劉玄德·關雲長·張翼德. 因在平原探知公孫瓚與袁紹相
爭, 特來助戰. 當下三匹馬, 三般兵器飛奔前來, 直取袁紹, 紹驚
得魂飛天外, 手中寶刀墜于馬下, 忙撥馬而逃.(*四世三公奈何懼此一
縣令兩弓手耶?) 衆人死救過橋.(*瓚軍又一勝. 寫兩軍忽勝忽敗, 令讀者目

光霍霍.) 公孫瓚亦收軍歸寨. 玄德·關·張動問畢, 瓚曰: "若非玄德遠來救我, 幾乎狼狽." 敎與趙雲相見. 玄德甚相敬愛, 便有不捨之心.(*眼力絶勝公孫瓚.)

    *注: 探馬看時(탐마간시): 탐마, 즉 정탐꾼을 보내서 살펴보게 했는데. 〈時〉: 어기사로서 말을 일단 멈출 때(停頓) 쓴다. 搴旗(건기): 적에게 이기고 기를 빼앗다. 〈搴〉: 빼다. 뽑다. 帳下(장하): 막사 안(營帳中). 장수의 部下. 麾下. 兜鍪(두무): 투구. 頭盔. 掩至(엄지): 불의(불시)에 닥치다. 幷殺(병살): 같이 싸우다. 殺透(살투): 싸워서 뚫고 나가다. 當下(당하): 당장(立卽. 立刻). 그때(那个時候). 三般(삼반): 세 가지 종류. 〈般〉: 종류. 방법. 가지. 死救過橋(사구과교): 결사적으로 싸워 (그를) 구하여 다리를 건너가다. 動問(동문): 묻다. 여쭙다. 안부를 묻다(問候). 狼狽(낭패): 궁지에 빠지다. 몹시 괴로워하다. 낭패하다.


〚5〛 却說袁紹輸了一陣, 堅守不出. 兩軍相拒月餘, 有人來長安, 報知董卓. 李儒對卓曰: "袁紹與公孫瓚亦當今豪傑. 見在磐河厮殺, 宜假天子之詔, 差人往和解之, 二人感德, 必順太師矣." 卓曰: "善." 次日, 便使太傅馬日磾·太僕趙岐, 齎詔前去. 二人來至河北, 紹出迎於百里之外, 再拜奉詔.(*此果天子詔耶? 乃董卓令耳. 昔日盟衆而討之, 今日再拜而奉之, 紹眞懦夫哉!) 次日, 二人至瓚營宣諭, 瓚乃遣使致書于紹, 互相講和. 二人自回京復命. 瓚卽日班師, 又表薦劉玄德爲平原相. 玄德與趙雲分別, 執手垂淚, 不忍相離. 雲嘆曰: "某曩日誤認公孫瓚爲英雄, 今觀所爲, 亦袁紹等輩耳." 玄德曰: "公且屈身事之, 相見有日." 灑淚而別.(*此時, 子龍不卽歸劉, 非子龍之戀瓚, 乃玄德之愛瓚也.)

    *注: 輸了一陣(수료일진): 싸움에서 한 번 패하다. 〈陣〉: 사물이나 동작이 경과한 일정한 시간 단락을 나타내는 量詞. 〈輸〉: (승부에서) 지다. 패하다.

(도박에서) 내기를 걸다. 걸다. (내기에 져서 이긴 사람에게) 주다. 내다.
**厮殺**(시살): 싸우다.    **馬日磾**(마일제): 사람 이름.    **太僕**(태복): 官名. 九卿
의 하나로 황제의 수레와 말 및 馬政을 담당.    **趙岐**(조기): 〈孟子〉에 注를
단 것으로 유명한 사람.    **班師**(반사): 군대를 귀환(철수)시키다.    **曩日**(낭
일): 지난날. 이전에.    **灑涙**(쇄루): 눈물을 뿌리다.


〖6〗 却說袁術在<u>南陽</u>, 聞袁紹新得冀州, 遣使來求馬千匹, 紹不
與, 術怒, 自此兄弟不睦.(*曹家兄弟相救, 袁家兄弟相讐, 袁曹優劣又見
於此.) 又遣使往荊州問劉表借糧二十萬, 表亦不與. 術恨之, 密遣
人遺書于孫堅, 使伐劉表.(*袁術前以不發糧而致孫堅于敗, 今又恨他人之
不發糧而誤孫堅以死, 可恨.) 其書略曰:

前者劉表截路, 乃吾兄本初之謀也. 今本初又與表私議, 欲襲
江東, 公可速興兵伐劉表, 吾爲公取本初,(*是何言與?) 二讐可
報. 公取荊州, 吾取冀州, 切勿誤也!(*有此一番致書, 便爲後文
孫策投袁術張本.)


堅得書曰: "<u>叵耐</u>劉表, 昔日斷吾歸路, 今不乘時報恨, 更得何
年!" 聚帳下程普 · 黃蓋 · 韓當等商議. 程普曰: "袁術多詐, 未可准
信." 堅曰: "吾自欲報讐,    豈望袁術之助乎!" 便差黃蓋先來江
邊, 安排戰船, 多裝軍器糧草, 大船裝載戰馬, <u>克日</u>興師. 江中細
作探知, 來報劉表. 表大驚, 急聚文武將士商議. 蒯良曰: "不必憂
慮. 可令黃祖部領江夏之兵爲前驅, 主公率荊襄之衆爲援. 孫堅跨
江涉湖而來, 安能用武乎?" 表然之, 令黃祖設備, 隨後便起大軍.
　　*注: **南陽**(남양): 지금의 하남성 南陽市.    **叵耐**(파내): 不可耐. 참을 수
없다. 용인할 수 없다. **叵**(파; pǒ): 못하다. 할 수 없다. 해서는 안 된다.
하기 어렵다. 〈不可〉 두 字의 合音. 叵와 同字.    **克日**(극일): 날짜(기일)를

한정하다. 기한을 정하다. 서두르다. 다그치다.　　**部令**(부령): 통솔하다.

**荊襄**(형양): 荊州와 襄陽.〈荊州〉: 治所는 襄陽(지금의 호북성 襄樊市).

**設備**(설비): 갖추다. 설비하다; 사전 준비(를 하다).


〚7〛 却說孫堅有四子, 皆吳夫人所生: 長子名策, 字伯符; 次子名權, 字仲謀; 三子名翊, 字叔弼; 四子名匡, 字季佐.(\*孫堅將死, 其子方欲出頭, 故百忙中特爲敍出.) 吳夫人之妹卽爲孫堅次妻, 亦生一子一女; 子名郎, 字早安; 女名仁.(\*并敍其女, 爲後配劉備張本.) 堅又<u>過房</u>俞氏一子, 名韶, 字公禮. 堅有一弟, 名靜, 字幼臺. 堅臨行, 靜引諸子列拜于馬前而諫曰: "今董卓專權, 天子懦弱, 海內大亂, 各覇一方. 江東方稍寧, 以一小恨而起重兵, 非所宜也. 願兄詳之!"(\*文臺之弟勝過本初之弟.) 堅曰: "弟勿多言. 吾欲縱橫天下, 有讐豈可不報?" 長子孫策曰: "如父親必欲往,　兒願隨行." 堅許之, 遂與策登舟, 殺奔<u>樊城</u>. 黃祖伏弓弩手于江邊, 見船<u>傍岸</u>, 亂箭俱發. 堅令諸軍不可輕動, 只伏于船中, 來往誘之. 一連三日, 船數十次傍岸, 黃祖軍<u>只顧</u>放箭. 箭已放盡, 堅却拔船上所得之箭, 約十數萬. 當日正值順風, 堅令軍士一齊放箭.(\*卽以其人之箭, 還射其人之兵.) 岸上<u>支吾</u>不住, 只得退走. 堅軍登岸. 程普・黃蓋分兵兩路, 直取黃祖營寨, 背後韓當驅兵大進, 三面夾攻. 黃祖大敗, 棄却樊城, 走入<u>鄧城</u>.(\*孫堅大勝.) 堅令黃蓋守住船隻, 親自統兵追襲. 黃祖引軍出迎, 布陣于野. 堅列成陣勢, 出馬于門旗之下, 孫策也<u>全副</u>披挂, 挺槍立馬於父側.

　\***注**: **過房**(과방): 형제의 아들(또는 남의 아들)을 양자로 삼다.　**樊城**(번성): 지금의 호북성 襄樊市 漢水 북안. 漢水를 사이에 두고 襄陽城과 마주보고 있다.　**傍岸**(방안): 강안에 가까이 가다.〈傍〉: 가까이 가다(오다).　**只顧**(지고): 오로지. 다만. 단지.　**支吾**(지오): 지탱하다. 버티다. 대응하다. 말을

얼버무리다. 조리가 없다. 이리저리 둘러대다.　**鄧城**(등성): 즉 鄧縣. 지금의 호북성 襄樊市 北.　**全副**(전부): 한 벌. 전부.

〚8〛黃祖引二將出馬: 一个是江夏張虎, 一个是襄陽陳生. 黃祖揚鞭大罵: “江東<u>鼠賊</u>, 安敢侵犯漢室宗親境界!” 便令張虎搦戰. 堅陣內韓當出迎, 兩騎相交, 戰三十餘合. 陳生見張虎<u>力怯</u>, 飛馬來助. 孫策望見, 按住手中槍, <u>扯</u>弓塔箭, 正射中陳生<u>面門</u>, <u>應弦</u>落馬. 張虎見陳生墜地, 吃了一驚, 措手不及, 被韓當一刀削去半个腦袋. 程普縱馬直來陣前捉黃祖, 黃祖棄却頭盔·戰馬, 雜於步軍內逃命. 孫堅<u>掩殺</u>敗軍, 直到<u>漢水</u>, 命黃蓋將船隻進泊漢江.(*孫堅又大勝.)

　　*注: **鼠賊**(서적): 鼠竊(서절). 좀도둑. **力怯**(역겁): 힘이 약하다(달리다). 〈怯〉: 겁내다. 허약하다. **扯**(차): 잡아당기다. 끌어당기다. **面門**(면문): 얼굴. **應弦**(응현): 활시위를 놓자마자. 〈應〉: 대답하다. 반응이 빠르다. 동시에. …하자마자. **掩殺**(엄살): 기습하다. 불시에 습격하다. 쳐들어가다. **漢水**(한수): 漢江. 長江의 최대 支流. 섬서성 寧强縣에서 發源, 동남으로 흘러 섬서성 南部와 호북성 西部, 中部를 거쳐 武漢에서 長江으로 유입됨.

〚9〛黃祖聚敗軍來見劉表, 備言堅勢不可當. 表慌請蒯良商議. 良曰: “目今新敗, 兵無戰心, 只可深溝高壘, 以避其鋒; 却潛令人求救於袁紹, 此圍自可解也.”(*有袁術致書于孫堅, 便有劉表求救于袁紹, 勢所必然.) 蔡瑁曰: “子柔之言, <u>直拙</u>計也. 兵臨城下, 將至壕邊, 豈可束手待斃? 某雖不才, 願請軍出城, 以決一戰.” 劉表許之. 蔡瑁引軍萬餘, 出襄陽城外, 於峴山布陣. 孫堅將得勝之兵, 長驅大進. 蔡瑁出馬, 堅曰: “此人是劉表後妻之兄也, <u>誰與吾擒之</u>?” 程普挺鐵脊矛出馬, 與蔡瑁交戰, 不到數合, 蔡瑁敗走. 堅驅大軍，殺得尸橫遍野．蔡瑁逃入襄陽，訕良言瑁不聽良策，以致大敗，按軍法當斬．劉表以新娶其妹，不肯加刑．(*劉表溺愛後妻，便爲後文廢劉琦立劉琮張本．)

*注: 直(직): (부사) 그야말로. 완전히. 실로. 峴山(현산): 지금의 호북성 襄陽縣 南面. 誰與吾(수여오): 누가 나에게. 〈與〉: (개사) …에게. …에 있어서.

〖10〗却說孫堅分兵四面，圍住襄陽攻打．忽一日，狂風驟起，將中軍〈帥〉字旗竿吹折．(*屢勝之後忽有此不祥之兆，天有不測風雲，正應人有旦夕禍福．公孫瓚帥字旗敵軍砍倒，孫堅帥字旗天風吹砍，兩處閑閑相照．)韓當曰：“此非吉兆，可暫班師．”堅曰：“吾屢戰屢勝，取襄陽只在旦夕，豈可因風折旗竿，遽爾罷兵？”遂不聽韓當之言，攻城愈急．

訕良謂劉表曰：“某夜觀天象，見一將星欲墜，以分野度之，當應在孫堅．(*又一預兆，彼兆在風，此兆在星．孫堅前在建章殿前看月，仰嘆帝星不明，今又襄陽城下遇風，遂使將星下墜．一月一風，帝星將星，遙遙相對．)主公可速致書袁紹，求其相助．”劉表寫書，　問：“誰敢突圍而出？”健將呂公應聲：“願往．”訕良曰：“汝旣敢去，　可聽吾計．與汝軍馬五百，多帶能射者，衝出陣去，卽奔峴山，他必引軍來赶．汝分一百人上山，尋石子准備；一百人執弓弩伏于林中．但有追兵到時，不可徑走，可盤旋曲折，引到埋伏之處，矢石俱發；若能取勝，放起連珠號砲，城中便出接應．(*本爲求救防追，不謂便以此殺敵．)如無追兵，不可放砲，遄程而去．今夜月不甚明，黃昏便可出城．”呂公領了計策，拴束軍馬，黃昏時分，密開東門，引兵出城．

*注: 遽爾(거이): 갑자기. 급히. 허둥지둥. 分野(분야): 고대 점성술의 한 개념. 고대인들은 인간이 사는 지리적 구역과 천상의 별자리 위치는 서로

대응하므로 별자리의 변화는 그 해당 지역(分野)의 吉凶을 豫示하는 것이라고 생각했다. 이것이 후에 와서는 인간이 행하는 일의 일정한 범위를 나타내는 말로 사용되게 되었다. 漢代에는 큰 行政區域(13개 州)을 하늘의 28宿에다 맞추어서 어떤 州는 어떤 宿의 '分野'라는 식으로 나누었다.　　逕走(경주): 곧바로 달아나다.　　盤旋(반선): 빙빙 돌다. 선회하다.　　曲折(곡절): 구불구불하다. 복잡하다. 곡절이 많다.　　連珠號砲(연주호포): 信號用으로 계속 발사하는 火砲. 速射砲; 잇달아 끊이지 않고 나는 소리.　　趲程(찬정): 걷는 속도를 倍로 하다.　　拴束(전속): 싸서 한데 모으다. 〈拴〉: 비끄러매다. 묶다.


〖11〗孫堅在帳中, 忽聞喊聲, 急上馬引三十餘騎, 出營來看. 軍士報說:"有一彪人馬殺將出來,　望峴山而去." 堅不會諸將, 只引三十餘騎赶來. 呂公已於山林叢雜去處, 上下埋伏. 堅馬快, 單騎獨來. 前軍不遠, 堅大叫:"休走!" 呂公勒回馬, 來戰孫堅. 交馬只一合, 呂公便走, 閃入山路去. 堅隨後赶入, 却不見了呂公. 堅方欲上山, 忽然一聲鑼響, 山上石子亂下, 林中亂箭齊發. 堅體中石箭, 腦漿迸流, 人馬皆死於峴山之內, 壽止三十七世.(*劉備·曹操·孫堅並起一時, 而備則及身而帝, 操亦及身而王, 獨堅不帝不王, 而死于不虞之鋒刃, 豈非有幸有不幸哉! 孫堅此一死, 不特堅所不及料, 亦蒯良·呂公之所不及料也.)

*注: 殺將出來(살장출래): 싸우면서 나가다. 〈將〉: (조사) 동사와 방향보어 중간에 쓰여 그 동작의 지속성이나 개시 등을 나타낸다.　　去處(거처): 장소. 곳.　　迸流(병류): 솟아 흐르다. 〈迸〉: 솟아나오다. 흩어지다.


〖12〗呂公截住三十騎, 並皆殺盡, 放起連珠號砲. 城中黃祖·蒯越·蔡瑁分頭引兵殺出, 江東諸軍大亂. 黃蓋聽得喊聲震天, 引

水軍殺來，正迎着黃祖．戰不兩合，生擒黃祖．程普保着孫策，急
待尋路，正遇呂公．程普縱馬向前，戰不到數合，一矛刺呂公于馬
下．兩軍大戰，殺到天明，各自收軍．劉表軍自入城，孫策回到漢
水，方知父親被亂箭射死，屍首已被劉表軍士扛抬入城去了，放聲
大哭．(＊本欲報截路之讐，今又添一殺父之讐，是讐上加讐矣.) 眾軍俱號泣．

　　＊注: **待尋路**(대심로): 길을 찾으려 할 때． **屍首**(시수): 屍身． **扛抬**(강태):
　　(둘이서) 메다．


　　〔13〕策曰：“父屍在彼，安得回鄉？”黃蓋曰：“今活捉黃祖在
此，得一人入城講和，將黃祖去換主公屍首.”(＊讐上添讐，而反欲遣使
講和者，重在父屍故耳.) 言未畢，軍吏桓階出曰：“某與劉表有舊，願
入城爲使.”策許之．桓階入城見劉表，具說其事．表曰：“文臺屍
首，吾已用棺木盛貯在此．可速放回黃祖，兩家各罷兵，再休侵
犯！”桓階拜謝欲行，階下蒯良出曰：“不可，不可！吾有一言，令
江東諸軍片甲不回．請先斬桓階，然後用計.”正是：

　　　　追敵孫堅方殞命，求和桓階又遭殃．

未知桓階性命如何，且聽下文分解．

　　＊注: **桓階**(환계): 〈毛本〉과 〈明嘉靖本〉에는 桓楷(환해)로 되어 있으나 〈三
　　國志·魏書〉에는 桓階의 傳이 따로 나온다． **拜謝**(배사): 삼가 감사드리다．
　　〈拜〉: 동사의 앞에 쓰여 〈삼가〉의 뜻으로 쓰임． 拜托． 拜敎． 拜領． 拜辭．
　　拜別 등．


　　**第七回 毛宗崗 序始評**

　　(1)．諸侯紛紛，互相爭競，天下已成四分五裂之勢．一董卓未
死，而天下又生出無數董卓．欲舉而一之固難，欲舉而三之亦正

不易也.

(2). 善盜物者, 最會賭咒; 亦惟善賭咒者, 最會盜物. 觀於孫堅故事, 可爲寒心.

(3). 一玉璽耳, 孫堅匿焉, 袁紹爭焉, 劉表截焉. 究竟孫堅不因得璽而帝, 反因得璽而死. 若備之帝蜀, 未嘗得璽, 丕之帝魏, 權之帝吳, 亦皆不因璽. 噫嘻! 皇帝不皇帝, 豈在玉璽不玉璽哉!

(4). 看此卷瓚與紹戰, 一日之間忽敗忽勝, 忽勝忽敗, 變態不測. 至于文弱如劉表, 勇壯如孫堅, 必以爲勝在孫, 敗在劉, 而事之相反又不可料如此. 嗟乎! 茫茫世事, 何常之有! 一部〈三國志〉俱當作如是觀. 微獨三國而已, 一部十七史俱當作如是觀.

(5). 以三國爲主, 則紹·瓚等皆其客; 三國以劉備爲主, 則孫權又其客也. 今此卷之目曰袁紹戰公孫, 而注意乃在劉備; 曰孫堅擊劉表, 而注意乃在孫權. 賓中有主, 主中又有賓, 讀〈三國志〉者, 不可以不辨.

# 第八回

## 王司徒巧使連環計
## 董太師大鬧鳳儀亭

〖1〗却說蒯良曰:"今孫堅已喪, 其子皆幼. 乘此虛弱之時, 火速進軍, 江東一鼓可得. 若還屍罷兵, 容其養成氣力, 荊州之患也." 表曰:"吾有黃祖在彼營中,安忍棄之?" 良曰:"捨一無謀黃祖而取江東, 有何不可?"(*自是暢論.) 表曰:"吾與黃祖心腹之交, 捨之不義." 遂送桓階回營, 相約以孫堅尸換黃祖.(*死孫堅換活黃祖, 人道劉表便宜, 我道劉表不便宜: 黃祖十輩不敵孫堅一人, 孫堅之死猶勝黃祖之生也.)

孫策釋回黃祖, 迎接靈柩. 罷戰回江東, 葬父於曲阿之原. 喪事已畢, 引軍居江都, 招賢納士, 屈己待人. 四方豪傑, 漸漸投之, 不在話下.(*放過孫策, 接入董卓.)

　*注: 連環計(연환계): 여러 개의 고리로 연결되어 있는 쇠사슬처럼 서로

연관성을 가지고 차례차례 진행되어 가는 교묘하게 짜여진 計略.　曲阿(곡아): 지금의 강소성 丹陽縣.　江都(강도): 즉, 廣陵. 지금의 강소성 揚州市. 江都는 隋代 이후 地名.　不在話下(부재화하): 더 말할 나위가 없다; 각설하고. 그것은 그렇다 치고(화제를 딴 데로 돌릴 때 쓰는 말).


〖2〗 却說董卓在長安, 聞孫堅已死, 乃曰: "吾除却一心腹之患也!" 問: "其子年幾歲矣?" 或答曰: "十七歲." 卓遂不以爲意. 自此愈加驕橫, 自號爲 "尙父",(*王莽欲學周公, 董卓又欲學太公, 可發一笑.) 出入僭天子儀仗; 封弟董旻爲左將軍·鄠侯, 姪董璜爲侍中, 總領禁軍. 董氏宗族, 不問老幼, 皆封列侯. 離長安城二百五十里, 別築〈郿塢〉, 役民夫二十五萬人築之: 其城郭高下厚薄一如長安. 內蓋宮室·倉庫, 屯積二十年糧食; 選民間少年美女八百人實其中, 金玉·彩帛·珍珠堆積不知其數; 家屬都住在內.(*爲後文伏案.) 卓往來長安, 或半月一回, 或一月一回, 公卿皆候送于橫門外; 卓嘗設帳于路, 與公卿聚飮.

　　*注: 不以爲意(불이위의): 〈以爲〉: 여기다. 생각하다. 〈意〉: 마음에 담아두다. 신경 쓰다(放在心上).　驕橫(교횡): 거만하고 횡포하다.　尙父(상부): 周 武王이 姜太公 呂望을 높여서 〈尙父〉라고 불렀는데, 여기서는 董卓이 자신을 강태공 呂望에 비유하려는 뜻이 담겨 있다.　郿塢(미오): 그 遺址가 지금의 섬서성 郿縣 東北 渭水 北岸에 있다. 〈塢〉: 흙으로 쌓은 작은 보루. 작은 성채.　蓋(개): 덮다; 집을 짓다.　橫門(횡문): 한 나라 때 長安 北面에 있던 城門 이름.


〖3〗 一日, 卓出橫門,(*卽長安東門也.) 百官皆送, 卓留宴. 適北地招安降卒數百人到. 卓卽命于座前, 或斷其手足, 或鑿其眼睛, 或割其舌, 或以大鍋煮之. 哀號之聲震天, 百官戰慄失著, 卓飮食

談笑自若.(＊以殺降卒爲下酒物, 亦甚無趣.) 又一日, 卓於省臺大會百
官, 列坐兩行. 酒至數巡, 呂布徑入, 向卓耳邊言不數句, 卓笑
曰："原來如此." 命呂布於筵上揪司空張溫下堂. 百官失色. 不
多時, 侍從將一紅盤, 託張溫頭入獻. 百官魂不附體. 卓笑曰：
"諸公勿驚. 張溫結連袁術, 欲圖害我, 一 因使人寄書來, 錯下在
吾兒奉先處, 一 故斬之. 公等無故, 不必驚畏." 衆官唯唯而散.

　　＊注：招安(초안): 귀순시키다. 투항하게 하다.　省臺(성대): 조정의 여러
　　　성과 어사대의 병칭. 중앙정부.　揪(추): 揫와 同字. 붙잡다. 끌어당기다.
　　託(탁): (손으로) 밀어 올리다. 받쳐 들다.


〖４〗 司徒王允歸到府中, 尋思今日席間之事, 坐不安席.(＊此處又
放過董卓, 接入王允.) 至夜深月明, 策杖步入後園, 立於荼蘼架側,
仰天垂淚.(＊孫堅王允一樣月下灑淚, 而一是悲憤, 一是憂鬱.) 忽聞有人在
牡丹亭畔長吁短嘆. 允潛步窺之, 乃府中歌伎貂蟬也. 其女自幼選
入府中, 教以歌舞, 年方二八, 色伎俱佳, 允以親女待之. 是夜,
允聽良久,　喝曰："賤人將有私情耶?" 蟬驚跪曰："賤妾安敢有
私." 允曰："無私, 何夜深長嘆?" 蟬曰："容妾伸肺腑之言." 允
曰："汝勿隱匿, 當實告我." 蟬曰："妾蒙大人恩養, 訓習歌舞, 優
禮相待, 妾雖粉骨碎身, 莫報萬一. 近見大人兩眉愁鎖, 必有國家
大事,(＊自曹操行刺不成以後, 王允日夜憂悶光景, 俱於貂蟬口中暗暗補出.)
又不敢問. 今晚又見行坐不安, 因此長嘆, 不想爲大人窺見. 倘有
用妾之處, 萬死不辭." 允以杖擊地曰："誰想漢天下, 却在汝手中
耶? 隨我到畫閣中來." 貂蟬跟允到閣中. 允盡叱出婦妾, 納貂蟬
于坐, 叩頭便拜. 貂蟬驚伏于地, 曰："大人何故如此?" 允曰：
"汝可憐漢天下生靈." 言訖, 淚如泉湧. 貂蟬曰："適間賤妾曾
言, 但有使令, 萬死不辭." 允跪而言曰："百姓有倒懸之危, 君臣

有累卵之急, 非汝不能救也. 賊臣董卓, 將欲簒位; 朝中文武, 無計可施. 董卓有一義兒, 姓呂, 名布, 驍勇異常. 我觀二人皆好色之徒, 今欲用 '連環計.'(*計名奇.) 先將汝許嫁呂布, 後獻與董卓; 汝于中取便, 謀間他父子反顏, 令布殺卓, 以絶大惡. 重扶社稷, 再立江山, 皆汝之力也. 不知汝意若何?"(*此處方說出計策, 却要他成功衽席之上.) 貂蟬曰: "妾許大人萬死不辭. 望卽獻妾於彼. 妾自有道理." 允曰: "事若泄漏, 我滅門矣." 貂蟬曰: "大人勿憂. 妾若不報大義, 死于萬刃之下." 允拜謝.

*注: 荼蘼架(도미가): 荼蘼: 落葉小灌木. 가시가 있는 덩굴식물로 여름에 흰 꽃이 피는데 깨끗하고 맑은 향기가 난다. 관상식물로 기른다. 덩굴식물이므로 타고 올라갈 시렁(架)을 설치한다. 長吁短嘆(장우단탄): 자꾸 탄식하다. 한숨만 연달아 쉬다. 長呻短嘆. 將有私情(장유사정): 어찌 개인적인 사정이 있겠습니까? 〈將〉: (부사) '어찌(豈. 何)'의 뜻. 兩眉愁鎖(양미수쇄): 근심으로 두 눈썹을 찌푸리다. 〈鎖眉〉: 눈썹을 찌푸리다. 畵閣(화각): 단청을 한 누각. 適間(적간): 방금. 조금 전에. 剛才. 倒懸之危(도현지위): 거꾸로 매달려 있는 것처럼 위급한 처지에 있다. 累卵之急(누란지급): 倒懸之急과 같은 뜻이다. 謀間(모간): 이간책을 세우다(도모하다). 〈間〉: 이간시키다. 불화하게 하다. 反顏(반안): 얼굴을 돌리다. 좋았던 사이가 일변하여 절교하다. 自有(자유): 본래(응당)…이 있다. 〈自〉: 자연히. 당연히; 별도로. 따로. 道理(도리): 방법. 수단. 대책.


〖5〗次日, 將家藏明珠數顆, 令良匠嵌造金冠一頂, 使人密送呂布. 布大喜, 親到王允宅致謝.(*不用王允去請, 却使呂布自來, 妙.) 允預備嘉殽美饌, 候呂布至, 允出門迎迓, 接入後堂, 延之上坐. 布曰: "呂布乃相府一將, 司徒是朝廷大臣, 何故錯敬?" 允曰: "方今天下, 別無英雄, 惟有將軍耳. 允非敬將軍之職, 敬將軍之才也." 布大喜. 允慇懃敬酒, 口稱董太師并布之德不絕.(*極口奉承呂布, 妙矣, 却又於呂布面前褒獎太師, 更妙.) 布大笑暢飮. 允叱退左右, 只留侍妾數人勸酒. 酒至半酣, 允曰: "喚孩兒來." 少頃, 二靑衣引貂蟬艶粧而出. 布驚問何人. 允曰: "小女貂蟬也. 允蒙將軍錯愛, 不異至親, 故令其與將軍相見." 便令貂蟬與呂布把盞. 貂蟬送酒與布, 兩下眉來眼去. 允佯醉曰: "孩兒央及將軍, 痛飮幾盃! 吾一家全靠着將軍哩." 布請貂蟬坐, 貂蟬假意欲入. 允曰: "將軍吾之至友, 孩兒便坐何妨?" 貂蟬便坐于允側. 呂布目不轉睛的看, 又飮數盃. 允指蟬謂布曰: "吾欲將此女送與將軍爲妾, 還肯納否?" 布出席謝曰: "若得如此, 布當效犬馬之報!" 允曰: "早晚選一良辰, 送至府中." 布欣喜無限, 頻以目視貂蟬. 貂蟬亦以秋波送情.(*寫得好看, 不意〈三國志〉中有此一段溫柔旖旎文字.) 少頃, 席散, 允曰: "本欲留將軍止宿, 恐太師見疑." 布再三拜謝而去.

*注: 嵌造(감조): 끼워넣어(박아넣어) 만들다. 一頂(일정): 〈頂〉 꼭대기가 있는 물건을 세는 데 쓰는 量詞. 一頂帽(모자 한 개). 一頂轎子(가마 한 채). 迎迓(영아): 迎接하다. 맞이하다. 錯敬(착경): 과분한 존경이나 경애. 과분한 대우. 靑衣(청의):푸른 옷 또는 검은 옷을 입은 사람으로 侍女나 宮女, 婢女나 侍童 또는 樂工, 심부름꾼 등을 가리킨다. 여기서는 婢女란 뜻이다. 錯愛(착애): 상대의 아껴 주거나 애호해 주는 것에 대한 謙詞. 과분한 愛好. 把盞(파잔): 把醆으로도 쓴다. 술잔을 들다(잡다). 술을 부어 권하다. (*주로 술을 따라 손님에게 권하는 경우에 씀). 兩下眉來眼去(양하미래안거): 양쪽이 서로 눈짓으로 마음을 전하다(서로 흘깃 쳐다보다). 〈兩下〉: 쌍방. 양쪽(=兩下里. 兩下處). 〈眉來眼去〉: 눈짓으로 마음을 전하다. 추파를 던지다.(=眉目傳情). 央及(앙급): 청하다. 간구(懇求)하다. 假意(가의): 거짓된 마음. 일부러. 짐짓. 何妨(하방): (…해도) 무방하다. 왜 그러면 나쁜가? 괜찮지 않은가? 目不轉睛的看(목부전정적간): 눈이 눈알

을 돌리지 않고 보다. 똑바로 쳐다보다. 여기서 '的'은 動詞 뒤에서 앞의 動詞를 副詞로 만드는 역할을 한다. …하고(=地).  **還肯納否**(환긍납부): 과연 받아들여 주실는지요. 〈還〉: 과연. 역시 등의 뜻을 나타내는 語氣詞.  **良辰**(양신): 좋은 날. 길일.  **秋波**(추파): 추파. 요염한 눈길.  **旖旎**(의니): 깃발이 바람에 나부끼는 모양. 온화하고 아름다운 모양.

〖6〗過了數日, 允在朝堂見了董卓, 趁呂布不在側, 伏地拜請曰: "允欲屈太師車騎, 到草舍赴宴, 未審鈞意若何?" 卓曰: "司徒見招, 卽當趨赴." 允拜謝歸家, 水陸畢陳于前廳, 正中設座, 錦繡鋪地, 內外各設幃幔. 次日晌午, 董卓來到.(*董卓呂布來法不同, 一箇自來, 一箇請來.) 允具朝服出迎, 再拜起居. 卓下車, 左右持戟甲士百餘, 簇擁入堂, 分列兩旁. 允于堂下再拜, 卓命扶上, 賜坐于側. 允曰: "太師盛德巍巍, 伊·周不能及也!" 卓大喜. 進酒作樂, 允極其致敬. 天晩酒酣, 允請卓入後堂, 卓叱退甲士. 允捧觴稱賀曰: "允自幼頗習天文, 夜觀乾象, 漢家氣數已盡, 太師功德振于天下, 若舜之受堯, 禹之繼舜, 正合天心人意." 卓曰: "安敢望此!" 允曰: "自古'有道伐無道, 無德讓有德', 豈過分乎!" 卓笑曰: "若果天命歸我, 司徒當爲元勳." 允拜謝. 堂中點上畫燭, 止留女使進酒供食. 允曰: "敎坊之樂, 不足供奉, 偶有家伎, 敢使承應." 卓曰: "甚妙." 允敎放下簾櫳, 笙簧繚繞, 簇捧貂蟬, 舞于簾外.

*注: **趁**(진): 틈을 타다.  **欲屈**(욕굴): 請하고 싶다. 〈屈〉: 상대를 높여서 부르는 말로 〈請하다〉의 뜻.  **草舍**(초사): 초가. 저의 집. 누추한 집.  **未審**(미심): 不知. 의향이 어떤지 모르겠다.  **鈞意**(균의): 높은 사람의 意思나 뜻을 높여서 부르는 말. 貴下의 뜻.  **見招**(견초): 초대를 받다.  **水陸畢陳**(수륙필진): 山海珍味를 다 갖춰 차려놓다.  **幃幔**(위만): 휘장(揮帳).  晌午

(상오): 정오.　**起居**(기거): 문안드리다. 안부를 묻다.　**簇擁**(족옹). 많은
사람이 떼 지어 둘러싸다.　**巍巍**(외외): 높고 큰 모양. 우뚝.　**伊周**(이주):
〈伊〉: 伊尹. 商朝의 政治家. 湯을 도와 夏를 멸망시키고 商 王朝를 건국한
賢臣. 〈周〉: 周公, 姓은 姬, 이름은 旦, 周朝의 政治家. 周 武王의 동생으로
그를 도와 殷을 멸망시킨 후 어린 成王을 보필하여 周의 문물제도를 완성시
킨 賢臣.　**乾象**(건상): 天象. 天文.　**元勳**(원훈): 큰 공훈.　**敎坊**(교방):
唐代에 설립된 音樂 및 歌舞 기관; 삼국 때에는 아직 이런 명칭이 없었는데,
저자가 借用한 것이다.　**承應**(승응): 妓女나 藝人이 宮廷이나 官府의 부름에
응하여 연주를 하거나 모시는 것(表演侍奉).　**簾櫳**(염롱): 발(커튼)을 드리
운 창(문).　**繚繞**(요요): 빙 둘러 싼 모양. 소리가 울려 퍼지는 모습을 형용
한 것이다.　**簇捧**(족봉): 簇擁과 同義. 에워싸다.


〖 7 〗 有詞讚之曰:

　　原是<u>昭陽宮裏人</u>, <u>驚鴻</u>宛轉掌中身.
　　只疑飛過洞庭春, <u>按徹梁州蓮步</u>穩.
　　好花<u>風㫚</u>一枝新, 畫堂香曖不勝春.

又詩曰:

　　<u>紅牙</u>催拍燕飛忙, 一片<u>行雲</u>到畫堂.
　　<u>眉黛</u>促成遊子恨, <u>臉容</u>初斷故人腸.
　　<u>楡錢</u>不買千金笑, 柳帶何須百寶粧.
　　舞罷高簾偸目送, 不知誰是<u>楚襄王</u>.

*注: **昭陽宮裏人**(소양궁리인): 漢 成帝의 皇后 趙飛燕을 말한다. 전설에 의
하면 趙飛燕의 몸은 매우 가벼워서 손바닥 위에서도 춤을 출 수 있을 정도라
고 하였다. 〈**昭陽宮**〉: 漢代 宮殿名.　**驚鴻**(경홍): 놀란 기러기. 여기서는
貂蟬의 춤추는 자태를 비유한 말이다.　**按徹梁州蓮步**(안철양주연보): 〈按
徹〉: 연주를 끝내다. 〈梁州〉: 梁州令. 樂曲 이름. 〈蓮步〉: 연꽃처럼 아름다

운 발걸음. **風裊**(풍뇨): 바람에 나부끼다. 〈裊〉: 간드러지다. **紅牙**(홍

아): 악곡 연주를 조절하는 拍板이나 牙板. 그 색이 붉으므로 紅牙라 한다.

**行雲**(행운): 흘러가는 구름. 여기서는 美人, 즉 貂蟬을 가리킨다.(*出處는

〈高唐賦序〉에서 神女가 스스로 "旦爲朝雲, 暮爲行雨"라고 한 말이다.)

**眉黛**(미대): 눈썹을 그리는 먹. 부녀자. 여인. **臉容**(검용): 얼굴 모양.

**楡錢**(유전): 즉 유협(楡莢). 느릅나무의 잎이 나기 전에 가지 사이에 나는

꼬투리(莢). 그 모양이 漢代의 돈 모양과 비슷하다고 해서 〈楡錢〉이라 부르

게 되었다. **柳帶**(유대): 여기서는 부드럽고 가는 허리를 가리킴. **偸**(투):

훔치다: 몰래. 살짝. 슬그머니. **楚襄王**(초양왕): 戰國時 超國의 國君. 楚懷

王의 아들로 이름은 橫. 荒淫好色으로 유명.


〖8〗 舞罷, 卓命近前. 貂蟬轉入簾內, 深深再拜. 卓見貂蟬顔色

美麗, 便問: "此女何人?" 允曰: "歌伎貂蟬也."(*此時又不說是孩

兒, 更妙.) 卓曰: "能唱否?" 允命貂蟬執檀板低謳一曲,(*貂蟬見呂

布只把盞, 見董卓便歌舞, 說女兒是女兒身分, 說歌伎是歌伎身分.) 正是:

　　一點櫻桃啓絳脣, <u>兩行碎玉噴〈陽春〉</u>.

　　<u>丁香舌吐銜鋼劍</u>, 要斬奸邪亂國臣.

卓稱賞不已. 允命貂蟬把盞. 卓擎盃問曰: "靑春幾何?" 貂蟬

曰: "賤妾年方二八." 卓笑曰: "眞神仙中人也!" 允起曰: "允欲

將此女獻上太師, 未審肯容納否?" 卓曰: "如此見惠, 何以報

德?" 允曰: "此女得侍太師, 其福不淺." 卓再三稱謝. 允卽命備

<u>氈車</u>, 先將貂蟬送到相府.(*女將軍起兵前去了. 連忙送去, 妙.) 卓亦起

身告辭. 允親送董卓, 直到相府, 然後辭回.

　　***注: 檀板**(단판): 박달나무로 만든 판자. 노래를 부를 때 박자를 맞추는 도

구. **櫻桃**(앵도): 여자의 붉고 작은 입. **絳脣**(강순): 붉은 입술(紅脣).

〈絳〉: =紅. **兩行碎玉**(양항쇄옥): 두 줄의 부서진 옥. 노래할 때 드러나는

흰 치아.  **陽春**(양춘): 즉 〈陽春白雪〉. 고대 楚나라 歌曲名. 일종의 고급 음악.  **丁香舌吐銜鋼劍**(정향설토함강검): 미인의 혀가 머금고 있던 鋼劍을 토해내다.  〈丁香〉: 나무 이름. 그 꽃봉오리와 과실을 말리면 매콤한 향기가 난다.  一名 〈鷄舌香〉이라고도 부른다. 후에는 주로 美人의 혀(舌)를 나타내는 말로 사용됨.  **擎盃**(경배): 잔을 높이 들다. 〈擎〉: 높이 들다.  **氈車**(전거): 毛氈(모전: 솜털로 만든 모직물)을 바닥에 깔아놓은 수레.

〖9〗乘馬而行, 不到半路, 只見兩行紅燈照道, 呂布騎馬執戟而來.  正與王允撞見. 便<u>勒住馬</u>, <u>一把揪住衣襟</u>, 厲聲問曰: "司徒<u>旣</u>以貂蟬許我,  今<u>又</u>送與太師, 何相戲耶?" 允急止之曰: "此非說話處,  且請到草舍去." 布同允到家, 下馬入後堂.  敍禮畢, 允曰: "將軍何故怪老夫?" 布曰: "有人報我, 說你把氈車送貂蟬入相府,  是何<u>意故</u>?" 允曰: "將軍原來不知.  昨日太師在朝堂中對老夫說: '我有一事,  明日要到你家.' 允因此准備等候.  太師飮酒中間, 說: '我聞你有一女, 名喚貂蟬, 已許吾兒奉先. 我恐你言未准, <u>特來相求</u>, 并請一見.' 老夫不敢有違, 遂引貂蟬出拜<u>公公</u>.  太師曰: '今日良辰, 吾卽當取此女回去, 配與奉先.' 將軍試思, 太師親臨, 老夫焉敢<u>推阻</u>?" 布曰: "司徒<u>少罪</u>.  布一時錯見, 來日自當<u>負荊</u>." 允曰: "小女頗有<u>粧奩</u>,  待過將軍府下,  便當送至." 布謝去.(*想呂布此時猶儼然以新郎自待也.)

　　*注: **勒住馬**(륵주마): 말의 고삐를 당겨 멈춰 세우다.  **一把揪住衣襟**(일파추주의금): 옷소매를 끌어 잡고서는. 〈一把〉: 한번 (손으로 잡다. 쥐다).  〈把〉: 〈一〉과 함께 손으로 잡는 동작의 회수를 나타낸다.  **旣**(기): (접속사) 할 뿐만 아니라 또…. 해놓고 또 …(뒤쪽에 '又'가 호응함).  **意故**(의고): 생각. 까닭. 연고. 이유.  **特來相求**(특래상구): 일부러 와서 부탁하다. 〈相求〉: 바라다. 부탁하다. 요구하다.  **公公**(공공): 시아버지. 할아버지. 노인

장.   推阻(추조): 거절하다. 사양하다.   少罪(소죄): 죄가 없다. 잘못이

없다.   負荊(부형): 〈荊〉: 가시나무로 매질하는 데 쓰인다. 따라서 〈負荊〉은

직역하면 '매(회초리)를 등에 지고 가다' 란 뜻으로, 일반적으로 '벌을 청하

다', '잘못을 사과하다' 란 뜻이다. 〈史記. 藺相如列傳〉에서 趙나라의 장

군 廉頗(염파)가 재상 藺相如(인상여)에게 잘못을 사과하러 가면서 스스로

형장을 매고 간 것에서 비롯된 말이다.   粧奩(장렴): 경대. 〈奩〉: 匲(렴)의

俗字.


〖10〗次日, 呂布在府中打聽, 絕不聞音耗.(*不聞配與奉先之音耗

也.) 布徑入堂中, 尋問諸侍妾. 侍妾對曰: "夜來太師與新人共寢,

至今未起." 布大怒.(*不得不怒.) 潛入卓臥房後窺探. 時貂蟬起于

窓下梳頭, 忽見窓外池中, 見一人影, 極長大, 頭帶束髮冠, 偸眼

視之, 正是呂布. 貂蟬故蹙雙眉, 做憂愁不樂之態, 復以香羅頻拭

淚眼. 呂布窺視良久, 乃出. 少頃, 又入, 卓已坐于中堂. 見布來,

問曰: "外面無事乎?" 布曰: "無事."(*外面無事, 裏面却有事.) 侍立

卓側. 卓方食, 布偸目竊望, 見繡簾內一女子往來觀覰, 微露半

面, 以目送情.(*此皆女將軍絕妙兵法.) 布知是貂蟬, 神魂飄蕩. 卓見

布如此光景, 心中疑忌, 曰: "奉先無事, 且退." 布怏怏而出.

　　*注: 打聽(타청): 물어보다. 알아보다.   音耗(음모): 音信. 소식.   故蹙(고

축): 일부러 찡그리다.   竊望(절망): 몰래 바라보다.   觀覰(관처): 엿보다.

보다.   飄蕩(표탕): 흔들리다.   且退(차퇴): 그만 물러가라. 〈且〉: 卽. 就의

뜻.   怏怏(앙앙): 마음에 만족하지 않은 모양. 우울한 모양.


〖11〗董卓自納貂蟬後, 爲色所迷, 月餘不出理事. 卓偶染小

疾, 貂蟬衣不解帶, 曲意逢迎.(*看他待布如彼, 待卓如此, 使出兩副心

腸, 裝出兩副面孔, 令我想殺女將軍矣.) 卓心愈喜. 呂布入內問安, 正值

卓睡, 貂蟬于床後探半身望布, 以手指心, 又以手指董卓, 揮淚不止.(*女將軍韜略一至于此, 孫吳不及也.) 布心如碎. 卓朦朧雙目, 見布注視床後, 目不轉睛, 回身一看, 見貂蟬立于床後. 卓大怒, 叱布曰: "汝敢戲吾愛姬耶?" 喚左右逐出, 今後不許入堂. 呂布怒恨而歸. 路遇李儒, 告知其故. 儒急入見卓曰: "太師欲取天下, 何故以小過見責溫侯? 倘彼心變, 大事去矣!" 卓曰: "奈何?" 儒曰: "來朝喚入, 賜以金帛, 好言慰之, 自然無事." 卓依言, 次日使人喚布入堂, 慰之曰: "吾前日病中, 心神恍惚, 誤言傷汝, 汝勿記心." 隨賜金十斤, 錦二十疋, 布謝歸.(*此處忽又一頓, 波瀾倏起倏落, 大有層折.) 然身雖在卓左右, 心實繫念貂蟬.

> *注: **偶染**(우염): 걸리다. 전염되다. 〈偶〉: 遇와 同字. **曲意逢迎**(곡의봉영): 자기 뜻을 굽혀서 남의 의견에 영합하다. 갖은 방법으로 남에게 아첨하다. **探半身**(탐반신): 반신(윗몸)을 내밀다. 〈探〉: 내밀다. 伸出. **告知**(고지): 알리다. 알려주다.

〖12〗 卓疾旣愈, 入朝議事. 布執戟相隨, 見卓與獻帝共談, 便乘間提戟出內門, 上馬徑投相府來, 繫馬府前, 提戟入後堂, 尋見貂蟬. 蟬曰: "汝可去後園中鳳儀亭邊等我." 布提戟徑往, 立于亭下曲欄之傍. 良久, 貂蟬分花拂柳而來, 果然如月宮仙子.(*花下看佳人, 如馬上看將士, 加倍動目.) 一 泣謂布曰: "我雖非王司徒親女, 然待之如己出. 自見將軍, 許侍箕帚, 妾已平生願足, 誰想太師起不良之心, 將妾淫污, 妾恨不卽死, 止因未與將軍一訣, 故且忍辱偷生. 今幸得見, 妾願畢矣. 此身已污, 不得復事英雄, 願死於君前, 以明妾志!"(*語語動人.) 言訖, 手攀曲欄, 望荷花池便跳.(*以死動之.) 呂布慌忙抱住, 泣曰:(*使布怒易, 使布泣難. 布而至于泣, 董卓不能活矣.) "我知汝心久矣, 只恨不能共語!" 貂蟬手扯布曰: "妾今

生不能與君爲妻，願相期于來世." 布曰: "我今生不能以汝爲妻，
非英雄也!"(*正要逼出他此句.)　蟬曰: "妾度日如年，　願君憐而救
之."(明明催殺董卓，自己原不肯死.) 布曰: "我今偸空而來，恐老賊見
疑，必當速去." 貂蟬牽其衣曰: "君如此懼怕老賊, 妾身無見天日
之期矣." 布立住曰: "容我徐圖良策." 說罷，　提戟欲去，　貂蟬
曰: "妾在深閨，聞將軍之名如雷灌耳，以爲當世一人而已，誰想
反受他人之制乎?" 言訖，淚下如雨.(*諺云: 請將不如激將. 是絶妙說
士聲口.) 布羞慚滿面，重復倚戟，回身摟抱貂蟬，用好言安慰. 兩
個偎偎倚倚，不忍相離.(*此皆貂蟬故意淹留呂布, 要他撞着董卓, 女將軍
兵法神妙如許.)

　　*注: 待之如己出(대지여기출): 나(之)를 대하기를 마치 자신이(己) 낳은
자식(出)처럼 해주었다.　侍箕帚(시기추): 〈箕〉: 쓰레받기. 〈帚〉: 빗자루.
둘 다 집안 청소용 도구로서 이를 모신다는 것은 곧 〈侍妾〉이 된다는 뜻이
다.　手扯布(수차포): 손으로 여포를 끌다. 〈扯〉: 끌다.　無見天日之期(무
견천일지기): 하늘의 해를 볼 기약이 없다. 장래에 대한 희망이 없다.　雷灌
耳(뢰관이): 우레 소리가 귓속에 물 붓듯이 들리다. 귀에 쟁쟁하다.　重復(중
복): 되풀이하다. 반복하다.　摟抱(루포): 끌어안다. 〈摟〉: 끌다. 이끌다.
偎偎倚倚(외외의의): 의지하다. 기대다(=偎倚). 〈偎〉: 가까이하다. 〈倚〉:
기대다. 믿고 의지하다.

〚13〛 却說董卓在殿上，回頭不見呂布. 心下懷疑，連忙辭了獻
帝，登車回府. 見布馬繫于府前，問門吏，吏答曰: "溫侯入後堂去
了." 卓叱退左右，徑入後堂中，尋覓不見. 喚貂蟬，蟬亦不見. 急
問侍妾，侍妾曰: "貂蟬在後園看花." 卓尋入後園，正見呂布和貂
蟬在鳳儀亭下共語，畫戟倚在一邊. 卓怒，大喝一聲. 布見卓至，
大驚，回身便走. 卓搶了畫戟，挺着赶來. 呂布走得快，卓肥胖赶

不上, 擲戟刺布. 布打戟落地. 卓拾戟再趕, 布已走遠. 卓趕出園門, 一人飛奔前來, 與卓胸膛相撞, 卓倒于地.(*此何人耶?) 正是:

　　冲天怒氣高千丈, <u>仆地</u>肥軀做一堆.

未知此人是誰, 且聽下文分解.

　　*注: 仆地(부지): 땅에 넘어지다. 〈仆〉: 넘어지다.

## 第八回 毛宗崗 序始評

　(1). 十八路諸侯不能殺董卓, 而一貂蟬足以殺之; 劉·關·張三人不能勝呂布, 而貂蟬一女子能勝之. 以袵席爲戰場, 以脂粉爲甲胄, 以盼睞爲戈矛, 以嚬笑爲弓矢, 以甘言卑詞爲運奇設伏, 女將軍眞可畏哉! 當爲之語曰: 司徒妙計高天下, 只用美人不用兵.

　(2). 爲西施易, 爲貂蟬難. 西施只要哄得一個吳王, 貂蟬一面要哄董卓, 一面又要哄呂布, 使出兩副心腸, 裝出兩副面孔, 大是不易. 我謂貂蟬之功可書竹帛. 若使董卓伏誅後, 王允不激成李·郭之亂, 則漢室自此復安, 而貂蟬一女子豈不與麟閣雲臺並垂不朽哉! 最恨今人訛傳關公斬貂蟬之事, 夫貂蟬無可斬之罪, 而有可嘉之積. 特爲表而出之.

　(3). 連環計之妙, 不在專殺董卓也. 設使董卓擲戟之時擲中呂布, 則卓自損其一臂, 而卓可圖矣. 此皆在王允算中, 亦未始不在貂蟬算中, 王允豈獨愛呂布, 貂蟬亦豈獨愛呂布哉? 吾嘗謂西子眞心歸范蠡, 貂蟬假意對溫侯. 蓋貂蟬心中, 只有一王允爾.

## 第九回

### 除兇暴呂布助司徒
### 犯長安李催聽賈詡

〖1〗却說那撞倒董卓人，正是李儒．當下李儒扶起董卓，至書院中坐定，卓曰：“汝爲何來此？”儒曰：“儒適至府門，知太師怒入後園，尋問呂布．因急走來，正遇呂布奔走，云：‘太師殺我！’儒慌赶入園中勸解，不意誤撞恩相，死罪！死罪！”卓曰：“叵耐逆賊，戲吾愛姬，誓必殺之！”儒曰：“恩相差矣．昔楚莊王絕纓之會，不究戲愛姬之蔣雄；後爲秦兵所困，得其死力相救．今貂蟬不過一女子，而呂布乃太師心腹猛將也．太師若就此機會，以蟬賜布，布感大恩，必以死報太師．太師請自三思.”(*李儒幾破連環計.)卓沈吟良久，曰：“汝言亦是，我當思之.”儒謝而出．

*注: **勸解**(권해): 화해시키다. 중재하다. 권유하다. 타이르다. 위로하다;

**叵耐逆賊**(파내역적): 역적을 견딜 수 없다. 차마 봐줄 수 없다. 〈叵〉: 하지

못하다. 할 수 없다. 〈不可〉의 合音.　**絕纓之會**(절영지회): 春秋 때 楚莊王
이 群臣들을 불러 밤에 宴會를 열었는데, 촛불이 꺼지자 한 사람이 그 틈을
타서 王后의 옷을 잡아당겼다. 王后는 그 사람의 모자 끈을 잡아당겨 끊어서
는 왕에게 그 犯人을 조사하라고 요구했다. 그러나 莊王은 그 사람을 찾으려
하지 않고 도리어 다시 불을 끄도록 하고는 모두들 모자 끈을 끊어 없애라고
했다. 그 후 외국과의 전쟁 중, 그 사람은 매우 용감하게 큰 공을 세웠다.
다만 여기서 말한 蔣雄이란 이름은 作者가 날조한 것이고 또한 그가 공을
세운 것도 秦과의 전쟁에서가 아니다.


〖２〗卓入後堂, 　喚貂蟬問曰: "汝何與呂布私通耶?" 蟬泣曰:
"妾在後園看花, 呂布突至. 妾方驚避, 布曰: '我乃太師之子, 何
必相避?' 提戟赶妾至鳳儀亭. 妾見其心不良, 恐爲所逼, 欲投荷
池自盡, 却被這廝抱住. 正在生死之間, 得太師來, 救了性命."(*
此等巧言, 溺愛者每爲所惑.) 董卓曰: "我今將汝賜與呂布, 何如?"
貂蟬大驚, 哭曰:(*驚是眞驚, 哭是假哭.) "妾身已事貴人, 今忽欲下
賜家奴, 妾寧死不辱!" 遂掣壁間寶劍欲自刎.(*亦以死動之. 今日婦
人放刁,每以要死恐嚇其夫,是學貂蟬而誤者也.)　卓慌奪劍擁抱曰: "吾戲
汝!" 貂蟬倒于卓懷, 掩面大哭曰: "此必李儒之計也! 儒與布交
厚, 故設此計, 却不顧惜太師體面與賤妾性命. 妾當生噬其肉!"(*
說破李儒尤妙, 不特間呂布, 并間李儒.)　卓曰: "吾安忍捨汝耶?" 蟬
曰: "雖蒙太師憐愛, 但恐此處不宜久居, 必被呂布所害." 卓
曰: "吾明日和你歸郿塢去, 同受快樂, 愼勿憂疑." 蟬方收淚拜
謝.

**\*注**: **顧惜體面**(고석체면): 체면을 중히 여기다. 〈顧惜〉: 아끼다. 돌보며 중
하게 여기다.　**生噬其肉**(생서기육): 산 채로 그의 고기를 씹다. 〈噬〉: 깨물
다. 씹다.　**郿塢**(미오): 그 遺趾가 지금의 섬서성 郿縣 東北 渭水 北岸에

있다. 〈塢〉: 흙으로 쌓은 작은 보루. 작은 성채.  愼(신): (부사) 참으로. 진실로. 절대로. (勿, 无, 毋 등의 금자, 부정어와 함께 쓰임.)

【3】次日, 李儒入見曰: "今日良辰, 可將貂蟬送與呂布." 卓曰: "布與我有父子之分, 不便賜與. 我只不究其罪, 汝傳我意, 以好言慰之可也."(*此處又用一頓, 是聽李儒一半言語. 不然, 擲戟之後安得虎頭蛇尾?) 儒曰: "太師不可爲婦人所惑." 卓變色曰: "汝之妻肯與呂布否? 貂蟬之事, 再勿多言; 言則必斬." 李儒出, 仰天嘆曰: "吾等皆死于婦人之手矣!"(*雙股劍, 靑龍刀, 丈八蛇矛俱不及女將軍裙下兵器, 今之好色者仔細仔細.) 後人讀書至此, 有詩嘆之曰:

司徒妙算託紅裙, 不用干戈不用兵.

三戰虎牢徒費力, 凱歌却奏鳳儀亭.

董卓卽日下令還郿塢. 百官俱拜送. 貂蟬在車上, 遙見呂布于稠人之內, 眼望車中. 貂蟬虛掩其面, 如痛哭之狀. 車已去遠, 布緩轡於土崗之上, 眼望車塵, 嘆惜痛恨. 忽聞背後一人問曰: "溫侯何不從太師去, 乃在此遙望而發嘆?" 布視之, 乃司徒王允也.

*注: 紅裙(홍군): 붉은 치마. 즉, 여인.  稠人之內(조인지내): 빽빽한 사람들 속에서. 〈稠〉: 빽빽하다. 조밀하다.

【4】相見畢, 允曰: "老夫日來因染微恙, 閉門不出, 故久未得與將軍一見. 今日太師駕歸郿塢, 只得扶病出送, 却喜得晤將軍. 請問將軍,爲何在此長嘆?" 布曰: "正爲公女耳." 允佯驚曰: "許多時尙未與將軍耶?" 布曰: "老賊自寵幸久矣!" 允佯大驚曰: "不信有此事!" 布將前事一一告允. 允仰面跌足, 半晌不語; 良久, 乃言曰: "不意太師作此禽獸之行!" 因挽布手曰: "且到寒舍商議." 布隨允歸. 允延入密室, 置酒款待. 布又將鳳儀亭相遇之

事，細述一遍．允曰：“太師淫吾之女，奪將軍之妻，誠爲天下<u>恥</u>笑．— 非笑太師，笑允與將軍耳！然允<u>老邁</u>無能之輩，不足爲道；可惜將軍蓋世英雄，亦受此污辱也！”布怒氣冲天，拍案大叫．允急曰：“老夫失語，將軍息怒．”布曰：“誓當殺此老賊，以雪吾恥！”允急掩其口，曰：“將軍勿言，恐累及老夫．”布曰：“大丈夫生居天地間，豈能鬱鬱久居人下！”允曰：“以將軍之才，誠非董太師所可限制．”布曰：“吾欲殺此老賊，奈是父子之情，恐惹後人議論．”允微笑曰：“將軍自姓呂，太師自姓董．擲戟之時，豈有父子情耶？”布奮然曰：“非司徒言，布幾自誤！”允見其意已決，便說之曰：“將軍若扶漢室，乃忠臣也，<u>靑史</u>傳名，流芳百世；將軍若助董卓，乃反臣也，載之史筆，遺臭萬年！”(*數語撤却家門私怨，告以朝廷大義，乃是正文.) 布避席下拜曰：“布意已決，司徒勿疑．”允曰：“但恐事或不成，反招大禍.”(*當其奮怒，反掩口以止之；及其遲疑，則正言以動之；待其應允，又反言以決之．凡用三番曲折，王允信是妙人.) 布拔帶刀，刺臂出血爲誓．允跪謝曰：“漢祀<u>不斬</u>，皆出將軍之賜也．切勿泄漏！臨期有計，自當相報．”布慨諾而去．

*注：日來(일래)：요즘．요사이．지난 며칠 동안．　染微恙(염미양)：가벼운 병(微恙)에 걸리다．감기 몸살 등을 앓다．　晤將軍(오장군)：장군을 만나다．〈晤〉：밝다．만나다．　許多時(허다시)：많은 시간(상당한 시간)이 지나다．　寵幸(총행)：총애(하다)．　且到寒舍(차도한사)：일단(잠시) 저의 집으로 가자．〈寒舍〉：寒門．가난한 집안．비천한 집안；누추한 집．저의 집．　款待(관대)：환대하다．후하게 대접하다．　恥笑(치소)：멸시와 조소(를 하다)．

老邁(노매)：늙다．노쇠하다．〈邁〉：가다．지나다．힘쓰다；늙다．노쇠하다．

靑史(청사)：고대에는 竹簡 위에 사건을 기록했는데，먼저 푸른 대나무를 불에 구워 물을 빼내면 글을 쓰기가 쉽고 좀도 잘 쓸지 않는다．후에 와서는 史書를 靑史라 부르게 되었다．　不斬(불참)：끊어지지 않다．〈斬〉：베다．

자르다. 끊다. 끊어지다.


〖5〗允卽請僕射士孫瑞 · 司隸校尉黃琬商議. 瑞曰: "方今主上
有疾新愈, 可遣一能言之人, 往郿塢請卓議事; 一面以天子密詔付
呂布, 使伏甲兵于朝門之內, 引卓入誅之: 此上策也." 琬曰: "何
人敢去?" 瑞曰: "呂布同郡騎都尉李肅, 以董卓不遷其官, 甚是
懷怨. 若令此人去, 卓必不疑." 允曰: "善." 請呂布共議. 布
曰: "昔日勸吾殺丁建陽, 亦此人也, 今若不去, 吾先斬之." 使人
密請肅至. 布曰: "昔日公說布使殺丁建陽而投董卓; 今卓上欺天
子, 下虐生靈, 罪惡貫盈, 人神共憤. 公可傳天子詔往郿塢, 宣卓
入朝, 伏兵誅之, 力扶漢室, 共作忠臣. 尊意若何?" 肅曰: "吾亦
欲除此賊久矣, 恨無同心者耳. 今將軍若此, 是天賜也, 肅豈敢有
二心!" (*慣會殺父者呂布也, 慣勸人殺父者李肅也.) 遂折箭爲誓. 允
曰: "公若能幹此事, 何患不得顯官?"

> *注: 僕射(복야): 官名. 漢 成帝 建始 4년에 처음으로 尙書省에 5인의 僕射
> 를 두었는데, 尙書令 바로 아래 직위(副手). 〈射〉: 이때는 〈야〉로 읽음.
> 士孫瑞(사손서): 姓은 士孫, 名은 瑞, 字는 君榮. 才謀가 뛰어나서 후에 國
> 三老, 光祿大夫까지 지냈다. 執金吾로 南陽太守로 있다가 王允에 의해 僕
> 射로 승진했다. 三公의 자리가 빌 때마다 楊彪, 皇甫嵩은 그에게 자리를
> 양보했다. (*〈後漢書 · 陳王列傳〉에 "士孫瑞字君策, 扶風人, 頗有才謀.
> 瑞以允自專討董卓之勞, … 後爲國三老, 光祿大夫. 每三公缺, 楊彪, 皇
> 甫嵩皆讓位於瑞." 라고 했다. 姓은 士孫, 名이 瑞이다.) 貫盈(관영): (돈
> 이 한 꿰미가 될 만큼) 많다. 가득하다 ; 죄가 많다. 何患(하환): 어찌 우려
> 하는가. 어찌 걱정하는가. 顯官(현관): 높은 관직.


〖6〗次日, 李肅引十數騎, 前到郿塢. 人報天子有詔. 卓敎喚

入.(*天子有詔, 坐而受之, 目中尙有天子二字乎?) 李肅入拜. 卓曰:"天子有何詔?"肅曰:"天子病體新痊, 欲會文武于未央殿, 議將禪位于太師,故有此詔."(*中心臟之久矣. 此語亦直刺入董卓耳中.) 卓曰:"王允之意若何?"肅曰:"王司徒已命人築'受禪臺',只等主公到來."(*受禪臺故事却在後文,于此處先虛點一筆,有此處之虛乃有後文之實.) 卓大喜曰:"吾夜夢一龍罩身, 今日果得此喜信.(*龍罩身者, 帝治其罪也. 此老如何省得?) 時哉不可失!"便命心腹將李傕・郭汜・張濟・樊稠四人, 領飛熊軍三千守郿塢, 自己卽日排駕回京; 顧謂李肅曰:"吾爲帝, 汝當爲執金吾."肅拜謝稱"臣". 卓入辭其母. 母時年九十餘矣, 問曰:"吾兒何往?"卓曰:"現將往受漢禪, 母親早晚爲太后也!"母曰:"吾近日肉顫心驚, 恐非吉兆."卓曰:"將爲國母, 豈不預有驚報!"遂辭母而行. 臨行, 謂貂蟬曰:"吾爲天子, 當立汝爲貴妃."貂蟬已明知就裏, 假作歡喜拜謝.(*鳳儀亭戰功, 將從今日奏凱矣.)

*注: 新痊(신전): 최근에 병이 낫다. 〈痊〉: 병을 고치다. 병이 낫다. 罩身(조신): 몸을 덮다. 싸다. 〈罩〉: 가리; 잡다. 싸다. 時哉不可失(시재불가실): (나의) 때가 왔도다! 이를 놓쳐서는 안 돼! 〈哉〉: 감탄을 나타내는 助詞. 執金吾(집금오): 官名. 京城 부근의 治安을 담당하는 관리. 후에는 보통 京師의 禁軍을 통솔하는 관리를 지칭하였다. 肉顫心驚(육전심경): 살이 떨리고(顫動) 심장이 두근거리다. 〈顫〉: 떨리다. 明知就裏(명지취리): 그 속사정을 훤히 알다. 〈就裏〉: 내부 상황. 내막; 내밀히, 슬며시.


〖7〗 卓出塢上車, 前遮後擁, 望長安來. 行不到三十里, 所乘之車, 忽折一輪, 卓下車乘馬. 又行不到十里, 那馬咆哮嘶喊, 掣斷轡頭. 卓問肅曰:"車折輪, 馬斷轡, 其兆若何?"肅曰:"乃太師應受漢禪, 棄舊換新, 將乘玉輦金鞍之兆也."(*前則其母疑而董卓解之, 此則董卓疑而李肅又解之. 董卓解得勉强, 李肅解得敏捷.) 卓喜而信其言. 次日, 正行間, 忽然狂風驟起, 昏霧蔽天. 卓問肅曰: "此何祥也?" 肅曰: "主公登龍位, 必有紅光紫霧, 以壯天威耳." 卓又喜而不疑. 旣至城外, 百官俱出迎接, 只有李儒抱病在家, 不能出迎.(*董卓此來無人諫阻, 正爲此耳.) 卓進至相府, 呂布入賀. 卓曰: "吾登九五, 汝當總督天下兵馬." 布拜謝, 就帳前歇宿. 是夜, 有十數小兒於郊外作歌, 風吹歌聲入帳. 歌曰: "千里草, 何靑靑. 十日上, 不得生."(* "千里草" 乃 "董"字, "十日上" 乃 "卓"字. "不生"者, 言死也.) 歌聲悲切. 卓問李肅曰: "童謠主何吉凶?" 肅曰: "亦只是言劉氏滅 · 董氏興之意."

*注: 咆哮嘶喊(포효시함): 〈咆哮〉: 맹수가 포효하다. 큰 소리로 울부짖다. 〈嘶喊〉: 말이 울고(嘶) 사람이 큰 소리로 외치다(부르다)(喊). 掣斷轡頭 (철단비두): 머리에 맨 말고삐를 잡아당겨서 끊다. 玉輦(옥련): 君侯가 타는 수레. 何祥(하상): 무슨 징조. 옛날에 吉凶事의 預兆를 祥이라 했다. 登九五(등구오): 九五: 周易에서 乾卦의 다섯 번째 陽爻는 皇帝, 帝王을 나타낸다. 황제의 자리에 오른다는 뜻이다. 千里草, 十日上(천리초, 십일상): 〈英雄記〉에는 "千里艸, 何靑靑. 十日卜(복), 猶不生."으로 되어 있다. 〈千里艸〉는 〈董〉字, 〈十日上〉은 〈卓〉 字를 가리킨다. 한자 〈卓〉자는 〈十日卜〉으로 破字할 수도 있고 〈日十上〉으로도 破字할 수 있는데, 이것이 뜻으로 봐서 더 자연스럽다. 主何吉凶(주하길흉): 어떤 길흉의 조짐인가? 〈主〉: 예시하다. 조짐. 징조.


〖8〗 次日侵晨, 董卓擺列儀從入朝. 忽見一道人, 靑袍白巾, 手執長竿, 上縛布一丈, 兩頭各書一口字.(*明明是呂布二字.) 卓問肅曰: "此道人何意?" 肅曰: "乃心恙之人也." 呼將士驅去. 卓進朝. 群臣各具朝服, 迎謁于道. 李肅手執寶劍扶車而行. 到北掖門. 軍兵盡擋在門外. 獨有御車二十餘人同入. 董卓遙見, 王允等各執寶劍立于殿門, 驚問肅曰: “持劍是何意?” 肅不應, (*到此便不消解說矣.) 推車直入. 王允大呼曰: “反賊至此, 武士何在?” 兩旁轉出百餘人, 持戟挺槊刺之. 卓衷甲不入, 傷臂墮車, 大呼曰: “吾兒奉先何在?” 呂布從車後厲聲出曰: “有詔討賊!”(*以前叫過無數父親, 此處忽換一賊字, 可發一笑.) 一戟直刺咽喉.(*呂布孝丁原以刀. 孝董卓以戟, 或刀或戟, 比以用力用勞, 各盡子道.) 李肅早割頭在手, 呂布左手持戟, 右手懷中取詔, 大呼曰: “奉詔討賊臣董卓, 其餘不問.” 將吏皆呼萬歲. 後人有詩嘆董卓曰:

伯業成時爲帝王, 不成且作富家郎.

誰知天意無私曲, 鄜塢方成已滅亡.

*注: 侵晨(침신): 동틀 무렵. 새벽. **擺列儀從**(파열의종): 호위 의장대를 벌려 세우다. **靑袍**(청포): 검정색 겉옷. 〈靑〉: (옷이나 털색을 말할 때는) 푸른색이 아니라 검은색을 가리킨다. **心恙**(심양): 心病. 神經病. **掖門**(액문): 宮殿 正門 양 옆에 나 있는 작은 문. 정문 양 옆으로 나 있는 모습이 사람의 두 겨드랑이와 닮았다는 뜻에서 〈掖門〉이라고 한 것이다. 〈掖〉과 〈腋(액: 겨드랑이)〉은 통용된다. **擋在門外**(당재문외): 문밖에서 차단당하다. 〈擋〉: 차단하다. 막다. **衷甲**(충갑): 호신용으로 겉옷 안에 입는 부드러운 갑옷.(*〈三國志. 魏書. 董卓傳〉의 注). (*이것이 毛本에는 〈裹甲〉, 明嘉靖本에는 〈里甲〉으로 되어 있다.) **將吏**(장리): 軍官. 文武官員의 통칭. **伯業**(패업): 〈伯(패)〉: 두목. 우두머리. 이때 〈伯〉은 〈백〉이 아니라 〈패〉로 읽고 〈霸〉와 같은 뜻이다. **私曲**(사곡): 불공정.


〖9〗却說當下呂布大呼曰: “助卓爲虐者, 皆李儒也. 誰可擒之?” 李肅應聲願往. 忽聽朝門外發喊, 人報李儒家奴已將李儒綁縛來獻.(*事甚省力, 文甚省筆.) 王允命縛赴市曹斬之. 又將董卓尸首

號令通衢. 卓尸肥胖, 看尸軍士以火置其臍中爲燈,(*可稱卓燈.) 膏
油滿地. 百姓過者, 莫不手擲其頭, 足踐其屍. 王允又命呂布同皇
甫嵩・李肅領兵五萬, 至郿塢抄籍董卓家産・人口.

却說李傕・郭汜・張濟・樊稠聞董卓已死, 呂布將至, 便引了飛熊
軍, 連夜奔涼州去了. 呂布至郿塢, 先取了貂蟬.(*呂布心中只爲此一
事.) 皇甫嵩命將塢中所藏良家女子, 盡行釋放. 但係董卓親屬, 不
分老幼, 悉皆誅戮. 卓母亦被殺.(*是弑何太后之報.) 卓弟董旻・姪董
璜皆斬首號令. 收籍塢中所蓄, 黃金數十萬, 白金數百萬, 綺羅・
珠寶・器皿・糧食不計其數.(*刻剝民脂民膏而今安在哉?) 回報王允, 允
乃大犒軍士, 設宴于都堂, 召集衆官, 酌酒稱慶.

*注: 市曹(시조): 市場. 상점들이 많이 모여 있는 곳. 옛날에는 사람들이
많이 모이는 곳에서 죄인을 처형했다.　號令(호령): 범인을 처형하여 그
시신을 많은 사람들이 보게 하다. 〈號〉와 〈號令〉은 같은 뜻이다.　通衢(통
구): 四通八達의 큰 거리.　手擲其頭(수척기두): 손으로 (以手) 그 머리를
흔들다. 여기서 〈擲〉은 〈던지다〉는 뜻이 아니라 〈흔들다(振動)〉의 뜻이다.
抄籍(초적): 재산을 조사하여 몰수, 관에 귀속시키다.　收籍(수적): 沒收
入官. 籍沒. 개인의 재산을 몰수하여 관청에 귀속시키다.　白金(백금):
은(銀)의 별칭.　都堂(도당): 朝廷의 각 部處를 총괄하는 部署. 朝廷의 통칭.

〖10〗正飲宴間, 忽人報曰:"董卓暴尸于市, 忽有一人伏其尸
而大哭." 允怒曰:"董卓伏誅, 士民莫不稱賀; 此何人, 獨敢哭
耶!" 遂喚武士:"與吾擒來!" 須臾擒至. 衆官見之, 無不驚駭:
原來那人不是別人, 乃侍中蔡邕也.(*蔡邕之哭董卓, 亦如欒布之哭彭
越.) 允叱曰:"董卓逆賊, 今日伏誅, 國之大幸. 汝爲漢臣, 乃不爲
國慶, 反爲賊哭, 何也?" 邕伏罪曰:"邕雖不才, 亦知大義, 豈肯
背國而向卓? 只因一時知遇之感, 不覺爲之一哭. 自知罪大. 願公

見原: 倘得黥首刖足, 使續成〈漢史〉, 以贖其罪, 邕之幸也."(*若使邕成漢史, 當奪范曄·陳壽之席.) 衆官惜邕之才, 皆力救之. 太傅馬日磾亦密謂允曰: "伯喈曠世逸才, 若使續成〈漢史〉, 誠爲盛事. 且其孝行素著, 若遽殺之, 恐失人望."(*本是全孝不全忠, 今〈琵琶曲〉本反說他全忠不能全孝, 誣之甚也.) 允曰: "昔孝武不殺司馬遷, 後使作史, 遂致謗書流于後世. 方今國運衰微, 朝政錯亂, 不可令佞臣執筆于幼主左右, 使吾等蒙其訕議也."(*王允所見亦是, 恐其敍董卓處有曲筆耳.) 日磾無言而退, 私謂衆官曰: "王允其無後乎! 善人, 國之紀也; 制作, 國之典也. 滅紀廢典, 豈能久乎?" 當下王允不聽馬一磾之言, 命將蔡邕下獄中縊死.(*同一死也, 若前日不從董卓而爲卓所殺, 邕不善乎? 吾爲邕惜之.) 一時士大夫聞者盡爲流涕. 後人論蔡邕之哭董卓, 固自不是; 允之殺之, 亦爲已甚. 有詩嘆曰:

> 董卓專權肆不仁,
>
> 侍中何自竟亡身?
>
> 當時諸葛隆中臥,
>
> 安肯輕身事亂臣.

*注: 不爲國慶(불위국경): 나라를 위해 慶賀하지 않다.　知遇之感(지우지감): 자신의 학식이나 재능 등을 알아준 사람에 대한 감사하는 마음.　見原(견원): 견량(見諒). 양해를 구하다. 용서를 구하다.　黥首刖足(경수월족): 〈黥首〉: 고대에 죄인의 얼굴에 검은 먹으로 글자를 새겨 넣는 형벌. 〈刖足〉: 고대에 죄인의 발을 자르는 형벌.　伯喈(백개): 蔡邕의 字.　素著(소저): 평소 저명하다. 본래부터 유명하다.　遽(거): 황급히. 서둘러. 성급히.　司馬遷(사마천): 漢 武帝時의 史官. 〈史記〉의 저자로서 위대한 史學者이자 文學家이다.　訕議(굴의): 비방의 말이나 의론. 〈訕〉: 굽히다. 굽다. 궁하다.　縊死(의사): 목을 매어 죽이거나 자살하다.

(*蔡邕은 과연 길거리에 효시된 董卓의 屍身에 哭을 했을까? 本節의 기사는

史書(〈後漢書〉와 〈三國志〉)에 기록된 것과는 차이가 크게 난다. 〈後漢書〉에 의하면, 蔡邕이 王允과 같이 앉아 있다가 董卓이 죽었다는 소식을 듣고는 안타깝다는 소리를 하자 王允이 본문의 내용과 같은 취지로 그를 꾸짖은 다음 廷尉에게 넘기려 하자, 蔡邕이 本文과 같은 취지로 사정했고, 많은 公卿들도 그의 재주를 아껴서 모두 諫했다. 그러나 王允이 司馬遷의 예를 들면서 결국 죽였다고 한다. 大學者였던 그가 길거리에 展示된 董卓의 屍身을 직접 찾아가서 哭을 했다는 것은 있을 수 없는 일이라고 보는 것이 옳을 것이다.)

〖11〗 且說李傕·郭汜·張濟·樊稠逃居陝西, 使人至長安上表救赦. 王允曰: "卓之跋扈, 皆此四人助之; 今雖大赦天下, 獨不赦此四人."(*先赦其罪, 使散其兵, 而後圖之, 未爲晩也. 此是王允失算.) 使者回報李傕. 傕曰: "求赦不得, 各自逃生可也." 謀士賈詡曰: "諸君若棄軍單行, 則一亭長能縛君矣. 不若誘集陝人, 并本部軍馬, 殺入長安, 與董卓報讐. 事濟, 奉朝廷以正天下; 若其不勝, 走亦未遲."(*只賈詡一言便使長安大亂, 武士兵端起于說士舌端, 可畏哉!) 傕等然其說, 遂流言于西涼州曰: "王允將欲洗蕩此方之人矣!" 衆皆驚惶. 乃復揚言曰: "徒死無益, 能從我反乎?" 衆皆願從. 于是聚衆十餘萬, 分作四路, 殺奔長安來. 路逢董卓女壻中郎將牛輔, 引軍五千人, 欲去與丈人報讐,(*卓有二壻, 李儒伏誅, 牛輔漏網, 何也?) 李傕便與合兵, 使爲前驅. 四人陸續進發.

　　*注: 陝西(섬서): 옛날의 지구 명. 陝陌(섬맥: 지금의 하남성 陝縣 西南) 以西 地區. 　表(표): 임금에게 올리는 書狀의 一種. 주로 請求, 謝意, 祝賀에 사용된 書狀. 　不若(불약): 차라리 …하는 편이 낫다. (=不如). 　與(여): 위하여(=爲). (*동탁을 위하여 원수를 갚다.) 　若其(약기): 만일(=如其). 然其說(연기설): 그 말을 옳게 여기다. 〈然〉: 의동사(意動詞)로, 그렇게 여기다(생각하다). 　女壻(여서): 사위. 　陸續(육속): 계속해서. 연속해서.

〖12〗王允聽知西涼兵來，與呂布商議．布曰：“司徒放心．<u>量此鼠輩，何足數也</u>！”逐引李肅將兵出敵．肅當先迎戰，正與牛輔相遇，大殺<u>一陣</u>．牛輔抵敵不過，<u>敗陣</u>而去．不想是夜二更，牛輔乘李肅不備，<u>竟</u>來劫寨．肅軍亂竄，敗走三十餘里，折軍大半，來見呂布．布大怒曰：“汝何挫吾銳氣！”逐斬李肅，懸頭軍門．(*慣勸人殺父之報．不用別人殺之，則用殺父之人殺之，此天道之巧．)

次日，呂布進兵與牛輔對敵．<u>量</u>牛輔如何敵得呂布，仍復大敗而走．是夜牛輔喚心腹人胡赤兒商議曰：“呂布驍勇，萬不能敵；不如瞞了李傕等四人，暗藏金珠，與親隨三五人棄軍而去．”(*賊徒身分．正堪為董卓之壻．) 胡赤兒應允．是夜收拾金珠，棄營而走，隨行者三四人．將渡一河，赤兒欲謀取金珠，竟殺死牛輔，將頭來獻呂布．布問起情由，從人<u>出首</u>：“胡赤兒謀殺牛輔，奪其金寶．”布怒，卽將赤兒誅殺．(*胡赤兒之殺牛輔，亦如呂布之殺董卓也，知人則明，自知則暗．) 領軍前進，正迎着李傕軍馬．呂布不等他列陣，便挺戟躍馬，麾軍直衝過來．傕軍不能抵當，退走五十餘里，依山下寨，請郭汜・張濟・樊稠共議，曰：“呂布雖勇，然而無謀，不足為慮．我引軍守住谷口，每日誘他廝殺．郭將軍可領軍抄擊其後，效<u>彭越撓楚之法</u>，鳴金進兵，擂鼓收兵．張・樊二公，却分兵兩路，徑取長安．彼首尾不能救應，必然大敗．”(*賈詡固能謀，李傕亦善算．) 衆用其計．

*注: **量此鼠輩**(양차서배): 이 쥐새끼 같은 놈들 따위가. 〈量〉: 따위. 까짓게. 깔보거나 무시하는 말. 다음의 〈量牛輔〉역시 〈우보 따위〉의 뜻. **足數**(족수): 내세워 말할 만하다. 〈數〉: 稱道. 칭찬하다. 말할 만하다. **一陣**(일진): 한바탕. 〈陣〉: 사물이나 동작이 경과한 일정한 시간 단락을 나타내는 量詞. **敗陣**(패진): 敗戰. 싸움에 지다. **竟**(경): 뜻밖에. 의외에.( ‘居然’과 마찬가지로, 말하는 사람이 불가능하거나 발생해서는 안 된다고 생각하는 일이 발

생했음을 나타내어 놀람, 감탄, 비난 따위의 어감을 지닌다.)　**亂竄**(난찬):
어지러이 달아나다.　**萬**(만): 만에 하나도. 결코.　**情由**(정유): 사정. 사연.
사건의 내용.　**出首**(출수): 나서서 자수하다.　**彭越撓楚之法**(팽월요초지
법): 彭越이 楚를 혼란에 빠뜨렸던 방법. 〈彭越〉: 漢 초기의 大將. 楚와 漢이
대치하고 있을 때 그는 항상 楚의 後方을 쳐서 혼란에 빠뜨려 劉邦을 도왔다.
〈撓(요)〉: 휘다. 꺾다. 어지럽히다.


〖13〗却說呂布**勒兵**到山下, 李傕引兵搦戰. 布忿怒衝殺過去,
傕退走上山. 山上矢石如雨, 布軍不能進. 忽報郭汜在陣後殺來,
布急回戰, 只聞鼓聲大震, 汜軍已退. 布方欲收軍, 鑼聲響處, 傕
軍又來. 未及對敵, 背後郭汜又領軍殺到. 及至呂布來時, 却又擂
鼓收軍去了.(＊顚倒金鼓以亂之, 所以疲其力也.) **激得**呂布怒氣塡胸. 一
連如此幾日, 欲戰不得, 欲止不得. 正在**惱怒**, 忽然飛馬報來說,
張濟‧樊稠兩路軍馬, 竟犯長安, 京城危急. 布急領軍回, 背後李
傕‧郭汜殺來. 布無心戀戰, **只顧**奔走, 折了**好些**人馬.(＊昔日能當十
八路諸侯, 而今日不能勝李郭張樊四軍, 何也? 豈旣得貂蟬後, 勇力已不如前日
矣!) 比及到長安城下, 賊兵**雲屯雨集**, **圍定**城池, 布軍與戰不利.
軍士畏呂布暴厲, 多有降賊者, 布心甚憂.

　　　*注: **勒兵**(늑병): 군사의 대오를 정돈하고 점검하다.　**激得**(격득): 흥분하
　　　다. 감정이 자극을 받다. 격동되다.　**惱怒**(뇌노): 노하다. 성을 내다. 분노하
　　　다.　**只顧**(지고): 다만. 단지.　**好些**(호사): 많은. 상당히 많은.　**雲屯雨集**
　　　(운둔우집): 雲屯霧集. 雲集. 구름이나 안개, 비처럼 떼를 지어 모이다.
　　　**圍定**(위정): 에워싸고 있다. 포위하고 있다. 〈定〉: 동사 뒤에 붙어 동작이
　　　나 행위가 그대로 쭉 변하지 않고 있음을 나타낸다.


〖14〗數日之後, 董卓餘黨李蒙‧王方在城中爲賊內應, **偸開城**

門, 四路賊軍一齊擁入. 呂布左衝右突, <u>攔擋</u>不住, 引數百騎往靑
鎖門外, 呼王允曰:"勢急矣! 請司徒上馬, 同出關去, 別圖良
策!"(＊王允若去, 是棄天子而去也. 貽天子以危而己則逃其難, 王允決不爲矣.)
允曰:"若蒙社稷之靈, 得安國家, 吾之願也; 若<u>不獲</u>已, 則允奉
身以死. 臨難苟免, 吾不爲也. 爲我謝關東諸公, 努力以國家爲
念!"呂布再三相勸, 王允只是不肯去.(＊王允是漢子.) <u>不一時</u>, 各門
火焰冲天, 呂布只得棄却家小,(＊貂蟬也不要了.) 引百餘騎飛奔出關,
投袁術去了.

    **＊注**: 偸(투): (動詞) 훔치다; (副詞) 남몰래. 가만히. 슬그머니. 攔擋(란

    당): 막다. 不獲(불획): 不得. 不能. 할 수 없다. 不一時(불일시): 곧.

    이윽고.


〔15〕李傕·郭汜縱兵大掠. <u>太常卿种拂</u>·太僕魯馗·<u>大鴻臚</u>周奐
·城門校尉崔烈·越騎校尉王<u>頎</u>, 皆死於國難. 賊兵圍繞內庭至急,
侍臣請天子上<u>宣平門</u>止亂. 李傕等望見黃蓋, 約住軍士, 口呼萬
歲. 獻帝倚樓問曰:"卿不候奏請, 輒入長安, 意欲何爲?"李傕·
郭汜仰面奏曰:"董太師乃陛下社稷之臣, 無端被王允謀殺, 臣等
特來報讐, 非敢造反. 但見王允, 臣便退兵."王允時在帝側, 聞
知此言, 奏曰:"臣本爲社稷計, 事已至此, 陛下不可惜臣, 以誤
國家. 臣請下見二賊."帝徘徊不忍. 允自宣平門樓上跳下樓去,
大呼曰:"王允在此!"李傕 · 郭汜拔劍叱曰:"董太師何罪而見
殺!"允曰:"董賊之罪, <u>彌天亘地</u>, 不可勝言. 受誅之日, 長安士
民皆相慶賀, 汝獨不聞乎?"傕·汜曰:"太師有罪, 我等何罪, 不
肯相赦?"(＊本意在此句.) 王允大罵:"逆賊何必多言! 我王允今日有
死而已!"(＊王允死之無益, 不如隨呂布而走기, 然不忍棄天子而走, 乃其忠
也.) 二賊手起, 把王允殺于樓下. 史官有詩讚曰:

王允運機籌, 奸臣董卓休.

心懷安國恨, 眉鎖廟堂憂.

英氣連霄漢, 忠心貫斗牛.

至今魂與魄, 猶繞鳳凰樓.

衆賊殺了王允, 一面又差人將王允宗族老幼, 盡行殺害. 士民無不下淚. 當下李傕·郭汜尋思曰:“旣到這裏, 不殺天子謀大事, 更待何時?”便持劍大呼, 殺入內來. 正是:

巨魁伏罪災方息, 從賊縱橫禍又來.

未知獻帝性命如何, 且聽下文分解.

*注: 太常卿(태상경): 宗廟의 祭祀 등을 주관하는 관직명.　种拂(충필): 〈种〉: 어리다. 姓. 〈拂(필)〉: 弼과 同字.　馗(규): 거리. 광대뼈.　鴻臚(홍려): 외국, 주로 소수민족의 賓客을 접대하는 벼슬. 〈大鴻臚〉: 지금의 외무장관에 해당함. 太常卿과 太僕, 大鴻臚는 九卿에 속하는 高官으로 지금의 長官 級이다. 〈臚〉:피부.　頎(기): 헌걸차다. 기운이 매우 장하다. 키가 크고 풍채가 좋다.　宣平門(선평문): 長安城 동쪽에 있던 城門. 東都門 혹은 東城門이라고도 했다.　黃蓋(황개): 황색의 수레 덮개(車蓋). 황제가 타는 수레에만 사용한다.　彌天亘地(미천긍지): 하늘에 가득 차고 땅에 가득 뻗어있다. 극히 크다는 뜻.　眉鎖(미쇄): 눈살을 찌푸리다. 〈鎖〉: 자물쇠. 가두다. (눈살을) 찌푸리다.　霄漢(소한): 하늘. 창천(蒼天).　斗牛(두우): 북두성과 견우성.　猶繞(유요): 여전히 두르다. 여전히 맴돌다.

## 第九回 毛宗崗 序始評

(1). 弑一君復立一君, 爲所立者, 未有不疑其弑我亦如前之君也; 弑一父復歸一父, 爲所歸者, 未有不疑其弑我亦如前之父也. 乃獻帝畏董卓, 而董卓不畏呂布, 不惟不畏之, 又復恃之; 業已

恃之，又不固結之，而反怨怒之，讐恨之．及其將殺己，又復望其
援己而呼之．嗚呼！董卓眞蠢人哉！

(2). 今人俱以蔡邕哭卓爲非，是論固正矣：然情有可原，事有
足錄．何也？士各爲知己者死．設有人受恩桀紂，在他人固爲桀
紂，在此人則堯舜也．董卓誠爲邕之知己，哭而報之，殺而殉之，
不爲過也．猶勝今之勢盛則借其餘潤，勢衰則掉臂去之，甚至爲
操戈・爲下石，無所不至者．畢竟蔡邕爲君子，而此輩則眞小人
也．

(3). 呂布去後，貂蟬竟不知下落，何也？曰："成功者退．神龍
見首不見尾，正妙在不知下落．

(4). 張柬之不殺武三思而被害，惡黨固不可赦，遺孽固不可留
也．但李傕・郭汜擁兵于外，當散其衆而徐圖之，不當求之太急，
以至生變耳．故柬之之病病在緩，王允之病，病在急．
(*張柬: (625-706). 唐 武則時人. 武則天 末年, 그를 폐하고 中宗을 세우는
데 首功을 세웠으나 후에 武三思의 참소에 걸려 좌천당해 화병으로 죽었다.)

## 第十回

### 勤王室馬騰舉義
### 報父讐曹操興師

〖1〗却說李‧郭二賊欲弒獻帝, 張濟‧樊稠諫曰: "不可. 今日若便殺之, 恐衆人不服, 不如仍舊奉之爲主, 賺諸侯入關, 先去其羽翼, 然後殺之, 天下可圖也." 李‧郭二人從其言, 按住兵器. 帝在樓上宣諭曰: "王允旣誅, 軍馬何故不退?" 李催‧郭汜曰: "臣等有功王室, 未蒙賜爵, 故不敢退軍." 帝曰: "卿欲封何爵?" 李‧郭‧張‧樊四人各自寫職銜獻上, 勒要如此官品. 帝只得從之: 封李催爲車騎將軍‧池陽侯, 領司隷校尉, 假節鉞; 郭汜爲後將軍‧美陽侯, 假節鉞: 同秉朝政; 樊稠爲右將軍‧萬年侯; 張濟爲驃騎將軍‧平陽侯, 領兵屯弘農. 其餘李蒙‧王方等, 各爲校尉. 然後謝恩, (*只算自封自, 何謝之有?) 領兵出城.

又下令追尋董卓屍首, 獲得些零碎皮骨, 以香木雕成形體, 安葬停當, 大設祭祀, 用王者衣冠棺槨, 選擇吉日, 遷葬郿塢. 臨葬之期, 天降大雷雨, 平地水深數尺, 霹靂震開其棺, 屍首提出棺外.(\*曹操七十二疑塚, 天不一擊之, 而獨擊董卓之墓者, 蓋報其發掘陵寢之惡也.) 李傕候晴再葬. 是夜又復如是. 一 三次改葬, 皆不能葬, 零碎皮骨, 悉爲雷火消滅.(\*前臍中置燈是人火, 今雷火消滅是天火.) 天之怒卓, 可謂甚矣!

> **\*注: 仍舊**(잉구): 여전히. 아직도; 옛것을 따르다.　**賺諸侯**(잠제후): 제후들을 속이다. 〈賺〉: 속이다. 물건을 속여서 비싸게 팔다.　**勒要**(륵요): 강제로 요구하다.　**領司隷校尉**(령사예교위): 사예교위의 직무를 겸임하다. 〈領〉: 관직이 높은 사람이 더 낮은 관직의 업무를 겸하는 것을 〈領〉 또는 〈錄〉이라고 한다(以高官攝卑職者曰領: 官以上兼下曰領). 〈사예교위〉: 宮廷 내외를 감찰하고 도적을 잡고 州長官을 감찰하는 관직. 직권이 매우 높았음.　**假節鉞**(가절월): 장수에게 符節과 斧鉞을 수여하는 것. 權力을 더해주는 것을 나타내는 標識이다.　**秉朝政**(병조정): 조정의 政事를 장악하다.　**弘農**(홍농): 지금의 하남성 靈寶縣 북쪽.　**屍首**(시수): 屍身.　**安湊**(안주): 잘 모으다. 〈湊〉: 모으다. 살결.　**停當**(정당): 적절하다. 타당하다. (주로 보어로 쓰여) 일이 잘(완전히) 되다.

〖2〗且說李傕·郭汜旣掌大權, 殘虐百姓, 密遣心腹, 侍帝左右, 觀其動靜. 獻帝此時, 擧動荊棘; 朝廷官員, 並由二賊升降. 因採人望, 特宣朱雋入朝, 封爲太僕, 同領朝政.(\*董卓召蔡邕, 李·郭用朱雋, 正是一樣意思.)

一日, 人報西凉太守馬騰, 并州刺史韓遂二將, 引軍十餘萬, 殺奔長安來, 聲言討賊. 原來二將先曾使人入長安, 結連侍中馬宇·諫議大夫种邵·左中郎將劉範三人爲內應, 共謀賊黨. 三人密奏獻帝, 封馬騰爲征西將軍·韓遂爲鎭西將軍, 各受密詔, 併力討賊.(\*

此處討李·郭有密詔, 後文討曹操亦有衣帶詔, 前後一轍.) 當下李傕·郭汜·張濟·樊稠聞二軍將至, 一同商議禦敵之策. 謀士賈詡曰: "二軍遠來, 只宜深溝高壘, 堅守而拒之. 不過百日, 彼兵糧盡, 必將自退, 然後引兵追之, 二將可擒矣." 李蒙·王方出, 曰: "此非好計. 願借精兵萬人, 立斬馬騰·韓遂之頭, 獻于麾下!" 賈詡曰: "今若卽戰, 必當敗績." 李蒙·王方齊聲曰: "若吾二人敗, 情願斬首; 吾若戰勝, 公亦當輸首級與我." 詡謂李傕·郭汜曰: "長安西二百里盩厔山, 其路險峻. 可使張·樊兩將軍屯兵于此, 堅壁守之; (*此似善棋者下一閑着, 後來却是要着.) 待李蒙·王方自引兵迎敵, 可也." 李傕·郭汜從其言, 點一萬五千人馬與李蒙·王方. 二人忻喜而去, 離長安二百八十里下寨.

　　*注: **擧動荊棘**(거동형극): 가시나무 덤불 속에서 擧動하는 것처럼 일거일동에 제약을 받다. 〈荊棘〉: 가시나무 덤불. **升降**(승강): 오르고 내리다. 승진하고 降職되다. **宣**(선): 王이 詔勅을 내려서 하는 말. 왕의 명령으로 불러들이다. **聲言**(성언): 공언하다. 성명하다. **共謀**(공모): 함께 도모하다. **併力**(병력): 힘을 아우르다. **麾下**(휘하): 원래는 지휘관이 지휘하는 旗幟 아래라는 뜻이지만, 〈장수에 대한 존칭〉으로도 사용된다. **敗績**(패적): 敗戰. 싸움에 패하다. **情願**(정원): 진심으로 원하다. 달게 받다. **輸**(수): (도박에서) 내기를 걸다. 걸다; (내기에 져서 이긴 사람에게) 주다. 내다. **盩厔山**(주질산): 지금의 섬서성 周至縣. 〈盩〉: 산굽이; 치다. 베다. **忻喜**(흔희): 흔희. 기뻐하다.


〖３〗 西涼兵到, 兩个引軍迎去. 西涼軍馬攔路擺開陣勢. 馬騰·韓遂聯轡而出, 指李蒙·王方罵曰: "反國之賊! 一 誰去擒之?" 言未絕, 只見一位少年將軍, 面如冠玉, 眼若流星, 虎體猿臂, 彪腹狼腰; 手執長槍, 坐騎駿馬, 從陣中飛出. 原來那將卽馬騰之子馬超, 字孟起, 年方十七歲, 英勇無敵. 王方欺他年幼, 躍馬迎戰.
戰不到數合, 早被馬超一槍<u>刺于馬下</u>. 馬超<u>勒馬</u>便回. 李蒙見王方
刺死, <u>一騎馬</u>從馬超背後<u>赶</u>來. 超<u>只做不知</u>. 馬騰在陣門下大叫:
"背後有人追赶!" 聲猶未絕, 只見馬超已將李蒙擒在馬上.(*二人
皆敗, 不出賈詡之料.) 原來馬超明知李蒙追赶, 却故意<u>俄延</u>; 等他馬
近舉槍刺來, 超將身一閃, 李蒙<u>搠个空</u>. 兩馬相<u>並</u>, 被馬超輕舒猿
臂, 生擒過去.(*馬超乃五虎將之一, 此處極寫其英勇, 正爲後文伏線.) 軍
士無主, <u>望風</u>奔逃. 馬騰·韓遂乘勢追殺, 大獲勝捷, 直迫隘口下
寨, 把李蒙斬首號令.

　　**＊注**: **聯轡**(연비): 말고삐를 나란히 하다. 말을 타고 나란히 가다.　**原來**(원
래): 알고 보니; 본래. 원래.　**欺**(기): 얕보다. 깔보다. 무시하다.　**刺于馬下**
(척우마하): 찔려 말에서 떨어지다.　**勒馬**(륵마): 말고삐를 조이다. 고삐를
당겨 말을 멈추게 하다.　**一騎馬**(일기마): 곧바로 말을 타고. 〈一〉: (副詞):
…하자마자. 곧(재빨리. 바로)…하다.　**只做不知**(지주부지): 그러나 모른
체하다. 〈只〉: 다만. 그러나. 〈做〉: …인 체하다.…을 가장하다.　**俄延**(아
연): 잠시 끌다가.　**搠个空**(삭개공): 허공을 찌르다. 〈搠〉: 찌르다(刺).
〈个〉: 個와 同字. (量詞) 專用 量詞가 없는 사물에 쓰이거나, 動詞와 補語
중간에 사용되어 補語가 賓語의 성격을 갖도록 한다. 〈空〉: 비다. 빈틈. 여
백. 허공.　**望風**(망풍): 소문을 듣다. 동정을 살피다.


　　〖４〗李傕·郭汜聽知李蒙·王方皆被馬超殺了, 方信賈詡有先
見之明, 重用其計, 只理會緊守<u>關防</u>, 由他搦戰, <u>並</u>不出迎. 果然
西凉軍未及兩月, 糧草俱乏, 商議回軍. 恰好長安城中馬宇家僮,
<u>出首</u>家主與劉範·种邵外連馬騰·韓遂, 欲爲內應等情.(*後來董承謀
討曹操, 亦被家僮所首, 前後又出一轍.) 李傕·郭汜大怒, 盡收三家老少
良賤, 斬于市, 把三顆首級直來門前號令. 馬騰·韓遂見軍糧已

盡.(*勢不得不去. 起義之兵却因食盡而沮, 前有孫堅, 後有韓·馬, 爲之一嘆.)
內應又泄, 只得拔寨退軍. 李傕·郭汜令張濟引軍赶馬騰, 樊稠引
軍赶韓遂, 西凉軍大敗. 馬超在後死戰, 殺退張濟.(*畢竟馬超猛於韓
遂.) 樊稠去赶韓遂, 看看赶上, 相近陳倉, 韓遂勒馬向樊稠曰：
"吾與公乃同鄕之人, 今日何太無情?"(*國義不足以動之, 而但以鄕情
動之.) 樊稠也勒住馬, 答曰："上命不可違." 韓遂曰："吾此來亦
爲國家耳, 公何相迫之甚也?"(*先通鄕情, 後說國義.) 樊稠聽罷, 撥
轉馬頭, 收兵回寨, 讓韓遂去了.

*注: 關防(관방): 關門. 出首(출수): 다른 사람의 범죄 행위를 고발하다.
자수하다. 看看赶上(간간간상): 막 (이제 곧) 따라잡다. 〈看看〉: 이제 곧.
막. 陳倉(진창): 司隷州 右扶風郡에 속한 地名. 지금의 섬서성 寶鷄縣 東.


〖5〗 不提防李傕之侄李利, 見樊稠放走韓遂, 回報其叔. 李傕
大怒, 便欲興兵討樊稠. 賈詡曰："目今人心未寧, 頻動干戈, 深
爲不便；不若設一宴, 請張濟·樊稠慶功, 就席間擒稠斬之, 毫不
費力."(*賈詡爲傕謀, 每每中款, 惜非事其主.) 李傕大喜, 便設宴請張
濟·樊稠. 二將忻然赴宴. 酒半闌, 李傕忽變色曰："樊稠何故交
通韓遂, 欲謀造反?" 稠大驚, 未及回言；只見刀斧手擁出, 早把
樊稠斬首于案下.(*樊稠猶知同鄕之情, 李傕更不念同事之情.) 嚇得張濟
俯伏于地. 李傕扶起曰："樊稠謀反, 故爾誅之；公乃吾之心腹,
何須驚懼?" 就將樊稠軍撥與張濟管領. 張濟自回弘農去了.(*張濟
此時亦當心變, 而終從李傕, 非丈夫也.)

*注: 不隄防(부제방): 부주의해서 그만. 뜻하지 않게. 〈隄防〉: 제방. 방비
하다. 막다. 즉, 예기치 못한 사태의 발생을 막다. 忻然(흔연): 欣然. 기꺼
이. 흔쾌히. 〈忻〉: 欣과 同. 酒半闌(주반란): 술이 거나하게 취하다. 술자
리가 절정에 이르다. 半酣. 只見(지견): 얼핏 보다. 문득 보다.

〖6〗 李傕·郭汜自戰敗西凉兵, 諸侯莫敢誰何. 賈詡屢勸撫安百姓, 結納賢豪. 自是朝廷微有生意. 不想青州黃巾又起, 聚衆數十萬, 頭目不等, 劫掠良民.(*黃巾與李郭等眞是聲應氣求, 有董卓餘黨作之於上, 自有黃巾餘黨應之於下.) 太僕朱雋保擧一人, 可破群賊, 李傕·郭汜問是何人. 朱雋曰: "要破山東群賊, 非曹孟德不可."(*從李傕引出黃巾, 又從黃巾引入曹操, 下文獨詳敍曹操事, 此正過枝接葉處也.) 李傕曰: "孟德今在何處?" 雋曰: "見爲東郡太守, 廣有軍兵. 若命此人討賊, 賊可克日而破也." 李傕大喜, 星夜草詔, 差人賫往東郡, 命曹操與濟北相鮑信一同破賊. 操領了聖旨, 會合鮑信, 一同興兵, 擊賊於壽張. 鮑信殺入重地, 爲賊所害. 操追赶賊兵, 直到濟北, 降者數萬. 操卽用賊爲前驅, 兵馬到處, 無不降順. 不過百餘日, 招安到降兵三十餘萬, 男女百餘萬口. 操擇精銳者, 號爲青州兵, 其餘盡令歸農. 曹操自此威名日重. 捷書報到長安, 朝廷加曹操爲鎭東將軍.

*注: 戰敗(전패): 싸움에서 지다. 敗戰하다: (적을) 이겨내다. 적을 패배시키다. 戰勝하다.　莫敢誰何(막감수하): 어느 누구도 감히 네가 누구냐고(뭐냐고) 물어보지 못한다. 통제하지 못하다. 깔보지(무시하지) 못하다. 〈誰何〉: 직역하면, 〈네가 누구냐, 네가 뭐냐〉 등의 뜻이다.　結納(결납): 결탁하다.　生意(생의): 생기. 활기; 장사. 영업.　頭目不等(두목부등): 우두머리들은 제각각이었다. 〈不等〉: 같지 않다. 고르지 않다.(*하나의 두목 밑에서 통일적인 지휘체계를 가진 조직으로가 아니라 명칭은 황건적이지만 각지에서 수많은 도적떼가 각기 두목을 정해 일어났음을 말한다.)　保擧(보거): 賢才나 功績이 있는 관리를 보증하여 추천하다. 保案.　克日(극일): 기한을 정하다. 다그치다. 서두르다.　賫往東郡(재왕동군): (조서를) 가지고 동군으로 가다. 〈賫〉: 가지고 가다.　壽張(수장): 지금의 산동성 東平縣 西南.(*毛本과 明嘉靖本에는 〈壽陽〉으로 되어 있으나 〈三國志. 魏書. 武帝紀〉에 의거 〈壽張〉으

로 고쳤다.)  **重地**(중지): 적의 세력권 안에 속한 땅(敵內部的地方). 적진.

**濟北**(제북): 郡名. 治所는 盧縣(지금의 산동성 平陰縣 東北, 長淸縣 南).

**招安**(초안): 투항하게 하다. 귀순시키다.


〖7〗 操在兗州, 招賢納士. 有叔侄二人來投操, 乃潁川潁陰人,
姓荀, 名彧, 字文若, 荀緄之子也; 舊事袁紹, 今棄紹投操. 操與
語大悅, 曰: "此吾之子房也."(*隱然以高祖自待.) 遂以爲行軍司馬.
其姪荀攸, 字公達, 海內名士, 曾拜黃門侍郎, 後棄官歸鄕, 今與
其叔同投曹操.  操以爲行軍敎授.  荀彧曰: "某聞兗州有一賢士,
今此人不知何在."  操問: "是誰?"  彧曰: "乃東郡東阿人, 姓程,
名昱, 字仲德."  操曰: "吾亦聞名久矣."  遂遣人于鄕中尋問, 訪
得他在山中讀書.  操拜請之, 程昱來見, 曹操大喜.  昱謂荀彧
曰: "某孤陋寡聞, 不足當公之薦. 公之鄕人, 姓郭, 名嘉, 字奉
孝, 乃當今賢士, 何不羅而致之?"  彧猛省曰: "吾幾忘却."  遂啓
操徵聘, 郭嘉到兗州, 共論天下之事. 郭嘉薦光武嫡派子孫, 淮南
成德人, 姓劉, 名曄, 字子陽. 操卽聘曄至. 曄又薦二人; 一個是
山陽昌邑人, 姓滿, 名寵, 字伯寧; 一個是任城人, 姓呂, 名虔, 字
子恪. 曹操亦素知這兩个名譽, 就聘爲軍中從事. 滿寵・呂虔共薦
一人, 乃陳留平丘人, 姓毛, 名玠, 字孝先. 曹操亦聘爲從事.

> *注: 潁川潁陰(영천영음): 지금의 하남성 許昌市. 潁川은 郡名, 治所는 陽
> 翟(지금의 하남성 禹縣).  行軍司馬(행군사마): 將軍의 輔佐官으로 作戰 時
> 에는 參謀 역할을 한다.  行軍敎授(행군교수): 장군의 幕府에 속한 관리.
> 東郡東阿(동군동아): 지금의 산동성 東阿 西南, 陽谷縣 東北.  羅而致之
> (라이치지): 〈羅〉: 羅致. 招請하다. 〈羅致〉: 그물로 새를 잡는 것. 후에는
> 주로 人才를 불러 모으는 것을 말함.  啓操徵聘(계조징빙): 曹操에게 알려
> 서 (그를) 招聘하게 하다. 〈啓〉: 알리다. 여쭈다. 〈徵聘〉: 초빙하다.  淮南

成德(회남성덕): 지금의 안휘성 壽縣 東南. 淮南은 王國名, 治所는 壽春 (지금의 안휘성 壽縣). 山陽(산양): 郡名. 治所는 昌邑. 지금의 산동성 金鄕 縣 西北. 任城(임성): 지금의 산동성 濟寧市 東南.(*毛本과 明嘉靖本에는 〈武城〉으로 되어 있으나 〈三國志·魏書. 呂虔傳〉에 의거 〈任城〉으로 고쳤 다.) 名譽(명예): 評判(이 난 사람). 名聲(이 있는 사람). 軍中從事(군중종 사): 장군의 막부에 소속된 관리. 陳留平丘(진유평구): 지금의 하남성 開封 市 東南 陳留城.

〔8〕 又有一將, 引軍數百人來投曹操, 乃<u>泰山鉅平</u>人, 姓于, 名 禁, 字文則. 操見其人弓馬<u>熟嫺</u>, 武藝出衆, 命爲點軍司馬. 一日, 夏侯惇引一<u>大漢</u>來見. 操問: "何人?" 惇曰: "此乃陳留人, 姓 典, 名韋, 勇力過人. 舊跟張邈, 與帳下人不和, 手殺數十人, 逃 竄山中. 惇出射獵, 見韋逐虎過澗, 因收於軍中. 今特薦之于 公." 操曰: "吾觀此人, 容貌<u>魁梧</u>, 必有勇力." 惇曰: "他曾爲友 報讐, 殺人提頭, 直入鬧市, 數百人不敢近. 只今所使兩枝鐵戟, 重八十斤, 挾之上馬, <u>運使如飛</u>." 操卽令韋試之. 韋挾戟驟馬, 往來馳騁. 忽見帳下大旗爲風所吹, <u>岌岌</u>欲倒, 衆軍士挾持不定. 韋下馬, 喝退衆軍, 一手執定旗桿, 立于風中, 巍然不動. 操曰: "此古之<u>惡來</u>也."(*惡來助紂. 果然.) 遂命爲<u>帳前都尉</u>, 解上身錦 <u>襖</u>, 及駿馬 · 雕鞍賜之.
　　*注: 泰山鉅平(태산거평): 지금의 산동성 泰安縣 西南. 熟嫺(숙한): 숙달 하다. 숙련되다. 大漢(대한): 체격이 큰 남자. 巨漢. 사내대장부. 魁梧(괴 오): 체구가 크고 훤칠하다. 우람하다. 장대하다. 運使(운사): 運用. 휘둘러 사용하다. 〈運〉: 휘두르다. 쓰다. 움직이다. 岌岌(급급): 매우 위태롭다. 위급하다. 惡來(악래): 상(商)나라 마지막 임금 주(紂)의 신하로 힘이 엄청 나게 센 장사였다. 帳前都尉(장전도위): 장군의 측근에서 그를 호위하는

무관의 관직명.　錦襖(금오): 비단으로 만든 웃옷. 겉옷.


〖9〗自是, 曹操部下, 文有謀臣, 武有猛將, 威鎮山東. 乃遣泰
山太守應劭, 往瑯琊郡取父曹嵩.(＊曹操但討黃巾, 不討李·郭, 是重外輕
內; 不去勤王, 先去取父, 是先私而後公也.) 嵩自陳留避難, 隱居瑯琊;
當日接了書信, 便與弟曹德及一家老小四十餘人, 帶從者百餘人,
車百餘輛, 徑望兗州而來.

　道經徐州, 太守陶謙, 字恭祖, 爲人溫厚純篤, 向欲結納曹操,
正無其由;(＊陶謙差矣, 曹操何人而必欲結納之耶?) 知操父經過, 遂出
境迎接, 再拜致敬. 大設筵宴, 款待兩日. 曹嵩要行, 陶謙親送出
郭, 特差都尉張闓, 將部兵五百護送.(＊誰知爲好反成怨.) 曹嵩率家
小行到華·費, 時夏末秋初, 大雨驟至, 只得投一古寺歇宿. 寺僧
接入. 嵩安頓家小, 命張闓將軍馬屯于兩廊. 衆軍衣裝都被雨打
濕, 同聲嗟怨. 張闓喚手下頭目, 於靜處商議曰: "我們本是黃巾
餘黨, 勉强降順陶謙, 未有好處. 如今曹家輜重車輛無數, 你們欲
得富貴不難. 只就今夜三更, 大家砍將入去, 把曹嵩一家殺了, 取
了財物, 同往山中落草: 此計何如?"(＊曹操討黃巾, 那知又受黃巾之
害.) 衆皆應允.

　是夜風雨未息, 曹嵩正坐, 忽聞四壁喊聲大擧. 曹德提劍出看,
就被搠死. 曹嵩方引一妾, 奔入方丈後, 欲越牆而走, 妾肥胖不能
出, 嵩慌急, 與妾躱于厠中, 被亂軍所殺.(＊是曹操殺呂伯奢全家之報,
呂家害在一猪, 曹家胖妾亦一猪也.) 應劭死命逃脫, 投袁紹去了. 張闓
殺盡曹嵩全家, 取了財物, 放火燒寺, 與五百人逃奔淮南去了. 後
人有詩曰:

　　曹操奸雄世所誇, 曾將呂氏殺全家.

　　如今闔戶逢人殺, 天理循環報不差.

*注: 向(향): (副詞) 종래. 여태까지. (名詞) 전. 이전. 종전. 無其由(무기유): 그렇게 할 연줄이 없다. 華·費間(화비간): 華縣과 費縣 사이. 華縣은 지금의 산동성 費縣 東北. 勉强(면강): 간신히. 가까스로; 마지못하다. 내키지 않다; 강요하다; 부족하다. 如今(여금): 지금. 이제. 砍將入去(감장입거): 쳐들어가다. 〈砍〉: 베다. 자르다. 치다(打). 〈將〉: 동사와 방향보어 사이에서 동작의 持續性이나 開始 등을 나타낸다. 落草(낙초): 옛날 황야나 산속으로 도망가서 무장 반항자나 강도가 되는 것을 〈落草〉라 했다. 方丈(방장): 절. 사원. 後人(후인): 明人 周靜軒 所作. 闔戶(합호): 合家. 온 집안. 〈闔〉: 온. 전부; 문. 닫다; 어찌 아니하랴.

〚10〛當下應劭部下有逃命的軍士, 報與曹操. 操聞之, 哭倒于地. 衆人救起, 操切齒曰: "陶謙縱兵殺吾父, 此讐不共戴天. 吾今悉起大軍, 洗蕩徐州, 方雪吾恨!" 遂留荀彧·程昱, 領軍三萬守鄄城·范縣·東阿三縣, 其餘盡殺奔徐州來. 夏侯惇·于禁·典韋先鋒, 操令但得城池, 將城中百姓盡行屠戮, 以雪父讐.(*遷怒百姓殊爲無理.) 當有九江太守邊讓與陶謙交厚, 聞知徐州有難, 自引兵五千來救. 操聞之大怒, 使夏侯惇于路截殺之.(*後陳琳檄中以此罪操.) 時陳宮爲東郡從事, 亦與陶謙交厚, 聞曹操起兵報讐, 欲盡殺百姓, 星夜前來見操.(*自前卷客店中一去, 陳宮却無下落, 于此處補出.) 操知是爲陶謙作說客, 欲待不見, 又滅不過舊恩, 只得請入帳中相見. 宮曰: "今聞明公以大兵臨徐州, 報尊父之讐, 所到欲盡殺百姓, 某因此特來進言. 陶謙乃仁人君子, 非好利忘義之輩. 尊父遇害, 乃張闓之惡, 非謙罪也. 且州縣之民, 與明公何讐? 殺之不祥. 望三思而行." 操怒曰: "公昔棄我而去, 今有何面目, 復來相見? 陶謙殺吾一家, 誓當摘膽剜心, 以雪吾恨!(*然則呂伯奢全家被殺, 又將摘何人之膽, 剜何人之心, 以雪其恨耶?) 公雖爲陶謙遊說, 其

如吾不聽何!"陳宮辭出, 嘆日: "吾亦無面目見陶謙也!" 遂馳馬
投陳留太守張邈去了.(*爲後文使呂布攻徐州張本.)

    *注: 當下(당하): 당장(立卽. 立刻). 그때(那个時候). 〈當〉: 당시. 그때.
鄄城(견성): 지금의 산동성 鄄城 北. 范縣(범현): 지금의 산동성 范縣 東
南. 東阿(동아): 縣名. 지금의 산동성 陽穀縣 동북. 九江(구강): 郡名.
治所는 陰陵(지금의 안휘성 風陽縣 南). 說客(세객): 다른 사람을 대신하여
상대방을 설득하려고 온 유세객. 滅不過舊恩(멸불과구은): 옛 은혜를 무시
(滅)할 수 없다. 摘膽剜心(적담완심): 담을 따내고(摘) 심장을 칼로 도려내
다(剜). 其如吾不聽何(기여오불청하): 만약 내가 말을 듣지 않으면 어찌하
겠는가. 〈其如…何〉: 만약 …한다면 어찌할 텐가.


〖11〗且說操大軍所到之處, 殺戮人民, 發掘墳墓. 陶謙在徐州
聞曹操起軍報讐, 殺戮百姓, 仰天慟哭日: "我獲罪于天, 致使徐
州之民受此大難." 急聚衆官商議. 曹豹日: "曹兵旣至, 豈有束手
待死? 某願助使君破之." 陶謙只得引兵出迎. 遠望操軍, 如鋪霜
湧雪, 中軍竪起白旗二面, 大書 '報讐雪恨' 四字. 軍馬列成陣
勢, 曹操縱馬出陣, 身穿縞素, 揚鞭大罵. 陶謙亦出馬于門旗下,
欠身施禮日: "謙本欲結好明公, 故託張闓護送. 不想賊心不改,
致有此事, 實不干陶謙之故, 望明公察之." 操大罵日: "老匹夫殺
吾父, 尙敢亂言! 誰可生擒老賊?" 夏侯惇應聲而出. 陶謙慌走入
陣. 夏侯惇赶來, 曹豹挺槍躍馬, 前來迎敵. 兩馬相交, 忽然狂風
大作, 飛沙走石. 兩軍皆亂, 各自收兵.(*此時亦天之不欲絕徐州百姓
也.)

    *注: 使君(사군): 지방장관(군 太守, 縣令 등)에 대한 존칭. 如鋪霜湧雪(여
포상용설): (흰 상복을 입은 수많은 조조 군사들의 모습이) 마치 서리를 깔아
놓고 눈이 솟아나는 것과 같다. 二面(이면): (깃발) 두 개. 〈面〉: 깃발 등처

럼 면적이 있는 물건을 세는 양사. **縞素**(호소): 소복. 흰빛의 상복. **欠身**

(흠신): (경의를 표하기 위해) 몸을 앞으로 약간 구부리(며 일어나려는 자세

를 취하)다. **尙**(상): 아직. 여전히. 더욱이.


〖12〗陶謙入城, 與衆計議曰: "曹兵勢大難敵, 吾當自縛往曹

營, 任其剖割, 以救徐州百姓之命."(＊憂在百姓, 仁人之言.) 言未絶,

一人進前言曰: "府君久鎭徐州, 人民感恩. 今曹兵雖衆, 未能卽

破我城. 府君與百姓堅守勿出, 某雖不才, 願施小策, 敎曹操死無

葬身之地." 衆人大驚, 便問: "計將安出?" 正是:

本爲納交反成怨, 那知絶處又逢生.

畢竟此人是誰, 且聽下文分解.

**\*注: 剖割**(부할): 베어 가르다. 쪼개다. **府君**(부군): 漢나라 때 太守의 別

稱. **計將安出**(계장안출): 앞으로 어찌 나갈 계획인가. 즉, 앞으로 어떻게

할 계획인가. 어떤 계책이 있는가.


第十回 毛宗崗 序始評

(1). 或問子曰: "天雷擊董卓于身後, 何不擊董卓於生前? 擊

旣其死之元兇, 何不擊方興之從賊?" 子應之曰: "天有天理, 亦

有天數. 待其惡貫旣盈, 而後假手于人以殺之. 是亦氣數使然.

蓋天理之天, 不能不聽于天數之天也."

(2). 曹操以荀彧爲吾之子房, 是隱然以高祖自待矣, 何至加九

錫而始知其有不臣之心乎? 文若不于此時疑之, 直至後日而始疑

之, 惜哉見之不早也!

(3). 曹操殺呂伯奢一家是有意, 陶謙殺曹嵩一家是無心. 曹操遷怒于陶謙, 猶可言也; 遷怒于徐州百姓, 則惡矣; 至復遷怒于昔日救命之陳宮, 則尤惡矣. 惡人有言必踐, 言之則必行之. 前日殺呂家是寧可我負人, 今日欲報讐是不可人負我.

## 第十一回

# 劉皇叔北海救孔融
# 呂溫侯濮陽破曹操

〖1〗却說獻計之人，乃<u>東海胸縣</u>人，姓糜，名竺，字子仲．此人家世富豪．嘗往洛陽買賣，乘車而回，路遇一美婦人，來求同載．竺乃下車步行，讓車與婦人坐．婦人請竺同載．竺上車端坐，目不邪視.(*其實難得.) 行及數里，婦人辭去；臨別對竺曰："我乃南方<u>火德星君</u>也，奉上帝勅，往燒汝家．感君相待以禮，故明告君；君可速歸，搬出財物，吾當夜來." 言訖不見．竺大驚，飛奔到家，將家中所有，<u>疾忙搬出</u>．是晚果然廚中火起，盡燒其屋．竺因此<u>廣捨家財，濟貧拔苦</u>．後陶謙聘爲<u>別駕從事</u>．

當日獻計曰："某願親往<u>北海郡</u>，求孔融起兵救援；更得一人往青州田楷處求救：若二處軍馬齊來，操必退兵矣." 謙從之，遂寫書二封，問帳下誰人敢去青州求救．一人應聲願往．衆視之，乃廣陵人, 姓陳, 名登, 字元龍. 陶謙先打發陳元龍往靑州去訖, 然後命糜竺齎書赴北海, 自己率衆守城, 以備攻擊.

　　*注: 東海朐縣(동해구현): 옛 縣名. 지금의 강소성 連雲港市 西南 東海縣. 治所는 郯縣(지금의 산동성 郯城 北).　　火德星君(화덕성군): 신화 전설 중에 나오는 불(火)을 주관하는 神.　　疾忙(질망): 빨리 서둘러. 〈疾〉: 빨리. 〈忙〉: 서두르다. 서둘러 …하다.　　廣捨家財(광사가재): 집안 재산을 많은 사람들에게 나누어주다. 〈捨〉: 버리다. 바치다. 희사하다. 기부하다.　　濟貧拔苦(제빈발고): 가난한 사람을 구제하고 고통 받는 사람을 구해주다.　　別駕從事(별가종사): 〈別駕〉라고도 부른다. 刺史의 佐吏. 刺史가 관할 지구를 순찰할 때 別駕는 驛車를 타고 수행하므로 이렇게 부르게 되었다.　　北海郡(북해군): 治所는 劇縣(지금의 산동성 昌樂. 西).　　齎書(재서): 서신을 가지고 가다. 〈賫書〉로도 쓴다.


〖2〗却說北海孔融, 字文擧, 魯國曲阜人也, 孔子二十世孫, 泰山都尉孔宙之子. 自小聰明, 年十歲時, 往謁河南尹李膺, 閽人難之, 融曰: "我係李相通家." 及入見, 膺問曰: "汝祖與吾祖何親?" 融曰: "昔孔子曾問禮於老子, 融與君豈非累世通家?" 膺大奇之. 少頃, 太中大夫陳煒至. 膺指融曰: "此奇童也." 煒曰: "小時聰明, 大時未必聰明." 融卽應聲曰: "如君所言, 幼時必聰明者."(*口角尖利, 咄咄逼人.) 煒等皆笑曰: "此子長成, 必當代之偉器也." 自此得名. 後爲中郞將, 累遷北海太守. 極好賓客, 常曰: "座上客常滿, 樽中酒不空; 吾之願也." 在北海六年, 甚得民心.

　　當日正與客坐, 人報徐州糜竺至. 融請入見, 問其來意. 竺出陶謙書, 言: "曹操攻圍甚急, 望明公垂救." 融曰: "吾與陶恭祖交厚, 子仲又親到此, 如何不去? 只是曹孟德與我無讐, 當先遣人送

書解和. 如其不從, 然後起兵." 竺曰: "曹操倚重兵威, 決不肯
和." 融敎一面點兵, 一面差人送書.

*注: 魯國曲阜(노국곡부): 지금의 산동성 곡부현. 河南尹(하남윤): 河南
지사. 하남의 治所는 洛陽 (지금의 하남성 낙양 동북). 閽人(혼인): 문지기.
〈閽〉: 문지기. 대궐 문. 我係(아계): 나는 …이다. 〈係〉: …이다(是와
同). 通家(통가): 여러 세대에 걸쳐 집안끼리 서로 왕래하고 사귀어온 사이.
倍重(의중): 믿고 신뢰하다. 기대다. 의지하다. 〈倚仗〉과 같은 뜻. 〈倚〉=依.


〖3〗 正商議間, 忽報黃巾賊黨管亥, 部領群寇數萬殺奔前來. 孔
融大驚, 急點本部人馬, 出城與賊迎戰. 管亥出馬曰: "吾知北海
糧廣, 可借一萬石, 卽便退兵. 不然, 打破城池, 老幼不留!" 孔融
叱曰: "吾乃大漢之臣, 守大漢之地, 豈有糧米與賊耶!" 管亥大
怒, 拍馬舞刀, 直取孔融. 融將宗寶挺槍出馬; 戰不數合, 被管亥
一刀砍宗寶於馬下. 孔融兵大亂, 奔入城中. 管亥分兵四面圍城.
孔融心中鬱悶. 糜竺懷愁, 更不可言.


〖4〗 次日, 孔融登城遙望, 賊勢浩大, 倍深憂惱. 忽見城外一人
挺槍躍馬殺入賊陣, 左沖右突, 如入無人之境, 直到城下, 大叫
"開門!" 孔融不識其人, 不敢開門. 賊衆赶到河邊, 那人回身連
搠十數人下馬, 賊衆倒退, 融急命開門引入. 其人下馬棄槍, 徑到
城上, 拜見孔融. 融問其姓名, 對曰: "某東萊黃縣人也, 複姓太
史, 名慈, 字子義. 老母重蒙恩顧. 某昨自遼東回家省親, 知賊寇
城. 老母說: '屢受府君深恩, 汝當往救.' 某故單馬而來."(*曹操
爲父報讐, 太史慈爲母報德.) 孔融大喜. 原來孔融與太史慈雖未識面,
却曉得他是個英雄. 因他遠出, 有老母住在離城二十里之外, 融常
使人遺以粟帛; 母感融德, 故特使慈來救.(*好客而惠及其母, 固當得

此報.） 當下孔融重待太史慈，贈與衣甲鞍馬．慈曰：“某願借精兵
一千，出城殺賊．”融曰：“君雖英勇，然賊勢甚盛，不可輕出．”
慈曰：“老母感君厚德，特遣慈來；如不能解圍，慈亦無顏見母
矣.（＊的是孝子聲口.） 願決一死戰！”融曰：“吾聞劉玄德乃當世英
雄，若請得他來相救，此圍自解．一 只無人可使耳．”慈曰：“府
君修書，某當急往.”（＊糜竺方爲陶謙求救於孔融，太史慈又爲孔融求救於劉
備，變幻之極.） 融喜，修書付慈．慈摜甲上馬，腰帶弓矢，手持鐵槍，
飽食嚴裝，城門開處，一騎飛出．近河賊將率衆來戰．慈連搠死數
人，透圍而出．管亥知有人出城，料必是請救兵的，便自引數百騎
赶來，八面圍定．慈倚住槍，拈弓搭箭，八面射之，無不應弦落馬．
賊衆不敢來追.（＊英勇之極.）

  ＊注: **河邊**(하변)：＝壕邊．해자 변. 〈河〉：강. 하천; 못. 垓字.　**東萊黃縣**(동
래황현)：지금의 산동성 黃縣 東.　**遼東**(요동)：郡名. 治所는 襄平(지금의
요령성 遼陽市).　**寇城**(구성)：城을 침략하다(寇).　**遺**(유)：증여하다. 선사
하다.　**摜甲**(환갑)：갑옷을 입다. 갑옷을 두르다(꿰어 입다).　**倚住**(의주)：
기대고 서다. 여기서는 손에 들고 있던 창을 말안장에 걸어 놓았다는 뜻이
다.　**拈弓搭箭**(념궁탑전)：활을 잡고 화살을 그 위에 얹다.　**應弦落馬**(응현
낙마)：활을 쏘는 대로 상대가 맞아서 말에서 떨어지다.


〖5〗 太史慈得脫，星夜投平原來見劉玄德．施禮罷，具言孔北海
被圍求救之事，呈上書札．玄德看畢，問慈曰：“足下何人？”慈
曰：“某太史慈，東海之鄙人也．與孔融親非骨肉，地非鄉黨，特
以氣誼相投，有分憂共患之意.（＊語語打動玄德. 妙.） 今管亥暴亂，北
海被圍，孤窮無告，危在旦夕．聞君仁義素著，能救人危急，故特
令某冒鋒突圍，前來求救.”玄德斂容答曰：“孔北海知世間有劉
備耶？”（＊自負語.） 乃同雲長・翼德點精兵三千，往北海郡進發．管

亥望見救軍來到, 親自引兵迎敵. 因見玄德兵少, <u>不以爲意</u>. 玄德與關·張·太史慈立馬陣前, 管亥忿怒直出. 太史慈却待向前, 雲長早出, 直取管亥. 兩馬相交, 衆軍大喊, <u>量管亥怎敵得雲長</u>. 數十合之間, 靑龍刀起, 劈管亥於馬下. 太史慈·張飛兩騎齊出, 雙槍並擧, 殺入賊陣, 玄德驅兵掩殺. 城上孔融望見太史慈與關·張赶殺賊衆, 如虎入羊群, <u>縱橫莫當</u>.(\*只八字, 寫得何等聲勢.) 便驅兵出城. <u>兩下夾攻</u>, 大敗群賊, 降者無數, 餘黨潰散.(\*可謂慣破黃巾劉·關·張矣.)

> \*注: **鄙人**(비인): 시골 사람. 촌사람. 저(自謙詞). **親非骨肉, 地非鄕黨**(친비골육, 지비향당): 친척 관계도 아니고 같은 동네에 사는 것도 아니다. **氣誼**(기의): 同志의 情誼. **相投**(상투): 서로 의기투합하다. 몸을 의탁(의지)하다. **不以爲意**(불이위의): 개의치 않다. 무시하다. **量管亥怎敵得雲長**(량관해즘적득운장): 管亥 따위가 어떻게 雲長을 대적할 수 있겠는가. **縱橫莫當**(종횡막당): 종횡무진 하는데도 아무도 당해내지 못한다. **兩下**(양하): 쌍방. 양쪽(=兩下里. 兩下處).

【6】孔融迎接玄德入城, 敍禮畢, 大設筵宴慶賀; 又引糜竺來見玄德, 具言張闓殺曹嵩之事: "今曹操縱兵大掠, 圍住徐州, 特來求救." 玄德曰: "陶恭祖乃仁人君子, 不意受此無辜之寃." 孔融曰: "公乃漢室宗親, 今曹操殘害百姓, <u>倚强欺弱</u>, 何不與融同往救之?" 玄德曰: "備非敢推辭, 奈兵微將寡, 恐難輕動." 孔融曰: "融之欲救陶恭祖, 雖因舊誼, 亦爲大義; 公豈獨無仗義之心耶?" 玄德曰: "旣如此, 請文擧先行, 容備去公孫瓚處借三五千人馬, 隨後便來." 融曰: "公切勿失信." 玄德曰: "公以備爲何如人也?"(\*正與"北海知世間有劉備"句相照.) 聖人云: '<u>自古皆有死, 人無信不立</u>.' 劉備借得軍, 或借不得軍, 必然親至." 孔融應允, 敎

糜竺先回徐州去報, 融便收拾起程. 太史慈拜謝曰：“慈奉母命, 前來相助, 今幸無虞. 有揚州刺史劉繇與慈同郡, 有書來喚, 不敢不去, 容圖再見.” 融以金帛相酬, 慈不肯受而歸.(*何不留之? 可惜, 可惜!) 其母見之, 喜曰：“我喜汝有以報北海也.”(*子是孝子, 母是賢母.) 遂遣慈往揚州去了.

> *注: 倚强欺弱(의강기약): 자신의 强함을 의지하여 弱한 자를 무시하다(얕보다). 仗義(장의): 정의를 좇아 행동하다. 정의를 받들다. 自古皆有死, 人無信不立(자고개유사, 인무신불립): 이 말은 〈論語·顔淵篇〉(12.7)에 나오는 말로, 〈論語〉에는 “自古皆有死, 民無信不立.”으로 되어 있다. 起程(기정): 출발하다. 떠나다(=起行. 啓程. 啓行. 登程. 動身)

〖7〗 不說孔融起兵. 且說玄德別北海, 來見孔孫瓚, 具說欲救徐州之事. 瓚曰：“曹操與君無讐, 何苦替人出力?” 玄德曰：“備已許人, 不敢失信.” 瓚曰：“吾借與君馬步軍二千.” 玄德曰：“更望借趙子龍一行.”(*未嘗須臾忘此人.) 瓚許之. 玄德遂與關·張引本部三千人爲前部, 子龍引二千軍隨後, 往徐州來.

却說糜竺回報陶謙, 言北海又請得劉玄德來助, 陳元龍也回報青州田楷欣然領兵來救, 陶謙心安. 原來孔融·田楷兩路軍馬, 懼怕曹兵勢猛, 遠遠依山下寨, 未敢輕進. 曹操見兩路軍到, 亦分了軍勢, 不敢向前攻城.

> *注: 苦替人出力(고체인출력): 고생스럽게 남을 대신하여(위하여) 힘을 쓰다. 借與(차여): 빌려주다. 대여하다.

〖8〗 却說劉玄德軍到, 見孔融. 融曰：“曹兵勢大, 操又善於用兵, 未可輕戰. 且觀其動靜, 然後進兵.” 玄德曰：“但恐城中無糧, 難以久持. 備令雲長·子龍領軍四千, 在公部下相助. 備與張

飛殺奔曹營, 徑投徐州去見陶使君商議."(＊畢竟玄德英雄.) 融大喜,
會合田楷爲掎角之勢, 雲長·子龍領兵, 兩邊接應. 是日, 玄德·張
飛引一千人馬, 殺入曹兵寨邊. 正行之間, 寨內一聲鼓響, 馬軍步
軍, 如潮似浪, 擁衆出來. 當頭一員大將, 乃是于禁, 勒馬大叫:
"何處狂徒! 往那裏去?" 張飛見了, 更不打話, 直取于禁. 兩馬
相交, 戰到數合, 玄德掣雙股劍麾兵大進, 于禁敗走. 張飛當前追
殺, 直到徐州城下. 城上望見紅旗白字大書 '平原劉玄德', 陶謙
急令開門. 玄德入城, 陶謙接着, 共到府衙. 禮畢, 設宴相待, 一
面勞軍. 陶謙見玄德儀表軒昂, 語言豁達, 心中大喜, 便令糜竺
取徐州牌印, 讓與玄德.(＊陶恭祖一讓徐州.) 玄德愕然曰: "公何意
也?" 謙曰: "今天下擾亂, 王綱不振. 公乃漢室宗親, 正宜力扶社
稷. 老夫年邁無能, 情願將徐州相讓, 公勿推辭. 謙當自寫表文,
申奏朝廷." 玄德離席再拜曰: "劉備雖漢朝苗裔, 功微德薄, 爲
平原相, 猶恐不稱職. 今爲大義, 故來相助. 公出此言, 莫非疑劉
備有呑併之心耶? 若舉此念, 皇天不佑!" 謙曰: "此老夫之實情
也." 再三相讓, 玄德那裏肯受? (＊眞耶? 假耶?) 糜竺進曰: "今兵
臨城下, 且當商議退敵之策. 待事平之日, 再當相讓可也." 玄德
曰: "備當遺書與曹操, 勸令解和. 操若不從, 厮殺未遲." 於是傳
檄三寨, 且按兵不動, 遣人齎書以達曹操.

＊注: 會合(회합): 회합하다. (양쪽 군대가)합류하다. 掎角之勢(의각지세):
짐승의 두 뿔이 양쪽으로 나뉘어 있는 모양으로 서로 호응하는 형상을 말한
다. 〈掎角〉: 소의 뿔. 짐승의 뿔. 打話(타화): 말을 나누다(交談). 對話하
다. 一面(일면): 한편, 한 방면. 〈一壁〉과 同義(＊판본에 따라서는 〈壁〉으로
된 것도 있다.) 軒昂(헌앙): 기운이 세다. 세력이 성하다. 牌印(패인):
令牌印信. 신분증. 여기서는 徐州 太守의 令牌印信. 王綱(왕강): 천자의
정치 강령. 帝王이 나라를 다스리는 綱紀. 年邁(연매): 年老. 〈邁〉: 老.

**情願**(정원): 진심으로 원하다.


〖9〗却說曹操正在軍中, 與諸將議事, 人報徐州有戰書到, 操
拆而觀之, 乃劉備書也. 書略曰:

    "備自關外得拜君顔, 嗣後天各一方, 不及趨侍. 向者尊父曹
    侯, 實因張闓不仁, 以致被害, 非陶恭祖之罪也. 目今黃巾遺
    孽擾亂於外, 董卓餘黨盤踞於內. 願明公先朝廷之急, 而後私
    讐, 撤徐州之兵, 以救國難, 則徐州幸甚, 天下幸甚."(*書好.)


曹操看書, 大罵: "劉備何人, 敢以書來勸我? 且中間有譏諷之
意!" 命斬來使, 一面竭力攻城. 郭嘉諫曰: "劉備遠來救援, 先禮
後兵. 主公當用好言答之, 以慢備心, 然後進兵攻城, 城可破也."
操從其言, 款留來使, 候發回書. 正商議間, 忽流星馬飛報禍事.
操問其故, 報說呂布已襲破兗州, 進據濮陽.(*眞是意想不到.) 原來
呂布自遭李 · 郭之亂, 逃出武關, 去投袁術. 術怪呂布反覆不定, 拒
而不納. 投袁紹, 紹納之, 與布共破張燕於常山. 布自以爲得志,
傲慢袁紹手下將士, 紹欲殺之. 布乃去投張揚, 揚納之. 時龐舒在
長安城中, 私藏呂布妻小, 送還呂布. 李傕 · 郭汜知之, 遂斬龐舒,
寫書與張揚, 教殺呂布. 布因棄張揚去投張邈.(*呂布出關後事, 附補
於此.) 恰好張邈弟張超引陳宮來見張邈, 宮說邈曰: "今天下分崩,
英雄並起. 君以千里之衆, 而反受制於人, 不亦鄙乎? 今曹操征
東, 兗州空虛. 而呂布乃當世勇士, 若與之共取兗州, 伯業可圖
也."(*陳宮妙人.) 張邈大喜, 便令呂布襲破兗州, 隨據濮陽. 止有鄄
城 · 東阿 · 范縣三處, 被荀彧 · 程昱設計, 死守得全,(*虧得前番防守.)
其餘俱破. 曹仁屢戰, 皆不能勝, 特此告急. (*不是劉備救陶謙, 却是
呂布救陶謙. 亦不是呂布救陶謙, 仍是陳宮救陶謙也.) 操聞報大驚, 曰:

"兗州有失, 使吾無家可歸矣. 不可不<u>亟圖之</u>." 郭嘉曰: "主公正好<u>賣个人情</u>與劉備,(*報讎何事, 可<u>賣人情</u>乎?) 退軍去復兗州." 操然之, 卽時答書與劉備, 拔寨退兵.(*前寫曹操盛怒有不可向邇之勢, 不意却作如此收局. 奇幻.)

　　*注: **關外**(관외): 여기서 말하는 관은 第5回에 나오는 氾水關. 즉 虎牢關을 말한다.　**嗣後**(사후): 此後. 〈嗣〉: 계승하여. 이어서.　**款留**(관류): (손님을) 성심으로 만류하다. 머무르게 하다.　**流星馬**(유성마): 流星報馬. 古代의 通信兵. (第5回 注 참고)　**恰好**(흡호): 바로. 마침. 마침 잘.　**鄙**(비): 비루하다. 안목이 좁고 얕다.　**伯業**(패업): 覇業과 同義.　**亟圖之**(극도지): 급히 이를 도모하다. 〈亟〉: 급히. 조속히.　**賣个人情**(매개인정): =賣人情. 일부러 선심(인심)을 쓰다.


　〖１０〗且說來使回徐州, 入城見陶謙, 呈上書札, 言曹兵已退. 謙大喜, 差人請孔融·田楷·雲長·子龍等, 赴城大會.(*衆軍齊赴, 必謂有一場大戰矣, 不意曹兵已不戰而退. 奇幻.) 飮宴旣畢, 謙延玄德於上座, 拱手對衆曰: "老夫年邁, 二子不才, 不堪國家重任. 劉公乃帝室之胄, 德高才廣, 可領徐州. 老夫情<u>愿乞閒養病</u>."(*陶恭祖二讓徐州.) 玄德曰: "孔文擧令備來救徐州, 爲義也. 今無端據而有之, 天下將以備爲無義人矣." 糜竺曰: "今漢室陵遲, 海宇顚覆, 樹功立業, 正在此時. 徐州<u>殷</u>富, 戶口百萬, 劉使君領此, 不可辭也."(*糜竺亦看上玄德了.)　　玄德曰: "此事決不敢應命." 陳登曰: "陶府君多病, 不能視事, 明公勿辭." 玄德曰: "袁公路四世三公, 海內所歸, 近在壽春, 何不以州讓之?" 孔融曰: "袁公路<u>塚中枯骨</u>, 何足挂齒! 今日之事, <u>天與不取, 悔不可追</u>." 玄德<u>堅執</u>不肯. 陶謙泣下曰: "君若捨我而去, 我死不瞑目矣!" 雲長曰: "旣承陶公相讓, 兄<u>且權</u>領州事." 張飛曰: "又不是我强要他的州郡, 他好意相讓, 何必苦苦推辭!"(*說得爽利.) 玄德曰: "汝等欲陷我於不義耶?" 陶謙推讓再三, 玄德只是不受.(*眞耶? 假耶?) 陶謙曰: "如玄德必不肯, 此間近邑, 名曰小沛, 足可屯軍, 請玄德暫駐軍此邑, 以保徐州, 何如?" 衆皆勸玄德留小沛. 玄德從之. 陶謙勞軍已畢, 趙雲辭去, 玄德執手揮淚而別. 孔融·田楷亦各相別, 引軍自回. 玄德與關·張引本部軍來至小沛, 修葺城垣, 撫諭居民.(*高祖起于沛, 玄德亦居小沛, 可稱小沛公.)

　　*注: 延(연): 請하다.　情愿(정원): 진심으로 원하다.　陵遲(능지): 점점 쇠퇴하다.　殷富(은부): 인구가 많고 부유하다.　塚中枯骨(총중고골): 무덤 속의 마른 뼈.　天與不取, 悔不可追(천여불취, 회불가추): 하늘이 주는 것을 받지 않으면 후회해도 늦다(소용없다).　堅執(견집): 고집하다.　且權(차권): 잠시. 임시.　苦苦(고고): 극력. 간절히. 열심히.　小沛(소패): 즉 沛縣. 지금의 강소성 沛縣.　修葺(수즙): 수선하다. 고치다. 〈葺〉: (지붕을)이다. 기우다. 수선하다.


　　〖11〗却說曹操回軍, 曹仁接着, 言呂布勢大, 更有陳宮爲輔, 兗州·濮陽已失, 其鄄城·東阿·范縣三處, 賴荀彧·程昱二人設計相連, 死守城郭. 操曰: "吾料呂布有勇無謀, 不足慮也." 敎且安營下寨, 再作商議. 呂布知曹操回兵, 已過滕縣, 召副長薛蘭·李封曰: "吾欲用汝二人久矣. 汝可引軍一萬, 堅守兗州. 吾親自率兵, 前去破曹." 二人應諾. 陳宮急入見曰: "將軍棄兗州,欲何往乎?" 布曰: "吾欲屯兵濮陽, 以成鼎足之勢." 宮曰: "差矣. 薛蘭必守兗州不住.(*具有先見.) 此去正南一百八十里, 泰山路險, 可伏精兵萬人在彼, 曹兵聞失兗州, 必然倍道而進. 待其過半, 一擊可擒也."(*洵是妙策.) 布曰: "吾屯濮陽, 別有良謀, 汝豈知之?" 遂不用陳宮之言, 而用薛蘭守兗州而行. 曹操兵行至泰山險路, 郭

嘉曰: "且不可進, 恐此處有伏兵."(*陳宮之言, 郭嘉暗暗料着.) 曹操
笑曰: "呂布無謀之輩, 故敎薛蘭守兗州, 自往濮陽, 安得此處有
埋伏耶?"(*呂布不聽陳宮之言, 曹操又暗暗料着.) 敎曹仁領一軍圍兗
州, "吾進兵濮陽, 速攻呂布." 陳宮聞曹兵至近, 乃獻計曰: "今
曹兵遠來疲困, 利在速戰, <u>不可養成氣力.</u>" 布曰: "吾匹馬縱橫
天下, 何愁曹操? 待其下寨, 吾自擒之!"

> **\*注: 敎且**(교차): 잠시(且)…하도록 시키다(敎). **滕縣**(등현): 지금의 산동
> 성 滕縣. 漢代에는 蕃縣(번현)이라 했다. **守…不住**(부주): (…을) 지켜내지
> 못하다. 〈不住〉: (동사 뒤에 붙어서 동작이 불안정, 불확실하고 유동적임을
> 나타낸다.) **倍道而進**(배도이진): 속도를 두 배로 해서 나아가다. **不可養
> 成氣力**(불가양성기력): 氣力을 養成하도록 허용해서는 안 된다. 여기서
> 〈可〉는 〈可能〉이 아니라 〈許可〉의 뜻이다.


〖12〗 却說曹操兵近濮陽, 下住寨脚. 次日, 引衆將出, 陳兵於
野. 操立馬於門旗下, 遙望呂布兵到, <u>陣圓處</u>, 呂布當先出馬, 兩
邊排開八員健將. 第一个<u>雁門馬邑人</u>, 姓張名遼, 字文遠, 第二个
泰山華陰人, 姓臧名霸, 字宣高. 兩將又各引六員健將, 郝萌·曹
性·成廉·魏續·宋憲·侯成. 布軍五萬, 鼓聲大震. 操指呂布而言
曰: "吾與汝<u>自來</u>無讐, 何得奪吾州郡?" 布曰: "漢家城池, 諸人
有分, <u>偏爾合得?</u>"(*極無理語, 說來却甚是有理.) 便叫臧霸出馬搦戰.
曹軍內樂進出迎. 兩馬相交, 雙槍齊擧, 戰到三十餘合, 勝負不
分. 夏侯惇拍馬便出助戰, 呂布陣上, 張遼<u>截住</u>厮殺. 惱得呂布<u>性
起</u>, 挺戟驟馬, 衝出陣來. 夏侯惇·樂進皆走, 呂布掩殺, 曹軍大
敗, 退三四十里. 布自收軍. 曹操輸了一陣, 回寨與諸將商議. 于
禁曰: "某今日上山觀望, 濮陽之西, 呂布有一寨, <u>約無多軍.</u> 今
夜, <u>彼將謂我軍敗走,</u> 必不准備, 可引兵擊之. 若得寨, 布軍必懼,

此爲上策." 操從其言, 帶曹洪·李典·毛玠·呂虔·于禁·典韋六將, 選馬步二萬人, 連夜從小路進發.

*注: 寨脚(채각): 영채를 세우는 기초. 기반. 터전. 　陣圓(진원): 싸우기 위해 둥그런 원 모양으로 陣을 벌려 선 모습. 곧 對圓.(양쪽 군대가 싸우기 전에 각자 반원형의 陣을 이루는데, 상대의 반원과 합하면 하나의 圓처럼 된다.) 　雁門馬邑(안문마읍): 지금의 산서성 朔縣. 　自來(자래): 본래. 원래(原來. 從來). 　偏爾合得(편이합득): 너만 혼자 다 가진다(얻다). 〈偏〉: 범위를 나타내는 부사로, …만(只). 단지(獨). 오로지(單單). 〈爾〉: 너. 汝. 〈合得〉: 다 얻다. 전부를 갖다. 　截住(절주): 막다. 가로막다. 저지하다. 　性起(성기): 화를 내다. 　約無多軍(약무다군): 많은 군사가 없는 것 같다. 〈約〉: 약속하다. 대략; 어렴풋하다. 분명하지 않다. 　將謂我軍敗走(장위아군패주): 아군이 패주했다고 말할(생각할) 것이다. 〈將〉: 미래를 나타내는 時在(will). 〈謂〉: 말하다. 여기다. 생각하다(以爲. 認爲. 料想).


〖13〗 却說呂布於寨中勞軍. 陳宮曰: "西寨是箇要緊去處, 倘或曹操襲之, 奈何?" 布曰: "他今日輸了一陣, 如何敢來?" 宮曰: "曹操是極能用兵之人, 須防他攻我不備."(*于禁之謀, 陳宮又暗暗料着.) 布乃撥高順并魏續·侯成, 引兵往守西寨.

却說曹操於黃昏時分, 引軍至西寨, 四面突入, 寨兵不能抵擋, 四散奔走, 曹操奪了寨. 將及四更, 高順方引軍到, 殺將入來.(*布兵未至而寨已奪, 可見曹操行兵之速.) 曹操自引軍馬來迎, 正逢高順, 三軍混戰. 將及天明, 正西鼓聲大震, 人報呂布自引救軍來了. 操棄寨而走.(*旣奪而使之不能不棄, 可見陳宮應敵之妙.) 背後高順·魏續·侯成赶來; 當頭呂布親自引軍來到. 于禁·樂進雙戰呂布不住. 操望北而行. 山後一彪軍出: 左有張遼, 右有藏霸. 操使呂虔·曹洪戰之, 不利. 操望西而走. 忽又喊聲大震, 一彪軍至: 郝萌·曹性·成廉·宋憲四將攔住去路.(＊殺得好看, 陳宮兵法頗妙.) 衆將死戰, 操當先衝陣. <u>梆子響處</u>, <u>箭如驟雨射將來</u>. 操不能前進, 無計可脫, 大叫："誰人救我!" 馬軍隊裏, 一將踴出, 乃典韋也, 手挺雙鐵戟, 大叫："主公勿憂!" 飛身下馬, 挿住雙戟, 取短戟十數枝, 挾在手中, 顧從人曰："賊來十步乃呼我!" 遂<u>放開脚步</u>, 冒箭前行. 布軍數十騎追之. 從人大叫曰："十步矣!" 韋曰："五步乃呼我." 從人又曰："五步矣!" 韋乃飛戟刺之, 一戟一人墜馬, <u>並無虛發</u>, <u>立殺十數人</u>. 衆皆奔走. 韋復飛身上馬, 挺一雙大鐵戟, 衝殺入去.(＊忽下馬, 忽上馬, 忽用小戟, 忽用大戟, 寫典韋如生龍活虎.) 郝·曹·成·宋四將不能抵擋, 各自逃去. 典韋殺散敵軍, 救出曹操. 衆將隨後也到, 尋路歸寨. <u>看看天色傍晚</u>, 背後喊聲起處, 呂布驟馬提戟趕來, 大叫："操賊休走!" 此時<u>人馬困乏</u>, 大家面面相覰, 各欲逃生. 正是：

　　　雖能暫把重圍脫, 只怕難當勁敵追.

　不知曹操性命如何, 且聽下文分解.

　　＊**注**: **去處**(거처): 행방. 행선지; 장소. 곳.　**將及四更**(장급사경): 막 四更이 되려고 할 때(미래형). 〈將〉 부사로서 〈막〉, 〈곧〉, 〈장차〉의 뜻.　**殺將入來**(살장입래): 돌격해 들어가다(오다). 〈將〉: 조동사로서 동사와 방향보어 사이에 쓰여 그 동작의 지속성이나 개시 등을 나타낸다.　**正西**(정서): 마침 서쪽에서. 〈正〉: 마침. 바로; 한창. 바야흐로.　**梆子**(방자): 야경을 돌 때 두드리는 딱따기. 나무에 구멍을 뚫어 소리가 나게 만든 것으로 官衙에서 사람을 부르는 데도 쓴다.　**箭如驟雨射將來**(전여취우사장래): 화살이 마치 소나기 쏟아지듯 계속 날아오다.　**放開脚步**(방개각보): 큰 걸음으로 걷다. 즉, 성큼성큼 걸어가다(stride). 〈放開〉: 크게 하다. 길게 하다. 〈脚步〉: 발걸음. 보폭.　**並無虛發**(병무허발): 전혀 헛나가는 화살이 없다. 〈並〉: 결코. 전혀.　**立殺**(입살): 그 자리에 서서(곧바로) 죽이다.　**看看**(간간): 이제 곧.

막. 人困馬乏(인곤마핍): 사람과 말이 다 지치다. 〈乏〉: 결핍하다. 지치다. 피곤하다.

## 第十一回 毛宗崗 序始評

(1). 本是陶謙求救, 却弄出孔融求救; 本是太史慈救孔融, 却弄出劉玄德救孔融; 本是孔融求玄德, 却弄出陶謙求玄德; 本是玄德退曹操, 却弄出呂布退曹操. 種種變幻, 令人測摸不出.

(2). 看前卷曹操咬牙切齒, 秣馬厲兵, 觀者必以爲此卷中定然踏平徐州, 碎割陶謙矣. 不意虎頭蛇尾, 竟自解圍而去. 所以然者, 操以兗州爲家, 無兗州則無家也. 顧家之情重, 遂使報父之情輕, 故乘便賣个人情 與劉備. 嗟乎! 天下豈有報父讐, 而可以賣人情者乎? 孝子報讐不復顧身, 奈何顧家而遂中止乎? 太史慈爲母報德, 而終以克報, 慈誠孝子也. 曹操爲父報讐, 而竟不克報, 以操非孝子故也.

(3). 劉備之辭徐州, 爲眞辭耶? 爲假辭也? 若以爲眞辭, 則劉璋之益州且奪之, 而陶謙之徐州反讓之, 何也? 或曰: 辭之愈力, 則受之愈穩. 大英雄人往往有此算計, 人自不知耳.

# 第十二回

## 陶恭祖三讓徐州
## 曹孟德大戰呂布

〖1〗曹操<u>正</u>慌走間，<u>正</u>南上一彪軍到，乃夏侯惇引軍來救援，截住呂布大戰．鬭到黃昏時分，(＊自昨夜黃昏時分直到今夜黃昏時分，好一場大殺．) 大雨如注，各自引軍分散．操回寨，重賞典韋，加爲領軍都尉．

却說呂布到寨，與陳宮商議．宮曰：“濮陽城中有富戶田氏，家僮千百，爲一郡之巨室．可令彼密使人往操寨中下書，言：‘呂溫侯殘暴不仁，民心大怨，(＊後呂布之敗，果然爲此兩句．) 今欲移兵黎陽，止有高順在城內，可連夜進兵，我爲內應．’(＊不想後來弄假成眞．) 操若來，誘之入城，四門放火，外設伏兵，曹操雖有<u>經天緯地</u>之才，到此安能得脫也？” 呂布從其計，密諭田氏，使人徑到操寨．操因新敗，正在躊躇，忽報田氏人到，呈上密書云：“呂布已往黎陽，城

中虛空, 萬望速來, 當爲內應. 城上揷白旗, 大書 '義'字, 便是暗
號."(*前日曹操在徐州城外以白旗示威, 今日呂布在濮陽城中以白旗行詐.) 操
大喜曰: "天使吾得濮陽也!" 重賞來人, 一面收拾起兵. 劉曄曰:
"布雖無謀, 陳宮多計, 只恐其中有詐, 不可不防. 明公欲去, 當
分三軍爲三隊, 兩隊伏城外接應, 一隊入城方可."(*操之不死于是役,
全虧劉曄此數語.)

　　*注: 正(정): 앞의 〈正〉은 〈한창, 바야흐로〉의 뜻이고 뒤의 〈正〉은 〈마침.
바로 그때〉의 뜻이다.　黎陽(여양): 冀州 魏郡 黎陽縣. 지금의 하남성 浚縣
東北.　經天緯地之才(경천위지지재): 天地를 마음대로 組織할 수 있을 정도
로 才能이 매우 뛰어남을 형용한 말. 〈經〉: 직물의 날실(수선). 〈緯〉: 직물의
씨실(횡선). 직물은 經線과 橫線을 교차시켜 가며 짠다.


〔2〕操從其言, 分軍三隊, 來至濮陽城下. 操先往觀之, 見城上
遍竪旗旛, 西門角上有一 "義"字白旗. 心中暗喜. 是日午刻, 城
門開處, 兩員將引軍出戰: 前軍侯成, 後軍高順. 操卽使典韋出
馬, 直取侯成. 侯成抵敵不過, 回馬望城中走. 韋趕到弔橋邊, 高
順亦攔當不住, 都退入城中去了. 內有數軍人乘勢混過陣來見操,
說是田氏之使, 呈上密書. 約云: "今夜初更時分, 城上鳴鑼爲號,
便可進兵, 某當獻門." 操撥夏侯惇引軍在左, 曹洪引軍在右, 自
己引夏侯淵·李典·樂進·典韋四將, 率兵入城. 李典曰: "主公且
在城外, 容某等先入城去."(*李典所見亦是.)　操喝曰: "我不自往,
誰肯向前!" 遂當先領兵直入. 時約初更, 月光未上,(*將寫火光之
明, 先寫月光之暗以形之.) 只聽得西門上吹嬴殼聲, 喊聲忽起. 門上
火把燎亂, 城門大開, 弔橋放落. 曹操爭先拍馬而入, 直到州衙,
路上不見一人. 操知是計, 忙撥回馬, 大叫: "退兵!" 州衙中一聲
砲響, 四門烈火, 轟天而起; 金鼓齊鳴, 喊聲如江飜海沸. 東巷內

轉出張遼, 西巷內轉出藏覇, 夾攻掩殺. 操走北門, 道旁轉出郝萌
・曹性, 又殺一陣. 操急走南門, 高順・侯成攔住. 典韋怒目咬牙,
衝殺出去. 高順・侯成倒走出城. 典韋殺到弔橋, 回頭不見了曹操,
翻身復殺入城來, 門內撞着李典. 典韋問: "主公何在?" 典曰:
"吾亦尋不見." 韋曰: "汝在城外催救軍, 我入去尋主公." 李典
去了. 典韋殺入城中, 尋覓不見; 再殺出城, 河邊撞着樂進. 進
曰: "主公何在?" 韋曰: "我往復兩遭, 尋覓不見." 進曰: "同殺
入去救主!" 兩人到門邊, 城上火砲滾下, 樂進馬不能入. 典韋冒
烟突火, 又殺入去, 到處尋覓.(*典韋三入火城, 可謂忠勇.)

    ***注**: 午刻(오각): 正午의 시간. 午時. 午牌.   弔橋(조교): 다리의 전부 또는
한 부분을 들어 올렸다 내렸다 할 수 있게 매달아 놓은 다리. 주로 성 밖의
해자나 군사 거점에 설치된다. 본래의 음은 〈적교〉이다. (*〈弔〉: 〈매달다〉
는 뜻으로 쓸 때는 音이 〈적〉이다.)   贏殼(라각): 소라고둥 껍데기로 만든
악기.   轟天(굉천): 소리가 우르르 쾅쾅! 하면서 요란하게 울리다.   東巷(동
항): 동쪽 골목. 〈巷〉: 골목. 〈巷口〉: 골목 어귀.   兩遭(양조): 두 번. 두
차례. 〈遭〉: 만나다. 番. 回.   滾下(곤하): 滾落. 떨어지다. 떨어지듯이 내려
오다.


〖3〗 却說曹操見典韋殺出去了, 四下裏人馬截來, 不得出南門.
再轉北門, 火光裏正撞見呂布挺戟躍馬而來. 操以手掩面, 加鞭縱
馬竟過.(*妙. 有膽識. 若此時便撥馬回走, 必反被擒矣.) 呂布從後拍馬趕
來, 將戟於操盔上一擊, 問曰: "曹操何在?"(*因其掩面故認不眞, 然
亦以其縱馬竟過, 故不疑其卽操也.) 操反指曰: "前面騎黃馬者是也."(*
有急智.) 呂布聽說, 棄了曹操, 縱馬向前追趕.(*見了曹操反問曹操, 捨
却曹操別趕曹操. 諺云: 方說曹操, 曹操就到. 當面錯過, 豈不好笑!) 曹操撥
轉馬頭, 望東門而走, 正逢典韋. 韋擁護曹操, 殺條血路, 到城門

邊, 火焰甚盛, 城上推下柴草, 遍地都是火. 韋用戟撥開, 飛馬冒烟突火先出, 曹操隨後亦出. 方到門道邊, 城門上崩下一條火梁來, 正打着曹操戰馬後胯, 那馬撲地倒了. 操用手托梁推放地上, 手臂鬚髮, 盡被燒傷.(*曹操之鬚未割於潼關, 先燒於濮陽. 鬚不幸而爲曹操之鬚, 鬚亦苦矣.) 典韋回馬來救, 恰好夏侯淵亦到. 兩箇同救起曹操, 突火而出. 操乘淵馬, 典韋殺條大路而走. 直混戰到天明, 操方回寨.

　　*注: 竟過(경과): 곧장 지나가다. 〈竟〉: 곧장(一直). 마침내(終于). 反指(반지): 반대쪽(뒤쪽)을 가리키다. 殺條血路(살조혈로): 싸워서 혈로(살길)를 내다(뚫다). 後胯(후과): 뒤쪽 엉덩이. 〈胯〉: 사타구니. 여기서는 〈엉덩이〉를 가리킨다. 撲地(박지): 땅에 넘어지다. 〈撲〉: 치다. 넘어지다. 托梁(탁량): 대들보를 손으로 받쳐 들다.(고이다. 밀어 올리다). 殺條大路(살조대로): 싸워서 크게 길을 내다.


〖4〗衆將拜伏問安, 操仰面笑曰:(*如此一番驚嚇後, 忽然發笑, 正諺所謂哭不得而笑耳.) "誤中匹夫之計, 吾必當報之!" 郭嘉曰: "計可速發." 操曰: "今只將計就計, 詐言我被火傷, 火毒攻發, 五更已經身死.(*昨日呂布使人詐降, 今日曹操自己詐死. 你詐我, 我詐你, 好看煞人.) 布必引兵來攻. 我伏兵於馬陵山中, 候其兵半渡而擊之, 布可擒矣."(*好計策.) 嘉曰: "眞良策也!" 於是令軍士挂孝發喪,(*昨日濮陽城內一片紅, 今日濮陽城外一片白, 紅是眞紅, 白是假白.) 詐言操死. 早有人來濮陽報呂布, 說曹操被火燒傷肢體, 到寨身死. 布隨點起軍馬, 殺奔馬陵山來. 將到操寨, 一聲鼓響, 伏兵四起. 呂布死戰得脫, 折了好些人馬; 敗回濮陽, 堅守不出. 是年蝗虫忽起, 食盡禾稻, 關東一境, 每穀一斛直錢五十貫, 人民相食. 曹操因軍中糧盡, 引兵回鄄城暫住. 呂布亦引兵出屯山陽就食. 因此二處權且罷兵.(*兩家俱因凶荒罷兵, 蝗虫倒是和事老.)

*注: 拜伏(배복): 무릎을 꿇고 절을 하다. 탄복하다.　將計就計(장계취계): 以計就計. 〈將〉: =以. 상대방의 計略을 역으로 써서 상대방을 공격하는 것. 攻發(공발): 폭로하다. 드러내다. (독이)퍼지다.　馬陵山(마릉산): 지금의 하남성 范縣 西南.　挂孝(괘효): 상복을 입다. 상장을 달다.　隨(수): (그에) 따라.　好些(호사): 많은. 상당히 많은.　關東(관동): 함곡관 以東의 넓은 지구.　一斛直錢五十貫(일곡치전오십관): 한 섬(열 말)의 값이 50관이 되다.〈斛〉: 고대의 용량 단위. 十斗. 열 말.〈直〉:〈값〉이란 뜻일 때는〈치〉로 읽는다.〈貫〉: 고대에는 돈을 끈으로 꿰었는데(貫), 一貫은 一千文.　山陽(산양): 郡名. 治所는 昌邑. 지금의 산동성 金鄕縣 西北.　權且(권차): 잠시(暫且). 우선(姑且).

〖5〗 却說陶謙在徐州, 時年已六十三歲, 忽然染病. 看看沈重, 請糜竺·陳登議事. 竺曰: "曹兵之去, 止爲呂布襲兗州故也. 今因歲荒罷兵, 來春又必至矣.(*勢所必然.)　府君兩番欲讓位與劉玄德時, 府君尙强健, 故玄德不肯受; 今病已沈重, 正可就此而與之, 玄德不肯辭矣."(*糜竺心歸玄德久矣.) 謙大喜, 使人來小沛, 請劉玄德商議軍務. 玄德引關·張, 帶十數騎到徐州, 陶謙敎請入臥內. 玄德問安畢, 謙曰: "請玄德公來, 不爲別事: 止因老夫病已危篤, 朝夕難保; 萬望明公可憐漢家城池爲重,(*以漢家城池爲重, 的是仁人君子之言.) 受取徐州牌印, 老夫死亦瞑目矣." 玄德曰: "君有二子, 何不傳之?" 謙曰: "長子商, 次子應, 其才皆不堪任. 老夫死後, 猶望明公敎誨,(*不但讓州, 兼且托子, 恭祖可謂知人.) 切勿令掌州事." 玄德曰: "備一身安能當此大任?" 謙曰: "某擧一人, 可爲公輔, 係北海人, 姓孫, 名乾, 字公祐. 此人可使爲從事." 又謂糜竺曰: "劉公當世人傑, 汝當善事之." 玄德終是推托. 陶謙以手指心而死.(*陶恭祖三讓徐州. 其名曰謙, 其字曰恭, 其人則讓, 可謂名稱其實矣.) 衆軍擧哀畢, 卽捧牌印交送玄德, 玄德固辭.

次日, 徐州百姓, 擁擠府前拜哭曰: "劉使君若不領此郡, 我等皆不能安生矣!"(*民心悅服如此, 想見劉公平日德政.) 關·張二公亦再三相勸. 玄德乃許權領徐州事; 使孫乾·麋竺爲輔, 陳登爲幕官; 盡取小沛軍馬入城, 出榜安民; 一面安排喪事. 玄德與大小軍士, 盡皆挂孝.(*濮陽城外有假挂孝, 徐州城中有眞挂孝. 一假一眞, 前後照耀.) 大設祭奠. 祭畢, 葬于黃河之原, 將陶謙遺表, 申奏朝廷.

*注: 看看(간간): 이제 곧. 막. 금방. 얼마 안 가서. 止爲(지위): 다만 … 때문이다. 萬望(만망): 간절히 바라다. 〈萬〉: 그 정도가 극히 심함을 나타냄. 係北海人(계북해인): 북해 사람이다. 〈係〉: … 이다(是와 同). 終是推托(종시추탁): 끝내(終是) 핑계(구실)를 대면서 거절하다(推托). 擧哀(거애): 큰 소리로 哭을 하면서 죽음을 애도하다(高聲號哭而哀悼). 擁擠(옹제): 한 데 모이다. 붐비다. 權領(권령): 당분간 임시로 맡아 다스리다. 遺表(유표): 신하가 임종 때 임금에게 올리는 上奏文.

〖6〗 操在鄄城, 知陶謙已死, 劉玄德領徐州牧, 大怒曰: "我讐未報, 汝不費半箭之功, 坐得徐州. 吾必先殺劉備, 後戮謙屍, 以雪先君之怨." 卽傳號令, 克日起兵去打徐州.(*前番賣箇人情, 此時不肯做人情矣.) 荀彧入諫曰: "昔高祖保關中, 光武據河內, 皆深根固本, 以正天下, 進足以勝敵, 退足以堅守, 故雖有困, 終濟大業. 明公本首事兗州, 河·濟乃天下之要地, 是亦昔之關中·河內也.(*文若此時已將高祖光武望曹操矣, 何後日九錫之加而反有所不滿乎?) 今若取徐州, 多留兵則不足用, 少留兵則呂布乘虛寇之, 是無兗州也. 若徐州不得, 明公安所歸乎? 今陶謙雖死, 已有劉備守之. 徐州之民, 旣已服備, 必助備死戰. 明公棄兗州而取徐州, 是棄大而就小, 去本而求末, 以安而易危也. 願熟思之."(*藥石之言, 洞見利害.)
操曰: "今歲荒乏糧, 軍士坐守於此, 終非良策." 或曰: "不如東
略陳地, 使軍就食汝南·穎川. 黃巾餘黨何儀·黃邵等, 劫掠州郡,
多有金帛·糧食. 此等賊徒, 又容易破; 破而取其糧, 以養三軍, 朝
廷喜, 百姓悅, 乃順天之事也."(*因糧平寇, 是妙策.) 操喜, 從之, 乃
留夏侯惇·曹仁守鄄城等處, 自引兵先略陳地, 次及汝·穎.

*注: 鄄城(견성): 지금의 산동성 鄄城 北.　領徐州牧(령서주목): 徐州牧의
職務를 임시로 맡다. 〈領〉: 겸임하다. 임시로 맡다. 원래는 관직이 높은 사람
이 더 낮은 관직의 업무를 겸하는 것을 〈領〉 또는 〈錄〉이라 한다(以高官攝
卑職者曰領: 官以上兼下曰領). 그러나 여기서는 그냥 〈겸직하다〉, 〈대신
맡다〉의 뜻으로 사용되고 있다.　克日(극일): 날짜(기일)를 정하다. 기한을
정하다. (바삐) 다그치다. 서두르다.　關中(관중): 지명. 지금의 섬서성
關中 분지. 동쪽에 函谷關, 남쪽에 武關, 북쪽에 蕭關, 서쪽에 散關이 있어
四關의 가운데 있어서 생긴 이름.　河內(하내): 지금의 하남성 黃河 以北
지역.　終濟大業(종제대업): 끝내는 대업을 이루다.　本首事兗州(본수사연
주): 본래 兗州의 일을 첫째로 챙기다(兗州를 가장 중요시하다). 본래 兗州
를 근거지로 삼다 등의 뜻이다(謂爲首主持其事).　河·濟(하·제): 濮陽,
兗州 일대의 黃河와 濟水 兩岸 지역.　終非良策(종비양책): 결국 좋은 계책
이 못 된다.　陳地(진지): 치소는 陳縣. 지금의 하남성 淮陽縣.　汝南(여남):
豫州에 속한 郡名. 治所는 平輿. 지금의 하남성 平輿縣 北.

〖7〗黃巾何儀·黃邵知曹兵到, 引衆來迎, 會於羊山. 時賊兵雖
衆, 都是狐群狗黨, 並無隊伍行列. 操令強弓硬弩射住, 令典韋出
馬. 何儀令副元帥出戰, 不三合, 被典韋一戟刺於馬下. 操引衆乘
勢赶過羊山下寨. 次日, 黃邵自引軍來. 陣圓處, 一將步行出戰,
頭裹黃巾, 身披綠襖, 手提鐵棒, 大叫: "我乃截天夜叉何曼也!

(*確是强盜綽號.) 誰敢與我廝鬭?" 曹洪見了, 大喝一聲, 飛身下馬,
提刀步出. 兩下向陣前廝殺, 四五十合, 勝負不分. 曹洪詐敗而
走, 何曼赶來. 洪用拖刀背砍計, 轉身一跳, 砍中何曼, 再復一刀
殺死. 李典乘勢飛馬直入賊陣. 黃邵不及提備, 被李典生擒活捉過
來. 曹兵掩殺賊衆, 奪其金帛・糧食無數.(*意正欲得此耳.) 何儀勢
孤, 引數百騎奔走葛陂. 正行之間, 山背後撞出一軍, 爲頭一箇壯
士, 身長八尺, 腰大十圍, 手提大刀, 截住去路. 何儀挺槍出迎,
只一合, 被那壯士活挾過去. 餘衆着忙, 皆下馬受縛, 被壯士盡驅
入葛陂塢中.(*如驅牛羊.)

    *注: **狐群狗黨**(호군구당): 여우와 개들의 무리. 떼. **並無**(병무): 결코 없
다. 전혀 없다. **夜叉**(야차): 야차. 용모가 추하고 험상궂은 사람. **廝鬭**(시
투): 싸우다. **拖刀背砍計**(타도배감계): 칼을 등에 달고 달아나다가 몸을
급히 돌리면서 칼을 빼어 적을 베는 계략. **葛陂**(갈피): 古代의 湖水 이름.
둘레가 三十里로 물은 淮河로 들어갔는데, 지금은 매몰되고 없다. 지금의
하남성 平輿 東, 新蔡縣 西北에 있었다. 〈陂(피)〉: 못. 호수. 〈陂(파)〉: 산비
탈. **十圍**(십위): 열 뼘. 〈圍〉: 둘레. 주위; 뼘(엄지손가락과 집게손가락을
벌린 길이. 다섯 치(寸)에 해당). **活挾**(활협): 손으로 산 채로 잡아(낚아)채
다. **着忙**(착망): 급히. 서둘러. **塢**(오): 마을. 보루. 성채.


〖8〗 却說典韋追襲何儀到葛陂, 壯士引軍迎住. 典韋曰: "汝亦
黃巾賊耶?" 壯士曰: "黃巾數百騎,盡被我擒在塢內." 韋曰: "何
不獻出?" 壯士曰: "你若贏得手中寶刀, 我便獻出." 韋大怒, 挺
雙戟向前來戰. 兩箇從辰至午, 不分勝負, 各自少歇. 不一時, 那
壯士又出搦戰, 典韋亦出. 直戰到黃昏, 各因馬乏暫止.(*可見人自
不乏.) 典韋手下軍士飛報曹操. 操大驚, 忙引衆將來看. 次日, 壯
士又出搦戰. 操見其人威風凜凜, 心中暗喜, 分付典韋: "今日且

詐敗." 韋領命出戰, 戰到三十合, 敗走回陣. 壯士赶到陣門中,
弓弩射回. 操急引軍退五里, 密使人掘下陷坑, 暗伏鉤手. 次日,
再令典韋引百餘騎出. 壯士笑曰: "敗將何敢復來!" 便縱馬接戰.
典韋略戰數合, 便回馬走. 壯士只顧望前赶來, 不隄防連人帶馬,
都落於陷坑之內. 被鉤手縛來見曹操. 操忙下帳叱退軍士, 親解其
縛, 急取衣衣之.(*曹操得英雄心, 俱用此法.) 命坐, 問其鄉貫姓名. 壯
士曰: "我乃譙國譙縣人也. 姓許, 名褚, 字仲康. 向遭寇亂, 聚
宗族數百人, 築堅壁於塢中以禦之. 一日寇至, 吾令衆人多取石子
准備, 吾親自飛石擊之, 無不中者, 寇乃退去. 又一日寇至, 塢中
無糧, 遂與賊和, 約以耕牛換米, 米已送到, 賊驅牛至塢外, 牛皆
奔走回還, 被我雙手掣二牛尾, 倒行百餘步.(*眞神力.) 賊大驚, 不
敢取牛而走. 因此保守此處無事." 操曰: "吾聞大名久矣. 還肯降
否?" 褚曰: "固所願也." 遂招引宗族數百人俱降. 操拜許褚爲都
尉, 賞勞甚厚. 隨將何儀·黃邵斬訖, 汝·穎悉平.

*注: 贏得手中寶刀(영득수중보도): 이겨서 (나의) 손 안에 있는 寶刀를 차
지하다. 〈贏得〉: 이기다. 이득(이익)을 얻다.　從辰至午(종진지오): 辰時(오
전 7~9시)부터 午時(11시~오후 1시)까지. 즉 아침 8시부터 정오까지.　只
顧(지고): 오로지. 다만.　不隄防(부제방): 방비하지 못하다. 그만 뜻하지
못했던 일이 발생했음을 나타낸다.　連人帶馬(연인대마): 사람과 말이 다
같이. 말을 탄 채.　取衣衣之(취의의지): 옷을 가져다 그에게 옷을 입히다.
앞의 〈衣〉는 名詞(옷), 뒤의 〈衣〉는 動詞(옷을 입히다).


〖9〗 曹操班師, 曹仁·夏侯惇接見, 言: "近日細作報說: '兗州
薛蘭·李封軍士皆出擄掠, 城邑空虛.' 可引得勝之兵攻之, 一鼓
可下." 操遂引軍徑奔兗州. 薛蘭·李封出其不意, 只得引兵出城
迎戰. 許褚曰: "某願取此二人, 以爲贄見之禮." 操大喜, 遂令出

戰. 李封使畵戟, 向前來迎. 交馬兩合, 許褚斬封於馬下. 薛蘭急走回陣, 弔橋邊李典攔住. 薛蘭不敢回城, 引軍投鉅野而去, 却被呂虔飛馬赶來, 一箭射於馬下.(*果不出陳宮所料.) 軍皆潰散.

　　*注: 贄見之禮(지견지례): 옛날 처음 사람을 만나러 갈 때 가져가는 예물.

　　　鉅野(거야): 연주 山陽郡에 속했던 縣名. 지금의 산동성 巨野縣 남.


〖10〗 曹操復得兗州, 程昱便請進兵取濮陽. 操令許褚·典韋爲先鋒, 夏侯惇·夏侯淵爲左軍, 李典·樂進爲右軍, 操自領中軍, 于禁·呂虔爲合後. 兵至濮陽, 呂布欲自將出迎. 陳宮諫: "不可出戰. 待衆將聚會後方可." 呂布曰: "吾怕誰來?" 遂不聽宮言, 引兵出陣, 橫戟大罵. 許褚便出. 鬪二十合, 不分勝負. 操曰: "呂布非一人可勝." 便差典韋助戰, 兩將夾攻; 左邊夏侯惇·夏侯淵, 右邊李典·樂進齊到, 六員將共攻呂布.(*此可云六戰呂布.) 布遮攔不住, 撥馬回城. 城上田氏見布敗回, 急令人拽起弔橋. 布大叫: "開門!" 田氏曰: "吾已降曹將軍矣."(*誰知弄假反成眞.) 布大罵, 引軍奔定陶而去. 陳宮急開東門, 保護呂布老小出城.(*不知此時貂蟬安在?) 操遂得濮陽, 恕田氏舊日之罪. 劉曄曰: "呂布乃猛虎也, 今日困乏, 不可少容." 操令劉曄等守濮陽, 自己引軍赶至定陶.

　　*注: 合後(합후): 뒤를 끊어 엄호하다. 軍職 이름으로 〈선봉〉의 相對.　定陶(정도): 지금의 산동성 정도현 西北.　容(용): 허락하다. 허용하다. 여유를 주다.


〖11〗 時呂布與張邈·張超盡在城中, 高順·張遼·藏覇·侯成, 巡海打糧未回.(*巡海打糧, 與黃巾何異.) 操軍至定陶, 連日不戰, 引軍退四十里下寨. 正値濟郡麥熟, 操卽令軍割麥爲食. 細作報知呂布, 布引軍赶來, 將近操寨, 見左邊一望, 林木茂盛, 恐有伏兵而回．操知布軍回去，乃謂諸將曰：“布疑林中有伏兵耳．可多插旌旗於林中，以疑之．寨西一帶，長堤無水，可盡伏精兵．明日呂布必來燒林，(*呂布心腸早被曹操猜破.) 堤中軍斷其後，布可擒矣.”於是止留鼓手五十人，於寨中擂鼓，將村中擄來男女在寨吶喊.(*打糧割麥，又擄村中男女，民生此時亦大困矣，恐凶年又相尋也.) 精兵多伏堤中．

　　*注: 打糧(타량): 양식을 찾다(구하다). 재물을 약탈하다.　濟郡(제군): 즉 濟陽郡. 治所는 定陶. 지금의 산동성 定陶 西北.　吶喊(납함): 적진을 향해 돌진할 때 군사가 일제히 고함을 지르는 것. 〈吶〉: 말을 더듬는다는 뜻으로 쓰일 때엔 〈눌〉로 읽는다.


〖12〗却說呂布回報陳宮，宮曰：“操多詭計，不可輕敵.”布曰：“吾用火攻，可破伏兵.”乃留陳宮·高順守城．布次日引大軍來，遙見林中有旗，驅兵大進，四面放火，竟無一人．欲投寨中，却聞鼓聲大震．正自疑惑不定，忽然寨後一彪軍出，呂布縱馬赶來．砲響處，堤內伏兵盡出，夏侯惇·夏侯淵·許褚·典韋·李典·樂進，驟馬殺來．呂布料敵不過，落荒而走．從將成廉被樂進一箭射死．布軍三停，去了二停，敗卒回報陳宮，宮曰：“空城難守，不若急去.”遂與高順保着呂布老小，棄定陶而走.(*處處寫呂布老小，蓋因呂布所注意者在此也.) 曹操將得勝之兵殺入城中，勢如劈竹．張超自焚，張邈投袁術去了．山東一境，盡被曹操所得．安民修城，不在話下．

　　却說呂布正走，逢諸將皆回.(*打糧回也.) 陳宮亦已尋着．布曰：“吾軍雖少，尚可破曹.”遂再引軍來．正是：

　　兵家勝敗眞常事，捲甲重來未可知．

不知呂布勝負如何，且聽下文分解．

　　*注: 落荒而走(낙황이주): 大路를 벗어나 들판으로(풀숲으로) 빠져 달아나

다.    三停(삼정): (전체를) 세 등분한 것. 〈停〉: 전체를 몇 개 부분으로 나
눈 것의 하나를(즉, 몇 분의 일을) 말함. 여기서는 〈全軍의 三分의 二〉를
잃었다는 뜻이다.    劈竹(벽죽): 대나무를 쪼개다. 〈破竹〉과 同義.    不在
話下(부재화하): 더 말할 나위가 없다; 각설하고. 그것은 그렇다 치고(화제
를 딴 데로 돌릴 때 쓰는 말).    捲甲重來(권갑중래): 捲土重來(권토중래).
한 번 패하고 세력을 회복하여 다시 치는 것. 〈捲甲〉: 손에 무기를 잡다.
〈捲〉: 말다. 주먹.

## 第十二回 毛宗崗 序始評

(1). 糜竺家中之火, 天火也; 濮陽城中之火, 人火, 亦天火也.
糜竺知燒而避其燒.    天所以全君子也.    曹操不知燒而亦不死於
燒, 天所以留奸雄也. 全君子是天理, 留奸雄是天數.

(2). 曹操旣據兗州, 且將北取冀, 安得不東取徐? 是徐州固曹
操所必爭也. 今雖暫舍之而去, 其志豈能須臾忘徐州哉! 玄德雖
受陶謙之讓, 吾知終非其有爾.

(3). 荀文若曰: "河濟之地, 昔之關中, 河內也." 是隱然以高
祖·光武之所爲敎曹操也. 待其後自加九錫而惡其不臣, 豈始旣
敎之, 而後復惡之也? 坡公稱文若爲聖人, 吾未敢信.

(4). 呂布一聽陳宮之言而輒勝, 一不聽陳宮之言而輒敗. 宮誠
智矣. 然田氏之叛, 乃宮敎之也. 何也? 先啓其機也. 若其老手,
只須自用一人假作田使, 不必使田氏知之.

# 第十三回

## 李傕·郭汜大交兵
## 楊奉·董承雙救駕

〖1〗却說曹操大破呂布於定陶. 布乃收集敗殘軍馬於海濱, 衆將皆來會集, 欲再與曹操決戰. 陳宮曰: "今曹兵勢大, 未可與爭. 先尋取安身之地,那時再來未遲." 布曰: "吾欲再投袁紹, 何如?" 宮曰: "先使人往冀州探聽消息, 然後可去." 布從之.

且說袁紹在冀州, 聞知曹操與呂布相持, 謀士審配進曰: "呂布豺虎也, 若得兗州, 必圖冀州. 不若助操攻之, 方可無患." 紹遂遣顏良將兵五萬, 往助曹操.(*後陳琳檄中以此居功.) 細作探知這箇消息, 飛報呂布. 布大驚, 與陳宮商議. 宮曰: "聞劉玄德新領徐州, 可往投之." 布從其言, 竟投徐州來. 有人報知玄德. 玄德曰: "布乃當今英勇之士, 可出迎之." 糜竺曰: "呂布乃虎狼之徒, 不可收留, 收則傷人矣."(*爲後文奪徐州伏線.) 玄德曰: "前者, 非布襲兗

州, 怎解此郡之禍. (*前者曹軍之退, 名虧玄德, 實虧呂布. 今玄德明明說
出, 何等光明忠厚.) 今彼窮而投我, 豈有他心?" 張飛曰: "哥哥心腸
忒好. 雖然如此, 也要准備."(*老張却是粗中有細.)

　　*注: 相持(상지): 서로 버티다. 서로 고집하다. 쌍방이 대립하다.　前者(전
　　자): 전자. 앞의 것; 지난 번. 일전.　心腸(심장): 마음씨. 성격; 정. 인정;
　　기분. 흥미.　忒好(특호): 너무 좋다. 〈忒〉: 너무. 지나치게. 틀리다.


〖2〗玄德領衆出城三十里, 接着呂布, 並馬入城, 都到州衙廳
上. 講禮畢, 坐下, 布曰: "某自與王司徒計殺董卓之後, 又遭催·
氾之變, 飄零關東, 諸侯多不能相容.(*豈非以汝連弑兩義父, 故人多疑
汝耶!) 近因曹賊不仁, 侵犯徐州, 蒙使君力救陶謙, 布因襲兗州以
分其勢; (*便有居功之意.) 不料反墮奸計, 敗兵折將. 今投使君, 共
圖大事, 未審尊意如何?" 玄德曰: "陶使君新逝, 無人管領徐州,
因令備權攝州事. 今幸將軍至此, 合當相讓." 遂將牌印送與呂布.
(*有玄德今日之讓, 便有呂布後日之奪. 一似先知其將奪, 故作此讓.) 呂布却
待要接, 只見玄德背後關·張二人各有怒色. 布乃佯笑曰: "量呂
布一勇夫, 何能作州牧乎!" 玄德又讓, 陳宮曰: "强賓不壓主, 請
使君勿疑." 玄德方止. 遂設宴相待, 收拾宅院安下.

　　次日, 呂布回席請玄德, 玄德乃與關·張同往. 飲酒至半酣,
布請玄德入後堂, 關·張隨入. 布令妻女出拜玄德, 玄德再三謙讓.
布曰: "賢弟不必推讓." 張飛聽了, 瞋目大叱曰: "我哥哥是金枝
玉葉, 你是何等人, 敢稱我哥哥爲賢弟? 你來, 我和你鬪三百
合!"(*翼德生平只讓得兩箇人爲兄, 其餘則不惟不屑兄之, 并不屑弟之也. 呂布
則欲爲張公之弟且不可, 況欲爲其兄, 且欲爲其兄之兄乎? 宜其忿然欲鬪三百合
也. 皇帝且稱之爲叔, 而呂布乃呼之爲弟, 的是無禮.) 玄德連忙喝住. 關公
勸飛出. 玄德與呂布陪話曰: "劣弟酒後狂言, 兄勿見責." 布黙然

無語. 須臾席散, 布送玄德出門, 張飛躍馬橫槍而來, 大叫："呂布, 我和你<u>併三百合</u>!"(*的是快人. 寫張飛與呂布不合, 爲後失徐州張本.) 玄德急令關公勸止.

次日, 呂布來辭玄德, 曰："蒙使君不棄, 但恐令弟輩不能相容. 布當別投他處." 玄德曰："將軍若去, 某罪大矣! 劣弟<u>冒犯</u>, 另日當令陪話. 近邑小沛, 乃備昔日屯兵之處, 將軍不嫌淺狹, 權且歇馬, 如何? 糧食軍需, 謹當應付." 呂布謝了玄德, 自引軍投小沛安身去了. 玄德自去埋怨張飛<u>不題</u>.

*注: 講禮(강례): 예의를 차리다(알다). 예의를 중시하다.　飄零(표령): 우수수 떨어지다; 영락하다. 몰락하다.　折將(절장): 장수(장군)를 잃다.　未審(미심): 알지 못하다. 모르다. 〈審〉: (자세히) 알다; 상세하다; 심문하다.　權攝(권섭): 잠시 대신 관리하다.　量呂布(량여포): 여포 따위가. 여포 제 까짓게.　强賓不壓主(강빈불압주): 힘센 손님도 주인을 압박하지 않는다. 손님은 응당 주인에게 양보해야 한다는 뜻.　安下(안하): 쉬다. 진정하다.　回席(회석): 초대를 받은 후 다시 그 상대방을 초대하는 것. 回請.　連忙(련망): 얼른. 급히. 재빨리.　陪話(배화): =賠話. 사과하다. 유감의 뜻을 표하다.　見責(견책): 見罪. 책망하다. 책임을 지다. 나무라다.　須臾(수유): 잠시 후.　併三百合(병삼백합): 삼백 합을 다투다. 〈併〉: 다투다. 겨루다.　冒犯(모범): 무례한 짓을 하다. 실례하다. 무례를 범하다.　應付(응부): 支付하다. 供給하다.　埋怨(매원): 꾸짖다. 질책하다.　不題(부제): 말하지 않다. 언급하지 않다.(이에 대해서는 더 이상 자세히 말하지 않는다(말할 필요도 없다)는 뜻.)

〖3〗却說曹操平了山東, 表奏朝廷, 加操爲建德將軍·費亭侯.(*此時朝廷是李催·郭汜做. 封操者, 催·汜也.) 其時李催自爲大司馬, 郭汜自爲大將軍, 橫行無忌, 朝廷無人敢言. 太尉楊彪·大司農朱儁暗奏獻帝曰：“今曹操擁兵二十餘萬，謀臣武將數十員，若得此人扶持社稷，勦除奸黨，天下幸甚.”(*以此時大勢觀之，其才其力足以勤王室者，必曹操也.) 獻帝泣曰：“朕被二賊欺凌久矣，若得誅之，誠爲大幸！”彪奏曰：“臣有一計，先令二賊自相殘害，然後詔曹操引兵殺之，掃淸賊黨，以安朝廷.”獻帝曰：“計將安出？”彪曰：“聞郭汜之妻最妒. 可令人於汜妻處，用反間計，則二賊自相害矣.”(*又是女將軍出頭.)

　帝乃書密詔付楊彪. (*此召曹操之詔也.) 彪卽暗使夫人以他事入郭汜府，(*連環計陪了一个貂蟬，此計却用他妻子，更不費力.) 乘間告汜妻曰：“聞郭將軍與李司馬夫人有染，其情甚密. 倘司馬知之，必遭其害. 夫人宜絕其往來爲妙.”汜妻訝曰：“怪見他經宿不歸，却幹出如此無恥之事！(*是妬婦聲口.) 非夫人言，妾不知也，當愼防之.”彪妻告歸，汜妻再三稱謝而別. 過了數日，郭汜又將往李催府中飮宴. 妻曰：“催性不測，況今兩雄不並立，倘彼酒後置毒，妾將奈何？”汜不肯聽，妻再三勸住. 至晚間，催使人送酒筵至，汜妻乃暗置毒於中，方始獻入. 汜便欲食，妻曰：“食自外來，豈可便食？”乃先與犬試之，犬立死.(*卽用驪姬譖申生之術，此婦想亦曾讀過〈左傳〉.) 自此汜心懷疑.

　　*注：欺凌(기릉): 얕보다. 괴롭히다. 업신여기다. 欺負. 計將安出(계장안출): 계책은 앞으로 어찌 나간다는 것인가. 앞으로 어떻게 한다는 계책인가. 最妒(최투): 질투심이 매우 강하다. 〈最〉: 가장. 제일; 아주. 매우. 反間計(반간계): 敵을 이간시키는 계책. 敵의 간첩을 역이용하는 계책. 有染(유염): 相通. 不正한 남녀 관계. 爲妙(위묘): 좋다. 훌륭하다. (絕妙한 대책이란 뜻). 怪(괴): 이상하다. 의심쩍다. 괴이쩍다. 經宿不歸(경숙불귀): 밤이 새도록 돌아오지 않다. 却(각): 뜻밖에. 의외로. 酒筵(주연): 酒席. 술자리. 주연에 내놓았던 음식. 立死(입사): 그 자리에서 곧바로 죽다.

〖4〗一日朝罷，李傕力邀郭汜赴家飲酒．至夜席散，汜醉而歸，偶然腹痛．妻曰：“必中其毒矣！”急令將糞汁灌之，一吐方定．(*本是自己吃醋，却敎丈夫吃糞．) 汜乃大怒曰：“吾與李傕共圖大事，今無端欲謀害我．我不先發，必遭毒手．”遂密整本部甲兵，欲攻李傕．(*何不亦設一酌以邀傕，如殺樊稠故事乎？郭汜失算甚矣．) 早有人報知傕，傕亦大怒曰：“郭亞多安敢如此！”遂點本部甲兵，來殺郭汜．兩處合兵數萬，就於長安城下混戰，乘勢擄掠居民．(*楊彪反間計反弄出不好來了．) 傕侄李暹引兵圍住宮院，用車二乘，一乘載天子，一乘載伏皇后，使賈詡·左靈監押車駕；其餘宮人內侍，並皆步走．擁出後宰門，正遇郭汜兵到，亂箭齊發，射死宮人不知其數．李傕隨後掩殺，郭汜兵退．車駕冒險出城，<u>不由分說</u>，竟擁到李傕營中．郭汜領兵入宮，<u>盡搶擄</u>宮嬪采女入營，(*不畏妬妻乎？) 放火燒宮殿．(*董卓焚洛陽，郭汜焚長安，又見咸陽三月．) 次日，郭汜知李傕劫了天子，領軍來營前厮殺．帝·后都受驚恐．

　　*注: (*吃醋(흘초): 시기하다. 강짜 부리다).　亞多(아다): 방언으로, 姓 다음에 쓰여 卑稱을 표시. 자식. 새끼.　宰門(재문): 관리들이 드나드는 문.　不由分說(불유분설): 理由에 대한 자세한 설명 없이. 不問曲折하고.　搶擄(창로): 약탈·강탈하다.　采女(채녀): 漢代六宮의 일종 稱號. 이들은 민간에서 뽑아 채웠으므로 〈采女〉라 하게 되었다. 宮女의 통칭.

〖5〗<u>後人</u>有詩嘆之曰：
　　光武中興興漢世，上下相承十二帝．
　　桓靈無道宗社墮，閹臣擅權爲<u>叔季</u>．
　　無謀何進作三公，欲除<u>社鼠</u>招奸雄．
　　<u>豺獺</u>雖驅虎狼入，西州<u>逆竪</u>生淫凶．
　　王允赤心托<u>紅粉</u>，致令董呂成矛盾．

渠魁殄滅天下寧, 誰知李郭心懷憤.

神州荊棘爭奈何, 六宮饑饉愁干戈.

人心旣離天命去, 英雄割據分山河.

後王規此存兢業, 莫把金甌等閒缺.

生靈糜爛肝腦塗, 剩火殘山多怨血.

我觀遺史不勝悲, 今古茫茫嘆〈黍離〉.

人君當守苞桑戒, 太阿誰執全綱維.

*注: 後人(후인): 明人 周靜軒 작. 叔季(숙계): 숙세(叔世). 末世. 국가가 쇠망하는 연대. 社鼠(사서): 祠堂 안의 쥐. 朝廷에 있는 소인들. 豺獺(시달): 豺狼과 水獺(수달). 두 종류의 흉악하고 탐욕스런 짐승. 逆竪(역수): 역적. 紅粉(홍분): 연지와 분. 여인. 여성. 渠魁(거괴): 魁首. 惡黨의 우두머리. 神州(신주): (옛날) 중국. 荊棘(형극): 가시나무. 가시덤불. 곤란. 고난. 爭奈(쟁나): 〈爭〉: 어찌하여. 어떻게. 〈爭奈〉: 怎奈. 無奈. 어찌하랴. 六宮(육궁): 황후와 후궁. 兢業(긍업): 兢兢業業. 신중하고 조심스럽게 맡은 일을 열심히 하다. 부지런하고 성실하다. 金甌(금구): 금속제 술잔. 完整한 國土(강토). 黍離(서리): 〈詩經·王風〉의 篇名. 周朝의 東遷 이후 舊都 毫京의 종묘와 궁실이 폐허로 변하여 그 폐허에 밀이 가득 자라고 있었는데, 그곳을 지나가던 옛 신하가 그 정경을 보고 감상에 젖어 이 詩를 썼다고 한다. 苞桑戒(포상계): 〈苞桑〉: 뿌리가 깊은 뽕나무. 뽕나무처럼 뿌리가 깊은 사물에 근거하여 그 〈근본을 깊고 단단히 하는〉 거울로 삼도록 한 말. 太阿(태아): 1. 고대의 寶劍名. 2. 商의 伊尹이 太甲을 보좌하여 阿衡이 되었는데, 이로써 伊尹을 〈太阿〉라 부르게 되었다. 3. 권력의 칼자루. 권력의 상징. 綱維(강유): 總綱과 四維. 法度. 綱領.

〖6〗却說郭汜兵到, 李傕出營接戰. 汜軍不利, 暫且退去. 傕乃移帝·后車駕於郿塢,(*董賊郿塢遺害至此, 惜王允殺卓時不卽隳之.) 使侄李暹監之, 斷絕內使, 飮食不繼, 侍臣皆有飢色. 帝令人問催取米五斛, 牛骨五具, 以賜左右. 催怒曰: "朝夕上飯, 何又他求?" 乃以腐肉朽糧與之, 皆臭不可食. 帝罵曰: "逆賊直如此相欺!" 侍中楊琦急奏曰: "催性殘暴. 事勢至此, 陛下且忍之, 不可攖其鋒也." 帝乃低頭無語, 淚盈龍袖.

忽左右報曰: "有一路軍馬, 槍刀映日, 金鼓震天, 前來救駕." 帝教打聽是誰, 乃郭汜也. 帝心轉憂. 只聞塢外喊聲大起, 原來李催引兵出迎郭汜, 鞭指郭汜而罵曰: "我待你不薄, 你如何謀害我!" 汜曰: "你乃反賊, 如何不殺你?" (*然則公又是何等人?) 催曰: "我保駕在此, 何爲反賊?" 汜曰: "此乃劫駕, 何爲保駕?" 催曰: "不須多言! 我兩箇各不許用軍士, 只自併輸贏, 贏的便把皇帝取去罷了." (*以皇帝當賭輸贏之物, 可恨可笑可嘆.) 二人便就陣前厮殺. 戰到十合, 不分勝負. 只見楊彪拍馬而來, 大叫: "二位將軍少歇, 老夫特邀衆官, 來與二位講和." (*楊彪始旣欲用反間, 今又欲爲講和, 胸中全無主意.) 催 · 汜乃各自還營. 楊彪與朱雋會合朝廷官僚六十餘人, 先詣郭汜營中勸和. 郭汜竟將衆官盡行監下. 衆官曰: "我等爲好而來, 何乃如此相待?" 汜曰: "李催劫天子, 偏我劫不得公卿?" 楊彪曰: "一劫天子, 一劫公卿, 意欲何爲?" 汜大怒, 便拔劍欲殺彪. 中郎將楊密力勸, 汜乃放了楊彪 · 朱雋, 其餘都監在營中. 彪謂雋曰: "爲社稷之臣, 不能匡君救主, 空生天地間耳!" (*固是正論, 惜未得匡君救主之法.) 言訖, 相抱而哭, 昏絕於地. 雋歸家成病而死. 自此之後, 催 · 汜每日厮殺, 一連五十餘日, 死者不知其數.

*注: 郿塢(미오): 그 遺址가 지금의 섬서성 郿縣 東北 渭水 北岸에 있다. 內使(내사): 안에서 부리는 사람. 내시(內侍). 直如此(직여차): 결국 이와 같이. 〈直〉: 결국. 끝내. 侍中楊琦(시중양기): 〈楊琦〉가 〈楊彪〉로 되어

있는 판본도 있으나, 〈三國志·魏書〉에서는 〈侍中楊琦〉라 분명히 기록되어 있고, 楊彪의 관직은 〈光祿大夫〉, 〈太尉〉, 〈司徒〉, 〈司空〉, 〈三公〉 등으로 기록되어 있다. 따라서 楊琦와 楊彪는 전혀 다른 인물이다. 본서의 다음 구절에서는 楊琦로 바로 잡혀져 있다.　　攖其鋒(영기봉): 그 창칼에 걸려들다(맞닥뜨리다. 맞서다). 〈攖(영)〉: 맞서다. 맞닥뜨리다. 가까이하다. 걸리다.　　龍袖(용수): 龍袍의 소매.　　打聽(타청): 물어보다. 알아보다. 併輸贏(병수영): 같이 겨루어 이기고 지는 것을 가리다. 〈併〉: 같이. 함께. 〈輸〉: (내기나 싸움에) 지다. 〈贏〉: 이기다.　　罷了(파료): 서술문의 끝에 쓰여 '단지 …일(할) 뿐이다.…면 그만이다' 등의 뜻을 나타낸다.　　行監下 (행감하): 가두다.　　偏我(편아): 나만. 내 쪽만.


〖7〗 却說李傕平日最喜左道妖邪之術，　常使女巫擊鼓降神於軍中．　賈詡屢諫不聽．　侍中楊琦密奏帝曰：“臣觀賈詡雖爲李傕腹心，然實未嘗忘君．陛下當與謀之．”正說之間，賈詡來到．帝乃屏退左右，　泣諭詡曰：“卿能憐漢朝，　救朕命乎？”詡拜伏於地曰：“固臣所願也．陛下且勿言，臣自圖之．”帝收淚而謝．少頃，李傕來見，帶劍直入．帝面如土色．傕謂帝曰：“郭汜不臣，監禁公卿，欲劫陛下．非臣則駕被擄矣．”帝拱手稱謝，傕乃出．時皇甫酈入見帝．帝知酈能言，又與李傕同鄉，詔使往兩邊和解．酈奉詔，　走至汜營說汜．汜曰：“如李傕送出天子，我便放出公卿．”酈卽來見李傕曰：“今天子以某是西涼人，與公同鄉，特令某來勸和二公．汜已奉詔，公意若何？”傕曰：“吾有敗呂布之大功，(*請問此是甚麼功勞?)　輔政四年，多著勳績，(*劫天子，擄百姓都算是勳績.)天下共知．郭亞多盜馬賊耳，乃敢擅劫公卿，與我相抗，誓必誅之！君試觀吾方略士衆，足勝郭亞多否？”(*一派夢話.)酈答曰：“不然．昔有窮后羿，恃其善射，不思患難，以致滅亡．近董太師之强，君所目見也. 呂布受恩而反圖之, <u>斯須</u>之間, 頭懸國門. 則强固不足恃矣. 將軍身爲上將, 持鉞仗節, 子孫宗族, 皆居顯位, 國恩不可謂不厚. 今郭亞多劫公卿, 而將軍劫至尊, 果誰輕誰重耶?"(其詞太直, 不是和事人.) 李催大怒, 拔劍叱曰: "天子使汝來辱我乎? 我先斬汝頭!" 騎都尉楊奉諫曰: "今郭汜未除, 而殺天使, 則汜興兵有名, 諸侯皆助之矣." 賈詡亦力勸, 催怒少息. 詡遂推皇甫酈出. 酈大叫曰: "李催不奉詔, 欲弑君自立!" 侍中胡邈急止之曰: "無出此言, 恐於身不利." 酈叱之曰: "胡敬才! 汝亦爲朝廷之臣, 如何附賊? '君辱臣死', 吾被李催所殺, 乃分也!" 大罵不止.(*酈雖忠, 然李催可以計勝, 不可以理爭也.) 帝知之, 急令皇甫酈回西凉.

> **\*注**: 左道(좌도): 邪道. 皇甫酈(황보력): 인명. 〈酈(려·력)〉: 地名을 가리킬 때는 〈려〉와 〈력〉 두 가지로 발음하고, 사람의 성이나 이름을 말할 때는 〈력〉으로 읽는다. 勳績(훈적): 공적. 훈적. 方略士衆(방략사중): 戰略 구사와 軍士 數의 많음. 有窮后羿(유궁후예): 夏代의 有窮國王, 이름이 后羿로 활을 잘 쏘기로 이름났다. 백성 다스리는 일을 태만히 하다가 후에 그의 신하에게 살해당했다. 斯須(사수): 매우 짧은 시간. 須臾.


〖8〗 却說李催之軍, 大半是西凉人氏, 更賴羌兵爲助. 却被皇甫酈揚言於西凉人曰: "李催謀反, 從之者卽爲賊黨, 後患不淺!" 西凉人多有聽酈之言, 軍心漸渙.(*軍士肯聽同鄉人語, 李催却不肯聽同鄉人語. 逆賊不知有國, 并不知有鄉.) 催聞酈言, 大怒, 差虎賁王昌追之. 昌知酈乃忠義之士, 竟不往追, 只回報曰: "酈已不知何往矣." 賈詡又密諭羌人曰: "天子知汝等忠義, 久戰勞苦, 密詔使汝還郡, 後當有重賞." 羌人正怨李催不與爵賞, 遂聽詡言, 都引兵去. 詡又密奏帝曰: "李催貪而無謀, 今兵散心怯, 可以重爵餌之." 帝乃降詔, 封催爲大司馬. 催喜曰: "此女巫降神祈禱之力也." 遂重賞女巫, 却不賞軍將. 騎都尉楊奉大怒, 謂宋果曰: "吾等出生入死, 身冒矢石,功反不及女巫耶?" 宋果曰: "何不殺此賊,以救天子?" 奉曰: "你於中軍放火爲號, 吾當引兵外應." 二人約定是夜二更時分擧事. 不料其事不密, 有人報知李催. 催大怒, 令人擒宋果先殺之. 楊奉引兵在外, 不見號火. 李催自將兵出, 恰遇楊奉, 就寨中混殺到四更. 奉不勝, 引軍投西安去了.(*爲後救駕伏線.) 李催自此軍勢漸衰, 更兼郭汜常來攻擊, 殺死者甚多.

忽人來報: "張濟統領大軍, 自陝西來到, 欲與二公解和; 聲言如不從者, 引兵擊之."(*不記殺樊稠之時伏地再拜也?) 催便賣箇人情, 先遣人赴張濟軍中許和. 郭汜亦只得許諾. 張濟上表, 請天子駕幸弘農. 帝喜曰: "朕思東都久矣, 今乘此得還, 乃萬幸也!" 詔封張濟爲驃騎將軍. 濟進糧食酒肉, 供給百官. 汜放公卿出營. 催收拾車駕東行, 遣舊軍御林軍數百, 持戟護送.

*注: 虎賁(호분): 관명. 궁중 경비부대의 將領. 漢代에는 虎賁中郎將, 虎賁郎 등의 명칭이 있었다.  大司馬(대사마): 관명. 西漢 哀帝 시에는 三公의 하나였으나, 東漢 末에는 권세가 강한 大臣에게 수여했다.  混殺(혼살): 마구 죽이다.  弘農(홍농): 지금의 하남성 靈寶縣 북쪽.  御林軍(어림군): 황제의 近衛軍.


〔9〕 鑾輿過新豊, 至覇陵. 時值秋天, 金風驟起. 忽聞喊聲大作, 數百軍兵來至橋上攔住車駕, 厲聲問曰: "來者何人?" 侍中楊琦拍馬上橋曰: "聖駕過此, 誰敢攔阻?" 有二將出曰: "吾等奉郭將軍命, 把守此橋, 以防奸細. 旣云聖駕, 須親見帝, 方可准信." 楊琦高揭珠簾. 帝諭曰: "朕躬在此, 卿何不退?" 衆將皆呼 "萬歲", 分於兩邊, 駕乃得過. 二將回報郭汜, 曰: "駕已去

矣." 汜曰: "我正欲哄過張濟, 劫駕再入郿塢, 爾如何擅自放了過去?" 遂斬二將, 起兵赶來.

車駕正到華陰縣, 背後喊聲震天, 大叫: "車駕且休動!" 帝泣告大臣曰: "方離狼窩, 又逢虎口, 如之奈何?" 衆皆失色. 賊軍漸近. 只聽得一派鼓聲, 山背後轉出一將. 當先一面大旗, 上書 "大漢楊奉"四字, 引軍千餘殺來. 原來楊奉自爲李催所敗, 便引軍屯終南山下; 今聞駕至, 特來保護. 當下列開陣勢. 汜將崔勇出馬, 大罵: "楊奉反賊!" 奉大怒, 回顧陣中曰: "公明何在?" 一將手執大斧, 飛驟驊騮, 直取崔勇. 兩馬相交, 只一合, 斬崔勇於馬下. 楊奉乘勢掩殺. 汜軍大敗, 退走二十餘里. 奉乃收軍來見天子. 帝慰諭曰: "卿救朕躬, 其功不小!" 奉頓首拜謝. 帝曰: "適斬賊將者何人?" 奉乃引此將拜於車下, 曰: "此人河東楊郡人, 姓徐, 名晃, 字公明." 帝慰勞之. 楊奉保駕至華陰駐蹕, 將軍段煨, 具衣服飲膳上獻. 是夜, 天子宿於楊奉營中.

\*注: 鑾輿(난여): 황제의 거가.　新豊(신풍): 지금의 섬서성 臨潼 東北.
覇陵(패릉): 縣名. 치소는 지금의 섬서성 臨潼 西, 서안시 東北에 위치. 漢
文帝의 陵墓가 이곳에 있어서 붙여진 이름.　金風(금풍): 秋風. 西風. 五行
에서 〈金〉은 방위상으로는 〈西〉, 계절로는 〈秋〉에 해당한다.　哄過(홍과):
속여 넘기다. 〈哄(홍)〉: 떠들썩하다. 속이다(欺騙).　華陰縣(화음현): 당시
에는 弘農郡 소속으로, 지금의 陝西省 華陰 東. 華山의 북쪽에 있으므로
붙여진 이름.　一派鼓聲(일파고성): 북소리. 〈派〉: 경치, 기상, 소리, 말
등에 사용하는 量詞로서 앞에 〈一〉자를 붙인다.　終南山(종남산): 그냥 南
山이라고도 한다. 지금의 섬서성 西安市 南에 있다.　驊騮(화류): 周 穆王
의 여덟 駿馬 중 하나. 후에는 赤色의 良馬를 통칭하게 되었다.　適斬(적참):
방금 (적장을) 참하다. 〈適〉: 방금. 조금 전에(剛才. 方才).　河東楊郡(하동
양군): 산서성 洪洞縣 東南.　駐蹕(주필): 옛날 황제가 순행을 나가서 머무

는 것. 〈蹕(필)〉에는 〈경계하다〉, 〈길을 청소하다〉, 〈행인의 통행을 금지하
다〉 등의 뜻이 들어 있다.


〖10〗郭汜敗了一陣，次日點軍又殺至營前來．徐晃當先出馬．
郭汜大軍八面圍來，將天子·楊奉困在垓心．正在危急之中，忽然
東南上喊聲大震，一將引軍縱馬殺來．賊衆奔潰．徐晃乘勢攻擊，
大敗汜軍．那人來見天子，乃國戚董承也．帝哭訴前事．承曰：
"陛下<u>免憂</u>．臣與楊將軍誓斬二賊，以靖天下．"帝命早赴東都．
<u>連夜</u>駕起，<u>前幸</u>弘農．

　却說郭汜引敗軍回，撞着李傕，言："楊奉·董承救駕往弘農去
了．若到山東，立脚得定，必然布告天下，令諸侯共伐我等，三族
不能保矣．"傕曰："今張濟兵據長安，未可輕動．我和你乘間合
兵一處，至弘農殺了漢君，平分天下，有何不可!"汜喜諾．(*看李
郭二人如此一番相爭後，忽又相合．小人之交，固都如是.)二人合兵，於路
劫掠，所過一空．楊奉·董承知賊兵遠來，遂勒兵回，與賊大戰於
<u>東澗</u>．傕·汜二人商議："我衆彼寡，只可以混戰勝之．"於是李傕
在左，郭汜在右，漫山遍野擁來．楊奉·董承兩邊死戰，<u>剛</u>保帝·后
車出；百官宮人，<u>符冊典籍</u>，<u>一應御用之物</u>，盡皆抛棄．郭汜引軍
入弘農劫掠．承·奉保駕走<u>陝北</u>．傕·汜分兵赶來．

　承·奉一面差人與傕·汜講和，一面密傳聖旨往河東，急召故<u>白
波</u>帥韓暹·李樂·胡才三處軍兵前來救應．(*此數人終非好相識，爾時何
不使召曹操耶?)那李樂亦是嘯聚山林之賊，今不得已而召之．(*以賊
攻賊，豈是善計!)三處軍聞天子赦罪賜官，如何不來! 並拔本營軍
士，來與董承相會一齊，再取弘農．

　*注：**免憂**(면우)：걱정하지 마시오．〈免〉：不要．하지 말라．**連夜**(연야)：
밤새도록．밤새껏；그날 밤．　**前幸**(전행)：앞으로(前) 행차해 가다．〈幸〉：

황제나 임금의 行次를 말한다.　　東澗(동간): 弘農(지금의 河南省 靈寶縣 北)에 있다.　　剛保(강보): 간신히 보호하다. 〈剛〉: 副詞로서 지금 막. 바로. 간신히. 겨우 등의 뜻으로 사용된다.　　符册(부책): =符策. 符節과 簡策.　　一應(일응): 모든. 모두.　　陝北(섬북): 陝縣(弘農郡 소속으로, 지금의 河南省 三門峽市) 以北 地區.　　白波(백파): 東漢 末年 산서성 농민 봉기군의 隊伍인 白波軍. 中平 5년(서기 188년) 황건적의 잔여 부대원인 郭泰 등이 白波谷(지금의 산서성 曲沃縣 侯馬鎭 北)에서 봉기했는데, 史書에서는 이를 〈白波賊〉이라 칭했다.　　嘯聚(소취): 불러서 모아들이다. 소집(嘯集).

〖11〗 其時李傕·郭汜但到之處, 劫掠百姓, 老弱者殺之, 强壯者充軍; 臨敵則驅民兵在前, 名曰 "敢死軍",(*何嘗敢死? 只是不敢求活耳. 不當名爲敢死軍, 只當名爲替死軍.) 賊勢浩大. 李樂軍到, 會於渭陽. 郭汜令軍士將衣服物件抛棄於道. 樂軍見衣服滿地, 爭往取之, 隊伍盡失. 傕·汜二軍, 四面混戰, 樂軍大敗. 楊奉·董承遮攔不住, 保駕北走. 背後賊軍赶來. 李樂曰: "事急矣! 請天子上馬先行!" 帝曰: "朕不可捨百官而去." 衆皆號泣相隨. 胡才被亂軍所殺. 承·奉見賊追急, 請天子棄車駕. 步行至黃河岸邊, 李樂等尋得一隻小舟作渡船. 時値天氣嚴寒, 帝與后强扶到岸,(*此時情景比草堆螢火之時更是悲凉. 前是兄弟流離, 此則夫婦逃難也.) 邊岸又高, 不得下船, 後面追兵將至. 楊奉曰: "可解馬繮繩接連, 拴縛帝腰, 放下船去." 人叢中國舅伏德挾白絹十數疋至, 曰: "我於亂軍中拾得此絹, 可接連拽輦." 行軍校尉尙弘用絹包帝及后, 令衆先挂帝往下放之, 乃得下船. 李樂仗劍立於船頭上. 后兄伏德負后下船中. 岸上有不得下船者, 爭扯船纜, 李樂盡砍於水中. 渡過帝·后, 再放船渡衆人. 其爭渡者, 皆被砍下手指,(*〈左傳〉述晉敗於邲之後, 有云: "舟中之指可掬也", 此將毋同?) 哭聲震天.

既渡彼岸, 帝左右止剩得十餘人. 楊奉尋得牛車一輛, 載帝至<u>大</u><u>陽</u>. 絕食, 晩宿於瓦屋中. 野老進粟飯, 上與后共食, <u>粗糲</u>不能下咽.

*注: **渭陽**(위양): 〈三國志. 魏書. 李傕·郭汜傳〉에는 "追及天子於弘農之曹陽."으로 되어 있다. 여기서 渭陽은 〈曹陽〉의 誤記인 듯. 〈曹陽〉은 弘農東北, 陝縣(당시에는 弘農郡 소속으로, 지금의 河南省 三門峽市) 西南에 있다.    **韁繩**(강승): 말의 고삐를 매는 줄.    **捄縛**(전박): 동여매다.    **爭扯船纜**(쟁차선람): 배의 닻줄을 서로 다투어 잡아당기다. 〈纜〉: 닻줄. 배를 매는 줄.    **大陽**(대양): 縣名. 지금의 산서성 平陸.    **粗糲**(조려): 현미밥. 변변치 못한 음식.

〖12〗次日, 詔封李樂爲征北將軍, 韓暹爲征東將軍, 起駕前行. 有二大臣尋至, 哭拜車前, 乃太尉楊彪·太僕韓融也. 帝·后俱哭. 韓融曰: "傕·汜二賊, 頗信臣言. 臣捨命去說二賊罷兵. 陛下先保龍體." 韓融去了. 李樂請帝入楊奉營暫歇. 楊彪請帝<u>都安邑縣</u>. 駕至安邑, 苦無<u>高房</u>, 帝·后都居於茅屋中; 又無門關閉, 四邊揷荊棘以爲屛蔽. 帝與大臣議事於茅屋之下, 諸將引兵於籬外<u>鎭壓</u>. 李樂等專權, 百官稍有觸犯, 竟於帝前毆罵; 故意送濁酒粗食與帝, 帝勉强納之. 李樂·韓暹又連名<u>保奏無徒</u>·<u>部曲</u>·<u>巫醫</u>·走卒二百餘名, 並爲校尉·御史等官. 刻印不及, 以錐畫之, 全不成體統.

*注: **都安邑縣**(도안읍현): 安邑縣에 머물다. 〈都〉: 임금이 거주하는 곳. (임금이) 있다. 거하다. 〈安邑〉: 지금의 산서성 夏縣 서북.    **高房**(고방): 높은집.    **鎭壓**(진압): 鎭守. 군대가 주둔하여 지키다.    **保奏**(보주): 천자에게 인물을 추천, 보증하다.    **無徒**(무도): 유랑민. 무뢰지배.    **部曲**(부곡): 고대 군대의 편제 단위. 大將軍營에는 5部가 있고 각 部에는 曲이 있었다. 이로써

군대 또는 고대의 豪門大族의 私人軍隊를 지칭한다. 부하 군대. 산하의 군대. 部伍.　　**巫醫**(무의): 巫術로 병을 치료하는 巫女.


〖13〗却說韓融曲說催·氾二賊, 二賊從其言, 乃放百官及宮人歸. 是歲大荒, 百姓皆食棗菜, 餓莩遍野. 河內太守張楊獻米肉, 河東太守王邑獻絹帛, 帝稍得寧. 董承·楊奉商議, 一面差人修洛陽宮院, 欲奉車駕遷東都. 李樂不從. 董承謂李樂曰: "洛陽本天子建都之地. 安邑乃小地面, 如何容得車駕? 今奉駕還洛陽是正理." 李樂曰: "汝等奉駕去, 我只在此處住." 承·奉乃奉駕起程. 李樂暗令人結連李催·郭氾, 一同劫駕.(*前猶以賊攻賊, 今則以賊合賊.) 董承·楊奉·韓暹知其謀, 連夜擺布軍士, 護送車駕前奔箕關. 李樂聞之, 不等催·氾軍到, 自引本部人馬前來追趕. 四更左側, 趕到箕山下, 大叫: "車駕休行, 李催·郭氾在此!"(*汝果催·氾無二.) 嚇得獻帝心驚膽戰. 山上火光遍起, 正是:

前番兩賊分爲二, 今番三賊合爲一.

不知漢天子怎離此難, 且聽下文分解.

*注: **曲說**(곡설): 왜곡된 말. 바르지 못한 말. 자세히 설명하다(細說). 〈曲〉: 委曲.　　**棗菜**(조채): 대추(棗子)와 채소(蔬菜).　　**餓莩**(아표): 굶어죽은 사람의 시체. 〈莩〉: 殍와 同字.　　**擺布**(파포): 진열하다; 수배하다. 계획하다. **箕關**(기관): 하동군과 하내군 경계에 있는 王屋山의 南에 있었던 關隘名. 지금의 하남성 濟源縣 西에 있다.　　**左側**(좌측): 왼쪽. 그러나 시간 등을 나타낼 때는 前後, 장소 등을 나타낼 때는 左右. 附近의 뜻으로 쓰인다.
　　**膽戰**(담전): 膽이 떨리다. 〈戰〉: 〈전율〉의 뜻.

(1). 王允以婦人行反間, 楊彪亦以婦人行反間. 同一間也, 允
用之而亂稍平; 彪用之而亂益甚. 何也? 蓋呂布聽允而爲允所
用, 郭汜則未嘗聽彪而不爲彪所用也. 縱使汜能殺催, 猶以董卓
殺董卓耳. 催與汜是二董卓也. 一董卓死而一董卓愈橫, 曾何救
於漢室哉! 況二人合而離, 離而復合, 離而天子公卿受其毒, 合
而天子公卿亦受其毒. 楊彪始而反間, 繼而講和; 既欲離之, 又
欲合之. 主張不定, 適以滋擾. 以是謀國, 亦無策之甚矣.

(2). 呂布之誅董卓, 奉天子詔者也; 郭汜之攻李催, 不奉天子
詔而自相吞併者也. 一則假公義以報私讐, 一則但知有私讐, 而
不知有公義. 故布之行事與卓異, 汜之肆惡與催同.

(3). 或問子曰: "設使王允謀泄, 郿塢兵變, 其亂亦必至此."
子應之曰: "董卓不死, 將不止於劫天子; 而呂布不勝, 則必不至
於劫公卿, 而亦必不至與董卓復合. 何以知之? 彼意在奪貂蟬,
則不得不黨王允, 黨王允, 則不得不助獻帝, 勢所必然耳."

# 第十四回

## 曹孟德移駕幸許都
## 呂奉先乘夜襲徐郡

〖1〗却說李樂引軍詐稱李傕·郭汜,來追車駕.天子大驚,楊奉曰:"此李樂也."遂令徐晃出迎之.李樂親自出戰.兩馬相交,只一合,被徐晃一刀砍於馬下,殺散餘黨,保護車駕過箕關.太守張楊具粟帛,迎駕於軹道.帝封張楊爲大司馬.楊辭帝屯兵野王去了.帝入洛陽,見宮室燒盡,街市荒蕪,滿目皆是蒿草,宮院中只有頹墻壞壁.(*卽孫堅看月之處.) 命楊奉且蓋小宮居住.百官朝賀,皆立於荊棘之中.(*天子一向在長安,亦如在荊棘中耳.)

詔改興平爲建安元年.(* "建安"二字取建都安邦之義,可見天子之意固在洛陽也,孰知曹操乃欲移之耶?) 是歲又大荒.洛陽居民,僅有數百家,無可爲食,盡去城中剝樹皮·掘草根食之.尚書郎以下,皆自出城樵採,多有死於頹牆壞壁之間者.漢末氣運之衰,無甚於此.後人

有詩嘆之曰:

　　<u>血流芒碭</u>白蛇亡, <u>赤幟</u>縱橫遊四方.

　　<u>秦鹿</u>逐翻興社稷, <u>楚騅</u>推倒立封疆.

　　天子懦弱奸邪起, 氣色凋零盜賊狂.

　　看到兩京遭難處, 鐵人無淚也悽惶.

　　太尉楊彪奏帝曰: "前蒙降詔, 未曾發遣. 今曹操在山東, 兵强將盛, 可宣入朝, 以輔王室." 帝曰: "朕前旣降詔, 卿何必再奏, 今卽差人前去便了." 彪領旨, 卽差使命赴山東, 宣召曹操.

*注: 軹道(지도): 軹縣을 지나가는 도로. 지금의 하남성 濟源縣 境內에 있음.　野王(야왕): 河內郡 野王縣. 지금의 하남성 沁陽縣.　且蓋(차개): 우선(且) (집을) 짓다(蓋).　改興平爲建安: 연호 興平을 建安으로 고치다. 〈興平(194~195)〉: 漢 獻帝의 제 1차 개정 연호. 〈建安(196~219)〉: 漢 獻帝 2차 개정 연호. 建安 24년(220년)에 魏王 조조가 죽은 후 曹丕가 魏 왕위를 계승하기까지 지속됨. 建安 원년(196년)은 신라 奈解尼師今 원년. 고구려 故國川王 南武 18년.　去城中(거성중): 성 안을 떠나가서. 성 밖으로 나가서.　尙書郎(상서랑): 孝廉 중에서 재능 있는 자가 맡았다. 황제 좌우에서 政務를 처리하는 직책.　樵採(초채): 땔 나무를 하다.　血流(혈류): 漢 高祖 劉邦이 기병하여 秦을 멸망시킨 일을 말한다.　芒·碭(망탕): 산 이름으로 芒山은 碭山의 北에 있는데 두 산 사이의 거리는 약 80리이다. 지금의 강소성 碭山縣 東에 위치. 劉邦이 起義하기 전 이곳에 숨어 있었던 적이 있다.　赤幟(적치): 劉邦이 도망 다닐 때 큰 白蛇를 베어 죽였는데, 이는 赤帝의 아들(漢)이 白帝의 아들(秦)을 죽인 것으로서 이것은 漢이 秦을 대신하게 되는 것을 상징한다고 했다. 유방은 起兵할 때 항상 赤色의 기치를 사용했다.　秦鹿(진록): 秦의 사슴. 여기서는 秦의 帝位를 말함.　楚騅(초추): 楚覇王 項羽가 타던 준마.　〈騅〉: 털 색깔이 청색과 백색이 서로 섞여 있는 말. 烏騅馬. 楚를 상징.　悽惶(처황): 근심하고 두려워함.　發遣(발견): 파견하다.

發往. 　**宜入朝**(선입조): 入朝하라고 (제왕이) 명하다. 〈宜〉: 제왕의 詔書.
命令 혹은 뜻(旨意). 　**宜召**(선소): 제왕이 신하를 불러들여 만나보다.

【2】 却說曹操在山東, 聞知車駕已還洛陽, 聚謀士商議. 荀彧進
曰: "昔晉文公納周襄王, 而諸侯服從;(*此勸以伯者之業) 漢高祖爲
義帝發喪, 而天下歸心.(*此直勸以王者之事.) 今天子蒙塵, 將軍因此
時首倡義兵, 奉天子以從衆望, 不世之略也. 若不早圖, 人將先我
而爲之矣."(*此時此事除却曹操, 亦無人可爲.) 曹操大喜. 正要收拾起
兵, 忽報有天使齎詔宣召. 操接詔, 克日興師.

　　*注: 晉文公(진문공): 춘추시 晉 國君. 五覇의 하나. 일찍이 周 王朝의 내란
을 평정하고 周 襄王을 영접하여 천자의 자리에 復位시키면서 〈尊王〉이란
명분을 내세움으로써 제후들 사이에서 자신의 지위를 높였다. 　義帝(의제):
원래는 戰國時 楚懷王의 孫子(名은 心)로서 당시 민간에서 양을 치고 있었는
데, 秦末 각처에서 봉기가 일어나자 項羽의 숙부 項梁이 그를 楚懷王으로
옹립했다. 秦이 망한 후 항우가 스스로 西楚覇王이 되면서 그를 높여서 義帝
로 대우했다. 그러나 얼마 후 그를 강제로 長沙로 옮긴 후 비밀리에 英布를
시켜서 그를 살해하도록 했다. 劉邦은 이 소식을 듣고 그를 위해 喪禮를 치르
고 3일간 哭을 하고, 이를 핑계로 제후들을 불러 모아 義帝를 죽인 項羽를
토벌할 명분으로 삼았다. 　蒙塵(몽진): 옛날 황제나 임금이 궁궐 밖으로
쫓겨나서 밖에서 먼지(風塵)를 덮어쓰게(蒙) 되는 것. 　倡義兵(창의병): 義
兵을 일으키다. 〈倡〉: 〈唱(부르다)〉과 同義. 　不世(불세): 매 世代마다 항상
있는 것이 아니다. 매우 드문. 매우 뛰어난.(*不世出之英雄). 　克日(극일):
날짜(期日)를 정하다. 다그치다. 서두르다.

【3】 却說帝在洛陽, 百事未備, 城郭崩倒, 欲修未能. 人報李催
·郭汜領兵將至. 帝大驚, 問楊奉曰: "山東之使未回, 李·郭之兵

又至，爲之奈何?”楊奉・韓暹曰:“臣願與賊決死戰，以保陛下!”董承曰:“城郭不堅，兵甲不多，戰如不勝，當復如何? 不若且奉駕往山東避之.”帝從其言，卽日起駕望山東進發. 百官無馬，皆隨駕步行. 出了洛陽，行無一箭之地，但見塵頭蔽日，金鼓喧天，無限人馬來到. 帝・后戰慄不能言. 忽見一騎飛來，乃前差往山東之使命也，至車前拜啓曰:“曹將軍盡起山東之兵，應詔前來. 聞李傕・郭汜犯洛陽，先差夏侯惇爲先鋒，引上將十員，精兵五萬，前來保駕.”帝心方安. 少頃，夏侯惇引許褚・典韋等，至駕前面君，俱以軍禮見. 帝慰諭方畢，忽報正東又有一路軍到. 帝卽命夏侯惇往探之，回奏曰:“乃曹操步軍也.”須臾，曹洪・李典・樂進來見駕. 通名畢，洪奏曰:“臣兄知賊兵至近，恐夏侯惇孤力難爲，故又差臣等倍道而來協助.”帝曰:“曹將軍眞社稷臣也!”(*只怕未必.) 遂命護駕前行. 探馬來報:“李傕・郭汜領兵長驅而來.”帝令夏侯惇分兩路迎之. 惇乃與曹洪分爲兩翼，馬軍先行，步軍後隨，盡力攻擊. 傕・汜賊兵大敗，斬首萬餘. 於是請帝還洛陽故宮. 夏侯惇屯兵於城外.

次日，曹操引大隊人馬到來. 安營畢，入城見帝，拜於殿階之下. 帝賜平身，宣諭慰勞. 操曰:“臣向蒙國恩，刻思圖報. 今催・汜二賊，罪惡貫盈; 臣有精兵二十餘萬，以順討逆，無不克捷. 陛下善保龍體，以社稷爲重.”帝乃封操領司隷校尉・假節鉞・錄尙書事.

*注: 一箭之地(일전지지): 화살이 날아가는 거리. 짧은(가까운) 거리. 塵頭(진두): 하늘 가득히 솟아오르는 먼지(飛揚彌漫的塵土). 使命(사명): 즉, 칙사(勅使). 倍道(배도): 이틀 갈 길을 하루에 가다. 걷는 속도를 배로 하다. 長驅(장구): 먼 거리를 신속하게 진군하다. 거침없이 쳐들어가다. 파죽지세로 쳐들어가다. 賜平身(사평신): 황제가 무릎을 꿇고 엎드린 신하에

게 몸을 일으키도록 허용하다. 〈平身〉: 엎드려 절을 한 후 몸을 곧게 펴는
것.   貫盈(관영): 많다. 가득하다. 죄가 많다.   領司隷校尉(령사예교위):
사예교위의 직무를 겸직하다.   假節鉞(가절월): 符節이나 黃鉞과 같은, 職
權을 행사할 수 있는 權限을 증명하는 물건을 주다. 〈假節〉로써 軍令을 어긴
자를 죽일 수 있는 권한을 갖게 되고, 〈假黃鉞〉로써 내외의 모든 군사를
統率할 수 있는 權限을 갖게 된다.   錄尙書事(록상서사): 尙書의 직무를
겸직하다. 즉, 조정 전체를 장악하다. 이때에 軍政 大權이 이미 조조 한 사람
에게 집중되었음을 알 수 있다. (*〈領〉: 兼任하다. 임시로 맡다. 관직이 높은
사람이 더 낮은 관직의 업무를 兼하는 것을 〈領〉 또는 〈錄〉이라고 한다. (以高
官攝卑職者曰領: 官以上兼下曰領.)


〖4〗 却說李傕·郭汜知操遠來, 議欲速戰. 賈詡諫曰:"不可.
操兵精將勇,不如降之,求免本身之罪." 傕怒曰: "你敢滅吾銳
氣?" 拔劍欲斬詡. 衆將勸免. 是夜, 賈詡單馬走回鄕里去了.(*去
得是, 獨恨其不早耳.)

　次日, 李傕軍馬來迎操兵. 操先令許褚·曹仁·典韋領三百鐵騎,
於傕陣中衝突三遭, 方纔布陣. 陣圓處, 李傕姪李暹·李利出馬陣
前, 未及開言, 許褚飛馬過去, 一刀先斬李暹; 李利吃了一驚, 倒
撞下馬, 褚亦斬之, 雙挽人頭回陣. 曹操撫許褚之背曰: "子眞吾
之樊噲也!"(*隱然以高祖自待.)　隨令夏侯惇領兵左出,　曹仁領兵右
出, 操自領中軍衝陣. 鼓響一聲, 三軍齊進. 賊兵抵敵不住, 大敗
而走. 操親挈寶劍押陣, 率衆連夜追殺, 剿戮極多, 降者不計其數.
傕·汜望西逃命, 忙忙似喪家之狗; 自知無處容身, 只得往山中落
草去了. 曹操回兵, 仍屯於洛陽城外. 楊奉·韓暹兩箇商議: "今曹
操成了大功, 必掌重權, 如何容得我等?" 乃入奏天子, 只以追殺
傕·汜爲名, 引本部軍屯於大梁去了.

*注: 三遭(삼조): 세 번. 〈遭〉: 번. 차. 회. 樊噲(번쾌): 漢高祖 유방의 勇將. 여러 차례 유방을 위험에서 구해내어 유방의 신임을 받았다.  押陣 (압진): 押後陣. 대열의 맨 뒤에서 호위하며 따르다. 후위를 맡다; 군대를 지휘통솔하다. 〈押〉: 統轄. 掌管. 〈陣〉: 전투 대형. 군대 행렬.  喪家之狗 (상가지구): 집을 나와 떠돌아다니는 개. 흔히 우리나라에서는 〈상갓집의 개〉라고 번역하나 이는 잘못된 번역이다.  落草(낙초): 황야나 산속으로 도망가서 무장 반항자나 강도가 되다.  大梁(대량): 즉, 梁縣. 지금의 하남 성 臨汝縣 西.

〖5〗 帝一日命人至操營, 宣操入宮議事. 操聞天使至, 請入相見. 只見那人眉淸目秀, 精神充足. 操暗想曰: "今東都大荒, 官僚軍民皆有飢色, 此人何得獨肥?" 因問之曰: "公尊顔充腴, 以何調理而至此?" 對曰: "某無他法, 只食淡二十年矣."(*肥者必俗, 好淡却是不俗) 操乃頷之; 又問曰: "君居何職?" 對曰: "某擧孝廉. 原爲袁紹·張楊從事. 今聞天子還都, 特來朝覲, 官封正議郎. 濟陰定陶人, 姓董, 名昭, 字公仁." 曹操避席曰: "聞名久矣, 幸得於此相見." 遂置酒帳中相待, 令與荀彧相會. 忽人報曰: "一隊軍往東而去, 不知何人." 操急令人探之. 董昭曰: "此乃李傕舊將楊奉與白波帥韓暹, 因明公來此, 故引兵欲投大梁去耳." 操曰: "莫非疑操乎?" 昭曰: "此乃無謀之輩, 明公何足慮也." 操又曰: "李·郭二賊此去若何?" 昭曰: "虎無爪, 鳥無翼, 不久當爲明公所擒, 無足介意."

操見昭語言投機, 便問以朝廷大事. 昭曰: "明公興義兵以除暴亂, 入朝輔佐天子, 此五伯之功也. 但諸將人殊意異, 未必服從; 今若留此, 恐有不便. 惟移駕幸許都爲上策.(*此策非爲朝廷, 專爲曹操.) 然朝廷播越, 新還京師, 遠近仰望, 以冀一朝之安. 今復徙駕,

不厭衆心. 夫行非常之事, 乃有非常之功: 願將軍決計之." 操執
昭手而笑曰: "此吾之本志也. 但楊奉在大梁, 大臣在朝, 不有他
變否?" 昭曰: "易也. 以書與楊奉, 先安其心. 明告大臣, 以京師
無糧, 欲車駕幸許都, 近魯陽, 轉運糧食, 庶無欠缺懸隔之憂. 大
臣聞之, 當欣從也." 操大喜. 昭謝別, 操執其手曰: "凡操有所
圖, 唯公教之." 昭稱謝而去.(*曹操又得一謀士.) 操由是日與衆謀士
密議遷都之事.

*注: **精神充足**(정신충족): 원기가 왕성하다. 〈充足〉: 충분하다. 충만하
다. (원기가) 왕성하다. **充腴**(충유): 살찌다. 기름지다. **頷之**(함지): 고개
를 끄떡이다. 찬동의 뜻을 표함. **朝覲**(조근): 朝見天子. 천자를 찾아뵙다.
**投機**(투기): 의기투합하다. 배짱이 맞다. **五伯**(오패): 五霸. 春秋時代 때
선후로 패자가 된 다섯 諸侯. 齊桓公, 晉文公, 秦穆公, 宋襄公, 楚庄王.
〈伯〉: 〈霸(패: 맹주. 두목)〉의 뜻으로 쓰일 때에는 〈패〉로 읽는다. **許都**(허
도): 許昌. 지금의 하남성 許昌 東. 曹操가 獻帝를 맞아 이곳을 도읍으로
정했는데 그의 아들 曹丕가 稱帝 하면서(魏 黃初 2년. 221년) 이름을 許昌으
로 바꾸어 魏의 수도로 정했다. **播越**(파월): 정처 없이 멀리 떠돌아다니다.
방랑하다. 流亡在外. 〈播〉: 달아나다. 도망가다. 방랑하다. **京師**(경사): 東
周의 王都. 즉 지금의 洛陽市. **不厭衆心**(불염중심): 많은 사람들의 마음을
만족(복종)시킬 수 없다. 〈厭〉: 飽. 引伸하여, 만족시키다. 마음으로 복종시
키다. 뜻을 만족시키다. **魯陽**(노양): 지금의 하남성 魯山縣. **庶無欠缺懸
隔之憂**(서무흠결현격지우): 아마 모자라고 빠지고 (欠缺) 멀리 떨어져 있다
(懸隔)는 우려가 없을 것이다. 〈庶〉: 〈庶幾〉. 아마. 거의. **稱謝**(칭사): 謝意
를 표하다. 致謝하다.


〖6〗 時侍中太史令王立私謂宗正劉艾曰: "吾仰觀天文, 自去春
太白犯鎮星於斗牛, 過天津, 熒惑又逆行, 與太白會於天關, 金火

交會, 必有新天子出. 吾觀大漢氣數將終, 晉魏之地, 必有興者."(*周時有魏風, 而魏爲晉所幷, 魏地遂入於晉. 及晉卿魏斯求爲諸侯, 與韓趙三分晉國而魏復興焉. 魏居天下之中, 中央屬土, 土之色黃, 正應黃天當立之讖.) 又密奏獻帝曰: "天命有去就, 五行不常盛. 代火者土也. 代漢而有天下者, 當在魏." 操聞之, 使人告立曰: "知公忠於朝廷, 然天道深遠, 幸勿多言." 操以是告彧, 彧曰: "漢以火德王, 而明公乃土命也. 許都屬土, 到彼必興. 火能生土, 土能旺木: 正合董昭·王立之言, 他日必有興者." 操意遂決.(*雖云地利, 實合天時, 故曰曹操得天時.)

次日, 入見帝, 奏曰: "東都荒廢久矣, 不可修葺; 更兼轉運糧食艱辛. 許都地近魯陽, 城郭宮室·錢糧民物, 足可備用. 臣敢請駕幸許都, 唯陛下從之." 帝不敢不從; 群臣皆懼操勢, 亦莫敢有異議. 遂擇日起駕. (*此時皇帝竟如雙陸象棋, 搬來搬去, 憑人安放.) 操引軍護行, 百官皆從.

*注: 太史令(태사령): 官名. 東漢의 태사령은 天象曆法을 관장하여 吉日, 良辰 및 時節의 禁忌 등을 보고하고 瑞應災異 등의 일을 기록했다. 宗正(종정): 官名. 皇室을 관리하는 皇帝 親屬으로 九卿의 하나. 太白犯鎭星(태백범진성): 太白星(金星)과 鎭星(土星)이 같은 緯度에 있다. 〈犯〉: 觸犯. 여기서는 같은 緯度에 있음을 의미한다. 斗牛(두우): 北斗星과 견우성. 天津(천진): 1. 銀河. 2. 北方七宿 중의 女宿의 北에 위치. 銀河가 갈라지는 곳에 있어서 이렇게 부른다. 9개의 별로 구성됨. 一名 天漢, 天江. 熒惑(형혹): 즉 火星. 天關(천관): 별 이름. 남두 육성 중에서 두 번째 별. 제왕이 사는 궁궐 또는 朝廷. 金火交會(금화교회): 金星과 火星이 서로 만나다. 氣數(기수): 운명. 운수. 팔자. 修葺(수즙): 집을 수리하다. 〈葺〉: 원래 〈짚으로 지붕을 잇다〉란 뜻이나, 후에 와서 일반적으로 〈집을 수리하다〉란 뜻으로 사용함.

〖7〗行不到數程，前至一高陵．忽然喊聲大舉，楊奉·韓暹領兵攔路．徐晃當先，大叫：「曹操欲劫駕何往！」操出馬視之，見徐晃威風凜凜，暗暗稱奇；便令許褚出馬與徐晃交鋒．刀斧相交，戰五十餘合，不分勝敗．操卽鳴金收軍，召謀士議曰：「楊奉·韓暹誠不足道；徐晃乃眞良將也．吾不忍以力併之，當以計招之．」(*曹操見才便愛，安得不成大業？) 行軍從事滿寵曰：「主公勿慮．某向與徐晃有一面之交，今晚扮作小卒，偷入其營，以言說之，管敎他傾心來降．」操欣然從之．

是夜，滿寵扮作小卒，混入彼軍隊中，偷至徐晃帳前，只見晃秉燭被甲而坐．寵突至其前，揖曰：「故人別來無恙乎！」徐晃驚起，熟視之，曰：「子非山陽滿伯寧耶！何以至此？」寵曰：「某現爲曹將軍從事．今日於陣前得見故人，欲進一言，故特冒死而來．」晃乃延之坐，問其來意．寵曰：「公之勇略，世所罕有，奈何屈身於楊·韓之徒？曹將軍當世英雄，其好禮賢士，天下所知也；今日陣前見公之勇，十分敬愛，故不忍以健將決死戰，特遣寵來奉邀．公何不棄暗投明，共成大業？」(*語甚明快.) 晃沈吟良久，乃喟然嘆曰：「吾固知奉 · 暹非立業之人，奈從之久矣，不忍相捨．」寵曰：「豈不聞『良禽擇木而棲，賢臣擇主而事』．遇可事之主，而交臂失之，非丈夫也．」晃起謝曰：「願從公言．」寵曰：「何不就殺奉·暹而去，以爲進見之禮？」晃曰：「以臣弒主，大不義也．吾決不爲．」(*與呂布殺丁原大相懸絕．公明眞義士，故後來獨與雲長公交厚.) 寵曰：「公眞義士也！」晃遂引帳下數十騎，連夜同滿寵來投曹操．早有人報知楊奉．奉大怒，自引千騎來追，大叫：「徐晃反賊休走！」正追趕間，忽然一聲砲響，山上山下，火把齊明，伏軍四出．曹操親自引軍當先，大喝：「我在此等候多時，休敎走脫！」楊奉大驚，急待回軍，早被曹兵圍住．恰好韓暹引兵來救，兩軍混戰，楊奉走

脫. 曹操趁彼軍亂, 乘勢攻擊. 兩家軍士大半多降. 楊奉 · 韓暹勢
孤, 引敗兵投袁術去了.(*後文伏線.)

　　*注: 程(정): 도량형의 총칭. 거리를 나타내는 단위로는 본래 한 역참에서
다음 역참까지, 또는 하룻밤 잔 곳에서 다음 번 묵는 곳까지의 거리를 〈一
程〉이라고 했는데, 거리상으로는 1천리를 一程, 30리를 一程이라 하는 등
일정치 않다. 후에 와서는 길지 않은 시간, 멀지 않은 거리 등을 나타낸다.
倂之(병지): 목숨을 걸고 그를 대적하다(싸우다. 죽이다). 　管敎(관교):
꼭 …하게 하다. 꼭. 절대로. 　別來無恙(별래무양): 인사말로, 헤어진 이래
평안하고 별 탈 없었습니까? 〈恙〉: 우환. 災禍. 　交臂失之(교비실지): 〈失
之交臂〉라고도 함. 어깨(팔)를 스쳐 지나가다. 좋은 기회를 만나고도 놓치
다. 　帳下(장하): 막사 안(營帳中). 장수의 部下. 麾下. 　火把(화파): 횃불.
火炬(화거). 　休敎(휴교): …하게(하도록) 하지 말라. 勿使. 勿令. 勿讓.
待(대): …하려고 하다.


〖8〗 曹操收軍回營, 滿寵引徐晃入見. 操大喜, 厚待之. 於是迎
鑾駕到許都, 蓋造宮室殿宇, 立宗廟社稷 · 省臺司院衙門, 修城郭
府庫; 封董承等十三人爲列侯. 賞功罰罪, 並聽曹操處置. 操自封
爲大將軍 · 武平侯,(*帝命爲司隷校尉, 錄尙書事, 畢竟封得不暢, 故不若自
封之爲爽快也. 李催 · 郭汜自寫職銜勒令帝封, 今曹操竟自封職銜, 更不勞天子
費心, 愈出愈奇.) 以荀彧爲侍中 · 尙書令, 荀攸爲軍師, 郭嘉爲司馬
祭酒, 劉曄爲司空倉曹掾, 毛玠 · 任峻爲典農中郎將 ― 催督錢糧,
程昱爲東平相, 范成 · 董昭爲洛陽令, 滿寵爲許都令, 夏侯惇 · 夏侯
淵 · 曹洪 · 曹仁皆爲將軍, 呂虔 · 李典 · 樂進 · 于禁 · 徐晃皆爲校尉,
許褚 · 典韋皆爲都尉; 其餘將士, 各各封官. 自此大權皆歸於曹操.
朝廷大務, 先稟曹操, 然後方奏天子.(*自此皇帝又在曹操手中過活矣.)
　　*注: 鑾駕(란가): 황제의 車駕. 　省臺(성대): 조정의 여러 省 및 御使臺의

竝稱. 泛指 中央政府.　　**衙門**(아문): 아문. 관아. 관공서.　　**司馬祭酒**(사마제주): 軍府 內에서의 首席 屬官.　　**司空倉曹掾**(사공창조연): 〈毛本〉에는 〈司空掾曹〉로 되어 있으나 〈三國志·魏書·劉曄傳〉에 따라 〈司空倉曹掾〉으로 고쳤다. 工程 方面의 屬官.　　**東平相**(동평상): 東平國의 최고 행정장관. 〈東平〉: 國名. 그 治所는 無鹽(지금의 산동성 東平縣 東).

【9】 操旣定大事, 乃設宴後堂, 聚衆謀士共議曰: “劉備屯兵徐州, 自領州事; 近呂布以兵敗投之, 備使居於小沛. 若二人同心, 引兵來犯, 乃心腹之患也. 公等有何妙計可圖之?”(＊方定許都, 遂以徐州爲心腹之患. 可知徐州乃操所必欲爭也.) 許褚曰: “願借精兵五萬, 斬劉備·呂布之頭, 獻於丞相.” 荀彧曰: “將軍勇則勇矣, 不知用謀. 今許都新定, 未可造次用兵. 彧有一計, 名曰 ‘二虎競食’之計. 今劉備雖領徐州, 未得詔命. 明公可奏請詔命, 實授備爲徐州牧, 因密與一書, 教殺呂布. 事成則備無猛士爲輔, 亦漸可圖; 事不成, 則呂布必殺劉備矣: 此乃 ‘二虎競食’之計也.”(＊極似戰國策士之謀.) 操從其言, 卽時奏請詔命, 遣使齎往徐州, 封劉備爲征東將軍·宜城亭侯, 領徐州牧; 並附密書一封.

　　*注: 造次(조차): 급작스럽다. 황망하다. 경솔하게. 함부로.

【10】 却說劉玄德在徐州, 聞帝幸許都, 正欲上表慶賀. 忽報天使至. 出郭迎接入郡, 拜受恩命畢, 設宴管待來使. 使曰: “君侯得此恩命, 實曹將軍於帝前保薦之力也.” 玄德稱謝. 使者乃取出私書遞與玄德. 玄德看罷, 曰: “此事尙容計議.”(＊已識破機關.) 席散, 安歇來使於館驛. 玄德連夜與衆商議此事. 張飛曰: “呂布本無義之人, 殺之何礙.”(＊直心快口.) 玄德曰: “他勢窮而來投我, 我若殺之, 亦是不義.” 張飛曰: “好人難做.” 玄德不從.

次日, 呂布來賀, 玄德敎請入見. 布曰: "聞公受朝廷恩命, 特來相賀." 玄德遜謝. 只見張飛扯劍上廳, 要殺呂布. 玄德慌忙阻住. 布大驚曰: "翼德何故只要殺我?" 張飛叫曰: "曹操道你是無義之人, 敎我哥哥殺你!"(*曹操密書却被他一口喊出.) 玄德連聲喝退. 乃引呂布同入後堂, 實告前因; 就將曹操所送密書與呂布看.(*此是玄德妙用.) 布看畢, 泣曰: "此乃操賊欲令我二人不和耳!" 玄德曰: "兄勿憂, 劉備誓不爲此不義之事." 呂布再三拜謝. 備留布飲酒, 至晚方回.

關·張曰: "兄長何故不殺呂布?" 玄德曰: "此曹孟德恐我與呂布同謀伐之, 故用此計, 使我兩人自相呑併, 彼却於中取利. 奈何爲所使乎?"(*荀彧之計早被料破, 可見玄德機智絶人, 不是一味忠厚.) 關公點頭道是. 張飛曰: "我只要殺此賊以絶後患."(*本心自要殺此賊, 固不因孟德之書起見也. 快人快語.) 玄德曰: "此非大丈夫之所爲也."

*注: 保薦(보천): 보거(保擧). 어떤 사람을 책임지고 추천하여 그가 선발되어 임용되도록 하는 것. 尙容計議(상용계의): 아직 좀 더(尙) 상의(협의)하도록(計議) 용납하다(容). 遜謝(손사): 사양하다. 겸손하게 거절하다. 只要(지요): …하기만 하면. 한사코 …하려고 하다(直要. 一味地要).


〚11〛 次日, 玄德送使命回京, 就拜表謝恩, 並回書與曹操, 只言容緩圖之. 使命回見曹操, 言玄德不殺呂布之事. 操問荀彧曰: "此計不成, 奈何?" 彧曰: "又有一計, 名曰 '驅虎呑狼'之計." 操曰: "其計如何?" 彧曰: "可暗令人往袁術處通問, 報說: '劉備上密表, 要略南郡.' 術聞之, 必怒而攻備; 公乃明詔劉備討袁術. 兩邊相併, 呂布必生異心. 此 '驅虎呑狼'之計也."(*因劉·呂二人不肯相併, 又弄出一袁術來.) 操大喜, 先發人往袁術處; 次假天子詔, 發人往徐州.

〖12〗却說玄德在徐州, 聞使命至, 出郭迎接: 開讀詔書, 却是要起兵討袁術. 玄德領命, 送使者先回. 糜竺曰: "此又是曹操之計." 玄德曰: "雖是計, 王命不可違也."(*曹操所以能令人者, 只爲假托王命.) 遂點軍馬, 克日起程. 孫乾曰: "可先定守城之人." 玄德曰: "二弟之中, 誰人可守?" 關公曰: "弟願守此城." 玄德曰: "吾早晚欲與你議事, 豈可相離?" 張飛曰: "小弟願守此城." 玄德曰: "你守不得此城: 你一者酒後剛强, 鞭撻士卒;(*爲下文使酒伏線.) 二者作事輕易, 不從人諫,(*爲下文不聽陳登伏線.) 吾不放心." 張飛曰: "弟自今以後, 不飮酒, 不打軍士, 諸般聽人勸諫便了." 糜竺曰: "只恐<u>口不應心</u>." 飛怒曰: "吾跟哥哥多年, 未嘗失信, 你如何輕料我!" 玄德曰: "弟言雖如此, 吾終不放心. 還請陳元龍輔之, 早晚令其少飮酒.(*不曰不飮, 而曰少飮, 料得張公必不肯不飮酒也.) 勿致失事." 陳登應諾. 玄德分付<u>了當</u>, 乃統馬步軍三萬, 離徐州望<u>南陽</u>進發.

*注: **起程**(기정): 출발하다. **口不應心**(구불응심): 말이 마음에 응하지 않다. 말과 본심이 다르다. 말이 뜻대로 되지 않다. **了當**(료당): 처리하다. 순조롭게 잘 되다. **南陽**(남양): 지금의 하남성 南陽市.

〖13〗却說袁術聞說劉備上表, 欲吞其州縣, 乃大怒曰: "汝乃織席編履之夫, 今輒占據大郡, 與諸侯同列; 吾正欲伐汝, 汝却反欲圖我！深爲可恨！"乃使上將紀靈起兵十萬，殺奔徐州．兩軍會於盱眙．玄德兵少，依山傍水下寨．那紀靈乃山東人，使一口三尖刀，重五十斤．是日引兵出陣，大罵："劉備村夫，安敢侵吾境界！"玄德曰："吾奉天子詔，以討不臣．汝今敢來相拒，<u>罪不容誅</u>！"紀靈大怒，拍馬舞刀，<u>來取玄德</u>．關公大喝曰："匹夫休得<u>逞強</u>！"出馬與紀靈大戰，一連三十合，不分勝負．紀靈大叫："少歇！"關公便撥馬回陣，立於陣前候之．紀靈却遣副將荀正出馬．關公曰："只敎紀靈來，與他決箇雌雄．"荀正曰："汝乃無名下將，非紀將軍對手！"關公大怒，直取荀正；交馬一合，砍荀正於馬下．玄德驅兵<u>殺將過去</u>，紀靈大敗，退守<u>淮陰</u>河口，不敢交戰；只敎軍士來偷營劫寨，皆被徐州兵殺敗．兩軍相拒，不在話下．

*注: 盱眙(우이): 현 이름. 지금의 강소성에 속함.　罪不容誅(죄불용주): 죽어도 그 죄를 다 씻을 수 없다. 죽여도 시원치 않다.　取玄德(취현덕): 현덕을 공격하다. 〈取〉: 공격하다. 攻取.　逞強(령강): 강한 체하다. 잘난 체하다. 위세를 부리다. 〈逞〉: (재능이나 기량을) 뽐내다. 과시하다. 우쭐대다.　殺將過去(살장과거): 쳐들어가다. 〈將〉: 動詞와 방향보어 중간에 쓰여 그 동작의 지속성이나 개시 등을 나타낸다.　淮陰(회음): 지금의 강소성 회음현 서남.


〖14〗却說張飛自送玄德<u>起身</u>後，一應雜事，俱付陳元龍管理；軍機大務，自家參酌．一日，設宴請各官赴席．衆人坐定，張飛開言曰："我兄臨去時，分付我少飲酒，恐致失事．衆官今日盡此一醉，明日都各戒酒,(*自己不能戒酒, 却要衆人陪他戒酒, 妙.) 幫我守城．今日却都要滿飲."言罷,起身與衆官把盞．酒至曹豹面前，豹曰："我從<u>天戒</u>，不飲酒."飛曰："<u>廝殺漢</u>如何不飲酒？我要你吃一盞."豹懼怕，只得飲了一杯.(*破天戒矣.) 張飛<u>把遍各官</u>，自斟巨

觥, 連飮了幾十杯, 不覺大醉. 却又起身與衆官把盞. 酒至曹豹,
豹曰: "某實不能飮矣." 飛曰: "汝恰纔吃了,如今爲何推却?"
豹再三不飮. 飛醉後使酒, 便發怒曰: "你違我將令,該打一百!"
便喝軍士拏下. 陳元龍曰: "玄德公臨去時, 分付你甚來?" 飛
曰: "你文官, 只管文官事, 休來管我!"(*違了將令, 固非文官所得而管
也.) 曹豹無奈, 只得告求曰: "翼德公, 看我女婿之面, 且恕我
罷!" 飛曰: "你女婿是誰?" 豹曰: "呂布是也."(*正提着他對頭.)飛
大怒曰: "我本不欲打你, 你把呂布來唬我, 我偏要打你! 我打你,
便是打呂布!" 諸人勸不住, 將曹豹鞭至五十, 衆人苦苦告饒, 方
止. 席散, 曹豹回去, 深恨張飛. 連夜差人齎書一封, 徑投小沛見
呂布, 備說張飛無禮, 且云: "玄德已往淮南, 今夜可乘飛醉, 引
兵來襲徐州, 不可錯此機會."

*注: 起身(기신): 출발하다: 몸을 일으키다. 把盞(파잔): 술잔을 들다(잡
다). 술을 부어 권하다. (*주로 술을 따라 손님에게 권하는 경우에 씀). 天戒
(천계): 하늘의 禁戒. 체질적으로 음주 등 어떤 기호를 할 수 없는 것(天性戒
絶某些嗜好如飮酒等). 厮殺漢(시살한): 이 죽일 놈의 자식. 〈厮〉: 놈. 자
식; 서로. 〈厮殺〉: 서로 싸우고 죽이다. 싸우다. 〈漢〉: 남자. 把遍各官(파
편각관): 각 관원들에게 두루 잔을 돌리다. 觥(굉): 옛날의 큰 술잔. 恰纔
(흡재): 방금. 지금 막. 바로. 剛才. 推却(추각): 사양하다. 거절하다. 使酒
(사주): 술 먹은 김에 기세를 부리다. 술주정부리다. 甚來(심래): 什麼.
怎麼. 무엇. 무슨. 唬我(혁아): 나를 위협하다. 〈唬(혁)〉: 〈嚇(혁)〉과 同
字. 위협하다. 겁주다. 偏要(편요): 한사코(기어코. 꼭. 일부러) …하려
하다. 便是(편시): 바로 … 이다. 苦苦(고고): 극력. 간절히. 열심히.

備說(비설): 충분히(상세히. 완전히. 실컷) 설명하다. 淮南(회남): 揚州
에 속한 王國名. 그 治所는 壽春. 지금의 안휘성 壽縣.

【15】呂布見書，便請陳宮來議．宮曰：“小沛原非久居之地．今徐州既有可乘之隙，失此不取，悔之晚矣．”(*兩雄不并栖，況有陳宮爲之謀，曹操爲之搆，卽無張飛使酒，布能久居小沛哉? 無徒以使酒責張飛也．) 布從之，隨卽披挂上馬，領五百騎先行；使陳宮引大軍繼進，高順亦隨後進發．(*曹操之攻徐州爲父報讐，呂布之襲徐州爲妻之父報讐．) 小沛離徐州只四五十里，上馬便到．呂布到城下時，恰纔四更，月色澄清，城上便不知覺．布到城門邊叫曰：“劉使君有機密使人至!” 城上有曹豹軍報知曹豹，豹上城看之，便令軍士開門．呂布一聲暗號，衆軍齊入，喊聲大舉．張飛正醉臥府中，左右急忙搖醒，報說：“呂布賺開城門，殺將進來了．” 張飛大怒，慌忙披挂，綽了丈八蛇矛；纔出府門上得馬時，呂布軍馬已到，正與相迎．張飛此時酒猶未醒，不能力戰．呂布素知飛勇，(*虎牢關前已曾領教．) 亦不敢相逼．十八騎燕將，保着張飛，殺出東門，玄德家眷在府中，都不及顧了．

　　*注: 便(편): 곧. 즉시. 바로.　隨卽(수즉): 즉시. 곧.　殺將進來(살장진래): 쳐들어오다.　綽(작): 잡다. 들다.　燕將(연장): (장비의) 측근 장수들. 〈燕〉: 接近(가까이 지내다), 親近(친하게 지내다)의 뜻이 있다.


【16】却說曹豹見張飛只十數人護從，又欺他醉，遂引百十人赶來．(*豈非討死?) 飛見豹，大怒，拍馬來迎．戰了三合，曹豹敗走，飛赶到河邊，一槍正刺中曹豹後心，連人帶馬，死於河中．(*活時不肯飲酒，死時罰他吃水．) 飛於城外招呼士卒，出城者盡隨飛投淮南而去．呂布入城安撫居民，令軍士一百人守把玄德宅門，諸人不許擅入．(*此非呂布用情，乃感玄德示以操書之情也．)

　　却說張飛引數十騎，直到盱眙來見玄德，具說曹豹與呂布裏應外合，夜襲徐州．衆皆失色．玄德嘆曰：“得何足喜，失何足憂!”(*

落落丈夫語.) 關公曰: 嫂嫂安在?" 飛曰: "皆陷於城中矣." 玄德
默然無語. 關公頓足埋怨, 曰: "你當初要守城時說甚來? 兄長分
付你甚來? 今日城池又失了, 嫂嫂又陷了, 如何是好!" 張飛聞言,
惶恐無地, 掣劍欲自刎. 正是:

　　舉杯暢飲情何放, 拔劍捐生悔已遲.

不知性命如何, 且聽下文分解.

※注: **欺他醉**(기타취): 그(張飛)가 취했다고 얕잡아보고. 〈欺〉: 얕잡아보다.
깔보다. **河邊**(하변): 해자 가. **守把**(수파): 把守하다. 防守하다. **埋怨**(매
원): 원망하다. 불평하다. **無地**(무지): 몸 둘 바를 모르다. 어쩔 줄 모르다.

### 第十四回 毛宗崗 序始評

(1). 操之遷帝許都與卓之遷帝長安, 催汜之遷帝郿塢, 無以異
也. 然卓與催汜之名逆, 而操之名順者, 勤王之師與劫駕不同, 所
以獨成氣候. 晉文公要天子赴河陽, 而諸侯賓服, 眞伯者之事也.

(2). 劉備不殺呂布, 留以爲操敵也. 他日白門樓勸斬呂布, 恐
其爲操翼也. 前之不殺與後之勸殺, 各有深意, 英雄所見非凡人
可及.

(3). 曹操爲自己報父讐而徐州卒未嘗爲操所破, 呂布爲老婆
報父讐而徐州竟爲布所奪. 鞭內父之怨更甚於殺父親之怨, 人情
愛父不如愛妻, 可歎也. 然愛父不如愛妻, 則必有愛妻不如愛妾
者. 曹豹吃打, 便思爲老婆報讐, 獨不思王允被殺, 何不爲貂蟬
報讐也? 不算愛貂蟬, 還是怕老婆, 爲之一笑.

# 第十五回

## 太史慈酣鬬小霸王
## 孫伯符大戰嚴白虎

〖1〗却說張飛拔劍要自刎，玄德向前抱住，奪劍擲地，曰："古人云：'兄弟如手足，妻子如衣服.'衣服破，尚可縫；手足斷，安可續？(*但聞人有繼妻，不聞有繼兄繼弟.) 吾三人桃園結義，不求同生，但願同死. 今雖失了城池家小，安忍教兄弟中道而亡！況城池本非吾有. 家眷雖被陷，呂布必不謀害，尚可設計救之. 賢弟一時之誤，何至遽欲捐生耶！"(*今之因妯娌不睦而致兄弟不睦者多矣，同胞且然，何況異姓？觀玄德數語，勝讀〈棠棣〉一篇.) 說罷大哭. 關・張俱感泣.

且說袁術知呂布襲了徐州，星夜差人至呂布處，許以糧五萬斛・馬五百匹・金銀一萬兩・綵緞一千匹，使夾攻劉備.(*袁術前既不納呂布，今又交通呂布，反復可笑.) 布喜，令高順領兵五萬襲玄德之後. 玄德聞得此信，乘陰雨撤兵，棄盱眙而走，思欲東取廣陵. 比及高順軍來, 玄德已去. 高順與紀靈相見, 就索所許之物. 靈曰: "公且回軍, 容某見主公計之." 高順乃別紀靈回軍, 見呂布具述紀靈語. 布正在遲疑, 忽有袁術書至. 書意云: "高順雖來, 而劉備未除; 且待捉了劉備, 那時方以所許之物相送." 布怒罵袁術失信, 欲起兵伐之. 陳宮曰: "不可. 術據壽春, 兵多糧廣, 不可輕敵. 不如請玄德還屯小沛, 使爲我羽翼. 他日令玄德爲先鋒, 那時先取袁術, 後取袁紹, 可縱橫天下矣." 布聽其言, 令人賫書迎玄德回.(*忽欲攻之, 忽欲迎之, 反覆無常, 可笑.)

　　*注: 索(색): 찾다. 구하다. 바라다.　正在遲疑(정재지의): 마침 의심하여 망설이고 있을 때. 〈遲疑〉: 의심하여 망설임.　壽春(수춘): 揚州 九江郡에 속한 縣名. 故城址는 지금의 안휘성 壽縣.　賫書(재서): 서신을 가지고 가다. 〈賫〉: 齎(재: 가지고 가다)와 同義.


〔2〕却說玄德引兵東取廣陵, 被袁術劫寨, 折兵大半. 回來正遇呂布之使, 呈上書. 玄德大喜. 關・張曰: "呂布乃無義之人, 不可信也." 玄德曰: "彼旣以好情待我, 奈何疑之!" 遂來到徐州. 布恐玄德疑惑, 先令人送還家眷. 甘・糜二夫人見玄德, 具說呂布令兵把定宅門, 禁諸人不得入; 又常使侍妾送物, 未嘗有缺. 玄德謂關・張曰: "我知呂布必不害我家眷也." 乃入城謝呂布. 張飛恨呂布, 不肯隨往, 先奉二嫂往小沛去了. 玄德入見呂布拜謝. 呂布曰: "吾非欲奪城; 因令弟張飛在此恃酒殺人, 恐有失事, 故來守之耳." 玄德曰: "備欲讓兄久矣." 布假意仍讓玄德. 玄德力辭, 還屯小沛住箚.(*本是呂布寄寓於劉備, 今反弄成劉備寄寓於呂布. 眞客反爲主, 主反爲客.) 關・張心中不平. 玄德曰: "屈身守分, 以待天時, 不可與命爭也."(*能屈然後能伸, 確是至言.) 呂布令人送糧米緞疋. 自此兩家和好, 不在話下.

*注: 把定(파정): 단단히 지키다. 〈把〉: 지키다. 파수보다. 〈定〉: 굳어지다. 응고하다; 반드시. 꼭; 동사 뒤에 붙어 동작이나 행위가 그대로 쭉 변하지 않고 있음을 나타낸다.　往小沛(왕소패): 소패를 향하여. 〈往〉: 가다; … (을) 향해. …쪽으로.　與命爭(여명쟁): 운명과 다투다.

〖3〗 却說袁術大宴將士於壽春. 人報孫策征<u>廬江</u>太守陸康, 得勝而回. 術喚策至, 策拜於堂下. 問勞已畢, 便令侍坐飲宴.(*此處接寫孫策, 忽寫他在袁術堂下趨蹌拜坐, 令人不解其故, 直至下文方與說明, 筆法妙甚.) 原來孫策自父喪之後, 退居江南, 禮賢下士; 後因陶謙與策母舅<u>丹陽</u>太守吳景不和, 策乃移母并家屬居於<u>曲阿</u>, 自己却投袁術. 術甚愛之, 常嘆曰: "使術有子如孫郎, 死復何恨!" 因使爲懷義校尉, 引兵攻<u>涇縣大帥</u>祖郎得勝. 術見策勇, 復使攻陸康, 今又得勝而回.

*注: 廬江(여강): 郡名. 치소는 舒縣. 지금의 안휘성 廬江縣 西南.　丹陽(단양): 丹楊으로도 씀. 揚州에 속하고 治所는 宛陵. 지금의 안휘성 宣城　曲阿(곡아): 지금의 강소성 丹陽縣.　涇縣(경현): 縣名. 揚州 丹陽郡에 속함. 지금의 안휘성 涇縣.　大帥(대수): 主將. 主帥; 軍閥의 首領.

〖4〗 當日筵散, 策歸營寨. 見術席間相待之禮甚傲,(*袁術與孫堅同輩, 其待策之傲, 自以爲父執耳. 不知英雄固不論年, 策雖少, 猶虎也; 術雖發白, 不過一老牛而已.) 心中鬱悶, 乃<u>步月</u>於中庭. 因思: '父孫堅如此英雄, 我今淪落至此.' 不覺放聲大哭. 忽見一人自外而入, 大笑曰: "伯符何故如此? 尊公在日, 多曾用我. 君若有不決之事, 何不問我, 乃自哭耶?" 策視之, 乃<u>丹陽臨</u>郡人, 姓朱, 名治, 字君理, 孫堅舊從事官也. 策收涙而延之坐, 曰: "策所哭者, 恨不能繼父之志耳." 治曰: "君何不告袁公路, 借兵往江東, 假名救

吳璟, 實圖大業, 而乃久困於人之下乎?”正商議間, 一人忽入
曰: “公等所謀, 吾已知之. 吾手下有精壯百人, 暫助伯符一馬之
力.” 策視其人, 乃袁術謀士, 汝南細陽人, 姓呂, 名範, 字子
衡.(*袁術謀士爲他人用, 術之無成可知矣.) 策大喜, 延坐共議. 呂範
曰: “只恐袁公路不肯借兵.” 策曰: “吾有亡父留下傳國玉璽,(*乃
翁設誓抵賴, 令子竟不隱諱.) 以爲質當.”(*以無用之璽換有用之兵, 大有算
計.) 範曰: “公路欲得此久矣! 以此相質, 必肯發兵.” 三人計議已
定.

　　*注: 步月(보월): 달빛 아래 산책하다.　　丹陽臨鄣(단양임장): 〈丹陽故鄣〉,
〈丹楊故障〉 등으로도 씀. 지금의 절강성 安吉縣 西北.　　而乃(이내): 하지
않고 오히려. 〈而〉: 역접을 나타냄. ~지만. ~않으면서. 〈乃〉: 오히려.
　　汝南細陽(여남세양): 지금의 안휘성 太和縣 東.　　質當(질당): 전당잡히다.
저당물. 저당품.


〔5〕次日, 策入見袁術, 哭拜曰: “父讐不能報; 今母舅吳璟,
又爲揚州刺史劉繇所逼; 策老母家小, 皆在曲阿, 必將被害. 策敢
借雄兵數千, 渡江救難省親. 恐明公不信, 有亡父遺下玉璽, 權爲
質當.” 術聞有玉璽, 取而視之, 大喜曰: “吾非要你玉璽, 今且權
留在此.(*爲後文僭號張本.) 我借兵三千·馬五百匹與你, 平定之後,
可速回來. 你職位卑微, 難掌大權. 我表你爲折衝校尉·殄寇將
軍,(*不但借得兵馬, 兼得一个大官.) 克日領兵便行.” 策拜謝. 遂引軍
馬, 帶領朱治·呂範·舊將程普·黃蓋·韓當等, 擇日起兵.

　　*注: 權爲質當(권위질당): 임시로 저당물 삼다.　　且權(차권): 잠시. 임시
로.　　借(차): 빌리다; 빌려주다.　　克日(극일): 날짜를 정하여. 서둘러서.


〔6〕行至歷陽, 見一軍到. 當先一人, 姿質風流, 儀容秀麗, 見

了孫策. 下馬便拜. 策視其人, 乃廬江舒城人, 姓周, 名瑜, 字公瑾. 原來孫堅討董卓之時, 移家舒城. 瑜與孫策同年, 交情甚密, 因結爲昆仲. 策長瑜兩月, 瑜以兄事策. 瑜叔周尙, 爲丹陽太守; 今往省親, 到此與策相遇. 策見瑜大喜, 訴以衷情. 瑜曰: "某願施犬馬之力, 共圖大事." 策喜曰: "吾得公瑾, 大事諧矣!" 便令與朱治·呂範等相見. 瑜謂策曰: "吾兄欲濟大事, 亦知江東有二張乎?"(*能成大事者必能得士, 能助人成大事者必能薦賢.) 策曰: "何爲二張?" 瑜曰: "一人乃彭城張昭, 字子布; 一人乃廣陵張紘, 字子綱. 二人皆有經天緯地之才, 因避亂隱居於此. 吾兄何不聘之?" 策喜, 卽便令人賫禮往聘, 俱辭不至.(*有身分, 若乎之卽至者, 周瑜亦不薦矣.) 策乃親到其家, 與語大悅, 力聘之, 二人許允. 策遂拜張昭爲長史, 兼撫軍中郎將; 張紘爲參謀正議校尉. 商議攻擊劉繇.

*注: 歷陽(역양): 지금의 안휘성 和縣. 風流(풍류): 걸출하다. 풍치 있고 멋들어지다; 風流. 舒城(서성): 揚州 廬江郡 舒縣. 지금의 안휘성 廬江 西南. 昆仲(곤중): 형제. 〈昆〉: 형. 〈仲〉: 여러 형제들 중의 둘째. 彭城(팽성): 지금의 강소성 銅山縣. 經天緯地(경천위지): 천하를 다스리다. 재능이 대단히 뛰어나다.


〖7〗却說劉繇字正禮, 東萊牟平人也, 亦是漢室宗親, 太尉劉寵之姪, 兗州刺史劉岱之弟; 舊爲揚州刺史, 屯於壽春, 被袁術赶過江東, 故來曲阿. 當下聞孫策兵至, 急聚衆將商議. 部將張英曰: "某領一軍屯於生渚, 縱有百萬之兵, 亦不能近." 言未畢, 帳下一人高叫曰: "某願爲前部先鋒!" 衆視之, 乃東萊黃縣人太史慈也. 慈自解了北海之圍後, 便來見劉繇, 繇留於帳下.(*補出前文.) 當日聽得孫策來到, 願爲前部先鋒. 繇曰: "你年尙輕, 未可爲大

將,(＊袁術以年輕孫策, 劉繇亦以年輕太史慈, 術與繇是一流人.) 只在吾左
右聽命." 太史慈不喜而退. 張英領兵至牛渚, 積糧十萬於邸閣.
孫策引兵到, 張英出迎, 兩軍會於牛渚灘上. 孫策出馬, 張英大
罵, 黃蓋便出與張英戰. 不數合, 忽然張英軍中大亂, 報說寨中有
人放火. 張英急回軍. 孫策引軍前來, 乘勢掩殺. 張英棄了牛渚,
望深山而逃. 原來那寨後放火的, 乃是兩員健將: 一人乃九江壽春
人, 姓蔣, 名欽, 字公奕; 一人乃九江下蔡人, 姓周, 名泰, 字幼
平. 二人皆遭世亂, 聚人在洋子江中, 劫掠爲生; 久聞孫策爲江東
豪傑, 能招賢納士, 故特引其黨三百餘人, 前來相投.(＊二人不待相
投而後立功, 乃先立功而後相投, 來得甚奇.) 策大喜, 用爲車前校尉. 收
得牛渚邸閣糧食·軍器, 并降卒四千餘人, 遂進兵神亭.

*注: 東萊牟平(동래모평): 지금의 산동성 福仙縣 西北. 牛渚(우저): 즉
牛渚山. 지금의 안휘성 當塗縣 西北 長江邊. 산 아래에 牛渚磯가 있는데
一名 采石이라고도 하며 對岸의 橫江渡와 마주보고 있다. 古代에 長江 하류
의 南北 要津이었다. 縱有(종유): 설령 …(이) 있더라도. 〈縱〉: 설령 …일
지라도. 東萊黃縣(동래황현): 지금의 산동성 黃縣 東. 邸閣(저각): 儲糧
所. 곡물이나 물자의 저장 창고. 九江下蔡(구강하채): 지금의 안휘성 鳳臺
縣. 洋子江(양자강): 즉 揚子江. 지금의 長江을 가리킴. 唐代에 揚子津 渡口
에 揚子縣을 두었으므로 이곳의 큰 강을 揚子江이라 하였다. 지금의 강소성
江都와 丹徒 사이의 大江. 후에 泛稱으로 長江이라 하였음. 相投(상투):
몸을 의탁(의지)하다. 의기투합하다. 神亭(신정): 地名. 지금의 강소성 金
壇市 北, 丹陽市 南.


〖8〗 却說張英敗回見劉繇, 繇怒欲斬之. 謀士笮融·薛禮勸免,
使屯兵秣陵城拒敵. 劉繇自領兵於神亭嶺南下營, 孫策於嶺北下
營. 策問土人曰: "近山有漢光武廟否?" 土人曰: "有廟在嶺

上."(*光武廟宜在洛陽, 奈何神亭嶺亦有之? 意者洛陽太廟焚毀, 而劉繇自以爲宗室, 乃立廟於此耶?) 策曰: "吾夜夢光武召我相見, 當往祈之."(*孫策後來不信神仙, 此日獨信夢兆, 何也?) 長史張昭曰: "不可. 嶺南乃劉繇寨, 倘有伏兵, 奈何?" 策曰: "神人祐我, 吾何懼焉!" 遂披挂綽槍上馬, 引程普·黃蓋·韓當·蔣欽·周泰等共十三騎, 出寨上嶺, 到廟焚香. 下馬參拜已畢, 策向前跪祝曰: "若孫策能於江東立業, 復興故父之基, 卽當重修廟宇, 四時祭祀."(*卿自欲興孫家基業, 與劉家何與? 且正與劉家宗親作對, 何反向漢室祖先致祝也? 小沛王欲求神力助攻劉氏, 當求項羽廟而祝之.) 祝畢, 出廟上馬, 回顧衆將曰: "吾欲過嶺, 探看劉繇寨柵." 諸將皆以爲不可. 策不從, 遂同上嶺, 南望村林. 早有伏路小軍飛報劉繇. 繇曰: "此必是孫策誘敵之計, 不可追之." 太史慈踊躍曰: "此時不捉孫策, 更待何時!" 遂不候劉繇將令, 竟自披挂上馬, 綽槍出營, 大叫曰: "有膽氣者, 都跟我來!" 諸將不動. 惟有一小將曰: "太史慈眞猛將也! 吾可助之!" 拍馬同行.(*此小將惜不傳其名.) 衆將皆笑.(*燕雀笑鴻鵠.)

**注:** 笮融(작융): 〈笮(착·작)〉: (작): 좁다. 전동. (작): (대오리로 꼰) 바.
秣陵城(말릉성): 지금의 강소성 江寧縣 南秣陵關. 毛本과 明嘉靖本에는 〈零陵城〉으로 되어 있으나 零陵은 지금의 호남성 零陵縣에 있어서 지리적 위치가 소설의 상황 배경과 일치하지 않는다. 뒤편에는 〈秣陵城〉으로 나온다. 漢光武(한광무): 西漢이 王莽(왕망)에 의해 멸망한 후 25년에 劉秀가 後漢을 재건하여 洛陽에 도읍했는데, 이가 곧 光武帝이다.

〖9〗 却說孫策看了半晌, 方始回馬. 正行過嶺, 只聽得嶺上叫: "孫策休走!" 策回頭視之, 見兩匹馬飛下嶺來. 策將十三騎一齊擺開. 策橫槍立馬於嶺下待之. 太史慈高叫曰: "那个是孫策?" 策曰: "你是何人?" 答曰: "我便是東萊太史慈也, 特來捉孫策!" 策笑曰："只我便是. 你兩个一齊來併我一个, 我不懼你!
我若怕你, 非孫伯符也." 慈曰："你便衆人都來, 我亦不怕!" 縱
馬橫槍, 直取孫策. 策挺槍來迎. 兩馬相交, 戰五十合, 不分勝敗.
程普等暗暗稱奇. 慈見孫策槍法無半點兒差漏, 乃佯輸詐敗, 引孫
策赶來. 慈却不由舊路上嶺, 竟轉過山背後. 策赶到, 大喝曰:
"走的不算好漢!" 慈心中自忖："這厮有十二從人, 我只一個,
便活捉了他, 也被衆人奪去.(＊不愁捉不得孫策, 只愁捉了被人奪去, 可謂
目無孫策矣.) 再引一程, 教這厮沒尋處, 方好下手." 於是且戰且
走. 策那裏肯捨, 一直赶到平川之地. 慈兜回馬再戰, 又到五十
合. 策一槍搠去, 慈閃過, 挾住槍; 慈也一槍搠去, 策亦閃過, 挾
住槍. 兩个用力只一拖, 都滾下馬來. 馬不知走的那裏去了.(＊不惟
從人失散, 且復爰喪其馬.) 兩个棄了槍, 揪住厮打, 戰袍扯得粉碎. 策
手快, 掣了太史慈背上的短戟, 慈亦掣了策頭上的兜鍪. 策把戟
來刺慈, 慈把兜鍪遮架.(＊策卽以慈之戟刺慈, 慈亦以策之盔禦策. 同是以
敵治敵, 同是以我困我.) 忽然喊聲後起, 乃劉繇接應軍到來, 約有千
餘. 策正慌急, 程普等十二騎亦衝到. 策與慈方纔放手. 慈於軍中
討了一匹馬, 取了槍, 上馬復來. 孫策的馬却是程普收得. 策亦取
槍上馬. 劉繇一千餘軍和程普等十二騎混戰, 逶迤殺到神亭嶺下.
喊聲起處, 周瑜領軍來到.(＊賴有此軍接應, 不然孫策亦輕身陷敵矣, 獨不
記乃尊峴山故事也?) 劉繇自領大軍殺下嶺來. 時近黃昏, 風雨暴至,
兩下各自收軍. (＊若非風雨, 慈·策二人將直殺至天明矣.)

　　*注: 半晌(반상): 한참 동안; 잠깐 동안; 한나절. 併我一个(병아일개):
나 하나와 다투다(싸우다). 〈併〉: 나란히 하다; 다투다. 差漏(차루): 어긋
나고 빈틈이 나다. 佯輸詐敗(양수사패): 거짓으로 져서 패한 척하다.
　便活捉(편활착): 비록 그를 산채로 잡더라도. 〈便〉: 설령(비록) …하더라
도. 平川之地(평천지지): 平川地. 평야. 평원. 도로가 평탄한 곳. 兜回馬

(두회마): 말을 빙 돌리다. 〈兜〉: 주머니. 싸다. 둘러싸다. 빙 돌다. 투구.
두건.  馬不知走的那裏去了(마부지주적나리거료): 말은 어디로 달아났는
지 모른다. 不知馬那裏走去了.  揪住(추주): 꽉 붙잡다.  兜鍪(두무): 투
구.  遮架(차가): 막다. 막아 저항하다.  方纔(방재): 方才. 방금. 이제
막; 겨우. …해서야 비로소.  逶迤(위이): 잇달아 나아가는 모양. 구불구불
(形容過程的聯綿進展).


〖10〗 次日, 孫策引軍到劉繇營前. 劉繇引軍出營. 兩陣圓處,
孫策把槍挑太史慈的小戟於陣前, 令軍士大叫曰: "太史慈若不是
走的快, 已被刺死了!" 太史慈亦將孫策兜鍪挑於陣前,(*前日虎牢
關上挑孫堅赤幘, 今日神亭嶺下挑孫策兜鍪, 可稱落帽世家.) 也令軍士大叫
曰: "孫策頭已在此!" 兩軍納喊, 這邊誇勝, 那邊道強. 太史慈出
馬, 要與孫策決个勝負. 策遂欲出. 程普曰: "不須主公勞力, 某
自擒之." 程普出到陣前, 太史慈曰: "你非我之敵手, 只敎孫策
出馬來." 程普大怒, 挺槍直取太史慈. 兩馬相交, 戰到三十合,
劉繇急鳴金收軍. 太史慈曰: "我正要捉拿賊將, 何故收軍?" 劉
繇曰: "人報周瑜領軍襲取曲阿, 有廬江松滋人陳武, 字子烈, 接
應周瑜入去. 吾家基業已失, 不可久留. 速往秣陵, 會薛禮‧笮融
軍馬, 急來接應." 太史慈跟着劉繇退軍, 孫策不赶, 收住人馬.
長史張昭曰: "彼軍被周瑜襲取曲阿, 無戀戰之心, 今夜正好劫
營." 孫策然之. 當夜分軍五路, 長驅大進. 劉繇軍兵大敗, 衆皆
四紛五落. 太史慈獨力難當, 引十數騎連夜投涇縣去了.
　　*注: 把槍(파창): 창을 잡다.  挑(도): 높이 들다(揚起. 擧起). 매달다(懸
掛). 대나무 등의 한 쪽 끝에 매달아 높이 들다. 드러내다.  納喊(납함):
吶喊(납함). 함성을 지르다.  這邊誇勝, 那邊道强(저변과승, 나변도강):
직역하면, 〈이쪽은 이겼다고 자랑하고, 저쪽은 자기들이 강하다고 말한다.〉

각자 서로 이겼다고 우기다.　　只教(지교): 다만 …하게 하라.　　**盧江松滋**(여
강송자): 지금의 안휘성 宿松縣 東北.　　**四紛五落**(사분오락): 뿔뿔이 흩어지
다. 무질서하게 산산이 흩어져 있다. 四分五落.

〖11〗却說孫策又得陳武爲輔, 其人身長七尺, 面黃睛赤, 形容
古怪.(*前只在劉繇口中述其事, 今却在孫策眼中見其人, 補敍得妙.) 策甚敬
愛之, 拜爲校尉, 使作先鋒, 攻薛禮. 武引十數騎突入陣去, 斬首
級五十餘顆.(*只十數騎耳, 斬首如此之多, 足見其勇.) 薛禮閉門不敢出.
策正攻城, 忽有人報劉繇會合笮融去取牛渚. 孫策大怒, 自提大軍
竟奔牛渚. 劉繇·笮融二人出馬迎敵. 孫策曰: "吾今到此, 你如何
不降?" 劉繇背後一人挺槍出馬, 乃副將于糜也, 與策戰不三合,
被策生擒過去, 撥馬回陣. 繇將樊能, 見捉了于糜, 挺槍來赶. 那
槍剛搠到策後心,　　策陣上軍士大叫: "背後有人暗算!" 策回頭,
忽見樊能馬到, 乃大喝一聲, 聲如巨雷, 樊能驚駭, 倒翻身撞下馬
來, 破頭而死. 策到門旗下, 將于糜丟下, 已被挾死. 一霎時挾死
一將, 喝死一將: 自此, 人皆呼孫策爲 "小覇王."(*覇王無面見江東,
今小覇王復覇江東, 或卽項羽後身, 亦未可知.)
　　*注: **古怪**(고괴): 奇怪(怪奇)하다. 기이하다. 괴팍하다.　　**暗算**(암산): 음모
(흉계)를 몰래 꾸미다. (남몰래) 노리다.　　**丟下**(주하): 잃다. 떨어뜨리다.
던지다.　　**挾死**(협사): 겨드랑이에 끼어서 죽이다.　　**霎時**(삽시): 삽시간에.
순식간에.　　**喝死**(갈사): 큰 소리로 외쳐서 (그 소리에 놀라) 죽게 하다.
**小覇王**(소패왕): 작은 項羽. 〈覇王〉: 項羽를 가리킨다.

〖12〗當日劉繇兵大敗, 人馬大半降策. 策斬首級萬餘. 劉繇與
笮融走豫章, 投劉表去了.(*又走到孫策讐人處.) 孫策還兵復攻秣陵,
親到城河邊, 招諭薛禮投降. 城上暗放一冷箭, 正中孫策左腿, 翻

身落馬. 衆將急救起, 還營拔箭, 以金瘡藥傅之. 策令軍中詐稱主
將中箭身死.(＊孫堅眞被射死, 孫策詐稱射死, 一眞一假, 一死一生.) 軍中
擧哀, 拔寨齊起. 薛禮聽知孫策已死, 連夜起城內之軍, 與驍將張
英·陳橫殺出城來追之. 忽然伏兵四起, 孫策當先出馬, 高聲大
叫: "孫郎在此!" 衆軍皆驚, 盡棄刀槍, 拜於地下. 策令休殺一
人. 張英撥馬回走, 被陳武一槍刺死, 陳橫被蔣欽一箭射死, 薛禮
死於亂軍之中. 策入秣陵, 安輯居民; 移兵至涇縣來捉太史慈.

　　*注: 豫章(예장): 郡名. 治所는 지금의 강서성 南昌市. 城河(성하): 城壕.
해자. 招諭(초유): 제왕이 적대 세력을 招撫할 때의 諭旨. 〈招喩〉로도
쓴다. 冷箭(냉전): 갑자기 날아오는 화살. 〈放冷箭〉: 남모르게 사람을 해치
다. 擧哀(거애): 큰 소리로 哭을 하면서 죽음을 애도하다(高聲號哭而哀
悼). 安輯(안집): 安集. 안정시키다. 편안하게 하다.


　　〖13〗 却說太史慈招得精壯二千餘人, 幷所部兵, 正要來與劉繇
報讐. 孫策與周瑜商議活捉太史慈之計. 瑜令三面攻縣, 只留東門
放走; 離縣二十五里, 三路各伏一軍. 太史慈到那裏, 人困馬乏,
必然被擒. 原來太史慈所招軍大半是山野之民, 不諳紀律.(＊然則雖
有二千人, 只算太史慈一人耳.) 涇縣城頭, 苦不甚高. 當夜, 孫策命陳
武短衣持刀, 首先爬上城放火. 太史慈見城上火起, 上馬投東門
走, 背後孫策引軍來赶. 太史慈正走, 後軍赶至三十里, 却不赶
了. 太史慈走了五十里, 人困馬乏, 蘆葦之中, 喊聲忽起. 慈急待
走, 兩下裏絆馬索齊來, 將馬絆翻了, 生擒太史慈, 解投大寨. 策
知解到太史慈, 親自出營喝散士卒, 自釋其縛, 將自己錦袍衣
之.(＊孫策爲小霸王, 太史慈亦一小英布也. 但項羽不能用英布, 孫策能用慈,
勝項羽多矣.) 請入寨中, 謂曰: "我知子義眞丈夫也. 劉繇蠢輩, 不
能用爲大將, 以致此敗."(＊貶駁劉繇, 隱然誇奬自己.) 慈見策待之甚

厚, 遂請降. 策執慈手, 笑曰: "神亭相戰之時, 若公獲我, 還相害
否?" 慈笑曰: "未可知也." 策大笑, 請入帳, 邀之上坐, 設宴款
待. 慈曰: "劉君新破, 士卒離心. 某欲自往收拾餘衆, 以助明公.
不識能相信否?" 策起謝曰: "此誠策所願也. 今與公約: 明日日
中, 望公來還." 慈應諾而去. 諸將曰: "太史慈此去必不來矣."
策曰: "子義乃信義之士, 必不背我." 衆皆未信. 次日, 立竿於營
門以候日影. 恰將日中, 太史慈引一千餘衆到寨. 孫策大喜. 衆皆
服策之知人. (*有孫策之信太史慈, 乃有孫權之信諸葛瑾, 弟正學其兄也.)

*注: **與劉繇報讐**(여유요보수): 유요를 위해 원수를 갚다. 〈與〉: 위하여.
대신하여. **人困馬乏**(인곤마핍): 사람과 말이 다 지치다. 〈乏〉: 결핍하다.
지치다. 피곤하다. **苦不甚高**(고불심고): 그러나 매우 높지 않았다. 〈苦〉:
도리어. 오히려. 반대로. 그러나. 〈却〉과 같은 뜻으로 轉折을 표시하는 副
詞. **短衣**(단의): 짧은 옷. 가볍고 입기 편한 옷. 가벼운 옷차림. **絆馬索**(반
마삭): 말을 잡아매는 끈. 〈絆〉: 잡아매다. 〈索〉: (삭): 끈. 노. (색): 찾다.
**解投**(해투): 압송해 보내다. **解到**(해도): 압송해 보내오다. 〈解〉: 압송하
다. **子義**(자의): 太史慈의 字. **候日影**(후일영): 해 그림자를 관측하다.
〈候〉: 기다리다; 살피다. 망보다; 탐색하다. 관측하다.


〖14〗 於是孫策聚數萬之衆, 下江東, 安民恤衆, 投者無數. 江
東之民皆呼策爲 "孫郞". 但聞孫郞兵至, 皆喪膽而走. 及策軍到,
並不許一人擄掠, 鷄犬不驚, 人民皆悅, 賚牛酒到寨勞軍. 策以金
帛答之, 歡聲遍野. (*項羽好殺, 每欲屠城, 今小霸王絕勝老霸王矣.) 其劉
繇舊軍, 願從軍者聽從, 不願爲軍者給賞歸農. 江南之民, 無不仰
頌. (*勇者不必有仁, 孫郞勇而能仁, 尤爲難得.) 由是兵勢大盛. 策乃迎母
叔諸弟, 俱歸曲阿, 使弟孫權與周泰守宣城, 策領兵南取吳郡.

*注: **宣城**(선성): 縣名. 동한 때 宛陵으로 改名하여 丹陽郡의 治所로 삼았

다. 지금의 안휘성 宣城.　　吳郡(오군): 揚州에 속한 郡名. 치소는 吳縣으로 지금의 강소성 蘇州.

〖15〗時有嚴白虎, 自稱 '東吳德王', 據吳郡, 遣副將守住烏程 · 嘉興. 當日白虎聞策兵至, 令弟嚴輿出兵, 會於楓橋. 輿橫刀立馬於橋上. 有人報入中軍, 策便欲出.(*一將之勇有餘, 君人之度未足.) 張紘諫曰: "夫主將乃三軍之所繫命, 不宜輕敵小寇. 願將軍自重." 策謝曰: "先生之言如金石; 但恐不親冒矢石, 則將士不用命耳." 隨遣韓當出馬. 比及韓當到橋上時, 蔣欽 · 陳武早駕小舟從河岸邊殺過橋裏, 亂箭射倒岸上軍. 二人飛身上岸砍殺, 嚴輿退走. 韓當引軍直殺到閶門下. 賊退入城裏去了. 策分兵水陸並進, 圍住吳城. 一圍三日, 無人出戰. 策引衆軍到閶門外招諭. 城上一員裨將, 左手託定護梁, 右手指着城下大罵. 太史慈就馬上拈弓取箭, 顧軍將曰: "看我射中這廝左手!" 說聲未絕, 弓弦響處, 果然射个正中, 把那將的左手射透, 反牢釘在護梁上. 城下城上人見者, 無不喝采.(*城下人喜而喝采, 宜矣, 城上人正當着急, 如何也喝采? 想蘇州人固應有此清興.)　衆人救了這人下城.　白虎大驚曰: "彼軍有如此人, 安能敵乎!" 遂商量求和.

次日, 使嚴輿出城, 來見孫策. 策請輿入帳飮酒. 酒酣, 問輿曰: "令兄意欲如何?" 輿曰: "欲與將軍平分江東." 策大怒曰: "鼠輩安敢與吾相等!"(*彼自名曰虎, 策乃目之曰鼠.)　命斬嚴輿. 輿拔劍起身, 策飛劍砍之, 應手而倒. 割下首級, 令人送入城中. 白虎料敵不過, 棄城而走.

*注: 烏程(오정): 양주 오군에 속한 현명. 지금의 절강성 吳興縣 湖州市南. 毛本과 明嘉靖本에는 〈烏城〉으로 되어 있으나 〈三國志. 吳書. 孫策傳〉에 따라 〈烏程〉으로 고침.　　嘉興(가흥): 縣名. 揚州 吳郡에 소속으로

지금의 절강성 嘉興市 南. **楓橋**(풍교): 地名. 지금의 강소성 蘇州市 西,
諸暨縣 東北. **金石**(금석): 문자가 새겨진 鐘鼎이나 碑石. 후에는 주로 언
론의 중요성을 비유하는 말로 쓰인다. **用命**(용명): 윗사람의 명령을 받들
다. **閶門**(창문): 지금의 강소성 蘇州市 西쪽으로 나 있는 성문. **裨將**(비
장): 副將. 大將을 돕는 장군. **弓弦響處**(궁현향처): 활시위가 울렸을 때.
〈處〉: 처소. 장소; 시간, 때(時. 時候). **反牢釘**(반뢰정): 도리어(反) …
(에) 단단히(牢) 못 박히다(釘).


〖16〗策進兵追襲, 黃蓋攻取嘉興, 太史慈攻取烏程, 數州皆
平. 白虎奔餘杭, 於路劫掠, 被土人凌操領鄉人殺敗, 望會稽而
走. 凌操父子二人來接孫策, 策使爲從征校尉, 遂同引兵渡江. 嚴
白虎聚寇, 分布於西津渡口. 程普與戰, 復大敗之. 連夜趕到會
稽.

　　會稽太守王朗, 欲引兵救白虎. 忽一人出曰: "不可. 孫策用仁
義之師, 白虎乃暴虐之將, 還宜擒白虎以獻孫策." 朗視之, 乃會
稽餘姚人, 姓虞, 名翻, 字仲翔, 現爲郡吏. 朗怒叱之. 翻長嘆而
出. 朗遂引兵會合白虎, 同陳兵於山陰之野. 兩陣對圓, 孫策出馬,
謂王朗曰: "吾興仁義之兵, 來安浙江, 汝何故助賊?" 朗罵曰:
"汝貪心不足, 旣得吳郡, 而又强併吾界, 今日特與嚴氏報讐!" (*
王朗亦一時名士, 何不識好歹至此?) 孫策大怒, 正待交戰, 太史慈早出.
王朗拍馬舞刀與慈戰, 不數合, 朗將周昕殺出助戰; 孫策陣中黃
蓋, 飛馬接住周昕交鋒. 兩下鼓聲大震, 互相鏖戰. 忽王朗陣後先
亂, 一彪軍從背後抄來. 朗大驚, 急回馬來迎, 原來是周瑜與程普
引軍刺斜殺來, (*孫郎每虧周郎接應, 孫郎之下江東, 周郎之功居多.) 前後
夾攻. 王朗寡不敵衆, 與白虎·周昕殺條血路, 走入城中, 拽起弔
橋, 堅閉城門. 孫策大軍乘勢趕到城下, 分布衆軍, 四門攻打. 王

朗在城中見孫策攻城甚急, 欲再出兵決一死戰. 嚴白虎曰: "孫策
兵勢甚大, <u>足下</u>只宜深溝高壘, 堅壁勿出. 不消一月, 彼軍糧盡,
自然退走. 那時乘勢掩之, 可不戰而破也." 朗依其議, 乃固守會
稽城而不出. 孫策一連攻了數日, 不能成功, 乃與衆將計議. 孫靜
曰: "王朗負固守城, 難可<u>卒拔</u>. 會稽錢糧, 大半屯於<u>查瀆</u>; 其地離
此數十里, 莫若以兵先據其內: 所謂 '<u>攻其無備</u>, <u>出其不意</u>'
也."(*孫權有叔, 孫堅有弟.) 策大喜曰: "叔父妙用, 足破賊人矣!"
卽下令於各門燃火, 虛張旗號, 設爲疑兵, 連夜撤圍南去. 周瑜進
曰: "主公大兵一起, 王朗必出城來赶, 可用奇兵勝之." 策曰:
"吾今准備下了, 取城只在今夜." 遂令軍馬起行.(*名取查瀆, 其意實
在會稽, 孫郎兵法頗妙, 非徒勇也.)

*注: 餘杭(여항): 揚州 吳郡에 속한 縣名. 지금의 浙江省 杭州市 西.　會稽
(회계): 郡名. 治所는 山陰(지금의 절강성 紹興市).　還宜(환의): 의당 …
하는 편이 좋다.〈=還是宜〉.　餘姚(여요): 縣名. 지금의 浙江省에 속함.
山陰(산음): 揚州 吳郡에 속한 縣名. 지금의 절강성 紹興.　對圓(대원):
양쪽 군대가 싸우기 전에 각자 半圓形의 陣을 이루는데, 상대의 半圓과 합하
면 하나의 圓처럼 된다. 그래서 싸우기 위해 陣을 벌려 선 모습을 이렇게
부르게 되었다.　浙江(절강): 옛 수명. 지금의 錢塘江. 상류는 新安江으로
지금의 절강성에 있다. 여기서는 절강 流域 一帶 地區를 가리킴.　不足(부족):
만족할 줄 모르다.〈足〉: 족하게 생각하다.　鏖戰(오전): 격전. 〈鏖〉: 오살하
다. 전멸시키다.　抄來(초래):〈抄〉: 습격. 약탈. 노략질하다. 질러가다.
지름길로 가다.　刺斜(척사): 측면에서. 옆길로.　殺條血路(살조혈로): 싸워
서 혈로를 뚫다.　足下(족하): 귀하.　卒拔(졸발): 갑자기 빼앗다. 〈卒〉:
돌연. 갑자기.　查瀆(사독): 揚州 會稽郡 永興縣. 지금의 절강성 蕭山縣 東
南.　攻其無備(공기무비): 적의 대비 없는 곳을 공격하다. "攻其無備, 出其
不意"(적의 대비 없는 곳을 공격하고, 적이 생각하지 못한 때에 진격한다)의

출처는 〈孫子·計篇〉이다.　　奇兵(기병): 적을 기습하는 군대. 기습 군.

〖17〗却說王朗聞報孫策軍馬退去, 自引衆人來<u>敵樓</u>上觀望; 見城下烟火併起, 旌旗不雜, <u>心下</u>持疑. 周昕曰: "孫策走矣, 特設此計以疑我耳. 可出兵襲之." 嚴白虎曰: "孫策此去, 莫非要去査瀆? 我引部兵與周將軍追之." 朗曰: "査瀆是我屯糧之所, 正須<u>隄防</u>. 汝引兵先行, 吾隨後接應." 白虎與周昕領五千兵出城追趕. 將近初更, 離城二十餘里, 忽密林裏一聲鼓響, 火把齊明. 白虎大驚, 便勒馬回走. 一將當先攔住, 火光中視之, 乃孫策也. 周昕舞刀來迎, 被策一槍刺死. 餘衆皆降. 白虎殺條血路, 望餘杭而走. 王朗聽知前軍已敗, 不敢入城, 引部下奔逃<u>海隅</u>去了. 孫策復回大軍, 乘勢取了城池, 安定人民. 不隔一日, 只見一人將着嚴白虎首級來孫策軍前投獻. 策視其人, 身長八尺, 面方口闊. 問其姓名, 乃會稽餘姚人, 姓董, 名襲, 字元代.(*此人亦先立功而後出姓名, 與前文一樣筆法.) 策喜, 命爲別部司馬. 自是東路皆平. 令叔孫靜守之, 令朱治爲吳郡太守, 收軍回江東.

　　*注: **敵樓**(적루): 적의 정세를 살피기 위한 성벽의 망루.　　心下(심하): 심리. 심중. 마음속.　　隄防(제방): 제방. 둑; 방비. 단속하다. 〈堤防〉, 〈提防〉으로도 씀.　　海隅(해우): 바닷가.

〖18〗却說孫權與周泰守宣城, 忽山賊<u>竊發</u>. 四面殺至. 時値更深, 不及抵敵, 泰抱權上馬. 數十賊衆, 用刀來砍. 泰赤體步行, 提刀殺賊, 砍殺十餘人. 隨後一賊躍馬挺槍直取周泰, 被泰<u>扯住</u>槍, 拖下馬來, 奪了槍馬, 殺條血路, 救出孫權. 餘賊遠遁. 周泰身被十二槍,(*有如此用命之將, 安得不興?) <u>金瘡發脹</u>, 命在須臾. 策聞之大驚. 帳下董襲曰: "某曾與海寇相持, 身遭數槍. 得會稽一簡賢郡吏虞翻薦一醫者,　　半月而愈." 策曰:"虞翻莫非虞仲翔乎?"襲曰:"然." 策曰:"此賢士也, 我當用之." 乃令張昭與董襲同往聘請虞翻. 翻至, 策優禮相待, 拜爲功曹, 因言及求醫之意.(*先拜官而後問醫, 是爲其賢士而用之, 非專托其請醫生也.) 翻曰:"此人乃沛國譙郡人, 姓華, 名佗, 字元化, 眞當世之神醫也. 當引之來見." 不一日引至. 策見其人, 童顏鶴髮, 飄然有出世之姿,(*華佗先於此出現.) 乃待爲上賓, 請視周泰瘡. 佗曰:"此易事耳.!" 投之以藥, 一月而愈. 策大喜, 厚謝華佗. 遂進兵殺除山賊, 江南皆平. 孫策分撥將士, 守把各處隘口; 一面寫表申奏朝廷; 一面結交曹操; 一面使人致書與袁術取玉璽.

> **\*注: 竊發**(절발): 몰래 일어나다.　**扯住**(차주): 잡아당기다. 붙잡다.　**金瘡**
> (금창): 금속성의 칼이나 창, 화살 따위로 받은 상처. 〈瘡〉: 상처. 부스럼.
> **脹**(창); 부풀어 오르다.　**飄然**(표연): 둥실둥실 떠가는 모양. 정처 없이 떠돌
> 아다니는 모양.

〖19〗 却說袁術暗有稱帝之心, 乃回書推託不還,(*孫堅匿璽而不出, 袁術賴璽而不還, 皆以此璽爲奇貨, 不知在人不在璽, 猶之在德不在鼎也.) 急聚長史楊大將·都督張勳·紀靈·橋蕤·上將雷薄·陳蘭等三十餘人, 商議曰:"孫策借我軍馬起事, 今日盡得江東地面; 乃不思報本, 而反來索璽, 殊爲無禮. 當以何策圖之?" 長史楊大將曰:"孫策據長江之險, 兵精糧廣, 未可圖也. 今當先伐劉備,(*此卷書以備始, 亦以備終.) 以報前日無故相攻之恨, 然後圖取孫策未遲. 某獻一計, 使備卽日就擒." 正是:

不去江東圖虎豹, 却來徐郡鬪蛟龍.

不知其計若何, 且聽下文分解.

> **\*注: 蕤**(유): 꽃. 늘어진 꽃.　**殊**(수): 다르다; 특별하다; 매우. 극히. 특히.

전혀.

(1). 孫策信太史慈, 而慈亦不欺孫策, 英雄心事如靑天白日, 所以能相與有成耳. 若劉備不聽曹操而殺呂布, 呂布乃聽袁術而欲攻劉備, 及爲袁術所欺而後召劉備, 何無信義乃爾! 翼德之欲殺之, 可謂知人. 翼德非莽人也.

(2). 玉璽得而孫堅亡, 玉璽失而孫策覇, 玉璽之無關重輕也! 成大業者以收人才結民心爲寶, 而玉璽不與焉. 堅之匿之, 不若策之棄之, 策之英雄殆過其父.

(3). 或曰: 孫策如此英雄, 何不先擊劉表以報父讐? 子曰: 脚頭不立定, 未可報讐; 脚頭纔立定, 亦未可報讐. 曹操初得兗州而遽擊陶謙, 則呂布旋議其後; 劉備未定巴蜀而遽攻曹操, 則關張不能爲功, 固籌之熟矣.

(4). 前卷敍曹氏立國之始, 此卷敍孫氏開國之由, 兩家已各自成一局面, 而劉備則尙煢煢無依, 然繼漢正統者, 備也. 故前卷以劉備結, 此卷以劉備起, 敍兩家必夾敍劉備. 蓋旣以備爲正統, 則敍劉處文雖少, 是正文; 敍孫曹處文雖多, 皆旁文. 於旁文之中帶出正文, 如草中之蛇, 於彼見頭, 於此見尾. 又如空中之龍, 於彼見鱗, 於此見爪. 記事之妙, 無過於是. 今人讀〈三國志〉而猶欲別讀稗官, 則是未嘗讀〈三國志〉也.

# 第十六回

## 呂奉先射戟轅門
## 曹孟德敗師淯水

〔1〕却說楊大將獻計欲攻劉備. 袁術曰: "<u>計將安出</u>?" 大將曰:
"劉備軍屯小沛, 雖然易取, 那呂布<u>虎踞</u>徐州. 前次許他金帛糧馬,
至今未與, 恐其助備; 今當令人送與糧食, 以結其心,(*前番是賒, 今
番是現.) 使其按兵不動, 則劉備可擒. 先擒劉備, 後圖呂布, 徐州
可得也." 術喜, 便具粟二十萬斛, 令韓胤齎密書往見呂布. 呂布
甚喜,(*賴物便怒, 得物便喜, 眞如小兒.) 重待韓胤. 胤回告袁術, 術遂
遣紀靈爲大將, 雷薄・陳蘭爲副將, 統兵數萬, 進攻小沛. 玄德聞
知此信, 聚衆商議. 張飛要出戰, 孫乾曰: "今小沛糧寡兵微, 如
何抵敵?可修書告急於呂布." 張飛曰: "那厮如何肯來?" 玄德
曰: "乾之言善." 遂修書與呂布. 書略曰:

    "伏自將軍垂念, 令備於小沛容身, 實<u>拜雲天之德</u>. 今袁術欲

報私讐, 遣紀靈領兵到縣, 亡在旦夕, 非將軍莫能救. 望驅一旅之師, 以救倒懸之急, <u>不勝幸甚!</u>"

呂布看了書, 與陳宮計議曰:"前者袁術送糧致書, 蓋欲使我不救玄德也. 今玄德又來求救. 吾想玄德屯軍小沛, 未必遂能爲我害;若袁術併了玄德, 則北連泰山諸將以圖我, 我不能安枕矣. 不若救玄德." 遂點兵起程.(*呂布從來沒主張, 獨此番大有定見.)

*注: 轅門(원문): 옛날 帝王이 巡狩나 사냥을 나가면 밖에서 노숙하였는데, 이때 수레로 울타리를 쳤다. 그리고 출입처에는 수레 둘을 앞 끌채(이를 轅이라 한다)를 서로 마주보게 위를 향해 세워서 반원형의 門을 만들었는데, 이를 "轅門"이라고 한다. 후에는 將帥가 있는 營門 혹은 官署의 外門을 가리키게 되었다. 여기서는 〈營門〉을 말한다. 淯水(육수): 지금의 하남성 관내의 白河. 漢水의 지류로 하남성 嵩山에서 발원하여 南陽을 경유, 호북성 襄樊滙(양번회)에서 漢水로 들어간다. 計將安出(계장안출): 어떤 계책이 있는가. 앞으로 어찌해 나갈 계획인가. 앞으로 어떻게 할 계책인가. 虎踞 (호거): 범이 웅크리고 앉아 있다. 拜雲天之德(배운천지덕): 삼가 높고 두터운 은혜를 받았습니다. 〈雲天〉: 높고 큼(두터움)을 형용한 말. 倒懸之急(도현지급): 거꾸로 매달려 있는 것처럼 사정이 위급하다. 극도의 곤경, 위험에 처해 있다. 不勝(불승): 대단히. 매우; …을 참을 수 없다. …을 할 수 없다.


〔2〕却說紀靈起兵<u>長驅大進</u>, 已到沛縣東南, 箚下營寨. 畫列旌旗, 遮映山川;夜設<u>火鼓</u>, <u>震明</u>天地. 玄德縣中, 止有五千餘人, 也只得勉强出縣, 布陣安營. 忽報呂布引兵離縣一里西南上箚下營寨. 紀靈知呂布領兵來救劉備, 急令人致書於呂布, 責其無信.(*袁術先曾無信, 今怪呂布不得.) 布笑曰:"我有一計, 使袁·劉兩家都不怨我." 乃發使往紀靈·劉備寨中, 請二人飲宴.

玄德聞布相請, 卽便欲往. 關·張曰: "兄長不可去. 呂布必有異心." 玄德曰: "我待彼不薄, 彼必不害我." 遂上馬而行.(*去得有膽.) 關·張隨往. 到呂布寨中, 入見. 布曰: "吾今特解公之危. (*且不明言解危之法.) 異日得志, 不可相忘."(*與白門樓相應.) 玄德稱謝. 布請玄德坐. 關·張按劍立於背後. 人報紀靈到, 玄德大驚, 欲避之. 布曰: "吾特請你二人來會議, 勿得生疑." 玄德未知其意, 心不下安. 紀靈下馬入寨, 却見玄德在帳上坐, 大驚, 抽身便回.(*同時一驚, 紀靈尤甚.) 左右留之不住. 呂布向前一把扯回, 如提童稚. 靈曰: "將軍欲殺紀靈耶?" 布曰: "非也." 靈曰: "莫非殺'大耳兒'乎?" 布曰: "亦非也." 靈曰: "然則爲何?" 布曰: "玄德與布乃兄弟也. 今爲將軍所困, 故來救之." 靈曰: "若此, 則殺靈也?" 布曰: "無有此理. 布平生不好鬪, 唯好解鬪. 吾今爲兩家解之." 靈曰: "請問解之之法."(*未入門先請問, 情景逼眞.) 布曰: "吾有一法, 從天所決." 乃拉靈入帳與玄德相見. 二人各懷疑忌. 布乃居中坐, 使靈居左, 備居右,(*主居中而客居左右, 是大阿哥身分.) 且教設宴行酒.

*注: 長驅大進(장구대진): 먼 거리를 신속하게 진군하다. 거침없이 쳐들어가다. 파죽지세로 쳐들어가다. 火鼓(화고): 횃불과 戰鼓. 군에서 밤에 보고 들을 수 있게 하는 물건. 震明(진명): 훤히 밝히다. 留之不住(유지불주): 만류해도 듣지 않다. 一把扯回(일파차회): 잡아 당겨서 돌려세우다. 〈一把〉: 한번 (손으로 잡다. 쥐다). 〈把〉: 〈一〉과 함께 손으로 잡는 동작의 회수를 나타낸다. 莫非(막비): 설마…은 아니겠지? 혹시…이 아닐까? 大耳兒(대이아): 큰 귀를 가진 아이. 즉 劉備. 解鬪(해투): 싸움을 말리다. 疑忌(의기): 의심하여 시샘하다. 의심하는 마음(猜疑心). 行酒(행주): 연석에서 술잔을 돌리다.

〖3〗酒行數巡, 布曰：“你兩家看我面上, 俱各罷兵.” 玄德無語. 靈曰：“吾奉主公之命, 提十萬之兵, 專捉劉備, 如何罷得?” 張飛大怒, 拔劍在手, 叱曰：“吾雖兵少, 覷汝輩如兒戲耳！(*呂布提之如童稚, 則張飛覷之如兒戲矣.) 你比百萬黃巾何如? 你敢傷我哥哥！”(*有玄德之無語, 少不得張飛之發作.) 關公急止之曰：“且看呂將軍如何主意, 那時各回營寨厮殺未遲.”(*有張飛之發作, 少不得關公之勸解.) 呂布曰：“我請你兩家解鬪, 須不敎爾厮殺！”這邊紀靈忿忿, 那邊張飛只要厮殺.(*情景逼眞.) 布大怒, 敎左右：“取我戟來！”布提畫戟在手, 紀靈·玄德盡皆失色. 布曰：“我勸你兩家不要厮殺, 盡在天命.” 令左右接過畫戟, 去轅門外遠遠揷定. 乃回顧紀靈·玄德曰：“轅門離中軍一百五十步. 吾若一箭射中戟小枝, 你兩家罷兵;(*方說出解之之法.) 如射不中, 你各自回營, 安排厮殺. 有不從吾言者, 併力拒之.” 紀靈私忖：“戟在一百五十步之外, 安能便中? 且落得應允, 待其不中, 那時憑我厮殺.”(*一个度其未必中.) 便一口許諾. 玄德自無不允. 布都敎坐, 再各飮一杯酒. 酒畢, 布敎取弓箭來. 玄德暗祝曰：“只願他射得中便好！”(*一个祝其必中. 摹寫兩人心事如畫.) 只見呂布挽起袍袖, 搭上箭, 扯滿弓, 叫一聲：“着！”正是:

弓開如秋月行天, 箭去似流星落地.

一箭正中畫戟小枝. 帳上帳下將校, 齊聲喝采.

*注: 忿忿(분분): 매우 화를 내는 모습. 화가 나서 펄펄 뛰다.　只要(지요): 기를 쓰고 …하려고 하다(直要. 一味地要).　中軍(중군): 최고 장수가 친히 통솔하는 군대. 여기서는 최고 장수가 있는 막사.　併力(병력): 힘을 합치다. 협력하다.　落得應允(락득응윤): 허락을 내리다.　憑我厮殺(빙아시살): 내 맘대로 쳐들어가 싸우다. 〈憑〉: 의거하다. 의지하다.　自無不允(자무불윤): 스스로 승낙하지 않을 수 없다.　着(착): (감탄사) 그래. 좋

아. 됐어(恰好合上). 이미 목적이 달성되었거나 바라던 결과를 얻었음을 나타낸다.)

〖4〗後人有詩贊之曰:
　　溫侯神射世間稀, 曾向轅門獨解危.
　　落日果然欺后羿, 號猿直欲勝由基.
　　虎筋弦響弓開處, 雕羽翎飛箭到時.
　　豹子尾搖穿畫戟, 雄兵十萬脫征衣.

　　當下呂布射中畫戟小枝, 呵呵大笑, 擲弓於地, 執紀靈·玄德之手曰: "此天令你兩家罷兵也!" 喝敎軍士: "斟酒來!各飮一大觥." 玄德暗稱慚愧.(*應前暗祝意.) 紀靈默然半晌,(*應前暗忖.) 告布曰: "將軍之言, 不敢不聽; 奈紀靈回去, 主人如何肯信?" 布曰: "吾自作書覆之便了."(*一枝箭消緻二十萬斛.) 酒又數巡, 紀靈求書先回. 布謂玄德曰: "非我則公危矣." 玄德拜謝, 與關·張回. 次日, 三處軍馬都散. 不說玄德入小沛, 呂布歸徐州.

　　*注: 后羿(후예): 상고시대 夷族의 首領. 활을 잘 쏘기로 유명했다. 堯임금 때 하늘에 해가 열 개 떠서 모든 식물들이 말라 죽자 그가 활을 쏘아 해 아홉 개를 떨어뜨려 백성들을 편안하게 했다는 신화전설이 전해진다. 由基(유기): 즉 養由基. 春秋時代 楚 대부로 활을 잘 쏘기로 유명했다. 백보 밖에서 활을 쏘아 버들잎을 명중시켰다. 〈淮南子. 說山訓〉: 초왕에게 흰 원숭이가 있었는데, 왕이 원숭이를 향해 화살을 쏘면 그것을 잡아채고는 좋아했다. 양유기에게 쏘게 하자 화살을 시위에 매기는 것을 보고 쏘기도 전에 원숭이는 기둥을 붙잡고 울었다. 결국 그 원숭이는 양유기의 화살에 맞아 죽었다고 한다. 雕羽翎(조우령): 수리(雕)의 깃털로 만든 화살 깃. 여기서는 화살(箭)을 의미한다. 〈雕〉: 〈鵰〉와 同字. 豹子尾(표자미): 화살을 가리킨다.

當下(당하): 당장(立卽. 立刻). 그때.　呵呵大笑(가가대소): 껄껄 웃다.
慚愧(참괴): ①부끄럽다(感到不安或羞恥). ②다행이다(感幸之詞. 僥幸).
여기서는 ②의 뜻.　覆之(복지): 이를 보고하다. 〈覆〉: 〈報〉와 동의.


〖 5 〗 却說紀靈回淮南見袁術, 說呂布轅門射戟解和之事, 呈上
書信. 袁術大怒曰: “呂布受吾許多糧米,(*正項軍糧且不肯發, 今白送
落二十萬斛, 豈不着惱?) 反以此兒戲之事, 偏護劉備! 吾當自提重兵,
親征劉備, 兼討呂布!” 紀靈曰: “主公不可造次. 呂布勇力過人,
兼有徐州之地. 若布與劉備首尾相連, 不易圖也. 靈聞布妻嚴氏有
一女, 年已及笄. 主公有一子, 可令人求親於布. 布若嫁女於主
公, 必殺劉備: 此乃 ‘疎不間親’ 之計也.” 袁術從之, 卽日遣韓胤
爲媒, 齎禮物往徐州求親. 胤到徐州見布, 稱說: “主公仰慕將軍,
欲求令愛爲兒婦, 永結 ‘秦晉之好’.” 布入謀於妻嚴氏. 原來呂
布有二妻一妾: 先娶嚴氏爲正妻, 後娶貂蟬爲妾; 及居小沛時, 又
娶曹豹之女爲次妻. 曹氏先亡無出, 貂蟬亦無所出, 唯嚴氏生一
女, 布最鍾愛.(*補敍得好.) 當下嚴氏對布曰: “吾聞袁公路久鎮淮
南, 兵多糧廣, 早晩將爲天子. 若成大事, 則吾女有后妃之望. 只
不知他有幾子?” 布曰: “止有一子.” 妻曰: “旣如此, 卽當許之.
縱不爲皇后, 吾徐州亦無憂矣.”(*人家婚姻多憑婦人作主, 只要親家富
貴, 古今一體.) 布意遂決, 厚款韓胤, 許了親事. 韓胤回報袁術; 術
卽備聘禮, 仍令韓胤送至徐州. 呂布受了, 設席相待, 留於館驛安
歇.

*注: 造次(조차): 황망하다. 경솔하다. 덤벙대다.　首尾相連(수미상련):
머리와 꼬리가 서로 연결되다. 서로 호응하다.　及笄(급계): 시집갈 수 있는
나이(15세)가 된다. 옛날 여자가 자라서 시집을 갈 때에는 땋아 늘이던 머리
를 틀어 올려서 〈비녀〉를 꽂았는데, 이로부터 〈시집갈 나이가 되는 것〉을

〈及笄〉라 했다.〈笄〉: 비녀. **疏不間親**(소불간친): 소원한 관계에 있는 자가 친밀한 관계에 있는 사람의 사이를 벌려놓을 수(이간할 수) 없다. 〈間〉: 사이를 벌려놓다. 離間하다. **令愛**(영애): 다른 사람의 딸아이를 높여서 부르는 말.(\*令息: 남의 아들을 높여 부르는 말). **秦晉之好**(진진지호): 春秋 때 秦과 晉 양국이 여러 세대에 걸쳐 婚姻關係를 맺으면서 우호관계를 유지했는데, 후에 와서는 서로 다른 두 姓이 혼인관계를 맺는 것을 일컫게 되었다. **鍾愛**(종애): 총애하다. 특별히 사랑하다. **止有**(지유): 단지…이 있다. 〈止〉: 단지. 다만. 只와 同義. **旣**(기): (접속사)…한 이상은. …한 바에는.

〖 6 〗 次日, 陳宮竟往館驛內拜望韓胤. 講禮畢, 坐定. 宮乃叱退左右, 對胤曰:"誰獻此計, 敎袁公與奉先聯姻? 意在取劉玄德之頭乎?"胤失驚, 起謝曰:"乞公臺勿洩."宮曰:"吾自不洩, 只恐其事若遲, 必被他人識破, 事將中變."胤曰:"然則奈何, 願公敎之."宮曰:"吾見奉先, 使其卽日送女就親, 何如?"胤大喜, 稱謝曰:"若如此, 袁公感佩明德不淺矣!"宮遂辭別韓胤, 入見呂布曰:"聞公女許嫁袁公路, 甚善. 但不知於何日結親?"布曰:"尙容徐議."宮曰:"古者自受聘至成婚之期, 各有定例: 天子一年, 諸侯半年, 大夫一季, 庶民一月."布曰:"袁公路天賜國寶, 早晚當爲帝, 今從天子例, 可乎?"(\*是何言與! 與嚴氏如出一口.) 宮曰:"不可."布曰:"然則仍從諸侯例?"宮曰:"亦不可."(\*等不及半年.) 布曰:"然則將從卿大夫例乎?"宮曰:"亦不可."(\*又等不及一季.)布笑曰:"公豈欲吾依庶民例耶?"宮曰:"非也."(\*然則并一月亦等不及矣.) 布曰:"然則公意欲如何?"宮曰:"方今天下諸侯, 互相爭雄; 今公與袁公路結親, 諸侯保無有嫉妒者乎? 若復遠擇吉期, 或竟乘我良辰, 伏兵半路以奪之, 如之奈何? 爲今之計, 不許便休; 旣已許之, 當趁諸侯未知之時, 卽便送女到壽春, 另居別館, 然後擇吉成親, 萬無一失也." 布喜曰: "公臺之言甚當."
遂入告嚴氏. 連夜具辦粧奩, 收拾寶馬香車, 令宋憲·魏續一同韓
胤送女前去. 鼓樂喧天, 送出城外.(*諺云: "朝種樹, 晚乘涼", 竟似娶
妾一般, 可笑.)

*注: **拜望**(배망): 방문하다. 拜會. 拜候. 拜謁. 拜訪. **感佩**(감패): 감격하
여 마음에 새기다. 感服하다. **容**(용): 나중에. 후에. **保無有嫉妒者乎**(보
무유질투자호): 질투하는 자가 없다고 보증하겠는가? **不許便休**(불허편
휴): 허락하지 않았으면 그만이다. **粧奩**(장렴): 화장 상자. 화장 함. (여자
의) 혼수. 〈粧〉: 화장하다. 치장. 혼수. 〈奩〉: 경대.


〖7〗 時陳元龍之父陳珪, 養老在家, 聞鼓樂之聲, 遂問左右. 左
右告以故. 珪曰: "此乃 '疎不間親'之計也. 玄德危矣!" 遂扶病
來見呂布. 布曰: "大夫何來?" 珪曰: "聞將軍死, 特來弔喪."
布驚曰: "何出此言?" 珪曰: "前者袁公路, 以金帛送公, 欲殺劉
玄德, 而公以射戟解之; 今忽來求親, 其意蓋欲以公女爲質, 隨後
就來攻玄德而取小沛. 小沛亡, 徐州危矣. 且彼或來借糧, 或來借
兵: 公若應之, 是疲於奔命, 而又結怨於人; 若其不允, 是棄親而
啓兵端也.(*言袁術將攻徐州.) 況聞袁術有稱帝之意, 是造反也. 彼
若造反, 則公乃反賊親屬矣, 得無爲天下所不容乎?"(*言天下皆將攻
徐州.) 布大驚曰: "陳宮誤我!" 急命張遼, 引兵追趕, 至三十里之
外, 將女搶歸;(*高祖刻印銷印, 正見其有決斷; 呂布送婚奪婚, 正見其沒主
張.) 連韓胤都拿回監禁, 不放歸去. 却令人回復袁術, 只說女兒粧
奩未備, 俟備畢便自送來. 陳珪又說呂布, 使解韓胤赴許都, 布猶
豫未決.

*注: **扶病**(부병): 병을 무릅쓰다. **奔命**(분명): (명령을 받고) 분주히 다니
다. 바삐 뛰어다니다; 필사적으로 일을 빨리 하다. **得無**(득무): 없을(…하

지 않을) 수 있다. 能不. 豈不. 莫非.　　搶歸(창귀): 빼앗아 돌아오다. 〈搶〉: 빼앗다.　回復(회복): 돌아가서 보고하다. 〈復〉: 아뢰다. 복명하다.　俟備畢(사비필): 준비가 끝나기를(備畢) 기다리다(俟).　　解韓胤赴許都(해한윤부허도): 韓胤을 허도로 압송해 보내다. 〈解〉: 압송하다.

〖8〗忽人報: "玄德在小沛招軍買馬, 不知何意." 布曰: "此爲將者本分事, 何足爲怪?" 正話間, 宋憲·魏續至, 告布曰: "我二人奉明公之命, 往山東買馬, 買得好馬三百餘匹; 回至沛縣界首, 被强寇劫去一半. 打聽得是劉備之弟張飛, 詐妝山賊, 搶劫馬匹去了."(*此是醒時奪的, 不是使酒.) 呂布聽了, 大怒, 隨卽點兵往小沛來鬪張飛. 玄德聞知大驚, 慌忙領兵出迎. 兩陣圓處, 玄德出馬曰: "兄長何故領兵到此?" 布指罵曰: "我轅門射戟, 救你大難, 你何故奪我馬匹?" 玄德曰: "備因缺馬, 令人四下收買, 安敢奪兄馬匹?" 布曰: "你便使張飛奪了我好馬一百五十匹, 尙自抵賴!" 張飛挺槍出馬曰: "是我奪了你好馬! 你今待怎麼?" 布罵曰: "環眼賊! 你累次渺視我!" 飛曰: "我奪你馬你便惱; 你奪我哥哥的徐州便不說了!"(*其言又快直又公平.) 布挺戟出馬來戰張飛. 飛亦挺槍來迎, 兩个酣戰一百餘合, 未見勝負. 玄德恐有疏失, 急鳴金收軍入城. 呂布分軍四面圍定. 玄德喚張飛責之曰: "都是你奪他馬匹, 惹起事端! 如今馬匹在何處?" 飛曰: "都寄在各寺院內." 玄德隨令人出城, 至呂布營中, 說情願送還馬匹, 兩相罷兵. 布欲從之. 陳宮曰: "今不殺劉備, 久後必爲所害."(*亦伏白門樓之事.) 布聽之, 不從所請, 攻城愈急. 玄德與麋竺·孫乾商議. 孫乾曰: "曹操所恨者, 呂布也. 不若棄城走許都, 投奔曹操, 借軍破布, 此爲上策." 玄德曰: "誰可當先破圍而出?" 飛曰: "小弟情願死戰!" 玄德令飛在前, 雲長在後; 自居於中, 保護老小. 當夜三更, 乘着月明, 出北門而走. 正遇宋憲·魏續, 被翼德一陣殺退, 得出重圍. 後面張遼赶來, 關公敵住. 呂布見玄德去了, 也不來赶, 隨卽入城安民, 令高順守小沛, 自己仍回徐州去了.(*玄德旣失徐州, 又失小沛, 雖皆因翼德起釁, 然實陳宮構之也.)

> *注: 打聽得(타청득): 알아내다. 隨卽(수즉): 즉시. 곧. 抵賴(저뢰): (사실을) 인정하기를 거부하다. 잡아떼다. 〈抵〉: 抵賴. 속이다(謊騙). 인정하지 않다(不認帳). 〈抵〉와 〈賴〉는 같은 뜻이다. 渺視(묘시): 깔보다. 업신여기다. 疏失(소실): 부주의로(소홀하여) 실수하다(잘못하다).

〖9〗却說玄德前奔許都, 到城外下寨, 先使孫乾來見曹操, 言被呂布追迫, 特來相投. 操曰: "玄德與吾, 兄弟也." 便請入城相見.

次日, 玄德留關·張在城外, 自帶孫乾·麋竺入見操. 操待以上賓之禮. 玄德備訴呂布之事. 操曰: "布乃無義之輩, 吾與賢弟併力誅之."(*又是一个呼賢弟的. 幸翼德此時不在側也.) 玄德稱謝. 操設宴相待, 至晚送出. 荀彧入見曰: "劉備, 英雄也. 今不早圖, 後必爲患." 操不答. 彧出, 郭嘉入. 操曰: "荀彧勸我殺玄德, 當如何?" 嘉曰: "不可! 主公興義兵, 爲百姓除暴, 惟仗信義以招俊傑, 猶懼其不來也; 今玄德素有英雄之名, 以困窮而來投, 若殺之, 是害賢也. 天下智謀之士, 聞而自疑, 將裹足不前, 主公誰與定天下乎? 夫除一人之患, 以阻四海之望: 安危之機, 不可不察."(*數語非爲劉備, 實爲曹操.) 操大喜曰: "君言正合吾心." 次日, 卽表薦劉備領豫州牧. 程昱諫曰: "劉備終不爲人之下, 不如早圖之." 操曰: "方今正用英雄之時, 不可殺一人而失天下之心. 此郭奉孝與吾有同見也."(*操非不欲殺備, 但欲使呂布殺之·袁術殺之, 必不欲自殺之也. 奸雄奸雄.) 遂不聽昱言, 以兵三千·糧萬斛送與玄德, 使往豫州到任, 進兵屯小沛, 招集原散之兵, 攻呂布. 玄德至豫州, 令人約會曹操.

*注: 誰與定天下(수여정천하): 〈與誰定天下〉에서 介詞 〈與〉의 賓語(誰)가 疑問代詞이므로 倒置된 것이다. 〈누구와 함께 천하를 안정시킬 것인가.〉

豫州(예주): 治所는 譙縣(지금의 안휘성 亳縣). 관할지는 지금의 淮河 以北의 伏牛山 以東의 하남 동부, 안휘 북부. 汝南과 平輿 등이 그 중심 도시이다.

約會(약회): 만나기로 약속하다.


〖10〗 操正欲起兵, 自往征呂布. 忽流星馬報說: "張濟自關中 引兵攻南陽, 爲流矢所中而死; 濟姪張繡統其衆, 用賈詡爲謀士, 結連劉表, 屯兵宛城, 欲興兵犯闕奪駕." 操大怒, 欲興兵討之, 又恐呂布來侵許都, 乃問計於荀彧. 彧曰: "此易事耳. 呂布無謀之輩, 見利必喜. 明公可遣使往徐州, 加官賜賞, 令與玄德解和.(*荀彧前欲使二人相鬪, 今又欲使二人相和, 變幻百出.) 布喜, 則不思遠圖矣." 操曰: "善." 遂差奉軍都尉王則, 齎官誥幷和解書, 往徐州去訖, 一面起兵十五萬, 親討張繡. 分軍三路而行, 以夏侯惇爲先鋒. 軍馬至淯水下寨. 賈詡勸張繡曰: "操兵勢大, 不可與敵, 不如舉衆投降." 張繡從之, 使賈詡至操寨通款. 操見詡應對如流, 甚愛之, 欲用爲謀士. 詡曰: "某昔從李傕, 得罪天下; 今從張繡, 言聽計從, 未忍棄之."(*爲下文攻曹操張本.) 乃辭去. 次日, 引繡來見操, 操待之甚厚; 引兵入宛城屯箚, 餘軍分屯城外, 寨柵聯絡十餘里. 一住數日, 繡每日設宴請操.

*注: 流星馬(유성마): 준마. 빨리 달리는 말; 고대의 통신병. 關中(관중): 지명. 지금의 섬서성 관중 분지. 동쪽에 函谷關, 남쪽에 武關, 북쪽에 蕭關, 서쪽에 散關이 있어서 四關의 가운데 있기에 생긴 이름이다. 宛城(완성): 지금의 하남성 南陽市. 漢代에 南陽郡의 治所. 官誥(관고): 황제가 爵位

나 官職을 수여하는 詔令.　　**通款**(통관): 修好하다. 항복하다; 적과 내통하다.　**言聽計從**(언청계종): 말은 들어주고 계책은 따라준다. 상대가 말을 들어주고 건의하는 계책을 따라주다.

〖11〗一日, 操醉, 退入寢所, 私問左右曰: “此城中有妓女否?” 操之兄子曹安民知操意, 乃密對曰: “昨晚小姪窺見館舍之側, 有一婦人, 生得十分美麗, 問之, 卽繡叔張濟之妻也.” 操聞言, 便令安民領五十甲兵往取之. 須臾取到軍中. 操見之, 果然美麗. 問其姓, 婦答曰: “妾乃張濟之妻鄒氏也.” 操曰: “夫人識吾否?” 鄒氏曰: “久聞丞相威名, 今夕幸得瞻拜.” 操曰: “吾爲夫人故特納張繡之降. 不然, 滅族矣.” 鄒氏拜曰: “實感再生之恩.” 操曰: “今日得見夫人, 乃天幸也. 今宵願同枕席, 隨吾還都, 安享富貴何如?” 鄒氏拜謝. 是夜, 共宿於帳中.(*郭汜之妻妬, 張濟之妻淫, 皆惡黨之報.) 鄒氏曰: “久住城中, 繡必生疑, 亦恐外人議論.” 操曰: “明日同夫人去寨中住.” 次日, 移於城外安歇, 喚典韋就中軍帳房外宿衛, 他人非奉呼喚, 不許輒入. 因此內外不通. 操每日與鄒氏取樂, 不想歸期.(*奸雄如操, 至此亦流連忘返, 色之於人甚矣哉!)

〖12〗張繡家人密報繡, 繡怒曰: “操賊辱我太甚!”(*張繡尙有廉恥, 若使勢利無恥者, 當認曹操爲繼叔矣.) 便請賈詡商議. 詡曰: “此事不可泄漏. 來日等操出帳議事, 如此如此.”

次日, 操坐帳中, 張繡入告曰: “新降兵多有逃亡者, 乞移屯中軍.” 操許之. 繡乃移屯其軍, 分爲四寨, 刻期擧事.(*賈詡之謀甚細密.) 因畏典韋勇猛, 急切難近, 乃與偏將胡車兒商議. 那胡車兒力能負五百斤, 日行七百里, 亦異人也. 當下獻計於繡曰: “典韋之可畏者, 雙鐵戟耳. 主公明日可請他來吃酒, 使盡醉而歸. 那時某便溷入他跟來軍士數內, 偷入帳房, 先盜其戟, 此人不足畏矣."(*既請吃酒, 何不便于酒中置毒? 既可偷入帳房, 何不便刺典韋? 且何不竟刺曹操耶? 車兒計不及此, 盖天未欲死操也.) 繡甚喜, 預先準備弓箭·甲兵, 告示各寨. 至期, 令賈詡致意請典韋到寨, 慇懃待酒. 至晚醉歸, 胡車兒雜在衆人隊裏, 直入大寨.

是夜, 曹操於帳中與鄒氏飮酒, 忽聽帳外人言馬嘶, 操使人觀之, 回報是張繡軍夜巡, 操乃不疑. 時近二更, 忽聞寨後吶喊, 報說草車上火起. 操曰: "軍人失火, 勿得驚動." 須臾, 四下裏火起, 操始着忙, 急喚典韋. 韋方醉臥, 睡夢中聽得金鼓喊殺之聲, 便跳起身來, 却尋不見了雙戟. 時敵兵已到轅門, 韋急掣步卒腰刀在手. 只見門首無數軍馬, 各挺長槍, 搶入寨來. 韋奮力向前, 砍死二十餘人. 馬軍方退, 步軍又到, 兩邊槍如葦列. 韋身無片甲, 上下被數十槍, 兀自死戰. 刀砍缺不堪用, 韋卽棄刀, 雙手提着兩个軍人迎敵.(*以雙人當雙戟, 大奇.) 擊死者八九人.(*眞可謂以人治人.) 群賊不敢近, 只遠遠以箭射之, 箭如驟雨. 韋猶死拒寨門. 爭那寨後賊軍已入, 韋背上又中一槍, 乃大叫數聲, 血流滿地而死. 死了半晌, 還無一人敢從前門而入者.(*死典韋足拒生敵軍.)

*注: 急切(급절): 급히. 당장. 서둘러. 溷入(혼입): 섞여 들어가다. 致意(치의): 인사(문안) 드리다. 着忙(착망): 놀라서 허둥대다. 급해서 부산떨다. 兀自(올자): 여전히. 아직. 爭奈(쟁나): 어찌하랴. 어찌할 도리가 없다. 〈爭〉: 어찌하여. 어떻게. (=爭耐. 無奈).


〖13〗 却說曹操賴典韋當住寨門, 乃得從寨後上馬逃奔, 只有曹安民步隨. 操右臂中了一箭, 馬亦中了三箭, 虧得那馬是大宛良馬, 熬得痛, 走得快. 剛剛走到淯水河邊, 賊兵追至, 安民被砍爲肉泥. 操急驟馬衝波過河. 纔得上岸, 賊兵一箭射來, 正中馬眼, 那馬撲地倒了. 操長子曹昂, 卽以己所乘之馬奉操. 操上馬急奔, 曹昂却被亂箭射死.(*愛馬愛子皆死於婦人之手.) 操乃走脫.(*自己便走脫, 只不知鄒夫人如何下落.) 路逢諸將, 收集殘兵.

時夏侯惇所領青州之兵, 乘勢下鄉, 劫掠民家; 平虜校尉于禁, 卽將本部軍於路剿殺, 安撫鄕民.(*爲民殺兵, 乃眞將軍.) 青州兵走回, 迎操泣拜於地, 言: "于禁造反, 赶殺青州軍馬." 操大驚. 須臾, 夏侯惇‧許褚‧李典‧樂進都到. 操言: "于禁造反, 可整兵迎之."

〖14〗却說于禁見操等俱到, 乃引軍射住陣角, 鑿塹安營.(*儼如對敵者.) 或告之曰: "青州軍言將軍造反, 今丞相已到, 何不分辨, 乃先立營寨耶?" 于禁曰: "今賊追兵在後, 不時卽至; 若不先准備, 何以拒敵? 分辨小事, 退敵大事."(*退敵正是分辨.) 安營方畢, 張繡軍兩路殺至. 于禁身先出寨迎敵. 繡急退兵. 左右諸將, 見于禁向前, 各引兵擊之, 繡軍大敗, 追殺百餘里. 繡勢窮力孤, 引敗兵投劉表去了.(*爲後伏線.) 曹操收軍點將, 于禁入見, 備言: "青州之兵, 肆行劫掠, 大失民望, 某故殺之." 操曰: "不告我, 先下寨, 何也?" 禁以前言對. 操曰: "將軍在匆忙之中, 能整兵堅壘, 任謗任勞, 使反敗爲勝, 雖古之名將, 何以加茲!" 乃賜以金器一副, 封益壽亭侯, 責夏侯惇治兵不嚴之過. 又設祭祭典韋. 操親自哭而奠之, 顧謂諸將曰: "吾折長子·愛姪, 俱無深痛; 獨號泣典韋也!"(*此是曹操得人心處, 然必用自說, 便知其假.) 衆皆感嘆. 次日, 下令班師. 不說曹操還兵許都.

　　*注: **陣角**(진각): 戰陣 대형의 兩翼.　　**任謗任勞**(임방임노): 비방과 수고를 감내하다. 〈任〉: 견디내다. 감내하다. 당해내다.　　**反敗爲勝**(반패위승): 패배를 승리로 돌리다. 〈反〉: 여기서는 〈返〉의 뜻.　　**加茲**(가자): 이보다 더하다. 이보다 뛰어나다.　　**一副**(일부): 한 벌. 〈副〉: (量詞) 벌. 쌍. 조. 켤레. **奠之**(전지): 그의 영전에 제물을 올리다.


〖15〗且說王則齎詔至徐州, 布迎接入府. 開讀詔書, 封布爲平東將軍, 特賜印綬. 又出操私書, 王則在呂布面前極道曹公相敬之意. 布大喜. 忽報袁術遣人至, 布喚入問之. 使言: "袁公早晚卽皇帝位, 立東宮, 催取皇妃早到淮南." 布大怒曰: "反賊焉敢如此!" 遂殺來使, 將韓胤用枷釘了, 遣陳登齎謝表, 解韓胤一同王則上許都來謝恩; 且答書於操, 欲求實授徐州牧. 操知布絕婚袁術, 大喜, 遂斬韓胤於市曹. 陳登密諫操曰: "呂布, 豺狼也, 勇而無謀, 輕於去就,(*八字定評.) 宜早圖之." 操曰: "吾素知呂布狼子野心, 誠難久養, 非公父子莫能究其情, 公當與吾謀之." 登曰: "丞相若有擧動, 某當爲內應." 操喜, 表贈陳珪秩中二千石, 登爲廣陵太守. 登辭回, 操執登手曰: "東方之事, 便以相付." 登點頭允諾.

　　回徐州見呂布, 布問之, 登言: "父贈祿, 某爲太守." 布大怒曰: "汝不爲吾求徐州牧, 而乃自求爵祿? 汝父敎我協同曹公, 絕婚公路, 今吾所求, 終無一獲; 而汝父子俱各顯貴, 吾爲汝父子所賣耳!" 遂拔劍欲斬之. 登大笑曰: "將軍何其不明之甚也!" 布曰: "吾何不明?" 登曰: "吾見曹公, 言: '養將軍譬如養虎, 當

飽其肉；不飽則將噬人.' 曹公笑曰：'不如卿言. 吾待溫侯, 如養
鷹耳：狐兔未息, 不敢先飽, 饑則爲用, 飽則颺去.'(*直以虎狼鷹
犬而罵, 呂布不覺. 元龍眞妙!) 某問：'誰爲狐兔?' 曹公曰：'淮南
袁術·江東孫策·冀州袁紹·荊襄劉表·<u>益州劉璋·漢中張魯</u>,(*此二人
前文未見, 於此處點出.) 皆狐兔也.'" 布擲劍笑曰："曹公知我也!"
(*痴人.) 正說話間, 忽報袁術軍取徐州. 呂布聞言失驚. 正是：

　　秦晉未諧吳越鬪, 婚姻惹出甲兵來.

畢竟後事如何, 且聽下文分解.

*注: **狼子野心**(랑자야심): 이리 새끼는 아무리 길들여 기르려고 해도 야수
의 성질을 벗어나지 못한다는 뜻으로, 본래 성질이 비뚤어진 사람은 아무리
은혜를 베풀어도 끝내 배반한다는 비유로 사용되는 말이다.　**究其情**(구기
정): 그 실정을 자세히 알다(간파하다).　**秩中二千石**(질중이천석): 中二千
石의 官俸 等級. 漢代의 官制 규정에 의하면 祿俸에는 〈中二千石〉, 〈二千
石〉, 〈比二千石〉의 등급이 있었는데, 二千石은 郡太守의 祿俸에 해당한다.
〈秩〉: 고대 관리의 祿俸 등급.　**爲…所賣**(위…소매): 에게 이용당하다.
농락당하다.　**益州**(익주): 州名. 동한 시 治所는 雒(지금의 사천성 廣漢縣
北)에 있었으나 후에 綿竹(지금의 사천성 德陽縣 東北)의 成都(지금의 사천
성 성도시)로 옮겼다.　**漢中**(한중): 益州에 속한 郡名. 治所는 南鄭(지금의
섬서성 漢中市 東).

第十六回 毛宗崗 序始評

　(1). 嘗縱觀春秋時事, 婚姻每爲敵國；辰嬴在晉而秦嘗伐晉,
穆姬在秦而晉嘗絕秦. 況呂布不有其父, 何有其婿? 袁術不有其
同族之兄, 何有於異姓之戚? 安在疏不間親耶? 或解之曰：天下
盡有於父母則背之, 於兒女則昵之者, 於兄弟則背之, 於外戚則

親之者, 人情顚倒, 往往如是. 此固陳宮之所必欲勸而陳珪之所必欲爭耳.

(2). 毛遂對楚王曰: "合縱爲楚非爲趙." 呂布恐袁術取小沛則徐州危, 其勸和也, 爲己非爲備也. 陳珪恐袁·呂之交合則不利於劉, 亦不利於曹, 其勸絕也, 亦爲劉爲曹而非爲布也.

(3). 操之忌備, 前旣欲使呂布圖之, 後又使袁術攻之, 而決不肯自殺之者, 要推惡人與別人做. 蓋以其爲人望所歸, 而不欲使吾有害賢之名也. 此等奸雄, 奸到絕頂. 儉父不解, 讀書至此失聲嘆曰: "曹操亦有好處." 此眞爲曹操所笑矣.

(4). 董卓愛婦人, 曹操亦愛婦人, 乃卓死於布而操不死於繡, 何也? 曰: 卓之死, 爲失心腹猛將之心; 操之不死, 爲得心腹猛將之助也. 興亡成敗止在能用人與否耳, 豈在好色不好色哉! 吳王不用子胥, 雖無西施亦亡; 吳王能用子胥, 雖有西施何害? 袁中郞先生作〈靈岩記〉曰: "先齊有好內之桓公, 仲父云無害霸; 蜀宮無傾國之美人, 劉禪竟爲俘虜." 此千古風流妙論.

# 第十七回

## 袁公路大起七軍
## 曹孟德會合三將

〖1〗 却說袁術在淮南, 地廣糧多, 又有孫策所質玉璽, 遂思僭稱帝號. 大會群下議曰:"昔漢高祖不過<u>泗上一亭長</u>, 而有天下; 今歷年四百, 氣數已盡, 海內<u>鼎沸</u>. 吾家已四世三公, 百姓所歸. 吾欲應天順人, 正位九五, 爾衆人以爲何如?"主簿閻象曰:"不可. 昔周<u>后稷</u>積德累功, 至於文王, 三分天下有其二, 猶以服事殷. 明公家世雖貴, 未若有周之盛; 漢室雖微, 未若殷紂之暴也. 此事決不可行."(*此事曹操亦不敢行, 而必留待其後人者, 正怕此一段議論耳.) 術怒曰:"吾袁姓出於陳. 陳乃大舜之後.(*然則不止四世三公矣.) 以土承火, 正應其運. 又讖云:'代漢者, 當塗高也.'吾字公路, 正應其讖.(*當塗而高, 象魏闕也. 此曹操之讖, 袁術何得冒認?) 又有傳國玉璽. 若不爲君, 背天道也. 吾意已決, 多言者斬!"遂建號仲氏, 立臺

省等官, 乘龍鳳輦, 祀南北郊. 立馮方女爲后, 立子爲東宮. 因命
使催取呂布之女爲東宮妃. 却聞布已將韓胤解赴許都, 爲曹操所
斬, 乃大怒, 遂拜張勳爲大將軍, 統領大軍二十餘萬, 分七路征徐
州: 第一路, 大將張勳居中; 第二路, 上將橋蕤居左; 第三路, 上
將陳紀居右; 第四路, 副將雷薄居左; 第五路, 副將陳蘭居右; 第
六路, 降將韓暹居左; 第七路, 降將楊奉居右. 各領部下健將, 克
日起行. 命兗州刺史金尙爲太尉, 監運七路錢糧. 尙不從, 術殺
之, 以紀靈爲七路都救應使. 術自引軍三萬, 使李豊·梁剛·樂就爲
催進使, 接應七路之兵.

*注: 泗上一亭長(사상일정장):〈泗上〉: 泗水 以北. 지금의 강소성 北部와
안휘성 東北部 地域.〈亭長〉: 秦 이후 十里마다 하나의〈亭〉을 설치했는데,
한 亭의 治安과 民事를 주관하는 지방 관리. 漢高祖 劉邦은 일찍이 泗水亭長
을 역임했다. 鼎沸(정비): 솥의 물이 부글부글 끓듯이 정세가 크게 요동치
는 것을 말한다. 后稷(후직): 周나라의 始祖. 일찍이 堯와 舜 임금 때 農官
을 지냈다. 陳(진): 周 武王이 商을 멸망시킨 후 舜의 후대인 胡公(名 滿)을
봉해서 세운 나라. 塗(도):〈途〉와 통하며〈道路〉의 뜻이다. 祀南北郊(사
남북교):〈남북의 교외에서 제사를 지내다.〉봉건시대의 제왕들은 자신이
하늘로부터 그 命을 받은〈天子〉임을 증명하기 위해 즉위 후 南城 교외에서
하늘에 제사지내고, 北城 교외에서 땅에 제사지냈다.


〖2〗呂布使人探聽得張勳一軍從大路徑取徐州, 橋蕤一軍取小
沛, 陳紀一軍取沂都, 雷薄一軍取琅琊, 陳蘭一軍取碣石, 韓暹一
軍取下邳, 楊奉一軍取浚山, 七路軍馬, 日行五十里, 於路劫掠將
來.(*好个皇帝兵!) 乃急召衆謀士商議. 陳宮與陳珪父子俱至. 陳宮
曰: "徐州之禍, 乃陳珪父子所招, 媚朝廷以求爵祿, 今日移禍於
將軍, 可斬二人之頭獻袁術, 其軍自退."(*此時即殺陳珪父子, 袁術必

不退兵, 陳宮此謀甚左.) 布聽其言, 卽命擒下陳珪·陳登. 陳登大笑曰: "何如是之懦也? 吾觀七路之兵如七堆腐草, 何足介意!" 布曰: "汝若有計破敵, 免汝死罪." 陳登曰: "將軍若用愚夫之言, 徐州可保無虞." 布曰: "試言之." 登曰: "術兵雖衆, 皆烏合之師, 素不親信. 我以正兵守之, <u>出奇兵勝之</u>, 無不成功. 更有一計, 不止保安徐州, 并可生擒袁術." 布曰: "<u>計將安出</u>?" 登曰: "韓暹·楊奉乃漢舊臣, 因懼曹操而走, 無家可依, 暫歸袁術, 術必輕之, 彼亦不樂爲術用. 若憑<u>尺書</u>結爲內應, 更連劉備爲外合, 必擒袁術矣." 布曰: "汝須親到韓暹·楊奉處下書." 陳登允諾.

> *注: 沂都(기도): 동한 삼국 때에는 이런 지명이 없었다. 〈삼국연의〉에 나오는 이 지명은 琅琊國의 治所 開陽縣(지금의 산동성 臨沂)을 가리키는 듯. 琅琊(랑야): 지금의 산동성 臨沂 北. 碣石(갈석): 地名. 지금의 산동성 南部. 〈삼국연의〉에서 借用하거나 지어낸 地名으로, 하북성 昌黎縣(발해 서안 옛 黃河 河口)에 있었던 碣石이 아니다. 浚山(준산): 地名. 浚水 부근의 山. 浚水는 지금의 산동성 費縣에서 발원하여 臨沂에서 沂河와 합쳐진다. 劫掠將來(겁략장래): 겁략(약탈)하면서 가다(오다). 奇兵(기병): 기병. 적을 기습하는 군대. 기습군. 勝之(승지): (남을) 물리치다. 計將安出(계장안출): 앞으로 어찌 나갈 계획인가. 앞으로 어떻게 할 계책인가. 尺書(척서): 서신.

〖3〗 布乃發表上許都, (*爲後曹操攻術張本.) 并致書與豫州, (*爲後雲長助布張本.) 然後令陳登引數騎, 先於下邳道上候韓暹. 暹引兵至, 下寨畢, 登入見. 暹問曰: "汝乃呂布之人, 來此何幹?" 登笑曰: "某爲大漢公卿, 何謂呂布之人? <u>若將軍者</u>, 向爲漢臣, 今乃爲叛賊之臣, 使昔日關中保駕之功化爲烏有, <u>竊爲將軍不取也.</u> (*揭其前功, 搔着痒處.) 且袁術性最多疑, 將軍後必爲其所害. 今不早圖，悔之無及．"(*說出後患，刺着痛處．) 暹嘆曰："吾欲歸漢，恨無門耳．" 登乃出布書．暹覽書畢，曰："吾已知之，公先回．吾與楊將軍反戈擊之，但看火起爲號，溫侯以兵相應可也．" 登辭暹，急回報呂布．

布乃分兵五路：高順引一軍，進小沛敵橋蕤；陳宮引一軍，進沂都敵陳紀；張遼‧臧霸引一軍，出琅琊敵雷薄；宋憲‧魏續引一軍，出碣石敵陳蘭；呂布自引一軍，出大道敵張勳．各領軍一萬，餘者守城．呂布出城三十里下寨．張勳軍到，料敵呂布<u>不過</u>，且退二十里屯住，待四下兵接應．

*注: 若將軍者(약장군자): 장군으로 말할 것 같으면. 장군이야말로. 〈若〉: 句首에서 下文을 이끌어 내는 기능을 하는 連詞. 〈若乃〉, 〈至于〉. 化爲烏有(화위오유): 사라지다. 無爲가 되어버리다. 水泡로 돌아가다. 〈烏有〉: 어찌 이런 일이 있을 수 있겠는가? 즉 〈無〉, 〈존재하지 않는〉이란 뜻이다. 〈烏〉: 까마귀. 감탄사로서 〈아〉, 〈어찌〉 등의 뜻. *〈烏有邦〉: 유토피아 (utopia). 〈어느 곳에도 없는 곳〉이란 뜻. 竊爲將軍不取(절위장군불취): 〈내가 만약 장군이라면 그 길을 택하지 않을 것이다〉란 뜻이다. 不過(불과): …할 수 없다. …해 넘길 수 없다.


〔4〕是夜二更時分，韓暹‧楊奉分兵到處放火，接應呂家軍入寨．勳軍大亂，呂布乘勢掩殺，張勳敗走．呂布趕到天明，正撞紀靈接應．(*前日替人和事，今日自做對頭．) 兩軍相迎，恰待交鋒，韓暹‧楊奉兩路殺來，紀靈大敗而走．呂布引兵追殺，山背後一彪軍到，門旗開處，只見一隊軍馬，打龍鳳日月旗幡，<u>四斗五方旌幟</u>，<u>金瓜</u>銀斧，黃鉞<u>白旄</u>，黃羅絹金傘蓋之下，袁術身披金甲，腕懸兩刀，立馬陣前，大罵呂布："背主家奴!" 布怒，挺戟向前，術將李豐挺槍來迎，戰不三合，被布刺傷其手，豐棄槍而走．呂布麾兵衝殺，

術軍大亂. 呂布引軍從後追赶, 搶奪馬匹衣甲無數. 袁術引着敗軍走不上數里, 山背後一彪軍出, 截住去路, 當先一將乃關雲長也.(*卽前日虎牢關前喝罵之馬弓手也.) 大叫: "反賊! 還不受死!" 袁術慌走, 餘衆四散奔逃, 被雲長大殺了一陣. 袁術收拾敗軍, 奔回淮南去了. 呂布得勝, 邀請雲長并楊奉·韓暹等一行人馬到徐州, 大排筵宴管待, 軍士都有犒賞. 次日, 雲長辭歸. 布保韓暹爲沂都牧, 楊奉爲琅琊牧, 商議欲留二人在徐州. 陳珪曰: "不可. 韓·楊二人據山東, 不出一年, 則山東城郭皆屬將軍也." 布然之, 遂送二將暫於沂都·琅琊二處屯箚, 以候恩命.(*爲後玄德殺二人張本.) 陳登私問父曰: "何不留二人在徐州, 爲殺呂布之根?" 珪曰: "倘二人協助呂布, 是反爲虎添爪牙也." 登乃服父之高見.

*注: **四斗五方**(사두오방): 旗幟가 매우 큼을 형용한 말. 四五斗方. 〈斗方〉: 一尺平方. **金瓜銀斧**(금과은부): 옛날 무사들이 사용하던 병장기. 〈金瓜〉: 槍棒의 끝이 과형(瓜形)으로 된 병장기. 〈銀斧〉: 창봉의 끝이 도끼 모양으로 만들어진 병장기. **白旄**(백모): 고대의 일종의 軍旗. 깃대에 얼룩소의 꼬리를 장식으로 달아 全軍을 지휘하는 데 썼다. 이로써 정벌을 나가는 군사를 비유했다. **淮南**(회남): 淮水 以南의 땅. 지금의 호북성 경내의 長江 以北, 漢水 以東 및 강소성과 안휘성의 長江 以北, 淮水 以南 地區. **管待**(관대): 대접하다. **犒賞**(호상): 위로하고 칭찬함. 〈犒〉: 군사들에게 음식을 주어 위로하는 것. **保**(보): 보증하다. 책임지다. **爲虎添爪牙**(위호첨조아): 범에게 발톱과 이빨을 붙여주다.


〖5〗 却說袁術敗回淮南, 遣人往江東問孫策借兵報讐. 策怒曰: "汝賴吾玉璽, 僭稱帝號, 背反漢室, 大逆不道. 吾方欲加兵問罪, 豈肯反助叛賊乎?" 遂作書以絶之.(*回思月下大哭之時, 今日始得一雪其憤.) 使者齎書回見袁術, 術看畢, 怒曰: "黃口孺子, 何敢乃爾! 吾先伐之!" 長史楊大將力諫方止.

却說孫策自發書後, 防袁術兵來, 點軍守住江口. 忽曹操使至,
拜策爲會稽太守, 令起兵征討袁術. 策乃商議, 便欲起兵. 長史張
昭曰: "術雖新敗, 兵多糧足, 未可輕敵. 不如遺書曹操, 勸他南
征, 吾爲後應: 兩軍相援, 術軍必敗. 萬有一失, 亦望操救援." 策
從其言, 遺使以此意達曹操.

*注: 黃口孺子(황구유자): 아동. 여기서는 욕으로 "이 새끼!"〈黃口〉: 병
아리나 참새의 부리 부근은 황색인데, 이로써 어린 아동을 비유한다. 何敢
乃爾(하감내이): 어찌 감히 이처럼 하는가.〈爾〉: 이처럼. 이렇다. 이와 같
다.


〖6〗 却說曹操至許都, 思慕典韋, 立祠祭之; 封其子典滿爲中
郎, 收養在府. 忽報孫策遺使致書, 操覽書畢; 又有人報袁術乏
糧, 劫掠陳留.(*以劫掠爲事, 似强盜不似皇帝.) 欲乘虛攻之, 遂興兵南
征. 令曹仁守許都, 其餘皆從征: 馬步兵十七萬, 糧食輜重千餘
車. 一面先發人會合孫策與劉備·呂布. 兵至豫州界上, 玄德早引
兵來迎, 操命請入營. 相見畢, 玄德獻上首級二顆. 操驚曰: "此
是何人首級?" 玄德曰: "此韓暹 · 楊奉之首級也." 操曰: "何以
得之?" 玄德曰: "呂布令二人權住沂都·瑯琊兩縣. 不意二人縱兵
掠民, 人人嗟怨. 因此備乃設一宴, 詐請議事; 飲酒間, 擲盞爲號,
使關 · 張二弟殺之, 盡降其衆. 今特來請罪." 操曰: "君爲國家除
害, 正是大功, 何言罪也!" 遂厚勞玄德, (*縱兵掠民者, 于禁治其兵,
玄德治其將, 更是痛快, 固當厚勞.) 合兵到徐州界. 呂布出迎, 操善言
撫慰, 封爲左將軍, 許於還都之時, 換給印綬. 布大喜. 操即分呂
布一軍在左, 玄德一軍在右, 自統大軍居中, 令夏侯惇·于禁爲先
鋒.

〖7〗袁術知曹兵至, 令大將橋蕤引兵五萬作先鋒. 兩軍會於壽春界口. 橋蕤當先出馬, 與夏侯惇戰不三合, 被夏侯惇搠死. 術軍大敗, 奔走回城. 忽報孫策發船攻江邊西面, 呂布引兵攻東面, 劉備·關·張引兵攻南面, 操自引兵十七萬攻北面. 術大驚, 急聚衆文武商議. 楊大將曰: "壽春水旱連年, 人皆缺食, 今又動兵擾民, 民旣生怨, 兵至難以拒敵. 不如留軍在壽春, 不必與戰; 待彼兵糧盡, 必然生變. 陛下且統御林軍渡淮, 一者就熟, 二者暫避其銳." 術用其言, 留李豐·樂就·梁剛·陳紀四人, 分兵十萬, 堅守壽春; 其餘將卒并庫藏金玉寶貝, 盡數收拾過淮去了.

> *注: **壽春**(수춘): 揚州 九江郡에 속한 縣名. 故城址는 지금의 안휘성 壽縣.
>
> **就熟**(취숙): (지역이나 지세에) 익다. 익숙해지다.

〖8〗却說曹兵十七萬, 日費糧食浩大, 諸郡又荒旱, 接濟不及. 操催軍速戰, 李豐等閉門不出. 操軍相拒月餘, 糧食將盡, 致書於孫策, 借得糧米十萬斛, 不敷支散. 管糧官任峻部下倉官王垕入稟操曰: "兵多糧少, 當如之何?" 操曰: "可將小斛散之, 權且救一時之急." 垕曰: "兵士倘怨, 如何?" 操曰: "吾自有策."

垕依命, 以小斛分散. 操暗使人各寨探聽, 無不嗟怨, 皆言丞相欺衆. 操乃密召王垕入曰: "吾欲問汝借一物, 以壓衆心, 汝必勿吝." 垕曰: "丞相欲用何物?" 操曰: "欲借汝頭以示衆耳."(*向孫策借糧不足, 却向王垕借頭, 糧可借, 頭亦可借乎? 借則借矣, 未審何時得還.) 垕大驚曰: "某實無罪!" 操曰: "吾亦知汝無罪. 但不殺汝, 軍心變矣. 汝死後, 汝妻子吾自養之, 汝勿慮也." 垕再欲言時, 操早呼刀斧手推出門外, 一刀斬訖. 懸頭高竿, 出榜曉示曰: "王垕故行小斛, 盜竊官糧, 謹按軍法." 於是衆怨始解.

> *注: **接濟**(접제): 돕다. 구제하다. 보내다. **不敷支散**(불부지산): 나누어

주는 데 충분하지 못하다. 〈敷〉: 펴다. 깔다. 충분하다. 넉넉하다. 〈支散〉: 나누어주다(發放). 王垕(왕후): 인명. 〈垕〉: 〈厚〉의 古字.　將(장): =以. 自有(자유): 본래(응당)…이 있다. 따로 있다. 〈自〉: 자연히. 당연히; 별도로. 따로.　曉示(효시): 분명하게 알려주다. 명시하다. 공표하다.

〖9〗次日, 操傳令各營將領:"如三日內不併力破城, 皆斬!" 操親自至城下, 督諸軍搬土運石, 塡壕塞塹. 城上矢石如雨, 有兩員裨將畏避而回, 操掣劍親斬於城下; 遂自下馬, 接土塡坑. 於是大小將士無不向前, 軍威大振. 城上抵敵不住. 曹兵爭先上城, 斬關落鎖, 大隊擁入. 李豊·陳紀·樂就·梁剛都被生擒, 操令皆斬於市. 焚燒僞造宮室殿宇, 一應犯禁之物, 壽春城中, 收掠一空.(*收之掠之, 得毋亦日借乎?) 商議欲進兵渡淮, 追赶袁術. 荀彧諫日:"年來荒旱, 糧食艱難. 若更進兵, 勞軍損民, 未必有利. 不若暫回許都, 待來春麥熟, 軍糧足備, 方可圖之." 操躊躇未決. 忽報馬到, 報說:"張繡依托劉表, 復肆猖獗, 南陽·江陵諸縣復反. 曹洪拒敵不住, 連輸數陣, 今特來告急." 操乃馳書與孫策, 令其跨江布陣, 以爲劉表疑兵, 使不敢妄動; 自己卽日班師, 別議征張繡之事. 臨行, 令玄德仍屯兵小沛, 與呂布結爲兄弟, 互相救助, 再無相侵. 呂布領兵自回徐州. 操密謂玄德日:"吾令汝屯兵小沛, 是'掘坑待虎'之計也.(*前二虎競食, 驅虎吞狼之計, 已領敎過矣.) 公但與陳珪父子商議, 勿致有失. 某當爲公外援."(*陽使合, 陰使離, 奸甚.) 話畢而別.

　　*注: 接土(접토): 흙을 받다(이어받다).(여러 사람들이 늘어서서 흙을 옮기는 경우의 표현).　一應犯禁之物(일응범금지물): 궁정 안의 모든 물건들. 〈一應〉: 모든(all). 〈犯禁〉: 궁궐.　收掠一空(수략일공): 약탈을 당해서 완전히 텅 비게 되다. 모조리 약탈해 거두어 가다.　江陵(강릉): 지금의 호북

성 江陵. **連輸數陣**(연수수진): 여러 차례의 싸움에서 연달아 지다. **掘坑**
**待虎**(굴갱대호): 굴을 파놓고 범을 기다리다. **領敎**(령교): 가르침을 받다;
겪다. 맛보다.


〚10〛 却說曹操引軍回許都, 人報段煨殺了李傕, 伍習殺了郭
汜, 將頭來獻. 段煨倂將李傕<u>合族</u>老小二百餘口<u>活解</u>入許都. 操
令分於各門處斬, 傳首<u>號令</u>, 人民稱快. 天子陞殿, 會集文武, 作
太平宴. 封段煨爲<u>蕩寇</u>將軍, 伍習爲殄虜將軍, 各引兵去鎭守長
安. 二人謝恩而去. 操卽奏張繡作亂, 當興兵伐之. 天子乃親排鑾
駕, 送操出師. 時<u>建安三年夏四月</u>也.(＊正是麥秋時.)

**＊注**: 合族(합족): 全族. 종족 전부. **活解**(활해): 산 채로 보내다. **號令**
(호령): 사람을 처형한 후 그 머리나 시체를 많은 사람들에게 보이는 것(＝
號). **蕩寇**(탕구): 도적떼를 쳐서 없애다(소탕하다). 盪寇와 同字. **建安三**
**年**(건안삼년): 198년. 신라 奈解尼師今 3년. 고구려 山上王延優 2년.


〚11〛 操留荀彧在許都, <u>調遣兵將</u>, 自統大軍進發. <u>行軍之次</u>,
見一路麥已熟, 民因兵至, 逃避在外, 不敢<u>刈麥</u>. 操使人遠近遍諭
村人父老, 及各處守境官吏, 曰: "吾奉天子明詔, 出兵討逆, 與
民除害. 方今麥熟之時, 不得已而起兵, 大小將校, 凡過麥田, 但
有踐踏者, 並皆斬首. 軍法甚嚴, 爾民勿得驚疑."(＊君以民爲天, 民
以食爲天, 曹操可謂知天之天.) 百姓聞諭, 無不歡喜稱頌, <u>望塵遮道而</u>
拜. 官軍經過麥田, 皆下馬以手扶麥, 遞相傳送而過, 並不敢踐
踏. 操乘馬正行, 忽田中驚起一鳩. 那馬<u>眼生</u>, 竄入麥中, 踐壞了
一大塊麥田. 操隨呼行軍主簿, <u>擬議自己踐麥之罪</u>.(＊權詐可愛.) 主
簿曰: "丞相豈可議罪?" 操曰: "吾自制法, 吾自犯之, 何以服
衆?" 卽掣所佩之劍欲自刎.(＊權詐可愛.) 衆急救住. 郭嘉曰: "古者

〈春秋〉之義, 法不加於尊. 丞相總統大軍, 豈可自戕?" 操沈吟良久, 乃曰: "旣〈春秋〉有 '法不加於尊'之義, 吾姑免死." 乃以劍割自己之髮, 擲於地曰: "割髮權代首."(*曹操一生俱用一个借字, 借天子以令諸侯; 借諸侯以攻諸侯; 欲安軍心, 則他人之頭可借; 欲正軍法, 則自家之髮可借.) 使人以髮傳示三軍, 曰: "丞相踐麥, 本當斬首號令, 今割髮以代." 於是三軍悚然, 無不凜遵軍令. 後人有詩論之曰:

十萬貔貅十萬心, 一人號令衆難禁.

拔刀割髮權爲首, 方見曹瞞詐術深.

\*注: 調遣(조견): 지시하다. 파견하다. 배정하다.　行軍之次(행군지차): 행군할 때. 행군하는 동안. 〈次〉: 동안(間). 때(際).　刈麥(예맥): 보리를 베다. 수확하다.　眼生(안생): 눈에 익지 않다. 낯이 설다.　塊(괴): 덩어리; 곳. 장소.　擬議(의의): 입안하다. 작성하다. 기초하다. 재다. 헤아리다. 權代首(권대수): 잠시 머리를 대신하다. 〈權〉: 잠시. 임시로.　貔貅(비휴): 맹수. 용맹한 군대.


〖12〗 却說張繡知操引兵來, 急發書報劉表, 使爲後應; 一面與雷敍‧張先二將領兵出城迎敵. 兩陣對圓, 張繡出馬, 指操罵曰: "汝乃假仁義無廉恥之人, 與禽獸何異!"(*隱然爲其叔母發恨.) 操大怒, 令許褚出馬. 繡令張先接戰. 只三合, 許褚斬張先於馬下, 繡軍大敗. 操引軍赶至南陽城下. 繡入城, 閉門不出. 操圍城攻打, 見城濠甚闊, 水勢又深, 急難近城. 乃令軍士運土塡濠; 又用土布袋并柴薪草把相雜, 於城邊作梯凳, 又立雲梯窺望城中. 操自騎馬繞城觀之. 如此三日. 傳令敎軍士於西門角上, 堆積柴薪, 會集諸將, 就那裏上城. 城中賈詡見如此光景, 便謂張繡曰: "某已知曹操之意矣. 今可將計就計而行." 正是:

强中自有强中手, 用詐還逢識詐人.

不知其計若何, 且聽下文分解.

*注: **急難近城**(급난근성): 급히 城에 접근하기 어렵다.   **梯凳**(제등): 사다
리와 걸상. 높은 곳에 올라가기 위해 사용하는 기구.   **將計就計**(장계취계):
상대방의 계략을 역이용하여 상대방을 공격하는 것.   **自有**(자유): 본래(응
당)…있다. 따로 있다. 〈自〉: 자연히. 당연히; 별도로. 따로.

## 第十七回 毛宗崗 序始評

(1). 澤粲虎皮便爲衆射之的, 袁術一僭帝號, 天下共起而攻
之. 曹操所以遲遲而未發者, 非薄天子而不爲, 正畏天下而不敢
耳. 況所樂乎爲君, 以其有令天下之權也. 權則專之於己, 名則
歸之於帝, 操之謀善矣. 操辭其名而取其實, 術無其實而冒其名,
豈非操巧而術拙?

(2). 或曰: 蜀吳魏三國, 後來皆稱皇帝, 獨袁術之帝則不可,
何也?
曰: 眞能做皇帝者每不在先而在後, 其爲正統混一之帝, 必待
海內削平, 四方賓服, 又必有群臣勸進, 諸侯推戴, 然後讓再讓
三, 辭之不得, 而乃祀南郊, 改正朔焉. 則受之也愈遲, 而得之也
愈固. 卽爲閏統偏安之帝, 亦必待小邦俱已兼倂, 大國僅存一二,
外而隣境息烽, 內而人民樂附, 然而自侯而王, 自王而帝, 次第
而升之, 斯能傳之後人, 以爲再世不拔之業.

(3). 愛兵而不愛民, 不可以爲將; 愛將而不愛民, 不可以爲君.
故善將兵者必能治兵, 兼能治他人之兵, 于禁是也. 善將將者必
能治將, 兼能治他人之將, 劉備是也. 曹操擊繡之兵以手扶麥而

第十七回　袁公路大起七軍　曹孟德會合三將 ■ 295

過, 則知操之能爲將矣. 袁術攻徐之將於路劫掠而來, 則知術之不能爲君矣. 民爲邦本, 故此卷之中三致意云.

(4). 操之忌備深矣, 忌布亦深矣, 方其相合則私爲之構, 以離之; 及其旣離, 又以未及攻之而姑使合之, 乃陽合之, 而又私相囑, 以欲其終離之. 初則爲二虎爭食之謀, 繼又爲驅虎吞狼之計, 末更爲堀坑待虎之策, 種種不懷好意, 呂布不知而爲其所弄, 劉備知之而權且應命. 曹操亦明知劉備必然知之, 而大家只做不知, 眞好看煞人.

(5). 曹操一生無所不用其借: 借天子以令諸侯; 又借諸侯以攻諸侯; 至于欲安軍心, 則他人之頭亦借; 欲申軍令, 則自己之髮亦可借. 借之謀愈奇, 借之術愈幻, 是千古第一奸雄.

# 第十八回

## 賈文和料敵決勝
## 夏侯惇拔矢啖睛

〖１〗却說賈詡料知曹操之意，便欲將計就計而行，乃謂張繡曰：“某在城上，見曹操繞城而觀者，三日，他見城東南角磚土之色，新舊不等，鹿角多半毀壞，意將從此處攻進；却虛去西北上積草，詐爲聲勢，欲哄我撤兵守西北．彼乘夜黑必爬東南角而進也．”(*虛者實之，實者虛之，早被賈生看破．) 繡曰：“然則奈何?” 詡曰：“此易事耳．來日可令精壯之兵，飽食輕裝，盡藏於東南房屋內；却敎百姓假扮軍士，虛守西北．夜間任他在東南角上爬城．俟其爬進城時，一聲砲響，伏兵齊起，操可擒矣．”(*以詐待詐，正是將計就計．) 繡喜，從其計．早有探馬報曹操，說：“張繡盡撤兵在西北角上，吶喊守城，東南却甚空虛．”操曰：“中吾計矣!”(*誰知反中彼計．) 遂命軍中密備鍬钁爬城器具．日間只引軍攻西北角．至二更時分, 却領精兵於東南角上爬過濠去, 砍開鹿角. 城中全無動靜, 衆軍一齊擁入. 只聽得一聲砲響, 伏兵四起. 曹兵急退, 背後張繡親驅勇壯殺來. 曹軍大敗, 退出城外, 奔走數十里. 張繡直殺至天明方收軍入城. 曹操計點敗軍, 已折五萬餘人, 失去輜重無數. 呂虔·于禁俱各被傷.(*此皆爲城中有智囊也.)

*注: 鹿角(녹각): 사슴 뿔. 일종의 군사적 방어시설로 사슴뿔처럼 가지가 나 있는 나무를 땅위에 꽂아서 적병의 진입을 저지하는 시설. 哄我(홍아): 우리(나)를 속이다. 〈哄〉: 속이다(欺騙). 任他(임타): 그에게 …하도록 맡기다. 〈任〉: 마음대로 하게 하다. 하도록 내버려두다(聽任. 任凭). 探馬(탐마): 軍中의 간첩. 敵情을 탐색하는 일을 전담하였다. 정탐꾼. 鍬(초): 가래. 钁 (곽): 괭이.


〖2〗 却說賈詡見操兵敗走, 急勸張繡遺書劉表, 使起兵截其後路. 表得書, 卽欲起兵. 忽探馬報孫策屯兵湖口.(*應前.) 蒯良曰: "策兵屯湖口, 乃曹操之計也. 今操新敗, 若不乘勢擊之, 後必有患."(*蒯良之智亦不在賈生下.) 表乃令黃祖堅守隘口, 自己統兵至安衆縣截操後路; 一面約會張繡. 繡知表兵已起, 卽同賈詡引兵襲操.

且說操軍緩緩而行,(*故意緩行, 便知有謀矣.) 至襄城, 到淯水, 操忽於馬上放聲大哭. 衆驚問其故, 操曰: "吾思去年於此地折了吾大將典韋, 不由不哭耳!" 因卽下令屯住軍馬, 大設祭筵, 弔奠典韋亡魂. 操親自拈香哭拜, 三軍無不感歎.(*其所以親自拈香哭拜者, 正要使三軍無不感嘆耳.) 祭典韋畢, 方祭姪曹安民及長子曹昂, 并祭陣亡軍士,(*不是爲亡的, 正是爲活的.) 連那匹射死的大宛馬, 也都致祭.(*不是爲馬, 正欲感人.) 次日, 忽荀彧差人報說: "劉表助張繡屯兵安衆, 截吾歸路." 操答彧書曰: "吾日行數里, 非不知賊來追我；然我計劃已定，若到安衆，破繡必矣．君等勿疑．”便催軍行至安衆縣界．劉表軍已守險要，張繡隨後引軍赶來．操乃令衆軍黑夜鑿險開道，暗伏奇兵．(*前黑夜爬城，我中彼伏兵之計；今黑夜鑿險，彼亦中我伏兵之計．眞正奇妙．) 及天色微明，劉表‧張繡軍會合，見操兵少，疑操遁去，俱引兵入險擊之．操縱奇兵出，大破兩家之兵．曹兵出了安衆界口，於隘外下寨．劉表‧張繡各整敗兵相見．表曰：“何期反中曹操奸計！”繡曰：“容再圖之．”於是兩軍集於安衆．

**\*注:** **湖口**(호구): 즉 巢湖口. 五代南唐時에 湖口縣을 설치. 지금의 안휘성 巢縣.(지금의 강서성에 있는 鄱陽湖(파양호)의 입구라는 說도 있다.)　**安衆縣**(안중현): 縣名. 荊州 남양군 소속. 지금의 하남성 鄧縣 東北, 鎭平縣 南.　**襄城**(양성): 〈三國志‧魏書‧張繡傳〉에 의하면 〈穰縣〉이다. 荊州 南陽郡에 속하며 지금의 하남성 鄧縣.　**不由不哭**(불유불곡): 哭을 하지 않을 수 없다 〈不由〉: 不禁. 不容.　**陣亡軍士**(진망군사): 싸움에서 죽은 군사.　**何期反中**(하기반중): 어찌(何) 반대로(反) (조조의 계략에) 걸려들 줄(中) 예상을 했겠는가(期).　**容再圖之**(용재도지): 후에 다시 도모하다. 〈容〉: 뒤에. 훗날. 조만간.

〖3〗且說荀彧探知袁紹欲興兵犯許都，星夜馳書報曹操．操得書心慌，卽日回兵．細作報知張繡，繡欲追之，賈詡曰：“不可追也，追之必敗．”劉表曰：“今日不追，坐失機會矣．”力勸繡引軍萬餘同往追之．約行十餘里，赶上曹軍後隊．曹軍奮力接戰，繡‧表兩軍大敗而還．繡謂詡曰：“不用公言，果有此敗．”詡曰：“今可整兵再往追之．”(*奇語似戲.)　繡與表俱曰：“今已敗，　奈何復追？”詡曰：“今番追去，必獲大勝；如其不然，請斬吾首．”繡信之．劉表疑慮，不肯同往．繡乃自引一軍往追.(*繡乃深信詡言，詡所以不忍棄之也.) 操兵果然大敗，軍馬輜重，連路散棄而走.(*不敍戰,只敍敗, 省筆.) 繡正往前追趕, 忽山後一彪軍擁出. 繡不敢前追, 收軍回安衆. 劉表問賈詡曰: "前以精兵追退兵, 而公曰必敗; 後以敗卒擊勝兵, 而公曰必克: 究竟悉如公言, 何其事不同而皆驗也? 願公明敎我." 詡曰: "此易知耳. 將軍雖善用兵, 非曹操敵手. 操軍雖敗, 必有勁將爲<u>後殿</u>, 以防追兵; 我兵雖銳, 不能敵之也: 故知必敗. 夫操之急於退兵者, 必因許都有事; 旣破我追軍之後, 必輕車速回, 不復爲備; 我乘其不備而更追之, 故能勝也."(*必敗必勝之故至此方說明, 蓋前之追在曹操料中, 後之追不在曹操料中也.) 劉表‧張繡俱服其高見. 詡勸表回荊州, 繡守襄城, <u>以爲脣齒</u>, 兩軍各散.

　　*注: 星夜(성야): 별밤. 별이 빛나는 밤. 밤을 새워. 　後殿(후전): 즉, 전군(殿軍). 행군시(특히 군대가 퇴각할 때) 맨 뒤에 있는 부대. 　以爲脣齒(이위순치): 입술(脣)과 이빨(齒)의 관계가 되다.


〚4〛且說曹操正行間, 聞報後軍爲繡所追, 急引衆將回身救應, (*補敍前文所未及, 好.) 只見繡軍已退. 敗兵回告操曰: "若非山後這一路人馬阻住中路, 我等皆被擒矣." 操急問何人. 那人綽槍下馬, 拜見曹操, 乃鎭威中朗將, 江夏平春人, 姓李, 名通, 字文達. 操問何來. 通曰: "近守<u>汝南</u>, 聞丞相與張繡‧劉表戰, 特來接應." 操喜, 封之爲建功侯, 守汝南西界, 以防表‧繡. 李通謝而去. 操還許都, 表奏孫策有功, 封爲討逆將軍, 賜爵吳侯, 遣使齎詔江東, 諭令防勦劉表. 操回府, 衆官參見畢, 荀彧問曰: "丞相緩行, 至安衆, 何以知必勝賊兵?" 操曰: "彼退無歸路, 必將死戰. 吾緩誘之, 而暗圖之, 是以知其必勝也."(*前有賈詡論兵, 此又曹操論兵, 可當兵書一則.) 荀彧<u>拜服</u>. 郭嘉入, 操曰: "公來何暮也?" 嘉袖出一書, <u>白操曰</u>: "袁紹使人致書丞相, 言: 欲出兵攻公孫瓚, 特來借糧借兵." 操曰: "吾聞紹欲圖許都, 今見吾歸, 又別生他議." 遂拆書觀之, 見其詞意驕慢, 乃問嘉曰："袁紹如此無狀, 吾欲討之, 恨力不及, 如何?"

〖5〗嘉曰："劉·項之不敵, 公所知也.(*隱然以高祖待操.) 高祖唯智勝, 項羽雖强, 終爲所擒. 今紹有十敗, 公有十勝. 紹兵雖盛, 不足懼也. 紹繁禮多儀, 公體任自然, 此道勝也;(*大英雄不拘細節.) 紹以逆動, 公以順率, 此義勝也;(*挾天子以令諸侯, 其名固順.) 桓·靈以來, 政失於寬, 紹以寬濟, 公以猛糾, 此治勝也;(*前有鄭子産治鄭, 後有孔明治蜀, 皆是猛以濟寬.) 紹外寬內忌, 所任多親戚, 公外簡內明, 用人唯才, 此度勝也;(*如袁紹爲盟主時, 不責袁術之羈糧, 而曹操用兵, 能獎于禁, 而責夏侯也.) 紹多謀少決, 公得策輒行, 此謀勝也;(*此袁·曹第一優劣處.) 紹專收名譽, 公以至誠待人,(*未必.) 此德勝也;(*操外雖誠, 而內實詐, 算不得德.) 紹恤近忽遠, 公慮無不周, 此仁勝也;(*操何仁之有? 但當日才勝耳.) 紹聽讒惑亂, 公浸潤不行, 此明勝也;(*紹每疑田豐·沮授, 而操深信郭嘉·荀彧是也.) 紹是非混淆, 公法度嚴明, 此文勝也;(*繁禮多儀不是文, 法度嚴明乃眞文.) 紹好爲虛勢, 不知兵要, 公以少克衆, 用兵如神, 此武勝也.(*如後文袁紹馳檄討操, 乃頓兵不進, 而操能以十萬之衆破紹兵八十萬是也.) 公有此十勝, 於以破紹無難矣."(*總結一句. 上文只說操之十勝, 而紹之十敗已舉於中.)

操笑曰："如公所言, 孤何足以當之!" 荀彧曰："郭奉孝十勝十敗之說, 正如愚見相合. 紹兵雖衆, 何足懼耶!" 嘉曰："徐州呂布, 實心腹大患. 今紹北征公孫瓚, 我當乘其遠出, 先取呂布, 掃除東南, 然後圖紹, 乃爲上計; 否則我方攻紹, 布必乘虛來犯許都, 爲害不淺也."(*敷陳十勝十敗之後, 讀者必將謂攻紹矣, 乃忽欲捨紹而攻布, 殊出意表.) 操然其言, 遂議東征呂布. 荀彧曰:"可先使人往約劉備, 待其回報, 方可動兵."(*爲後漏書伏線.) 操從之, 一面發書與玄德, 一面厚遣紹使, 奏封紹爲大將軍·太尉, 兼都督冀·靑·幽·并四州, 密書答之云:"公可討公孫瓚, 吾當相助."(*奸巧.) 紹得書大喜, 便進兵攻公孫瓚.(*便是謀之不勝.)

  **\*注: 劉·項之不敵**(유·항지부적): 유방과 항우는 서로 적수가 되지 못했다. **體任自然**(체임자연): 體制(禮法, 實行, 施行)를 자연에 맡기다. (細節에 구애되지 않고) 자연스럽게 일을 처리하다. 〈體〉: 體制, 禮法, 實行, 施行. 治理. **以寬濟**(이관제): 너그러움으로 일을 성취하다(이루다). **以猛糾**(이맹규): 맹렬함(사나움. 강함)으로 바로잡다(규합하다). (\*〈春秋左傳〉昭公二十年十二月條에 鄭子産이 죽기 전에 子大叔에게 충고하는 다음의 얘기 참조:"唯有德者能以寬服民, 其次莫如猛. 夫火烈, 民望而畏之, 故鮮死焉; 水懦弱, 民狎而翫之, 則多死焉, 故寬難.") **浸潤不行**(침윤불행): 참소의 말이 통하지 않았다. 〈浸潤〉: 浸潤之譖(침윤지참)의 줄인 말. 마치 물이 사물의 내부로 스며들듯이 讒訴의 말을 여러 번 들으면 결국 그것이 마음 속에 스며들어 나쁜 작용을 하게 된다는 뜻. **於以破紹**(어이파소): (=於以之破紹). 이런 승리할 이유(방법)로 원소를 깨뜨리다. **愚**(우): 저. 제. (자기의 겸칭). **并州**(병주): 東漢 때 治所는 晉陽(지금의 산서성 太原市 西南).


 〖6〗且說呂布在徐州, 每當賓客宴會之際, 陳珪父子必盛稱布德.(*待呂布只須如此.) 陳宮不悅, 乘間告布曰:"陳珪父子面諛將軍, 其心不可測, 宜善防之."(*凡面諛人者, 必腹算人者也. 陳珪父子便是榜樣.) 布怒叱曰:"汝無端獻讒, 欲害好人耶?"(*聞忠言則怒爲獻讒, 聞諛言則信爲好人, 奉先殊屬夢夢. 雖然, 世之如奉先者正復不少也.) 宮出嘆曰：“忠言不入，吾輩必受殃矣！” 意欲棄布他往，却又不忍，又恐被人嗤笑.(＊此時若去，誰來笑你？ 不能引決爲可笑耳.) 乃終日悶悶不樂. 一日，帶領數騎去小沛地面圍獵解悶，忽見官道上一騎驛馬飛奔前去. 宮疑之，棄了圍場，引從騎抄小路赶上，問曰：“汝是何處使命？” 那使者知是呂布部下人，慌不能答. 宮令搜其身，得玄德回答曹操密書一封. 宮卽連人與書拿見呂布. 布問其故，來使曰：“曹丞相差我往劉豫州處下書， 今得回書， 不知書中所言何事.” 布乃拆書細看，書略曰：

　　“奉明命欲圖呂布， 敢不夙夜用心？ 但備兵微將少， 不敢輕
　　動. 丞相若興大師，備當爲前驅. 謹嚴兵整甲，專待鈞命.”

　呂布見了，大罵曰：“操賊焉敢如此！” 遂將使者斬首，先使陳宮·藏霸結連泰山寇孫觀·吳敦·尹禮·昌豨,(＊絕了假皇帝，結連眞强盜.) 東取山東兗州諸郡；令高順·張遼取沛城，攻玄德；令宋憲·魏續西取汝(南)·穎(川). 布自總中軍爲三路救應.(＊本是操欲攻布，却反致布先發作，又出意表.)

　＊注: 嗤笑(치소): 비웃다. 웃음거리가 되다. 〈嗤〉:비웃다. 비웃음거리. 地
　面(지면): 지면; 지역. 구역; 그 곳. 그 고장. 圍獵(위렵): 포위하고 몰아서
　사냥하다. 사냥하다. 官道(관도): 官에서 수축해 놓은 大路. 大道. 公路.
　驛馬(역마): 옛날 공문서를 전달하는 사람이 타는 말. 圍場(위장): (옛날
　황제나 귀족들의) 사냥터. 明命(명명):〈明公의 명령(明公之命)〉. 여기서
　〈明公〉은 曹操를 가리킨다. 鈞命(균명): 귀하의 명령. 〈鈞〉은 옛날 아랫사
　람이 윗사람의 말이나 행동에 대하여 붙이는 일종의 敬辭.


〔7〕且說高順等引兵出徐州，將至小沛，有人報知玄德. 玄德急與衆商議. 孫乾曰：“可速告急於曹操.” 玄德曰：“誰可去許都告急？” 階下一人出曰：“某願往.” 視之，乃玄德同鄉人，姓簡，名

雍, 字憲和, 現爲玄德幕賓. 玄德卽修書付簡雍, 使星夜赴許都求
援; 一面整頓守城器具. 玄德自守南門, 孫乾守北門, 雲長守西
門, 張飛守東門, 令糜竺與其弟糜芳守護中軍.

　　原來糜竺有一妹, 嫁與玄德爲次妻. 玄德與他兄弟有郎舅之親,
故令其守中軍保護妻小. 高順軍至, 玄德在敵樓上問曰: "吾與奉
先無隙, 何故引兵至此?" 順曰: "你結連曹操, 欲害吾主, 今事已
露, 何不就縛!" 言訖, 便麾軍攻城. 玄德閉門不出. 次日, 張遼引
兵攻打西門.　　雲長在城上謂之曰: "公儀表非俗,　何故失身於
賊?" 張遼低頭不語. 雲長知此人有忠義之氣,　更不以惡言相加,
亦不出戰. 遼引兵退至東門, 張飛便出迎戰. 早有人報知關公. 關
公急來東門看時, 只見飛方出城, 張遼軍已退. 飛欲追赶, 關公急
召入城. 飛曰: "彼懼而退, 何不追之?" 關公曰: "否, 此人武藝
不在你我之下. 因我以正言感之, 頗有自悔之心,　故不與我等戰
耳." 飛乃悟, 只令士卒堅守城門, 更不出戰.

　　*注: 幕賓(막빈): 軍中이나 官署에서 초청해서 온 參事 또는 參議. 幕僚.
　　幕友. 顧問. 參謀 등을 이름.　　郎舅之親(랑구지친): 매부와 처남 사이의
　　친척 관계.　　就(취): 곧. 즉시.　　看時(간시): 보니. 이때의 〈時〉는 〈때〉,
　　〈시간〉이란 뜻이 아니라 語氣詞로서 말을 일단 멈출 때(停頓) 쓴다. 본서에
　　서는 〈時〉가 자주 이런 용법으로 쓰이고 있다.　　只見(지견): 마침 그때;
　　문득 보다.


〚8〛却說簡雍至許都見曹操,　具言前事.　操卽聚衆謀士議曰:
"吾欲攻呂布, 不憂袁紹掣肘, 只恐劉表·張繡議其後耳." 荀攸
曰: "二人新破, 未敢輕動. 呂布驍勇, 若更結連袁術, 縱橫淮·
泗, 急難圖矣."(*袁與繡合不足慮, 布與術合深足憂.) 郭嘉曰: "今可乘
其初叛, 衆心未附, 疾往擊之." 操從其言, 卽命夏侯惇與夏侯淵·

呂虔·李典領兵五萬先行, 自統大軍, 陸續進發, 簡雍隨行. 早有探馬報知高順, 順飛報呂布. 布先令侯成·郝萌·曹性引二百餘騎接應高順, 使離沛城三十里去迎曹軍, 自引大軍隨後接應. 玄德在小沛城中見高順退去, 知是曹家兵至, 乃只留孫乾守城, 糜竺·糜芳守家, 自己却與關·張二公, 提兵盡出城外, 分頭下寨, 接應曹軍.(＊空城出屯是失着.)

> *注: 掣肘(철주): 팔(뚝)을 잡아끌다. 간섭하여 일을 방해하고 제지하다.
> 議其後(의기후): 그 배후 (공격을) 의논하다.　急難圖(급난도): 급히 도모하기 어렵다.　接應(접응): (전투에서) 자기편과 호응하여 행동하다. 지원하다.

〔9〕却說夏侯惇引軍前進, 正與高順軍相遇, 便挺槍出馬搦戰. 高順迎敵. 兩馬相交, 戰有四五十合, 高順抵敵不住, 敗下陣來. 惇縱馬追趕, 順繞陣而走. 惇不捨, 亦繞陣追之. 陣上曹性看見, 暗地拈弓搭箭, 覷得親切, 一箭射去, 正中夏侯惇左目. 惇大叫一聲, 急用手拔箭, 不想連眼珠拔出. 乃大呼曰: "父精母血, 不可棄也!" 遂納於口內啖之. 仍復提槍縱馬, 直取曹性. 性不及提防, 早被一槍搠透面門, 死於馬下. 兩邊軍士見者, 無不駭然. 夏侯惇既殺曹性, 縱馬便回. 高順從背後趕來, 麾軍齊上, 曹兵大敗. 夏侯淵救護其兄而走, 呂虔·李典將敗軍退去濟北下寨. 高順得勝, 引軍回擊玄德. 恰好呂布大軍亦至, 布與張遼·高順分兵三路, 夾攻玄德·關·張三寨. 正是:

啖睛猛將雖能戰, 中箭先鋒難久持.

未知玄德勝負如何, 且聽下文分解.

> *注: 縱馬(종마): 말을 달려 나가다(發馬. 出馬.)　覷得親切(처득친절): 정확히 조준하여. 〈覷〉: 엄밀히 주시하다. 자세히 살펴보다. 노려보다. 〈親

切〉: 친밀한. 친근한; 확실하다. 정확하다.    唊之(담지): 그것을 삼키다.
〈唊〉: 먹다. 삼키다.    提防(제방): 막다. 방비하다.    死於馬下(사어마하):
말에서 떨어져 죽다.    濟北(제북): 郡名. 治所는 盧縣(지금의 산동성 平陰縣
東北, 長淸縣 南).

## 第十八回 毛宗崗 序始評

(1). 將在謀而不在勇, 賈詡之知彼知己, 決勝決負, 斯誠善矣.
至於郭嘉論袁·曹優劣, 破曹之疑, 不減淮陰侯登壇數語. 若夏侯
惇拔矢唊睛, 不過一武夫之能, 未足多也. 十勝十敗, 其言皆確,
獨於仁勝德勝, 則有辨焉, 夫操何仁何德之有. 假仁非仁也, 市
德非德也, 但當日才勝術勝耳.

(2). 操之哭典韋, 非爲典韋哭也, 哭一旣死之典韋, 而凡未死
之典韋無不感激. 此非曹操忠厚處, 正是曹操奸雄處. 或曰: 奸
雄雖奸, 安得此一副急淚? 予答之曰: 彼口中哭典韋, 意中自哭
亡兒亡侄, 我惡乎知之!

(3). 操亦巧矣哉! 術方攻布, 則助布以攻術, 懼布之復與術和
也; 布旣破術, 則約備而攻布, 知術之必不復與布和也. 備·布之
交合, 而操之患深; 袁·呂之交合, 而操之患更深. 今備旣離, 術
亦離, 而後布可圖矣. 老謀深算, 信不可及

# 第十九回

## 下邳城曹操鏖兵
## 白門樓呂布殞命

〔1〕却說高順引張遼擊關公寨，呂布自擊張飛寨，關·張各出迎
戰．玄德引兵兩路接應．呂布分軍從背後殺來，關·張兩軍皆潰．
玄德引數十騎奔回沛城．(*今日狼狽奔回，　　則知前日不當盡出城外下寨.) 
呂布赶來．玄德急喚城上軍士放下弔橋，呂布隨後也到．城上欲待
放箭，又恐射了玄德，被呂布乘勢殺入城門．把門將士抵敵不住，
都四散奔避．呂布招軍入城，玄德見勢已急，到家不及，只得棄了
妻小，(*此卷中以玄德棄妻，劉安殺妻，呂布戀妻相對成趣.) <u>穿城而過</u>，走
出西門，匹馬逃難.(*又失了小沛城，此城凡三得三失矣.) 呂布赶到玄德
家中，糜竺出迎，告布曰：“吾聞大丈夫不廢人之妻子．與將軍爭
天下者，曹公耳．玄德常念轅門射戟之恩，不敢背將軍也.今不得
已而投曹公，惟將軍憐之.”布曰：“吾與玄德舊交，豈忍害他妻

子?"(*前布與袁術戰時, 玄德曾遣雲長助之, 故今以此相報耶?) 便令糜竺
引玄德妻小, 去徐州安置.(*爲後糜竺登城拒布伏線.) 布自引軍投山東
兗州境上, 留高順·張遼守小沛. 此時孫乾已逃出城外, 關·張二人
亦各自收得些人馬, 往山中住箚.

    *注: **白門樓**(백문루): 下邳城의 南門.    **穿城而過**(천성이과): 성안을 통과해

지나가다. 〈穿〉: (구멍을) 뚫다; 관통하다. (공간을) 통과하다. 가로지르다.


  〚2〛 且說玄德匹馬逃難, 正行間, 背後一人赶至, 視之乃孫乾
也. 玄德曰: "吾今兩弟不知存亡, 妻小失散, 爲之奈何?" 孫乾
曰: "不若且投曹操, 以圖後計." 玄德依言, 尋小路投許都. 途次
絶糧, 嘗往村中求食, 但到處聞劉豫州, 皆爭進飮食. 一日, 到一
家投宿, 其家一少年出拜. 問其姓名, 乃獵戸劉安也. 當下劉安聞
豫州牧至, 欲尋野味供食, 一時不能得, 乃殺其妻以食之.(*玄德以
妻子比衣服, 此人以妻子爲飮食) 玄德曰: "此何肉也?" 安曰: "乃狼
肉也." 玄德不疑, 遂飽食了一頓. 天晚就宿.(*不知劉安此夜如何睡
得着.) 至曉將去, 往後院取馬, 忽見一婦人殺於廚下, 臂上肉已都
割去. 玄德驚問, 方知昨夜食者, 乃其妻之肉也. 玄德不勝傷感,
洒淚上馬. 劉安告玄德曰: "本欲相隨使君, 因老母在堂, 未敢遠
行." 玄德稱謝而別, 取路出梁城. 忽見塵頭蔽日, 一彪大軍來到.
玄德知是曹操之軍, 同孫乾徑至中軍旗下, 與曹操相見, 且說失沛
城·散二弟·陷妻小之事. 操亦爲之下淚. 又說劉安殺妻爲食之事.
操乃令孫乾以金百兩往賜之.(*劉安得此金, 又可娶一妻矣, 但恐無人肯
嫁之耳, 何也, 恐其又把作野味請客也.)

    *注: **失散**(실산): 변고를 만나 흩어지다.    **途次**(도차): 길을 가는 동안.

길을 갈 때. 〈途〉: 道 〈次〉: 동안(間). 때(際).    **野味**(야미): 사냥한 짐승(의

고기).    **一頓**(일돈): 한 끼. 〈頓〉: 번. 차례. 끼니. (식사, 질책, 권고 따위의

횟수를 세는 데 쓰임).    洒淚(세루): 눈물을 뿌리다.    梁城(량성): 梁國의 治所 睢陽(수양: 지금의 하남성 商丘市 南).    塵頭(진두): 하늘 가득히 일어나는 먼지.    徑至(경지): 곧바로 이르다. 〈徑〉: 곧, 바로, 지름길.

【3】 軍行至濟北, 夏侯淵等迎接入寨, 備言兄夏侯惇損其一目, 臥病未痊. 操臨臥處視之, 令先回許都調理, 一面使人打探呂布現在何處. 探馬回報云: "呂布與陳宮·臧霸結連泰山賊寇, 共攻兗州諸郡." 操卽令曹仁引三千兵打沛城, 操親提大軍, 與玄德來戰呂布. 前至山東, 路近蕭關, 正遇泰山寇孫觀·吳敦·尹禮·昌豨領兵三萬餘攔住去路. 操令許褚迎戰, 四將一齊出馬, 許褚奮力死戰. 四將抵敵不住, 各自敗走. 操乘勢掩殺, 追至蕭關.

探馬飛報呂布. 時布已回徐州, 欲同陳登往救小沛, 令陳珪守徐州. 陳登臨行, 珪謂之曰: "昔曹公曾言東方事盡付與汝. 今布將敗, 可便圖之." 登曰: "外面之事, 兒自爲之; 倘布敗回, 父親便請糜竺一同守城, 休放布入. 兒自有脫身之計." 珪曰: "布妻小在此, 心腹頗多, 爲之奈何?" 登曰: "兒亦有計了."(＊是父是子.) 乃入見呂布, 曰: "徐州四面受敵, 操必力攻, 我當先思退步. 可將錢糧移於下邳, 倘徐州被圍, 下邳有糧可救. 主公盍早爲計?" 布曰: "元龍之言甚善. 吾當幷妻小移去." 遂令宋憲·魏續保護妻小與錢糧移屯下邳; 一面自引軍與陳登往救蕭關.

  ＊注: 濟北(제북): 郡名. 治所는 盧縣(지금의 산동성 平陰縣 東北, 長淸縣 南). 蕭關(소관): 여기서는 蕭縣을 말한다. 지금의 안휘성 蕭縣 西北.   自有(자유): 따로, 별도로.   盍早爲計(합조위계): 어찌 빨리 계책을 세우지 않는가. 〈盍〉: 어찌 하지 않는가(何不).

【4】 到半路, 登曰: "容某先到蕭關探曹兵虛實, 主公方可行."

布許之. 登乃先到關上, 陳宮等接見. 登曰: "溫侯深怪公等不肯向前, 要來責罰." 宮曰: "今曹兵勢大, 未可輕敵. 吾等緊守關隘, 可勸主公深保沛城, 乃爲上策." 陳登唯唯. 至晚, 上關而望, 見曹兵直逼關下, 乃乘夜連寫三封書, 拴在箭上, 射下關去.(*書中約他放火爲號殺入關中也, 此處尙不說明.) 次日, 辭了陳宮, 飛馬來見呂布, 曰: "關上孫觀等皆欲獻關, 某已留下陳宮把守, 將軍可於黃昏時殺去救應." 布曰: "非公則此關休矣!" 便敎陳登飛騎先至關, 約陳宮爲內應, 舉火爲號. 登徑往報宮曰: "曹兵已抄小路到關內, 恐徐州有失. 公等宜急回." 宮遂引衆棄關而走. 登就關上放起火來, 呂布乘黑殺至, 陳宮軍和呂布軍在黑暗裏自相掩殺. 曹兵望見號火, 一齊殺到, 乘勢攻擊. 孫觀等各自四散逃避去了.

呂布直殺到天明, 方知是計; 急與陳宮回徐州. 到得城邊叫門時, 城上亂箭射下, 糜竺在敵樓上喝曰: "汝奪吾主城池, 今當仍還吾主, 汝不得復入此城也."(*陳珪不出, 使糜竺答話, 妙甚.) 布大怒曰: "陳珪何在?" 竺曰: "吾已殺之矣!"(*假話妙. 若不如此說, 恐陳登在呂布軍中爲其所害也.然不知登已早脫身去矣.)布回顧宮曰: "陳登安在?"(*已往小沛賺高順·張遼去了) 宮曰: "將軍尙執迷, 而問此佞賊乎?"(*眞是呆鳥.) 布令遍尋軍中, 却只不見. 宮勸布急投小沛, 布從之.

　　*注: 虛實(허실): 내막(내부 사정).　　佞賊(녕적): 간사한 도적놈.　　呆鳥(태조): 바보. 멍청이.　　却只(각지): 却과 只 모두 '그러나'의 뜻.


〖5〗行至半路, 只見一彪軍驟至, 視之, 乃高順·張遼也. 布問之, 答曰: "陳登來報說主公被圍, 令某等急來救解."(*不向陳登那邊敍去, 却從呂布這邊聽來, 是用虛筆.) 宮曰: "此又佞賊之計也." 布怒曰: "吾必殺此賊!" 急驅馬至小沛, 只見小沛城上盡揷曹兵旗號. 原來曹操已令曹仁襲了城池, 引軍把守. 呂布於城下大罵陳登. 登在城上指布罵曰:"吾乃漢臣, 安肯事汝反賊耶!"布大怒, 正待攻城, 忽聽背後喊聲大起, 一隊人馬來到, 當先一將乃是張飛. 高順出馬迎敵, 不能取勝. 布親自接戰. 正鬪間, 陣外喊聲復起, 曹操親統大軍衝殺前來. 呂布料難抵敵, 引兵東走. 曹兵隨後追赶. 呂布<u>走得人困馬乏</u>. 忽又閃出一彪軍攔住去路, 爲首一將, 立馬橫刀, 大喝:"呂布休走! 關雲長在此!"呂布慌忙接戰. 背後張飛赶來. 布無心戀戰, 與陳宮等殺開條路, 徑奔下邳. 侯成引兵接應去了.

*注: 走得人困馬乏(주득인곤마핍): 달려서 사람도 말도 모두 지쳤다.
〈得〉: 동사나 형용사 뒤에 쓰여 결과나 정도를 표시하는 보어를 연결시키는 역할을 하거나, 또는 동사 뒤에서 동작이 완성된 것임을 나타낸다.


〖6〗關·張相見, 各洒淚言失散之事. 雲長曰:"我在<u>海州</u>路上住箚, 探得消息, 故來至此."張飛曰:"弟在<u>碭碭山</u>住了這幾時, 今日幸得相遇."(*補敍二人踪迹, 只在二公口中自敍, 省筆.) 兩箇敍話畢, 一同引兵來見玄德, 哭拜於地. 玄德悲喜交集, 引二人見曹操, 便隨操入徐州. 糜竺接見, 具言家屬無恙, 玄德甚喜. 陳珪父子亦來參拜曹操. 操設一大宴, 犒勞諸將. 操自居中, 使陳珪居左, 玄德居右,(*亦學呂布坐法耶?) 其餘將士, 各依次坐. 宴罷, 操嘉陳珪父子之功, 加封十縣之祿, 授登爲<u>伏波將軍</u>.

*注: 海州(해주): 東魏時 설치한 縣名으로 지금의 강소성 東海南, 連雲港市. 碭碭山(망탕산): 芒山과 碭山의 合稱으로 碭山이라 부르기도 한다. 豫州 梁國 碭縣 北. 지금의 강소성 碭縣 東南. 伏波將軍(복파장군): 漢代의 將軍 名號. 西漢의 路博德, 東漢의 馬援은 모두 이 장군 칭호를 받았다.

〖7〗且說曹操得了徐州, 心中大喜,(＊可知其在兗州時, 未嘗須臾忘徐州也.) 商議起兵攻下邳. 程昱曰: "布今<u>止有</u>下邳一城, 若逼之太急, 必死戰而投袁術矣. 布與術合, 其勢難攻. 今可使能事者守住淮南<u>徑路</u>, 內防呂布, 外當袁術. 況今山東尙有藏霸·孫觀之徒未曾歸順,防之亦不可忽也." 操曰: "吾自當山東諸路. 其淮南徑路, 請玄德當之."(＊使玄德當袁·呂往來之要衝, 亦卽驅虎吞狼之計也.) 玄德曰: "丞相將令, 安敢有違."(＊玄德此時不得不聽.) 次日, 玄德留麋竺·簡雍在徐州, 帶孫乾·關·張引軍往守淮南徑路. 曹操自引兵攻下邳.

   ＊注: 止有(지유): 단지 …만 가지고 있다. 〈止〉: 〈只〉와 同義. 徑路(경로): 길. 小路. 지름길.


〖8〗且說呂布在下邳, 自恃糧食足備, 且有<u>泗水</u>之險, 安心坐守, 可保無虞. 陳宮曰: "今操兵方來, 可乘其寨柵未定, 以逸擊勞, 無不勝者." 布曰: "吾方屢敗, 不可輕出. 待其來攻而後擊之, 皆落泗水矣." 遂不聽陳宮之言. 過數日, 曹兵下寨已定. 操統衆將至城下, 大叫: "呂布答話!" 布上城而立, 操謂布曰: "聞奉先又欲結婚袁術, 吾故領兵至此. 夫術有反逆大罪, 而公有討董卓之功, 今何自棄其前功而從逆賊耶? 倘城池一破, 悔之晚矣! 若早求降, 共扶王室, 當不失封侯之位."(＊此非誘布, 實欲用布也. 玄德在白門樓時, 正慮此耳.) 布曰: "<u>丞相且退</u>, <u>尙容商議</u>." 陳宮在布側大罵曹操: "奸賊!" 一箭射中其麾蓋.(＊今日城上之一箭, 不如前日店中之一劍.) 操指宮恨曰: "吾誓殺汝!"(＊爲白門樓伏線.) 遂引兵攻城.

   ＊注: 泗水(사수): 水名. 泗水縣 東蒙山 南麓에서 發源하여 魯橋鎭 以下 남쪽으로 돌아 南陽湖를 거쳐 남쪽으로 흘러서 강소성 沛縣 東, 下邳 等地를 지나 淮河로 흘러들어간다. 且退(차퇴): 잠시(일단) 물러가라. 〈且〉:

잠시. 당분간.　**尙容**(상용): 용납해 주시기 바랍니다.〈尙〉: (부사) …를
바라다(庶幾).　**麾蓋**(휘개): 대장기와 수레에 세우는 日傘.

〖9〗宮謂布曰:“曹操遠來, 勢不能久. 將軍可以步騎出屯於
外, 宮將餘衆閉守於內; 操若攻將軍, 宮引兵擊其背; 若來攻城,
將軍爲救於後. 不過旬日, 操軍食盡, 可一鼓而破: <u>此乃掎角之勢</u>
也.”(*玄德屯兵城外, 而致失小沛者, 爲與關張俱出, 而城中空虛也. 若今陳
宮所言, 則誠大善.)　布曰:“公言極是.” 遂歸府收拾戎裝.　時方冬
寒, 分付從人多帶綿衣. 布妻嚴氏聞之, 出門曰:“君欲何往?” 布
告以陳宮之謀. 嚴氏曰:“君委全城, 捐妻子, 孤軍遠出, 倘<u>一旦</u>
有變, 妾豈得爲將軍之妻乎?”(*汝若肯死, 安得爲他人妻? 只此一語, 便
非貞婦.) 布躊躇未決, 三日不出. 宮入見曰:“操軍四面圍城, 若不
早出, 必受其困.” 布曰:“吾思遠出不如堅守.” 宮曰:“近聞操
軍糧少, 遣人往許都去取, 早晚將至. 將軍可引精兵往斷其糧道,
此計大妙.” 布然其言, 復入內對嚴氏<u>說知</u>此事.(*婚姻之事謀及婦人,
猶可言也. 軍旅之事謀及婦人, 不可言也.) 嚴氏泣曰:“將軍若出, 陳宮 ·
高順安能堅守城池? 倘有差失, 悔無及矣! 妾昔在長安, 已爲將軍
所棄, 幸賴龐舒私藏妾身, 再得與將軍相聚. 孰知今又棄妾而去
乎? 將軍前程萬里, 請勿以妾爲念.” 言罷痛哭.(*先以危詞動之, 又
以哀詞訣之, 然後繼之以哭, 不由丈夫不聽.) 布聞言, 愁悶不決, 入告貂
蟬.(*貂蟬別來無恙? 旣謀之妻, 又謀之妾, 總是沒主張.) 貂蟬曰:“將軍
<u>與妾作主</u>, 勿輕騎自出.” 布曰:“汝無憂慮. 吾有畫戟 · 赤兎馬,
誰敢近我!”(*頻誇戟馬, 正爲後文盜馬盜戟作反衬.) 乃出謂陳宮曰:“<u>操
軍糧至者</u>, 詐也. 操多詭計, 吾未敢動.” 宮出, 歎曰:“我等死無
葬身之地矣!”(*極似李儒嘆董卓語.) 布於是終日不出, 只同嚴氏 · 貂
蟬飮酒解悶.

뿔을 〈犄角〉이라 하는데. 이로부터 병력을 다른 장소에 갈라놓아서 적을 견
제하거나 협공하기 편하도록 하거나 또는 서로 지원하기 편하도록 하는 것을
뜻한다. 對峙하다. 〈犄〉: 대치하다. 견제하다. 두 개의 뿔이 서로 상대하고
있는 모양. (*埼角(기각): 앞에서는 (소나 사슴의) 뿔을 잡고(角) 뒤에서는
그 다리를 잡아당기다(埼). 적을 협공하거나 견제한다는 뜻으로 〈犄角〉과
비슷한 뜻이지만, 본서에서는 〈犄角〉으로만 쓰고 있다.  說知(설지): 알리
다. 통지하다.  與妾作主(여첩작주): 소첩의 주인이 되다.  操軍糧至者(조
군량지자): 曹操 군대의 양식이 도착한다는 것(말)은. 〈者〉: 것. 말.


〖10〗 謀士許汜・王楷入見布, 進計曰: "今袁術在淮南, 聲勢大
振. 將軍舊曾與彼約婚, 今何不仍求之? 彼兵若至, 內外夾攻, 操
不難破也." 布從其計, 卽日修書, <u>就着</u>二人前去. 許汜曰: "須得
一軍引路, 衝出方好." 布令張遼・郝萌兩箇引兵一千, 送出隘口.
是夜二更, 張遼在前, 郝萌在後, 保着許汜・王楷, 殺出城去, <u>抹
過</u>玄德寨. 衆將追赶不及, 已出隘口. 郝萌將五百人跟許汜・王楷
而去, 張遼引一半軍回來.(*一軍忽分兩隊, 一去一回.)  到隘口時, 雲
長攔住, 未及交鋒, 高順引兵出城救應, 接入城中去了.

*注: 就着(취착): 곧바로(즉시) …시키다(使). 하게 하다(敎).  抹過(말과):
둘러 가다. 〈抹〉: 돌다. 에돌다.


〖11〗 且說許汜・王楷至壽春, 拜見袁術, 呈上書信. 術曰: "前
者殺吾使命, <u>賴我婚姻</u>, 今又來相問, 何也?" 汜曰: "此爲曹操奸
計所誤, 願明公詳之." 術曰: "汝主不因曹兵困急, 豈肯以女許
我?" 楷曰: "明公今不相救, 恐脣亡齒寒, 亦非明公之福也." 術
曰: "奉先反覆無信, 可先送女, 然後發兵."(*孫策借兵得玉璽爲質.

呂布借兵又要他女兒爲質，一是死寶，一是活寶.）許汜·王楷只得拜辭，和
郝萌回來. 到玄德寨邊，汜曰：“日間不可過. 夜半吾二人先行，
郝將軍斷後. 商量停當. 夜過玄德寨，許汜·王楷先過去了. 郝
萌正行之次，張飛出寨攔路. 郝萌交馬只一合，被張飛生擒過去，
五百人馬盡被殺散. 張飛解郝萌來見玄德，玄德押往大寨見曹操.
郝萌備說求救許婚一事. 操大怒，斬郝萌於軍門，使人傳諭各寨，
小心防守：如有走透呂布及彼軍士者，依軍法處治.(*玄德亦在約束
之內.) 各寨悚然. 玄德回營，分付關·張曰：“我等正當淮南衝要之
處，二弟切宜小心在意，勿犯曹公軍令.” 飛曰：“捉了一員賊將，
曹操不見有甚褒賞，却反來諕嚇，何也？” 玄德曰：“非也. 曹操
統領多軍，不以軍令，何能服人？弟勿犯之.”(*玄德之意, 不過在他簷
下過, 不敢不低頭耳. 然若以此語勸張飛, 飛必不服, 故以軍令當嚴爲辭, 蓋假
話也.) 關·張應諾而退.

    *注: **賴我婚姻**(뢰아혼인): 우리의 혼약을 뒤엎다. 〈賴婚〉: 혼약을 맺은
다음 이를 깨는 것. 〈賴〉: 회피하다. 발뺌하다. 부인하다. **商量停當**(상량
정당): 상의를 잘 매듭짓다. 〈停當〉:적절하다. 타당하다. (주로 보어로 쓰여)
일이 잘(완전히) 되다. **解郝萌**(해학맹): 학맹을 압송하다. 〈解〉: 압송하다.
**不見**(불현): 보여주지 않다. 시행하지 않다. **諕嚇**(하혁): 협박하다. 놀라게
하다. 겁을 주다. 嚇唬(혁하). 〈嚇〉: 겁을 주다. 놀라게 하다. 〈唬〉: 〈嚇〉과
同義.


〖12〗却說許汜·王楷回見呂布，具言袁術先欲得婦，然後起兵
救援. 布曰：“如何送去？” 汜曰：“今郝萌被獲，操必知我情，預
作准備. 若非將軍親自護送，誰能突出重圍？” 布曰：“今日便送
去，如何？” 汜曰：“今日乃凶神值日，不可去. 明日大利，宜用戌
·亥時.”(*不唯會做媒, 又會選日.) 布命張遼·高順：“引三千軍馬，安

排小車一輛；我親送至二百里外，却使你兩個送去．"次夜二更時
分，(*是戌末亥初．) 呂布將女以綿纏身，用甲包裹，負於背上，提戟
上馬．放開城門，布當先出城，張遼·高順跟着．將次到玄德寨前，
一聲鼓響，關·張二人攔住去路，大叫："休走！" 布無心戀戰，只
顧奪路而行．玄德自引一軍殺來，兩軍混戰．呂布雖勇，終是縛一
女在身上，只恐有傷，不敢衝突重圍．後面徐晃·許褚皆殺來，衆
軍皆大叫曰："不要走了呂布！" 布見軍來太急，只得仍退入城．玄
德收軍，徐晃等各歸寨，端的不曾走透一個．呂布回到城中，心內
憂悶，只是飲酒．

> **＊注: 凶神值日**(흉신치일): 日辰이 흉하다.　**戌·亥時**(술해시): 오후 7시부터
> 11시까지. 〈戌時〉: 오후 7시부터 9시까지.〈亥時〉: 오후 9시부터 11시까지.
> **却**(각): …한 후에. …한 다음에.　**時分**(시분): 무렵. 녘.　**只顧**(지고):
> 오로지(다만) …에만 열중하다(전념하다).　**終是**(종시): 결국. 끝내.　**端的**
> (단적): 참으로. 확실히. 결국.　**只是**(지시): 다만. 오로지. 오직.


〚13〛 却說曹操攻城，兩月不下．忽報："河內太守張楊出兵東
市，欲救呂布；部將楊醜殺之．欲將頭獻丞相，却被張楊心腹將眭
固所殺，反投犬城去了．" 操聞報，卽遣史渙追斬眭固．因聚衆將
曰："張楊雖幸自滅，然北有袁紹之憂，東有表·繡之患．下邳久圍
不克，吾欲捨布還都，暫且息戰，何如？" 荀攸急止曰："不可．呂
布屢敗，銳氣已墮，軍以將爲主，將衰則軍無戰心．彼陳宮雖有謀
而遲．今布之氣未復，宮之謀未定，作速攻之，布可擒也．" 郭嘉
曰："某有一計，下邳城可立破，勝於二十萬師．" 荀彧曰："莫非
決沂·泗之水乎？" 嘉笑曰："正是此意．" 操大喜，卽令軍士決兩
河之水．曹兵皆居高原，坐視水淹下邳．(*濮陽城中呂布贈操以火，下
邳城中曹操答布以水，畢竟火不勝水．) 下邳一城，只剩得東門無水；(*爲

後侯成盜馬出東門伏線。)　其餘各門，　都被水淹．衆軍飛報呂布，　布曰：“吾有赤兎馬，渡水如平地，又何懼哉！”(＊公則無懼矣，妻小奈何？恐不能盡馱在背上也。)乃日與妻妾痛飲美酒．因酒色過傷，形容頓減．一日，取鏡自照，驚曰：“吾被酒色傷矣！自今日始，當戒之．”遂下令城中，但有飲酒者，皆斬．(＊不戒色惟戒酒，自己害酒却戒別人飲酒，可笑。)

　　**＊注**: 東市(동시): 야왕(野王: 지금의 하남성 沁陽縣(심양현)의 東市)．　　睢固(혜고): 〈睢〉: (휴): 움펑눈. (혜): 姓. 보다(見)．　　犬城(견성): 毛本에는 〈大城〉으로 되어 있으나 〈三國志·魏書〉에 〈犬城〉으로 되어 있다. 〈犬城〉: 지금의 하남성 심양현 東北．　　遲(지): 더디다. 굼뜨다. 늦다．　　作速(작속): 속히. 빨리. 얼른．　　沂·泗之水水(기사지수): 지금의 산동성 南部와 강소성 북부에 있는. 산동성 沂源縣의 魯山에서 발원. 지금의 臨沂를 거쳐 강소성 북부의 평원으로 들어가서 下邳 서남에 이르러 泗水로 들어간다.


〖14〗却說侯成有馬十五匹，被後槽人盜去，欲獻與玄德．(＊將寫侯成盜馬獻曹操，先寫後槽人盜馬獻玄德，天然奇妙。)侯成知覺，追殺後槽人，將馬奪回．諸將與侯成作賀．(＊失馬安知非福，得馬安知非禍，嗟哉！諸將不若塞翁之高見矣。)侯成釀得五六斛酒，欲與諸將會飲，恐呂布見罪，乃先以酒五瓶詣布府，稟曰：“託將軍虎威，追得失馬．衆將皆來作賀．釀得些酒，未敢擅飲，特先奉上微意．”布大怒曰：“吾方禁酒，汝却釀酒會飲，莫非同謀伐我乎？”命推出斬之．宋憲·魏續等諸將俱入告饒．布曰：“故犯吾令，理合斬首．今看衆將面，且打一百！”衆將又哀告，打了五十背花，然後放歸．衆將無不喪氣．宋憲·魏續至侯成家來探視，侯成泣曰：“非公等則吾死矣！”憲曰：“布只戀妻子，視吾等如草芥．”續曰：“軍圍城下，水繞濠邊，五等死無日矣．”憲曰：“布無仁無義，我等棄之而走，何如?"續曰:"非丈夫也. 不若擒布獻曹公."侯成曰:"我因追馬受責,而布所倚恃者,赤兔馬也.(*因馬想到馬.) 汝二人果能獻門擒布,吾當先盜馬去見曹公."(*因盜馬想到盜馬.) 三人商議定了.

　　*注: 後槽(후조): 마방. 마부. 말에게 먹이를 주는 사람. 〈槽〉: 말구유.
背花(배화): 옛날의 刑杖. 매를 맞으면 몸에 생기는 붉은 상처가 마치 등에
꽃이 핀 것 같다는 데서 생긴 말. 無日(무일): 머지않아. 곧. 獻門(헌문):
성문을 바치다. 성을 바치며 항복하다.


　　〖15〗 是夜, 侯成暗至馬院, 盜了那匹赤兔馬, 飛奔東門來.(*東門無水故也.) 魏續便開門放出, 却佯作追赶之狀. 侯成到曹操寨, 獻上馬匹, 備言宋憲・魏續揷白旗爲號, 准備獻門. 曹操聞此信, 便押榜數十張射入城去.(*一則惑其軍心, 一則暗約宋魏二人.) 其榜曰:
　　"大將軍曹, 特奉明詔, 征伐呂布. 如有抗拒大軍者, 破城之
　　日, 滿門誅戮. 上至將校, 下至庶民, 有能擒呂布來獻, 或獻
　　其首級者, 重加官賞. 爲此榜諭, 各宜知悉."


　　次日平明, 城外喊聲震地. 呂布大驚, 提戟上城, 各門點視, 責罵魏續走透侯成, 失了戰馬, 欲待治罪. 城下曹兵望見城上白旗, 竭力攻城, 布只得親自抵敵, 從平明直打到日中, 曹兵稍退.(*此時宋・ 魏二人不卽獻門者, 懼布之勇也.) 布少憩門樓, 不覺睡着在椅上.(*既非醉, 何便睡着?) 宋憲赶退左右, 先盜其畫戟, 便與魏續一齊動手, 將呂布繩纏索綁, 緊緊縛住.(*不意呂布竟被縛於二人, 夫非二人之能縛布也, 布實自縛於其妻妾耳.) 布從睡夢中驚醒, 急喚左右, 却都被二人殺散, 把白旗一招, 曹兵齊至城下. 魏續大叫:"已生擒呂布矣!" 夏侯淵尚未信. 宋憲在城上擲下呂布畫戟來,(*典韋之死雙戟先亡, 呂布之擒一戟先落.) 大開城門, 曹兵一擁而入. 高順・張遼在西門, 水圍

難出, 爲曹兵所擒. 陳宮奔至南門, 爲徐晃所獲.

　　*注: 押榜(압방): 포고문에 서명하다.　少憩(소게): 조금 쉬다.


〔16〕曹操入城, 卽傳令退了所決之水, 出榜安民; 一面與玄德
同坐白門樓上, 關·張侍立於側, <u>提過擒獲一干人來</u>. 呂布雖然長
大, 却被繩索捆作一團. 布叫曰: "縛太急, 乞緩之!"(*旣已被縛, 何
爭緩急?) 操曰: "縛虎不得不急." 布見侯成·魏續·宋憲皆立於側,
乃謂之曰: "我待諸將不薄,　汝等何忍背反?" 憲曰: "聽妻妾言,
不聽將計, 何謂不薄?" 布默然.(*其實沒得說.) 須臾, 衆擁高順至.
操問曰: "汝有何言?" 順不答. 操怒, 命斬之. 徐晃解陳宮至. 操
曰: "公臺別來無恙?" 宮曰: "汝心術不正, 吾故棄汝!" 操曰:
"吾心不正,　公又奈何獨事呂布?" 宮曰: "布雖無謀, 不似你詭
詐奸險." 操曰: "公自謂足智多謀, 今竟何如?"(*好嘲笑.) 宮顧呂
布曰: "恨此人不從吾言! 若從吾言, 未必被擒也." 操曰: "今日
之事當如何?" 宮大聲曰: "今日有死而已."(*操如此問, 宮必如此答.
使操而有良心者, 念其昔日活我之恩, 則竟釋之; 釋之而不降, 則竟縱之; 縱之
而彼又來圖我而又獲之, 然後聽其自殺. 此則仁人君子之用心也, 而操非其倫
也.)　操曰: "公如是, 奈公之老母妻子何?"(*中牟縣初遇時, 曾談及
老母妻子, 此處遙應前文.)　宮曰: "吾聞以孝治天下者, 不害人之親;
施仁政於天下者, 不絶人之祀. 老母妻子之存亡, 亦在於明公耳.
吾身旣被擒, 請卽就戮, 並無掛念." 操有留戀之意, 宮徑步下樓,
左右牽之不住. 操起身泣而送之, 宮並不回顧. 操謂從者曰: "卽
送公臺老母妻子回許都養老, 怠慢者斬." 宮聞言, 亦不開口, 伸
頸就刑, 衆皆下淚. 操以棺槨盛其尸, 葬於許都.(*宮初獲操而不殺,
客店欲殺而不果, 宮之活操者再矣, 而操不一活之, 操眞狠人哉!) 後人有詩
嘆之曰:

生死無二志, 丈夫何壯哉!

不從金石論, 空負棟梁材.

輔主眞堪敬, 辭親實可哀.

白門身死日, 誰肯似公臺.

*注: 提過(제과): 꺼내오다. 불러내다.　一干人(일간인): 한 떼의 사람들.
〈干〉: 計數 單位. 사람의 무리를 말할 때 쓴다. 무리. 떼.　徑步(경보): 지름
길로 걸어가다. 빨리 걷다.　金石論(금석론): 金石(鐘鼎이나 碑石)에 새겨
진 말. 매우 값진 교훈이나 권고의 말.　辭親(사친): 부모처자와 작별을
고하다.


〖17〗方操送宮下樓時, 布告玄德曰: "公爲坐上客, 布爲階下
囚, 何不發一言而相寬乎?" 玄德點頭. 及操上樓來, 布叫曰: "明
公所患, 不過於布; 布今已服矣. 公爲大將, 布副之, 天下不難定
也."(*布言如此, 備愈不肯出言相寬矣.) 操回顧玄德曰: "何如?" 玄德
答曰: "公不見丁建陽·董卓之事乎?"(*妙, 極似爲操語.) 布目視玄
德曰: "是兒最無信者!" 操令牽下樓縊之. 布回顧玄德曰: "大耳
兒! 不記轅門射戟時耶?"(*卽不轅門射戟, 備未必死.)　忽一人大叫
曰: "呂布匹夫! 死則死耳, 何懼之有!" 衆視之, 乃刀斧手擁張遼
至. 操令將呂布縊死, 然後梟首. 後人有詩嘆曰:

洪水滔滔淹下邳, 當年呂布受擒時.

空言赤兎馬千里, 漫有方天戟一枝.

縛虎望寬今太懦, 養鷹休飽昔無疑.

戀妻不納陳宮諫, 枉罵無恩大耳兒.

又有詩論玄德曰:

傷人餓虎縛休寬, 董卓丁原血未乾.

玄德既知能啖父, 爭如留取害曹瞞.

*注: **漫有**(만유): 공연히 …를 가지고 있다. 〈漫〉: 공연히. 쓸데없이(空, 徒然). **枉**(왕): 헛되이. 쓸데없이. **爭如**(쟁여): 어찌 비교하겠는가. …만 같지 못하다(不如).

〖18〗却說武士擁張遼至, 操指遼曰: "這人好生面善." 遼曰: "濮陽城中曾相遇, 如何忘却?" 操笑曰: "你原來也記得!" 遼曰: "只是可惜!" 操曰: "可惜甚的?" 遼曰: "可惜當日火不大, 不曾燒死你這國賊!" 操大怒曰: "敗將安敢辱吾!" 拔劍在手, 親自來殺張遼. 遼全無懼色, 引頸待殺. 曹操背後一人攀住臂膊, 一人跪於面前, 說道: "丞相且莫動手!" 正是:

　　　乞哀呂布無人救, 罵賊張遼反得生.

　畢竟救張遼的是誰, 且聽下文分解.

*注: **好生面善**(호생면선): 대단히 낯이 익다. 〈好生〉: 대단히. 매우. 〈面善〉: 낯이 익다. 구면이다; (모습이) 온화하다. **原來**(원래): 원래부터. 처음부터. **甚的**(심적): 무엇(=什麼). 무슨. **安敢**(안감): 어찌 감히. **救張遼的**(구장료적): 張遼를 구한 사람.

### 第十九回 毛宗崗 序始評

(1). 使劉備於漏書之後, 而小沛之戰爲布所殺, 則操必曰: "非我也, 布也." 及令備當淮南之衝, 若其放走呂布而操殺之, 則又必曰: "非我也, 軍令也." 欲使他人殺之而無其隙, 搆呂布則有其隙矣; 欲自殺之而無其名, 違軍令則有其名矣. 操心中步步欲害玄德, 而外面却處處保護玄德; 乃玄德心中亦步步隄防曹操, 而外面亦處處逢迎曹操. 兩雄相遇, 兩智相對, 使讀書者驚心悅目.

(2). 或曰："玄德旣知丁原董卓之事, 何不勸操留布以爲圖操
之地?" 子曰："不然. 操非丁原董卓比也. 操不殺布則必用布,
用布則必防布, 旣能以利厚結之而使爲我用, 又能以術牢籠之而
使不爲我害, 是爲虎添翼也. 操之周密不似丁董之疏虞, 玄德其
見及此乎!"

(3). 將欲和人戒酒, 先特特邀人飲酒, 張飛何其有禮; 從未請
人吃酒, 便白白敎人斷酒, 呂布大是不情. 自要吃酒, 却怪他人
不吃酒, 張飛怪得高懷; 自不吃酒, 却怒他人吃酒, 呂布怒得沒
趣. 送酒是好意, 侯成遇張飛, 定當引爲腹心; 拒酒是蠢才, 曹豹
與呂布, 果然可稱翁婿. 先飲酒後領棒, 以醉人受醉棒, 曹豹之
痛好耐; 旣折酒遇折棒, 以醒棒打醒人, 侯成之恨難消. 張飛借
老曹打老呂, 實不曾打老曹; 呂布爲衆將打一人, 是分明打衆將.
(*怪: 책망하다. 원망하다. 나무라다.)

# 第二十回

## 曹阿瞞許田打圍
## 董國舅內閣受詔

〖1〗話說曹操舉劍欲殺張遼，玄德攀住臂膊，雲長跪於面前．玄德曰：“此等赤心之人，正當留用．”雲長曰：“關某素知文遠忠義之士，願以性命保之．”(＊爲後文張遼上山救關公張本．)　操擲劍笑曰：“我亦知文遠忠義，故戲之耳．”(＊恐他人做了人情，便說自家是戲，奸雄權變眞不可及．)　乃親釋其縛，解衣衣之，延之上坐．遼感其意，遂降．操拜遼爲中郎將，賜爵關內侯，使招安藏霸．霸聞呂布已死，張遼已降，遂亦引本部軍投降，操厚賞之．藏霸又招安孫觀・吳敦・尹禮來降，獨昌豨未肯歸順．操封藏霸爲琅琊相，孫觀等亦各加官，令守青・徐沿海地面；將呂布妻女載回許都．(＊未識貂蟬亦在其中否．自此之後不復知貂蟬下落矣．)　大犒三軍，拔寨班師．路過徐州，百姓焚香遮道，請留劉使君爲牧．操曰：“劉使君功大，且待面君封爵, 回來未遲."(*操自欲取徐州, 而不欲以予備明矣.) 百姓叩謝. 操喚車騎將軍車冑權領徐州.(*爲後文關公斬車冑張本.) 操軍回許昌, 封賞出征人員, 留玄德在相府左近宅院歇定.

　　*注: 關某(관모): 관우. 또는 관우가 자신을 일컬을 때 쓰는 말로 〈저는〉. 〈某〉는 자신을 일컫는 말로 〈我〉 또는 本名을 대신한다.　　權領(권령): 임시로, 잠시, 당분간(權) 맡아 다스리다(領).　　許昌(허창): 許都. 지금의 하남성 허창 東. 조조가 獻帝를 맞아 許都를 도읍으로 정했는데 그의 아들 曹丕가 稱帝하면서(魏 黃初 2년. 221년) 이름을 許昌으로 바꾸어 魏의 수도의 하나로 정했다.　　左近(좌근): 부근. 근처.


　　〖2〗次日, 獻帝設朝, 操表奏玄德軍功, 引玄德見帝. 玄德具朝服拜於丹墀. 帝宣上殿, 問曰: "卿祖何人?" 玄德奏曰: "臣乃中山靖王之後, 孝景皇帝閤下玄孫, 劉雄之孫, 劉弘之子也." 帝敎取宗族世譜檢看, 令宗正卿宣讀曰:

　　孝景皇帝生十四子, 第七子乃中山靖王劉勝. 勝生陸城亭侯劉貞, 貞生沛侯劉昻. 昻生漳侯劉祿, 祿生沂水侯劉戀. 戀生欽陽侯劉英, 英生安國侯劉建. 建生廣陵侯劉哀, 哀生膠水侯劉憲. 憲生祖邑侯劉舒, 舒生祁陽侯劉誼. 誼生原澤侯劉必, 必生潁川侯劉達. 達生豊靈侯劉不疑, 不疑生濟川侯劉惠. 惠生東郡范令劉雄, 雄生劉弘, 弘不仕. 劉備乃劉弘子也.

　　帝排世譜, 則玄德乃帝之叔也. 帝大喜, 請入偏殿, 敍叔姪之禮. 帝暗思: "曹操弄權, 國事都不由朕主. 今得此英雄之叔, 朕有助矣!" 遂拜玄德爲左將軍・宜城亭侯. 設宴款待畢, 玄德謝恩出朝. 自此人皆稱爲 "劉皇叔".

　　*注: 丹墀(단지): 〈墀〉: 지대(地臺) 위의 땅. 〈丹墀〉: 황제의 궁전 앞의 돌 계단으로 그 위를 붉은색으로 칠했으므로 丹墀라 불렀다.　　宣上殿(선상전):

(그에게) 궁전 위로 올라오라고 명하다. (*〈宜之上殿〉에서 〈之〉가 생략되었음.) 〈宜〉: 본래의 뜻은 고대 제왕이 정사를 보던 큰 실내를 말하는데. 이로부터 황제가 내리는 조서나 명령. 말이나 행동 등을 나타내는 데 쓴다.　後(후): 후대. 子孫.　玄孫(현손): 자기 이하 5代孫. 또는 먼 後孫. 본문에서는 〈後〉보다 더 먼 〈後孫〉이란 뜻으로 사용되고 있다.　宜讀(선독): (법령. 포고문. 성명서 등을) 대중 앞에서 낭독하다.　偏殿(편전): 배전(配殿). 궁전의 正殿 좌우에 세워진 전(殿). 곁채.

〚3〛 曹操回府. 荀彧等一班謀士入見曰: "天子認劉備爲叔. 恐無益於明公." 操曰: "彼旣認爲皇叔. 吾以天子之詔令之. 彼愈不敢不服矣. 況吾留彼在許都. 名雖近君. 實在吾掌握之內. 吾何懼哉? (*操不使備留徐州正是此意.) 吾所慮者. 太尉楊彪係袁術親戚. 倘與二袁爲內應. 爲害不淺. 當卽除之." 乃密使人誣告彪交通袁術. 遂收彪下獄. 命滿寵按治之.(*前彪實勸帝召操. 今操卽害彪. 老賊大是忘本.) 時北海太守孔融在許都. 因諫操曰: "楊公四世淸德. 豈可因袁氏而罪之乎?" 操曰: "此朝廷意也." 融曰: "使成王殺召公. 周公可得言不知耶?" 操不得已. 乃免彪官. 放歸田里.(*彪則幸免. 而操之忌融. 自此始矣.) 議郎趙彦憤操專橫. 上疏劾操不奉帝旨. 擅收大臣之罪. 操大怒. 卽收趙彦殺之. 於是百官無不悚懼.

　　*注: 使成王殺召公(사성왕살소공): 만약(使) 成王이 召公을 죽이려 한다면. 〈成王〉: 周 武王의 아들로 어릴 때 왕위에 올랐으므로 叔父인 周公(주공) 旦(단)이 攝政을 하다가 후에 그에게 정권을 넘겨주었다. 〈召公〉: 周 文王의 아들로 그 封地가 召(지금의 섬서성 岐山 西)에 있었으므로 〈召公〉이라 불렸다. 성왕의 太保(태보)를 지내고 周公과 더불어 陝西 지역을 나누어 다스렸다.　周公(주공): 周 文王의 아들이자 武王의 동생으로 이름은 旦. 그 封地가 周(지금의 섬서성 岐山 以北)에 있었으므로 〈周公〉이라 불렸다. 武王을

도와 商나라를 멸망시키고, 武王 死後에는 成王이 어렸으므로 召公과 같이
攝政을 하였다. 일찍이 武庚의 반란을 진압하고, 禮樂制度를 制定하여 중국
문명의 기초를 놓았다. 劾(핵): 탄핵하다. 규탄하다. 收(수): 체포하다.
가두다. 투옥하다; 취하다. 거두어들이다. 여기서는 〈處決하다〉란 뜻.

〖4〗謀士程昱說操曰: "今明公威名日盛, 何不乘此時行王覇之
事?" 操曰: "朝廷股肱尙多, 未可輕動. 吾當請天子田獵, 以觀動
靜."(*觀動靜者, 觀左右之順逆也.) 於是揀選良馬·名鷹·俊犬·弓矢俱
備, 先聚兵城外, 操入請天子田獵. 帝曰: "田獵恐非正道." 操
曰: "古之帝王, 春蒐·夏苗·秋獮·冬狩, 四時出郊, 以示武於天
下. 今四海擾攘之時, 正當借田獵以講武." 帝不敢不從, 隨卽上
逍遙馬, 帶寶雕弓·金鈚箭, 排鑾駕出城. 玄德與關·張各彎弓挿
箭, 內穿掩心甲, 手持兵器, 引數十騎隨駕出許昌. 曹操騎爪黃飛
電馬, 引十萬之衆, 與天子獵於許田. 軍士排開圍場, 週廣二百餘
里. 操與天子並馬而行, 只爭一馬頭, 背後都是操之心腹將校.(*可
知此時殺曹操不得.) 文武百官遠遠侍從, 誰敢近前? 當日獻帝馳馬到
許田, 劉玄德起居道旁. 帝曰: "朕今欲看皇叔射獵." 玄德領命
上馬, 忽草中赶起一兎, 玄德射之, 一箭正中那兎.(*將有曹操射鹿,
先有玄德射兎引之.) 帝喝采. 轉過土坡, 忽見荊棘叢中赶出一隻大
鹿, 帝連射三箭不中, 顧謂操曰: "卿射之." 操就討天子寶雕弓·
金鈚箭, 扣滿一射, 正中鹿背, 倒於草中.(*漢失其鹿爲操所得. 正魏代
漢之兆也.) 群臣將校見了金鈚箭, 只道天子射中, 都踊躍向帝呼
"萬歲!" 曹操縱馬直出, 遮於天子之前, 以迎受之. 衆皆失色.
玄德背後雲長大怒, 剔起臥蠶眉, 睜開丹鳳眼, 提刀拍馬便出, 要
斬曹操. 玄德見了, 慌忙搖手送目, 關公見兄如此, 便不敢動. 玄
德欠身向操稱賀曰: "丞相神射, 世所罕及." 操笑曰: "此天子洪

福耳." 乃回馬向天子稱賀, 竟不獻還寶雕弓, 就自懸帶. 圍場已罷, 宴於許田. 宴畢, 駕回許都, 衆人各自歸歇.

雲長問玄德曰: "操賊欺君罔上, 我欲殺之, 爲國除害, 兄何止我?" 玄德曰: "投鼠忌器. 操與帝相離只一馬頭, 其心腹之人週廻擁侍, 吾弟若逞一時之怒, 輕有擧動, 倘事不成, 有傷天子, 罪反坐我等矣." 雲長曰: "今日不殺此賊, 後必爲禍." 玄德曰: "且宜秘之, 不可輕言."

*注: 王覇(왕패): 춘추시 周 天子는 모든 제후국들이 같이 主君으로 받들었으므로 〈王〉이라 불렸고, 제후국 중의 맹주를 〈覇〉(즉, 覇者)라 불렀다.

春蒐 · 夏苗 · 秋獮 · 冬狩(춘수·하묘·추선·동수): 각 계절별로 하는 사냥의 명칭. 擾攘(요양): 擾亂하다. 소란하다. 金鈚箭(금비전): 화살의 일종. 〈鈚箭〉: 화살촉이 비교적 얇고 넓으며 살대가 비교적 긴 화살. 이 화살촉에 금을 상감한 것이 金鈚箭이다. 掩心甲(엄심갑): 갑옷 가슴 부위에 덧붙이는 두꺼운 가죽이나 쇠붙이. 掩心鏡. 許田(허전): 지금의 하남성 許昌市 동쪽에 있었다. 圍場(위장): (옛날 황제의) 수렵장. 사냥터. 只爭(쟁): 단지 …의 차이가 나다. 〈爭〉: 차이. 起居道旁(기거도방): 길옆에 서서(道旁) 인사를 하다(起居). 〈起居〉: 여기서는 황제를 향해 禮로써 문안 인사를 한다는 뜻으로, 動詞이다. 就討(취토): 곧바로(즉시) 요구하다. 즉시 청하다(强請). 扣滿(구만): 가득 당기다. 〈扣〉: 두드리다. 당기다. 剔起臥蠶眉(척기와잠미): 누워있는 누에처럼 생긴 눈썹을 역팔자(逆八字) 모양으로 치켜세우다. 〈剔〉: 왼쪽 아래에서 오른쪽 위로 삐친 한자의 획 이름. 〈剔起〉: 비스듬히 위로 치켜세우다. 睜開(정개): 눈을 부릅뜨다. 欠身(흠신): 경의를 표하기 위해 몸을 굽히다. 罕及(한급): 미칠(따라갈) 사람이 드물다. 投鼠忌器(투서기기): 쥐를 때려잡고자 하나 쥐 주변의 그릇을 깰까봐 그만두다(꺼리다. 두려워하다). 罪反坐我等(죄반좌아등): 도리어 우리가 문죄를 당한다(처벌을 받다). 〈坐〉: 문죄(당)하다. 처벌을 받다(하다). 且宜秘之(차의

비지): 당분간 이를 비밀로 해야 한다. 〈且〉: 잠시. 당분간.


〖5〗 却說獻帝回宮, 泣謂伏皇后曰: "朕自卽位以來, 奸雄並起, 先受董卓之殃, 後遭催·汜之亂, 常人未受之苦, 吾與汝當之. 後得曹操, 以爲社稷之臣, 不意專國弄權, 擅作威福. 朕每見之, 背若芒刺. 今日在圍場上, 身迎呼賀, 無禮已極. 早晚必有異謀, 吾夫婦不知死所也!"(*異日曹操行凶, 先害董妃, 後及伏后; 此時獻帝密謀, 却因伏后, 乃及董妃.) 伏皇后曰: "滿朝公卿俱食漢祿, 竟無一人能救國難乎?" 言未畢, 忽一人自外而入曰: "帝·后休憂, 吾擧一人, 可除國害." 帝視之, 乃伏皇后之父伏完也. 帝掩淚問曰: "皇丈亦知操賊之專橫乎?" 完曰: "許田射鹿之事, 誰不見之? 但滿朝之中, 非操宗族, 則其門下, 若非國戚, 誰肯盡忠討賊? 老臣無權, 難行此事. 車騎將軍國舅董承可託也." 帝曰: "董國舅多赴國難, 朕躬素知. 可宣入內, 共議大事." 完曰: "陛下左右皆操賊心腹, 倘事泄, 爲禍不淺." 帝曰: "然則奈何?" 完曰: "臣有一計. 陛下可製衣一領, 取玉帶一條, 密賜董承, 却於帶襯內縫一密詔以賜之. 令到家見詔, 可以晝夜劃策, 鬼神不覺矣."(*衣帶詔之謀出自伏完, 而伏完偏不在董承等七人之內, 却留在後文另作一事, 讀者所不能測也.) 帝然之. 伏完辭出.

　　*注: 芒刺(망자): 까끄라기와 가시. 掩淚(엄루): 눈물을 감추다. 國舅(국구): 황후나 귀비의 형제. 襯內(츤내): 속옷 안.(＝衬內)


〖6〗 帝乃自作一密詔, 咬破指尖, 以血寫之.(*臣有刺血上表者有矣, 未有天子而刺血下詔者也. 此亦千古奇事.) 暗令伏皇后縫於玉帶紫錦襯內, 却自穿錦袍, 自繫玉帶, 令內史宣董承入. 承見帝, 禮畢, 帝曰: "朕夜來與后說覇河之苦, 念國舅大功, 故特宣入慰勞." 承頓首謝. 帝引承出殿, 到太廟, 轉上功臣閣內. 帝焚香禮畢, 引承觀畫像. 中間畫漢高祖容像, 帝曰: “吾祖高皇帝起身何地? 如何創業?”(＊將說自己, 先問高皇.) 承大驚, 曰: “陛下戲臣耳. 聖祖之事, 何爲不知? 高皇帝起自泗上亭長, 提三尺劍, 斬蛇起義, 縱橫四海. 三載亡秦, 五年滅楚, 遂有天下, 立萬世之基業.” 帝曰: “祖宗如此英雄, 子孫如此懦弱, 豈不可歎!” 因指左右二輔之像曰: “此二人非留侯張良 · 酇侯蕭何耶?” 承曰: “然也. 高祖開基創業, 實賴二人之力.” 帝回顧左右較遠, 乃密謂承曰: “卿亦當如此二人立於朕側.” 承曰: “臣無寸功, 何以當此?” 帝曰: “朕想卿西都救駕之功, 未嘗少忘, 無可爲賜.” 因指所着袍帶曰: “卿當衣朕此袍, 繫朕此帶, 常如在朕左右也.” 承頓首謝. 帝解袍帶賜承,(＊意只在帶, 却以袍陪之.) 密語曰: “卿歸可細視之, 勿負朕意.” 承會意, 穿袍繫帶, 辭帝下閣.

＊注: 宣董承入(선동승입): 董承을 들어오라고 지시를 내리다. 〈宣〉: 제왕의 조서나 명령 혹은 뜻을 가리키는 데 쓰는 말. 覇河(패하): 覇水. 지금의 섬서성 西安市 東. 留侯張良(유후장량): 字는 子房. 劉邦의 중요 參謀로서 蕭何와 함께 漢 건립에 중대한 공헌을 한 開國功臣. 개국 후 留侯에 봉해졌다. 지금도 꾀가 많은 참모를 〈子房〉이라 부른다. 酇侯蕭何(찬후소하): 秦末 劉邦을 도와 봉기하도록 했고, 楚漢 전쟁 중에는 승상의 신분으로 關中에 남아 국가를 관리하고 전쟁 물자와 인력을 조달하여 전선에 보내는 등 漢 建立에 중대한 기여를 했다. 開國 후 酇侯로 봉해져 漢의 法制를 정비하고 異姓의 제후들을 제거하는 역할을 했다.


〔7〕 早有人報知曹操曰: “帝與董承登功臣閣說話.” 操卽入朝來看. 董承出閣, 纔過宮門, 恰遇操來, 急無躱避處, 只得立於路側施禮. 操問曰: “國舅何來?” 承曰: “適蒙天子宣召, 以錦袍玉

帶." 操問曰: "何故見賜?" 承曰: "因念某舊日西都救駕之功, 故有此賜." 操曰: "解帶我看." 承心知衣帶中必有密詔, 恐操看破, 遲延不解. 操叱左右急解下來. 看了半晌, 笑曰: "果然是條好玉帶. 再脫下錦袍來借看." 承心中畏懼, 不敢不從, 遂脫袍獻上. (*帶不自解, 袍却自脫, 形容畏懼之態如畫.) 操親自以手提起, 對日影中細細詳看; 看畢, 自己穿在身上, 繫了玉帶, 回顧左右曰: "長短如何?" 左右稱美. 操謂承曰: "國舅卽以此袍帶轉賜與吾, 何如?" 承告曰: "君恩所賜, 不敢轉贈, 容某別製奉獻." 操曰: "國舅受此衣帶, 莫非其中有謀乎?" 承驚曰: "某焉敢? 丞相如要, 便當留下." 操曰: "公受君賜, 吾何相奪, 聊爲戲耳." 遂脫袍帶還承.

　　*注: 躲避(타피): 몸을 피하여 숨다. 〈躲〉: 몸; 피하다. 宣召(선소): 제왕이나 임금의 부름. 見賜(견사): 下賜받다. (주는 것을) 받다. 半晌(반상): 한참 동안; 잠깐 동안; 한나절. 借看(차간): 보여 달라. 빌려주어 보게 하다. 〈借〉: 빌리다(借入). 빌려주다(借出). 주다(授予). 提起(제기): 손에 잡고 들어 올리다. 말을 꺼내다. 언급하다.


　　〖8〗承辭操歸家. 至夜獨坐書院中, 將袍仔細反覆看了, 並無一物. 承思曰: "天子賜我袍帶, 命我細觀, 必非無意. 今不見甚踪跡, 何也?" 遂又取玉帶檢看, 乃白玉玲瓏, 碾成小龍穿花, 皆用紫錦爲襯, 縫綴端整, 亦並無一物. 承心疑, 放於卓上, 反覆尋之. 良久, 倦甚. 正欲伏几而寢, 忽然燈花落於帶上, 燒着背襯. 承驚拭之, 已燒破一處, 微露素絹, 隱見血跡; 卽取刀拆開視之, 乃天子手書血字密詔也. 詔曰:

　　朕聞人倫之大, 父子爲先; 尊卑之殊, 君臣爲重. 近日操賊弄權, 欺壓君父, 結連黨伍, 敗壞朝綱, 勅賞封罰, 不由朕主. 朕

夙夜憂思, 恐天下將危. 卿乃國之大臣, 朕之至戚, 當念高帝
創業之艱難, 糾合忠義兩全之烈士, <u>殄滅</u>奸黨, 復安社稷, 祖
宗幸甚. 破指<u>洒血</u>, 書詔付卿, 再四愼之, 勿負朕意. <u>建安四年</u>
春三月詔.

董承覽畢, 涕淚交流, 一夜寢不能寐.(\*爲下文隱几而臥伏線.) 晨起,
復至書院中, 將詔再三觀看, 無計可施. 乃放詔於几上, 沈思滅操
之計. 忖量未定, <u>隱几而臥</u>.(\*因一夜不寐之故.)

　\*注: **甚踪跡**(심종적): 무슨(어떤) 흔적. 〈甚〉: 怎麼(즘마). 　**碾成小龍穿花**
(연성소룡천화): 〈碾(연)〉: 새기다. 조각하다(雕琢). 연자방아. 〈穿花〉: 꽃
사이에서 움직이는 모습이 마치 꽃에 구멍을 뚫는 것 같다는 뜻. 〈穿〉: 구멍
을 뚫다. (\*出典은 杜甫의 詩〈曲江〉: "穿花蛺蝶深深見, 點水蜻蜓款款
飛"(나비는 꽃에 머리를 박고 꽃잎 속만 보고 있고, 잠자리는 물 위에 콕콕
점을 찍으며 날고 있네)이다.) 즉 〈작은 용이 꽃 속에서 놀고 있는 모습이
새겨져 있다는 뜻이다.〉 **襯**(친·츤): 속옷. 옷의 속. 　**縫綴**(봉철): 합쳐서
꿰매다. 　**燈花**(등화): 등불의 심지 끝이 타서 맺혀진 꽃 같은 모양의 불똥;
심지가 타다 튀는 불똥. 　**拭**(식): 손으로 문질러 끄다. 　**隱見**(은현): 숨었던
(감춰졌던) 것이 나타나다(드러나다). 희미하게 보이다. 　**高帝**(고제): 漢을
건국한 劉邦. 　**殄滅**(진멸): 소멸. 멸절. 　**建安四年**(건안사년): 서기 199년.
신라 奈解尼師今 4년. 고구려 山上王延優 3년에 해당. 　**隱几**(은궤): 탁자에
기대다. 〈隱〉: 기대다(依據. 憑依). 〈几〉: 작은 탁자.


〖9〗 忽侍郎王子服至, 門吏知子服與董承交厚, 不敢攔阻, 竟
入書院. 見承伏几不醒, 袖底壓着素絹, 微露朕字. 子服疑之, 黙
取看畢, 藏於袖中, 呼承曰: "國舅<u>好自在</u>, <u>虧你</u>如何睡得着." 承
驚覺, 不見詔書, 魂不附體, 手脚慌亂. 子服曰: "汝欲殺曹公, 吾
當<u>出首</u>." 承泣告曰: "若兄如此, 漢室休矣!" 子服曰: "吾戲耳!

吾祖宗世食漢祿，豈無忠心！願助兄一臂之力，共誅國賊！"承曰："兄有此心，國之大幸."子服曰："當於密室同立義狀，(*開口便要立盟書，頗覺書生氣，是文官身分.) 各捨三族，以報漢君."承大喜，取白絹一幅，先書名畫字，子服亦即書名畫字．書畢，子服曰："將軍吳子蘭與吾至厚，可與同謀."承曰："滿朝大臣，惟有長水校尉种輯·議郎吳碩是吾心腹，必能與我同事."正商議間，家僮入報，种輯吳碩來探．承曰："此天助我也."教子服暫避於屏後．承接二人入書院坐定，茶畢，輯曰："許田射獵之事，君亦懷恨乎?"承曰："雖懷恨，無可奈何."碩曰："吾誓殺此賊，恨無助我者耳."輯曰："爲國除害，雖死無怨."王子服從屏後出曰："汝二人欲殺曹丞相，我當出首，董國舅便是證見."种輯怒曰："忠臣不怕死．吾等死作漢鬼，強似你阿附國賊！"承笑曰："吾等正爲此事，欲見二公．王侍郎之言乃戲耳."便於袖中取出詔來，與二人看．二人讀詔，揮淚不止．承遂請書名．子服曰："二公在此少待，我去請吳子蘭來."子服去不多時，即同子蘭至，(*兩人自來，一人請至，又各不同.) 與衆相見，亦書名畢．承邀於後堂會飲．

*注: **好自在**(호자재): 아주(참으로, 상당히, 몹시) 자유롭다. 편안하다. 〈好〉: (부사) 아주. 참말. 과연. (형용사나 동사의 앞에 쓰여 정도가 심함을 나타내며 감탄의 어기가 있다.) 〈自在〉: 자유롭다. 편안하다. 안락하다.

**虧你**(휴이): 자네가 어찌. 〈虧〉: (副詞) …이면서도(이라면서). 유감스럽게도. (비난, 조롱의 뜻을 가진 반어적 표현). **出首**(출수): (다른 사람의 범죄 행위를) 고발하다. 검거하다; 자수하다. **義狀**(의장): 忠義를 표시하는 맹서의 글(誓書). **書名畫字**(서명화자): 이름을 쓰고 서명하다. 〈畫字〉: 서명하다. 사인(수결)하다. **長水校尉**(장수교위): 官名. 長水(水名. 지금의 섬서성 람전현 서북. 서안시를 지나 동남으로 흐른다)의 胡騎를 관장하는 관직. **种輯**(충집): 〈种〉: 어리다. 〈沖〉과 同字. 姓. **強似**(강사): (…보다) 낫다

(勝于). (…을) 초과하다. 상회하다.


〔10〕忽報西凉太守馬騰相探. 承曰: "只推我病, 不能接見."
門吏回報. 騰大怒曰: "我夜來在東華門外, 親見他錦袍玉帶而出,
何故推病耶? 吾非無事而來, 奈何拒我?" 門吏入報, 備言騰怒.
承起曰: "諸公少待, 暫容承出." 隨卽出廳延接. 禮畢坐定, 騰
曰: "騰入覲將還, 故來相辭, 何見拒也?" 承曰: "賤軀暴疾, 有
失迎候, 罪甚." 騰曰: "面帶春色, 未見病容." 承無言可答. 騰拂
袖便起, 嗟嘆下階曰: "皆非救國之人也!" 承感其言, 挽留之, 問
曰: "公謂何人非救國之人?" 騰曰: "許田射獵之事, 吾尚氣滿胸
膛, 公乃國之至戚, 猶自滯於酒色, 而不思討賊, 安得爲皇家救難
扶災之人乎?" 承恐其詐, 佯驚曰: "曹丞相乃國之大臣, 朝廷所倚
賴, 公何出此言?" 騰大怒曰: "汝尚以曹賊爲好人耶?" 承曰: "耳
目甚近, 請公低聲." 騰曰: "貪生怕死之徒, 不足以論大事." 說
罷, 又欲起身. 承知騰忠義, 乃曰: "公且息怒, 某請公看一物."
遂邀騰入書院, 取詔視之. 騰讀畢, 毛髮倒竪, 咬齒嚼唇, 滿口流
血, 謂承曰: "公若有擧動, 吾卽統西凉兵爲外應." 承請騰與諸
公相見, 取出義狀, 敎騰書名. 騰乃取酒, 揷血爲盟, 曰: "吾等誓
死不負所約!" 指坐上五人言曰: "若得十人, 大事諧矣." 承曰:
"忠義之士不可多得, 若所與非人, 則反相害矣." 騰敎取〈鴛行
鷺序簿〉來檢看. 檢到劉氏宗族, 乃拍手言曰: "何不共此人商
議?" 衆皆問何人. 馬騰不慌不忙, 說出那人來. 正是:

　　本因國舅承明詔, 又見宗潢佐漢朝.
畢竟馬騰之言如何, 且聽下文分解.

　　*注: 覲(근): 뵈다. 알현하다. 만나다. 　若所與非人(약소여비인): 만약 참
　　여하는 자가 같이 할 수 없는 사람이라면. 　鴛行鷺序簿(원행로서부): 현직

관원의 명단. 〈鴛行〉, 〈鷺序〉: 원래는 원앙이나 백로가 줄을 지어 가듯이 朝廷의 官員들이 질서정연하게 차례로 줄을 서 있는 모양을 말하는데, 이처럼 현직 관원 전체가 그 직급과 직책에 따라 질서정연하게 정리되어 있는 名簿란 뜻에서 생긴 말이다.    宗潢(종황): 皇族의 자손. 劉備를 가리킴. 〈潢〉: 저수지. 못.

## 第二十回 毛宗崗 序始評

(1). 趙高以指鹿察左右之順逆, 曹操以射鹿驗衆心之從違, 奸臣心事, 何其前後如出一轍也! 至於借弓不還, 始而假借, 旣且實受, 豈獨一弓爲然哉! 卽天位亦猶是耳. 河陽之狩, 以臣召君; 許田之獵, 以上從下, 皆非天子意也. 然重耳率諸侯以朝王, 曹操代天子而受賀, 操於是不得復爲重耳矣.

(2). 雲長之欲殺操, 爲人臣明大義也; 玄德之不欲殺, 爲君父謀萬全也. 君側之惡除之最難, 前後左右皆其腹心爪牙, 殺之而禍及我身猶可以; 殺之而禍及君父, 則不爲功之首, 而反爲罪之魁矣. 可不愼哉!

(3). 曹操無君之罪, 至許田射鹿而大彰明較著矣. 人臣無將, 將而必誅. 袁術之僭, 其旣然者也; 曹操之篡, 其將然者也. 將之與旣, 厥罪維均. 故自有衣帶詔之後, 凡興兵討操者俱大書討賊以予之.

# 第二十一回

## 曹操煮酒論英雄
## 關公賺賊斬車冑

〔1〕却說董承等問馬騰, 曰："公欲用何人?" 馬騰曰："見有
豫州牧劉玄德在此, 何不求之?"(*因董承轉出馬騰, 因馬騰轉出玄德. 玄
德爲主, 董馬二人不過做逸引子耳.) 承曰："此人雖係皇叔, 今正依附曹
操, 安肯行此事耶?"(*玄德依附曹操, 與曹操依附董卓同一識見.) 騰
曰："吾觀前日圍場之中, 曹操迎受衆賀之時, 雲長在玄德背後,
挺刀欲殺操, 玄德以目視之而止. 玄德非不欲圖操, 恨操爪牙多,
恐力不及耳.(*玄德心事, 馬騰一語道着.) 公試求之, 當必應允." 吳碩
曰："此事不宜太速, 當從容商議." 衆皆散去.

　　*注: 爪牙(아조): 손톱(발톱)과 이빨. 동물들에게 있어서 발톱과 이빨은 공
　　격수단이자 방어수단이다. 이로부터 용맹한 신하나 장수를 가리키게 되었
　　다.

〖2〗次日黑夜裏，董承懷詔，徑往玄德公館中來．門吏入報，玄德出迎，請入小閣坐定，關·張侍立於側．玄德曰：“國舅龔夜至此，必有事故．” 承曰：“白日乘馬相訪，恐操見疑，故黑夜相見．” 玄德命取酒相待．承曰：“前日圍場之中，雲長欲殺曹操，將軍動目搖頭而退之，何也？” 玄德失驚曰：“公何以知之？” 承曰：“人皆不見，某獨見之．”(*不說馬騰見之，竟說自己看見，妙．) 玄德不能隱諱，遂曰：“舍弟見操僭越，故不覺發怒耳．” 承掩面而哭曰：“朝廷臣子，若盡如雲長，何憂不太平哉！” 玄德恐是曹操使他來試探，乃佯言曰：“曹丞相治國，為何憂不太平？”(*前馬騰正說，董承反說以試之；今董承正說，玄德反說以試之．妙甚．) 承變色而起曰：“公乃漢朝皇叔，故剖肝瀝膽而相告，公何詐也？” 玄德曰：“恐國舅有詐，故相試耳．” 於是董承取衣帶詔令觀之，玄德不勝悲憤．又將義狀出示，上止有六位：一，車騎將軍董承；二，工部侍郎王子服；三，長水校尉种輯；四，議郎吳碩；五，昭信將軍吳子蘭；六，西涼太守馬騰．(*忽將前六人於此處歷歷敍明，却在玄德眼中看出，妙甚．) 玄德曰：“公既奉詔討賊，備敢不效犬馬之勞．” 承拜謝，便請書名．玄德亦書 “左將軍劉備”，押了字，付承收訖．承曰：“尚容再請三人，共聚十義，以圖國賊．”(*劉備一人可當百人矣，何必湊足十人耶？) 玄德曰：“切宜緩緩而行，不可輕洩．” 共議到五更，相別去了．

　　*注：龔夜(인야)：深夜．


〖3〗玄德也防曹操謀害，就下處後園種菜，親自澆灌，以為韜晦之計．關·張二人曰：“兄不留心天下大事，而學小人之事，何也？” 玄德曰：“此非二弟所知也．” 二人乃不復言．

　　一日，關·張不在，玄德正在後園澆菜，許褚·張遼引數十人入園中，曰：“丞相有命，請使君便行．” 玄德驚問曰：“有甚緊事？” 許褚曰："不知. 只敎我來相請." 玄德只得隨二人入府見操. 操笑曰："在家做得好大事!" 諕得玄德面如土色. 操執玄德手, 直至後園, 曰:"玄德學圃不易!" 玄德方纔放心, 答曰:"無事消遣耳." 操曰:"適見枝頭梅子青青, 忽感去年征張繡時, 道上缺水, 將士皆渴; 吾心生一計, 以鞭虛指曰:'前面有梅林.' 軍士聞之, 口皆生唾, 由是不渴.(*征張繡事已隔數卷, 忽於此處補出一段閑文, 妙絕.) 今見此梅, 不可不賞. 又値煮酒正熟, 故邀使君小亭一會." 玄德心神方定. 隨至小亭, 已設樽俎: 盤置青梅, 一樽煮酒. 二人對坐, 開懷暢飲.

> *注: 澆灌(요관): 밭에 물을 주다(대다).　韜晦之計(도회지계): 〈韜晦〉: 도광(韜光). 빛을 감춤으로써 종적이 드러나지 않게 하는 계책. 〈韜〉: 활집. 싸다. 감추다. 〈晦〉: 그믐. 밤. 어둡다. 감추다.　學小人之事(학소인지사): 小人의 일을 배우다. 즉 〈농사를 배운다〉는 뜻이다. (*〈論語·子路篇〉에서 번지(樊遲)가 농사짓는 법을 배우고 싶다고 하자 공자가: "小人이구나! 樊遲는!" 이라고 한 말에서 유래되었다.)　只敎我來相請(지교아래상청): 우리더러 가서(來) 청해오라고(相請) 분부하였을 뿐이다.　只得(지득): 다만 … 을 해야만 하다.　諕得(하득): 깜짝 놀라다(嚇唬).　學圃(학포): 농사일(씨를 뿌리고 가꾸는 일)을 배우다. 〈圃〉: 채소밭.　方纔(방재): (=方才). 방금. 이제 막; 겨우. …해서야 비로소.　消遣(소견): 소일(하다). 심심풀이(하다).　賞(상): 완상(玩賞)하다. 감상하다. 구경하다.　値(치): (어떤) 때를 맞이하다. 즈음하다.　樽俎(준조): 술잔과 안주 그릇. 酒宴.

〖4〗酒至半酣, 忽陰雲漠漠, 驟雨將至. 從人遙指天外龍挂, 操與玄德憑欄觀之. 操曰:"使君知龍之變化否?" 玄德曰:"未知其詳." 操曰:"龍能大能小, 能升能隱: 大則興雲吐霧, 小則隱介藏形; 升則飛騰於宇宙之間, 隱則潛伏於波濤之內. 方今春深, 龍乘時變化，猶人得志而縱橫四海．龍之爲物，可比世之英雄．玄德久歷四方，必知當世英雄．請試指言之．"（*從龍說起，漸漸說到英雄，又漸漸說到當世人物，亦如雨之將至而先有雷，雷之將至而先有龍挂也．） 玄德曰："備肉眼安識英雄？" 操曰："休得過謙．" 玄德曰："備叨恩庇，得仕於朝．天下英雄，實有未知．"（*一味裝呆詐痴，卽種荣之意．）操曰："旣不識其面，亦聞其名．"

玄德曰："淮南袁術，兵糧足備，可謂英雄？" 操笑曰："塚中枯骨，吾早晚必擒之．"（*袁術卽於此卷中結局，與後文正相應．） 玄德曰："河北袁紹，四世三公，門多故吏；今虎踞冀州之地，部下能事者極多，可謂英雄？" 操笑曰："袁紹色厲膽薄，好謀無斷；幹大事而惜身，見小利而忘命：非英雄也．" 玄德曰："有一人名稱八俊，威鎮九州 — 劉景升可謂英雄？"（*爲後文依託劉表伏筆．） 操曰："劉表虛名無實，非英雄也．"玄德曰："有一人，血氣方剛，江東領袖 — 孫伯符乃英雄也？"（*爲後文借寓江東伏筆．） 操曰："孫策藉父之名，非英雄也．" 玄德曰："益州劉季玉，可謂英雄乎？"（*爲後文入川伏筆．） 操曰："劉璋雖係宗室，乃守戶之犬耳，何足爲英雄！" 玄德曰："如張繡·張魯·韓遂等輩皆何如？"（*連問三人，又變一樣文法．言韓遂而不及馬騰者，正與備共立義狀，故隱之耳．） 操鼓掌大笑曰："此等碌碌小人，何足挂齒！" 玄德曰："舍此之外，備實不知．"（*只是一味裝呆．）

操曰："夫英雄者，胸懷大志，腹有良謀，有包藏宇宙之機，吞吐天地之志者也．"（*滿懷自負．） 玄德曰："誰能當之？"（*倒問一句，妙甚．不但不自以爲英雄，且似并不知曹操爲英雄者．） 操以手指玄德，後自指，曰："今天下英雄，惟使君與操耳！"（*曹操自以爲英雄，又心畏玄德爲英雄，一向只是以心相待，不曾當面說出．今番酒後，不覺一語道破．）玄德聞言，吃了一驚，手中所執匙筯，不覺落於地下．（*半晌裝呆，却被一語道破, 安得不驚!) 時正値天雨將至, 雷聲大作. 玄德乃從容俯首拾箸曰: "一震之威, 乃至於此."(＊爲甚說破英雄, 便你擧止失措? 曹操心多, 安得不疑? 虧此一語, 隨機應辯, 平白地掩飾過去.) 操笑曰: "丈夫亦畏雷乎?"玄德曰: "聖人迅雷風烈必變, 安得不畏?"將聞言失箸, 輕輕掩飾過了.(＊眞是靈警.) 操遂不疑玄德.(＊竟被瞞過.) 後人有詩讚曰:

勉從虎穴暫趨身, 說破英雄驚殺人.
巧借聞雷來掩飾, 隨機應變信如神.

＊注: 半酣(반감): 술이 거나하게 취하다.　漠漠(막막): (구름, 연기, 안개 등이) 짙게 낀 모양.　驟雨(취우): 소나기. 취우.　龍挂(용괘): 大旋風. 토네이도(tornado). 강렬한 積雨雲 아래에서 발생하는데, 큰 회오리 구름이 하늘에서 땅에까지 닿으면 그 파괴력이 아주 커서 사람이나 가축, 물건 등을 모두 공중으로 빨아올린다. 그것이 수면 위를 지나갈 때에는 물을 공중으로 빨아올리는 모습이 흡사 기둥과 같은데, 옛날 사람들은 이 검은 구름기둥이 아래로부터 물을 빨아올리는 모습을 보고 그것을 龍이 물을 마시는 것이라고 생각했다.　介(개): 〈芥〉와 통한다. 지푸라기. 細小한 물건.　試指言之(시지언지): 지적하여 말해 보라.　叨恩庇(도은비): 외람되게도 은혜와 비호를 받아.　〈叨〉: 외람되이. 탐하다.　旣(기): 旣然. 이왕에는. 과거에는.　塚中枯骨(총중고골): 무덤 속의 썩은 뼈.　行尸走肉(행시주육: 걸어 다니는 시체와 고깃덩이)과 같은 말로, 의지도 담력도 없어서 아무것도 할 수 없는 사람을 풍자한 말이다.　河北(하북): 黃河 以北 지구. 삼국시대 당시에는 幽州, 冀州, 靑州, 并州의 4개 州에 속한 지역.　色厲膽薄(색려담박): 겉모습은 매서우나 담력은 약하다.　碌碌(녹록): 평범하고 보잘것없는 모양.　迅雷風烈必變(신뢰풍열필변): 〈論語. 鄕黨篇〉에 나오는 말로, 공자는 우레 소리나 폭풍을 만나면 반드시 정색을 했는데, 그로써 하늘에 대한 경외심을 표현했다.　將聞言失箸(장문언실저): (조조의) 말을 듣고 수저를 떨어뜨린 일

을. 〈將〉: …을(를). 〈把〉처럼 賓語前置를 나타내는 助詞이다.　　**不疑玄德**
(불의현덕): 현덕을 의심하지 않았다. 이 부분에 대한 李贄(李卓吾)의 〈批評
三國志〉의 내용은 다음과 같다. (*言未畢, 霹靂雷聲, 大雨驟至. 備以手
中匙箸盡落於地. 操見玄德失箸, 便問曰: "爲何失箸?" 玄德答曰: "聖
人云: '迅雷風烈必變', 一震之威, 乃至於此." 操曰: "雷乃天地之聲,
何爲驚怕?" 玄德曰: "備自幼懼怕雷聲, 恨無地而可避." 操乃冷笑, 以
玄德爲無用之人也. 曹操雖奸雄, 又被玄德瞞過.)　　**勉**(면): 힘쓰다. 노력
하다. 부득이. 마지못해.


〖 5 〗 天雨方住, 見兩个人撞入後園, 手提寶刀, 突至亭前, 左右
攔擋不住. 操視之, 乃關·張二人也. 原來二人從城外射箭方回,
聽得玄德被許褚·張遼請將去了, 慌忙來相府打聽, 聞說在後園,
只恐有失, 故衝突而入. 却見玄德與操對坐飲酒. 二人按劍而立.
操問二人何來. 雲長曰: "聽知丞相和兄飲酒, 特來舞劍, 以助一
笑." 操笑曰: "此非 '鴻門會', 安用項莊·項伯乎?" 玄德亦笑.
操命: "取酒與二 '樊噲'壓驚." 關·張拜謝. 須臾席散, 玄德辭
操而歸. 雲長曰: "險些驚殺我兩个!" 玄德以落箸事說與關·張.
關·張問是何意. 玄德曰: "吾之學圃, 正欲使操知我無大志; (*前
日不說明, 今乃補解之.) 不意操竟指我爲英雄, 我故失驚落箸. 又恐
操生疑, 故借懼雷以掩飾之耳." 關·張曰: "兄眞高見!"

　　***注: 打聽**(타청): 물어보다. 알아보다.　　**鴻門會**(홍문회): 鴻門宴. 秦이 멸
망한 후 劉邦과 項羽가 천하를 다툴 때 두 사람은 鴻門(지금의 섬서성 臨潼縣
東)에서 만나 연회를 열었다. 이때 항우의 謀士 范增(범증)이 項莊(항장)에게
劍舞를 추게 하여 기회를 엿보아 유방을 찔러 죽이라고 명했다. 그러자 項伯
(항백)이 일어나서 검무를 추면서 자신의 몸으로 유방을 보호했다. 그 후
樊噲(번쾌)가 칼을 차고 연회장에 뛰어들어 유방을 데리고 나가서 유방은

위험에서 벗어난 적이 있었다. 壓驚(압경): 놀란 사람(가슴)을 진정시키다. 險些(험사): 하마터면, 자칫하면, 〈險〉: 자칫하면(幾乎), 하마터면(差一點).

〖6〗操次日又請玄德. 正飮間, 人報滿寵去探聽袁紹而回. 操召入問之, 寵曰: "公孫瓚已被袁紹破了." 玄德急問曰: "願聞其詳."(*前磐河之戰, 玄德曾救公孫, 此處不得不急問.) 寵曰: "瓚與紹戰不利, 築城圍圈, 圈上建樓, 高十丈, 名曰易京樓, 積粟三十萬以自守. 戰士出入不息. 或有被紹圍者, 衆請救之. 瓚曰: '若救一人, 後之戰者只望人救, 不肯死戰矣.' 遂不肯救.(*瓚之失事在此.) 因此袁紹兵來, 多有降者.

瓚勢孤, 使人持書赴許都求救, 不意中途爲紹軍所獲.(*後陳琳檄中以此罪操.) 瓚又遺書張燕, 暗約擧火爲號, 裏應外合. 下書人又被袁紹擒住, 却來城外放火誘敵. 瓚自出戰, 伏兵四起, 軍馬折其大半. 退守城中, 被袁紹穿地直入瓚所居之樓下, 放起火來. 瓚無走路, 先殺妻子, 然後自縊, 全家都被火焚了.(*前文曹操破呂布却用實寫, 此處袁紹破公孫, 都用虛寫, 一詳一略, 皆敍事妙品.) 今袁紹得了瓚軍, 聲勢甚盛.

紹弟袁術在淮南驕奢過度, 不恤軍民, 衆皆背反. 術使人歸帝號於袁紹. 紹欲取玉璽, 術約親自送之. 見今棄淮南, 欲歸河北. 若二人協力, 急難收復, 乞丞相作急圖之."(*本是探聽袁紹, 却并接入袁術, 妙.) 玄德聞公孫瓚已死, 追念昔日薦己之恩, 不勝傷感; 又不知趙子龍如何下落, 放心不下.(*不獨玄德欲知其下落, 卽讀者亦急欲知其下落, 乃此處偏不敍明, 直至後古城聚義時方纔出現.) 因暗想曰: "我不就此時尋个脫身之計, 更待何時?" 遂起身對操曰: "術若投紹, 必從徐州過. 備請一軍就半路截擊, 術可擒矣." 操笑曰: "來日奏帝, 卽便起兵."

〖7〗次日, 玄德面奏君. 操令玄德總督五萬人馬, 又差朱靈·路昭二人同行.(*奸狡之極.) 玄德辭帝, 帝泣送之.(*此時董承想已通消息於帝, 帝與備已心照矣.) 玄德到寓, 星夜收拾軍器鞍馬, 挂了將軍印, 催促便行.(*慌速之極.) 董承赶出十里長亭來送. 玄德曰: "國舅寧耐. 某此行必有以報命." 承曰: "公宜留意, 勿負帝心." 二人分別.(*完却上文立義狀一段事情.) 關·張在馬上問曰: "兄今番出征, 何故如此慌速?" 玄德曰: "吾乃籠中鳥·網中魚. 此一行, 如魚入大海·鳥上靑霄, 不受籠網之羈絆也."(*曹操比備爲龍, 然龍在網羅之中, 與魚鳥無異, 故急欲脫此羈絆.) 因命關·張催朱靈·路昭軍馬速行.(*此句亦少不得.)

　時郭嘉·程昱考較錢糧方回,(*虧得二人出外, 玄德故能脫然而去.) 知曹操已遣玄德進兵徐州, 慌入諫曰: "丞相何故令劉備督軍?" 操曰: "欲截袁術耳." 程昱曰: "昔劉備爲豫州牧時, 某等請殺之, 丞相不聽. 今日又與之兵, 此放龍入海·縱虎歸山也. 後欲治之, 其可得乎?"(*程昱直欲殺備.) 郭嘉曰: "丞相縱不殺備, 亦不當使之去. 古人云: '一日縱敵, 萬世之患.' 望丞相察之."(*郭嘉只欲留備.) 操然其言, 遂令許褚將兵五百前往, 務要追玄德轉來. 許褚應諾而去.

　*注: 長亭(장정): 10리마다 있는 역참의 여관.  寧耐(영내): 참다. 忍耐하다.  考較(고교): 대조하여 조사하다. 자세히 조사하다. 查核. 察核.  縱(종): 설령(설사) …하더라도(일지라도).  務要(무요): 반드시 …하기를 바

라다. 〈務〉: 반드시. 꼭.


〖8〗 却說玄德正行之間, 只見後面塵頭驟起, 謂關·張曰:“此必曹兵追至也.”遂下了營寨, 令關·張各執軍器, 立於兩邊. 許褚至, 見嚴兵整甲, 乃下馬入營見玄德. 玄德曰:“公來此何幹?”褚曰:“奉丞相命, 特請將軍回去, 別有商議.”玄德曰:“‘將在外, 君命有所不受.’吾面過君, 又蒙丞相鈞語. 今別無他議, 公可速回, 爲我稟覆丞相.”(*數語亦不激不隨.) 許褚尋思:“丞相與他一向交好, 今番又不曾教我來廝殺, 只得將他言語回覆, 另候裁奪便了.”遂辭了玄德, 領兵而回. 回見曹操, 備述玄德之言. 操猶豫未決. 程昱·郭嘉曰:“備不肯回兵, 可知其心變.”操曰:“我有朱靈·路昭二人在彼, 料玄德未必敢心變.(*遣二人之意, 此處方說出.)況我既遣之, 何可復悔?”遂不復追玄德. 後人有詩歎玄德曰:

束兵秣馬去匆匆, 心念天言衣帶中.
撞破鐵籠逃虎豹, 頓開金鎖走蛟龍.

*注: 塵頭(진두): 자욱하게 일어나는 먼지.　遂(수): 드디어; 곧. 즉시.
**將在外, 君命有所不受**(장재외, 군명유소불수): 장수가 밖에 나가 있을 때에는 군왕의 명령에 구속받지 않고 형편에 맞게 적절히 처리해야 한다. 〈將在軍, 君命有所不受〉, 〈將在外, 主令有所不受〉라고도 한다. 이 말의 본래 출처는 〈孫子兵法. 九變篇〉의 “君命有所不受.”이다. 〈史記·孫子吳子列傳〉에서는: “孫子曰:‘臣旣已受命爲將, 將在軍, 君命有所不受.’”라고 했다. 그리고 〈史記·魏公子列傳〉에서는: “侯生曰:‘將在外, 主令有所不受, 以便國家.’”라고 했다.　鈞語(균어): 상급자의 말을 높여서 부르는 말.　一向(일향): 요즘. 근래; 종래. 원래.　廝殺(시살): 서로 싸우고 죽이다. 싸우다.　裁奪(재탈): 定奪. 可否나 取捨를 결정하다.

〖9〗却說馬騰見玄德已去，邊報又急，亦回西涼州去了。玄德兵
至徐州，刺史車冑出迎。公宴畢，孫乾・糜竺等都來參見。玄德回
家探視老小，(＊一向空身在京，家小自在徐州，至此補照出來。)一面差人探
聽袁術。探子回報：“袁術奢侈太過，雷薄・陳蘭皆投嵩山去了。(＊
爲後劫糧伏線。)術勢甚衰，乃作書讓帝號於袁紹。紹命人召術，術乃
收拾人馬・宮禁御用之物，先到徐州來。”

玄德知袁術將至，乃引關・張・朱靈・路昭五萬軍出，正迎着先鋒
紀靈至。張飛更不打話，直取紀靈。鬪無十合，張飛大喝一聲，刺
紀靈於馬下，(＊看紀靈如此無用，知轅門射戟時，玄德非眞了不得而必望呂布
救之也。)敗軍奔走。袁術自引軍來鬪。玄德分兵三路：朱靈・路昭在
左，關・張在右，玄德自引兵居中，與術相見，在門旗下責罵曰：
“汝反逆不道，吾今奉明詔前來討汝！汝當束手受降。免你罪
犯。”袁術罵曰：“織席販履小輩，安敢輕我！”麾兵赶來。玄德暫
退，讓左右兩路軍殺出。殺得術軍尸橫遍野，血流成渠；士卒逃
亡，不可勝計。又被嵩山雷薄・陳蘭劫去錢糧草料，欲回壽春，又
被群盜所襲，只得住於江亭，止有一千餘衆，皆老弱之輩。時當盛
暑，糧食盡絕，只剩麥三十斛，分派軍士，家人無食，多有餓死者。
術嫌飯粗，不能下咽，乃命庖人取蜜水止渴。庖人曰：“止有血水，
安有蜜水！”術坐於牀上，大叫一聲，倒於地下，吐血斗餘而死。
時建安四年六月也。後人有詩曰：

漢末刀兵起四方，無端袁術太猖狂。

不思累世爲公相，便欲孤身作帝王。

强暴枉誇傳國璽，驕奢妄說應天祥。

渴思蜜水無由得，獨臥空牀嘔血亡。

袁術已死，姪袁胤將靈柩及妻子奔廬江來，被徐璆盡殺之。璆奪
得玉璽，赴許都獻於曹操。操大喜，封徐璆爲高陵太守。此時玉璽

歸操.(*爲後文曹丕受璽篡漢張本.)

　　*注: **邊報**(변보): 변경으로부터의 보고. 여기서는 馬騰의 任地인 西凉으로
부터의 報告. 〈邊〉: 변경. 국경.　　**公宴**(공연): 공식 연회.　　**打話**(타화):
對話하다. 얘기를 나누다(交談).　　**嵩山**(숭산): 豫州 穎川郡 陽城縣 西北(지
금의 하남성 登封縣 北)에 있는 산으로, 옛날에는 嵩高山, 中岳이라고도 불
렸다.　　**江亭**(강정): 지금의 안휘성 壽縣 부근.　　**建安四年**(건안4년): 서기
199년. 신라 奈解尼師今 4년. 고구려 山上王延優 3년에 해당.　　**徐璆**(서구):
〈璆〉: 옥. 옥소리.　　**高陵**(고릉): 지금의 섬서성 高陵.


〖10〗却說玄德知袁術已喪, 寫表申奏朝廷, 書呈曹操, 令朱靈
· 路昭回許都, 留下軍馬保守徐州; 一面親自出城, 招諭散人民復
業.(*愛民是玄德第一作用.)

　　且說朱靈 · 路昭回許都見曹操, 說玄德留下軍馬. 操怒, 欲斬二
人. 荀彧曰: "權歸劉備, 二人亦無奈何." 操乃赦之. 彧又曰:
"可寫書與車胄就內圖之."(*朱靈路昭旣無可奈何, 車胄又復何用?) 操
從其計, 暗使人來見車胄, 傳曹操鈞旨. 胄隨卽請陳登商議此事.
登曰: "此事極易. 今劉備出城安民, 不日將還; 將軍可命軍士伏
於甕城邊, 只作接他, 待馬到來, 一刀斬之; 某在城上射住後軍,
大事濟矣." 胄從之. 陳登回見父陳珪, 備言其事. 珪命登先往報
知玄德. 登領父命, 飛馬去報.(*曹操寫書與車胄, 而不寫書與陳登父子
者, 以其素與玄德相善故耳. 車胄無謀, 乃反與登商議, 宜其死也.) 正迎着關
· 張, 報說如此如此. 原來關 · 張先回, 玄德在後. 張飛聽得, 便要
去厮殺. 雲長曰: "他伏甕城邊待我, 去必有失. 我有一計, 可殺
車胄. 乘夜扮做曹軍到徐州, 引車胄出迎, 襲而殺之." 飛然其言.
那部下軍原有曹操旗號, 衣甲都同.(*本是朱靈 · 路昭之兵, 不消扮得.)

　　*注: **招諭**(초유): 제왕이 적대 세력을 招撫하는 諭旨. 〈招喩〉와 同義.

〖11〗當夜三更, 到城邊叫門. 城上問是誰. 衆應是曹丞相差來
張文遠的人馬. 報知車冑, 冑急請陳登議曰: "若不迎接, 誠恐有
疑; 若出迎之, 又恐有詐." 冑乃上城回言: "黑夜難以分辨, 待明
早相見."(*車冑此時頗有主意, 曹操所以託爲心腹.) 城下答應: "只恐劉
備知道, 疾快開門!" 車冑猶豫未決. 城外一片聲叫開門. 車冑只
得披挂上馬, 引一千軍出城; 跑過弔橋, 大叫: "文遠何在?" 火
光中只見雲長提刀縱馬直迎車冑, 大叫曰: "匹夫安敢懷詐, 欲殺
吾兄!" 車冑大驚, 戰未數合, 遮攔不住, 撥馬便回. 到弔橋邊, 城
上陳登亂箭射下, (*前曾說過; 我在城上射住後軍.) 車冑繞城而走. 雲
長赶來, 手起一刀, 砍於馬下, 割下首級提回, 望城上呼曰: "反
賊車冑, 吾已殺之; 衆等無罪, 投降免死!" 諸軍倒戈投降. 軍民
皆安.

　雲長將冑頭去迎玄德, 具言車冑欲害之事, 今已斬首. 玄德大驚
曰: "曹操若來, 如之奈何?" 雲長曰: "弟與張飛迎之." 玄德懊
悔不已, 遂入徐州. 百姓父老, 伏道而接. 玄德到府, 尋張飛, 飛
已將車冑全家殺盡. 玄德曰: "殺了曹操心腹之人, 如何肯休?"
陳登曰: "某有一計, 可退曹操." 正是:

　　　旣把孤身離虎穴, 還將妙計息狼煙.

　不知陳登說出甚計, 且聽下文分解.

　　*注: 將妙計(장묘계): 묘계를 써서(~로써). 〈將〉: =以.　　狼煙(낭연): 兵
亂. 戰亂. 이리의 똥을 말려서 태우면 연기가 흩어지지 않고 곧바로 올라가
는데 옛날에는 烽火를 피우는 데 이를 사용했으므로, 후에 와서는 〈狼煙〉으

로 兵亂을 표현하게 되었다.　甚計(심계): 무슨 계책. 〈甚〉: 무슨. 어떤(怎麼).

## 第二十一回 毛宗崗 序始評

(1). 天子血詔從許田起見. 諸侯定盟亦從許田起見. 馬騰之知玄德, 以雲長而知之. 馬騰之知雲長, 以許田而知之. 想見許田當日曹操之橫, 氣焰迫人; 雲長之怒, 鬚眉皆動.

(2). 兩雄不竝立, 不竝立則必相圖. 操以備爲英雄, 是操將圖備矣, 又逆知備之必將圖我矣. 備方與董承等同謀, 而忽聞此言, 安得不失驚落筯也. 是因落筯而假託聞雷, 非因聞雷而故作落筯也. 若因聞雷而故作落筯, 以之欺小兒則可, 豈所以欺曹操者. 俗本多訛, 故依原本校正之.

(3). 董承義狀上大書 "左將軍劉備". 備之繼正統而無愧者此也. 只左將軍劉備五字, 消得漢昭烈皇帝五字. 昔漢高祖討項羽詔曰: "願從諸侯王擊楚之殺義帝者." 於是名正言順, 海內歸心. 今玄德旣奉衣帶詔以討賊, 則仗義執言, 武侯之六出祁山, 姜維之九伐中原, 皆自此詔始矣. 然備於斬車冑之後, 何不便將此詔布告天下乎? 曰: 詔詞本以賜董承者也. 董承在內, 若遽暴之, 恐害董承故也. 待承死, 而後此詔乃昭然共被於海內耳.

# 第二十二回

## 袁·曹各起馬步三軍
## 關·張共擒王·劉二將

〖1〗却說陳登獻計於玄德，曰：“曹操所懼者袁紹．紹虎踞冀·青·幽·并諸郡，帶甲百萬，文官武將極多，今何不寫書遣人到彼求救？”（＊回想磐河一戰，則此番求紹似乎極難，乃陳登偏計及此，奇絕．）玄德曰：“紹向與我未通往來，今又新破其弟，安肯相助？”登曰：“此間有一人與袁紹三世通家，若得其一書致紹，紹必來相助．”玄德問：“何人？”登曰：“此人乃公平日所折節敬禮者，何故忘之？”玄德猛省曰：“莫非鄭康成先生乎？”登笑曰：“然也．”

原來鄭康成名玄，好學多才，嘗受業於馬融．融每當講學，必設絳帳，前聚生徒，後陳聲技，侍女環列左右．玄往聽講三年，目不邪視，融甚奇之．及學成而歸，融歎曰：“得我學之秘者，惟鄭玄一人耳！”玄家中侍婢俱通〈毛詩〉．一婢嘗忤玄意，玄命長跪階前．

一婢戲謂之曰："胡爲乎泥中?" 此婢應聲曰："'薄言往愬, 逢彼之怒.'" 其風雅如此.(*道學主人偏有此風流侍婢, 或曰："先生有歌姬, 弟子亦有詩婢, 是先生風流, 弟子亦風流也." 予笑謂："不然, 有如此婢而忍使跪於泥中, 是道學不是風流.") 桓帝朝, 玄官至尙書, 後因十常侍之亂, 棄官歸田, 居於徐州.(*補應前文.) 玄德在涿郡時, 已曾師事之,(*與第一卷中照應.) 及爲徐州牧, 時時造廬請敎, 敬禮特甚.(*玄德初到徐州時事, 却從此處補出.)

**\*注**: **帶甲**(대갑): 帶甲士. 갑옷을 입은 군사.　**折節**(절절): 자신의 신분을 낮추어 다른 사람을 공경하는 것.　**鄭康成**(정강성): 이름은 玄. 康成은 그의 字이다. 東漢 시대의 대학자. 그는 〈四書五經〉에 注를 달았는데, 儒學에서 가장 권위 있는 것으로 정평이 나 있다.　**馬融**(마융): 東漢 시대의 대학자. **絳帳**(강장): 빨간색 장막. 진홍색 장막. 스승이 앉는 자리. 학자의 서재. **毛詩**(모시): 즉, 詩經.　**胡爲乎泥中**(호위호니중): 왜 땅바닥에 꿇어앉아 있는가?〈詩經, 邶風, 式微〉에 나오는 구절이다.　**薄言往愬, 逢彼之怒**(박언왕소, 봉피지노): 그에게 찾아가서 사정을 호소했으나 도리어 그의 노여움만 샀다.〈詩經, 邶風, 柏舟〉에 나오는 구절이다. 여기서〈薄〉,〈言〉은 의미 없는 語調詞들이다.　**師事之**(사사지): 그를 스승으로 모시다.　**造廬**(조려): 집(廬)을 찾아가다(造).


〖2〗當下玄德想出此人, 大喜, 便同陳登親至鄭玄家中, 求其作書. 玄慨然依允, 寫書一封, 付與玄德. 玄德便差孫乾, 星夜齎往袁紹處投遞. 紹覽畢, 自忖曰："玄德攻滅吾弟, 本不當相助. 但重以鄭尙書之命, 不得不往救之." 遂聚文武官, 商議興兵伐曹操. 謀士田豐曰："兵起連年, 百姓疲弊, 倉廩無積, 不可復興大軍. 宜先遣人獻捷天子,(*獻滅公孫瓚之捷也.) 若不得通, 乃表稱曹操隔我王路, 然後提兵屯黎陽; 更於河內增益舟楫, 繕置軍器, 分遣精

兵，屯箚邊鄙．三年之中，大事可定也．"(*一个不要興兵，是意在緩
戰．) 謀士審配曰："不然．以明公之神武，撫河朔之强盛，興兵討
曹賊，易如反掌，何必遷延日月？"(*一个要興兵，是以勢言，意在速戰．)
謀士沮授曰："制勝之策，不在强盛．曹操法令旣行，士卒精練，
比公孫瓚坐受困者不同．今棄獻捷良策而興無名之兵，竊以爲明
公不取．"(*又一个不要興兵，是以勢言，意在不戰．) 謀士郭圖曰："非
也．兵加曹操，豈曰無名？公正當及時早定大業．願從鄭尙書之
言，與劉備共仗大義，剿滅曹賊，上合天意，下合民情，實爲幸
甚．"(*又一个要興兵，是以理言，意在宜戰．) 四人爭論未定，袁紹躊躇
不決．忽許攸·荀諶自外而入．紹曰："二人多有見識，且看如何主
張．"二人施禮畢，紹曰："鄭尙書有書來，令我起兵助劉備，攻曹
操．起兵是乎？ 不起兵是乎？"二人齊聲應曰："明公以衆克寡，
以强攻弱，(*是以勢言．) 討漢賊以扶漢室，(*是以理言．) 起兵是也．"(*
又兩个要興兵，是合理勢而言．) 紹曰："二人所見，正合我心．"便商議
興兵．(*三人占則從二人，六人謀則依四人之論．) 先令孫乾回報鄭玄，並
約玄德准備接應；一面令審配·逢紀爲統軍，田豐·荀諶·許攸爲謀
士，顔良·文醜爲將軍，起馬軍一十五萬，步兵一十五萬，共精兵
三十萬，望黎陽進發．

*注: 當下(당하): 당장．즉각．바로． 依允(의윤): 따르다．승낙하다． 投遞
(투체): (公文이나 書信 따위를) 배달(전달)하다． 獻捷(헌첩): 천자에게 勝
戰을 아뢰다．포로나 전리품을 바치다． 表稱(표칭): 알리는 표문을 올리다．
黎陽(여양): 冀州 魏郡에 속한 縣名．지금의 하남성 浚縣 東北．삼국시대
때 군사적 요충지였다． 河朔(하삭): 황하 中下流의 北岸 지구． 正當(정당):
마침…(어떤 시기나 단계에) 즈음하다(처하다)．바야흐로…한 때에 이르다．
主張(주장): 견해．주장．주장하다．

〔3〕 <u>分撥</u>以定, 郭圖進曰: "以明公大義伐操, 必須數操之惡, 馳檄各郡, <u>聲罪致討</u>, 然後<u>名正言順</u>."(*只因郭圖數語, 引出一篇絕世妙文來.) 紹於是從之, 遂令書記陳琳草檄. 琳字孔璋, 素有才名; 桓帝時爲主簿, 因諫何進不聽,(*遙應第二卷中事.) 復遭董卓之亂, 避難冀州, 紹用爲記室. 當下令草檄, <u>援筆立就</u>. <u>其文曰</u>:

**\*注:** <u>分撥</u>(분발): 각각 파견하다. (따로따로) 배치하다. **聲罪致討**(성죄치토): 상대방의 罪狀을 선포하여 討伐 원인을 설명하다. **名正言順**(명정언순): 名分이 옳고 발라야 그 말이 이치에 맞는다. **書記**(서기): 官府에서 文書 일을 주관하는 관리. **援筆**(원필): 붓을 끌어당기다. 붓을 손에 잡다. **其文曰**(기문왈): 〈三國志·魏書. 董袁二劉傳 第六〉의 注에서 소개한 〈魏氏春秋〉에 陳琳이 草한 이 격문 〈爲袁紹檄豫州文〉의 全文이 실려 있는데, 본문과는 약간의 문자 상의 차이가 있다.


〔4〕 <u>蓋聞明主圖危</u>以制變, 忠臣慮難以立權. 是以有非常之人, 然後有非常之事; 有非常之事, 然後立非常之功. 夫非常者, 固非常人<u>所擬</u>也.(*數句作一冒.)

<u>曩者</u>, 强秦弱主, <u>趙高</u>執柄, 專制朝權(命), 威福由己. 時人迫脅, 莫敢正言; 終有<u>望夷之敗</u>, 祖宗焚滅, 污辱至今, 永爲世鑒.(*將數操祖曹騰之惡, 故先以趙高作一樣子.) <u>及臻呂后季年</u>, 産(*呂産.)·祿(*呂祿.)專政, 內兼<u>二軍</u>, <u>外統梁·趙</u>; 擅斷萬機, 決事省禁, <u>下陵上替</u>, 海內寒心. 於是<u>絳侯</u>·<u>朱虛興兵</u>(威)奮怒, <u>誅夷逆暴</u>(亂), <u>尊立太宗</u>,(*漢文帝.) 故能王道(道化)興隆, 光明顯融; <u>此則大臣立權之明表</u>也.(*將數曹操之惡, 又先以呂産·呂祿作一樣子. 紹隱然以絳侯自比非, 而以朱虛比玄德也. 以上泛論往昔, 以下方入本題.)

**\*注:** (*참고: 正史 〈三國志〉 裴松之 注에 나오는 檄文과 본 演義 중의 문장

이 완전히 같지는 않다. 소설과 정사의 것이 다른 한자들 중 참고가 될 만한 부분 일부를 괄호(  ) 안에 正史의 한자를 작은 글자로 넣어 참고가 되도록 했다.)

蓋(개): 대개. 아마도. 구의 첫머리에 놓여서 어기를 표시하는데, 번역할 때는 생략하는 것이 자연스럽다.    圖危(도위): 危難을 미리 예견하다. 危難 국면에 대처할 방도를 찾다. 〈圖〉: 추측하다. 헤아리다. 考慮. 謀劃; 計議; 設法對付.    權(권): 臨機應變. 通權達變. 또는 權威.    所擬(소의): 헤아리는 바. 상량하는 바.    曩者(낭자): 전에. 옛날에.    趙高(조고): 秦의 환관. 진시황이 죽은 후 李斯와 함께 遺詔를 위조하여 진시황의 장자를 죽이고 둘째 胡亥를 2세 황제로 세운 후 조정을 마음대로 휘두르다가 李斯를 죽이고 胡亥까지 살해한 후 子嬰을 秦王으로 세웠으나 결국 그에게 죽임을 당했다. 望夷之敗(망이지패): 〈望夷〉: 秦의 궁궐 이름. 秦의 2세 황제 호해가 趙高를 중용하여 그에게 전권을 맡긴 결과 그가 황제 호해를 핍박하여 그는 결국 望夷宮(지금의 섬서성 涇陽縣 東)에서 자살했다.    及臻呂后季年(급진여후계년): (한 고조 유방의 아내인) 呂后의 말년에 이르러. 〈臻〉: 이르다. 〈呂后〉: 漢高祖 劉邦의 황후. 惠帝를 낳았는데, 惠帝가 죽자 少帝를 세웠다. 이때 여후가 권력을 잡고 섭정을 하면서 少帝를 죽이고 다시 恒山王 劉義를 황제로 세우고 呂氏 가문의 사람들을 王으로 봉했다. 呂后가 죽은 후 遺詔로 呂産을 相으로 삼았는데, 여러 외척들이 그 기회를 이용하여 亂을 일으켰으나 周勃, 陳平에 의해 주살되고 다시 文帝를 맞아들여 황제로 세웠다. 〈季年〉: 말년.    産·祿(산·록): 呂后의 조카 呂産과 呂祿. 劉邦이 죽은 후 그 아내인 呂后가 조정을 장악하고 있을 때 두 사람은 侯로 봉해져 南北軍을 장악하고 발호했다. 여후가 죽은 후 皇位를 찬탈하려 하다가 周勃 등에 의해 죽임을 당했다.    二軍(이군): 漢代의 禁衛軍은 南軍과 北軍으로 되어 있었는데, 남군은 未央宮을 지키고 북군은 長樂宮을 지켰다.    外統梁·趙(외통량·조): 呂后가 집정할 때 呂産은 梁王, 呂祿은 趙王이 되었다.    萬機(만기): 황제가

매일 처리하는 여러 가지 政務. 국가 원수의 政務. 천하의 정치.  **下陵上替**
(하릉상체): 아랫사람의 위세가 윗사람을 능가하다.  **絳侯·朱虛**(강후·주
허): 絳侯: 周勃. 朱虛侯: 劉章. 여후가 죽은 후 呂産과 呂祿이 황위를 찬탈
하려고 하자 두 사람은 陳平과 함께 呂氏들을 죽이고 文帝를 영입하여 황위
를 계승토록 했다.  **誅夷**(주이): 〈誅〉: 베어죽이다. 〈夷〉: 평정하다(소멸시
키다).  **太宗**(태종): 劉邦의 아들인 漢文帝 劉恒. 〈太宗〉은 文帝의 廟號.
 **明表**(명표): 명백한 표지.


〔5〕 司空曹操, 祖父中常侍騰, 與左悺·徐璜並作妖孽, <u>饕</u>
<u>餮放橫</u>, <u>傷化虐民</u>.(*言騰與十常侍同惡. 以上先罵其祖.) 父嵩, <u>乞</u>
<u>丐携養</u>(*嵩本姓夏侯, 騰乞爲己子, 故曰〈乞丐携養〉. 事見第一卷中),
<u>因贓假位</u>, <u>輿金輦璧</u>, <u>輸貨權門</u>, <u>竊盜鼎司</u>, <u>傾覆重器</u>.(*言嵩
以賄賂官至太尉, 以上罵其父, 紹自以四世三公家世甚美, 故先將曹氏家
世醜詆一番.) 操<u>贅閹遺醜</u>,(*贅指嵩, 閹指騰.) 本無<u>懿德</u>(令德), <u>儸</u>
<u>狡鋒俠</u>, 好亂樂禍.(*此方數操惡.)
**\*注**: **騰**(등): 曹騰. 다음의 左悺, 徐璜과 더불어 東漢 末年 권력을 전단한
3인의 宦官.  **饕餮放橫**(도철방횡): 〈饕餮〉: 전설상 흉악하고 탐식하는 야
수. 흉악한 사람. 탐식하는 사람. 〈放橫〉: 거리낌 없이 제멋대로 날뜀.
 **傷化**(상화): 敎化를 해치다.  **乞丐**(걸개): 거지. 구걸하다. (乞匄로도 씀).
 **携養**(휴양): 養子로 삼다. 옛날 환관들이 자식이 없어 남의 아들을 데려다
가 자기 아들로 삼았는데, 이를 〈携養〉이라고 한다.  **因贓假位**(인장가위):
뇌물을 바쳐 지위(位)를 얻다. 〈贓〉: 장물. 뇌물을 받다(바치다). 부정한 방
법으로 물건 등을 취득하다. 〈假〉: 수여하다.  **輿金輦璧**(여금련벽): 가마로
금은과 구슬을 실어 나르다.(*여기서 〈輿〉, 〈輦〉은 동사로 사용되었다.)
 **輸貨**(수화): 재화를 실어 나르다(운반하다).  **鼎司**(정사): 三公의 직위.
 **重器**(중기): 국가의 보물. 조정의 大權.  **贅閹遺醜**(췌엄유추): 〈贅〉: 잇

다. 연속하다. 〈閹〉: 환관(여기서는 曹騰을 지칭). 曹操의 부친 曹嵩은 본래
는 夏侯氏였으나 후에 환관 曹騰(閹)의 養子가 되어 그 뒤를 이었고(贅), 조
조는 그의 추한 자식(遺醜)임을 말한 것이다.　懿德(의덕): 아름다운 덕(美
德).　儳狡鋒俠(표교봉협): 〈儳狡〉: 경솔하고 교활함. 〈鋒俠〉: 창끝처럼
날카롭다. 흉악하다.


〖6〗 <u>幕府</u>(*紹自謂)<u>董</u>(昔)<u>統鷹揚</u>, 掃除(夷)兇逆. 續遇董卓,
侵官暴國. 於是提劍揮鼓, 發命<u>東夏</u>, (方)收羅英雄, <u>棄瑕取</u>
<u>(錄)用</u>; 故遂與操同(參)<u>諮</u>合謀(策略), 授以<u>裨師</u>, 謂其<u>鷹犬</u>之
才, 爪牙可任.(*此敍紹與操共事之由, 事見第五回中. 本是操先起兵,
請紹爲盟主, 今反說紹自起兵用操爲偏將. 此文人曲筆也.) 至乃<u>愚佻短</u>
<u>略</u>(慮), 輕進易退, <u>傷夷折衄</u>, 數喪師徒(*指滎陽之敗).
*注: 幕府(막부): 본래는 장수가 직접 지휘하는 부서. 그러나 여기서는 袁紹
의 自稱代詞.　董統(동통): 감독하고 통솔하다. 〈董〉: 統率. 督也. 〈董督〉:
統率. 監督.　鷹揚(응양): 武威가 마치 매가 높이 날아오르는 것처럼 떨치
다. 군대. 〈鷹〉: 매(鷙鳥).　東夏(동하): 華夏東方之國. 본래는 중국의 東部
地區를 말하나 여기서는 원소가 있는 冀州를 가리킴.　棄瑕取用(기하취용):
그 허물은 버리고(무시하고) 그 유용한 점(쓸 만한 점)을 취하다. 본문의 내
용은 이런 뜻으로 사용되었지만, 이를 〈허물 있는 자를 버리고 쓸 만한 자를
취하다〉로 해석할 수도 있다.　諮(자): 〈咨〉와 同. 상의하다. 자문하다.　裨
師(비사): 偏師. 주력 부대 이외의 일부 分隊.　鷹犬(응견): (사냥에 쓰는)
매와 개. 앞잡이. 주구.　愚佻短略(우조단략): 어리석고(愚) 경박하며(佻)
책략이 짧다(모자라다).　傷夷折衄(상이절뉵): 상처를 입고 좌절을 당하다.
〈夷〉: 〈痍〉와 통한다. 創傷. 〈衄〉: 코피. 꺾이다. 패배하다. 좌절하다. 屈하
다.

〖7〗 幕府輒復分兵命銳, 修完補輯, 表行東郡(太守), 領兗州刺史,(*操自領兗州而紹居功、 亦是曲筆.) 被以虎文,(授以偏師), 獎蹙威柄, 冀獲秦師一剋之報.(*此言紹第二番不棄曹操, 謂操實羊質而被以虎文, 乃紹獎成其威福也. 秦師是引用孟明事.) 而操遂乘資跋扈, 恣行凶忒(肆行酷烈), 割剝元元, 殘賢害善.

故九江太守邊讓, 英才俊偉(逸), 天下知名; 直言正色, 論不阿諂; 身首被梟懸(縣)之誅(戮), 妻孥受灰滅之咎.(*事見於第十回中.) 自是士林憤痛, 民怨彌重, 一夫奮臂, 舉州同聲. 故躬破於徐方, 地奪於呂布,(*事見於第十一回中.) 彷徨東裔, 蹈據無所. 幕府惟(唯)强幹弱枝之義, 且不登叛人之黨,(*叛人指呂布.) 故復援旌擐甲, 席捲起(赴)征, 金鼓響振(震), 布衆奔(破)沮.(*事第十四回中.) 拯其死亡之患, 復其方伯之位(任),(*此言紹第三番不棄曹操.) (是)則幕府無德於兗土之民, 而有大造於操也.(*總頓一筆, 歷言操無狀而紹包容之.)

*注: 銳(예): 銳利. 精銳. 여기서는 정예 군대. 修完補輯(수완보집): 修葺(수즙)城池, 補綴損壞. 〈修完〉: 修葺. 修城. 表行東郡(표행동군): 황제에게 표주문을 올려 (그를) 동군태수를 겸직하게 하다(行). 〈行〉: (어떤) 관직을 겸하다. 領兗州刺史(령연주자사): 연주자사직을 겸직하게 하다. 〈領〉: 비교적 높은 관직에 있는 사람이 그보다 낮은 관직을 겸하는 것. 郡 太守의 직급은 刺史보다 높다. 被以虎文(피이호문): 호랑이 가죽 을 입히다. 〈虎文〉: 〈虎皮〉와 같은 뜻으로, 여기서는 〈강대한 聲勢〉, 〈강대한 外表〉란 뜻이다. 獎蹙威柄(장축위병): 威勢와 權力을 促成하다. 〈獎蹙〉: 獎成. 促成하다. 〈蹙〉: 〈成〉과 같은 뜻이다. 秦師一剋之報(진사일극지보): 춘추 때 秦의 장군 孟明이 군대를 통솔하여 晉軍과 崤山(지금의 하남성 洛寧縣 北)에서 싸워 晉軍에게 패하여 사로잡혔는데, 그는 晉을 떠나면서 3년 후에 다시 군대를 끌고 와서 복수하겠노라고 맹세했다. 후에 孟明은 과연 군대를

거느리고 가서 晉國과 싸워 이겼다.  乘資跋扈(승자발호): (조조가 연주자
사가 된 후에) 병사의 수가 많고 강함(資)을 이용해서(乘) 제멋대로 설치고
난폭하게(포악하게) 행동했다.  凶忒(흉특): 흉악.  割剝元元(할박원원):
백성들을 殘害하다. 〈割剝〉: 자르고 껍질을 벗기다. 박탈하다. 〈元元〉: 백
성.  九江(구강): 郡名. 治所는 陰陵(지금의 안휘성 회남시 東, 風陽縣 南).
東漢 말년에 壽春(지금의 안휘성 壽縣)으로 治所를 옮겼다.  梟懸(효현): 머리
를 잘라 높이 매달아 여러 사람들에게 보이다.  妻孥(처노): 처와 자식들.
灰滅之咎(회멸지구): 사람이 재처럼 消滅되는 災殃. 〈咎〉: 재앙. 재화.
奮臂(분비): 팔뚝을 흔들다. 힘을 내어 용기를 북돋우다.  東裔(동예): 동
쪽의 변방. 〈裔〉: 자락. 가. 끝; 변경. 변방; 후예.  强幹弱枝(강간약지):
〈强本幹, 弱枝葉〉의 省語. 地方 勢力을 약화시키고 中央의 力量을 강화하
는 것을 비유한 말.  援旌(원정): 깃발을 잡다. 〈援〉: 손에 잡다(執). 쥐다
(持).  方伯(방백): 한 地方諸侯의 領袖.  兗土(연토): 연주. 지금의 하북성
西南部와 산동성 西北部 지역.  大造(대조): 큰 은덕을 베풀다. 〈造〉: 성취
하다. 이룩하다; 배양하다. 양성하다. 기르다.


〖8〗後會鑾駕反旆(東反), 群賊寇攻(群虜亂政), 時冀州方有
北鄙之警, 匪遑離局.(*催·汜之亂, 紹未勤王. 北鄙之警, 指公孫瓚磐
河之戰.) 故使從事中郎徐勛, 就發遣操, 使繕修郊廟, 翊(翼)衛
幼主.(*本係楊彪請帝召操, 而乃謂是紹所使, 亦是曲筆.) 操(而)便放
志: 專行脅遷, 當御省禁,(*當御. 謂駕馭也.) 卑侮王室(官), 敗法
亂紀. 坐領(召)三臺, 專制朝政; 爵賞由心, 刑戮在口; 所愛光
五宗, 所惡滅三族; 群談者受顯誅, 腹議者蒙隱戮. 百寮鉗口,
道路以目; 尙書記朝會, 公卿充員品而已.
　　*注: 鑾駕(란가): 鑾駕. 천자가 타는 수레. 〈鑾〉: 난새. 방울. 천자가 타는
마차의 말에 단 방울.  旆(패): 기. 깃발. 〈三國志〉 배송지 주에서는 〈反

旃〉가 〈東反〉으로 되어 있다. **北鄙之警**(북비지경): 북방의 변경(邊邑)에서 발생한 변고. 여기서는 공손찬과의 磐河에서의 전투를 말한다. **匪遑離局**(비황리국): 冀州를 떠날 틈이 없었다. 〈局〉: 部分. 여기서는 원소가 머물고 있던 冀州를 가리킨다. **從事中郎**(종사중랑): 官名. 三公 및 州郡의 長官의 屬僚. **翊衛**(익위): 보좌하고 호위하다. **當御**(당어): 駕馭(御). 관리하다. 다스리다. 지배하다. 〈三國志〉 배송지 注에서는 〈當御〉가 없다. **三臺**(삼대): 官名. 漢代에 尙書, 御史, 謁者를 三臺라 하였는데, 尙書는 中臺, 御史는 憲臺, 謁者는 外臺라 불렀다. **五宗**(오종): 高祖, 曾祖, 祖父, 父親, 本人에 이르는 五代까지. 아래로는 本人, 子息, 孫子, 曾孫, 高孫(玄孫) 五代에 이르는 직계 친속. **三族**(삼족): 父族, 母族, 妻族. **百寮鉗口, 道路以目**(백료겸구, 도로이목): 모든 관료들이 조조의 전횡 통치 하에서 감히 말을 하지 못하고 길에서 만나도 서로 겨우 눈짓만 할 수 있었다. 이 말의 출처는 〈國語. 周語上〉으로 "國人莫敢言, 道路以目"이다. 〈鉗〉: 입에 재갈을 물리다. 〈目〉: 눈짓하다. **員品**(원품): 定員과 品階.


〖9〗故太尉楊彪, <u>典歷二司</u>(歷典三司),(\*彪爲司空, 又爲司徒.) 享國極位. 操因緣(因)<u>眭眥</u>, 被以非罪, <u>榜楚參并</u>(并兼), <u>五毒</u>備(俱)至. <u>觸情任忒</u>(慝), 不顧憲綱.(\*事見第二十回中.) 又議郎趙彦, 忠諫直言, 義(議)有可納, 是以(故)聖朝<u>含聽</u>, 改容<u>加飾</u>(錫). 操欲<u>迷奪時明</u>(權), 杜絕言路, 擅收立殺, 不俟報聞.(\*事亦見第二十回中.) 又梁孝王, <u>先帝母昆</u>(弟), 墳陵尊顯; <u>桑梓松</u>柏, 猶宜肅恭(恭肅). 而操帥將(牽將校)吏士, 親臨發掘, 破棺裸屍, 掠(略)取金寶. 至令聖朝流涕, 士民傷懷.(\*操攻徐州, 所過發塚, 梁孝王塚亦被發, 操知而不問.)

**\*注: 典歷二司**(전력이사): 楊彪는 太尉가 되기 이전에 司空, 司徒를 역임했기 때문에 이렇게 말한 것이다. 太尉, 司徒, 司空은 東漢의 三公으로 최고위

官位이다.　睚眥(애자): 눈을 부릅뜨고 노려보다. 화난 눈초리. 사소한 원한
(원망). 〈睚〉: 눈초리. 흘기다. 〈眥〉: 눈초리. 흘겨보다.　非罪(비죄): 비난
한 죄.　榜楚參幷(방초참병): 〈榜〉: (몽둥이나 댓조각으로) 매질하다.
〈楚〉: 매. 회초리. 〈參幷〉: 〈交加〉. 한꺼번에 오다(닥치다). 겹치다. 휘몰아
치다.　五毒(오독): 전갈, 뱀, 지네, 두꺼비, 도마뱀 등 독이 있는 다섯 가지
동물(의 독). 잔혹한 형벌.　觸情任忒(촉정임특): 기분 내키는 대로 행동하
고 마음대로 형벌을 가하다.　含聽(함청): 들어주다. 받아들이다. 〈含〉: 容
納하다.　加飾(가식): 몸을 가다듬었다.　迷奪時明(미탈시명): (천자를) 미
혹시키고 그의 밝은 판단력을 빼앗다.　先帝母昆(선제모곤): 선제와 어머니
가 같은 형제. 同母兄弟. 梁孝王 劉武는 漢文帝 劉恒과 竇后의 아들로서,
漢景帝 劉啓의 친동생이다. 여기서 先帝는 곧 漢景帝를 말한다.　桑梓(상
재): 뽕나무와 가래나무. 고향. 향리.


〖10〗 操又特置(又署) "發丘中郎將", "摸金校尉",(*此等名
色乃時人呼之耳, 非操所立也, 今竟云操之特置, 亦是深文.) 所過隳突,
無骸不露. 身處三公之位(官), 而行盜賊(桀虜)之態, 汚國害民
(殄國虐民), 毒施(流)人鬼! (*操初時無賴, 後頗好名, 深諱前事, 今斥
言之, 安得不汗下乎?) 加其細政慘苛(苛慘), 科防互設, 罾繳充
蹊, 坑阱(穽)塞路; 舉手挂網羅, 動足觸機陷. 是以兗·豫有無
聊之民, 帝都有吁嗟之怨. 歷觀載籍(古今書籍), 無道之臣, 貪
殘酷烈(所載貪殘虐烈無道之臣), 於操爲甚.
*注: 隳突(휴돌): 파괴되어 튀어나오다. 무너져 드러나다. 〈隳〉: 〈墮(타)〉와
통한다. 위태하다.　細政(세정): 가혹하게 세밀하고 번잡하게 규정된(苛細
煩雜) 法令.　慘苛(참가): 잔인하고 가혹하다.　科防(과방): 禁令과 刑律로
미리 막다.　罾繳充蹊(증작충혜): 그물과 작살이 길에 가득하다. 도처에
그물을 치고 함정을 파놓았음을 비유한 말이다.　挂(괘): 걸다. 걸리다.

機陷(기함): 올가미와 함정.　　無聊(무료): 근거가 없다. 의지할 데가 없다.
吁嗟(우차): 탄식하다. 한숨 쉬다. 아아!


〖11〗 幕府方詰外姦, 未及整訓, 加緒含容(加意含覆), 冀可
彌縫.(*言紹至此猶不棄操, 頓筆絕佳.) 而操豺狼野心, 潛包禍謀,
乃欲摧撓(撓折)棟梁, 孤弱漢室, 除滅忠正, 專爲梟雄.

往者(往歲)伐鼓北征(討)公孫瓚, 强寇(禦)桀逆, 拒圍一年. 操
因其未破, 陰交書命, 外助(欲託助)王師, 內相掩襲.(故引兵造
河, 方舟北濟.) 會其行人發露, 瓚亦梟夷, 故使鋒芒挫縮, 厥圖
不果.(*事見第二十一回中. 以上言紹屢次包容曹操, 而曹操無禮特甚,
是直在我而曲在彼也.)
*注: 詰(힐): 따져 묻다. 꾸짖다.　　加緒(가서): 사정을 봐주다.　　彌縫(미봉):
고치다. 수선하다.　　包禍(포화): 화를 감싸고 있는.　　梟雄(효웅): 사납고 야심
있는 호걸.　　伐鼓(벌고): 북을 치다.　　桀逆(걸역): 흉악한 역적.　　行人(행
인): 使者.　　梟夷(효이): 誅戮당하다. 죄에 대한 형벌로 죽임을 당하다.


〖12〗 今乃屯據敖倉, 阻河爲固, (乃)欲以螳螂之斧, 御(禦)
隆車之隧.(*螳螂當車, 語見〈莊子〉. 螳螂擧前兩足, 狀如執斧, 故云
斧. 隆車, 雷車也. 雷神名豊隆, 故云隆車. 隧, 轍也). 幕府奉漢威靈;
折衝宇宙; 長戟百萬, 驍(胡)騎千群; 奮中黃·育·獲之士(材),(*
中黃·夏育·烏獲皆古力士.) 騁良弓勁弩之勢, 并州越太行, 青州
涉濟·漯,(*紹甥高干爲并州, 紹子譚爲青州.) 大軍汎黃河而(以)角
其前, 荆州下宛·葉, 而犄其後,(*荆州劉表與紹相結.) 雷震虎步
(並集虜庭), 若舉炎火以炳飛蓬, 覆滄海以沃爜炭, 有何不滅者
哉!(*前言我直彼曲, 是理勝; 此言我强彼弱, 是勢勝也.)
*注: 敖倉(오창): 낙양 북쪽의 북망산(北邙山)에 있는 秦나라 때 지은 창고.

**螳螂之斧**(당랑지부): 아주 작은 힘. 螳螂의 앞 두 다리가 도끼를 닮았으므로 〈螳螂之斧〉라 하는데 줄여서 〈螳斧〉라고도 한다. **隆車之隧**(륭거지수): 높은 수레가 지나가는 도로. 〈隧〉는 여기서는 〈道路〉란 뜻이다. **威靈**(위령): 신령의 위광. 이로부터 天子의 威光이란 뜻으로 쓰임. **折衝**(절충): 敵軍을 격퇴시키다. 〈衝〉: 戰車의 일종이지만, 여기서는 〈天下無敵〉의 뜻이다. **中黃·育·獲**(중황·육·획): 中黃伯·夏育·烏獲. 고대의 유명한 勇士들의 이름. **并州越太行**(병주월태항): 并州刺史 高干이 太行山을 넘어와서 도왔다. 袁紹의 外甥인 高干이 并州刺史로 있었으므로 그의 관직으로 인명을 대신한 것이다. 다음 문장의 〈靑州〉, 〈荊州〉도 같은 예이다. 〈太行〉: 태항산. 지금의 산서성, 하남성, 하북성 등의 경계 지역에 있는 산 이름으로 당시에는 并州의 西南 邊界에 있었다. **靑州涉濟·漯**(청주섭제·탑): 청주자사 袁譚은 濟水와 漯水(탑수)를 건너와 도왔다. 〈靑州〉: 여기서는 원소의 장자 원담을 가리킨다. 〈濟·漯〉: 濟水와 漯水. 고대에는 黃河의 주요 支流로 당시의 靑州 경내에 있었다. **角其前**(각기전): 그 앞에서 싸우다. 〈角〉: 다투다. 겨루다. **荊州下宛·葉, 而犄其後**(형주하완·엽, 이의기후): 형주자사 劉表는 宛縣과 葉縣으로 진군하여 袁紹의 군대와 함께 曹操 군대의 뒤에서 犄角之勢(의각지세)를 이루었다. 〈葉縣〉은 지금의 하남성에 속한다. 〈犄角之勢(의각지세)〉: (소나 사슴 등) 마주보고 솟은 두 개의 뿔. 이로부터 병력을 다른 장소에 갈라놓아 적을 견제하거나 협공하기 편하도록 하거나, 또는 서로 지원하기 편하도록 하는 것을 뜻함. 대치(對峙)하다. 〈犄〉: 대치하다. 견제하다. 두 개의 뿔이 서로 상대하고 있는 모양. 〈犄角〉: 소의 뿔. 짐승의 뿔. **㷊飛蓬**(설비봉): 쑥을 불사르다. 〈㷊〉: 불사르다. 爇과 同字. 〈飛蓬〉: 쑥. **沃熛炭**(옥표탄): 〈沃〉: 물을 붓다. 물을 뿌리다. 〈熛炭〉: 불타는 숯(탄).

〚13〛 又操軍吏士, 其可戰者, 皆出自幽·冀, 或故營部曲,咸怨曠思歸，流涕北顧．其餘兗・豫之民，及呂布・張揚之餘衆，覆亡迫脅，權時苟從；各被創夷，人爲讐敵．若回旆反徂，登高岡而擊鼓吹，揚素揮以啓降路，必土崩瓦解，不俟血刃．(＊此言操無可戰之將，勢固易破．素，白也．揮，幡也．)

**＊注:** **部曲**(부곡): 部伍. 고대 군대의 편제 단위. 부하 군대. 산하의 군대. **怨曠**(원광): 남편이나 아내가 장기간 서로 헤어져 있음(장기 별리)을 원망하다. **覆亡**(복망): 멸망하다. **權時**(권시): 일시. 잠시. **徂**(조): 가다(往．到). **素揮**(소휘): 흰 깃발.(특히 대장기). 〈素〉: 白也.


〖14〗 方今漢室陵遲，綱維弛絕(綱弛紀絕)； 聖朝無一介之輔，股肱無折衝之勢．方畿之內，簡練之臣，皆垂頭搨翼，莫所憑恃．雖有忠義之佐，脅於暴虐之臣，焉能展其節？

又操恃部曲精兵七百(操以精兵七百)，圍守宮闕，外託宿衛(外稱陪衛)，內實拘執．懼其篡逆之萌(禍)，因斯而作．此乃忠臣肝腦塗地之秋，烈士立功之會(也)，可不勗哉!(＊此言操有篡逆之漸，理又難容，語殊悲壯．)

操又矯命稱制，遣使發兵．恐邊遠州郡，過聽給與，違衆旅叛.(＊旅，助也．言助叛人．) 舉以喪名，爲天下笑，則明哲不取也.(＊此段絕彼之黨．)

**＊注:** **陵遲**(릉지): 陵夷. 차츰 쇠약해지다. 쇠퇴하다. 형벌의 일종인 陵遲處斬. **一介**(일개): 하나. 〈介〉: 미세한 것. 사소한 것을 세는 量詞. **方畿之內**(방기지내): 국경 안. **簡練**(간련): 간결하고 세련되다. 간단하고 요령 있다. **搨翼**(탑익): 〈搨〉: 베끼다. 박다; 드리우다. 아래로 늘어뜨리다(垂下. 搭拉). **肝腦塗地**(간뇌되지): 간과 뇌가 흙에 뒤범벅 되다. 참살을 당하다. (나라를 위하여) 목숨을 기꺼이 바치다. **勗**(욱): 勖의 訛字. 힘쓰다. 권면하다. **矯命**(교명): 명령을 위조하다. 거짓명령. 〈矯〉: 위조하다.

꾸며내다. 속이다.    稱制(칭제): (옛날) 태후 등이 천자를 대신하여 섭정하다.    給與(급여): 주다. 해주다.    旅叛(려반): 반란군을 돕다. 〈旅〉: 돕다 (助也).    喪名(상명): 정당한 명분이나 명예를 잃다.


〖15〗卽日幽·并·靑·冀, 四州並進.(*紹子熙領幽州.) 書到荊州, 便勒現兵, 與建忠將軍協同聲勢.(*建忠將軍指張繡. 言荊州劉表已與張繡勒兵來助矣.) 州郡各整義兵, 羅落境界, 擧武揚威, 並匡社稷, 則非常之功於是乎著!(*此段廣我之助, 又應起處非常之人立非常之功矣.)

其得操首者, 封五千戶侯, 賞錢五千萬. 部曲偏裨將校諸吏降者, 勿有所問, 廣宣恩信, 班揚符賞. 布告天下, 咸使知聖朝有拘迫之難. 如律令!〉

*注: 便勒現兵(편륵현병): 곧바로 현재의 병력을 정돈 점검하다.    羅落(라락): 陣을 벌리다. 列陣.    班揚符賞(반양부상): 〈班揚〉: 직위나 등급을 올려주다. 〈符賞〉:공적에 부합하는 賞賜.    拘迫(구박): (조조에 의해) 구속되고 핍박받다.    如律令(여율령): 법률(법령)과 같이 여겨서 어기지 말라. 漢代에 조서나 공문서의 끝에 붙이는 글귀.


〖16〗紹覽檄大喜, 卽命使將此檄遍行州郡, 並於各處關津隘口張掛. 檄文傳至許都. 時曹操方患頭風, 臥病在牀, 左右將此檄傳進. 操見之, 毛骨悚然, 出了一身冷汗, 不覺頭風頓愈, 從牀上一躍而起, (*陳琳之文勝似華陀之藥.) 顧謂曹洪曰: "此檄何人所作?" 洪曰: "聞是陳琳之筆." 操笑曰: "有文事者, 必須以武略濟之. 陳琳文字雖佳, 其如袁紹武略之不足何!"(*方嚇得汗出, 便强言笑語, 眞是奸雄.) 遂聚衆謀士商議迎敵.

*注: 頭風(두풍): 두통.    頓愈(돈유): 갑자기 낫다.    濟之(제지): 이를(그것

을) 돕다; 이루다. 성취하다.  **其如…何**(기여…하): …한데 어찌하겠는가!

〖17〗 孔融聞之, 來見操曰: "袁紹勢大,(\*不說理順, 只說勢大, 猶婉詞也.) 不可與戰, 只可與和." 荀彧曰: "袁紹無用之人, 何必議和?" 融曰: "袁紹土廣民强, 其部下如許攸·郭圖·審配·逢紀皆智謀之士; 田豊·沮授皆忠臣也, 顏良·文醜勇冠三軍; 其餘高覽·張郃·淳于瓊等俱世之名將, 何謂紹爲無用之人乎?"(\*孔融此時便有左袒袁紹之意, 爲後文曹操殺融伏線.) 彧笑曰: "紹兵多而不整, 田豊剛而犯上, 許攸貪而不智, 審配專而無謀, 逢紀果而無用: 此數人者, 勢不相容, 必生內變. (\*歷詆衆謀士之短, 俱確中其病, 可見知己知彼, 不獨能知彼之主, 亦能知彼之輔也.) 顏良·文醜匹夫之勇, 一戰可擒. 其餘碌碌等輩, 縱有百萬, 何足道哉!"(\*荀彧此一段話, 與十勝十敗之說遙應.) 孔融默然. 操大笑曰: "皆不出荀文若之料." 遂喚前軍劉岱·後軍王忠引兵五萬, **打着** "丞相"旗號, 去徐州攻劉備. 原來劉岱舊爲兗州刺史, 及操取兗州, 岱降於操, 操用爲偏將, 故今差他與王忠一同領兵.(\*百忙中補前文之所未及.) 操却自引大軍二十萬, 進**黎陽**, 拒袁紹. 程昱曰: "恐劉岱·王忠**不稱其使**." 操曰: "吾亦知非劉備敵手, (\*爲後二人被擒伏線.) 權且虛張聲勢." 分付: "不可輕進. 待我破紹, 再**勒兵**破備." 劉岱·王忠領兵去了.

**\*注: 打着**(타착): 쳐들고. 펴들고.  **黎陽**(여양): 冀州 魏郡에 속한 縣名. 지금의 하남성 浚縣 東北. 삼국시대 때 군사적 요충지였다.  **不稱其使**(불칭기사): 그 사명(을 감당하기)에 적합하지 못하다. 〈稱〉: 적합하다. 상당하다.  **勒兵**(륵병): 진군을 막다; 군사의 대오를 정돈하고 점검하다.

〖18〗 曹操自引兵至黎陽. 兩軍隔八十里, 各自深溝高壘, 相持不戰, 自八月守至十月. 原來許攸不樂審配領兵, 沮授又恨紹不用

其謀, 各不相和, 不圖進取.(*果應荀彧之言.) 袁紹心懷疑惑, 不思
進兵. 操乃喚呂布手下降將臧霸把守靑‧徐; 于禁‧李典屯兵河上;
曹仁總督大軍, 屯於官渡. 操自引一軍, 竟回許都. (*袁‧曹究竟未嘗
交手.)

    **\*注:** 河上(하상): 황하 가.    官渡(관도): 河南郡 中牟縣(지금의 하남성 中牟
    縣 東北).


〖19〗 且說劉岱‧王忠引軍五萬, 離徐州一百里下寨. 中軍虛打
"曹丞相"旗號, 未敢進兵, 只打聽河北消息. 這裏玄德也不知曹
操虛實, 未敢擅動, 亦只探聽河北. 忽曹操差人催劉岱‧王忠進戰.
二人在寨中商議. 岱曰: "丞相催促攻城, 你可先去." 王忠曰:
"丞相先差你." 岱曰: "我是主將, 如何先去?"(*二人互相推諉, 亦
如審配‧許攸等互相疑沮, 竟是一樣局面, 好笑.) 忠曰: "我和你同引兵
去." 岱曰: "我與你拈鬮, 拈着的便去." 王忠拈着〈先〉字, 只得
分一半軍馬, 來攻徐州. 玄德聽知軍馬到來, 請陳登商議曰: "袁
本初雖屯兵黎陽, 奈謀臣不和, 尙未進取. 曹操不知在何處. 聞黎
陽軍中, 無操旗號, 如何這裏却反有他旗號?" 登曰: "操詭計百
出, 必以河北爲重, 親自監督, 却故意不建旗號, 乃於此處虛張旗
號: 吾意操必不在此."(*登之料操, 亦如彧之料紹.) 玄德曰: "兩弟誰
可探聽虛實?" 張飛曰: "小弟願往." 玄德曰: "汝爲人躁暴, 不
可去." 飛曰: "便是有曹操也拏將來." 雲長曰: "待弟往觀其動
靜." 玄德曰: "雲長若去, 我却放心." 於是雲長引三千人馬出徐
州來.

    **\*注:** 這裏(저리): 이때.   拈鬮(념구): 제비(鬮)를 뽑다(拈).   **拈着的**(념착
    적): 뽑은 (뽑힌) 사람.   **便是**(편시): 설령 …이더라도. (뒤에 보통 〈也〉가
    호응함).   **拏將來**(나장래): 잡아 가지고 오다. 〈拏〉: 잡다. 체포하다.

〈將〉: 가지다. 소지하다. 잡아가지다. 〈將來〉: 가지고 오다.

〚20〛時値初冬, 陰雲布合, 雪花亂飄. 軍馬皆冒雪布陣. 雲長
驟馬提刀而出, 大叫: "王忠打話!" 忠出, 曰: "丞相到此, <u>緣何</u>不
降?" 雲長曰: "請<u>丞</u>相出陣, 我自有話說." 忠曰: "丞相豈肯輕
見你!" 雲長大怒, 驟馬向前. 王忠挺槍來迎. 兩馬相交, 雲長撥
馬便走, 王忠赶來. 轉過山坡, 雲長回馬, 大叫一聲, 舞刀直取.
王忠攔截不住, 恰待驟馬奔逃. 雲長左手倒提寶刀, 右手揪住王忠
勒甲條, 拖下<u>鞍轎</u>, 橫擔於馬上, 回本陣來. (*王忠直如此易捉, 可笑.)
王忠軍四散奔走. 雲長押解王忠, 回徐州見玄德. 玄德問: "你乃
何人, 現居何職, 敢詐稱曹丞相?" 忠曰: "焉敢有詐? 奉命教我
虛張聲勢, 以爲疑兵. 丞相實不在此."(*老實人是沒用人也.) 玄德教
付衣服酒食, 且暫監下, 待捉了劉岱, 再作商議. 雲長曰: "某知
兄有和解之意, 故<u>生擒將來</u>." 玄德曰: "吾恐翼德躁暴, 殺了王
忠, 故不敎去. 此等人殺之無益, 留之可爲解和之地." (*此時尙欲
求和, 以袁紹旣不決戰, 而自審其力未足拒操也.) 張飛曰: "二哥捉了王
忠, 我去生擒劉岱來." 玄德曰: "劉岱昔爲兗州刺史, 虎牢關伐
董卓時, 也是一鎭諸侯. 今日爲前軍, 不可輕敵." 飛曰: "量此輩
何足道哉! 我也似二哥生擒將來便了." 玄德曰: "只恐壞了他性
命, 誤我大事." 飛曰: "如殺了, 我償他命!" 玄德遂與軍三千,
飛引兵前進.

　　**\*注**: 布合(포합): (하늘) 전체를 뒤덮다. **打話**(타화): 대화하다. 이야기를
　　나누다. **緣何**(연하): 무슨 이유로. 〈緣〉: 원인. 이유. **鞍轎**(안교): 안장.
　　〈轎〉: 가마. **生擒將來**(생금장래): 산채로 잡아 가지고 오다.

〚21〛却說劉岱知王忠被擒, 堅守不出. 張飛每日在寨前叫罵.

岱聽知是張飛, 越不敢出. 飛守了數日, 見岱不出, 心生一計: 傳令今夜二更去劫寨; 日間却在帳中飲酒詐醉, 尋軍士罪過, 打了一頓, 縛在營中, 曰: "待我今夜出兵時, 將來祭旗!" 却暗使左右縱之去.

軍士得脫, 偷走出營, 徑往劉岱營中來報劫寨之事. 劉岱見降卒身受重傷, 遂聽其說, 虛箚空寨, 伏兵在外. 是夜張飛却分兵三路, 中間使三十餘人劫寨放火; 却教兩路軍抄出他寨後, 看火起爲號, 夾擊之. 三更時分, 張飛自引精兵, 先斷劉岱後路; 中路三十餘人, 搶入寨中放火. 劉岱伏兵恰待殺入, 張飛兩路兵齊出. 岱軍自亂, 正不知飛兵多少, 各自潰散. 劉岱引一隊殘軍, 奪路而走, 正撞見張飛. 狹路相逢, 急難回避, 交馬只一合, 早被張飛生擒過去. 餘衆皆降.

飛使人先報入徐州. 玄德聞之, 謂雲長曰: "翼德<u>自來</u>粗莽, 今亦用智, 吾無憂矣!" 乃親自出郭迎之. 飛曰: "哥哥道我躁暴, 今日如何?" 玄德曰: "不用言語相激, 如何肯使機謀?" 飛大笑.

**＊注: 抄出**(초출): 색출하다. 찾아내다. 질러가다. 지름길로 가다. **自來**(자래): 본래. 원래(原來. 從來).


〖22〗玄德見縛劉岱過來, 慌下馬解其縛曰: "小弟張飛誤有冒瀆, 望乞恕罪."(＊還以兗州刺史待之, 比王充略有體面.) 遂迎入徐州, 放出王忠, 一同管待. 玄德曰: "前因車冑欲害備, 故不得不殺之. 丞相錯疑備反, 遣二將軍前來問罪. 備受丞相大恩, 正思報效, 安敢反耶? 二將軍至許都, 望善言爲備<u>分訴</u>, 備之幸也." 劉岱 · 王忠曰: "深荷使君不殺之恩, 當於丞相處<u>方便</u>, 以某兩家老小保使君." 玄德稱謝.

**＊注: 分訴**(분소): 변명하다. 해명하다. **方便**(방편): 기회를 보아 적절히 처

리하다.

〔23〕次日, 盡還原領軍馬, 送出郭外. 劉岱 · 王忠行不上十餘
里, 一聲鼓響, 張飛攔路大喝曰: "我哥哥忒沒分曉, 捉住賊將,
如何又放了?" 諕得劉岱 · 王忠在馬上發顫. 張飛睜眼挺槍赶來,
背後一人飛馬大叫: "不得無禮!" 視之乃雲長也, 劉岱 · 王忠方纔
放心. 雲長曰: "旣兄長放了, 吾弟如何不遵法令?" 飛曰: "今番
放了, 下次又來." 雲長曰: "待他再來, 殺之未遲."(*關張二人一收
一放, 定是玄德作用.) 劉岱 · 王忠連聲告退曰: "便丞相誅我三族, 也
不來了, 望將軍寬恕." 飛曰: "便是曹操自來, 也殺他片甲不回.
今番權且寄下兩顆頭." 劉岱 · 王忠抱頭鼠竄而去. 雲長 · 翼德回
見玄德曰: "曹操必然復來." 孫乾謂玄德曰: "徐州受敵之地, 不
可久居. 不若分兵屯小沛, 守邳城, 爲犄角之勢, 以防曹操." 玄
德用其言, 令雲長守下邳, 甘 · 糜二夫人亦於下邳安置. 甘夫人乃
小沛人也, 糜夫人乃糜竺之妹也. 孫乾 · 簡雍 · 糜竺 · 糜芳守徐州,
玄德與張飛屯小沛.

劉岱 · 王忠回見曹操, 具言劉備不反之事. 操怒罵: "辱國之徒,
留你何用!" 喝令左右推出斬之. 正是:

犬豕何堪共虎鬪, 魚蝦空自與龍爭.

不知二人性命如何, 且聽下文分解.

*注: 忒沒分曉(특몰분효): 너무 알지 못한다. 〈忒〉: 특히. 대단히. 아주.
너무.  諕得(하득): 깜짝 놀라다.  便(是)…也(편(시)…야): 설령…이더라
도. 설령 …한다고 해도.  犄角之勢(의각지세): (소나 사슴 등) 마주보고
솟은 두 개의 뿔. 이로부터 병력을 다른 장소에 갈라놓아 적을 견제하거나
협공하기 편하도록 하거나, 또는 서로 지원하기 편하도록 하는 것을 뜻함.
對峙하다. 〈犄〉:대치하다. 견제하다. 두 개의 뿔이 서로 상대하고 있는 모양.

(1). 陳登欲救援兵, 試掩卷猜之, 必以爲求救於馬騰矣, 乃舍馬騰而求袁紹, 何也? 曰: 馬騰雖同受衣帶詔, 而徐州之發使於西凉也遠, 冀州之進兵於許都也近; 且馬騰勢小, 袁紹勢大, 舍其遠者小者, 求其大者近者, 亦是英雄見識.

(2). 曹操十勝袁紹十敗之說, 於第十八卷中見之. 竊謂繼此以後, 必敍袁曹交鋒之事, 乃隔着數卷, 直至斯篇, 方始起兵相持而猶未交鋒也. 各各奮勇而來, 各各解散而去, 虎頭蛇尾, 可發一笑. 只因袁紹性格不出謀士料中, 遂使〈三國〉文字竟出今人意外.

(3). 或疑曹操見檄必怒, 似宜增病, 而病反因之而愈, 其故何也? 曰: 此與聞許邵之言而大喜同一意也. 人莫能識其奸雄, 而有人焉能識之, 彼亦自以爲知己; 人莫能斥其罪惡, 而有人焉能斥之, 彼亦自以爲快心. 今有諛人者諛得不着痛痒, 受諛者必不樂; 然則罵人者罵得切中要害, 受罵者豈不覺爽乎? 武曌見駱賓王檄, 歎曰: "有如此才而不用, 宰相之過也." 使武曌見檄而怒罵賓王, 便不成武曌; 使曹操見檄而怒罵陳琳, 便不成曹操矣.

(4). 當劉備立公孫瓚背後之時, 劉岱固儼然座上一諸侯也, 孰意今日乃俯首而爲曹操爪牙, 又被關張提起放倒, 呼來喝去, 直如小兒, 豈不可恥之甚乎? 今之居上座者切宜仔細, 愼勿爲立人背後者所竊笑也.

# 第二十三回

## 禰正平裸衣罵賊
## 吉太醫下毒遭刑

〖１〗却說曹操欲斬劉岱·王忠，孔融諫曰：“二人本非劉備敵手，若斬之，恐失將士之心．”操乃免其死，黜罷爵祿．欲自起兵伐玄德．孔融曰：“方今隆冬盛寒，未可動兵，待來春未爲晚也.(＊孔融心向玄德，“來春”之說乃婉詞耳.) 可先使人招安張綉·劉表，然後再圖徐州．”操然其言，先遣劉曄往說張綉．

曄至襄城，先見賈詡，陳說曹公盛德．詡乃留曄于家中．次日來見張綉，說曹公遣劉曄招安之事．正議間，忽報袁紹有使至．綉命入．使者呈上書信．綉覽之，亦是招安之意．詡問來使曰：“近日興兵破曹操，勝負何如？”使曰：“隆冬寒月，權且罷兵．今以將軍與荊州劉表俱有國士之風，故來相請耳．”詡大笑曰：“汝可便回見本初，道：‘汝兄弟尙不能容，何能容天下國士乎！’”(＊袁術始而誤糧, 紹不能以軍法斬之; 繼而僭號, 紹不能以大義誅之. 責紹者正當責其不能討術, 不當責其不能容術也. 賈詡初隨李傕, 後隨曹操, 雖有智謀, 不知順逆, 故其言如此.) 當面扯碎書, 叱退來使.

張繡曰: "方今袁强操弱, 今毁書叱使, 袁紹若知, 當如之何?" 詡曰: "不如去從曹操." 繡曰: "吾先與操有讎, 安得相容?"(*應前第十六回中事.) 詡曰: "從操, 其便有三: 夫曹公奉天子明詔, 征伐天下, 其宜從一也; 紹强盛, 我以少從之, 必不以我爲重, 操雖弱, 得我必喜, 其宜從二也; (*今之錦上添花者, 好向富厚處納款, 不樂貧乏處通情, 請聽賈詡之論.) 曹公五霸之志, 必釋私怨, 以明德于四海, 其宜從三也. 願將軍無疑焉." 繡從其言, 請劉曄相見. 曄盛稱操德, 且曰: "丞相若記舊怨, 安肯使某來結好將軍乎?" 繡大喜, 卽同賈詡等赴許都投降.

*注: **五霸**(오패): 춘추시대 때 先後로 霸者가 된 다섯 제후. 齊桓公, 晉文公, 秦穆公, 宋襄公, 楚庄王. 〈五伯(오패)〉로도 쓴다.


〖2〗 繡見操, 拜于階下, 操忙扶起, 執其手曰: "有小過失, 勿記于心."(*亂其叔母, 乃曰 "小過失", 虧他這副老面皮.) 遂封繡爲揚武將軍, 封賈詡爲**執金吾使**. (*操又得一謀士.) 操卽命繡作書招安劉表. 賈詡進曰: "劉景升好結納名流, 今必得一有文名之士往說之, 方可降耳." 操問荀攸曰: "誰人可去?" 攸曰: "孔文舉可當其任." 操然之. 攸出見孔融曰: "丞相欲得一有文名之士, 以備行人之選. 公可當此任否?" 融曰: "吾友禰衡, 字正平, 其才十倍於我. 此人宜在帝左右, 不但可備行人而已. 我當薦之天子."(*不曰薦之丞相, 而曰 "薦之天子", 我知正平固不爲操用者也.) 於是遂上表奏帝. 其文曰:

*注: **執金吾使**(집금오사): 관명. 漢 武帝時 中尉를 이렇게 改名했다. 京師

를 순찰돌며, 皇帝가 出行時에는 호위 및 儀仗을 담당하여 先導했다. 東漢
時에는, 기마병 200명을 거느리고 宮外를 순찰 돌고 武庫를 관리했다.    行
人(행인): 옛날에는 使者를 통틀어 〈行人〉이라고 했다.


〖3〗 臣聞洪水橫流, 帝思俾乂; 旁求四方, 以招賢俊. 昔世
宗繼統,(*指漢武帝.) 將弘基業; 疇咨熙載, 群士響臻. 陛下叡
聖, 纂承基緒, 遭遇厄運, 勞謙日昃; 維嶽降神, 異人並出.
*注: 俾乂(비예): 다스리도록 하다. 〈俾〉: 시키다. …를 하게 하다. 〈乂〉:
풀을 베다. 다스리다.    旁求(방구): 널리 구하다.    世宗(세종): 漢武帝 劉
徹. 世宗은 그의 廟號.    繼統(계통): 황통을 계승하다.    疇咨熙載(주자희
재): 어질고 유능한 인재를 찾아 관직에 임명해서 위업을 이루다. 〈疇咨〉:
찾다. 구하다. 인재를 구하다. 〈疇〉: 누구. 부류; 밭두둑. 〈熙載〉: 위업을
달성하다. 〈熙〉: 興也. 〈載〉: 事也.    響臻(향진): 호응하여 많이 모여들다.
叡聖(예성): 智德이 뛰어나 사리에 밝음. 天子의 德을 칭송하는 말.    纂承
(찬승): 이어받다. 계승하다. 〈纂〉: 모으다. 잇다.    基緒(기서): 基業. 사업
의 기반. 국가의 정권. 〈緒〉: 業也.    厄運(액운): 재난. 역경. 액운.    勞謙
日昃(노겸일측): 수고하고(勞) 겸양하기를(謙) 해가(日) 기울 때까지(昃) 하
다.    維嶽降神(유악강신): 높은 산이 그 신령함을 내려주다.(*출처: 〈詩經.
大雅. 崧高〉: "維嶽降神, 生甫及申.") 〈維〉: 의미 없는 語首助詞. 〈嶽〉: 높
고 큰 산.


〖4〗 竊見處士平原禰衡: 年二十四, 字正平, 淑質貞亮,(*
一句言其品.) 英才卓躒.(*一句言其才.) 初涉藝文, 升堂覩奧; 目
所一見, 輒誦之口, 耳所暫聞, 不忘于心; 性與道合, 思若有
神; 弘羊潛計,(*桑弘羊, 武帝時人.) 安世黙識,(*張安世, 宣帝時
人.) 以衡準之, 誠不足怪.(*一段美其才.)

*注: 竊見(절견): 제가 보건데. 삼가 보건데. 〈竊〉: 저(의 의견). 〈크게 드러내지 않는다는 뜻으로 자신의 의견을 낮추어 하는 말〉.  處士(처사): 才能과 學德이 있으면서 관직을 맡지 않은 사람을 일컫는 말.  平原(평원): 東漢時 平原縣은 靑州 소속이었다. 治所는 지금의 산동성 平原縣 西南.  貞亮(정량): 지조가 곧고 밝다. 의지가 굳고 바르다.  卓躒(탁락): 뛰어나다. 탁월하다. 〈躒〉: 넘다. 탁월하다.  初涉(초섭): 처음 건너다. 처음 배우다.  升堂覩奧(승당도오): 높은 툇마루(堂)에 올라 그 방의 서북 쪽 구석을 보다. 학문이나 기교가 높고 심오한 경지에 도달함을 비유한 말. 〈覩〉: 보다. 〈奧〉: 방의서북쪽 구석. 轉하여 학문의 깊은 뜻(奧義).  思若有神(사약유신): 그의생각은 신기할 정도로 정확했다.  弘羊潛計(홍양잠계): 〈弘羊〉: 桑弘羊,西漢 武帝 때 사람. 理財에 밝아서 나라 財政을 담당했다. 속셈에 매우 밝았다고 한다. 〈潛計〉: 속셈.  安世黙識(안세묵식): 〈安世〉: 張安世, 西漢宣帝 때 사람으로 大司馬 역임. 기억력이 특히 뛰어나서 황제가 세 상자의책을 분실했는데, 그는 그 분실된 책들의 내용을 전부 기억하고 있었다고함. 〈黙識〉: 속으로 외우다.  準之(준지): 그에 준하다. 그와 같다.


〖5〗忠果正直, 志懷霜雪; 見善若驚, 嫉惡若讐; 任座抗行,(*任座, 魏文侯時人.) 史魚厲節, 殆無以過也.(*一段美其品. 只此數語, 便爲禰衡罵曹操張本.) 鷙鳥累百, 不如一鶚.(*郭嘉·程昱等皆鷙鳥耳.) 使衡立朝, 必有可觀. 飛辯騁詞, 溢氣坌涌; 解疑釋結, 臨敵有餘.
*注: 忠果(충과): 충성스럽고 과감하다.  任座抗行(임좌항행): 〈任座〉: 戰國時 魏 文侯의 신하. 그는 魏君 면전에서 군주의 잘못을 지적하면서도 전혀두려워하거나 그의 비위를 맞추는 법이 없었다고 한다. 〈抗行〉: 맞서다. 대등하다. 抗衡.  史魚厲節(사어려절): 〈史魚〉: 名은 鰌(추), 字는 子魚로,춘추시 衛國의 大夫였다. 그는 죽음으로 諫하여 衛君이 사악한 자들을 대신

으로 임명하는 것을 막았다. 〈厲節〉: 엄숙한(엄격한. 세찬) 절개. 鷙鳥累百, 不如一鶚(지조루백, 불여일악): 〈鷙鳥〉: 사나운 새, 즉 猛禽類. 鷹(응: 매)와 鸇(전: 수리) 등. 〈鶚〉: 물수리. 그 뜻은 〈수 백 마리의 猛禽이 물수리(鶚) 한 마리만 못하다〉는 것으로. 이 말은 본래 〈鷙鳥〉를 제후에, 〈鶚〉을 천자에 비유하여, 〈수많은 제후들이 천자 하나만 못하다〉는 뜻을 나타냈다. 이 말은 〈史記(趙簡子)〉, 〈漢書(鄒陽傳)〉에 나오는 것으로. 공융이 예형을 천거하면서 이 말을 인용한 후 〈鶚〉은 재능 있는 사람을 비유하는 말로 사용되어 〈鶚表(악표)〉(인재를 추천하는 표장), 〈鶚薦(악천)〉(賢才를 천거한다), 〈鶚書(악서)〉(인재를 추천하는 문서), 〈鶚章(악장)〉(인재를 추천하는 상소문) 등의 단어가 생겨났다. 飛辯騁詞(비변빙사): 말솜씨가 마치 새가 나는 듯하고 말이 달리는 듯하다. 극히 뛰어난 말솜씨를 형용한 말. 坌涌(분용): 솟아오르다. 용솟음치다.


〔6〕昔賈誼求試屬國, 詭係單于; 終軍欲以長纓, 牽制勁越: 弱冠慷慨, 前世美之. 近日路粹·嚴象亦用異才, 擢拜臺郎. 衡宜與爲比.(＊一段言其少年有志, 應前 "年二十四"句.) 如得龍躍天衢, 振翼雲漢, 揚聲紫微, 垂光虹蜺, 足以昭近署之多士, 增四門之穆穆. 鈞天廣樂, 必有奇麗之觀; 帝室皇居, 必畜非常之寶. 若衡等輩, 不可多得. 〈激楚〉·〈陽阿〉,(＊曲名.) 至妙之容, 掌伎者之所貪; 飛兎·騕褭, 絕足奔放, 良(＊王良.)·樂(＊伯樂.)之所急也. 臣等區區, 敢不以聞? 陛下篤愼取士, 必須效試, 乞令衡以褐衣召見. 如無可觀采, 臣等受面欺之罪.

＊注: 賈誼(가의): 西漢 때의 정치가이자 문학가. 그는 젊었을 때 황제에게. 만약 자기를 속국을 관리하는 관리로 임명해 준다면 반드시 흉노의 황제 선우(單于)를 복종시켜 명령에 따르도록 하겠다고 말했다. 〈試〉: 任用하다. 出仕하다. 詭係單于(궤계선우): (흉노의 왕) 속임수를 써서 선우를 결박하다.

〈詭〉: 책망하다(責也). 속임수.  〈係〉: 잡아매다. 결박하다. 〈單于(선우)〉: 흉노의 왕. 이때에는 발음이 〈단우〉가 아니라 〈선우〉이다.  終軍(종군): 西漢(武帝) 때의 濟南(지금의 산동성) 사람으로 諫議大夫. 漢과 南越이 和親하기 위해 使者로 가서 南越의 王을 만나 면전에서 그를 긴 새끼줄(長纓)로 꽁꽁 묶어서 漢으로 끌고 가겠다고 위협하자 남월이 항복했다고 한다. 纓(영): 갓끈. 새끼. 노.  弱冠(약관): 옛날에는 20세 전후의 나이를 〈弱冠〉이라 했다.  用異才(용이재): 특이한 인재들이므로. (*여기서 〈用〉은 〈因〉의 뜻이다.)  擢拜臺郎(탁배대랑): 발탁해서 〈尙書郎〉의 관직을 제수하다. 與爲比(여위비): 與之爲比. 그들과 비견되다.  天衢(천구): 하늘 위의 길. 天路.  雲漢(운한): 은하수.  紫微(자미): 즉, 紫微垣.〈紫薇〉로도 씀. 별자리 이름; 제왕의 궁전.  虹蜺(홍예): 무지개.  近署(근서): 근래 임명된 〈署〉: 임명하다. 맡기다. 부서.  四門(사문): 궁궐의 사방의 문.  穆穆(목목): 단정하고 아름다운 모양.  鈞天廣樂(균천광악): 신화전설에 나오는 天上의 音樂. 여기서는 궁중 음악을 가리킨다.  激楚·陽阿(격초·양아): 고대의 歌舞曲 이름.  掌伎者(장기자): 歌女와 舞女를 주관하는 사람. 〈伎〉: 妓(기녀)와 통함.  飛兎·騕裊(비토·요뇨): 駿馬의 이름들이다.  絶足(절족): 가장 빠른 말의 발(다리). 千里馬를 비유한 말.  良·樂(양·락): 王良과 伯樂. 王良은 수레를 모는 말을 잘 부리기로 유명했고, 伯樂은 말의 품질을 잘 식별하기로 유명했다.  篤愼(독신): 성실하고 신중하다.  效試(효시): 考核試驗. 비교(대조) 검사하고 시험해 보다. 〈效〉: 校(비교하다. 견주어보다)와 통한다.  褐衣(갈의): 거친 베옷. 거친 털옷. 가난한 사람들이 입는 옷. 빈천한 사람.  觀采(관채): 풍채(風貌. 身色)를 관찰하다(보다).  面欺(면기): 面前에서 속이다.


〖7〗 帝覽表, 以付曹操. 操遂使人召衡至. 禮畢, 操不命坐. (*無禮惹罵.) 禰衡仰天歎曰: "天地雖闊, 何無一人也!" 操曰: "吾手下有數十人, 皆當世英雄, 何謂無人?"(*高祖踞見酈生, 生責之, 高祖便起謝. 今曹操不謝, 宜正平之終怒也.) 衡曰: "願聞." 操曰: "荀彧·荀攸·郭嘉·程昱, <u>機深智遠</u>, 雖蕭何·<u>陳平</u>不及也; 張遼·許褚·李典·樂進, 勇不可當, 雖<u>岑彭·馬武</u>不及也; 呂虔·滿寵爲從事, 于禁·徐晃爲先鋒; 夏侯惇天下奇才, 曹子孝世間福將. 一 安得無人?" 衡笑曰: "公言差矣! 此等人物, 吾盡識之: 荀彧可使弔喪問疾, 荀攸可使看墳守墓, 程昱可使關門閉戶, 郭嘉可使<u>白</u>詞念賦; 張遼可使擊鼓鳴金, 許褚可使牧牛放馬, 樂進可使取狀讀招, 李典可使傳書送檄; 呂虔可使磨刀鑄劍, 滿寵可使飲酒食糟; 于禁可使負版築牆, 徐晃可使屠猪殺狗; 夏侯惇稱爲'完體將軍', 曹子孝呼爲'要錢太守'. (*'完體'反言之也, '要錢'正言之也. 然恐天下不獨一曹子孝矣.) 其餘皆是衣架·飯囊·酒桶·肉袋耳." 操怒曰: "汝有何能?" 衡曰: "天文地理, 無一不通; <u>三敎九流</u>, 無所不曉; 上可以致君爲堯·舜, 下可以配德于<u>孔·顔</u>. 豈與俗子共論乎!"(*禰衡自贊亦如孔融之贊衡也.) 時止有張遼在側, 掣劍欲斬之. 操曰: "吾正少一鼓吏; 早晚朝賀宴享, 可令禰衡充此職." 衡不推辭, 應聲而去. 遼曰: "此人出言不遜, 何不殺之?" 操曰: "此人素有虛名, 遠近所聞. 今日殺之, 天下必謂我不能<u>容物</u>. 彼自以爲能, 故令爲鼓吏以辱之."(*奸雄作用, 故欲辱衡, 誰知反爲衡所辱也.)

**\*注: 機深智遠**(기심지원): 機謀와 智略이 깊고 원대하다.　　**蕭何**(소하): 秦末 劉邦을 도와 蜂起하도록 했고, 楚漢 전쟁 중에는 丞相의 신분으로 關中에 남아 국가를 관리하고 전쟁 물자와 인력을 조달하여 戰線에 보내는 등 漢 建立에 중대한 기여를 했으며, 開國 후에 鄶侯로 봉해져 漢의 法制를 정비하고 異姓의 諸侯들을 제거하는 역할을 했다.　　**陳平**(진평): 漢高祖 劉邦을 도와 漢을 건국하는 데 큰 공을 세웠다. 絳侯: 周勃, 朱虛: 劉章. 후에 呂后가 죽은 후 呂産과 呂祿이 황위를 찬탈하려 하자 周勃과 힘을 합쳐 呂氏

들을 죽이고 文帝를 영입하여 황위를 계승케 했다.　岑彭·馬武(잠팽·마무): 둘 다 東漢 初 光武帝 劉秀의 대장.　白詞(백사): 가사를 읊다. 〈白〉: 말로만 하고 노래는 부르지 않는 것. 여기서는 입으로 읽기만 한다는 뜻이다.　三敎九流(삼교구류): 九流三敎. 〈三敎〉: 儒敎, 道敎, 佛敎. 〈九流〉: 儒家, 道家, 陰陽家, 法家, 名家, 墨家, 縱橫家, 雜家, 農家 등 先秦 때의 각종 學術 流派. 후에 와서는 각종 전문직업의 사람들을 일컫는 말이 되었다.　孔·顔(공·안): 孔子와 顔淵(顔回).　容物(용물): 사람들을 포용하다.


〖8〗 來日, 操于省廳上大宴賓客, 令鼓吏撾鼓. 舊吏云: "撾鼓必換新衣." 衡穿舊衣而入. 遂擊鼓爲〈漁陽三撾〉, 音節殊妙, 淵淵有金石聲, (*於革木之器能作金石之音, 正所謂〈激楚〉〈陽阿〉, 掌伎所貪者也.) 坐客聽之, 莫不慷慨流涕. 左右喝曰: "何不更衣!" 衡當面脫下舊破衣服, 裸體而立, 渾身盡露.(*禰衡裸衣以辱曹操. 奸雄遇狂士, 大有可觀.) 坐客皆掩面. 衡乃徐徐着褌, 顔色不變.(*眞是目中無人.) 操叱曰: "廟堂之上, 何太無禮!" 衡曰: "欺君罔上乃謂無禮. 吾露父母之遺, 以顯淸白之體耳." 操曰: "汝爲淸白, 誰爲汚濁?" 衡曰: "汝不識賢愚, 是眼濁也; 不讀詩書, 是口濁也; 不納忠言, 是耳濁也; 不通古今, 是身濁也; 不容諸侯, 是腹濁也; 常懷簒逆, 是心濁也! (*前旣力詆其謀臣將士, 今却指名獨罵曹操, 又罵之於伐鼓之後, 可謂〈鳴鼓而攻之〉矣. 孔融薦禰衡一篇文字十分光彩, 禰衡罵曹操一篇言語十分鋒鋩, 可稱雙絶.) 吾乃天下名士, 用爲鼓吏, 是猶陽貨輕仲尼, 藏倉毁孟子耳! 欲成王霸之業, 而如此輕人耶?"

　　*注: 撾鼓(과고): 북을 치다. 〈撾〉: 치다. 북채.　漁陽三撾(어양삼과): 鼓曲名.　淵淵(연연): 둥둥. 북소리의 형용.　陽貨輕仲尼(양화경중니): 〈陽貨〉: 춘추 말기 魯國 귀족 季孫氏의 家臣. 한 번은 계손씨가 士人들을 연회에

초청하여 孔子도 참가하러 갔었는데, 陽貨가 공자에게 자네는 참가할 자격
이 없다고 하면서 쫓아낸 적이 있다.(\*〈논어 · 양화편〉 참조) **藏倉毁孟子**
(장창훼맹자):〈藏倉〉:戰國時 魯平公이 총애하던 大臣. 平公이 맹자를 만나
보려고 하자 그는 맹자를 헐뜯으며 만나보지 못하게 방해했다.(〈孟子 · 梁惠
王下〉(2-16) 참조.)

〖9〗時孔融在坐, 恐操殺衡, 乃從容進曰:"禰衡罪同胥靡, 不
足發明王之夢."(\*用高宗夢傅說事. 古使有罪者充役, 謂之〈胥靡〉: 傅說築
牆于傅岩之野, 是代罪人役也.) 操指衡而言曰:"令汝往荊州爲使. 如
劉表來降, 便用汝作公卿." 衡不肯往. 操教備馬三匹, 令二人扶
挾而行; (\*禰衡崛强之態可掬.) 却教手下文武, 整酒于東門外送之.
荀彧曰:"如禰衡來, 不可起身." 衡至, 下馬入見, 衆皆端坐. 衡
放聲大哭. 荀彧問曰:"何爲而哭?" 衡曰:"行于死柩之中, 如何
不哭?" 衆皆曰:"吾等是死屍, 汝乃無頭狂鬼耳!" 衡曰:"吾乃
漢朝之臣, 不作曹瞞之黨, 安得無頭!"(\*禰衡以漢帝爲頭, 不似彼衆人
以曹操爲頭也.) 衆欲殺之, 荀彧急止之曰:"量鼠雀之輩, 何足污
刀!" 衡曰:"吾乃鼠雀, 尙有人性; 汝等只可謂之<u>蜾蟲</u>."(\*然則其
視曹操不過如蟻中之王, 蜂中之長耳.) 衆恨而散.

　　\*注: 胥靡(서미): 발에 족쇄를 차고 강제노역을 하는 죄수(服勞役的囚徒).
　　蜾蟲(과충):〈蜾〉: 나나니벌.

〖10〗衡至荊州, 見劉表畢, 雖頌德, 實譏諷, 表不喜.(\*表好名士
而不喜禰衡, 如葉公之好龍, 好夫似龍而非龍者也.) 令去<u>江夏</u>見黃祖. 或
問表曰:"禰衡戲謔主公, 何不殺之?" 表曰:"禰衡數辱曹操, 操
不殺者, 恐失人望; 故令作使于我, 欲借我手殺之, 使我受害賢之
名也. 吾今遣去見黃祖, 使曹操知我有識."(\*劉表使見黃祖, 卽曹操使

見劉表之意，是操借刀于表，而表復乞諸其隣而與之耳．）衆皆稱善．

時袁紹亦遣使至．表問衆謀士曰：“袁本初又遣使來，曹孟德又差禰衡在此，當何從便？”從事中郎將韓嵩進曰：“今兩雄相持，將軍若欲有爲，乘此破敵可也．如其不然，將擇其善者而從之．今曹操善能用兵，賢俊多歸，其勢必先取袁紹，然後移兵向江東，恐將軍不能禦；莫若舉荊州以附操，操必重待將軍矣．”（*與賈詡勸張繡相同．）表曰：“汝且去許都，觀其動靜，再作商議．”嵩曰：“君臣各有定分．嵩今事將軍，雖赴湯蹈火，一唯所命．將軍若能上順天子，下從曹公，使嵩可也；如持疑未定，嵩到京師，天子賜嵩一官，則嵩爲天子之臣，不得復爲將軍死矣．”（*先說在前，後來不得罪之．）表曰：“汝且先往觀之，吾別有主意．”嵩辭表，到許都見操．操遂拜嵩爲侍中，領零陵太守．（*果應韓嵩所言．）

荀彧曰：“韓嵩來觀動靜，未有微功，重加此職，禰衡又無音耗，丞相遣而不問，何也？”操曰：“禰衡辱吾太甚，故借劉表手殺之，何必再問．”遂遣韓嵩回荊州說劉表．嵩回見表，稱頌朝廷盛德，勸表遣子入侍．表大怒曰：“汝懷二心耶？”欲斬之．嵩大叫曰：“將軍負嵩，嵩不負將軍！”蒯良曰：“嵩未去之前，先有此言矣．”劉表遂赦之．

*注: 江夏(강하): 郡名. 東漢末의 治所는 沙羨(지금의 호북성 武昌 西南). 三國時에는 魏와 吳가 각기 江夏郡을 두었는데, 魏의 강하군 治所는 上昶(지금의 호북성 雲夢 西南)이었고 吳의 강하군 治所는 武昌(지금의 호북성 鄂城)이었다. 赴湯蹈火(부탕도화): 끓는 물과 타는 불에 들어가다. 물불을 가리지 않다. 京師(경사): 東周의 王都. 즉 지금의 洛陽市. 零陵(영릉): 荊州에 속한 郡名. 治所는 泉陵(지금의 호남성 零陵). 音耗(음모): 소식. 음신.

〖11〗人報黃祖斬了禰衡，（*此事不用實敍，只在使者口中虛寫，省筆.) 表問其故, 對曰："黃祖與禰衡共飲, 皆醉. 祖問衡曰：'君在許都, 有何人物?' 衡曰：'大兒孔文舉, 小兒楊德祖. 除此二人, 別無人物.' 祖曰：'似我何如?' 衡曰：'汝似廟中之神, 雖受祭祀, 恨無靈驗.' 祖大怒曰：'汝以我爲土木偶人耶!'(*衡之視人不是死尸卽是木偶, 所以取禍.) 遂斬之. 衡至死罵不絕口."(*此非黃祖殺之, 而劉表殺之; 亦非劉表殺之, 而曹操殺之也.) 劉表聞衡死, 亦嗟呀不已, 令葬于鸚鵡洲邊. 後人有詩嘆曰：

　　黃祖才非長者儔, 禰衡喪首此江頭.

　　今來鸚鵡洲邊過, 惟有無情碧水流.

　　却說曹操知禰衡受害, 笑曰："腐儒舌劍, 反自殺矣."(*不說自己殺他, 又不說別人殺他, 反說他自殺, 奸雄之極.) 因不見劉表來降, 便欲興兵問罪. 荀彧諫曰："袁紹未平, 劉備未滅, 而欲用兵江漢, 是猶舍心腹而顧手足也. 可先滅袁紹, 後滅劉備, 江漢可一掃而平矣." 操從之.

　　*注: 似我(사아): 나와 비교하면 …하다. 〈似〉: 닮다; …같다(처럼 보이다. 듯하다); …와 비교하여 …하다.　　嗟呀(차하): 탄식하다. 〈呀〉: 입을 딱 벌리는 모양.　　鸚鵡洲(앵무주): 지금의 호북성 武漢市 서쪽(漢陽區) 長江 안에 있다.　　後人有詩(후인유시): 唐代 시인 胡曾의 〈咏史詩·江夏〉.　　儔(주): 동배. 등류. 같은 종류의 사람.　　江頭(강두): 강기슭. 강가.　　江漢(강한): 장강과 한수 일대의 지역.


〖12〗且說董承自劉玄德去後, 日夜與王子服等商議, 無計可施. 建安五年, 元旦朝賀, 見曹操驕橫愈甚, 感憤成疾. 帝知國舅染病, 令隨朝太醫前去醫治. 此醫乃洛陽人, 姓吉, 名太, 字稱平, 人皆呼爲吉平, 當時名醫也. 平到董承府, 用藥調治, 旦夕不離; 常見董承長吁短嘆, 不敢動問.(*但知其身病, 不知其心病也.)

時値元宵, 吉平辭去, 承留住, 二人共飮. 飮至更餘, 承覺困倦, 就和衣而睡.(*前二十回中隱几而臥乃是日裏, 今和衣而睡乃是夜間；前因隔夜未眠, 此因病後困倦.)

忽報王子服等四人至, 承出接入. 服曰："大事諧矣！" 承曰："願聞其說." 服曰："劉表結連袁紹, 起兵五十萬, 共分十路殺來, 馬騰結連韓遂, 起西凉軍七十二萬, 從北殺來. 曹操盡起許昌兵馬, 分頭迎敵, 城中空虛. 若聚五家僮僕, 可得千餘人. 乘今夜府中大宴, 慶賞元宵, 將府圍住, 突入殺之. 不可失此機會！" 承大喜, 隨卽喚家奴各人收拾兵器, 自己披挂綽槍上馬, (*疾至此有起色矣.) 約會都在內門前相會, 同時進兵. 夜至一鼓, 衆兵皆到. 董承手提寶劍, 徒步直入, 見操設宴後堂, 大叫："操賊休走！" 一劍剗去, 隨手而倒. 霎時覺來, 乃南柯一夢, 口中猶罵 "操賊" 不止.

*注: 建安五年(건안오년): 서기 200년. 신라 奈解尼師今 5년. 고구려 山上王延優 4년. 驕橫(교횡): 교만하고 횡포하다. 長吁短嘆(장우단탄): 자꾸 탄식하다. 한숨만 연달아 쉬다.(短嘆長吁). 動問(동문): 묻다. 여쭙다. 안부를 묻다(問候). 更餘(경여): 一更(약 2시간) 넘게. 就(취): 곧바로. 즉시. 和衣(화의): 옷을 입은 채. 剗去(타거): 찌르다. 〈剗〉: 내려찍다. 베다. 자르다(砍). (겨냥하여) 찌르다. 南柯一夢(남가일몽): 唐의 李公佐가 지은 南柯記에 나오는 淳于棼의 꿈 이야기. 그의 집 남쪽에 큰 槐樹가 있었는데, 생일날 술에 취해 그 나무 아래에서 꾸었다는 꿈 이야기. 꿈에 大槐安國에 이르러 그 나라 公主와 결혼하고 南柯의 太守가 되어 자식까지 낳으며 온갖 영화를 누리다가 전쟁에 나가 패하고 공주까지 죽는 일을 당한 후 꿈에서 깨어나서 삶의 허무함과 찰나임을 깨달았다는 이야기.


〖13〗 吉平向前叫曰："汝欲害曹公乎？" 承驚懼不能答. (*楚莊

王將有所謀，必屛人獨寢，恐夢中漏言，正爲此也.)

　吉平曰：“國舅休慌. 某雖醫人，未嘗忘漢. 某連日見國舅嗟嘆，不敢動問. 恰纔夢中之言，已見眞情. 幸勿相瞞. 倘有用某之處，雖滅九族，亦無後悔！”(*滿朝文武，不及此一醫生多矣.) 承掩面而哭曰：“只恐汝非眞心！” 平遂咬下一指爲誓.

　承乃取出衣帶詔，令平視之，且曰：“今之謀望不成者，乃劉玄德·馬騰各自去了，無計可施，因此感而成疾.”(*至此方說出眞正病源.) 平曰：“不消諸公用心. 操賊性命，只在某手中.”(*今日醫生之手，皆如此之可畏.) 承問其故. 平曰：“操賊常患頭風，痛入骨髓，纔一擧發，便召某醫治. 如早晚有召，只用一服毒藥，必然死矣. 何必擧刀兵乎？”(*一帖藥勝是百萬兵.) 承曰：“若得如此，救漢朝社稷者，皆賴君也！”(*方是眞正良醫，不但醫董承身病，并醫董承心病，不但醫董承心病，且醫獻帝心病矣.) 時吉平辭歸.

　　*注：九族(구족): 본인 위로 父, 祖, 曾祖, 高祖, 본인 이하로 子, 孫, 曾孫, 玄孫. 不消(불소): …할 필요가 없다. 纔(才)…便(就): 두 개의 동작이 근접하여 발생함을 표시하는 문장형식. …하자마자 곧. 服(복): (약을) 먹다.


〖14〗承心中暗喜，步入後堂，忽見家奴秦慶童同侍妾雲英在暗處私語. 承大怒，喚左右捉下，欲殺之. 夫人勸免其死，(*夫人大是誤事.) 各人杖脊四十，將慶童鎖於冷房. 慶童懷恨，黃夜將鐵鎖扭斷，跳牆而出，徑入曹操府中，告有機密事.(*前十回中馬宇爲家僮所首，此處董承亦同爲家僮所首. 前略後詳，事雖同而文各異.) 操喚入密室問之. 慶童云：“王子服·吳子蘭·种輯·吳碩·馬騰五人，在家主府中商議機密，必然是謀丞相. 家主將出白絹一段，不知寫着甚的. 近日吉平咬指爲誓，我也曾見.” 曹操藏匿慶童於府中. 董承只道逃往他方去了，也不追尋.

*注: 將出白絹一段(장출백견일단): =將白絹一段出. 흰 비단 한 토막을 내
놓다.　甚的(심적): 무엇(=什麼). 무슨.　　道(도): …라고 생각하다.


〖15〗次日, 曹操詐患頭風, 召吉平用藥. 吉平自思曰: "此賊
合休!" 暗藏毒藥入府. 操臥於床上, 令平下藥. 平曰: "此病可一
服卽愈."(*自然不消第二服.) 敎取藥罐, 當面煎之. 藥已半乾, 平已
暗下毒藥, 親自送上. 操知有毒, 故意遲延不服. 平曰: "乘熱服
之, 少汗卽愈." 操起曰: "汝旣讀儒書, 必知禮義: 君有疾飮藥,
臣先嘗之; 父有疾飮藥, 子先嘗之. 汝爲我心腹之人, 何不先嘗而
後進?"(*先嘗則不能進矣.) 平曰: "藥以治病, 何用人嘗?" 平知事已
泄, 縱步向前, 扯住操耳而灌之. 操推藥潑之, 磚皆迸裂. 操未及
言, 左右已將吉平執下. 操曰: "吾豈有疾, 特試汝耳! 汝果有害
我之心!" 遂喚二十箇精壯獄卒, 執平至後園拷問. 操坐於亭上,
將平縛倒於地. 吉平面不改容, 略無懼怯.(*其懷藥入府時, 已置死生於度
外.) 操笑曰: "量汝是箇醫人, 安敢下毒害我? 必有人唆使你來.
你說出那人, 我便饒你." 平叱之曰: "汝乃欺君罔上之賊, 天下
皆欲殺汝, 豈獨我乎?" 操再三磨問, 平怒曰: "我自欲殺汝, 安有
人使我來? 今事不成, 惟死而已!" 操怒, 敎獄卒痛打. 打到兩箇
時辰, 皮開肉裂, 血流滿階. 操恐打死, 無可對證, 令獄卒揪去靜
處, 權且將息.

　　*注: 合休(합휴): 마땅히 끝내야 한다. 〈合〉: 응당(마땅히) …해야 한다.
縱步(종보): (큰)걸음을 내딛다. 성큼성큼 걷다.　扯住(차주): 잡아당기다.
붙잡다.　潑(발): 뿌리다.　迸裂(병렬): 쪼개지다. 쪼개져 튀어나오다. 터져
나오다.　唆使(사사): 사주하다. 교사하다.　欺君罔上(기군망상): 임금이나
윗사람을 속이다(업신여기다).　磨問(마문): 자세히 묻다. 꼬치꼬치 캐묻다.
揪去(추거): 끌고 가다. 붙잡아 가다.　權且(권차): 잠시. 우선. 일시. 잠

간 동안.  **將息**(장식): 몸조리하다. 보양하다(將養. 將息).


〖16〗傳令次日設宴, 請衆大臣飮酒. 惟董承托病不來. 王子服等皆恐操生疑, 只得俱至. (*一人因恐而不來, 數人因恐而皆至.) 操於後堂設席. 酒行數巡, 曰："筵中無可爲樂, 我有一人, 可爲衆官醒酒." 敎二十箇獄卒："與吾牽來！"

須臾, 只見一長枷釘着吉平, 拖至階下. 操曰："衆官不知. 此人連結惡黨, 欲反背朝廷, 謀害曹某; 今日<u>天敗</u>, 請聽口詞." 操敎先打一頓. 昏絶於地, 以水噴面. 吉平蘇醒, 睜目切齒而罵曰："操賊！不殺我, 更待何時！" 操曰："同謀者先有六人, 與汝共七人耶？"(*足七人之數者, 劉玄德也. 若添一吉平, 則八人矣. 乃白絹狀上本無吉平, 而慶童口中却無玄德.) 平<u>只是</u>大罵. 王子服等四人面面相覰, 如坐<u>鍼氈</u>. 操敎一面打, 一面噴, 平<u>並</u>無求饒之意. 操見不<u>招</u>, <u>且</u>敎牽去.(*還不許他死.)

　　*注：**天敗**(천패): 하늘이 (그의 계획을) 패배시키다.　　**只是**(지시): 다만. 단지.　　**鍼氈**(침전): 바늘방석.　　**招**(초): 자백하다. 불다.　　**且**(차): 잠시. 일단.


〖17〗衆官散席, 操只留王子服等四人夜宴. 四人魂不附體, 只得留待. 操曰："本不相留, <u>爭奈</u>有事相問. 汝四人不知與董承商議何事？" 子服曰："<u>並</u>未商議<u>甚</u>事." 操曰："白絹中寫着何事？" 子服等皆隱諱. 操敎喚出慶童對證. 子服曰："汝於何處來見？" 慶童曰："你迴<u>避</u>了衆人, 六人在一處畫字, 如何<u>賴得</u>？"(*慶童只首得六人.) 子服曰："此賊與國舅侍妾通姦, 被責誣主, 不可聽也." 操曰："吉平下毒, 非董承所使而誰？" 子服等皆言不知. 操曰："今晚自首, 尙<u>猶</u>可恕. 若待事發, 其實難容！" 子服等皆言並無此事. 操叱左右, 將四人拏住監禁.

　　*注: 爭奈(쟁나): 어찌하겠는가. 〈爭〉: 어찌하여. 어떻게. 〈爭奈〉: 怎奈.

無奈.　甚事(심사): 무슨 일(什麼事).　賴得(뢰득): 부인하다. 잡아떼다.

〈賴〉: 부인하다. 인정하지 않다(抵賴).


　　〖18〗次日,　帶領衆人徑投董承家探病.　承只得出迎.　操曰:
"緣何夜來不赴宴?" 承曰: "微疾未痊, 不敢輕出." 操曰: "此
是憂國家病耳." 承愕然.　操曰: "國舅知吉平事乎?" 承曰: "不
知."　操冷笑曰: "國舅如何不知?"　喚左右: "牽來與國舅起
病."　承擧措無地.　須臾, 二十獄卒推吉平至階下. 吉平大罵: "曹
操逆賊!" 操指謂承曰: "此人曾攀下王子服等四人,　吾已拏下廷
尉.　尙有一人,　未曾捉獲."(*曹操只道一人, 不知尙有三人.)　因問
平曰: "誰敎汝來藥我?　可速招出!" 平曰: "天使我來殺逆賊!"(*人
心所存, 卽天理也.) 操怒敎打. 身上無容刑之處. 承在座觀之, 心如
刀割. 操又問平曰: "你原有十指, 今如何只有九指?" 平曰: "嚼
以爲誓, 誓殺國賊!" 操敎取刀來, 就階下截去其九指, 曰: "一發
截了,　敎你爲誓!" 平曰: "尙有口,　可以吞賊;　有舌,　可以罵
賊." 操令割其舌. 平曰: "且勿動手. 吾今熬刑不過, 只得供招.
可釋吾縛."(*意在此句耳.)　操曰: "釋之何礙?" 遂令解其縛. 平起
身望闕拜,　曰: "臣不能爲國家除賊,　乃天數也!" 拜畢,　撞階而
死.(*立誓而殺曹操, 是其忠也; 至死不招董承, 是其義也. 被禍最慘, 性骨最
烈, 不意醫生中乃有此等人.)　操令分其肢體號令. 時建安五年正月也.
史官有詩曰:

　　漢朝無起色, 醫國有稱平.

　　立誓除姦黨, 捐軀報聖明.

　　極刑詞愈烈, 慘死氣如生.

十指淋漓處, 千秋仰異名.

\*注: 起病(기병): ①병이 나다. ②병을 치료하다. ③병이 낫다. ④병이 나은 후 친구들이 잔치를 열거나 선물을 보내서 축하하다.　擧措(거조): (대응) 조치.　無地(무지): 몸 둘 곳이 없다. 어쩔 줄 모르다.　攀下(반하): 끌어들이다. 연루시키다. 말하다(說. 談).　廷尉(정위): 九卿의 하나로 刑獄을 주관하는 관직명. 지금의 법무부 장관에 해당.　招出(초출): 자백하다. 불다.　一發(일발): 단번에. 한꺼번에. 〈發〉: (量詞) (화살 등) 한 개; (창탄이나 포탄 등) 한 발; (일의 회수 등) 次. 起.: 더욱. 점점 더.　熬刑(오형): 형벌을 견디다. 참아내다. 〈熬〉: 忍耐.　供招(공초): 진술하다. 자백하다. 〈供〉: 공술하다. 자백하다. 〈招〉: 자백하다. 불다.


〖19〗操見吉平已死, 敎左右牽過秦慶童至面前. 操曰: "國舅認得此人否?" 承大怒曰: "逃奴在此!　卽當誅之!" 操曰: "他首告謀反, 今來對證, 誰敢誅之?" 承曰: "丞相何故聽逃奴一面之說?" 操曰: "王子服等吾已擒下, 皆招證明白, 汝尙抵賴乎?" 卽喚左右拏下, 命從人直入董承臥房內, 搜出衣帶詔並義狀. 操看了, 笑曰: "鼠輩安敢如此!"(\*曹操一向只知有義狀, 今日方知有血詔; 一向只知有六人, 今日方知有七人矣.) 遂命: "將董承全家良賤, 盡皆監禁, 休敎走脫一箇." 操回府以詔狀示衆謀士商議, 要廢獻帝, 更立新君.(\*曹操此時竟欲爲董卓所爲矣.) 正是:

數行丹詔成虛望, 一紙盟書惹禍殃.
未知獻帝性命如何, 且聽下文分解.

\*注: 招證(초증): 진술과 증거.　抵賴(저뢰): 사실을 인정하지 않다. 부인하다. 잡아떼다. 〈抵〉: 부인하다(抵賴). 맞닥뜨리다(遇到). 〈賴〉: 부인하다.

(1). 禰衡·孔融·楊修三人才同，而其品則有不同：楊修事操者也，孔融不事操而猶與周旋者也，禰衡則不事操而并不屑與操周旋者也．三人皆爲操所殺，而三人之中惟衡最剛．故三人之死，亦惟衡獨早．

(2). 或謂：罵操如陳琳而不殺之，何以獨忌禰正平乎？操之出使正平於諸侯者，以正平恃才而狂，欲使人磨折他一番，挫其銳氣，然後用之耳，不虞黃祖之遽殺之也．先儒有代曹操責黃祖書，備言此意．

予曰：不然．爲此說者，未知禰·陳兩人之優劣也．禰衡罵操以口，陳琳罵操以筆．雖同一罵，而衡之罵操，自罵者也；琳之罵操，代人罵者也．夫自罵之與代人罵則有間矣．琳之言曰："箭在弦上，不得不發．" 使操用之以射人，則其代操罵敵亦猶是也．陳琳罵操而終於事操，禰衡罵操則必不事操．代人罵者可降，自罵者斷不降，此操之所以不殺琳而必殺衡與？

(3). 此卷起處，正是曹操欲攻劉備，却因招安表·繡，放下劉備，忽然接入董承．及董承事露，而首人不知有劉備，至搜出義狀，而曹操始知與承同謀者之有劉備．於是下文攻劉備更不容緩矣．然則此卷雖無劉備之事，而實劉備傳中一大關目也．

# 第二十四回

## 國賊行兇殺貴妃
## 皇叔敗走投袁紹

〖1〗却說曹操見了衣帶詔，與衆謀士商議，欲廢却獻帝，更擇有德者立之．程昱諫曰：“明公所以能威震四方，號令天下者，以奉漢家名號故也．今諸侯未平，遽行廢立之事，必起兵端矣．”操乃止．(*操賊幾爲董卓所爲，而卒未爲者，以自己曾討董卓故也．) 只將董承等五人，並其全家老小，押送各門處斬．死者共七百餘人．城中官民見者，無不下淚．後人有詩嘆董承曰：

密詔傳衣帶，天言出禁門．

當年曾救駕，此日更承恩．

憂國成心疾，除姦入夢魂．

忠貞千古在，成敗復誰論．

又有嘆王子服等四人詩曰:

　　書名尺素矢忠謀, 慷慨思將君父酬.

　　赤膽可憐捐百口, 丹心自是足千秋.

　　*注: 兵端(병단): 전쟁의 발단. 전단.　天言(천언): 황제의 말.　矢忠(시

　　충): 충성을 맹세하다. 〈矢〉: 誓(서)와 同義.


〖2〗且說曹操旣殺了董承等衆人, 怒氣未消, 遂帶劍入宮, 來弒
董貴妃. 貴妃乃董承之妹, 帝幸之, 已懷孕五月. 當日帝在後宮,
正與伏皇后私論董承之事, 至今尙無音耗, 忽見曹操帶劍入宮, 面
有怒容, 帝大驚失色.(*宰相面有怒容, 而天子大驚失色, 豈不奇絶?) 操
曰: "董承謀反, 陛下知否?" 帝曰: "董卓已誅矣."(*操言董承, 而
帝故意誤言董卓, 蓋操乃今日之董卓也. 帝意不在卓, 殆暗指操耳. 帝亦善於詞
令.) 操大聲曰: "不是董卓! 是董承!" 帝戰慄曰: "朕實不知."(*此
時宰相儼如問官, 天子竟似罪人矣.) 操曰: "忘了破指修詔耶?" 帝不能
答.(*手迹旣眞, 口詞難賴.) 操叱武士擒董妃至. 帝告曰: "董妃有五
月身孕, 望丞相見憐!" 操曰: "若非天敗, 吾已被害, 豈得復留此
女, 爲吾後患!" 伏后告曰: "貶於冷宮, 待其分娩了, 殺之未
遲." 操曰: "欲留此逆種, 爲母報仇乎?"(*天子之嗣乃曰"逆種", 是
何言與?) 董妃泣告曰: "乞全屍而死, 勿令彰露." 操卽令取白練至
面前. 帝泣謂妃曰: "卿於九泉之下, 勿怨朕躬!" 言訖, 淚下如
雨. 伏后亦大哭. 操怒曰: "猶作兒女態耶!" 叱武士牽出, 勒死於
宮門之外.(*巍巍至尊不能庇一女子, 眞天翻地覆時也.) 後人有詩嘆董妃
曰:

　　春殿承恩亦枉然, 傷哉龍種並時捐.

　　堂堂帝主難相救, 掩面徒看淚湧泉.

　　操諭監宮官曰: "今後但有外戚宗族, 不奉吾旨, 輒入宮門者,

斬. 守禦不嚴, 與同罪." 又撥心腹人三千充御林軍, 令曹洪統領,
以爲防察.(*獻帝此時如坐牢獄中.)

※注: 幸(행): 총애하다. 은총을 내리다.　天敗(천패): 하늘이 (그 음모를)
실패하게 하다.　貶於冷宮(폄어냉궁): 냉궁으로 내려 보내다. 〈貶〉: (지위
나 가치를) 낮추다. 떨어뜨리다. 〈冷宮〉: 옛날 (총애를 잃은 왕비가 거처하
던) 쓸쓸한 궁전.　勒死(늑사): 죽음을 강요하다. 죽도록 핍박하다. 강제로
죽이다.　枉然(왕연): 헛되다. 헛수고다. 보람 없다(＝徒然).　龍種(용종):
뱃속에 있는 황제나 임금의 아이.　並時捐(병시연): 동시에 함께 버리다.
〈捐〉: 버리다. 바치다. 포기하다; 헌납하다.


〖3〗 操謂程昱曰: "今董承等雖誅, 尙有馬騰‧劉備亦在此數,
不可不除." 昱曰: "馬騰屯軍西凉, 未可輕取; 但當以書慰勞, 勿
使生疑, 誘入京師, 圖之可也.(*爲後誘殺馬騰伏筆.) 劉備現在徐州,
分布犄角之勢, 亦不可輕敵. 況今袁紹屯兵官渡, 常有圖許都之
心. 若我一旦東征, 劉備勢必求救於紹. 紹乘虛來襲, 何以當
之?" 操曰: "非也. 備乃人傑也, 今若不擊, 待其羽翼旣成, 急難
圖矣. 袁紹雖强, 事多懷疑不決, 何足憂乎!"(*操以玄德爲英雄, 不以
本初爲英雄, 正如靑梅煮酒時談論相合.) 正議間, 郭嘉自外而入. 操問
曰: "吾欲東征劉備, 奈有袁紹之憂, 如何?" 嘉曰: "紹性遲而多
疑, 其謀士各相妒忌, 不足憂也. 劉備新整軍兵, 衆心未服,(*二語
爲後關‧張部卒降曹, 降卒詐投關公, 襲取下邳等事伏筆.) 丞相引兵東征,
一戰可定矣." 操大喜曰: "正合吾意." 遂起二十萬大軍, 分兵五
路下徐州.


〖4〗 細作探知, 報入徐州. 孫乾先往下邳報知關公, 隨至小沛
報知玄德. 玄德與孫乾計議曰: "此必求救於袁紹, 方可解危."

於是玄德修書一封,(*此時玄德竟親自寫書, 不必更煩鄭康成矣.) 遣孫乾至河北. 乾乃先見田豐, 具言其事, 求其引進. 豐卽引孫乾入見紹, 呈上書信. 只見紹形容憔悴, 衣冠不整. 豐曰:"今日主公何故如此?"紹曰:"我將死矣!"豐曰:"主公何出此言?"紹曰:"吾生有五子, 唯最幼者極快吾意.(*婦人愛少子, 丈夫亦是耶?) 今患疥瘡, 命已垂絕.(*紹所患者, 不過小兒之病; 小兒所患者, 又不過疥癬之疾. 可發一笑.) 吾有何心更論他事乎?"(*可笑.) 豐曰:"今曹操東征劉玄德, 許昌空虛, 若以義兵乘虛而入, 上可以保天子, 下可以救萬民. 此不易得之機會也, 唯明公裁之."(*豐前欲緩戰, 今欲急戰, 此量時度勢之言, 與沮受一味言戰者不同.) 紹曰:"吾亦知此最好, 奈我心中恍惚, 恐有不利."豐曰:"何恍惚之有?"紹曰:"五子中唯此子生得最異, 倘有疏虞, 吾命休矣."遂決意不肯發兵,(*曹昂死, 而曹操只言哭典韋; 袁熙病而袁紹不肯救劉備. 袁·曹優劣又見如此.) 乃謂孫乾曰:"汝回見玄德, 可言其故. 倘有不如意, 可來相投, 我自有相助之處."(*爲後劉備投袁紹伏筆.) 田豐以杖擊地曰:"遭此難遇之時, 乃以嬰兒之病, 失此機會! 大事去矣, 可痛惜哉!"跌足長嘆而出.(*眞正可惜. 玄德求救於紹, 不出程昱所料. 袁紹不肯發兵, 不出郭嘉所料.) 孫乾見紹不肯發兵, 只得星夜回小沛, 見玄德, 具說此事. 玄德大驚曰:"似此如之奈何?"張飛曰:"兄長勿憂. 曹操遠來, 必然困乏; 乘其初至, 先去劫寨, 可破曹操."(*此計亦可, 但瞞不過曹操耳.) 玄德曰:"素以汝爲一勇夫耳. 前者捉劉岱時, 頗能用計; 今獻此策, 亦中兵法."乃從其言, 分兵劫寨.

**＊注:** 引進(인진): 끌어들이다. 소개하다. 疏虞(소우): 소홀하다. 부주의하다. 잘못하다. 〈疏〉: 소홀. 〈虞〉: 걱정. 여기서는 〈소홀히 하여 불행한 일이 일어나다〉란 뜻이다. 相投(상투): 몸을 의탁(의지)하다. 의기투합하다. 跌足(질족): 발을 동동 구르다. 동동거리다.

〖5〗且說曹操引軍往小沛來. 正行間, 狂風驟至, 忽聽一聲響亮, 將一面牙旗吹折. 操便令軍兵且住, 聚衆謀士問吉凶. 荀彧曰: "風從何方來? 吹折甚顏色旗?" 操曰: "風自東南方來, 吹折角上牙旗.(*單旗曰角, 雙旗曰門.) 旗乃靑紅二色."(*董承之死只因紅詔一紙, 白絹一幅. 劉備之敗, 却因靑紅牙旗一面.) 彧曰: "不主別事, 今夜劉備必來劫寨."(*張飛之計早被荀彧占出.) 操點頭. 忽毛玠入見曰: "方纔東南風起, 吹折靑紅牙旗一面, 主公以爲主何吉凶?" 操曰: "公意若何?" 毛玠曰: "愚意以爲今夜必主有人來劫寨."(*謀士所見皆同.) 後人有詩嘆曰:

吁嗟帝胄勢孤窮, 全仗分兵劫寨功.

爭奈牙旗折有兆, 老天何故縱奸雄?

操曰: "天報應我, 卽當防之." 遂分兵九隊. 只留一隊向前虛札營寨, 餘衆八面埋伏. 是夜月色微明, 玄德在左, 張飛在右, 分兵兩隊進發; 只留孫乾守小沛.

*注: 響亮(향량): (소리가) 높고 크다. 우렁차다. 牙旗(아기): 임금이나 대장의 군영 앞에 세우는 큰 기. 甚顏色(심안색): 무슨(甚) 색깔(顏色). 角上牙旗(각상아기): 〈角〉: 單旗를 〈角〉이라 하고 雙旗를 〈門〉이라 한다. 主別事(주별사): 별다른 일의 조짐. 一面(일면): 깃발 하나. 〈面〉: 거울이나 깃발 등 평평한 물건을 세는 데 쓰임. 主何吉凶(주하길흉): 길흉 중 어떤 조짐을 나타내다. 여기서 〈主〉는 豫示, 豫兆, 兆朕의 뜻이다. 愚(우): 저. 제.(자기의 겸칭). 帝胄(제주): 제왕의 후예. 여기서는 〈劉備〉를 가리킴. 爭奈(쟁나): 어찌하겠는가. 〈爭〉: 어떻게. 〈爭奈〉: 어떻게(怎奈). 어떻게 할 길이 없다(無奈). 縱(종): 방임하다. 내버려두다. 멋대로 하게 하다. 報應(보응): 보고하다(回報). 대답하다(回音).


〖6〗且說張飛自以爲得計, 領輕騎在前, 突入操寨, 但見零零落落, 無多人馬, 四邊火光大起, 喊聲齊擧. 飛知中計, 急出寨外.
正東張遼, 正西許褚, 正南于禁, 正北李典, 東南徐晃, 西南樂進,
東北夏侯惇, 西北夏侯淵, 八處軍馬殺來. 張飛左沖右突, <u>前遮後</u>
<u>當</u>; 所領軍兵原是曹操手下舊軍, 見事勢已急, 盡皆投降去了.(*正
是朱靈·路昭及車冑所領之兵也.) 飛正殺間, 逢着徐晃大殺一陣; 後面
樂進赶到. 飛殺條血路, 突圍而走, 只有數十騎<u>跟定</u>. 欲還小沛,
去路已斷; 欲投徐州·下邳, 又恐曹軍截住; <u>尋思無路</u>, 只得望<u>碭</u>
<u>碭山</u>而去.(*按下張飛, 下文單叙玄德.)

*注: 零零落落(영영락락): 드문드문하다.　　**前遮後當**(전차후당): 前遮後擋.
前後遮當. 앞뒤를 막다(차단하다). 〈遮〉, 〈當〉: 막다. 차단하다(擋).　　跟定
(근정): 바짝 뒤를 따르다.　　尋思(심사): 깊이(곰곰이) 생각하다. 이모저모로
궁리하다.　　碭碭山(망탕산): 芒山과 碭山의 合稱으로 碭山이라 부르기도
한다. 豫州 梁國 碭縣 北. 지금의 강소성 碭縣 東南.


〖7〗 却說玄德引兵劫寨, 將近寨門, 忽然喊聲大震, 後面衝出一
軍, 先截去了一半人馬. 夏厚惇又到. 玄德突圍而走, 夏侯淵又從
後赶來. 玄德回顧, 止有三十餘騎跟隨; 急欲奔還小沛, 早望見小
沛城中火起, 只得棄了小沛; 欲投徐州·下邳, 又見曹軍漫山塞野,
截住去路. 玄德自思無路可歸, 想: "袁紹有言, '倘不如意, 可來
相投'. 今不若暫往依棲, 別作良圖." 遂望靑州路而走, 正逢李典
攔住. 玄德匹馬<u>落荒</u>, 望北而逃, 李典<u>擄將從騎</u>去了.

*注: 落荒(낙황): 큰길을 벗어나 들판으로 도망가다. 도망치다.　　擄將從騎
去(로장종기거): 그를 따르던 기마 병사들을 사로잡아 가다. 〈擄〉: 사로잡
다. 〈虜〉와 同字. 〈將〉: 賓語를 표시하는 조사.


〖8〗 且說玄德匹馬投靑州, 日行三百里, 奔至<u>靑州城</u>下叫門. 門

吏問了姓名，來報刺史．刺史乃袁紹長子袁譚．譚素敬玄德，聞知匹馬到來，卽便開門出迎．(*袁譚較勝乃翁，而乃翁反愛其少子，何也?)接入公廨，細問其故．玄德備言兵敗相投之意．譚乃留玄德於館驛中住下，發書報父袁紹，一面差本州人馬，護送玄德．至平原界口，袁紹親自引衆出鄴郡三十里迎接玄德．玄德拜謝，紹忙答禮曰：“昨爲小兒抱病，有失救援，於心怏怏不安．今幸得相見，大慰平生渴想之思．”玄德曰：“孤窮劉備，久欲投於門下，奈機緣未遇．今爲曹操所攻，妻子俱陷，想將軍容納四方之士，故不避羞慚，徑來相投．望乞收錄，誓當圖報．”紹大喜，相待甚厚，同居冀州．(*按下玄德，下文單敍雲長．)

　　　*注：青州城(청주)：지금의 산동성 淄博市 臨淄 北． 　公廨(공해)：관아. 관청． 　鄴郡(업군)：여기서는 鄴城. 당시 冀州의 治所. 지금의 하북성 臨漳縣 西南． 　機緣(기연)：기회와 인연．


〖9〗 且說曹操當夜取了小沛，隨卽進兵攻徐州．糜竺·簡雍守把不住，只得棄城而走．陳登獻了徐州．曹操大軍入城，安民已畢，隨喚衆謀士議取下邳．荀彧曰：“雲長保護玄德妻小，死守此城，若不速取，恐爲袁紹所竊．”(*彧已知備之必投紹矣．)操曰：“吾素愛雲長武藝人材，欲得之以爲己用，不若令人說之使降．”(*欲說降關公，亦大難事．)郭嘉曰：“雲長義氣深重，必不肯降．若使人說之，恐被其害．”帳下一人出曰：“某與關公有一面之交，願往說之．”衆視之，乃張遼也．(*回想白門樓相救之事，已隔數卷，此處忽然照應．) 程昱曰：“文遠雖與雲長有舊，吾觀此人，非可以言詞說也．某有一計，使彼進退無路，然後用文遠說之，彼必歸丞相矣．”正是：

　　整備窩弓射猛虎，安排香餌釣鰲魚．
未知其計若何，且聽下文分解．

*注: 守把(수파): 把守하다. 防守하다.　帳下(장하): 막사 안(營帳中). 장수의 部下. 麾下.　窩弓(와궁): 사냥꾼들이 사용하는 伏弓. 풀숲 속에 설치해 놓고 맹수를 쏘아 잡는 큰 활.　香餌(향이): 향기 나는 미끼.　鰲魚(오어): 〈鰲〉: 鼇(오)와 同字. 큰 거북 또는 바다자라. 대어.

## 第二十四回 毛宗崗 序始評

(1). 以天子之尊, 而束縛於權臣, 不得已耳; 以方伯之重, 而牽制於小兒, 亦不得已耶? 衣帶詔之事既聞, 董貴妃之事甚慘, 正忠臣肝腦塗地之秋, 義士發憤立功之日, 而乃遷延歲月, 坐失機會, 天子不能保其嬪妃, 諸侯且欲戀其家室. 己之幼子有疾, 猶然繫懷, 君之孕嗣遭殃, 不爲動念. 以四世三公, 代食漢祿者, 反不如一醫生之盡節, 良可嘆也!

(2). 田豊前欲緩戰, 今欲急戰; 前則無隙可伺, 今則有虛可乘, 審時勢而爲謀, 惜袁紹之不能用耳. 然吾怪郭圖審配, 獨無一言, 何也? 蓋二人與田豊不和, 故前者豊不欲戰, 二人宜戰之說爭之; 今者豊既欲戰, 二人更不以宜戰之說助之. 但從自己門戶起見, 不從國家大事起見, 古來朋黨之害, 往往坐此.

(3). 操之敵紹, 能以寡勝衆; 備之敵操, 不能以寡勝衆, 是備之用兵不如操矣. 然爲將之道, 在能用兵; 爲君之道, 不在能用兵, 而在能用用兵之人. 備之所以敗者, 以此時未遇諸葛亮耳. 未遇諸葛亮, 雖關張之勇, 無所用之; 既遇諸葛亮, 雖曹操之智, 不能當之. 而諸葛不爲曹操所得, 獨爲備所得. 善乎! 唐太宗之論操曰: "一將之智有餘, 萬乘之才不足." 韓信善將兵, 一將之智也；高祖不善將兵，而善將將，萬乘之才也．豈非操之用兵則勝於備，而用人則遜於備與!

# 第二十五回

## 屯土山關公約三事
## 救白馬曹操解重圍

〖1〗却說程昱獻計曰："雲長有萬人之敵，非智謀不能取之．今可卽差劉備手下投降之兵，入下邳見關公，只說是逃回的，伏於城中爲內應．却引關公出戰，詐敗佯輸，誘入他處，以精兵截其歸路．然後說之可也．"操聽其謀，卽令徐州降卒數十，徑投下邳來降關公．關公以爲舊兵，留而不疑．

次日，夏侯惇爲先鋒，領兵五千來搦戰．關公不出，惇卽使人於城下辱罵．(*非罵不足以激公.) 關公大怒，引三千人馬出城，與夏侯惇交戰．約戰十餘合，惇撥回馬走．關公趕來．惇且戰且走．關公約趕二十里，恐下邳有失，提兵便回．(*公亦見及此，但恨稍遲耳.) 只聽得一聲砲響，左有徐晃，右有許褚，兩隊軍截住去路．關公奪路而走，兩邊伏兵排下硬弩百張，箭如飛蝗．關公不得過，勒兵再回．

徐晃・許褚接住交戰. 關公奮力殺退二人, 引軍欲回下邳, 夏侯惇
又截住廝殺. 公戰至日晚, 無路可歸, 只得到一座土山, 引兵屯於
山頭, 權且少歇. 曹兵團團將土山圍住.(*此時甘・糜二嫂失陷城中矣.)
關公於山上遙望下邳城中, 火光沖天. 却是那詐降兵卒偷開城門,
曹操自提大軍殺入城中, 只教舉火以惑關公之心. 關公見下邳火
起, 心下驚惶,(*不特爲失下邳着急, 更爲陷二嫂着急.) 連夜幾番衝下山
來, 皆被亂箭射回.

〔2〕捱到天曉, 再欲整頓下山衝突, 忽見一人跑馬上山來, 視
之乃張遼也. 關公迎謂曰: "文遠欲來相敵耶?"遼曰: "非也. 想
故人舊日之情, 特來相見." 遂棄刀下馬, 與關公敍禮畢, 坐於山
頂. 公曰: "文遠莫非說關某乎?"遼曰: "不然. 昔日蒙兄救弟,
今日弟安得不救兄?"(*又將白門樓事一提.) 公曰: "然則文遠將欲助
我乎?"遼曰: "亦非也." 公曰: "旣不助我, 來此何幹?" 遼曰:
"玄德不知存亡, 翼德未知生死. 昨夜曹公已破下邳, 軍民盡無傷
害, 差人護衛玄德家眷, 不許驚擾.(*先言二嫂無恙, 以安其心.) 如此
相待, 弟特來報兄." 關公怒曰: "此言特說我也.(*不是救, 不是助,
竟是說也.) 吾今雖處絕地, 視死如歸, 汝當速去, 吾卽下山迎戰."
張遼大笑曰: "兄此言豈不爲天下笑乎?"公曰: "吾仗忠義而死,
安得爲天下笑?" 遼曰: "兄今卽死, 其罪有三."(*凡說英雄人, 譽之
不動, 責之則動; 甘言卑詞不若嚴氣正色. 此極得說關公之法.) 公曰: "汝且
說我那三罪?" 遼曰: "當初劉使君與兄結義之時, 誓同生死; 今
使君方敗, 而兄卽戰死, 倘使君復出, 欲求兄相助, 而不可得, 豈

不負當年之盟誓乎？其罪一也；(*是. 玄德若死, 關公不得獨生; 玄德若生, 關公安得獨死?) 劉使君以家眷付托於兄, 兄今戰死, 二夫人無所依賴, 負却使君依托之重, 其罪二也；(*是. 公死而使二夫人亦死, 是公有憾於死; 倘公死而二夫人或未必能死, 則公益有憾於死.) 兄武藝超群, 兼通經史, 不思共使君匡扶漢室, 徒欲赴湯蹈火, 以成匹夫之勇, 安得爲義？其罪三也. (*關公心存漢室, 遼則以"漢室"二字動之. 關公以死爲義, 乃張遼偏說不是義.) 兄有此三罪, 弟不得不告."

    **\*注:** 捱到天曉(애도천효): 날이 밝을 때를 기다리다. 〈捱〉: 막다; 기다리다; 드디어.


〖3〗公沈吟曰: "汝說我有三罪, 欲我如何?"遼曰: "今四面皆曹公之兵, 兄若不降, 則必死. 徒死無益, 不若且降曹公, 却打聽劉使君音信, 如知何處, 卽往投之. (*此二句方刺入關公耳中.) 一者可以保二夫人, 二者不背桃園之約, 三者可留有用之身. 有此三便, 兄宜詳之."公曰: "兄言三便, 吾有三約. 若丞相能從, 我卽當卸甲; 如其不允, 吾寧受三罪而死."遼曰: "丞相寬洪大量, 何所不容. 願聞三事."公曰: "一者, 吾與皇叔設誓, 共扶漢室, 吾今只降漢帝, 不降曹操; (*辨君臣之分.) 二者, 二嫂處請給皇叔俸祿養贍, 一應上下人等, 皆不許到門; (*嚴男女之別.) 三者, 但知劉皇叔去向, 不管千里萬里, 便當辭去. (*明兄弟之義.) 三者缺一, 斷不肯降. 望文遠急急回報."張遼應諾, 遂上馬回見曹操, 先說降漢不降曹之事. 操笑曰: "吾爲漢相, 漢卽吾也. (*曹操欺天下, 而天下受其欺, 正爲此語.) 此可從之." (*第一件似難却易.) 遼又言: "二夫人欲請皇叔俸給, 并上下人等不許到門."操曰: "吾於皇叔俸內, 更加倍與之. 至於嚴禁內外, 乃是家法, 又何疑焉!" (*第二件眞是不難.) 遼又曰: "但知玄德信息, 雖遠必往."操搖首曰: "然則吾養

雲長何用？ 此事却難從."(*操之所難正在第三件.) 遼曰: "豈不聞豫
讓 '衆人國士'之論乎？劉玄德待雲長不過恩厚耳. 丞相更施厚恩
以結其心, 何憂雲長之不服也？"(*爲後文贈袍·贈金·贈馬諸事張本.) 操
曰: "文遠之言甚當, 吾願從此三事."

*注: 詳(상): 자세하다; (일 따위가) 분명하다. 똑똑하다. 확실하다. 卸甲
(사갑): 갑옷을 벗다. 무기를 버리다. 去向(거향): 행방. **豫讓衆人國士之**
**論**(예양중인국사지론): 〈豫讓〉: 중국 전국시대 때 晉 나라 사람. 그는 晉卿
智瑤의 가신이었는데, 기원전 453년에 趙, 韓, 魏 세 집안이 함께 智氏를
멸망시켰다. 이에 예양은 온몸에 옻칠을 하고 숯을 삼켜 벙어리가 되어 변신
하고는 趙襄子를 암살하려고 두 번이나 시도했으나 실패하고, 끝내는 붙잡
혔다. 죽을 때 그는 趙襄子의 옷을 달라고 해서 그 옷을 칼로 찔러 주인을
위해 복수한 것임을 보인 후 그 칼로 자살했다. 그때 그가 했던 말이 바로
〈衆人國士〉論이다: "國君이 만약 나를 衆人을 대하는 태도로 대해 준다면
나 역시 衆人이 國君을 대하는 태도로 그에게 보답할 것이고, 國君이 만약
나를 國士(나라 안의 걸출한 인물)를 대하는 태도로 대해 준다면, 나 역시
國士들이 國君을 대하는 태도로 그에게 보답할 것이다."(*出處: 〈史記·刺
客列傳〉, 〈呂氏春秋·論威〉.) (*제29회 (2) 주 참조.)


〔4〕張遼再往山上回報關公. 關公曰: "雖然如此, 暫請丞相退
軍, 容我入城見二嫂, 告知其事, 然後投降." 張遼再回, 以此言
報曹操. 操卽傳令, 退軍至十里.(*奸雄可愛) 荀彧曰: "不可, 恐有
詐." 操曰: "雲長義士, 必不失信."(*曹操生平以詐待人, 獨於關公則
信之.) 遂引軍退. 關公引兵入下邳, 見人民安安不動; 竟到府中,
來見二嫂. 甘·糜二夫人聽得關公到來, 急出迎之. 公拜於階下
曰: "使二嫂受驚, 某之罪也."二夫人曰: "皇叔今在何處？"公
曰: "不知去向."二夫人曰: "二叔今將若何？" 公曰: "關某出

城死戰, 被困土山, 張遼勸我投降. 我以三事相約. 曹操已皆允從, 故特退兵, 放我入城. 我不曾得嫂嫂主意, 未敢擅便."(*事嫂如事兄, 稟命於嫂如稟命於兄也.) 二夫人問: "那三事?" 關公將上項三事, 備述一遍. 甘夫人曰: "昨日曹軍入城, 我等皆以爲必死, 誰想毫髮不動, 一軍不敢入門. 叔叔旣已領諾, 何必問我二人? 只恐曹操日後不肯容叔叔去尋皇叔."(*曹操難在第三事, 二夫人亦疑操之難於第三事.) 公曰: "嫂嫂放心, 關某自有主張."(*爲後文五關斬將伏筆.) 二夫人曰: "叔叔自家裁處, 凡事不必問俺女流."

> *注: 退軍至十里(퇴군지십리): 판본에 따라서는 〈至十里〉가 〈三十里〉로 되어 있어 〈30리〉로 번역된 것도 있으나, 성안으로 들어가는 길을 열어주기 위해 구태여 30리나 퇴군할 필요가 어디 있겠는가. 이는 원본의 〈至〉를 〈三〉으로 혼동한 데 그 원인이 있다.　安妥(안타): 안전하다. 틀림없다.　允從(윤종): 승낙하고 따르다.　擅便(천편): 제멋대로(독단적으로) 처리하다. 〈擅〉: 제멋대로(하다). 마음대로(하다). 〈未敢~〉: 감히 독단적으로 처리하지 못하다.　毫髮(호발): 털끝 하나. 〈毫〉: 털. (인체의) 솜털; 전혀. 조금도.　領諾(령낙): 승락(납득)하다.　自有主張(자유주장): 달리 생각이 있다. 〈自有〉: 달리. 따로.　俺女流(엄여류): 우리 여자들. 〈俺〉: 나(우리). 자기.

〖5〗關公辭退, 遂引數十騎來見曹操. 操自出轅門相接. 關公下馬入拜, 操慌忙答禮. 關公曰: "敗兵之將, 深荷不殺之恩." 操曰: "素慕雲長忠義, 今日幸得相見, 足慰平生之望." 關公曰: "文遠代稟三事, 蒙丞相應允, 諒不食言." 操曰: "吾言旣出, 安敢失信." 關公曰: "關某若知皇叔所在, 雖蹈水火, 必往從之.(*獨將第三事再申明一遍.) 此時恐不及拜辭, 伏乞見原."(*爲後文不辭而去伏筆.) 操曰: "玄德若在, 必從公去; 但恐亂軍中亡矣. 公且寬心, 尙容緝聽." 關公拜謝. 操設宴相待.

*注: 荷(하): 은혜를 입다(감격의 謙辭). 부담(하다). 책임(지다).   諒不食言
(량불식언): 식언하지 않을 것이라 믿다. 〈諒〉: 용서하다. 믿다. 생각건대.
참으로.   見原(견원): 見諒. 請原諒. 양해를 구하다. 용서를 빌다. 용서해
주기를 바라다.   從公去(종공거): 公이 가도록 내버려두다. (=使公從去).
〈從〉: = 縱. 마음대로 하게 하다(任憑. 聽憑).   緝聽(집청): 사방으로 소식
을 알아보다. 탐문하다. 〈緝〉: 모으다. 聚集.


〔6〕次日, 班師還許昌. 關公收拾車仗, 請二嫂上車, 親自護車
而行. 於路安歇館驛, 操欲亂其君臣之禮, 使關公與二嫂共處一
室. 關公乃秉燭立於戶外, 自夜達旦, 毫無倦色. 操見公如此, 愈
加敬服. 旣到許昌, 操撥一府與關公居住. 關公分一宅爲兩院, 內
門撥老軍十人把守, 關公自居外宅. 操引關公朝見獻帝, 帝命爲偏
將軍, 公謝恩歸宅. 操次日設大宴, 會衆謀臣武士, 以客禮待關
公, 延之上坐;(*禮貌不足以結之.) 又備綾錦及金銀器皿相送. 關公
都送與二嫂收貯. (*金帛不足以動之. 爲後封金伏筆.) 關公自到許昌,
操待之甚厚: 小宴三日, 大宴五日; 又送美女十人, 使侍關公. 關
公盡送於內門, 令伏侍二嫂.(*好色不足以眩之.) 却又三日一次於內
門外躬身施禮, 動問 “二嫂安否”. 二夫人回問皇叔之事畢, 曰:
“叔叔自便.” 關公方敢退回. (*今天下有如此悌弟否?) 操聞之, 又
嘆服關公不已.
　一日, 操見關公所穿綠錦戰袍已舊, 卽度其身品, 取異錦作戰袍
一領相贈. 關公受之, 穿於衣底, 上仍用舊袍罩之. 操笑曰:“雲
長何如此之儉乎?” 公曰:“某非儉也. 舊袍乃劉皇叔所賜, 某穿
之如見兄面, 不敢以丞相之新賜而忘兄長之舊賜, 故穿於上.”(*至
性至情.) 操嘆曰:“眞義士也!.” 然口雖稱羨, 心實不悅.
　　*注: 撥(발): 떼어주다(떼어내다). 갈라내다. 내어주다.   躬身(궁신): 몸소.

친히; 몸을 굽히다(굽혀 인사하다).　　**動問**(동문): 삼가 여쭙다. 인사하다.
**一領**(일령): 한 벌. 〈領〉: 벌. 착.(옷을 세는 양사.)　　**稱羨**(칭선): 칭찬하며
부러워하다.


〖7〗 一日, 關公在府, 忽報: "內院二夫人哭倒於地, 不知爲何.
請將軍速入." 關公乃整衣跪於內門外, 問二嫂爲何悲泣? 甘夫人
曰: "我夜夢皇叔身陷於土坑之內, 覺來與糜夫人論之, 想在九泉
之下矣! 是以相哭." 關公曰: "夢寐之事, 不可憑信. 此是嫂嫂想
念之故. 請勿憂愁."

正說間, 適曹操命使來請關公赴宴. 公辭二嫂, 往見操. 操見公
有淚容, 問其故. 公曰: "二嫂思兄痛哭, <u>不由某心不悲</u>." 操笑而
寬解之, 頻以酒相勸. 公醉, 自綽其髥而言曰: "生不能報國家,
而背其兄, 徒爲人也!" 操聞曰: "雲長髥有數乎?"(*不慰其言中之
意, 而但問其手中之髥, 極力把閑話說開去, 最得爲人解悶之法.) 公曰: "約
數百根. 每秋月約退三五根. 冬月多以皂紗囊裹之, 恐其斷也."
操以紗錦作囊, 與關公護髥.(*媚其人幷媚其髥, 媚人當如是矣.)

次日, 早朝見帝. 帝見關公一紗錦囊垂於胸次, 帝問之. 關公奏
曰: "臣髥頗長, 丞相賜囊貯之." 帝令當殿<u>披拂</u>, 過於其腹. 帝
曰: "眞美髥公也!" 因此人皆呼爲 "美髥公".
　　*注: **不由某心不悲**(불유모심불비): 제 마음도 슬프지 않을 수 없다. 〈不
　　**由…不**〉: 不得不. 저절로. 본인도 어쩔 수 없이.　　**綽**(작): 넉넉하다. 여유가
　　있다. 잡다. 만지다.　　**紗囊**(사낭): 실로 짜서 만든 주머니. 〈紗〉: 실. 짜서
　　만든 제품.　　**胸次**(흉차): 가슴(胸部). 가슴 속(胸中. 胸懷). 〈次〉: 가운데.
　　속.　　**披拂**(피불): 펴다. 펼치다. 나부끼다.


〖8〗 忽一日, 操請關公宴. 臨散, 送公出府, 見公馬瘦, 操

曰：“公馬因何而瘦？”關公曰：“賤軀頗重，馬不能載，因此常瘦．”操令左右備一馬來．須臾牽至．那馬身如火炭，狀甚雄偉．操指曰：“公識此馬否？”公曰：“莫非呂布所騎赤兎馬乎？”(*自白門樓後，此馬不知下落，今忽然出現.) 操曰：“然也．”遂並鞍轡送與關公．關公再拜稱謝．操不悅曰：“吾累送公美女金帛，公未嘗下拜；(*公平日之不輕下拜，今在曹操口中補出.) 今吾贈馬，乃喜而再拜，何賤人而貴畜耶？”關公曰：“吾知此馬日行天里，今幸得之．若知兄長下落，可一日而見面矣．”(*非爲馬而拜，爲兄而拜也.) 操愕然而悔．關公辭去．後人有詩嘆曰：

　　威傾三國著英豪，一宅分居義氣高．

　　奸相枉將虛禮待，豈知關羽不降曹．

　　*注：賤人貴畜(천인귀축)：사람을 천하게 여기고 가축을 귀하게 여기다.
　　下落(하락)：행방. 소재. 간 곳.　　後人有詩(후인유시)：明代의 周靜軒의
　　詩.　枉(왕)：쓸데없이. 헛되이.


〔9〕操問張遼曰：“吾待雲長不薄，而彼常懷去心，何也？”遼曰：“容某探其情．”次日，往見關公．禮畢，遼曰：“我薦兄在丞相處，不曾落後．”公曰：“深感丞相厚意．只是吾身雖在此，心念皇叔，未嘗去懷．”(*心口如一，略無隱諱.) 遼曰：“兄言差矣．處世不分輕重，非丈夫也．玄德待兄，未必過於丞相；兄何故只懷去志？”公曰：“吾固知曹公待吾甚厚．奈吾受劉皇叔厚恩，誓以共死，不可背之．吾終不留此，要必立效以報曹公，然後去耳．”遼曰：“倘玄德已棄世，公何所歸乎？”公曰：“願從於地下．”(*不負桃園同死之盟.) 遼知公終不可留，乃告退，回見曹操，具以實告．操嘆曰：“事主不忘其本，乃天下之義士也．”(*關公之義能使奸雄心折.) 荀彧曰：“彼言立功方去，若不教彼立功，未必便去．”操然之.(*

按住雲長一邊, 以下再敍玄德一邊.）

    \*注: 落後(낙후): 태만히 하다. 뒤떨어지다.   去懷(거회): 생각이 떠나지

    않다.   懷去志(회거지): 떠나가려는 뜻을 품다.


〖10〗 却說玄德在袁紹處, 旦夕煩惱. 紹曰: "玄德何故常憂?"
玄德曰: "二弟不知音耗, 妻小陷於曹賊.（\*玄德處處先說兄弟, 後及
妻小.) 上不能報國, 下不能保家, 安得不憂?" 紹曰: "吾欲進兵赴
許都久矣. 方今春暖, 正好興兵." 便商議破曹之策. 田豊諫曰:
"前操攻徐州, 許都空虛, <u>不及此時</u>進兵; 今徐州已破, 操兵方
銳, 未可輕敵. 不如以久持之, 待其有隙而後可動也."（\*田豊第一次
不欲戰, 第二次欲戰, 今第三次又不欲戰, 隨時通變, 正與沮受不同.) 紹
曰: "待我思之." 因問玄德曰: "田豊勸我固守, 何如?" 玄德
曰: "曹操欺君之賊, 明公若不討之, 恐失大義於天下."（\*玄德只以
衣帶詔爲重.) 紹曰: "玄德之言甚善." 遂欲興兵. 田豊又諫. 紹怒
曰: "汝等弄文輕武,   使我失大義!" 田豊頓首曰: "若不聽臣良
言, 出師不利." 紹大怒, 欲斬之. 玄德力勸, 乃囚於獄中.（\*不聽其
言, 又辱其身, 待士如此, 安能勝操乎?) 沮授見田豊下獄, 乃會其宗族,
盡散家財, 與之訣曰: "吾隨軍而去, 勝則威無不加, 敗則一身不
保矣!" 衆皆下淚送之.（\*與蹇叔哭師相似.)

    \*注: 不及此時(불급차시): 그때에 (이르러). 〈此時〉: 여기서는 〈이때〉가 아
    니라 〈그때〉의 뜻이다.   蹇叔(건숙): 춘추시대 때 秦의 大夫. 秦穆公에게
    출병의 불리함을 간했으나 기어이 출병하자 성문 밖에서 출병하는 군사들을
    향해 곡을 했다. 그들이 성문을 나가기는 해도 다시 들어올 수 없음을 알았기
    때문이다.


〖11〗 紹遣大將顔良作先鋒, 進攻<u>白馬</u>. 沮授諫曰: "顔良性狹,

雖驍勇，不可獨任。"紹曰："吾之上將，非汝等可料。"大軍進發至黎陽，東郡太守劉延告急許昌。曹操急議興兵抵敵。關公聞知，遂入相府見操，曰："聞丞相起兵，某願爲前部。"(*只爲欲去．故急欲立功。) 操曰："未敢煩將軍．早晚有事，當來相請。"關公乃退．操引兵十五萬，分三隊而行．於路又連接劉延告急文書．操先提五萬軍親臨白馬，靠土山箚住。遙望山前平川曠野之地，顏良前部精兵十萬，排成陣勢．操駭然，回顧呂布舊將宋憲曰："吾聞汝乃呂布部下猛將，今可與顏良一戰。"宋憲領諾，綽槍上馬，直出陣前。顏良橫刀立馬於門旗下；見宋憲馬至，良大喝一聲，縱馬來迎．戰不三合，手起刀落，斬宋憲於陣前．曹操大驚曰："眞勇將也！。"魏續曰："殺我同伴，願去報讎！"操許之．續上馬持矛，徑出陣前，大罵顏良．良更不打話，交馬一合，照頭一刀，劈魏續於馬下。(*呂布之馬已爲關公所騎，呂布之將又爲顏良所殺。) 操曰："今誰敢當之？"徐晃應聲而出，與顏良戰二十合，敗歸本陣。(*寫得顏良聲勢，越衬得雲長聲勢．正如寫華雄一樣筆法。) 諸將悚然．曹操收軍，良亦引軍退去。

*注: 白馬(백마): 지금의 하남성 滑縣 東. 黃河의 南岸에 있는데 황하의 北岸은 黎陽縣이다. 黎陽(여양): 하남성 浚縣 동북. 當來相請(당래상청): 당연히(마땅히) 해 달라고 청하다. 〈來〉: 동사나 동사결구 전면에서 어떤 일을 하도록 요구하는 것을 나타낸다. 箚住(차주): 札住(찰주): 扎住(찰주): 영채를 세워 주둔하다. 정지하다. 駐札. 駐扎. 札住. 〈箚(차)〉, 〈札(찰)〉, 〈扎(찰)〉: 같은 뜻으로 서로 통용된다. 平川(평천): 평야. 평원. 도로가 평탄한 것. 門旗(문기): 옛날 병영의 문 앞에 세웠던 가늘고 긴 기. 照頭(조두): 머리를 향하여. 〈照〉: (介詞) 향하여(向. 朝): (動詞) 보다(看). 劈(벽): 가르다. 쪼개다.

〖12〗操見連折二將，心中憂悶．程昱曰："某舉一人可敵顏良．"操問是誰．昱曰："非關公不可．"操曰："吾恐他立了功便去．"昱曰："劉備若在，必投袁紹．今若使雲長破袁紹之兵，紹必疑劉備而殺之矣．備旣死，雲長又安往乎?"(*是直欲借雲長之手以殺玄德也．昱之計亦譎矣哉!)操大喜，遂差人去請關公．關公卽入辭二嫂．二嫂曰："叔今此去，可打聽皇叔消息．"

關公領諾而出，提青龍刀，上赤兎馬，(*此關公第一次試馬．青龍,赤兎正復成對．)引從者數人，直至白馬來見曹操．操敍說："顏良連誅二將，勇不可當，特請雲長商議．"關公曰："容某觀之．"操置酒相待．忽報顏良搦戰．操引關公上土山觀看．操與關公坐，諸將環立．(*所謂以客禮相待．)曹操指山下顏良排的陣勢，旗幟鮮明，槍刀森布，嚴整有威，乃謂關公曰："河北人馬，如此雄壯!"關公曰："以吾觀之，如土雞瓦犬耳!"(*語殊趣．雞犬矣，又以土瓦爲之，輕之殊甚．)操又指曰："麾蓋之下，繡袍金甲，持刀立馬者，乃顏良也．"關公舉目一望，謂操曰："吾觀顏良，如挿標賣首耳!"(*關公出語亦甚風流．然則世之建虛名者，大半皆賣首之標矣．)操曰："未可輕視．"關公起身曰："某雖不才，願去萬軍中取其首級，來獻丞相．"張遼曰："軍中無戲言，雲長不可忽也．"關公奮然上馬，倒提青龍刀，跑下山來，鳳目圓睜，蠶眉直竪，直衝彼陣．河北軍如波開浪裂，關公徑奔顏良．顏良正在麾蓋下，見關公衝來，方欲問時，關公赤兎馬快，早已跑到面前；顏良措手不及，被雲長手起一刀，刺於馬下．忽地下馬，割了顏良首級，拴於馬項之下，(*挿標賣首，今已被青龍刀賣去矣．)飛身上馬，提刀出陣，如入無人之境．(*描寫神威眞如生龍活虎．)河北兵將大驚，不戰自亂．曹軍乘勢攻擊，死者不可勝數；馬匹器械，搶奪極多．關公縱馬上山，衆將盡皆稱賀．公獻首級於操前．操曰："將軍眞神人也!"關公曰："某何足道

哉! 吾弟張翼德於百萬軍中取上將之頭, 如<u>探囊取物</u>耳." 操大驚,
回顧左右曰: "今後如遇張翼德, 不可輕敵." 令寫於衣袍襟底以
記之.(＊爲長坂橋伏筆.)

*注: **麾蓋**(휘개): 대장기(麾)와 수레 위에 세우는 일산(蓋). 의장산(儀仗傘).

**挿標賣首**(삽표매수): 초표(草標)를 꽂아놓고 파는 머리임을 나타내다.

〈標〉: 草標. 파는 물건임을 표시하기 위해 그 위에 마른 풀을 꽂아놓는 것.

**忽地**(홀지): 忽然히. 갑자기.   **拴**(전): 묶다. 비끄러매다. 붙들어 매다.

**探囊取物**(탐낭취물): 주머니 속을 뒤져 물건을 집어내다. 일이 극히 쉽다.
식은 죽 먹기다.


〔13〕 却說顏良敗軍奔回, 半路迎見袁紹, 報說被赤面長鬚使大
刀一勇將, 匹馬入陣, 斬顏良而去, 因此大敗. 紹驚問曰: "此人
是誰?" 沮授曰: "此必是劉玄德之弟關雲長也." 紹大怒, 指玄德
曰: "汝弟斬吾愛將, 汝必通謀, 留你何用!" 喚刀斧手推出玄德
斬之.(＊使袁紹此時果殺玄德, 雲長知之必立誓報讐, 務殺袁紹而後死. 是既借
雲長之手以殺玄德, 又借雲長之手以殺袁紹也. 程昱之計眞是可畏.) 正是:

初見方爲座上客, 此日幾同階下囚.

未知玄德性命如何, 且聽下文分解.


### 第二十五回 毛宗崗 序始評

(1). 雲長本來事漢, 何云降漢? 降漢云者, 特爲不降曹三字下
註脚耳. 曹操借一漢字籠絡天下, 雲長即提一漢字壓倒曹操. 如
張繡·張魯·韓遂等輩, 名爲降漢而實則降曹者也; 呂布·袁術等
輩, 不降曹而亦不降漢者也; 華歆·王朗·郭嘉·程昱·張遼·許褚
等輩, 不知有漢, 而但知有曹者也; 荀彧·荀攸誤以爲漢即是曹,

曹卽是漢，而不知漢必非曹，曹必非漢者也．漢是漢，曹是曹，將兩下劃然分開，較然明白，是雲長十分學問，十分見識，非熟讀〈春秋〉不能到此．

(2)．關公三事之約，先有張遼三罪之說以引起之．張遼三罪：第一是負皇叔，第二是陷二嫂，第三是不能匡扶漢室．關公三事：首言歸漢，次言保嫂，末言尋兄．第一辨君臣之分，第二嚴男女之別，第三明兄弟之義．以張遼所云第三者爲第一，以張遼所云第一者爲第三，而曹操聽之不以第一事爲難，獨以第三事爲難，不知第三事卽在第一事中矣．操曰："漢卽吾也."此特奸雄欺人之語．而關公以皇叔爲漢，不以曹操爲漢，旣云歸漢不歸曹，是到底歸漢不歸曹耳．

(3)．紹之約備，雖有"倘不如意，當來相投"之語，而第一次致書，發兵而不戰；第二次致書，竝兵亦不發．關公此時安知備之必投紹，紹之必納備乎？曹操軍中細作，料已探知，而奸如曹操，又何難蒙蔽關公之耳目，而不使之知乎？關公曰："我當立功報曹而後去."則其殺袁將者，正謂歸劉地耳．曹操知之，欲借此以絕其歸劉之路；關公不知，欲借此以遂其歸劉之心．故曰不得爲關公咎也．

(4)．曹操厚待雲長，袁紹亦厚待玄德．然曹操則始終不渝，袁紹則忽而加禮，忽而欲殺，主張不定．袁·曹優劣又見於此．

# 第二十六回

## 袁本初敗兵折將
## 關雲長挂印封金

〖1〗却說袁紹欲斬玄德，玄德從容進曰：“明公只聽一面之詞，而絕向日之情耶？備自徐州<u>失散</u>，二弟雲長未知存否；天下同貌者不少，豈赤面長鬚之人，卽爲關某也？明公何不察之？”(*此時雲長尚在疑似之間，故玄德只說不是雲長以解之.) 袁紹是箇沒主張的人，聞玄德之言，責沮授曰：“<u>誤聽汝言</u>，<u>險殺好人</u>.”(*第一次欲殺，被玄德躲過.) 遂仍請玄德上帳坐，議報顏良之讐. 帳下一人應聲而進曰：“顏良與我如兄弟，今被曹賊所殺，我安得不雪其恨！”玄德視其人，身長八尺，面如<u>獬豸</u>，乃河北名將文醜也. 袁紹大喜曰：“非汝不能報顏良之讐. 吾與十萬軍兵，便渡黃河，追殺曹賊！”沮授曰：“不可. 今宜留屯延津，分兵官渡，乃爲上策. 若輕舉渡河，<u>設或</u>有變，衆皆不能還矣.”(*沮授分兵守險之說，亦與田豐相合.)

紹怒曰：“皆是汝等遲緩軍心，遷延日月，有妨大事！豈不聞‘兵貴神速’乎？”沮授出，嘆曰：“上盈其志，下務其功；悠悠黃河，吾其濟乎！”(＊與田豐以杖擊地之言，亦復相同.) 遂托疾不出議事. 玄德曰：“備蒙大恩，無可報效，意欲與文將軍同行：一者，報明公之德，二者，就探雲長的實信.” 紹喜，喚文醜與玄德同領前部. 文醜曰：“劉玄德屢敗之將，於軍不利. 既主公要他去時，某分三萬軍，教他爲後部.”(＊若使玄德在前，文醜不至於死.) 於是文醜自領七萬軍先行，令玄德引三萬軍隨後.

*注: 失散(실산): 변고를 만나 흩어지다. 誤(오): (副詞) 잘못하여, 실수로. 무심코. 險殺(험살): 하마터면 죽일 뻔했다. 〈險〉: 하마터면. 자칫하면. 帳下(장하): 막사 안(營帳中). 장수의 部下. 麾下. 獬豸(해치): 해태. 부정한 사람을 보면 뿔로 받는다는 전설상의 짐승. 延津(연진): 지금의 하남성 新鄕市 東南(宋 이후에 설치된 地名이다). 삼국 당시에는 白馬와 黎陽 二城의 西에 있었으나 황하의 물길이 바뀌면서 사라졌다. 官渡(관도): 지금의 하남성 中牟縣 東北. 設或(설혹): 만일. 만약. 遲緩(지완): 느리다. 완만하다. 盈(영): 충만하다. 충분하다. 자만하다. 교만하다. 就(취): (부사로) 굳건한 의지를 나타낸다. …겠다. 要他去時(요타거시): 그에게 가도록 요구하니. 〈時〉: 여기서는 〈때〉란 뜻이 아니라 語氣詞로서 말을 일단 멈출 때 쓴다.

〖2〗 且說曹操見雲長斬了顔良，倍加欽敬，表奏朝廷，封雲長爲漢壽亭侯.(＊漢壽，地名; 亭侯，爵名. 俗本此處多訛，今依古本削去.) 鑄印貽關公.(＊爲後挂印張本.) 忽報袁紹又使大將文醜渡黃河，已據延津之上. 操乃先使人移徙居民於西河，然後自領兵迎之; 傳下將令: 以後軍爲前軍，以前軍爲後軍; 糧草先行，軍兵在後. 呂虔曰: “糧草在先，軍兵在後，何意也？”操曰: “糧草在後，多被劫掠，

故令在前."(*此是假話.)　虔曰:"倘遇敵軍劫去,　如之奈何?"操
曰:"且待敵軍到時,却又理會."虔心疑未決.操令糧食輜重沿河
塹至延津.操在後軍,聽得前軍發喊,急教人看時,報說:"河北大
將文醜兵至,我軍皆棄糧草,四散奔走.後軍又遠,將如之何?"
操以鞭指南阜曰:"此可暫避."人馬急奔土阜.　操令軍士皆解衣
卸甲少歇,盡放其馬.(*旣棄糧又棄馬,眞令人不測.)文醜軍掩至,　衆
將曰:"賊至矣,可急收馬匹,退回白馬!"荀攸急止之曰:"此正
可以餌敵,何故反退?"(*荀攸獨知曹操之意.)　操急以目視荀攸而笑.
攸知其意,不復言.文醜軍旣得糧草車仗,又來搶馬,軍士不依隊
伍,自相雜亂.曹操却令軍將一齊下土阜擊之,文醜軍大亂.曹兵
圍裏將來,文醜挺身獨戰,軍士自相踐踏.文醜止遏不住,只得撥
馬回走.操在土阜上指曰:"文醜爲河北名將,誰可擒之?"張遼·
徐晃飛馬齊出,大叫:"文醜休走!"文醜回頭見二將赶上,遂按住
鐵槍,拈弓搭箭,正射張遼.徐晃大叫:"賊將休放箭!"張遼低頭
急躲,一箭射中頭盔,將簪纓射去.遼奮力再赶,坐下戰馬,又被
文醜一箭射中面頰.那馬跪倒前蹄,張遼落地.文醜回馬復來,徐
晃急輪大斧,截住厮殺.只見文醜後面軍馬齊到.晃料敵不過,撥
馬而回.文醜沿河赶來.(*此亦先寫文醜聲勢,以衬雲長聲勢.)忽見十餘
騎馬,旗號翩翻,一將當頭提刀飛馬而來,乃關雲長也.大喝:"賊
將休走!"與文醜交馬.戰不三合,文醜心怯,便撥馬遶河而走.關
公馬快,赶上文醜,腦後一刀,將文醜斬下馬來.曹操在土阜上,
見關公砍了文醜,大驅人馬掩殺.河北軍大半落水.(*沮授言不可渡
河,此處方驗.)糧草馬匹仍被曹操奪回.(*如垂棘之璧,屈産之乘.)

*注: 漢壽亭侯(한수정후):〈漢壽〉: 地名.〈亭侯〉: 爵名.　剽掠(표략): 협박
하여 빼앗음. 훔침. 표탈(剽奪).　理會(이회): 알다. 이해하다. 거들떠보다.
상대하다.　河塹(하참): 본래의 뜻은 성 둘레의 해자이나, 여기서는 하천

둑. 하천 제방 또는 水路란 뜻으로 쓰였다.　**挺身**(정신): 앞장서다. 정진하다. 용감하게 나아가다. 선뜻 나서다.　**翩翩**(편번): 翩翩(편편). 펄펄 나는 모양. 펄럭이다. 너풀너풀.

〖 3 〗 雲長引數騎東衝西突. 正殺之間, 劉玄德領三萬軍隨後到. 前面哨馬探知, 報與玄德云: "今番又是紅面長髥的斬了文醜."(*但聞其形, 未見其人.) 玄德慌忙驟馬來看, 隔河望見一簇人馬, 往來如飛, 旗上寫着 "漢壽亭侯關雲長"七字.(*但見其旗, 不見其面.) 玄德暗謝天地曰: "原來吾弟果然在曹操處!"(*知其在曹而反喜者, 信其必不降操也.) 欲待招呼相見, 被曹兵大隊擁來, 只得收兵回去.(*此時宜必相見矣, 而竟不相見.) 袁紹接應至官渡, 下定寨柵. 郭圖·審配入見袁紹, 說: "今番又是關某殺了文醜, 劉備佯推不知." 袁紹大怒, 罵曰: "大耳賊!, 焉敢如此!" 少頃, 玄德至, 紹令推出斬之. 玄德曰: "某有何罪?" 紹曰: "你故使汝弟又壞我一員大將, 如何無罪?" 玄德曰: "容伸一言而死: 曹操素忌備, 今知備在明公處, 恐備助公, 故特使雲長誅殺二將. 公知必怒, 此借公之手以殺劉備也. 願明公思之."(*程昱所言不出玄德之料.) 袁紹曰: "玄德之言是也, 汝等幾使我受害賢之名."(*第二番欲殺, 又被玄德躱過.) 喝退左右, 請玄德上帳而坐. 玄德謝曰: "荷明公寬大之恩, 無可補報. 欲令一心腹人持密書去見雲長, 使知劉備消息, 彼必星夜來到, 輔佐明公, 共誅曹操, 以報顏良·文醜之讐, 若何?"(*前者雲長尙在疑似之間, 則玄德只言不是雲長以解之; 今者雲長更無疑惑矣, 則又言招來雲長以解之.) 袁紹大喜曰: "吾得雲長, 勝顏良·文醜十倍也." 玄德修下書簡, 未有人送去.(*此時不卽寄去, 又作一頓, 妙.) 紹令進軍陽武, 連營數十里, 按兵不動.(*袁紹此番又是虎頭蛇尾.)

　　**＊注: 接應**(접응): 호응하다. 지원하다. 맞이하다.　**荷**(하): (은혜 등을) 입다.

받다. **書箚**(서차): 서찰(서찰). 서신. 〈箚(차)〉: 적다. 차자. 신하가 임금에

게 올리는 문서의 한 체. 또, 상관이 하관에게 보내는 공문서. "至於疏·對

·啓·狀·箚子者, 又皆以奏字冠之."(文體明辨) **進軍陽武**(진군양무): 양

무로 진군했다. (*〈三國演義〉毛本에는 원래 〈退軍武陽〉으로 되어 있으

나, 소설에서 서술하는 〈官渡之戰〉의 상황 및 지리 方位와 부합하지 않는다.

따라서 〈三國志·魏書·武帝紀〉에 의거 〈進軍陽武〉로 바꾸었다.) 〈陽武〉:

지금의 하남성 原陽縣 東南.


〖4〗操乃使夏侯惇領兵守住官渡隘口, 自己班師回許都, 大宴

衆官, 賀雲長之功. 因謂呂虔曰: "昔日吾以糧草在前者, 乃餌敵

之計也, 惟荀公達知吾心耳." 衆皆歎服. 正飲宴間, 忽報: "汝南

有黃巾劉辟·龔都, 甚是猖獗. 曹洪累戰不利, 乞遣兵救之." 雲長

聞言, 進曰: "關某願施犬馬之勞, 破汝南賊寇."(*唯其急欲歸劉, 故

急欲報曹耳.) 操曰: "雲長建立大功, 未曾重酬, 豈可復勞征進?"

公曰: "關某久閑, 必生病疾, 願再一行."(*英雄語. 玄德髀肉復生之

嘆亦是此意.) 曹操壯之, 點兵五萬, 使于禁·樂進爲副將, 次日便行.

荀彧密謂操曰: "雲長常有歸劉之心, 倘知消息必去, 不可頻令出

征." 操曰: "今次取功, 吾不復敎臨敵矣."

　　*注: **達知**(달지): 통달하다. 통지하다. **汝南**(여남): 豫州에 속한 郡名. 治

　　所는 平輿. 지금의 하남성 平輿縣 北.


〖5〗且說雲長領兵將近汝南, 箚住營寨. 當夜, 營外擒了兩個細

作人來. 雲長視之, 內中認得一人, 乃孫乾也. 關公叱退左右, 問

乾曰: "公自潰散之後, 一向踪跡不聞, 今何爲在此處?" 乾曰:

"某自逃難飄泊汝南, 幸得劉辟收留. 今將軍爲何在曹操處? 未

識甘·麋二夫人無恙否?" 關公因將上項事細說一遍. 乾曰: "近聞

玄德公在袁紹處, 欲往投之, 未得其便. 今劉·龔二人歸順袁紹, 相助攻曹, 又幸得將軍到此, 因特令小軍引路, 教某爲細作, 來報將軍. 來日二人當虛敗一陣, 公可速引二夫人投袁紹處, 與玄德公相見." 關公曰: "既兄在袁紹處, 吾必星夜而往. 但恨吾斬紹二將, <u>恐今事變矣.</u>"(*恐事變者, 非恐袁紹殺己也, 恐因此而玄德又不在袁紹處耳.) 乾曰: "某當先往, 探彼虛實, 再來報將軍." 公曰: "吾見兄長一面, 雖萬死不辭. 今回許昌, 便辭曹操也." 當夜密送孫乾去了.

　　**＊注: 恐今事變**(공금사변): 관공은 자기가 원소를 찾아가면 원소가 자기를 죽일까봐 걱정한 게 아니라, 자기가 원소의 장수 둘을 죽인 사실을 알게 된 원소가 자기 형 유현덕을 죽였을까봐 걱정된다고 말한 것이다. **虛實**(허실): 내막(내부 사정).


〖6〗 次日, 關公引兵出, 龔都披挂出陣. 關公曰: "汝等何故背反朝廷?" 都曰: "汝乃背主之人, 何反責我?" 關公曰: "我爲何背主?" 都曰: "劉玄德在袁本初處, 汝却從曹操, 何也?"(*孫乾在營中密語, 龔都在陣上明言. 爲後文軍士報二夫人張本.) 關公更不打話, 拍馬舞刀向前, 龔都便走. 關公赶上, 都回身告關公曰: "故主之恩不可忘也. 公當速進, 我讓汝南."(*讓汝南者, 欲其立功報曹以便速去耳.) 關公會意, 驅軍掩殺. 劉·龔二人佯輸詐敗, 四散去了. 雲長奪得州縣, 安民已定, 班師回許昌. 曹操出郭迎接, 賞勞軍士.

　　宴罷, 雲長回家, 參拜二嫂於門外. 甘夫人曰: "叔叔兩番出軍, 可知皇叔音信否?" 公答曰: "未也." 關公退, 二夫人於門內痛哭曰: "想皇叔休矣. 二叔恐我姊妹煩惱, 故隱而不言." 正哭間, 有一隨行老軍聽得哭聲不絕, 於門外告曰: "夫人休哭, 主人見在河北袁紹處." 夫人曰: "汝何由知之?" 軍曰: "跟關將軍出征, 有人在陣上說來."(*應龔都語.) 夫人急召雲長, 責之曰: "皇叔未嘗負汝, 汝今受曹操之恩, 頓忘舊日之義, 不以實情告我, 何也?" 關公頓首曰: "兄今委實在河北, 未敢教嫂嫂知者, 恐有漏泄也. 事須緩圖, 不可欲速." 甘夫人曰: "叔宜上緊." 公退, 尋思去計, 坐立不安.

〖7〗原來于禁探知劉備在河北, 報與曹操. 操令張遼來探關公意. 關公正悶坐, 張遼入賀曰: "聞兄在陣上知玄德音信, 特來賀喜."(*公方欲肥之, 而遼已明言之, 妙.) 關公曰: "故主雖在, 未得一見, 何喜之有?"(*遼既明言, 公卽不隱諱.) 遼曰: "兄與玄德交, 比弟與兄交何如?" 公曰: "我與兄, 朋友之交也; 我與玄德, 是朋友而兄弟·兄弟而又君臣也. 豈可共論乎?" 遼曰: "今玄德在河北, 兄往從否?" 關公曰: "昔日之言, 安肯背之! 文遠須爲我致意丞相." 張遼將關公之言, 回告曹操. 操曰: "吾自有計留之."

〖8〗且說關公正尋思間, 忽報有故人相訪. 及請入, 却不相識. 關公問曰: "公何人也?" 答曰: "某乃袁紹部下南陽陳震也." 關公大驚, 急退左右, 問曰: "先生此來, 必有所爲." 震出書一緘,

遞與關公. 公視之, 乃玄德書也. 其略云:

備與足下自桃園締盟, 誓以同死, 今何中道相違, 割恩斷義? 君必欲取功名, 圖富貴, 願獻備首級, 以成全功. 書不盡言, <u>死待來命</u>.

關公看書畢, 大哭曰:(*不得不哭.)"某非不欲尋兄, 奈不知所在也, 安肯圖富貴而背舊盟乎?"(*旣得此書, 則知玄德尙在袁紹處, 不必待孫乾回報, 而公之去更不容緩矣.) 震曰:"玄德望公甚切. 公旣不背舊盟, 宜速往見."關公曰:"人生天地間, 無終始者, 非君子也. 吾來時明白, 去時不可不明白. (*明明白白, 是公一生過人處.) 今吾作書, 煩公先達知兄長, 容某<u>辭却</u>曹公, 奉二嫂來相見."震曰:"倘曹操不允, 爲之奈何?"(*陳震之意, 公不告而竟去; 公爲人明白, 則必告而後去.) 公曰:"吾寧死, 豈肯留於此!"(*言不死則必去, 不去則必死也.) 震曰:"公速作回書, 免致劉使君<u>懸望</u>."關公寫書答云:

竊聞義不負心, 忠不顧死. 羽自幼讀書, 粗知禮義. <u>觀羊角哀 · 左伯桃之事</u>, 未嘗不三嘆而流涕也. 前守下邳, 內無積粟, 外無援兵, 欲卽<u>效死</u>, 奈有二嫂之重, 未敢斷首捐軀, 致負所託, <u>故爾暫且羈身</u>, 冀圖後會. 近至汝南, 方知兄信, 卽當面辭曹公, 奉二嫂歸. 羽但懷二心, 神人共戮. 披肝瀝膽, <u>筆楮難窮</u>, 瞻拜有期, 伏惟照鑒.

陳震得書自回.

주고는 자신은 나무 구멍 속에 들어가 죽었다. 후에 羊角哀가 楚나라의 大官이 되어 左伯桃의 시체를 찾아서 장례를 치러 주었다. 그리고 후에 左伯桃가 꿈에서 부탁한 일을 迷信하여 친구에게 보답하려고 자살을 했다. 후에 와서 〈羊左〉는 친구간의 友誼 깊음을 나타내는 단어가 되었다. (*出處: 〈文選. 劉孝標〈廣絶交論〉. 李善注引〈烈士傳〉.) 效死(효사): =效命. 목숨 바쳐 일하다. 사력을 다하다. 〈效〉: 바치다. 진력하다. 故爾(고이): =故而(그러므로. 때문에). 羈身(기신): 몸이 얽매이다. 〈羈〉: 굴레. 매다. 고삐. 筆楮難窮(필저난궁): 문자(글)로써는 충분히 다 표현하지 못하다. 〈楮〉: 닥나무. 닥나무 껍질로 종이를 만들기 때문에 이로써 〈종이〉를 표시했다. 〈窮〉: 다하다(盡).

〚9〛 關公入內, 告知二嫂, 隨卽至相府, 拜辭曹操. 操知來意, 乃懸回避牌於門.(*操所謂有計留之者, 別無他計, 只是一箇不肯相見耳.) 關公怏怏而回. 命舊日跟隨人役, 收拾車馬, 早晚伺候; 分付宅中所有原賜之物, 盡皆留下, 分毫不可帶去. 次日, 再往相府辭謝, 門首又挂回避牌.(*操此時留公之計亦窮矣.) 關公一連去了數次, 皆不得見. 乃往張遼家相探, 欲言其事. 遼亦托病不出.(*此想亦曹操教之也.) 關公思曰: "此曹丞相不容我去之意. 我去志已決, 豈可復留!" 卽寫書一封, 辭謝曹操, 書略曰:

羽少事皇叔, 誓同生死, 皇天后土, 實聞斯言. 前者下邳失守, 所請三事, 已蒙恩諾. 今探知故主見在袁紹軍中,(*明明說出, 更不隱諱.) 回思昔日之盟, 豈容違背? 新恩雖厚, 舊義難忘. 兹特奉書告辭, 伏惟照察. 其有餘恩未報, 願以俟之異日.(*爲後文華容道伏線.)

*注: 回避牌(회피패): 〈不在中〉임을 알리는 표시 문패. 伺候(사후): (때가 오기를) 기다리다.

【10】寫畢, 封固, 差人去相府投遞, 一面將累次所受金銀一一
封置庫中, 懸漢壽亭侯印於堂上,(＊封金封印至今傳爲千古美談.) 請二
夫人上車. 關公上赤兎馬, 手提靑龍刀, 率領舊日跟隨人役, 護送
車仗, 徑出北門. 門吏擋之. 關公怒目橫刀, 大喝一聲, 門吏皆退
避.

關公旣出門, 謂從者曰: "汝等護送車仗先行, 但有追赶者, 吾
自當之, 勿得驚動二位夫人." 從者推車, 望官道進發.

　　＊注: 車仗(거장): 수레와 兵仗.　　擋(당): 막다. 차단하다; 가리다.　　官道(관
　　도): 官에서 닦아 놓은 도로. 큰길. 大道.


【11】却說曹操正論關公之事未定, 左右報關公呈書. 操卽看
畢, 大驚曰: "雲長去矣!"(＊四字有無限愛惜, 無限嗟呀之意.) 忽北門
守將飛報: "關公奪門而去, 車仗鞍馬二十餘人, 皆望北行." 又
關公宅中人來報說: "關公盡封所賜金銀等物, 美女十人, 另居內
室, 其漢壽亭侯印懸於堂上. 丞相所撥人役, 皆不帶去, 只帶原跟
從人, 及隨身行李, 出北門去了." 衆皆愕然. 一將挺身出曰: "某
願將鐵騎三千, 去生擒關某, 獻與丞相!" 衆視之, 乃將軍蔡陽也.
正是:

　　欲離萬丈蛟龍穴, 又遇三千狼虎兵.

蔡陽要赶關公, 畢竟如何, 且聽下文分解.

　　＊注: 奪門(탈문): (급박한 상황에서) 문을 부수고 나가다. 출입문에 급히
　　뛰어들다.


### 第二十六回 毛宗崗 序始評

(1). 今人見關公爲漢壽亭侯, 遂以 "漢" 爲國號, 而直稱之曰

"壽亭侯". 卽博雅家亦時有此. 此起於俗本演義之誤也. 俗本云:"曹瞞鑄壽亭侯印貽公而不受, 加以'漢'字而後受."讀者不察, 遂爲所誤. 夫"漢壽", 地名也. "亭侯", 爵名也. 漢有亭侯、鄉侯、通侯之名. 〈蜀志〉:"大將軍費禕會諸將於漢壽." 則"漢壽亭侯", 猶言漢壽之亭侯耳, 豈可去"漢"字而"壽亭侯"爲名耶? 鷄籠山關廟內題主曰:"漢前將軍漢壽亭侯之神", 本自了然. 余則謂當於外額亦加一"漢"字, 曰:"漢漢壽亭侯祠", 則人人洞曉矣. 俗本之說, 今依古本校正.

(2). 人情未有不愛財與色者也; 不愛財與色, 未有不重爵與祿者也; 不重爵與祿, 未有不重人之推心置腹, 折節敬禮者也. 曹操所以駕馭人才籠絡英俊者, 恃此數者已耳. 是以張遼舊事呂布, 徐晃舊事楊奉, 賈詡舊事張繡, 文聘舊事劉表, 張郃乃袁紹之舊臣, 龐德乃馬超之舊將, 無不棄故從新, 樂爲之死. 獨至關公, 而心戀故主堅如鐵石. 金銀美女之賜, 不足以移之; 偏將軍漢壽亭侯之封, 不足以動之; 分庭抗禮杯酒交歡之異數, 不足以奪之. 夫而後奸雄之術窮矣. 奸雄之術旣窮, 始駭天壤間不受駕馭, 不受籠絡者, 乃有如此之一人, 卽欲不吁嗟景仰, 安可得乎?

(3). 來得明白, 去得明白. 推此志也, 縱無二嫂之羈絆而孑然一身, 亦不必絕曹操而遁去也. 明知袁紹爲曹操之讐, 而致書曹操, 明明說出, 更不隱諱. 不知兄在, 則斬其將; 旣知兄在, 則歸其處. 心事無不可對人言者. 有人如此, 安得不與日月爭光!

# 第二十七回

## 美髯公千里走單騎
## 漢壽亭侯五關斬六將

〖１〗却說曹操部下諸將中，自張遼而外，只有徐晃與雲長交厚，其餘亦皆敬服；獨蔡陽不服關公，故今日聞其去，欲往追之．操曰：“不忘故主，來去明白，眞丈夫也．汝等皆當效之．”遂叱退蔡陽，不令去趕．程昱曰：“丞相待關某甚厚，今彼不辭而去，亂言片楮，冒瀆鈞威，其罪大矣．若縱之使歸袁紹，是與虎添翼也．不若追而殺之，以絕後患．”操曰：“吾昔已許之，豈可失信？彼各爲其主，勿追也．”（＊袁紹欲殺玄德，而曹操不追關公，有始有終，是曹操高袁紹一頭地．）因謂張遼曰：“雲長封金挂印，財賄不足以動其心，爵祿不足以移其志，此等人吾深敬之．（＊操所以餌人者，不過財賄爵祿耳．今二者不足以動關公，曹操安得不敬？）想他去此不遠，我一發結識他，做箇人情. 汝可先去請住他, 待我與他送行. 更以路費征袍贈之, 使爲後日記念."(*旣不追之, 則必餞之, 索性加厚一倍, 有心人算計往往如此.) 張遼領命, 單騎先往, 曹操引數十騎隨後而來.

*注: 片楮(편저): 종이쪽지 하나. 〈楮〉: 닥나무. 종이의 대칭. 一發結識他(일발결식타): 그와 한층 더 깊이 사귀다. 〈一發〉: 점점. 더욱 더; 함께. 한꺼번에. 〈結識〉: 사귀다. 교제하다. 做個人情(주개인정): 인사를 하다(做一個人情). 〈人情〉: 인정. 선심. (경조 때의) 인사나 선물. 예물. 索性(색성): 차라리. 아예.


〔2〕 却說雲長所騎赤兎馬, 日行千里, 本是赶不上; 因欲護送車仗, 不敢縱馬, 按轡徐行. 忽聽背後有人大叫: "雲長且慢行!" 回頭視之, 見張遼拍馬而至. 關公敎車仗從人, 只管望大路緊行; (*爲後被劫伏筆.) 自己勒住赤兎馬, 按定靑龍刀, 問曰: "文遠莫非欲追我回乎?" 遼曰: "非也. 丞相知兄遠行, 欲來相送, 特先使我請住台駕, 別無他意." 關公曰: "便是丞相鐵騎來, 吾願決一死戰." 遂立馬於橋上望之, 見曹操引數十騎, 飛奔前來, 背後乃是許褚·徐晃·于禁·李典之輩. 操見關公橫刀立馬於橋上, 令諸將勒住馬匹, 左右排開. 關公見衆人手中皆無軍器, 方始放心. 操曰: "雲長行何太速?" 關公於馬上欠身答曰: "關某前曾稟過丞相. 今故主在河北, 不由某不急去. 累次造府, 不得參見, 故拜書告辭, 封金挂印, 還納丞相. 望丞相勿忘昔日之言." 操曰: "吾欲取信於天下, 安肯有負前言. 恐將軍途中乏用, 特具路資相送." 一將便從馬上托過黃金一盤. 關公曰: "累蒙恩賜, 尙有餘資. 留此黃金以賞戰士." 操曰: "特以少酬大功於萬一, 何必推辭?" 關公曰: "區區微勞, 何足挂齒." 操笑曰: "雲長天下義士, 恨吾福薄, 不得相留. 錦袍一領, 略表寸心." 令一將下馬, 雙手捧袍過

來. 雲長恐有他變, 不敢下馬, 用靑龍刀尖挑錦袍披於身上, 勒馬回頭稱謝曰: "蒙丞相賜袍, 異日更得相會." (＊曹操此袍, 可留異日華容道一命矣.) 遂下橋望北而去. (＊操甚殷殷, 公甚落落, 操甚款款, 公甚匆匆.) 許褚曰: "此人無禮太甚, 何不擒之?" 操曰: "彼一人一騎, 吾數十餘人, 安得不疑? (＊代爲之解.) 吾言旣出, 不可追也." (＊又自爲解.) 曹操自引衆將回城, 於路嘆想雲長不已.

＊注: 赶不上(간부상): (다른 말들이) 따라잡을 수 없다. (＊主語가 생략되어 있다.)　　只管(지관): 오로지(다만)…만 돌보다(고려하다).　　緊行(긴행): 서둘러 가다. 쉬지 않고 가다. 〈緊〉: 서둘러. 빨리. 쉴 새 없이. 연이어.　　按定(안정): 손으로 눌러 고정시키다.　　台駕(태가): (한 대의) 거마. 〈台〉: (기계. 차량. 연극의 공연 회수 따위를 세는 수사). 대. 편. 회. 차례.　　便是(편시): 설령 …이더라도; 바로 …이다.　　欠身(흠신): 경의를 표하기 위해 몸을 굽히다.　　不由某不急去(불유모불급거): 나는 급히 가지 않을 수 없다. 〈不由…不〉: 不得不. 본인도 어쩔 수 없이.　　造府(조부): 사무실(府)로 찾아가다. 〈造〉: 찾아가다. 이르다.　　托過(탁과): 건네주다.　　區區(구구): 작은 모양. 잔다란 모양. 자신의 행위 등에 대한 謙稱.　　挑錦袍(도금포): 비단 전포를 (칼 끝에 걸쳐) 들어 올리다. 〈挑〉: 들어 올리다. (장대나 대나무 끝에) 매달다(懸挂).


〖3〗 不說曹操自回. 且說關公來追車仗, 約行三十里, 却只不見. 雲長心慌, 縱馬四下尋之. 忽見山頭一人, 高叫: "關將軍且住!" 關公擧目視之, 只見一少年, 黃巾錦衣, 持槍跨馬, 馬項下懸着首級一顆, 引百餘步卒, 飛奔前來. 公問曰: "汝何人也?" 少年棄槍下馬, 拜伏於地. 雲長恐是詐, 勒馬持刀問曰: "壯士, 願通姓名." 答曰: "吾本襄陽人, 姓廖, 名化, 字元儉. 因世亂流落江湖, 聚衆五百餘人, 劫掠爲生. 恰纔同伴杜遠下山巡哨, 誤將兩夫人劫掠上山. 吾問從者, 知是大漢劉皇叔夫人, 且聞將軍護送在此. 吾即欲送下山來, 杜遠出言不遜, 被某殺死. 今獻頭與將軍請罪." 關公曰: "二夫人何在?" 化曰: "現在山中." 關公敎急取下山. 不移時, 百餘人簇擁車仗前來. 關公下馬停刀, 叉手於車前問候曰: "二嫂受驚否?" 二夫人曰: "若非廖將軍保全, 已被杜遠所辱." 關公問左右曰: "廖化怎生救夫人?" 左右曰: "杜遠劫上山去, 就要與廖化各分一人爲妻. 廖化問起根由, 好生拜敬; 杜遠不從, 已被廖化殺了." 關公聞言, 乃拜謝廖化. 廖化欲以部下人送關公, 關公尋思: '此人終是黃巾餘黨, 未可作伴.' 乃謝却之. 廖化又拜送金帛, 關公亦不受.(*丞相之金且不受, 況强盜之金乎?) 廖化拜別, 自引人伴投山谷中去了.

*注: 襄陽(양양): 지금의 호북성 襄樊市. 恰纔(흡재): =恰才. 방금. 바로. 지금. 簇擁(족옹): 떼를 지어 둘러싸다. 怎生(즘생): 어떻게 하면. 어떻게. 問起(문기): …에 대해 묻다. 〈起〉: 〈說〉, 〈談〉, 〈問〉, 〈提〉 등의 動詞 뒤에 사용되어 〈…에 대해〉란 뜻을 나타낸다. 根由(근유): 由來. 내력. 원인. 好生(호생): 매우. 아주. 대단히. 충분히. 已(이): 조금 후. 얼마 후.


〖4〗雲長將曹操贈袍事告知二嫂, 催促車仗前行. 至天晚, 投一村莊安歇. 莊主出迎, 鬚髮皆白, 問曰: "將軍姓甚名誰?" 關公施禮曰: "吾乃劉玄德之弟關某也." 老人曰: "莫非斬顏良·文醜的關公否?" 公曰: "便是." 老人大喜, 便請入莊. 關公曰: "車上還有二位夫人." 老人便喚妻女出迎. 二夫人至草堂上, 關公叉手立於二夫人之側. 老人請公坐, 公曰: "尊嫂在上, 安敢就坐." 老人乃令妻女請二夫人入內室款待, 自於草堂款待關公. 關公問老人姓名, 老人曰: "吾姓胡, 名華, 桓帝時曾爲議郎, 致仕歸鄉. 今

有小兒胡班在滎陽太守王植部下爲從事. 將軍若從此處經過, 某
有一書寄與小兒."(*未至第一關, 先爲第四關脫難伏線, 妙.) 關公允諾.

    *注: 村莊(촌장): 마을. 부락. 촌(마을)의 농가. 姓甚名誰(성심명수): 姓名
이 어떻게 되느냐. 還有(환유): 아직도 있다. 〈還〉: 아직도. 여전히. 또.
더. 妻女(처녀): 아내. 致仕(치사): 사직하다. 관직을 그만두다. 滎陽(형
양): 郡 이름. 지금의 하남성 滎陽縣 東北.


  〔5〕次日, 早膳畢, 請二嫂上車, 取了胡華書信, 相別而行, 取
路投洛陽來. 至第一關, 名東嶺關. (*第一關.) 把關將姓孔, 名秀,
引五百軍兵在嶺上把守. 當日關公押車仗上嶺. 軍士報知孔秀. 秀
出關來迎. 關公下馬, 與孔秀施禮. 秀曰: "將軍何往?" 公曰:
"某辭丞相, 特往河北尋兄." 秀曰: "河北袁紹正是丞相對頭. 將
軍此去, 必有丞相文憑."(*前曹操送行, 贈金贈袍, 而不與以文憑, 是不留
而留, 送而不送也.) 公曰: "因行期慌迫, 不曾討得." 秀曰: "旣無
文憑, 待我差人稟過丞相, 方可放行." 關公曰: "待去稟時, 須誤
了我行程." 秀曰: "法度所拘, 不得不如此." 關公曰: "汝不容
我過關乎?"(*其語漸硬.) 秀曰: "汝要過去, 留下老小爲質."(*此言
無禮.) 關公大怒,(*不得不怒.) 擧刀就殺孔秀. 秀退入關去, 鳴鼓聚
軍, 披挂上馬, 殺下關來, 大喝曰: "汝敢過去麼?" 關公約退車
仗, 縱馬提刀, 竟不打話, 直取孔秀. 秀挺槍來迎. 兩馬相交, 只
一合, 鋼刀起處, 孔秀屍橫馬下. 衆軍便走. 關公曰: "軍士休走.
吾殺孔秀, 不得已也, 與汝等無干. 借汝衆軍之口, 傳語曹丞相,
言孔秀欲害我, 我故殺之." 衆軍俱拜於馬前.

    *注: 東嶺關(동령관): 東漢 및 三國時에는 이런 地名이 없었다. 押車仗(압
거장): 수레와 兵仗을 호송하다. 〈押〉: 호송하다. 對頭(대두): 원수. 적수.
文憑(문빙): 증서. 증명서. 慌迫(황박): 급박(急迫)하다. 討得(토득):

청구하다. 받아내다.   **約退**(약퇴): 물러나도록 조처하다. 〈約〉: 조처하다. 배치하다(置辦配備).


〖6〗 關公卽請二夫人車仗出關，望洛陽進發.(*第二關.) 早有軍士報知洛陽太守韓福. 韓福急聚衆將商議，<u>牙將</u>孟坦曰：“旣無丞相文憑，卽<u>係私行</u>. 若不阻擋，必有罪責.” 韓福曰：“關公猛勇，顔良·文醜俱爲所殺. 今不可力敵，只須設計擒之.” 孟坦曰：“某有一計，先將<u>鹿角</u>攔定關口，待他到時，小將引兵和他交鋒，佯敗，誘他來追，公可用暗箭射之. 若關某墜馬，卽擒解許都，必得重賞.”(*旣欲免罪，又復貪賞.) 商議停當，人報關公車仗已到. 韓福彎弓揷箭，引一千人馬排列關口，問：“來者何人？” 關公馬上欠身言曰：“吾漢壽亭侯關某，敢借過路.” 韓福曰：“有曹丞相文憑否？”(*已知其人，却又假問.) 關公曰：“事冗不曾討得.” 韓福曰：“吾奉丞相鈞命，鎭守此地，專一<u>盤詰</u>往來奸細. 若無文憑，卽<u>係逃</u><u>竄</u>.” 關公怒曰：“東嶺孔秀，已被吾殺，汝亦欲尋死耶？” 韓福曰：“誰人與我擒之？” 孟坦出馬，輪雙刀來取關公. 關公約退車仗，拍馬來迎. 孟坦戰不三合，撥回馬便走，關公赶來. 孟坦只<u>指</u><u>望</u>引誘關公，不想關公馬快，早已赶上，只一刀，砍爲兩段.(*斬却二將.) 關公勒馬回來，韓福<u>閃在門首</u>，盡力放了一箭，正射中關公左臂. 公用口拔出箭，血流不住，飛馬徑奔韓福，衝散衆軍. 韓福急閃不及，關公手起刀落，<u>帶頭連肩</u>斬於馬下. 殺散衆軍，保護車仗.

**\*注: 牙將**(아장): 군중의 중하급 군관.   **係私行**(계사행): 개인적인 행차이다. 〈係〉: 연결되다. 관련되다. …이다.(\*뒤의 〈係逃竄〉: 逃竄(도망자)이다.)
**鹿角**(녹각): 사슴 뿔. 그러나 여기서는 일종의 군사적 방어시설로 사슴뿔처럼 가지가 나 있는 나무를 땅위에 꽂아서 적병의 진입을 저지하는 시설이다.

攔定(난정): 막다. 저지하다.　　擒解(금해): 사로잡아서 …로 압송하다.

停當(정당): 적절하다. 타당하다. (주로 보어로 쓰여) 일이 잘(완전히) 되다.

事冗(사용): 일이 번거롭다. 〈冗〉: 〈宂〉의 俗字: 바쁘다. 번거롭다. 쓸데없

다. 한가롭다.　　盤詰(반힐): 반핵(盤覈). 자세히 캐어묻다.　　奸細(간세):

스파이. 첩자.　　約退(약퇴): 물러나도록 조처하다. 〈約〉: 置辦配備.

指望(지망): 기대하다. 바라다.　　閃在門首(섬재문수): 문 앞으로 몸을 피

하여. 〈閃〉: 몸을 피하다. 〈門首〉: 門口. 門前.　　帶頭連肩(대두연견): 머리

를 베되 목 아래 어깨 높이에서 가로로 베는 것을 말한다.


〖7〗 關公割帛束住箭傷, 於路恐人暗算, 不敢久住, 連夜投沂水

關來.(*第三關.) 把關將乃并州人氏, 姓卞, 名喜, 善使流星鎚, 原

是黃巾餘黨, 後投曹操, 撥來守關. 當下聞知關公將到, 尋思一

計, 就關前鎭國寺中, 埋伏下刀斧手二百餘人, 誘關公至寺, 約擊

盞爲號, 欲圖相害.(*在佛地上謀殺好人, 是强盜所爲, 然未必非和尙所爲

也.) 安排已定, 出關迎接關公. 公見卞喜來迎, 便下馬相見. 喜

曰: “將軍名震天下, 誰不敬仰; 今歸皇叔, 足見忠義.”(*小人欺君

子, 偏能爲君子之言.) 關公訴說斬孔秀·韓福之事. 卞喜曰: “將軍殺

之是也. 某見丞相, 代稟衷曲.”(*言之太甘, 其中必苦.)　關公甚喜,

同上馬過了沂水關, 到鎭國寺前下馬. 衆僧鳴鐘出迎.

　　*注: 撥來(발래): 파견되어 와서. 〈撥〉: 군대나 사람을 이동하거나 파견하

다. 當下(당하): 당장(立卽. 立刻). 그때(那个時候).　　衷曲(충곡): 간절한

마음. 心曲.


〖8〗 原來那鎭國寺乃漢明帝御前香火院,　本寺有僧三十餘人.

內有一僧, 却是關公同鄕人, 法名普淨. 當下普淨已知其意, 向前

與關公問訊, 曰: “將軍離蒲東幾年矣?” 關公曰: “將及二十年

矣." 普淨曰: "還認得貧僧否?" 公曰: "離鄕多年, 不能相識."
普淨曰: "貧僧家與將軍家只隔一條河." 卞喜見普淨敍出鄕里之
情, 恐有走泄, 乃叱之曰: "吾欲請將軍赴宴, 汝僧人何得多言!"
關公曰: "不然. 鄕人相遇, 安得不敍舊情耶!" 普淨請關公方丈待
茶. 關公曰: "二位夫人在車上, 可先獻茶." 普淨敎取茶先奉夫
人, 然後請關公入方丈. 普淨以手擧所佩戒刀, 以目視關公, 公會
意, 命左右持刀緊隨. 卞喜請關公於法堂筵席. 關公曰: "卞君請
關某, 是好意, 還是歹意?" 卞喜未及回言, 關公早望見壁衣中有
刀斧手, 乃大喝卞喜曰: "吾以汝爲好人, 安敢如此!" 卞喜知事
泄, 大叫: "左右下手!" 左右方欲動手, 皆被關公拔劍砍之. 卞喜
下堂遶廊而走. 關公棄劍執大刀來趕. 卞喜暗取飛鎚, 擲打關公.
關公用刀隔開鎚, 趕將入去, 一刀劈卞喜爲兩段.(*要在佛地上殺好
人, 是眞强盜; 能在佛地上殺歹人, 是眞菩薩.) 隨卽回身來看二嫂, 早有
軍人圍住, 見關公來, 四散奔走. 關公趕散, 謝普淨曰: "若非吾
師, 已被此賊害矣."(*救關公者普靜, 殺卞喜者普靜. 殺之而當殺, 卽生也.
此僧可謂深通佛法.) 普淨曰: "貧僧此處難容, 收拾衣鉢, 亦往他處
雲遊也. 後會有期, 將軍保重."(*早爲玉泉山伏筆.) 關公稱謝, 護送
車仗, 往滎陽進發.(*第四關.)

　　*注: 蒲東(포동): 地名. 즉 蒲州. 지금의 산서성 永濟. 關羽의 출생지로 알려
　　져 있다.　走泄(주설): 새어 나가다.　方丈(방장): 維摩居士의 거실이 四方
　　一丈이었던 데서 和尙. 國師 등 높은 중의 處所를 가리키게 되었다. 불교
　　사찰의 住持.　歹意(대의): 나쁜 뜻. 몹쓸 생각. 〈歹(알)〉: 앙상한 뼈; 〈歹
　　(대)〉: 나쁘다. 패려궂다.　壁衣(벽의): 壁式衣架. 벽을 장식하기 위해 설
　　치해 놓은 커튼(帷幕). 사람이 임시로 그 속에 들어가 숨을 수 있게 되어
　　있다.　隔開(격개): 막다. 가로막다; 나누다. 분리하다.　趕將入去(간장입
　　거): 쫓아 들어가다. 〈將〉: 動詞와 方向補語 사이에 쓰여 그 동작의 持續性이

나 開始 등을 나타낸다. (*走將進去: 걸어 들어가다. 唱將起來: 노래를 부르기 시작하다. 傳將出去: (소식 등을) 퍼뜨리다. 打將進去: 쳐들어가다. 赶將上去: 급히 쫓아가다.)    雲遊(운유): 구름처럼 떠돌다. 방랑하다. (승려가) 行脚하다.    榮陽(형양): 현명. 지금의 하남성 榮陽 東北.

〖9〗 榮陽太守王植, 却與韓福是兩親家. 聞得關公殺了韓福, 商議欲暗害關公, 乃使人守住關口. 待關公到時, 王植出關, 喜笑相迎. 關公訴說尋兄之事. 植曰: "將軍於路馳驅, 夫人車上勞困, 且請入城, 館驛中暫歇一宵, 來日登途未遲."(*與卞喜一樣騙法.) 關公見王植意甚慇懃, 遂請二嫂入城, 館驛中皆鋪陳了當. 王植請公赴宴, 公辭不往; 植使人送筵席至館驛. 關公因於路辛苦, 請二嫂晚膳畢, 就正房歇定; 令從者各自安歇, 飽喂馬匹. 關公亦解甲憩息.

*注: 兩親家(양친가): 부모 양쪽으로 다 친척인 관계의 사람.    鋪陳了當(포진료당): 잠자리 등 모든 것이 잘 준비되어 있었다. 〈鋪陳〉: 요와 방석 등 돗자리를 깔다. 〈了當〉: 動詞 뒤에서 그 動作이 완전히 끝났음을 나타낸다. 飽喂(포위): 말 등 가축에게 사료를 배불리 먹이다.    憩息(게식): 휴식. 휴식하다. 쉬다.

〖10〗 却說王植密喚從事胡班聽令曰: "關某背丞相而逃, 又於路殺太守並守關將校, 死罪不輕! 此人武勇難敵, 汝今晚點一千軍圍住館驛, 一人一箇火把, 待三更時分, 一齊放火; 不問是誰, 盡皆燒死! 吾亦自引軍接應." 胡班領命, 便點起軍士, 密將乾柴引火之物, 搬於館驛門首, 約時擧事. 胡班尋思: "我久聞關雲長之名, 不識如何模樣, 試往窺之." 乃至驛中, 問驛吏曰: "關將軍在何處?" 答曰: "正廳上觀書者是也." 胡班潛至廳前, 見關公左手綽髯, 於燈下憑几看書.(＊寫得如畵.) 班見了, 失聲嘆曰:“眞天人也!” 公問何人, 胡班入拜曰:“滎陽太守部下從事胡班.” 關公曰:“莫非許都城外胡華之子否?” 班曰:“然也.” 公喚從者於行李中取書付班. 班看畢, 歎曰:“險些誤殺忠良!” 遂密告曰:“王植心懷不仁, 欲害將軍, 暗令人四面圍住館驛, 約於三更放火. 今某當先去開了城門, 將軍急收拾出城.” 關公大驚, 忙披挂提刀上馬, 請二嫂上車, 盡出館驛. 果見軍士各執火把聽候. 關公急來到城邊, 只見城門已開. 關公催車仗急急出城, 胡班還去放火.(＊前是王植賺關公, 此則胡班賺王植.) 關公行不到數里, 背後火把照耀, 人馬赶來.(＊來送命了.) 當先王植大叫:“關某休走!” 關公勒馬, 大罵:“匹夫! 我與你無讐, 如何令人放火燒我?” 王植拍馬挺槍, 徑奔關公, 被關公攔腰一刀, 砍爲兩段.(＊斬却五將.) 人馬都赶散. 關公催車仗速行, 於路感胡班不已.(＊爲後文胡班歸蜀伏筆.)

*注: 險些(험사): 자칫하면. 하마터면. 聽候(청후): (결정을) 기다리다. 대기하다. 攔腰(란요): 중도에서 가로 끊다(가로지르다). 중앙을 횡단하다. 〈攔腰斬斷(란요참단)〉: 중간 부분에서 잘라버리다.


〖11〗 行至滑州界首, 有人報於劉延. 延引十數騎, 出郭而迎. 關公馬上欠身而言曰:“太守別來無恙!”(＊照應白馬之役.) 延曰:“公今欲何往?” 公曰:“辭了丞相, 去尋家兄.” 延曰:“玄德在袁紹處, 紹乃丞相讐人, 如何容公去?” 公曰:“昔日曾言定來.” 延曰:“今黃河渡口關隘, 夏侯惇部將秦琪據守, 恐不容將軍過渡.(＊先報一信.) 公曰:“太守應付船隻, 若何?” 延曰:“船隻雖有, 不敢應付.” 公曰:“我前者誅顔良・文醜, 亦曾與足下解厄. 今日求一渡船而不與, 何也?” 延曰:“只恐夏侯惇知之, 必然罪我.” 關公知劉延無用之人, 遂自催車仗前進.(＊有殺有不殺, 妙甚. 若逢人便殺, 便不成關公矣.) 到黃河渡口,(*第五關) 秦琪引軍出問: "來者何人?" 關公曰: "漢壽亭侯關某也." 琪曰: "今欲何往?" 關公曰: "欲投河北去尋兄長劉玄德, 敬來借渡." 琪曰: "丞相公文何在?" 公曰: "吾不受丞相節制, 有甚公文?" 琪曰: "吾奉夏侯將軍將令, 守把關隘, 你便插翅, 也飛不過去!" 關公大怒曰: "你知我於路斬戮攔截者乎?" 琪曰: "你只殺得無名下將, 敢殺我麼?" 關公怒曰: "汝比顏良·文醜若何?" 秦琪大怒, 縱馬提刀, 直取關公. 二馬相交, 只一合, 關公刀起, 秦琪頭落. (*斬却六將.) 關公曰: "當吾者已死, 餘人不必驚走. 速備船隻, 送我渡河." 軍士急撑舟傍岸. 關公請二嫂上船渡河. 渡過黃河, 便是袁紹地方. 關公所歷關隘五處, 斬將六員.(*將行程圖總結一筆.) 後人有詩嘆曰:

　　挂印封金辭漢相, 尋兄遙望遠途還.

　　馬騎赤兎行千里, 刀偃青龍出五關.

　　忠義慨然沖宇宙, 英雄從此震江山.

　　獨行斬將應無敵, 今古留題翰墨間.

　關公於馬上自嘆曰: "吾非欲沿途殺人, 奈事不得已也. 曹公知之, 必以我爲負恩之人矣."(*觀關公此語, 知後日華容道相遇, 定然不殺.)

*注: 滑州(활주): 隋唐 때에 설치한 행정구역. 지금의 하남성 滑縣. 東漢時에는 兗州 東郡 白馬縣 東에 있었다.　據守(거수): 굳게 지키다. 把守하다.　應付(응부): 支付하다. 供給하다.　敬來借渡(경래차도): 삼가(부디. 제발) 건너가게 해 주기 바랍니다. 〈敬〉: 공손히 삼가.　便插翅, 也…(편삽시, 야…): 날개를 꽂았더라도(달았더라도) …. 〈便~也〉. 설령 …하더라도 …. 〈翅〉: 날개. 지느러미. 날다. 뿐.　撑舟傍岸(탱주방안): 배를 저어 강둑 가까이에 대다. 〈撑(탱)〉: 버티다. 배를 젓다. 〈傍〉: 곁. 근처.　翰墨(한묵): 붓과 먹. 문자. 필적.

〖12〗正行間, 忽見一騎自北而來, 大叫: "雲長少住!" 關公勒馬視之, 乃孫乾也. 關公曰: "自汝南相別, 一向消息若何?" 乾曰: "劉辟·龔都自將軍回兵之後, 復奪了汝南; 遣某往河北約結好袁紹, 請玄德同謀破曹之計. 不想河北將士, 各相妒忌. 田豐尚囚獄中; 沮授黜退不用; 審配·郭圖各自爭權; 袁紹多疑, 主持不定. 某與劉皇叔相議, 先求脫身之計. 今皇叔已往汝南會合劉辟去了, 恐將軍不知, 反到袁紹處, 或爲所害, 特遣某於路迎接將軍. 幸於此得見. 將軍可速往汝南與皇叔相會." 關公教孫乾拜見夫人, 夫人問其動靜, 孫乾備說: "袁紹二次欲斬皇叔, 今幸脫身往汝南去了. 夫人可與皇叔此處相會." 二夫人皆掩面垂淚. 關公依言, 不投河北去, 徑取汝南來. 正行之間, 背後塵埃起處, 一彪人馬赶來, 當先夏侯惇大叫: "關某休走!" 正是:

六將阻關徒受死, 一軍攔路復爭鋒.

畢竟關公怎生脫身, 且聽下文分解.

*注: 一向(일향): 요즘. 근래; 지난 한때; (이전부터 오늘까지) 줄곧. 종래. 본래. 約(약): 조처하다. 배치하다. 徑取汝南來(경취여남래): 곧바로 汝南으로 가는 길을 취해(즉, 여남을 향해) 가다. 〈汝南〉: 豫州에 속한 郡名. 治所는 平輿. 지금의 하남성 平輿縣 西北. 〈徑〉: 곧. 마침내. 怎生(즘생): 어떻게. 어떻게 해서.

## 第二十七回 毛宗崗 序始評

(1). 吾讀此卷而嘆曹操之義, 又未嘗不嘆曹操之奸也. 其於關公之去, 贈金贈袍, 親自送行, 而獨吝一紙文憑不卽給與, 使關公而死於卞喜之伏兵, 或死於王植之縱火, 則操必曰: "非我也, 守關將吏也." 己則居愛賢之名, 而但責將吏以誤殺之罪, 斯其奸不已甚與？以小人而行君子之事，則雖似君子，而終懷小人之心．今人但見各爲其主之語，便嘖嘖曹操不置，可謂不知烏之雌雄矣！

(2)．關公斬蔡陽在後卷，而此卷先有蔡陽欲赶關公一段文字；廖化歸關公尙隔十數卷，而此卷先有廖化救二夫人一段文字，皆所謂隔年下種者也．至於關公行色匆匆，途中所歷，忽然遇一少年，忽然遇一老人，忽然遇一强盜，忽然遇一和尙，點綴生波，殊不寂寞．天然有此妙事，助成此等妙文．若但過一關殺一將，五處關隘一味殺去，有何意趣？

(3)．關公此行其難有三：保二嫂車仗而行，必須緩轡相隨，非比獨行可以馳騁，雖有千里馬無所用之，一難也：自許昌而出，關隘重重，非止一處兩處，可以僥倖而越，二難也：又所投之處，乃曹操之讐，守關將士防禦甚嚴，非比別處可以通融，三難也．有此三難，卒能脫然而去，雖邀天幸，實仗神威．總之，志不決，雖易者亦難；志旣決，雖難者亦易耳．

# 第二十八回

## 斬蔡陽兄弟釋疑
## 會古城主臣聚義

〖1〗却說關公同孫乾保二嫂向汝南進發，不想夏侯惇領二百餘騎，從後追來．孫乾保車仗前行．關公回身勒馬按刀問曰：“汝來赶我，有失丞相大度．”夏侯惇曰：“丞相無明文傳報．汝於路殺人，又斬吾部將，無禮太甚！我特來擒你，獻與丞相發落！”言訖，便拍馬挺槍欲鬪．只見後面一騎飛來，大叫：“不可與雲長交戰！”關公按轡不動．來使於懷中取出公文，謂夏侯惇曰：“丞相敬愛關將軍忠義，恐於路關隘攔截，故遣某特齎公文，遍行諸處．”(*直待渡河之後，公文方到．此曹操奸猾處．) 惇曰：“關某於路殺把關將士，丞相知否？”來使曰：“此却未知．”(*第一處斬關之時，關吏必已飛報許都矣，豈有五關俱斬，而操猶未知者乎？其曰未知者，曹操教之也．恐知之而後發使，不見了自己人情耳．) 惇曰：“我只活捉他去見丞相，待丞相自放他." 關公怒曰: "吾豈懼汝耶!" 拍馬持刀, 直取夏侯惇. 惇挺槍來迎. 兩馬相交, 戰不十合, 忽又一騎飛至, 大叫: "二將軍少歇!" 惇停槍問來使曰: "丞相叫擒關某乎?" 使者曰: "非也. 丞相恐守關諸將阻擋關將軍, 故又差某馳公文來放行."(*未渡河前一紙公文不見, 既渡河後公文連片而至. 曹操大是奸猾.) 惇曰: "丞相知其於路殺人否?" 使者曰: "未知."(*第二番使命猶云未知, 一發是詐.) 惇曰: "既未知其殺人, 不可放去." 指揮手下軍士, 將關公圍住. 關公大怒, 舞刀迎戰. 兩箇正欲交鋒, 陣後一人飛馬而來, 大叫: "雲長·元讓, 休得爭戰!" 衆視之, 乃張遼也. 二人各勒住馬. 張遼進前言曰: "奉丞相鈞旨, 因聞知雲長斬關殺將, 恐於路有阻, 特差某傳諭各處關隘, 任便放行."(*前兩次言不知者, 恐知其斬關而後發使, 不見了人情也; 此直言已知者, 見得知其斬關而并不怒, 索性再賣个人情也, 皆是曹操奸猾處.) 惇曰: "秦琪是蔡陽之甥. 他將秦琪托付我處. 今被關某所殺, 怎肯干休!" 遼曰: "我見蔡將軍, 自有分解. 既丞相大度, 教放雲長去, 公等不可廢丞相之意." 夏侯惇只得將軍馬約退.(*五關俱已斬過, 一夏侯惇何足阻之? 此時亦落得做个人情矣.) 遼曰: "雲長今欲何往?" 關公曰: "聞兄長又不在袁紹處, 吾今將遍天下尋之." 遼曰: "既未知玄德下落, 且再回見丞相, 若何?" 關公笑曰: "安有是理! 文遠回見承相, 幸爲我謝罪." 說畢, 與張遼拱手而別.(*公之來以遼始, 公之去亦以遼終.) 於是張遼與夏侯惇領軍自回.

*注: 發落(발락): 처분하다. 처리하다.　斬關殺將(참관살장): 관문의 장수를 베어 죽이다(斬殺關將).　任便(임편): 마음대로 하도록 내버려두다.

自有分解(자유분해): 별도로(따로) 설명하다.　約退(약퇴): 물러나도록 조처하다. 〈約〉: 조처하다. 배치하다(置辦配備).　安有是理(안유시리): 어찌 그럴 수가 있겠는가. 〈安〉: 어디. 어느 곳; 어떻게. 어찌.

〖2〗關公赶上車仗，與孫乾<u>說知</u>此事．二人並馬而行．行了數日，忽值大雨<u>滂沱</u>，行裝盡濕．遙望山崗邊有一莊院，關公引着車仗，到彼借宿．莊內一老人出迎．關公具言來意．老人曰：“某姓郭，名常，世居於此．久聞大名，幸得瞻拜．”遂宰羊置酒相待，請二夫人於後堂暫歇．郭常陪關公・孫乾於草堂飲酒，一邊烘焙行李，一邊喂養匹馬．至黃昏時候，忽見一少年，引數人入莊，徑上草堂．郭常喚曰：“吾兒來拜將軍．”因謂關公曰：“此愚男也．”關公問何來．常曰：“射獵方回．”少年見過關公，即下堂去了．常流淚言曰：“老夫<u>耕讀</u>傳家，<u>止</u>生此子，不務本業，唯以遊獵爲事．是家門不幸也！”關公曰：“方今亂世，若武藝精熟，亦可以取功名，何云不幸？”常曰：“他若肯習武藝，便是有志之人．今專務遊蕩，無所不爲：（*伏偷馬事．）老夫所以憂耳！”關公亦爲歎息．至更深，郭常辭出．關公與孫乾方欲就寢，忽聞後院馬嘶人叫．關公急喚從人，却都不應，乃與孫乾提劍往視之．只見郭常之子倒在地上叫喚，從人正與<u>莊客廝打</u>．公問其故，從人曰：“此人要來盜這赤兔馬，被馬<u>踢倒</u>．我等聞叫喚之聲，起來巡看，莊客們反來<u>廝鬧</u>．”公怒曰：“鼠賊焉敢盜吾馬！”<u>恰待發作</u>，郭常奔至，告曰：“不肖子爲此<u>歹</u>事，罪合萬死！奈老妻最憐愛此子，（*人情多愛獨子，而婦人之情又每憐不肖之子．則此子之不肖，未必非憐愛釀成之也．）乞將軍仁慈寬恕！”關公曰：“此子果然不肖，<u>適纔</u>老翁所言，真‘知子莫若父’也．（*不知子者又莫若母．）我看翁面，且姑恕之．”遂分付從人看好了馬，喝散莊客，與孫乾回草堂歇息．

次日，郭常夫婦出拜於堂前，謝曰：“犬子冒瀆虎威，深感將軍恩恕．”關公令<u>將出</u>：“我以正言教之．”常曰：“他於四更時分，又引數箇無賴之徒，不知何處去了．”

**\*注:** <u>說知</u>(설지): 알리다. 통지하다.　　<u>滂沱</u>(방타): (비가 물동이로 쏟아

붓듯이) 억수로 내리다. 평평 흐리다.　借宿(차숙): 숙소를 빌다. 남의 집에
서 묵다.　烘焙(홍배): 불에 쬐어 말리다.　愚男(우남): 제(愚) 아들(男).
耕讀傳家(경독전가): 여러 세대 동안 경작(농사)과 독서를 병행해 오다.
更深(경심): 夜深. 밤이 깊다.　莊客(장객): 머슴. 소작인. 물건을 사들이
기 위해 어떤 곳에 머무르는 사람.　厮打(시타): 서로 때리다(치다). 〈厮〉:
서로.　踢倒(척도): 말의 발에 채여 넘어지다.　厮鬧(시뇨): 소란을 피우다.
야단법석을 떨다. 〈厮〉: 서로; 놈. 자식. 〈鬧〉: 아우성치다. 소란을 피우다.
恰待(흡대): 막 …하려 하고 있는데. 바로 …할 때.　發作(발작): (잠복해
있던 병 등이) 발작하다. 화를 내다.　歹事(대사): 나쁜 일(짓).　適纔(적
재): 방금. 剛才.　將出(장출): 데리고 나오다(나가다).


〔3〕關公謝別郭常, 請二嫂上車, 出了莊院, 與孫乾並馬, 護着
車仗, 取山路而行. 不及三十里, 只見山背後擁出百餘人, 爲首兩
騎馬: 前面那人, 頭裹黃巾, 身穿戰袍; 後面乃郭常之子也. 黃巾
者曰: "我乃天公將軍張角部將也! 來者快留下赤兎馬,　放你過
去!" 關公大笑曰: "無知狂賊! 汝旣從張角爲盜, 亦知劉·關·張
兄弟三人名字否?" 黃巾者曰: "我只聞赤面長髥者名關雲長, 却
未識其面. 汝何人也?" 公乃停刀立馬, 解開鬚囊, 出長髥令視之.
其人滾鞍下馬, 腦揪郭常之子拜獻於馬前.　關公問其姓名,　告
曰: "某姓裵, 名元紹. 自張角死後, 一向無主, 嘯聚山林, 權於此
處藏伏. 今早這厮來報: '有一客人,　騎一匹千里馬,　在我家投
宿.' 特邀某來劫奪此馬. 不想却遇將軍." 郭常之子拜伏乞命. 關
公曰: "吾看汝父之面, 饒你性命!" 郭子抱頭鼠竄而去.
　　*注: 鬚髥(수염): 〈鬚〉:턱 아래로 길게 난 털; 〈髥〉: 귀밑부터 턱 아래까지
난 털.　腦揪(뇌추): 머리(腦) 뒤쪽의 머리털을 잡다. 〈揪〉: 손으로 잡다.
嘯聚(소취): 소집(소집)하다. 불러 모으다.　山林(산림): 산림. 은거하다.

權(권): 임시로.　這廝(저시): 이 새끼.　**抱頭而鼠竄**(포두이서찬): 머리를 감싸 쥐고 허둥지둥 도망치다.〈鼠竄〉: (쥐처럼) 급히 내빼다. 쥐구멍을 찾다. 허둥지둥 도망치다.

〖4〗公謂元紹曰: "汝不識吾面,　何以知吾名?" 元紹曰: "離此二十里有一<u>臥牛山</u>. 山上有一關西人, 姓周, 名倉, 兩臂有千斤之力, <u>板肋虯髯</u>, 形容甚偉; 原在黃巾張寶部下爲將, 張寶死, 嘯聚山林. 他多曾與某說將軍盛名, 恨無門路相見." 關公曰: "<u>綠林中非豪傑托足之處.</u> 公等今後可各去邪歸正, 勿自陷其身." 元紹拜謝. 正說話間, 遙望一彪人馬來到. 元紹曰: "此必周倉也." 關公乃立馬待之. 果見一人, 黑面長身, 持槍乘馬, 引衆而至; 見了關公, 驚喜曰: "此關將軍也!" 疾忙下馬, 俯伏道旁曰: "周倉參拜." 關公曰: "壯士何處曾識關某來?" 倉曰: "舊隨黃巾張寶時, 曾識尊顔; 恨失身賊黨, 不得相隨. 今日幸得拜見, 願將軍不棄, 收爲步卒, 早晚<u>執鞭隨鐙</u>, 死亦甘心!"(*勇於徒義, 誠於慕賢, 倉亦人傑矣哉!) 公見其意甚誠, 乃謂曰: "汝若隨我, 汝手下人伴若何?" 倉曰: "願從則俱從; 不願從者, 聽之可也." 於是衆人皆曰: "願從!" 關公乃下馬至車前稟問二嫂. 甘夫人曰: "叔叔自離許都, 於路獨行至此, 歷過多少艱難, 並未嘗要軍馬相隨. 前廖化欲相投, 叔旣却之, 今何獨容周倉之衆耶? 我輩女流淺見, 叔自斟酌." 公曰: "嫂嫂之言是也." 遂謂周倉曰: "非關某寡情,　奈二夫人不從. 汝等且回山中, 待我尋見兄長, 必來相招." 周倉頓首告曰: "倉乃一粗莽之夫, 失身爲盜; 今遇將軍, 如重見天日, 豈忍復錯過! 若以衆人相隨爲不便, 可令其盡跟裴元紹去. 倉隻身步行, 跟隨將軍, 雖萬里不辭也!"(*倉之誠於從公如此, 宜其與公同享血食於千秋也.) 關公再以此言告二嫂. 甘夫人曰: "一二人相從,　無妨於

事." 公乃令周倉撥人伴隨裴元紹去. 元紹曰: "我亦願隨關將
軍." 周倉曰: "汝若去時, 人伴皆散. 且當權時統領. 我隨關將軍
去, 但有住箚處, 便來取你." 元紹怏怏而別. 周倉跟着關公, 往
汝南進發.

〖5〗 行了數日, 遙見一座山城. 公問土人: "此何處也?" 土人
曰: "此名古城. 數月前有一將軍, 姓張, 名飛, 引數十騎到此, 將
縣官逐去,(*逐縣官正與鞭督郵遙對.) 占住古城. 招軍買馬, 積草屯糧.
今聚有三五千人馬, 四遠無人敢敵." 關公喜曰: "吾弟自徐州失
散, 一向不知下落, 誰想却在此!"(*本爲尋兄, 却先遇弟.) 乃令孫乾
先入城通報, 敎來迎接二嫂.

　　却說張飛在碭碭山中, 住了月餘, 因出外探聽玄德消息, 偶過
古城, 入縣借糧; 縣官不肯,(*此土人所未述.) 飛怒, 因就逐去縣官,
奪了縣印, 占住城池, 權且安身.(*補敍張飛事, 斷不可少.)

　　當日孫乾領關公命, 入城見飛. 施禮畢, 具言: "玄德離了袁紹
處, 投汝南去了. 今雲長直從許都送二位夫人至此, 請將軍出
迎." 張飛聽罷, 更不回言, 隨卽披挂, 持丈八矛上馬, 引一千餘
人, 徑出城門. 孫乾驚訝, 又不敢問, 只得隨出城來. 關公望見張
飛到來, 喜不自勝, 付刀與周倉接了, 拍馬來迎. 只見張飛圓睜環
眼, 倒竪虎鬚, 吼聲如雷, 揮矛望關公便搠. 關公大驚, 連忙閃過,

便叫："賢弟何故如此? 豈忘了桃園結義耶?" 飛喝曰："你旣無義, 有何面目來與我相見!"(*前此稱兄稱弟, 今忽作你我之呼. 蓋你我之爲兄弟, 本以義合也. 你旣無義, 則你是你, 我是我, 你是自做你的人, 我是自做我的人. 你無面目見我, 我亦無面目見你矣.) 關公曰："我如何無義?" 飛曰："你背了兄長, 降了曹操, 封侯賜爵. 今又來賺我! 我今與你併箇死活!" 關公曰："你原來不知! ─ 我也難說. 現放着二位嫂嫂在此, 賢弟請自問."(*公不自說, 推二嫂說, 情景逼眞.) 二夫人聽得, 揭簾而呼曰："三叔何故如此?" 飛曰："嫂嫂住着. 且看我殺了負義的人, 然後請嫂嫂入城."(*降曹卽是負劉, 負劉卽是負義. 義則兄之, 負義則人之. 翼德眞聖人也.) 甘夫人曰："二叔因不知你等下落, 故暫時棲身曹氏. 今知你哥哥在汝南, 特不避險阻, 送我們到此, 三叔休錯見了." 糜夫人曰："二叔向在許都, 原出於無奈."(*前翼德失陷二嫂於呂布, 則雲長責之, 而玄德解之; 今雲長失陷二嫂於曹操, 則翼德責之, 而二嫂解之.) 飛曰："嫂嫂休要被他瞞過了! 忠臣寧死而不辱. 大丈夫豈有事二主之理!" 關公曰："賢弟休屈了我." 孫乾曰："雲長特來尋將軍." 飛喝曰："如何你也胡說! 他那裏有好心, 必是來捉我!" 關公曰："我若捉你, 須帶軍馬來." 飛把手指曰："兀的不是軍馬來也!"

*注: 土人(토인): 토착인. 본토박이. 古城(고성): 地名. 지금의 하남성 確山北. 東漢 三國時에는 이런 지명의 縣이 없었다. 四遠(사원): 사방으로 멀리 떨어진 곳. 失散(실산): 변고를 만나 흩어지다. 驚訝(경아): 놀라다. 원인을 몰라 놀라면서 의아해 하는 것. 連忙(련망): 얼른. 급히. 바삐. 재빨리. 賺(잠): 속이다. 併個死活(병개사활): 이판사판으로 싸우다. 〈併〉: 다투다. 〈死活〉: 한사코. 기어코. 住着(주착): 가만히 있다. 〈住〉: 그치다. 정지하다. 멎다. 休屈了我(휴굴료아): 억울한 말을 나에게 하지 마라. 나를 억울하게 만들지 마라. 〈屈〉: 억울하다(屈辱. 委屈. 寃枉). 도리(이치)에 어

굿나다. 兀的(올적): 이것. 저것. 〈兀〉: 높이 솟은 모양; 〈兀的〉: 여기서는 〈這(이)〉, 〈那(그)〉의 뜻.


〔6〕 關公回顧, 果見塵埃起處, 一彪人馬來到, 風吹旗號, 正是 曹軍. 張飛大怒曰: "今還敢支吾麼?" 挺丈八蛇矛便搠將來. 關 公急止之曰: "賢弟且住, 你看我斬此來將, 以表我眞心." 飛 曰: "你果有眞心, 我這裏三通鼓罷, 便要你斬來將." 關公應諾. 須臾, 曹軍至, 爲首一將, 乃是蔡陽, 挺刀縱馬大喝曰: "你殺吾 外甥秦琪, 却原來逃在此! 吾奉丞相命, 特來拿你!" 關公更不打 話, 擧刀便砍. 張飛親自擂鼓. 只見一通鼓未盡, 關公刀起處, 蔡 陽頭已落地. 衆軍士俱走. 關公活捉執認旗的小卒過來, 問取來 由. 小卒告說: "蔡陽聞將軍殺了他外甥, 十分忿怒, 要來河北與 將軍交戰. 丞相不肯, 因差他往汝南攻劉辟, 不想在這裏遇着將 軍."(*曹操一邊事, 在軍人口中補出, 省筆.) 關公聞言, 教去張飛前告說 其事. 飛將關公在許都時事細問. 小卒從頭至尾說了一遍, 飛方纔 信.

**\*注:** 支吾麼(지오마): 〈支吾〉: 말을 얼버무리다. 조리가 없다. 이리저리 둘 러대다; 지탱하다. 버티다. 대응하다. 〈麼〉: 의문문에 사용되어 강조하는 어기를 나타내거나, 인정하려는 어기를 나타냄. ～는가? ～느냐? 丈八蛇 矛(장팔사모): 그 길이가 丈八, 즉 一丈八尺( =十八尺)이나 되는, 머리에는 뱀처럼 꼬불꼬불한 창이 달린 矛(일종의 창)란 뜻이다. 三通鼓(삼통고): 북을 세 번 치다. 〈通〉: 문서, 전보, 북 등을 세는 단위. 量詞이다. 原來(원 래): 본래. 알고 보니. 認旗(인기): 認軍旗. 깃발에 將領의 官號나 姓名을 적어 行軍할 때 主將의 소재를 나타내는 旗幟. 이로써 어떤 부대 소속인지 식별할 수 있다. 問取(문취): 묻다.(問. 詢問). 〈取〉: 의미 없는 助詞.

〖7〗正說間，忽城中軍士來報：“城南門外有十數騎來的**甚緊**，不知是**甚人**.”(＊一波未平，一波又起.) 張飛心中疑慮，便轉出南門看時，果見十數騎輕弓短箭而來，見了張飛，滾鞍下馬，視之，乃麋竺·麋芳也. 飛亦下馬相見. 竺曰：“自徐州失散，我兄弟二人逃難回鄉. 使人遠近打聽，知雲長降了曹操，主公在於河北；又聞簡雍亦投河北去了.，只不知將軍在此. 昨於路上遇見一彩客人，說有一姓張的將軍，如此模樣，今據古城. 我兄弟度量必是將軍，故來尋訪. 幸得相見！”飛曰：“雲長兄與孫乾送二嫂方到，已知哥哥下落.”二麋大喜，同來見關公，並參見二夫人. 飛遂迎請二嫂入城. 至衙中坐定，二夫人訴說關公歷過之事，張飛方纔大哭，參拜雲長.(＊不知則大怒欲殺，知之則大哭下拜. 英雄血性固應爾爾.) 二麋亦俱傷感. 張飛亦自訴別後之事，一面設宴賀喜.

　　＊注: **甚緊**(심긴): 매우 급박하다. 절박하다. 〈甚〉: 매우. 몹시. **甚人**(심인): 누구(什人). 〈甚〉: 무슨. 누구. 怎麼. **一彩客人**(일과객인): 한 무리의 나그네. 〈彩〉: 무리. 떼. 패. 일행.


〖8〗次日，張飛欲與關公同赴汝南見玄德. 關公曰：“賢弟可保護二嫂，暫住此城，待我與孫乾先去探聽兄長消息.”(＊保嫂尋兄之事，前此關公獨任之，今則與翼德分任之矣.) 飛允諾. 關公與孫乾引數騎奔汝南來. 劉辟·龔都接着，關公便問：“皇叔何在？”劉辟曰：“皇叔到此住了數日，爲見軍少，復往河北袁本初處商議去了.”(＊前赴河北，却在汝南；今至汝南，又在河北. 古詩云：“人生不相見，動如參與商.”散而求復聚，如此之難，可發一歎.) 關公怏怏不樂. 孫乾曰：“不必憂慮，再苦一番驅馳，仍往河北去報知皇叔，同至古城便了.”關公依言，辭了劉辟·龔都，回至古城，與張飛說知此事. 張飛便欲同至河北. 關公曰：“有此一城，便是我等安身之處，未可輕棄.

我還與孫乾同往袁紹處, 尋見兄長, 來此相會. 賢弟可堅守此城." 飛曰: "兄斬他顏良·文醜, 如何去得?" 關公曰: "不妨. 我到彼, 當見機而變." 遂喚周倉問曰: "臥牛山裴元紹處, 共有多少人馬?" 倉曰: "約有四五百." 關公曰: "我今抄近路去尋兄長. 汝可往臥牛山招此一枝人馬, 從大路上接來." 倉領命而去.

關公與孫乾只帶二十餘騎投河北來. 將至界首, 乾曰: "將軍未可輕入, 只在此間暫歇. 待某先入見皇叔, 別作商議." 關公依言, 先打發孫乾去了. 遙望前村有一所莊院, 便與從人到彼投宿. 莊內一老翁携杖而出, 與關公施禮. 公具以實告. 老翁曰: "某亦姓關, 名定. 久聞大名, 幸得瞻謁." 遂命二子出見, 款留關公, 並從人俱留於莊內.

*注: 爲見軍少(위견군소): 군사 수가 적은 것을 보았기 때문에. 〈爲〉: 때문에(이유를 설명하는 조사). 抄近路(초근로): 가까운 길로 질러가다. 〈抄〉: 질러가다. 지름길로 가다. 款留(관유): (손님을) 성심으로 머무르게 하다.

〖9〗 且說孫乾匹馬入冀州見玄德, 具言前事. 玄德曰: "簡雍亦在此間, 可暗請來同議." 少頃, 簡雍至, 與孫乾相見畢, 共議脫身之計. 雍曰: "主公明日見袁紹, 只說要往荊州, 說劉表共破曹操, 便可乘機而去."(*前在許都脫身, 托言攻袁術; 今在河北脫身, 托言說劉表. 一樣騙法.) 玄德曰: "此計大妙! 但公能隨我去否?" 雍曰: "某亦自有脫身之計." 商議已定. 次日, 玄德入見袁紹, 告曰: "劉景升鎮守荊襄九郡, 兵精糧足, 宜與相約, 共攻曹操." 紹曰: "吾嘗遣使約之, 奈彼未肯相從." 玄德曰: "此人是備同宗, 備往說之, 必無推阻." 紹曰: "若得劉表, 勝劉辟多矣." 遂命玄德行. 紹又曰: "近聞關雲長已離了曹操, 欲來河北; 吾當殺之, 以雪顏良·文醜之恨!" 玄德曰: "明公前欲用之, 吾故召之; 今何

又欲殺之耶? 且顏良·文醜, 比之二鹿耳, 雲長乃一虎也: 失二鹿
而得一虎, 何恨之有?"(*若紹之優柔無斷, 直一羊耳. 羊安能用虎乎?) 紹
笑曰: "吾實愛之, 故戲言耳. 公可再使人召之, 令其速來." 玄德
曰: "卽遣孫乾往召之可也." 紹大喜, 從之. 玄德出, 簡雍進
曰: "玄德此去, 必不回矣. 某願與偕往: 一則同說劉表, 二則監
住玄德."(*妙人妙計.) 紹然其言, 便命簡雍與玄德同行.(*玄德請攻袁
術, 曹操使朱靈路昭監之; 玄德請約劉表, 袁紹卽使簡雍監之. 袁·曹愚智又別
於此.) 郭圖諫紹曰: "劉備前去說劉辟, 未見成事; 今又使與簡雍
同往荊州, 必不返矣." 紹曰: "汝勿多疑, 簡雍自有見識." 郭圖
嗟呀而出.

　　**\*注:** 自有(자유): 당연히(응당)⋯이 있다; 별도로(따로) 있다. 　**鎭守**(진수):
진수하다. 군대를 주둔시켜 요새를 지키다. 　**荊襄九郡**(형양구군): 荊州와
襄陽의 九郡. 즉 長沙, 零陵, 桂陽(지금의 호남성 郴州市(침주시)), 南陽,
江夏, 武陵(치소는 臨沅(임원). 즉 지금의 호남성 常德市 西), 南郡, 章陵
(지금의 호북성 棗陽縣 南), 襄陽(치소는 襄陽)의 아홉 개 郡. 　**推阻**(추
조): 거절하다. 사양하다.


　　〔10〕却說玄德先命孫乾出城, 回報關公; 一面與簡雍辭了袁
紹, 上馬出城. 行至界首, 孫乾接着, 同往關定莊上. 關公迎門接
拜, 執手啼哭不止.(*劉關至此方纔相見.) 關定領二子拜於草堂之前.
玄德問其姓名, 關公曰: "此人與弟同姓. 有二子, 長子關寧, 學
文; 次子關平, 學武." 關定曰: "今愚意欲遣次子跟隨關將軍, 未
識肯容納否?" 玄德曰: "年幾何矣?" 定曰: "十八歲矣." 玄德
曰: "旣蒙長者厚意, 吾弟尙未有子, 今卽以賢郞爲子, 若何?"(*
此從同姓上想出, 異姓者旣爲兄弟, 同姓者豈不當爲父子耶?) 關定大喜, 便
命關平拜關公爲父, 呼玄德爲伯父. 玄德恐袁紹追之, 急收拾起

行. 關平隨着關公, 一齊起身. 關定送了一程自回.

*注: 愚(우): 저. 제.(자기의 겸칭).　起身(기신): 출발하다; (자리에서) 일어나다.

〖11〗關公敎取路往臥牛山來. 正行間, 忽見周倉引數十人帶傷而來. 關公引他見了玄德, 問其何故受傷. 倉曰: "某未至臥牛山之前, 先有一將單騎而來, 與裴元紹交鋒. 只一合, 刺死裴元紹, 盡數招降人伴, 占住山寨. 倉到彼招誘人伴時, 止有這幾箇過來, 餘者俱懼怕, 不敢擅離. 倉不忿, 與那將交戰, 被他連勝數次, 身中三槍, 一 因此來報主公." 玄德曰: "此人怎生模樣? 姓甚名誰?" 倉曰: "極其雄壯, 不知姓名." 於是關公縱馬當先, 玄德在後, 徑投臥牛山來. 周倉在山下叫罵, 只見那將全副披挂, 持槍驟馬, 引衆下山. 玄德早揮鞭出馬, 大叫曰: "來者莫非子龍否?" 那將見了玄德, 滾鞍下馬, 拜伏道旁.一 原來果然是趙子龍. 玄德·關公俱下馬相見, 問其何由至此. 雲曰: "雲自別使君, 不想公孫瓚不聽人言, 以致兵敗自焚.(*遙應第二十一回中語.) 袁紹屢次招雲, 雲想紹亦非用人之人, 因此未往. 後欲至徐州投使君, 又聞徐州失守, 雲長已歸曹操, 使君又在袁紹處. 雲幾番欲來相投, 只恐袁紹見怪. 四海飄零, 無容身之地. 前偶過此處, 適遇裴元紹下山來欲奪吾馬,(*莫非又被郭常之子所誤?) 雲因殺之, 借此安身. 近聞翼德在古城, 欲往投之, 未知眞實, 今幸得遇使君!"(*子龍一向踪迹, 卽借他口中歷歷敍出, 又周見, 又省筆.) 玄德大喜, 訴說從前之事. 關公亦訴前事. 玄德曰: "吾初見子龍, 便有留戀不捨之情.(*遙應第七回之情.) 今幸得相遇!" 雲曰: "雲奔走四方, 擇主而事, 未有如使君者. 今得相隨, 大稱平生, 雖肝腦塗地無恨矣!" 當日就燒毀山寨, 牽領人衆, 盡隨玄德前赴古城.

*注: 不忿(불분): 성을 내다. 화를 내다. 大怒. 〈忿〉: 화를 내다(=不忿).
**被他連勝**(피타연승): 그에 의해 연승을 당하다. 즉, 연패하다. **怎生**(즘생): 어떻게 생겼는가. **全副披挂**(전부피괘): 全身을 武裝하다. 〈全副〉: 全部. 전체. 온몸. 전신. **留戀**(유련): 차마 떠나지 못하다. 떠나기 서운해 하다. **大稱平生**(대칭평생): 평생의 소원이 이루어지다. 〈稱〉: 마음에 들다. 흡족하다. 적합하다. **肝腦塗地**(간뇌도지): 간과 뇌가 흙에 범벅이 되다. 참살을 당하다. (나라를 위해) 목숨을 기꺼이 바치다.


〖12〗 張飛·糜竺·糜芳迎接入城, 各相拜訴. 二夫人具言雲長之事, 玄德感嘆不已.(*前劉·關相見時, 雲長但執手啼哭, 并無一語自明, 今二夫人代爲言之.) 於是殺牛宰馬, 先拜謝天地,(*宛如桃園結義之時.) 然後遍勞諸軍. 玄德見兄弟重聚, <u>將佐</u>無缺, 又新得了趙雲, 關公又得了關平·周倉二人, 歡喜無限, 連飮數日. 後人有詩讚之曰:

　　當時手足似瓜分, 信斷音稀杳不聞.

　　今日君臣重聚義, 正如<u>龍虎會風雲</u>.

　時玄德·關·張·趙雲·孫乾·簡雍·糜竺·糜芳·關平·周倉部領馬步軍校共四五千人. 玄德欲棄了古城去守汝南, 恰好劉辟·龔都差人來請, 於是遂起軍往汝南住箚, 招軍買馬, 徐圖征進. <u>不在話下</u>.

　*注: **將佐**(장좌): 장수와 곁에서 돕는 모사들. **龍虎會風雲**(용호회풍운): 용과 범이 바람과 구름을 만나다. 豪傑之士들이 각자의 抱負와 才能을 펼칠 기회를 만난 것을 비유하는 말이다. **不在話下**(부재화하): 더 말할 나위가 없다; 각설하고. 그것은 그렇다 치고(화제를 딴 데로 돌릴 때 쓰는 말이다).


〖13〗 且說袁紹見玄德不回, 大怒, 欲起兵伐之. 郭圖曰: "劉備不足慮. 曹操乃<u>勍敵</u>也, 不可不除. 劉表雖據荊州, 不足爲强. 江東孫伯符威鎮<u>三江</u>, 地連<u>六郡</u>, 謀臣武士極多, 可使人結之, 共

攻曹操." 紹從其言, 卽修書遣陳震爲使, 來會孫策. 正是:

只因河北英雄去, 引出江東豪傑來.

未知其事如何, 且聽下文分解.

    **\*注: 勍敵**(경적): 강적. 〈勍〉: 세다. 강하다. 〈强〉과 同義.     **三江**(삼강): 長江의 下流. 옛날 장강은 彭蠡(팽려)를 지난 후에는 세 갈래로 갈라져서 바다로 들어갔으므로 〈三江〉이라 불렀다.     **六郡**(육군): 會稽, 吳, 丹陽, 豫章, 廬陵(여릉: 治所는 高昌. 지금의 강서성 吉安市), 新都(신도: 治所는 始安. 지금의 절강성 淳安縣 西)의 6個 郡.

## 第二十八回 毛宗崗 序始評

(1). 曹操於關公之行, 不使人導之出疆者, 陽美其大義, 而陰忌其歸劉, 故聽彼自往. 若其於路阻截而復回, 則是不留之留也; 若其中途爲人所害而死, 則是不殺之殺也. 迨至斬關而出, 渡過黃河, 當此之時, 留之不可, 殺之不得矣. 於是又恐不見了自己人情, 然後令人賫送文憑以示恩厚, 斯其設心, 不大可見乎? 文憑之送, 不送於需用文憑之時, 而送於不必用文憑之後. 讀書者至此, 愼勿被曹操瞞過也.

(2). 人但知降漢不降曹爲雲長大節, 而不知大節如翼德, 殆視雲長而更烈也. 雲長辨漢與曹甚明, 翼德辨漢與曹又甚明. 操爲漢賊, 則從漢賊者亦漢賊. 彼誤以關公爲降曹, 故罵曹操竝罵關公, 而桃園舊好, 所不暇顧矣. 蓋有君臣然後有兄弟, 君臣之義乖, 則兄弟之義亦絶. 衣帶詔之公憤爲重, 而桃園之私盟爲輕. 推斯志也, 使翼德而處土山之圍, 寧蹈白刃而死, 豈肯權宜變通, 姑與曹操周旋乎哉? 翼德生平最怒呂布, 以其滅倫絕理, 故一見便呼爲三姓家奴，而嗣後屢欲殺之，其怒曹操亦猶是耳．惡呂布以正父子之倫，惡曹操以正君臣之禮．如翼德者，斯可謂之眞孝子，斯可謂之眞忠臣．

(3)．翼德失徐州而雲長責之，雲長寄許都而翼德責之，能如此以義相責，方是好兄弟．每怪今人好立朋黨，一締私盟，便互相遮護，雖有大過，不嫌其非，此以水濟水耳．豈所稱和而不同之君子乎？

(4)．玄德之於關公也，隔河望見旗幟而以手加額；翼德之於關公也，古城覿面相逢而綽槍欲戰，一兄一弟，何其不同如此哉？曰：旣不降曹而何以在曹，此翼德所以責關公者也；知其身雖在曹而必不降曹，此玄德所以信關公者也．觀弟之責其兄，則能爲翼德之兄者，固自不易；觀兄之信其弟，則能爲雲長之主者，大非偶然矣．

(5)．劉・關・張三人兩番聚散：一散於呂布之攻小沛，再散於曹操之攻徐州．而玄德則前投曹操，後投袁紹；關公則前在東海，後在許都；翼德則兩次俱在芒碭山中．乃敍事者於前之散也，略關・張而獨詳玄德；於後之散也，則略翼德稍詳玄德，而獨甚詳關公．所以然者，三面之事不能並時同敍，故取其事之長者而備載焉，取其事之短者而簡括焉．史遷筆法往往如此．

# 第二十九回

## 小霸王怒斬于吉
## 碧眼兒坐領江東

〖1〗却說孫策自霸<u>江東</u>，兵精糧足．<u>建安四年</u>，襲取<u>廬江</u>，敗劉勳，使虞<u>翻</u>馳檄<u>豫章</u>，豫章太守華歆投降．自此聲勢大振，乃遣張紘往<u>許昌</u>上表獻捷．曹操知孫策强盛，嘆曰："獅兒難與爭鋒也."遂以曹仁之女許配孫策<u>幼弟</u>孫匡，兩家結婚．留張紘在許昌．孫策求爲大司馬，曹操不許．策恨之，常有襲許都之心．(*呂與袁以絕婚而不睦，孫與曹以結婚而亦不睦，兩樣局面.) 於是吳郡太守許貢，乃暗遣使赴許都，上書於曹操．其略曰：

> 孫策驍勇，與<u>項籍</u>相似．朝廷宜外示榮寵，召還<u>京師</u>；不可使
> 居外鎮，以爲後患．

使者齎書渡江，被防江將士所獲，<u>解赴</u>孫策處．策觀書大怒，斬其使，遣人假意請許貢議事．貢至，策出書示之，叱曰："汝欲送我

於死地耶！"命武士絞殺之. 貢家屬皆逃散. 有家客三人, 欲爲許
貢報仇, 恨無其便.(*此三客惜不傳其姓名.)

　　**注:** **江東**(강동): 長江은 西에서 東을 향해 흐르는데 지금의 안휘성 경내에
이르러 北으로 비스듬히 흘러 강소성 鎭江에 이르러 다시 東으로 흘러간다.
古代에는 이곳의 江 동안 지구를 江東이라 불렀다. 지금의 장강 이남의 강소
성, 절강성, 안휘성 一帶 地區.　**建安四年**(건안사년): 서기 199년. 신라
나해니사금 4년. 고구려 山上王 延優 3년.　**廬江**(여강): 郡名. 치소는 舒縣.
지금의 안휘성 廬江縣 西南.　**豫章**(예장): 郡名. 治所는 지금의 강서성 南昌
市.　**許昌**(허창): 許都. 지금의 하남성 허창 東. 조조가 獻帝를 맞아 許都를
도읍으로 정했는데 그의 아들 曹丕가 稱帝하면서(魏 黃初 2년. 221년) 이름
을 許昌으로 바꾸어 魏의 수도의 하나로 정했다.　**幼弟**(유제): 어린 동생.
막내 동생.　**項籍**(항적): 項羽. 이름은 籍. 字는 羽였다. 전국시 楚나라 귀족
출신으로 秦 말기 숙부 項梁과 함께 봉기했으나 한 고조 劉邦에게 패하였다.
**京師**(경사): 東周의 王都. 즉 지금의 洛陽市.　　**解赴**(해부): …로 보내다.
압송하다.


〖２〗一日, 孫策引軍會獵於丹徒之西山, 赶起一大鹿, 策縱馬
上山逐之.(*曹操許田射鹿何其嚴整. 孫策丹徒逐鹿何其輕率.)　正赶之間,
只見樹林之內有三个人, 持槍帶弓而立. 策勒馬問曰："汝等何
人?" 答曰："乃韓當軍士也, 在此射鹿." 策方擧轡欲行, 一人拈
槍望策左腿便刺. 策大驚, 急取佩劍從馬上砍去, 劍刃忽墜, 止存
劍靶在手. 一人早拈弓搭箭射來, 正中孫策面頰. 策就拔面上箭,
取弓回射放箭之人, 應弦而倒. 那二人擧槍向孫策亂搠, 大叫
曰："我等是許貢家客, 特來爲主人報仇!"(*卽在家客口中說明. 省
筆.) 策別無器械, 只以弓拒之, 且拒且走. 二人死戰不退. 策身被
數槍, 馬亦帶傷. 正危急之時, 程普引數人至. 孫策大叫："殺

賊!"程普引衆齊上，將許貢家客砍爲肉泥．看孫策時，血流滿面，被傷至重．乃以刀割袍，裹其傷處，救回吳會養病．後人有詩贊許家三客曰：

孫郎智勇冠江湄，射獵山中受困危．

許家三客能死義，殺身豫讓未爲奇．

*注：丹徒(단도)：揚州 吳郡에 속한 縣名．지금의 강소성 鎭江 동남．　劍靶(검파)：칼자루．〈靶〉：고삐．과녁．器物의 손으로 잡기 편하게 되어 있는 부분．손잡이．자루．　面頰(면협)：볼．뺨．　吳會(오회)：吳郡의 治所 吳縣 (지금의 강소성 吳縣，즉 蘇州市)．〈會〉：대도시 또는 행정의 중심지．吳縣 은 당시 동남 지구의 가장 큰 도회였으므로 이렇게 불렸다．　江湄(강미)： 江岸．〈湄〉：물가．水涯．　豫讓(예양)：戰國時에 晉의 최고 권력자 智伯이 韓，魏，趙 연합세력에 망하자 그를 섬기던 예양이 智伯의 원수를 갚기 위해 趙襄子에게 세 차례나 접근하여 살해를 시도했으나 결국 실패했다．한 번은 조양자가 사용하는 화장실에 숨었다가 살해하려고 했고，두 번째는 자기 몸 에 옷칠을 하여 나병 환자로 변신하여 그가 지나가는 길에서 살해하려고 했 고，세 번째는 조양자가 말을 타고 지나가는 다리 아래 숨었다가 살해하려고 했으나，다 실패했다．자신이 섬기던 主君을 위해 목숨을 바쳐가며 복수를 시도한 義人의 모범으로 회자된다．(*제25회 (3)．注 참조．)


〔3〕却說孫策受傷而回，使人尋請華佗醫治．不想華佗已往中原去了，(*華佗前醫周泰，後醫關公，故於此處更爲一提．) 止有徒弟在吳，命其治療．其徒曰："箭頭有藥，毒已入骨．須靜養百日，方可無虞．若怒氣衝激，其瘡難治．"

孫策爲人最是性急，恨不得即日便愈．將息到二十餘日，忽聞張紘有使者自許昌回．策喚問之．使者曰："曹操甚懼主公，其帳下謀士，亦俱敬服；惟有郭嘉不服．"策曰："郭嘉曾有何說？"使

者不敢言. 策怒, <u>固問之</u>. 使者只得從實告曰："郭嘉曾對曹操言,
主公不足懼也：輕而無備, 性急少謀, 乃匹夫之勇耳, 他日必死於
小人之手." 策聞言, 大怒曰："匹夫安敢料吾! 吾誓取許昌!" 遂
不待瘡愈, 便欲商議出兵. 張昭諫曰："醫者戒主公百日休動, 今
何因一時之忿, 自輕萬金之軀?"

　　**\*注: 徒弟**(도제): 제자. 도제. 견습공.　　**將息**(장식): 몸조리하다. 보양하다
(將養. 將息).　　**固問之**(고문지): 거듭 묻다. 〈固〉: 굳이. 억지로. 재삼. 거
듭.


〖4〗正話間, 忽報袁紹遣使陳震至. 策喚入, 問之. 震具言袁紹
欲結東吳爲外應, 共攻曹操. 策大喜, 卽日會諸將於城樓上, 設宴
款待陳震. 飲酒之間, 忽見諸將互相<u>偶語</u>, 紛紛下樓. 策怪問何
故. 左右曰："有于神仙者, 今從樓下過, 諸將欲往拜之耳." 策起
身 憑欄觀之, 見一道人, 身披<u>鶴氅</u>, 手携<u>藜杖</u>, 立於<u>當道</u>, 百姓俱
焚香伏道而拜.(\*吳人風俗往往如此.) 策怒曰："是何妖人? 快與我擒
來!" 左右告曰："此人姓于, 名吉, 寓居東方, 往來吳會, 普施<u>符
水</u>, 救人萬病, 無有不驗. 當世呼爲神仙, 未可輕瀆."(\*華佗是醫中
之仙, 于吉又是仙中之醫. 然則孫策被傷, 諸將何不卽薦于吉療治之, 而必求華
佗之徒也?) 策愈怒, 喝令："速速擒來! 違者斬!" 左右不得已, 只
得下樓, 擁于吉至樓上. 策叱曰："狂士怎敢煽惑人心!" 于吉
曰："貧道乃瑯琊宮道士. <u>順帝</u>時曾入山採藥, 得神書於<u>曲陽泉水</u>
上, 號曰〈太平青領道〉, 凡百餘卷, 皆治人疾病方術.(\*此與張角得
〈太平要術〉俱是自說, 無人看見.) 貧道得之, 唯務代天<u>宣化</u>, 普救萬人,
未曾取人<u>毫釐</u>之物,(\*不取人物, 則與今之方士不同.) 安得煽惑人心?"
策曰："汝毫不取人, 衣服飲食, 從何而得? 汝卽黃巾張角之流,
今若不誅, 必爲後患!" 叱左右斬之. 張昭諫曰："于道人在江東數

十年, 並無過犯, 不可殺害." 策曰: "此等妖人, 吾殺之, 何異屠豬狗!" 衆官皆苦諫, 陳震亦勸. 策怒未息, 命且囚於獄中. 衆官俱散, 陳震自歸館驛安歇.

〖 5 〗 孫策歸府. 早有內侍傳說此事與策母吳太夫人知道. 夫人喚孫策入後堂, 謂曰: "我聞汝將于神仙下於縲紲, 此人多曾醫人疾病, 軍民敬仰, 不可加害." 策曰: "此乃妖人, 能以妖術惑衆, 不可不除." 夫人再三勸解. 策曰: "母親勿聽外人妄言, 兒自有區處." 乃出喚獄吏取于吉來問. 原來獄吏皆敬信于吉, 吉在獄中時, 盡去其枷鎖; 及策喚取, 方帶枷鎖而出. 策訪知, 大怒, 痛責獄吏, 仍將于吉械繫下獄. (*策之殺吉, 皆衆人激之也.) 張昭等數十人連名作狀, 拜求孫策, 乞保于神仙. 策曰: "公等皆讀書人, 何不達理? 昔交州刺史張津, 聽信邪敎, 鼓瑟焚香, 常以紅帕裹頭, 自稱可助出軍之威, 後竟爲敵軍所殺. 此等事甚無益, 諸君自未悟耳. 吾欲殺于吉, 正思禁邪覺迷也."

을 뜻한다. 〈纙〉: 포승. 묶다. 〈絏〉: 〈紲〉과 同字. 줄. 매다. **勸解**(권해): 권유하다. 타이르다. 위로하다. **自有**(자유): 당연히(응당)…이 있다; 별도로(따로) 있다. **區處**(구처): 구분하여 처리하다. 잘 헤아려서 처리하다. **枷鎖**(가쇄): 칼과 족쇄. 죄인의 목에 씌우는 형구가 〈枷〉, 죄인의 발에 매다는 것이 〈鎖〉이다. **訪知**(방지): (그제야) 비로소 알다. 〈訪〉: 〈方〉과 통용된다. **械繫**(계계): 형틀에 묶다. **交州**(교주): 동한 때의 治所는 廣信(지금의 광서성 梧州市). **紅帕**(홍말): 붉은 머리띠. 〈帕〉: 머리띠. 싸매다.

〖6〗 呂範曰: "某素知于道人能祈風禱雨. 方今天旱, 何不令其祈雨以贖罪?" 策曰: "吾且看此妖人若何!" 遂命於獄中取出于吉, 開其枷鎖, 令登壇求雨. 吉領命, 卽沐浴更衣, 取繩自縛於烈日之中. 百姓觀者, 塡街塞巷. 于吉謂衆人曰: "吾求三尺甘霖, 以救萬民. 然我終不免一死."(*神仙不死, 死者必非神仙.) 衆人曰: "若有靈驗, 主公必然敬服." 于吉曰: "氣數至此, 恐不能逃."(*極似郭璞語. 旣知氣數難逃, 便不當懟孫策矣.) 少頃, 孫策親至壇中, 下令: "若午時無雨, 卽焚死于吉." 先令人堆積乾柴伺候.(*亦是一祈雨法.) 將及午時, 狂風驟起, 風過處, 四下陰雲漸合. 策曰: "時已近午, 空有陰雲, 而無甘雨. 正是妖人!" 叱左右將于吉扛上柴堆, 四下擧火, 焰隨風起. 忽見黑煙一道, 冲上空中, 一聲響亮, 雷電齊發, 大雨如注. 頃刻之間, 街市成河, 溪澗皆滿, 足有三尺甘雨. 于吉仰臥於柴堆之上, 大喝一聲, 雲收雨住, 復見太陽. 於是衆官及百姓, 共將于吉扶下柴堆, 解去繩索, 再拜稱謝. 孫策見官民俱羅拜於水中, 不顧衣服, 乃勃然大怒,(*此時衆人不羅拜, 孫策或未必殺吉; 使策果殺于者, 皆衆人之過也.) 叱曰: "晴雨乃天地之定數, 妖人偶乘其便, 你等何得如此惑亂!"(*若果能欲雨而雨, 欲晴而晴, 則亦可欲死而死, 欲生而生矣. 今死生旣云有定數, 則晴雨安得無定數?) 掣寶劍令左右速斬于吉. 衆官力諫, 策怒曰: "爾等皆欲從于吉造反耶?" 衆官乃不敢復言. 策叱武士將于吉一刀斬頭落地. 只見一道靑氣, 投東北去了.(*琅琊山在東北.) 策命將其屍號令於市, 以正妖妄之罪.

〖7〗 是夜風雨交作, 及曉, 不見了于吉屍首. 守屍軍士報知孫策, 策怒, 欲殺守屍軍士. 忽見一人, 從堂前徐步而來, 視之, 却是于吉. 策大怒, 正欲拔劍砍之, 忽然昏倒於地. 左右急救入臥內, 半晌方甦. 吳太夫人來視疾, 謂策曰: "吾兒屈殺神仙, 故招此禍." 策笑曰: "兒自幼隨父出征, 殺人如麻, 何曾有爲禍之理? 今殺妖人, 正絶大禍, 安得反爲我禍?"(*孫策明理, 畢竟英雄.) 夫人曰: "因汝不信, 以致如此; 今可作好事以禳之."(*今日吳下此風尤甚.) 策曰: "吾命在天, 妖人決不能爲禍, 何必禳耶!" 夫人料勸不信, 乃自令左右暗修善事禳解.

에게 祭를 올리고 災禍를 없애 달라고 비는 것. 下文 第103回의 〈禳星〉은
별에게 祭를 올리고 災禍를 없애 달라고 비는 것이다.


〖8〗 是夜三更, 策臥於內宅. 忽然陰風驟起, 燈滅而復明, 燈影
之下, 見于吉立於牀前. 策大喝曰:"吾<u>平生</u>誓誅妖妄, 以靖天下!
汝旣爲陰鬼, 何敢近我!"取牀頭劍擲之, 忽然不見. 吳太夫人聞
之, <u>轉生憂悶</u>. 策乃扶病强行, 以寬母心. 母謂策曰:"<u>聖人</u>云:
'<u>鬼神之爲德,    其盛矣乎</u>!'又云:'<u>禱爾于上下神祗</u>.'鬼神之
事, 不可不信.(*今之信佛·信仙者, 偏會引孔·孟之言爲證, 不獨吳太夫人
也.) 汝<u>屈殺</u>于先生, 豈無報應? 吾已令人設<u>醮</u>於郡之玉淸觀內, 汝
可親往拜禱, 自然<u>安妥</u>."

> **\*注:** 平生(평생): 평생. 평소. 지금까지. 여태까지.   **轉生憂悶**(전생우민):
> 도리어 더욱 걱정거리가 생겼다(걱정이 되었다). 〈轉〉: 구르다. 넘어지다;
> 더욱. 한층 더.   **聖人**(성인): 孔子를 말한다.   〈**鬼神之爲德, 其盛矣乎**〉(귀
> 신지위덕, 기성의호): 이 구절은 〈禮記·中庸〉 第16장에 나오는 말이다.
> **禱爾于上下神祗**(도이우상하신지): 이 구절은 공자의 제자인 子路가 인용
> 한 말이다. (*〈論語·述而篇〉에 나온다.) 〈爾〉: 의미 없는 어조사. 〈祗〉:
> 地神.   **醮**(초): 본래는 神에게 기도하는 일종의 祭禮를 뜻했으나, 후에 와서
> 는 전적으로 道士나 和尙이 災禍를 쫓아내기 위해 설치한 道場을 가리키게
> 되었다.   **安妥**(안타): 안전하다. 틀림없다.


〖9〗 策不敢違母命, 只得<u>勉强</u>乘轎至玉淸觀. (*孫策不得已而從母
命, 與今之信婦言, 而拜仙佛者不同.) 道士接入, 請策焚香. 策焚香而不
謝. 忽香爐中煙起不散, 結成一座華蓋, 上面端坐着于吉. 策怒,
唾罵之; 走離殿宇, 又見于吉立於殿門首, 怒目視策. 策顧左右
曰:"汝等見妖鬼否?"左右皆云未見. 策愈怒, 拔佩劍望于吉擲

去，一人中劍而倒．衆視之，乃前日動手殺于吉之小卒，被劍斫入
腦袋，七竅流血而死．(*小卒動手殺于吉，非小卒之意；吉若恨而殺之，亦
不成神仙矣．) 策命扛出葬之．比及出觀，又見于吉走入觀門來．策
曰：“此觀亦藏妖之所也．” 遂坐於觀前，　命武士五百人拆毀之．
武士方上屋揭瓦，却見于吉立於屋上，飛瓦擲地．策大怒，傳令逐
出本觀道士，放火燒毀殿宇．火起處，又見于吉立於火光之中．策
怒歸府，又見于吉立於府門前．策乃不入府，隨點起三軍，出城外
下寨，傳喚衆將商議，欲起兵助袁紹夾攻曹操．衆將俱曰：“主公
玉體違和，未可輕動．且待平愈，出兵未遲．”

　　**\*注: 勉强**(면강): 간신히．무리하게；마지못하다．내키지 않다．　**華蓋**(화
　　개): 御駕 위에 씌우는 日傘．　**七竅**(칠규): 얼굴에 있는 일곱 개의 구멍．
　　눈(目), 귀(耳), 코(鼻)의 각 2개의 구멍과 한 개의 입(口).　**違和**(위화): 병이
　　나다．


〖10〗是夜孫策宿於寨內，又見于吉披髮而來．策於帳中叱喝不
絕．次日，吳太夫人傳命，召策回府．策乃歸見其母．夫人見策形
容憔悴，泣曰：“兒失形矣．” 策卽引鏡自照，果見形容十分瘦損，
不覺失驚，顧左右曰：“吾奈何憔悴至此耶！” 言未已，忽見于吉立
於鏡中．策拍鏡大叫一聲，金瘡迸裂，昏絕於地．(*曰“金瘡迸裂”，
則孫策仍死於許貢之客，非死於于吉也．) 夫人令扶入臥內．須臾甦醒，自
嘆曰：“吾不能復生矣！” 隨召張昭等諸人，及弟孫權，至臥榻前，
囑付曰：“天下方亂，以吳越之衆，三江之固，大可有爲．子布等
幸善相吾弟．” 乃取印綬與孫權曰：“若舉江東之衆，決機於兩陣之
間，與天下爭衡，卿不如我；舉賢任能，使各盡力以保江東，我不
如卿．(*孫策深自知，亦深知其弟．) 卿宜念父兄創業之艱難，善自圖
之！” 權大哭，拜受印綬．策告母曰：“兒天年已盡，不能奉慈母．

今將印綬付弟，望母朝夕訓之．父兄舊人，愼勿輕怠."(*孫策可謂孝
於父母， 友于兄弟.) 母哭曰："恐汝弟年幼， 不能任大事， 當復如
何?"策曰："弟才勝兒十倍，足當大任．倘內事不決，可問張昭；
外事不決，可問周瑜．恨周瑜不在此，不得面囑之也!" 又喚諸弟
囑曰："吾死之後，汝等並輔<u>仲謀</u>．宗族中敢有生異心者，衆共誅
之；骨肉爲逆，不得入祖墳安葬."(*早爲後文孫峻, 孫綝伏線.) 諸弟泣
受命．又喚妻喬夫人謂曰："吾與汝不幸中途相分，汝須孝養<u>尊姑</u>．
早晚汝妹入見，可囑其<u>轉致</u>周郎：盡心輔佐吾弟，休負我平日<u>相知
之雅</u>."(*周郎之於孫策， 猶樊噲之於漢高， 皆兩姨之親也. 此處將二喬點綴
一筆, 爲後文伏線.) 言訖， 瞑目而逝．年止二十六歲.(*此是孫策當死,
切勿認作于吉有靈.) 後人有詩讚曰：

> 獨戰東南地，人稱小霸王．
>
> 運籌如虎踞，決策似鷹揚．
>
> 威鎮三江靖，名聞四海香．
>
> 臨終遺大事，專意屬周郎．

**\*注**: **瘦損**(수손): 여위어 수척하다. 앙상하다. **迸裂**(병렬): 터져 흩어지다.
터지다. **子布**(자포): 張昭의 字. **善相**(선상): 잘 돕다. 〈相〉: 보조하다.
돕다. 거들다. **爭衡**(쟁형): 싸워서 승부를 결정짓다. 爭橫(쟁횡). 〈衡〉:
〈橫〉과 통한다. **仲謀**(중모): 손권의 字. **尊姑**(존고): 시어머니. **轉致**(전
치): 의향(뜻)을 대신 전하다. 〈轉〉: (중간에서) 전해 주다. **相知之雅**(상지
지아): 서로를 잘 이해하는 사귐. 깊은 교제. 〈雅〉: 바름. 평상. 우아함. 교
제. 사귀는 정.


〔11〕孫策旣死，孫權哭倒於牀前．張昭曰："此非將軍哭時也．
宜一面治喪事， 一面理軍國大事." 權乃收淚．張昭令孫靜<u>理會</u>喪
事，請孫權出堂，受衆文武謁賀．孫權生得<u>方頤</u>大口，碧眼紫髯.(*

曹操有黃鬚兒, 孫堅有紫髯兒, 紫髯勝黃鬚多矣.) 昔漢使劉琬入吳, 見孫家諸昆仲, 因語人曰: "吾遍觀孫氏兄弟, 雖各才氣秀達, 然皆祿祚不終. 惟仲謀形貌奇偉, 骨格非常, 乃大貴之表, 又享高壽: 衆皆不及也."

*注: 理會(이회): 요리하다. 처리하다. 다스리다. 이해하다. 謁賀(알하): 알현하여 卽位를 축하하다. 方頤(방이): 네모난 턱. 〈頤(이)〉: 턱. 昆仲(곤중): 형제. 남의 형제를 높여서 이르는 말. 因(인): 그러므로. 그래서. (連詞) 因而. 因此. 祿祚(녹조): 福分. 壽命. 不終(부종): 결과가 없다; 天壽대로 다 살지 못하다(不得善終. 不能終其天年). 奇偉(기위): 특이하다. 훌륭하다.


〖12〗 且說當時孫權承孫策遺命, 掌江東之事. 經理未定. 人報周瑜自巴丘提兵回吳. 權曰: "公瑾已回, 吾無憂矣." 原來周瑜守禦巴丘, 聞知孫策中箭被傷, 因此回來問候; 將至吳郡, 聞策已亡, 故星夜來奔喪. 當下周瑜哭拜於孫策靈柩之前, 吳太夫人出, 以遺囑之語告瑜. 瑜拜伏於地曰: "敢不效犬馬之力, 繼之以死!" 少頃, 孫權入. 周瑜拜見畢, 權曰: "願公無忘先兄遺命."(*孫策不能面囑周瑜, 而特自囑其妻以轉囑其妻之妹; 周瑜不能面見孫策, 而但聞其母與弟述策之言, 與白帝城托孤者又是一樣局面.) 瑜頓首曰: "願以肝腦塗地, 報知己之恩." 權曰: "今承父兄之業, 將何策以守之?" 瑜曰: "自古'得人者昌, 失人者亡'. 爲今之計, 須求高明遠見之人爲輔, 然後江東可定也." 權曰: "先兄遺言:內事托子布, 外事全賴公瑾." 瑜曰: "子布賢達之士, 足當大任. 瑜不才, 恐負倚托之重. 願薦一人以輔將軍."(*才如周郞而能推賢讓能, 是其大過人處.) 權問何人. 瑜曰: "姓魯, 名肅, 字子敬, 臨淮東城人也. (*周瑜始薦張昭於孫策, 今又薦魯肅於孫權, 始終以薦人爲主.) 此人胸懷韜略, 腹隱機謀. 早年喪父, 事母至孝. 其家極富, 嘗散財以濟貧乏. 瑜爲<u>居巢</u>長之時, 將數百人過臨淮, 因乏糧, 聞魯肅家有兩<u>囷米</u>, 各三千斛, 因往求助. 肅卽指一囷相贈, 其<u>慷慨</u>如此. (\*孝親篤友, 輕財好施, 此等人豈易於富翁中求之? 若能孝親篤友, 則必能忠君矣; 能輕財好施, 則必不私其家以負國矣.) 平生好擊劍騎射, 寓居<u>曲阿</u>. 祖母亡, 還葬東城. 其友劉子揚欲約彼往<u>巢湖</u>投鄭寶, 肅尚躊躇未往. 今主公可速召之." 權大喜, 卽命周瑜往聘.

　　瑜奉命親往, 見肅敍禮畢, 具道孫權相慕之意. 肅曰: "近劉子揚約某往巢湖, 　某將就之." 瑜曰: "昔<u>馬援</u>對光武云: '當今之世, 非但君擇臣, 臣亦擇君.' (\*馬援舍隗囂而從光武, 魯肅亦當舍鄭寶而從孫權.) 今吾孫將軍親賢禮士, <u>納奇錄異</u>, 世所罕有. 足下不須他計, 只同我往投東吳爲是." 肅從其言, 遂同周瑜來見孫權. 權甚敬之, 與之談論, 終日不倦.

**\*注:** 經理(경리): 다스리다. 처리하다. 경영관리하다. 　巴丘(파구): 縣名. 揚州 豫章郡. 지금의 강서성 峽江縣. (\*第57回의 周瑜가 사망한 〈巴丘山〉은 지금의 호남성 岳陽市임.) 　效(효): 힘을 다하다. 진력하다; 본받다. 모방하다. 　繼之以死(계지이사): 죽음으로써 잇다. 죽을 때까지 지속하다. 　臨淮東城(임회동성): 지금의 안휘성 定遠縣 東南. 〈東城〉이 毛宗崗本에는 〈東川〉으로 되어 있으나, 〈三國志·吳傳·魯肅傳〉에는 〈東城〉으로 되어 있으므로 이에 따른다. 〈臨淮〉: 郡名. 　韜略(도략): 六韜·三略. 고대의 兵書 이름. 이로부터 후에 와서는 군사상의 謀略이나 策略을 〈韜略〉이라 부르게 되었다. 　居巢(거소): 縣名. 揚州 九江郡. 지금의 안휘성 桐城 南. 　囷米(균미): 양곡 창고의 쌀. 〈囷〉: 원형 양곡창고. 원형 곳집. 米倉. 　慷慨(강개): 氣槪. 義氣. 호탕함. 　曲阿(곡아): 지금의 강소성 丹陽縣. 　巢湖(소호): 湖水名. 一名 焦湖. 漢時에는 揚州九江郡과 廬江郡 接境地에 위치. 지금의 안휘성 中部 巢縣, 肥西, 廬江 等縣間. 面積은 約 820평방킬로. 　馬援

(마원): 扶風 武陵(지금의 섬서성 興平縣 東北)人. 字는 文淵. 원래는 新莽의
관리였으나 후에 光武帝 劉秀에게 귀순하여 伏波將軍을 역임했다. 武陵의
"五溪蠻"을 토벌할 때 軍中에서 病死했다.　納奇錄異(납기록이): 奇異한
자를 받아들이고 特異한 자를 登用하다.


〖13〗 一日, 衆官皆散, 權留魯肅共飮, 至晩同榻抵足而臥. 夜
半, 權謂肅曰："方今漢室傾危, 四方紛擾; 孤承父兄餘業, 思爲
桓·文之事, 君將何以敎我?" 肅曰："昔漢高祖欲尊事義帝而不獲
者, 以項羽爲害也. 今之曹操可比項羽,(*許貢以孫策比項羽, 是言其驍
勇; 魯肅以曹操比項羽, 是言其跋扈.) 將軍何由得爲桓·文乎? 肅竊料漢
室不可復興, 曹操不可卒除. 爲將軍計, 唯有鼎足江東以觀天下之
釁. 今乘北方多務, 剿除黃祖, 進伐劉表, 竟長江所極而據守之;
然後建號帝王, 以圖天下: 此高祖之業也."(*天下大勢已了然, 胸中其
識見不在孔明之下.) 權聞言大喜, 披衣起謝. 次日, 厚賜魯肅, 并將
衣服幃帳等物賜肅之母.(*君能推其孝以及臣, 則臣必將推其孝以事君.)

肅又薦一人見孫權, 此人博學多才, 事母至孝, 覆姓諸葛, 名
瑾, 字子瑜, 瑯琊陽都人也. 權拜之爲上賓. 瑾勸權勿通袁紹, 且
順曹操, 然後乘便圖之. 權依言, 乃遣陳震回, 以書絶袁紹.(*孫策
本欲通紹而攻曹操, 今權乃通曹而絶紹. 機謀轉變, 倏忽不同. 妙絶.)

　　*注: 抵足(저족): 발을 서로 부딪치다. 같은 침상에서 자는 것. 〈抵〉: 겨루
다. 저촉하다. 치다.　桓·文之事(환·문지사): 춘추시대 齊桓公과 晉文公이
覇諸侯가 된 사실을 말한다.　義帝(의제): 秦朝 말년 項羽가 세운 楚 懷王.
항우가 關中에 들어간 후 그를 높여 義帝라 불렀다.　不獲者(불획자): 할
수 없었던 것은. 〈不獲〉: 不得. 不能.　竟(경): 마침내. 드디어. 결국. 끝내.
所極(소극): 끝난 데. 전부. 죄다.　據守(거수): 굳게 지키다. 把守하다.
瑯琊陽都(랑야남양): 毛宗崗의 〈三國志演義〉에서는 본 地名을 南陽으로

잘못 쓰고 있다. 琅琊郡에는 南陽縣이란 地名이 없었다. 諸葛瑾은 琅琊 陽都(산동성 沂南縣 남쪽) 사람이다. 諸葛亮이 스스로 후에 南陽에 은거했다고 말한 것에 근거하여 〈삼국지연의〉에선 南陽을 諸葛 兄弟의 出生地로 오해한 것이다. 陳壽의 정사正史 〈三國志〉에는 琅琊 陽都 사람으로 되어 있다.

〖14〗却說曹操聞孫策已死, 欲起兵下江南. 侍御史張紘諫曰:"乘人之喪而伐之, 旣非義擧; 若其不克, 棄好成仇. 不如因而善遇之." 操然其說, 乃卽奏封孫權爲將軍, 兼領會稽太守; 卽令張紘爲會稽都尉, 賫印往江東.(*後文曹操獨留華歆, 而此處不留張紘者, 以紘之兄弟久事東吳, 終不爲操用耳.) 孫權大喜, 又得張紘回吳, 卽命與張昭同理政事. 張紘又薦一人於孫權: 此人姓顧, 名雍, 字元嘆, 乃中郎蔡邕之徒; 其爲人少言語, 不飮酒, 嚴厲正大.(*雍性不飮酒, 孫權嘗曰:"顧公在座, 使人不樂." 其人之嚴正可知.) 權以爲<u>丞</u>, <u>行太守事</u>. 自是孫權威震江東, 深得民心.

且說陳震回見袁紹, 具說:"孫策已亡, 孫權繼立. 曹操封之爲將軍, 結爲外應矣." 袁紹大怒, 遂起冀·青·幽·并等處人馬七十餘萬, 復來攻取許昌. 正是:

江南兵革方休息, 冀北干戈又復興.

未知勝負若何, 且聽下文分解.

*注: 丞(승): 관직 이름. 중앙이나 지방의 副職. 즉, 副지사, 副태수, 副현령 등. 行太守事(행태수사): 태수의 직무를 겸하다. 〈行〉: 본래는 관계(官階)가 높은 사람이 낮은 관직을 겸하거나(階高官卑) 또는 단순히 두 가지 관직을 겸하는 경우(兼攝官職), 그 관직 이름 앞에 붙였다.(*참고: 〈領〉: 관직이 높은 사람이 더 낮은 관직의 업무를 겸하는 것을 〈領〉 또는 〈錄〉이라고 한다(以高官攝卑職者曰領: 官以上兼下曰領). 그러나 여기서는 단순히 〈겸직하다〉의 뜻으로 사용되고 있다.

(1). 孫策不信于神仙, 是孫策英雄處. 英明如漢武, 猶且惑神仙, 好方士, 而孫策不然, 此其識見誠有大過人者. 其死也, 亦運數當絕, 適逢其會耳, 非于吉之能殺之也. 世人不察, 以爲孫策死於于吉. 然則張角所云南華老仙授以〈太平要術〉, 亦將謂其有是事否? 若于吉能殺孫策, 何以南華老仙不能救張角乎?

(2). 孫策之怒, 非怒于吉, 怒士大夫之群然拜之也. 至今吳下風俗, 最好延僧禮道, 并信諸巫祝鬼神之事, 蓋自昔日而已然矣. 席間耳語, 紛紛下樓, 此等光景實不可耐, 孫策見之安得不怒乎? 若于吉果系神仙, 殺亦不死, 何索命之有? 正史但曰孫策爲許貢之客所刺, 傷重而殂, 并不載于吉一事, 所以破世人之惑也. 予今存而辨之, 亦以破世人之惑云.

(3). 魯肅之濟周瑜, 是篤友, 不是市恩. 周瑜之舉魯肅, 是薦賢, 不是酬惠. 試觀魯肅初見孫權數語, 與孔明隆中所見略同. 人但知其爲勤厚, 而不知其慷慨; 但知其爲誠實, 而不知其英敏, 豈得爲知子敬者也?

# 第三十回

## 戰官渡本初敗績
## 劫烏巢孟德燒糧

〖１〗却說袁紹興兵，望官渡進發．夏侯惇發書告急．曹操起軍七萬，前往迎敵，留荀彧守許都．紹兵臨發，田豐從獄中上書諫曰：“今且宜靜守以待天時，不可妄興大兵，恐有不利.”(＊田豐第一次請緩戰，第二次請急戰，今第三第四次皆請勿戰，確有斟酌.) 逢紀譖曰：“主公興仁義之師，田豐何得出此不祥之語！”紹因怒，欲斬田豐．衆官告免，紹恨曰：“待吾破了曹操，明正其罪！”遂催軍進發，旌旗遍野，刀劍如林．行至陽武，下定寨柵．沮授曰：“我軍雖衆，而勇猛不及彼軍；彼軍雖精，而糧草不如我軍．彼軍無糧，利在急戰；我軍有糧，宜且緩守．若能曠以日月，則彼軍不戰自敗矣.”紹怒曰：“田豐慢我軍心,吾回日必斬之．汝安敢又如此！”叱左右：“將沮授鎖禁軍中，待吾破曹之後，與田豐一體治罪！”(＊田豐意在不戰, 沮授意在緩戰. 不戰但可免敗, 緩戰實可致勝, 乃皆不見用而反見罪, 惜哉!) 於是下令, 將大軍七十萬, 東西南北, 週圍安營, 連絡九十餘里.

**\*注: 官渡**(관도): 지금의 하남성 鄭州市 中牟縣 東北. **烏巢**(오소): 지금의 하남성 新鄕市 東南. **正其罪**(정기죄): 그 죄를 처벌하다. 〈正〉: 바로잡다. 治罪하다. 처벌하다. 다스리다. **陽武**(양무): 縣名. 司隷州 河南尹에 소속. 지금의 하남성 原陽縣 東南. **曠以日月**(광이일월): 세월을 보내다. 시간을 끌다. 〈曠日〉: 時日을 보내다. 時日을 끌다. 〈曠日持久〉: 시일을 끌면서 오랫동안 버티다.


〖2〗細作探知虛實, 報至官渡. 曹軍新到, 聞之皆懼. 曹操與衆謀士商議. 荀攸曰: "紹軍雖多, 不足懼也. 我軍俱精銳之士, 無不一以當十. 但利在急戰. 若遷延日月, 糧草不敷, 事可憂矣."(\*所見與沮授同. 此用而彼不用者, 所遇之主異耳.) 操曰: "所言正合吾意." 遂傳令軍將鼓譟而進. 紹軍來迎, 兩邊排成陣勢. 審配撥弩手一萬, 伏於兩翼; 弓箭手五千, 伏於門旗內, 約砲響齊發. 三通鼓罷, 袁紹金盔金甲 · 錦袍玉帶, 立馬陣前. 左右排列着張郃 · 高覽 · 韓猛 · 淳于瓊等諸將. 旌旗節鉞, 甚是嚴整. 曹陣上門旗開處, 曹操出馬, 許褚 · 張遼 · 徐晃 · 李典等, 各持兵器, 前後擁衛. 曹操以鞭指袁紹曰: "吾於天子之前,保奏你爲大將軍,今何故謀反?" 紹怒曰: "汝托名漢相, 實爲漢賊! 罪惡彌天, 甚於莽 · 卓, 乃反誣人造反耶!" 操曰: "吾今奉詔討汝!" 紹曰: "吾奉衣帶詔討賊!"(\*只此七字, 抵得一篇陳琳檄文.) 操怒, 使張遼出戰. 張郃躍馬來迎. 二將鬪了四五十合, 不分勝負. 曹操見了, 暗暗稱奇.(\*爲後收用張郃伏筆.) 許褚揮刀縱馬, 直出助戰. 高覽挺槍接住. 四員將捉對兒廝殺. 曹操令夏侯惇 · 曹洪, 各引三千軍, 齊衝彼陣. 審配見曹軍來衝陣，便令放起號砲，<u>兩下</u>萬弩<u>並</u>發，中軍內弓箭手一齊擁出陣前亂射．(＊袁軍慣以箭取勝，此北人長技也．) 曹軍如何抵敵，望南急走．袁紹驅兵掩殺，曹軍大敗，盡退至官渡．

**＊注: 不敷**(불부): 충분하지 못하다. 부족하다. 〈敷〉: 여유가 있다. 충분하다. 펴다. 베풀다. 진술하다.　　**鼓譟**(고조): 옛날 出陣할 때 북을 치고 함성을 질러 기세를 올리다. 떠들어대다.　　**約**(약): 조치하다. 배치하다.　　**莽·卓**(망탁): 왕망과 동탁.　　**捉對兒**(착대아): 쌍(짝)을 이루어. 즉 一對一로. 〈捉對〉: 成對.　　**兩下**(양하): =兩下里. 쌍방. 양쪽.


〖３〗袁紹移軍逼近官渡下寨．審配曰：“今可撥兵十萬守官渡，就曹操寨前築起土山，令軍人下視寨中放箭．操若棄此而去，吾得此隘口，許昌可破矣．”紹從之，於各寨內選精壯軍人，<u>用鐵鍬土擔</u>，齊來曹操寨邊，壘土成山．曹營內見袁軍堆築土山，欲待出去衝突，被審配弓弩手<u>當住</u>咽喉要路，不能前進．十日之內，築成土山五十餘座，<u>上立高櫓</u>，分撥弓弩手於其上射箭．曹軍大懼，皆頂着遮箭牌守禦．土山上一聲<u>梆子</u>響處，箭下如雨．(＊前之箭自北而南，今之箭則自上而下．) 曹軍皆蒙楯伏地，袁軍<u>吶</u>喊而笑．曹操見軍慌亂，集衆謀士問計．劉曄進曰：“可作<u>發石車</u>以破之．”操令曄進車式，連夜造發石車數百乘，分布營牆內，正對着土山上雲梯．候弓箭手射箭時，營內一齊<u>拽動</u>石車，砲石飛空，往上亂打．人無躱處，弓箭手死者無數．袁軍皆號其車爲“霹靂車”．(＊箭自上而下，則謂之雨：石自下而上，則謂之雷．雨從天降，雷自地起．) 由是袁軍不敢登高射箭．審配又獻一計：令軍人用鐵鍬暗打<u>地道</u>，直透曹營內，號爲“掘子軍”．曹兵望見袁軍於山後掘土坑，報知曹操．操又問計於劉曄．曄曰：“此袁軍不能攻明而攻暗，發掘伏道，欲從地下透營而入耳．”(＊不能自上而下，又將自下而上．) 操曰：“何以禦之？”曄曰：

"可繞營掘長壍, 則彼伏道無用也."(*兵在山上禦之以石, 兵在地中禦
之以水, 計更妙.) 操連夜差軍掘壍, 袁軍掘伏道到壍邊, 果不能入,
空費軍力.

　　*注: 鐵鍬土擔(철초토담): 쇠가래와 흙 담아 나르는 들것.　當住(당주): 막
　다. 저지하다(=擋住).　高櫓(고로): 높은 망루. 〈櫓〉: 지붕이 없는 망루.
　梆子(방자): 딱따기.　吶喊(납함): 적진을 향해 돌진할 때 군사가 일제히
　고함을 지르는 것.　發石車(발석거): 돌덩이를 멀리 던지는 기구.　拽動(예
　동): 끌어 움직이다.　地道(지도): 지하도. 지하갱도.


〖4〗却說曹操守官渡, 自八月起, 至九月終, 軍力漸乏, 糧草不
繼. 意欲棄官渡退回許昌, 遲疑未決, 乃作書遣人赴許昌問荀彧.
彧以書報之.(*此袁 · 曹成敗關頭.) 書略曰:
　　"承尊命, 使決進退之疑. 愚以袁紹悉衆聚於官渡, 欲與明公
　決勝負, 公以至弱當至强, 若不能制, 必爲所乘: 是天下之大
　機也. 紹軍雖衆, 而不能用; 以公之神武明哲, 何向而不濟!
　今軍實雖少, 未若楚 · 漢在滎陽 · 成皐間也. 公今畫地而守, 扼
　其喉而使不能進, 情見勢竭, 必將有變. 此用奇之時, 斷不可
　失. 惟明公裁察焉."　(*曹操此時進則勝, 退則敗, 文若一書, 關係非
　小.)
　　*注: 愚(우): 저. 제.(자기의 겸칭).　爲所乘(위소승): 상대방에게 패하다(제
　압을 당하다. 지다). 〈乘〉: 掩襲. 追逐; 戰勝; 欺陵, 侵犯.　軍實(군실):
　군용 무기와 군량.　楚漢在滎陽 · 成皐間(초한재형양 · 성고간): 초와 한이
　滎陽과 成皐 일대에서 싸웠는데, 그때 한왕 劉邦은 그 세력이 초패왕 項羽보
　다 매우 약하여 항우는 항상 이기고 유방은 항상 패했다. 〈滎陽〉: 지금의
　하남성 滎陽縣 東北. 〈成皐〉: 지금의 하남성 滎陽縣 西北.　情見勢竭(정현
　세갈): 사실(실정. 내막)이 밖으로 드러나서 힘을 잃다. 情見勢屈. 情見力

屈. 〈見〉: 現.　　**裁察**(재찰): 헤아려 살피다. 〈裁〉: 헤아리다. 재다. 재단하
다.


〖5〗 曹操得書大喜, 令將士效力死守. 紹軍約退三十餘里, 操遣
將出營巡哨. 有徐晃部將史渙獲得袁軍細作, 解見徐晃. 晃問其軍
中虛實, 答曰: "早晚大將韓猛運糧至軍前接濟, 先令我等探路."
徐晃便將此事報知曹操. 荀攸曰: "韓猛匹夫之勇耳. 若遣一人引
輕騎數千, 從半路擊之, 斷其糧草, 紹軍自亂."(*我軍缺糧, 則必斷
敵之糧, 自是兵家要着.)　　操曰: "誰人可往?" 攸曰: "卽遣徐晃可
也." 操遂差徐晃將帶史渙并所部兵先出, 後使張遼·許褚引兵救
應. 當夜, 韓猛押糧車數千輛, 解赴紹寨. 正走之間, 山谷內徐晃
·史渙引軍截住去路. 韓猛飛馬來戰, 徐晃接住厮殺. 史渙便殺散
人夫, 放火焚燒糧車. 韓猛抵當不住, 撥回馬走. 徐晃催軍燒盡輜
重. 袁紹軍中, 望見西北上火起, 正驚疑間, 敗軍報來: "糧草被
劫!" 紹急遣張郃·高覽去截大路, 正遇徐晃燒糧而回, 恰欲交鋒,
背後許褚·張遼軍到. 兩下夾攻, 殺散袁軍. 四將合兵一處, 回官
渡寨中. 曹操大喜, 重加賞勞. 又分軍於寨前結營, 爲犄角之勢.
　　*注: **效力**(효력): 效勞. 진력하다. 힘쓰다. 충성을 다하다.　　**約退**(약퇴):
물러나 있도록 조처하다. 〈約〉: 조처하다. 배치하다(置辦配備).　　**解**(해):
압송하다.　　**接濟**(접제): 돕다. 구제하다. 보내다.　　**解赴**(해부): …로 보내
다. 압송하다.　　**截住**(절주): 막다. 저지하다.　　**犄角之勢**(의각지세): 서로
對峙하고 있는 형세.


〖6〗 却說韓猛敗軍還營, 紹大怒, 欲斬韓猛, 衆官勸免. 審配
曰: "行軍以糧食爲重, 不可不用心隄防. 烏巢乃屯糧之處, 必得
重兵守之."(*韓猛所運是行糧, 烏巢所積是坐糧. 一是糧之小者, 一是糧之

大者，因失小故思防大．）　袁紹曰：“吾籌策已定．汝可回<u>鄴都</u>監督糧
草，休教缺乏．”審配領命而去．袁紹遣大將淳于瓊，部領督將睦
元進・韓莒子・呂威璜・趙叡等，引二萬人馬守烏巢．那淳于瓊性剛
好酒，軍士多畏之；既至烏巢，終日與諸將聚飲．

　　*注: <u>鄴都</u>(업도): 즉 鄴縣. 지금의 하북성 磁縣 南. 曹操가 王에 봉해진 후에
　　이곳을 都城으로 정했으므로 이렇게 부르게 되었다.


〖7〗且說曹操軍糧告竭，　急發使往許昌敎荀彧<u>作速措辦糧草</u>，
星夜解赴軍前接濟．使者<u>賫書</u>而往，行不上三十里，被袁軍捉住，
縛見謀士許攸．(*袁家細作爲徐晃所獲，曹家使者爲許攸所獲．正復相似．乃
操能用晃，而紹不能用攸，爲之一嘆．) 那許攸字子遠，少時曾與曹操爲
友，此時却在袁紹處爲謀士．<u>當下</u>搜得使者所賫曹操催糧書信，徑
來見紹曰：“曹操屯軍官渡，與我相持已久，許昌必空虛；若分一
軍星夜掩襲許昌，則許昌可拔，而曹操可擒也．今操糧草已盡，正
可乘此機會，兩路擊之．”(*此計若行，操無葬身之地矣．) 紹曰：“曹操
詭計極多，　此書乃誘敵之計也．”(*與呂布不用陳宮之謀前後一轍．) 攸
曰：“今若不取，後將反受其害．” 正話間，忽有使者自鄴郡來，呈
上審配書．書中先說運糧事；後言許攸在冀州時，嘗濫受民間財
物，且縱令子姪輩多科稅，錢糧入己，今已收其子姪下獄矣．紹見
書，大怒曰：“濫行匹夫！尚有面目於吾前獻計耶！(*善用人者，卽攸
有過，其計自是可用之時，何必太急？是敎攸投操矣．獨不聞陳平有受金之謗，
而高祖損金以子之乎？) 汝與曹操有舊，　想今亦受他財賄，　爲他作奸
細，<u>啜賺</u>吾軍耳.(*此疑所不當疑，是敎之投操也．) 本當斬首，今<u>權且</u>
<u>寄頭在項</u>！可速退出，今後不許相見！”許攸出，仰天嘆曰：“忠言
逆耳，豎子不足與謀！吾子姪已遭審配之害，吾何顏復見冀州之人
乎！”遂欲拔劍自刎．左右奪劍勸曰：“公何輕生至此？袁紹不納

直言，後必爲曹操所擒．公旣與曹公有舊，何不棄暗投明？”（＊投操之計反出自左右．）只這兩句言語，<u>點醒</u>許攸，於是許攸徑投曹操．後人有詩嘆曰：

本初豪氣蓋中華，官渡相持<u>枉嘆嗟</u>．

<u>若使</u>許攸謀見用，山河豈得屬曹家．

**＊注**: 作速(작속): 속히. 빨리. 얼른. **措辦**(조판): 조치하다. 준비하다. 변통하다. **當下**(당하): 당장(立卽. 立刻). 그때(那个時候). **奸細**(간세): 첩자. 간첩. **啜賺**(철잠): 속여먹다. 〈啜〉: 먹다. 마시다. 〈賺〉: 속이다. **寄頭在項**(기두재항): 머리를 목 위에 맡겨두다. 살려두다. **點醒**(점성): 지적하여 깨닫게 하다. 깨우쳐주다. **枉嘆嗟**(왕탄차): 헛되이 한탄만 하다. 〈枉〉: 헛되이. 쓸데없이. 보람없이. **若使**(약사): 만약.


〖8〗却說許攸暗步出營，徑投曹寨．伏路軍人<u>拿住</u>．攸曰：“我是曹丞相故友，快與我通報，說南陽許攸來見．”軍士忙報入寨中．時操方解衣歇息，聞說許攸<u>私奔</u>到寨，大喜，不及穿履，跣足出迎．遙見許攸，<u>撫掌歡笑</u>，携手共入．操先拜於地．（＊看老奸何等殷勤．）攸慌扶起曰：“公乃漢相，吾乃布衣，何謙恭如此？”操曰：“公乃操故友，豈敢以名爵相上下乎！”攸曰：“某不能擇主，屈身袁紹，言不聽，計不從，今特棄之來見故人．願賜收錄．”操曰：“子遠肯來，吾事濟矣！願卽敎我以破紹之計．”攸曰：“吾曾敎袁紹以輕騎乘虛襲許都，首尾相攻．”操大驚曰：“若袁紹用子言，吾事敗矣．”攸曰：“公今軍糧尙有幾何？”操曰：“可支一年．”攸笑曰：“恐未必．”操曰：“有半年耳．”攸<u>拂袖而起，趨步</u>出帳曰：“吾以誠相投，而公見欺如是，豈吾所望哉！”操挽留曰：“子遠勿嗔，尙容實訴：軍中糧實可支三月耳．”（＊旣云實訴，仍是虛言，妙甚．）攸笑曰：“世人皆言孟德奸雄，今果然也．”操亦笑曰：“豈不聞‘兵不厭詐'!" 遂附耳低言曰: "軍中止有此月之糧." 攸大聲曰: "休瞞我! 糧已盡矣!" 操愕然曰: "何以知之?" 攸乃出操與荀彧之書以示之,曰: "此書何人所寫?" 操驚問曰: "何處得之?" 攸以獲使之事相告. 操執其手曰: "子遠旣念舊交而來,願卽有以敎我." 攸曰: "明公以孤軍抗大敵, 而不求急勝之方, 此取死之道也.(*與荀彧書中之意略同.) 攸有一策, 不過三日, 使袁紹百萬之衆, 不戰自破. 明公還肯聽否?" 操喜曰: "願聞良策." 攸曰: "袁紹軍糧輜重,盡積烏巢, 今撥淳于瓊守把, 瓊嗜酒無備. 公可選精兵詐稱袁將蔣奇領兵到彼護糧, 乘間燒其糧草輜重, 則紹軍不三日將自亂矣."(*燒韓猛所運之糧, 不如燒烏巢所屯之糧.) 操大喜, 重待許攸, 留於寨中.(*留許攸於寨中是曹操精細處.)

　　*注: 拿住(나주): 붙잡다. 〈拿〉: 拏와 同字. 與我(여아): 〈與〉: =替. =爲. 나를 대신하여. 나를 위해. 私奔(사분): 몰래 도망가다. 〈私〉: 사적인. 비밀의. 은밀히. 가만히. 撫掌(무장): 손뼉을 치다. 손뼉을 두드리다. 趨步(추보): 빨리 걷다. 빠른 걸음. 兵不厭詐(병불염사): 전쟁에서는 얼마든지 敵을 기만하는 전술을 쓸 수 있다. 싸움에서는 적을 속여 넘겨도 좋다.


〔9〕 次日, 操自選馬步軍士五千, 准備往烏巢劫糧. 張遼曰: "袁紹屯糧之所, 安得無備? 丞相未可輕往, 恐許攸有詐." 操曰: "不然. 許攸此來, 天敗袁紹. 今吾軍糧不給, 難以久持; 若不用許攸之計, 是坐而待困也.(*善於料己.) 彼若有詐, 安肯留我寨中?(*善於料人. 然則操之留攸於寨, 正所以試之也.) 且吾亦欲劫寨久矣. 今劫糧之擧, 計在必行, 君請勿疑." 遼曰: "亦須防袁紹乘虛來襲."(*將欲劫人, 先防人來劫我, 亦是兵家要着.) 操笑曰: "吾已籌之熟矣." 便敎荀攸·賈詡·曹洪同許攸守大寨, 夏侯惇·夏侯淵領一軍伏於左, 曹仁·李典領一軍伏於右, 以備不虞. 敎張遼·許褚在前,

徐晃·于禁在後, 操自引諸將居中.(*居者分左右, 行者分前後, 有法.)
共五千人馬, 打着袁軍旗號, 軍士皆束草負薪, 人啣枚, 馬勒口,
黃昏時分, 望烏巢進發. 是夜星光滿天.

> *注: 啣枚(함매): (행진할 때 군사들이 떠들지 못하도록) 입에 하무를 물리
> 다. 〈啣(함)〉: 〈銜(함)〉과 同字. 재갈. (입에) 물다. 〈枚(매)〉: (군사들이 떠
> 들지 못하도록 입에 물리는) 젓가락같이 생긴 나무. 하무. 입에 물리고 양쪽
> 끝에 끈을 달아 목 뒤로 매게 되어 있다.    勒口(륵구): 입에 재갈을 물리다.
> 〈勒〉: 재갈. 굴레. 인솔하다. 통솔하다.

〖10〗且說沮授拘禁在軍中, 是夜因見衆星朗列, 乃命監者引出
中庭, 仰觀天象. 忽見太白逆行, 侵犯生·斗之分, 大驚曰: "禍將
至矣!" 遂連夜求見袁紹. 時紹已醉臥, 聽說沮授有密事啓報, 喚
入問之. 授曰: "適觀天象, 見太白逆行於柳·鬼之間, 流光射入牛
·斗之分, 恐有賊兵劫掠之害. 烏巢屯糧之所, 不可不提備. 宜速遣
精兵猛將, 於間道山路巡哨, 免爲曹操所算."(*前若用許攸之言, 則
紹可以勝; 今若用沮授之言, 則紹猶不至於敗.) 紹怒叱曰: "汝乃得罪之
人, 何敢妄言惑衆!" 因叱監者曰: "吾命汝拘囚之, 何敢放出!"
遂命斬監者, 別換人監押沮授.(*袁紹一誤再誤, 天下事能堪幾誤耶?) 授
出, 掩淚嘆曰: "我軍亡在旦夕, 我屍骸不知落何處也!" 後人有詩
嘆曰:

逆耳忠言反見仇, 獨夫袁紹少機謀.
烏巢糧盡根基拔, 猶欲區區守冀州.

> *注: 太白逆行(태백역행): 行星은 서쪽에서 동쪽으로 움직이는 것이 정
> 상인데 이를 순행順行이라고 한다. 그러나 행성은 가끔 동쪽에서 서쪽으
> 로 움직이기도 하는데 이를 역행逆行이라고 한다. 태백은 곧 金星으로
> 고대인들은 싸움을 주관하는 별로 인식했다.    牛斗(우두): 28宿 가운데

牛宿(Ox)과 斗宿(북두칠성: Dipper). 이에 해당하는 중국의 분야는 吳
·越 지구이다.　　連夜(연야): 밤새도록(夜以繼日). 밤새껏(徹夜). 그날
밤(當天夜裏).　　太白(태백): 金星(Venus).　　柳鬼(유귀): 28宿 가운데
柳星과 鬼星.　　隄防(제방): 방비하다.　　爲曹操所算(위조조소산): 조조의
計略에 당하다. 〈算〉:계획하다. 계략을 꾸미다. 〈爲…所…〉: 受動을 나
타내는 文章 形式.　　獨夫(독부): 인심을 잃은 폭군. 폭군. 〈孟子梁惠王
下〉에서 맹자는 夏桀, 殷紂와 같은 포악한 王을 가리켜 〈一夫〉라 했는데
(殘賊之人謂之一夫), 여기서 〈獨夫〉는 〈一夫〉와 같은 뜻이다.　　區區(구
구): 작다. 사소하다. 보잘것없다. 시시하다. 하찮다.


〖11〗 却說曹操領兵夜行, 前過袁紹別寨. 寨兵問是何處軍馬.
操使人應曰: "蔣奇奉命往烏巢護糧." 袁軍見是自家旗號,遂不疑
惑. 凡過數處, 皆詐稱蔣奇之兵, 並無阻礙. 及到烏巢, 四更已
盡.(*前云黃昏進發, 此云四更已盡, 時候一些不亂, 細甚.) 操教軍士將束
草周圍擧火, 衆將校鼓譟直入. 時淳于瓊方與衆將飲了酒, 醉臥帳
中.(*紹醉臥, 瓊亦醉臥, 是主是臣.) 聞鼓譟之聲, 連忙跳起問: "何故
喧鬧?" 言未已, 早被撓鉤拖翻. 睦元進·趙叡運糧方回, 見屯上
火起, 急來救應. 曹軍飛報曹操, 說: "賊兵在後, 請分軍拒之."
操大喝曰: "諸將只顧奮力向前, 待賊至背後, 方可回戰!" 於是衆
軍將無不爭先掩殺. 一霎時, 火焰四起, 烟迷太空. 睦·趙二將驅
兵來救, 操勒馬回戰. 二將抵敵不住, 皆被曹軍所殺, 糧草盡行燒
絕. 淳于瓊被擒見操. 操命割去其耳鼻手指, 縛於馬上, 放回紹營
以辱之.(*醉漢此時想已醒矣.)
　　*注: 將束草(장속초): 以束草. 풀단을 가지고.　　連忙(연망): 얼른. 급히.
재빨리.　　喧鬧(훤뇨): 시끄럽다. 떠들썩하다. 떠들다.　　撓鉤拖翻(요구타
번): 〈撓鉤〉: 갈고리. 〈拖翻〉: 끌어서 뒤집다. 끌려서 뒤로 벌렁 넘어지다.

只顧(지고): 오로지 …에만 전념(열중)하다.


〖12〗 却說袁紹在帳中, 聞報正北上火光滿天, 知是烏巢有失, 急出帳召文武各官, 商議遣兵往救. 張郃曰: "某與高覽同往救之." 郭圖曰: "不可. 曹軍劫糧, 曹操必然親往; 操旣自出, 寨必空虛, 可縱兵先擊曹操之寨; 操聞之, 必速還: 此孫臏 '圍魏救趙'之計也." 張郃曰: "非也. 曹操多謀, 外出必爲內備, 以防不虞.(＊郃之言正與遼之計相合.) 今若攻操營而不拔, 瓊等見獲, 吾屬皆被擒矣." 郭圖曰: "曹操只顧劫糧, 豈留兵在寨耶!" 再三請劫曹營. 紹乃遣張郃 · 高覽引軍五千, 往官渡擊曹營; 遣蔣奇領兵一萬, 往救烏巢.(＊使眞蔣奇去敵假蔣奇. 若此時幷力盡去救烏巢, 則糧或不至盡燒. 紹不聽郃言, 是一誤再誤而又三誤矣.)

*注: **孫臏圍魏救趙之計**(손빈위위구조지계): 〈孫臏〉: 전국시대의 유명한 兵法家. 한 번은 魏나라가 趙나라의 도성 邯鄲을 포위 공격하자, 齊王이 田忌, 孫臏에게 軍을 이끌고 가서 趙나라를 구해 주라고 했다. 손빈은 魏나라의 정예부대가 趙나라에 가 있어서 魏나라 안이 텅 비어 있다고 판단, 軍을 이끌고 가서 魏나라를 공격했다. 이에 魏는 자기 나라를 구하기 위해 어쩔 수 없이 趙에 대한 공격을 멈추고 回軍했는데, 齊나라 군대는 그들이 피로한 틈을 이용하여 魏軍을 대패시켰다. 이리하여 결국 趙나라에 대한 포위가 풀어지게 되었다. 이처럼 A가 B를 포위공격하고 있을 대, B를 구원하기 위해 A의 본거지를 공격, 그 포위를 풀도록 하는 計策을 말한다.


〖13〗 且說曹操殺散淳于瓊部卒, 盡奪其衣甲旗幟, 僞作淳于瓊部下敗軍回寨, 至山僻小路, 正遇蔣奇軍馬. 奇軍問之, 稱是烏巢敗軍奔回. 奇遂不疑, 驅馬徑過. 張遼 · 許褚忽至, 大喝: "蔣奇休走!" 奇措手不及, 被張遼斬於馬下, 盡殺蔣奇之兵. 又使人當

先僞報云：“蔣奇已自殺散烏巢兵了.” 袁紹因不復遣人接應烏巢，
只添兵往官渡.

　却說張郃‧高覽攻打曹營，左邊夏侯惇，右邊曹仁，中路曹洪，
一齊衝出：<u>三下</u>攻擊，袁軍大敗. 比及接應軍到，曹操又從背後殺
來，<u>四下</u>圍住掩殺. 張郃‧高覽奪路走脫. 袁紹收得烏巢敗殘軍馬
歸寨，見淳于瓊耳鼻皆無，手足盡落. 紹問：“如何失了烏巢？” 敗
軍告說：“淳于瓊醉臥，因此不能抵敵.” 紹怒，立斬之. 郭圖恐張
郃‧高覽回寨證對是非，先於袁紹前譖曰：“張郃‧高覽見主公兵
敗，心中必喜.” 紹曰：“何出此言？” 圖曰：“二人素有降曹之意，
今遣擊寨，故意不肯用力，以致損折士卒.”（＊審配之書是驅謀士以資
敵，郭圖之譖又驅猛將以資敵矣.） 紹大怒，遂遣使急召二人歸寨問罪.
郭圖先使人報二人云：“主公將殺汝矣.”（＊極力驅之.） 及紹使至，高
覽問曰：“主公喚我等爲何？” 使者曰：“不知何故.” 覽遂拔劍斬
來使. 郃大驚，覽曰：“袁紹聽信譖言，必爲曹操所擒；吾等豈可
坐而待死？ 不如去投曹操.” 郃曰：“吾亦有此心久矣.” 於是二人
領本部兵馬，往曹操寨中投降.（＊曹操既得許攸，又得二將，非操得之，乃
紹棄之耳.） 夏侯惇曰：“張‧高二人來降，未知虛實.” 操曰：“吾以
恩遇之，雖有異心，亦可變矣.” 遂開營門命二人入. 二人倒戈卸
甲，拜伏於地. 操曰：“<u>若使</u>袁紹肯從二將軍之言，不至有敗. 今二
將軍肯來相投，如<u>微子去殷</u>，<u>韓信歸漢也</u>.” 遂封張郃爲偏將軍‧都
亭侯，高覽爲偏將軍‧東萊侯，二人大喜.

　　＊注：三下(삼하)：세 방면에서. 〈下〉：…측.…방(면).（＊數詞 뒤에서 方面이
나 方位를 나타낸다.） 다음의 〈四下〉도 같은 뜻이다.　若使(약사)：만약에.
　　微子去殷(미자거은)：〈微子〉：商 紂王의 庶兄으로 이름은 啓. 紂王이 황음
무도하고 폭정을 일삼자 그가 여러 차례 간했으나 듣지 않자 殷나라를 떠나
갔다. 〈去〉：떠나가다.　韓信歸漢(한신귀한)：〈韓信〉：漢나라 초기의 뛰어

난 군사전략가. 처음에는 項羽의 수하에 있었으나 후에 劉邦에게 귀순하여 그에게 뛰어난 계책을 권하여 項羽를 포위 공격했다. 漢나라 建國에 지대한 공을 세웠으나 후에 呂后에게 살해당했다.


〖14〗却說袁紹旣去了許攸, 又去了高覽·張郃, 又失了烏巢糧, 軍心皇皇. 許攸又勸曹操作速進兵; 張郃·高覽請爲先鋒; (*袁家人都爲曹家用, 可發一嘆.) 操從之, 卽令張郃·高覽領兵往劫紹寨. (*以敵攻敵.) 當夜三更時分, 出軍三路劫寨. 混戰到明, 各自收兵. 紹軍折其大半. 荀攸獻計曰: "今可揚言調撥人馬, 一路取酸棗, 攻鄴郡; 一路取黎陽, 斷袁兵歸路. 袁紹聞之, 必然驚惶, 分兵拒我; 我乘其兵動時擊之, 紹可破也." (*許攸勸紹襲許昌是實話, 荀攸勸操襲鄴郡·黎陽是虛話. 一實一虛, 各是妙策. 先亂其心·分其勢, 然後乘其動而擊之, 此以少勝多之法.) 操用其計, 使大小三軍, 四遠揚言. 紹軍聞此信, 來寨中報說: "曹操分兵兩路: 一路取鄴郡, 一路取黎陽去也." 紹大驚, 急遣袁譚分兵五萬救鄴郡, 辛明分兵五萬救黎陽, 連夜起行. 曹操探知袁紹兵動, 便分大隊軍馬, 八路齊出, 直衝紹營. 袁軍俱無鬪志, 四散奔走, 遂大潰. 袁紹披甲不迭, 單衣幅巾上馬; 幼子袁尙後隨. (*關於袁紹之三子之事, 第三十一回.) 張遼·許褚·徐晃·于禁四員將, 引軍追赶袁紹. 紹急渡河, 盡棄圖書·車仗·金帛, 止引隨行八百餘騎而去. (*袁紹官渡之敗與曹操赤壁之敗一樣, 狼狽之極.) 操軍追之不及, 盡獲遺下之物. 所殺八萬餘人, 血流盈溝, 溺水死者不計其數. 操獲全勝, 將所得金寶緞疋, 給賞軍士. 於圖書中檢出書信一束, 皆許都及軍中諸人與紹暗通之書. 左右曰: "可逐一點對姓名, 收而殺之." 操曰: "當紹之强, 孤亦不能自保, 況他人乎?" 遂命盡焚之, 更不再問. (*光武嘗焚書, 使反側子自安, 曹操頗學此法.)

*注: 皇皇(황황): 惶惶. 마음이 불안한 모양. 안절부절 못하다.   揚言(양언): 시끄럽게 떠들다. 소문을 내다.   酸棗(산조): 지금의 하남성 延津縣 西南.   鄴郡(업군): 지금의 하북성 磁縣 南.   黎陽(여양): 지금의 하남성 浚縣 東北.   披甲不迭(피갑부질): 갑옷도 입지 못하고. 〈迭〉: 미치다. 이르다. 즉 갑옷을 입을 틈이 없다는 뜻이다.   幅巾(폭건): 머리를 뒤로 싸 덮는, 비단으로 만든 두건. 모자도 쓰지 않고 단지 두건으로 머리를 묶었다는 것은 매우 급히 서둘렀음을 나타낸다.   全勝(전승): 대승.   逐一點對(축일점대): 하나하나 대조하다. 〈逐一〉: 일일이. 하나하나. 〈點對〉: 대조하다. 조사하다.

〖15〗却說袁紹兵敗而奔, 沮授因被囚禁, 急走不脫, 爲曹軍所獲, 擒見曹操. 操素與授相識. 授見操, 大呼曰: "授不降也!"(*沮授與許攸皆爲操故人, 乃攸降而授不降, 人品特絶.) 操曰: "本初無謀, 不用君言, 君何尙執迷耶? 吾若早得足下, 天下不足慮也." 因厚待之, 留於軍中. 授乃於營中盜馬, 欲歸袁氏. 操怒, 乃殺之. 授至死神色不變. 操嘆曰: "吾誤殺忠義之士也!" 命厚禮殯殮, 爲建墳安葬於黃河渡口, 題其墓曰: "忠烈沮君之墓." 後人有詩贊曰:
　　河北多名士, 忠貞推沮君.
　　凝眸知陣法, 仰面識天文.
　　至死心如鐵, 臨危氣似雲.
　　曹公欽義烈, 特與建孤墳.
操下令攻冀州. 正是:
　　勢弱只因多算勝, 兵强却爲寡謀亡.
未知勝負若何, 且看下文分解.
　*注: 推(추): 추천(천거)하다. 추앙하다. 받들다. 칭찬하다. 손꼽다.

(1). 當曹操攻呂布之時，袁紹可以全師襲許都而不襲，一失也. 當曹操攻劉備之時，袁紹又可以全師襲許都而不襲，是再失也. 迨呂布已滅，劉備已敗，然後爭之，斯已晚矣. 然苟能以全師屯官渡而拒其前，以偏師襲許都而斷其後，未嘗不可以取勝，而紹又不爲，是三失也. 既已失之於始，諒不能得之於終，此田豊之所以知其必敗耳.

(2). 項羽與高祖約割鴻溝以王，而高帝欲歸，若非張良勸之勿歸，楚·漢之勝負未可知也. 今袁紹與曹操相拒於官渡，而操以乏糧而欲歸，若非荀彧勸之勿歸，袁·曹之勝負亦未可知也. 讀書至此，正是大關目處，如布棋者滿盤局勢，所爭只在一着而已.

(3). 袁紹善疑，曹操亦善疑. 然曹操之疑，荀彧決之而不疑，所以勝也；袁紹之疑，沮授決之而仍疑，許攸決之而愈疑，所以敗也. 曹操疑所疑，亦能信所信. 韓猛之糧，不疑其誘敵；許攸之來，不疑其詐降，所以勝也. 袁紹疑所不當疑，又信不當信. 見曹操致荀彧之書，則疑其虛；見審配罪許攸之書，則信其實；聽許攸襲許都之語，則疑其詐；聽郭圖譖張郃之語，則信其眞，所以敗也. 一敗於白馬而顏良死，再敗於延津 而文醜亡，猶小敗耳. 至三敗而七十萬大軍止存八百餘騎. 前者十勝十敗之說，不於此大驗乎哉!

(4). 袁紹兵多，可分之以襲許都. 曹操兵少，安能分之以襲鄴郡并取黎陽乎？故許攸之獻計袁紹，是欲以實計破曹操，使曹操不及知之；荀攸之獻計曹操，是欲以虛聲恐袁紹，正欲使袁紹知之．此兵家虛虛實實之大不同者．〈三國〉一書，直可作〈武經七書〉讀．

(5)．韓信・陳平初皆在楚，而項羽驅之入漢；許攸・張郃初皆事袁，而本初驅之歸曹，良可嘆也．其驅之不動者，在楚惟有范增，在袁惟有沮授而已．嗚呼！如增如授能有幾人哉！